STEPHANIE PARRIS

Ketzer

Buch

Es war einmal eine Zeit, in der die Römische Inquisition in ganz Europa unbarmherzig wütete und jeden verfolgte und verbrannte, der die Kirchenlehre hinterfragte. Im Jahre 1583 hat sich Königin Elisabeth I. vom Joch Roms befreit – doch Verschwörungen erschüttern nach wie vor das Königreich, vor allem die Universitätsstadt Oxford, die als papistische Hochburg gilt. Ausgerechnet dort hat der streitbare Freigeist und verfolgte Alchemist Giordano Bruno Schutz vor der Inquisition gesucht und soll bei einem Disput Kopernikus' verbotene Theorien vertreten. Bruno glaubte der Verfolgung entgangen zu sein – doch einmal mehr muss er sich nun auf den gefährlich schmalen Grat zwischen Glauben und Ketzerei begeben …

Autorin

Das Pseudonym Stephanie Parris verwendet die Journalistin Stephanie Merritt immer dann, wenn sie einen Roman veröffentlicht. Unter ihrem bürgerlichen Namen publizierte sie Literaturkritiken in so angesehenen Zeitungen wie *The Times, Daily Telegraph, New Statesman* oder *Die Welt*. Derzeit schreibt sie für den *Guardian* und den *Observer*. Mit ihrem Sohn lebt sie in Südengland.

Von Stephanie Parris ist bereits erschienen:

Frevel (geb. Ausgabe, 8090)

Stephanie Parris

Ketzer

Roman

Aus dem Englischen übersetzt
von Nina Bader

blanvalet

Die Originalausgabe erschien 2010 unter dem Titel
»Heresy« bei HarperCollins*Publishers*, London.

FSC www.fsc.org
MIX
Papier aus verantwortungsvollen Quellen
FSC® C014496

Verlagsgruppe Random House FSC-DEU-0100
Das FSC®-zertifizierte Papier *Holmen Book Cream*
für dieses Buch liefert Holmen Paper, Hallstavik, Schweden

1. Auflage
Taschenbuchausgabe Februar 2013 bei Blanvalet, einem Unternehmen der
Verlagsgruppe Random House GmbH, München

Umschlagmotiv: bürosüd°, München
Redaktion: Martina Czekalla
DF · Herstellung: sam
Druck und Einband: GGP Media GmbH, Pößneck
Printed in Germany
ISBN: 978-3-442-38059-6

www.blanvalet.de

Prolog

Kloster San Domenico Maggiore
Neapel
1576

Die Tür wurde mit einem Knall aufgestoßen, der im Gang widerhallte, und die Bodendielen erzitterten unter dem entschlossenen Stampfen mehrerer Fußpaare. In dem winzigen Abort, in dem ich auf einem Brett kauerte – so weit wie möglich von dem Loch entfernt, unter dem sich die Senkgrube befand – begann meine kleine Kerze in dem plötzlichen Luftzug zu flackern und ließ wabernde Schatten über die steinernen Wände tanzen. *Allora*, dachte ich, bevor ich den Kopf hob. Jetzt kamen sie mich also doch holen.

Die Schritte machten vor der Tür Halt. Im nächsten Moment hämmerte jemand wütend mit der Faust gegen das Holz, und die heisere Stimme des Abtes ertönte. Sein üblicher ruhiger, diplomatischer Tonfall war einem erregten Krächzen gewichen.

»Bruder Giordano! Ich befehle Euch, unverzüglich herauszukommen, und haltet das, was Ihr in den Händen habt, gut sichtbar vor Euch!«

Ich hörte einen der Mönche in seiner Begleitung leise kichern, gefolgt von einem missbilligenden Zungenschnalzen seitens unseres Abtes, Padre Domenico Vita, und musste trotz meiner misslichen Lage innerlich grinsen. Fra Vita war ein Mann, der unter normalen Umständen wirkte, als empfände er sämtliche menschlichen Körperfunktionen als persönliche Beleidigung. Es musste ihn beispiellose Überwindung kosten, einen seiner Mönche an einem derart unziemlichen Ort zur Rede zu stellen.

»Einen Moment bitte, Padre!«, erwiderte ich, dabei löste ich die Kordel an der Kutte, damit es so aussähe, als hätte ich den Abtritt wirklich zu seinem eigentlichen Zweck benutzt. Dann betrachtete ich das Buch in meiner Hand. Flüchtig erwog ich, es irgendwo unter meiner Kutte zu verstecken, sah dann aber ein, dass das nichts bringen würde – man würde mich gründlich durchsuchen, sowie ich den Abtritt verlassen hätte.

»Keinen Moment mehr, Bruder«, zischte der Abt durch die geschlossene Tür. Eine unterschwellige Drohung schlich sich in seine Stimme. »Ihr habt heute Abend mehr als zwei Stunden auf dem Abtritt verbracht. Ich denke, das reicht!«

»Ich muss etwas Verdorbenes gegessen haben, Padre«, bekundete ich, bevor ich das Buch voller Bedauern in das Loch warf und dabei laut hustete, um das Platschen zu übertönen, mit dem es in die Grube fiel. Zu schade, es war eine besonders schöne Ausgabe gewesen.

Dann schob ich den Riegel zurück, öffnete die Tür und sah mich meinem Abt gegenüber. Seine unerbittlichen Gesichtszüge vibrierten fast vor aufgestautem Zorn, was noch durch den flackernden Schein der Fackeln unterstrichen wurde, die die vier hinter ihm stehenden und mich angewidert und fasziniert zugleich anstarrenden Mönche in die Höhe hielten.

»Rührt Euch nicht von der Stelle, Bruder Giordano«, wies mich Vita an, dabei drohte er mir warnend mit dem Finger. »Für einen Fluchtversuch ist es zu spät.«

Er stapfte in den Verschlag, rümpfte ob des Gestanks voller Ekel die Nase und leuchtete dann mit seiner Laterne in jede einzelne Ecke. Als er nichts Verdächtiges fand, wandte er sich an die Männer hinter ihm.

»Durchsucht ihn!«, bellte er.

Die Ordensbrüder wechselten verwirrte Blicke, dann trat der verschlagene Toskaner Bruder Agostino da Montalcino mit einem unangenehmen Lächeln vor. Er hatte mich noch nie gemocht, aber seine Abneigung war in offene Feindseligkeit umgeschlagen, nachdem ich ihn vor einigen Monaten in einem Streitgespräch über die arianische Ketzerei ausgestochen hatte. Danach hatte er das Gerücht verbreitet, ich würde die Göttlichkeit Christi leugnen. Ohne Zweifel hatte er mir den Abt auf den Hals gehetzt.

»Verzeih mir, Bruder Giordano«, murmelte er höhnisch, bevor er mich abzutasten begann. Seine Hände glitten erst über meine Taille und anschließend an meinen Schenkeln hinunter.

»Versuch bitte, nicht allzu viel Vergnügen daran zu finden«, knurrte ich.

»Ich befolge nur die Befehle meines Superiors«, versetzte er. Nachdem er mit der Durchsuchung fertig war, richtete er sich auf und sah Padre Vita sichtlich enttäuscht an. »In seiner Kutte hat er nichts versteckt, Padre.«

Abt Vita trat einen Schritt auf mich zu und funkelte mich einen Moment lang wortlos an. Sein Gesicht war dem meinen so nah, dass ich die borstigen Haare auf seiner Nase zählen und den schalen Zwiebelgestank seines Atems riechen konnte.

»Die Sünde unseres Urvaters bestand in seinem Wunsch, sich verbotenes Wissen anzueignen.« Er betonte jedes Wort sorgfältig und befeuchtete sich beim Sprechen mit der Zunge die Lippen. »Er glaubte, er könne Gott gleich werden. Und dieser Sünde macht Ihr Euch auch schuldig, Giordano Bruno. Ihr seid einer der begabtesten jungen Männer, mit denen ich während meiner Jahre in San Domenico Maggiore zu tun gehabt habe, doch Eure Neugier und Euer Stolz auf Eure Fähigkeiten halten Euch davon ab, Eure Gaben zum Ruhm der Kirche zu nutzen. Es ist an der Zeit, dass sich der Vater Inquisitor einmal mit Euch befasst.«

»Nein, Padre, bitte – ich habe nichts Unrechtes getan«, protestierte ich, als er sich zum Gehen wandte, doch in diesem Moment erklang hinter ihm Montalcinos Stimme.

»Hochwürdigster Vater Abt! Hier ist etwas, das Ihr Euch

ansehen solltet!« Er hielt seine Fackel in das Loch des Abtritts. Ein Ausdruck boshafter Freude trat auf sein Gesicht.

Vita erbleichte, beugte sich aber vor, um zu sehen, was der Toskaner entdeckt hatte. Sichtlich zufrieden drehte er sich zu mir um.

»Bruder Giordano – kehrt in Eure Zelle zurück und erwartet dort meine weiteren Befehle. Diese Angelegenheit muss unverzüglich der Heiligen Inquisition gemeldet werden. Bruder Montalcino – holt das Buch aus dem Abtritt! Wir wollen uns mit eigenen Augen davon überzeugen, welche ketzerischen Werke unser Bruder hier mit einem Eifer studiert, den er meines Wissens der Heiligen Schrift noch nie gewidmet hat.«

Montalcinos entsetzter Blick wanderte von mir zum Abt. Ich hatte lange genug auf dem Abtritt gehockt, um mich an den Gestank gewöhnt zu haben, aber bei der Vorstellung, die Hand in die Grube unter dem Holzbrett tauchen zu müssen, stieg Übelkeit in mir auf. Dennoch strahlte ich Montalcino an.

»Ich, Vater Abt?«, fragte dieser mit sich überschlagender Stimme.

»Ja, Ihr, Bruder – und beeilt Euch gefälligst.« Abt Vita zog seinen Umhang zum Schutz vor der kühlen Nachtluft enger um sich.

»Ich kann Euch die Mühe ersparen«, warf ich ein. »Es sind nur Erasmus' Kommentare. Sie enthalten keine schwarze Magie.«

»Die Werke von Erasmus stehen auf dem Index verbotener Bücher der Inquisition, wie Ihr sehr wohl wisst, Bruder Giordano«, entgegnete Vita grimmig. Wieder fixierte er mich mit einem emotionslosen Blick. »Aber wir werden ja sehen. Ihr habt uns lange genug zum Narren gehalten. Es ist an der Zeit, die Reinheit Eures Glaubens auf die Probe zu stellen. Bruder Battista!« Das galt einem der anderen Mönche mit Fackeln, der diensteifrig näher kam. »Schickt nach dem Vater Inquisitor!«

Ich hätte auf die Knie fallen und um Gnade flehen können, das wäre jedoch würdelos gewesen. Außerdem war Abt Vita ein

Mann, der es liebte, wenn die Dinge ihren geregelten Gang gingen. Wenn er beschlossen hatte, mich der Inquisition auszuliefern – vielleicht als warnendes Beispiel für meine Mitbrüder –, dann würde er sich von diesem Kurs nicht abbringen lassen, sondern die Sache bis zum bitteren Ende ausfechten. Und ich fürchtete, ich wusste, was das hieße. Ich zog meine Kapuze über den Kopf und folgte dem Abt und seinen Begleitern aus der Latrine, wobei ich Montalcino, der die Ärmel seiner Kutte aufkrempelte und sich anschickte, meinen Erasmus aus der Grube zu fischen, einen letzten Blick zuwarf.

»Betrachte es von der positiven Seite, Bruder«, feixte ich. »Meine Scheiße duftet wenigstens süßer als die aller anderen im Kloster.«

Montalcino blickte auf. Sein Mund verzog sich vor Bitterkeit oder Ekel.

»Deine geistreichen Sprüche werden dir vergehen, wenn ein glühender Schürhaken in deinem Arsch steckt, Bruno«, konterte er mit einem bedauerlichen Mangel an christlicher Nächstenliebe.

Draußen im Kreuzgang schlug mir die frische neapolitanische Nachtluft entgegen. Mein Atem bildete kleine Wölkchen vor meinem Mund, und ich atmete tief durch, dankbar dafür, diesem engen, stinkenden Ort der Erleichterung entronnen zu sein. Rings um mich herum ragten die mächtigen Steinmauern der Klostergebäude im Dunkeln auf; der Kreuzgang wurde von ihrem Schatten verschluckt. Links von mir erhob sich die Fassade der riesigen Basilika. Mit bleischweren Schritten ging ich auf die Unterkünfte der Mönche zu, dabei verrenkte ich mir den Hals, um die am Himmel funkelnden Sterne betrachten zu können. Die Kirche lehrte nach Aristoteles, dass die Sterne alle im gleichen Abstand zueinander in der achten Sphäre über der Erde ständen und gemeinsam in ihrer Umlaufbahn um sie herum kreisten, so wie die Sonne und die sieben Planeten in ihren jeweiligen Sphären. Daneben gab es Männer wie den Polen Kopernikus, der es wagte, sich das Universum anders vorzustellen – mit der Sonne als Mittelpunkt und einer sich in ihrer eigenen Umlaufbahn bewegenden Erde. Weiter war noch niemand gegangen, noch nicht einmal in seiner Fantasie – niemand außer mir, Giordano Bruno dem Nolaner, und diese geheime Theorie, kühner als alle, die jemals formuliert worden waren, war nur mir allein bekannt: dass das Universum keinen fixen Mittelpunkt hätte, sondern sich in die Unendlichkeit erstrecke, und dass jeder Stern in der samtschwarzen Dunkelheit über mir seine eigene, von eigenen unzähligen Welten umgebene Sonne wäre. Vielleicht betrachteten irgendwo dort oben Geschöpfe wie ich ebenfalls den Himmel und fragten sich, ob hinter den Grenzen ihres Wissens noch mehr existierte.

Eines Tages würde ich all dies in einem Buch zusammenfassen, meinem Lebenswerk; einem Buch, das so an den Grundpfeilern des Christentums rütteln würde wie einst Kopernikus' *De Revolutionibus Orbinum Coelestium* – nein, stärker noch, es würde nicht nur sämtliche noch bestehenden wissenschaftlichen Zweifel der römischen Kirche, sondern der ganzen christlichen Religion ausräumen. Aber es gab noch so viel, was ich lernen und begreifen, so viele Bücher, die ich lesen müsste … Bücher über Astrologie und uralte Magie, die alle von den Dominikanern verboten worden waren und die ich in der Bibliothek von San Domenico Maggiore nicht finden würde. Ich wusste, dass mir, wenn ich mich vor der Heiligen Inquisition verantworten müsste, all dies mit glühenden Zangen, auf dem Streckbett oder dem Rad entrissen werden würde, bis ich meine unausgegorenen Hypothesen vor meinen Peinigern auf den Boden kotzen und dafür als Ketzer verbrannt werden würde. Ich war achtundzwanzig Jahre alt, ich wollte noch nicht sterben. Mir blieb keine andere Wahl als die Flucht.

Es war kurz nach der Komplet, die Mönche von San Domenico zogen sich für die Nacht zurück. Ich stürmte in die Zelle, die ich mir mit Bruder Paolo aus Rimini teilte. Die meinem Haar und meiner Kutte entströmende nächtliche Kühle breitete sich in dem winzigen Raum aus, während ich meine wenigen

Habseligkeiten in fieberhafter Eile in eine Ölzeugtasche stopfte. Paolo hatte in Gedanken versunken auf seinem Strohsack gelegen, als ich die Tür aufgerissen hatte; jetzt stützte er sich auf einen Ellbogen und beobachtete bestürzt mein hektisches Tun. Wir waren beide mit siebzehn als Novizen ins Kloster eingetreten, und jetzt, gut elf Jahre später, war er der Einzige, den ich als Bruder im wahrsten Sinne des Wortes betrachtete.

»Sie haben nach dem Vater Inquisitor geschickt«, erklärte ich atemlos. »Ich darf keine Zeit verlieren.«

»Du hast schon wieder die Komplet verpasst. Ich habe dich gewarnt, Bruno.« Paolo schüttelte den Kopf. »Wenn du jeden Abend so viele Stunden auf dem Abtritt verbringst, werden die Mönche Verdacht schöpfen. Bruder Tomasso hat jedem erzählt, du littest an einer unangenehmen Magen-Darm-Krankheit – und ich meinte, es würde nicht lange dauern, bis der Schnüffler Montalcino herausfindet, was du da wirklich treibst, und den Abt davon in Kenntnis setzt.«

»Es war doch nur Erasmus, um Himmels willen«, versetzte ich gereizt. »Ich muss so schnell wie möglich aufbrechen, Paolo, ehe sie mich verhören. Hast du meinen Winterumhang gesehen?«

Paolos Gesicht wurde plötzlich ernst. »Bruno, du weißt, dass es einem Dominikaner bei Strafe der Exkommunikation verboten ist, seinen Orden zu verlassen. Wenn du fortläufst, werden sie es als Geständnis werten und dich per Haftbefehl suchen lassen. Du wirst als Ketzer verurteilt!«

»Und wenn ich hierbleibe, erwartet mich dasselbe Schicksal«, gab ich zurück. »*In absentia* wird es allerdings weniger unangenehm werden.«

»Aber wo willst du hin? Wovon willst du leben?« Mein Freund wirkte so besorgt, dass ich mit meiner Suche innehielt und ihm eine Hand auf die Schulter legte.

»Ich werde nachts reisen, und ich werde singen und tanzen und um Brot betteln, wenn es sein muss, und wenn genug Meilen zwischen mir und Neapel liegen, werde ich meinen Lebensunterhalt als Lehrer verdienen. Ich habe letztes Jahr meinen

Doktor der Theologie gemacht – und in Italien gibt es viele Universitäten.« Ich versuchte, unbekümmert und zuversichtlich zu klingen, in Wahrheit schlug mir freilich das Herz bis zum Hals, und meine Eingeweide drohten sich in Wasser zu verwandeln. Der Umstand, dass ich mich nicht mehr in die Nähe des Abtritts wagen durfte, entbehrte nicht einer gewissen Ironie.

»Wenn dich die Inquisition als Ketzer brandmarkt, wirst du in Italien nie sicher sein«, gab Paolo traurig zu bedenken. »Sie werden nicht ruhen, bis sie dich auf den Scheiterhaufen gebracht haben.«

»Dann muss ich hier weg, bevor es dazu kommen kann. Vielleicht gehe ich nach Frankreich.«

Ich wandte mich ab, um meinen Umhang zu suchen. Just in diesem Moment flammte in meiner Erinnerung ein Bild auf, so klar und deutlich wie an dem Tag, an dem es sich in mein Gedächtnis eingebrannt hatte – das Bild eines Mannes, der vom Feuer verzehrt wurde und voller Qual den Hals verrenkte, um sein Gesicht vor der Hitze der hungrig an seinen Kleidern leckenden Flammen zu schützen. Diese sinnlose, allzu menschliche Geste verfolgte mich noch Jahre später; der verzweifelte Versuch, das Gesicht vor dem Feuer zu bewahren, obwohl sein Kopf an einen Pfahl gebunden war. Seither hatte ich es bewusst vermieden, einem weiteren Flammentod eines Menschen auf dem Scheiterhaufen beizuwohnen. Ich war damals zwölf Jahre alt gewesen, und mein Vater, ein Berufssoldat und frommer Christ, hatte mich nach Rom mitgenommen, damit ich mir eine öffentliche Hinrichtung ansehen konnte – derartige Dinge gehörten seiner Meinung nach zu meiner Erziehung und Ausbildung. Wir hatten einen guten Platz auf dem Campo dei Fiori ergattert, und ich hatte mich gewundert, wie viele Menschen sich eingefunden hatten, die Profit aus dem entsetzlichen Schauspiel schlagen wollten – als handelte es sich um eine Bärenhatz oder einen Jahrmarkt: Pamphletverkäufer, Bettelmönche sowie Männer und Frauen, die mit Tabletts um ihren Hals von einem zum anderen gingen und Brot, Kuchen und Dörrfisch feilboten.

Auch mit der Grausamkeit des Publikums hatte ich nicht gerechnet; die entfesselte, grölende Menge verhöhnte den Gefangenen, spie ihn an und bewarf ihn mit Steinen, als er mit gesenktem Kopf schweigend zwischen seinen Wächtern auf den Scheiterhaufen zuschritt. Ich fragte mich, ob er aus Scham schwieg oder um sich einen Rest von Würde zu bewahren, aber mein Vater erklärte mir, dass man ihm einen Eisendorn durch die Zunge getrieben hätte, damit er nicht versuchen könnte, die Zuschauer zu seinem teuflischen Glauben zu bekehren, indem er noch kurz vor seinem Tod schändliche Hetzreden verbreitete.

Er wurde an den Pfahl gebunden, und man schichtete Reisigbündel um ihn herum auf, bis er kaum noch zu sehen war. Als eine Fackel an das Holz gehalten wurde, ertönte ein lautes Knacken, und das Reisig fing sofort Feuer. Mein Vater nickte zustimmend; manchmal, so erklärte er, gestatteten die Behörden, wenn sie sich gnädig zeigen wollten, grünes Holz für die Errichtung des Scheiterhaufens zu verwenden, sodass der Verurteilte zumeist im Rauch erstickte, bevor er die Flammen spürte. Doch bei den schlimmsten Ketzern – Hexen, Zauberern, Gottesleugnern, Lutheranern und Benandanti – sorgte man dafür, dass das Holz so trocken war wie die Hänge des Monte Cicala im Sommer, damit die Flammen den Sünder peinigten, bis er Gott mit seinem letzten Atemzug um Vergebung für seine Verfehlungen anflehte.

Ich wollte den Blick abwenden, sobald die Flammen züngelnd auf das Gesicht des Mannes übergriffen, um es zu verschlingen, mein Vater dagegen stand weiterhin unerschütterlich wie ein Fels neben mir und verfolgte das grausame Geschehen, als wäre es ein Teil seiner Pflichten gegenüber Gott, die Todesqualen des Delinquenten mit anzusehen, ohne mit der Wimper zu zucken. Und da ich nicht weniger männlich oder fromm erscheinen wollte als er, nahm ich mich zusammen. Ich hörte die erstickten Schreie, die aus dem verschlossenen Mund des Verurteilten drangen, als seine Augen aus den Höhlen quollen, ich hörte das

Zischen und Prasseln, als seine Haut zu verschrumpeln, sich vom Fleisch zu lösen und die blutige Masse darunter zu schmelzen begann. Ich roch das verbrannte Fleisch, ein Geruch, der mich auf Ekel erregende Weise an das Wildschwein erinnerte, das bei Straßenfesten in Nola immer über einer Grube geröstet wurde. Aber die Jubelrufe und die Begeisterung der Menge, als der Ketzer endlich sein Leben aushauchte, ließ sich ganz und gar nicht mit der Atmosphäre eines Festes zu Ehren eines Heiligen vergleichen, ich fand das ganze Schauspiel einfach nur abstoßend. Auf dem Heimweg fragte ich meinen Vater, warum der Mann eines dermaßen grausamen Todes hatte sterben müssen. Hatte er jemanden umgebracht? Mein Vater antwortete, er sei ein Ketzer gewesen. Als ich ihn bat, mir zu erklären, was denn ein Ketzer wäre, sagte er, der Mann habe die Autorität des Papstes nicht anerkannt, indem er die Existenz der Hölle und des Fegefeuers leugnete. So lernte ich, dass in Italien Worte und Gedanken genauso gefährlich sein konnten wie Schwerter und Pfeile und dass ein Philosoph oder ein Wissenschaftler genauso viel Mut aufbringen musste wie ein Soldat, wenn er öffentlich seine Meinung vertreten wollte.

Ich hörte, wie irgendwo im Gebäude eine Tür heftig zugeschlagen wurde.

»Sie kommen«, flüsterte ich Paolo drängend zu. »Wo zum Teufel ist mein Umhang?«

»Hier.« Er reichte mir seinen eigenen und nahm sich einen Moment Zeit, um ihn mir um die Schultern zu legen. »Und nimm den hier.« Er drückte mir eine Lederscheide in die Hand, in der ein kleiner Dolch mit beinernem Griff steckte. Ich sah ihn überrascht an. »Ein Geschenk meines Vaters«, murmelte er. »Da, wo du hingehst, brauchst du ihn nötiger als ich. Und jetzt, *sbrigati*. Beeil dich!«

Das schmale Fenster unserer Zelle war gerade groß genug, dass ich auf das Sims klettern und mich hindurchzwängen könnte – erst mit einem Bein, dann mit dem anderen. Wir befanden uns im ersten Stock des Klosters, allerdings ragte ungefähr sechs Fuß unter dem Fenster das Schrägdach des Quartiers der Laienbrüder so weit vor, dass ich darauf landen könnte, wenn ich den Fall sorgfältig berechnete. Von dort aus könnte ich mich an einem Strebepfeiler hinunterhangeln und, falls es mir gelänge, den Garten unbemerkt zu durchqueren, über die äußere Klostermauer klettern und im Schutz der Dunkelheit in den Straßen von Neapel verschwinden.

Ich schob den Dolch in meine Kutte, warf mir die Tasche über die Schulter, zog mich auf das Sims und hielt inne, um nach draußen zu spähen. Der Mond hing fahl und geschwollen über der Stadt, rauchige Wolkenfetzen zogen über ihn hinweg. Alles war totenstill. Einen Moment lang kam ich mir so vor, als würde ich im freien Raum zwischen zwei Leben schweben. Dreizehn Jahre lang war ich ein Mönch gewesen. Wenn ich mein linkes Bein durch das Fenster schöbe und auf das unter mir liegende Dach spränge, würde ich dieses Leben für immer hinter mir lassen. Paolo hatte recht, ich würde wegen unerlaubten Verlassens meines Ordens exkommuniziert werden und hätte vielleicht noch schlimmere Strafen zu befürchten. Mein Freund blickte mit vor stummem Kummer trüben Augen zu mir empor und griff nach meiner Hand. Ich beugte mich zu ihm hinunter, um die Knöchel seiner Hand zu küssen, da vernahm ich draußen auf dem Gang erneut das Stampfen zahlreicher Füße.

»*Dio sia con te*«, flüsterte Paolo, und ich quetschte mich durch das kleine Fenster, drehte und wand mich so, dass ich nur noch an den Fingerspitzen baumelte. Dann ließ ich, auf Gott und mein Glück vertrauend, das Fenstersims los. Unmittelbar nachdem ich ungeschickt auf dem Dach unter mir gelandet war, hörte ich, wie über mir der Fensterflügel hastig geschlossen wurde. Paolo schien es gerade noch rechtzeitig geschafft zu haben.

Das Mondlicht war Segen und Fluch zugleich. Ich hielt mich im Schatten der Mauer, als ich durch den Garten hinter den Unterkünften der Mönche huschte. Unter Zuhilfenahme wilder Ranken gelang es mir, die äußerste Mauer, die die Grenze des

Klostergeländes bildete, zu überwinden. Auf der anderen Seite ließ ich mich zu Boden fallen und rollte einen kleinen Hang zur Straße hinunter. Im nächsten Moment musste ich im Dunkel einer Türöffnung in Deckung gehen, weil ein Reiter auf einem schwarzen Pferd eilig die schmale Straße entlang auf das Kloster zugaloppierte. Sein aufgebauschter Umhang wallte hinter ihm her. Erst als ich mit wild hämmerndem Herzen und in den Ohren rauschendem Blut den Kopf hob und die runde Krempe seines Hutes erkannte, während er hügelaufwärts in Richtung des Haupttores verschwand, wurde mir klar, dass es sich bei der Gestalt, die an mir vorübergejagt war, um den hiesigen Inquisitor handelte, der allein meinetwegen noch zu so später Stunde unterwegs war.

Irgendwann viel später vermochte ich mich nicht mehr weiterzuschleppen, deshalb kroch ich am Rand des Stadtgebiets von Neapel in einen Graben, um dort die Nacht zu verbringen. Paolos Umhang bot mir nur wenig Schutz vor der eisigen Kälte. Am zweiten Tag verdiente ich mir einen Schlafplatz und einen halben Laib Brot, indem ich im Stall eines an der Straße gelegenen Gasthauses arbeitete. In dieser Nacht überfiel mich ein Mann, während ich schlief, und ich erwachte mit geprellten Rippen, einer blutigen Nase und keinem Brot mehr im Beutel. Zum Glück hatte der Räuber nur seine Fäuste und kein Messer gebraucht, was, wie ich bald herausfand, unter den Vagabunden und Landstreichern, die in den billigen Gasthäusern entlang der Straße nach Rom übernachteten, an der Tagesordnung war. Am dritten Tag lernte ich, Acht zu geben, und hatte bereits die Hälfte der Strecke nach Rom zurückgelegt. Früher als gedacht vermisste ich den vertrauten Alltagstrott des Klosterlebens, der so lange mein Leben bestimmt hatte, zugleich empfand ich schon das berauschende Gefühl der Freiheit. Jetzt war ich mein eigener Herr und niemandem mehr Rechenschaft schuldig. In Rom würde ich mich geradewegs in die Höhle des Löwen begeben, das wusste ich, gleichwohl gefiel es mir, die Vorsehung herauszufordern. Entweder würde ich ein neues Leben als freier Mann beginnen, oder die Inquisition würde mich aufspüren und mich den Flammen übergeben. Natürlich würde ich alles in meiner Macht Stehende tun, um zu verhindern, dass mich letzteres Schicksal ereilte – ich fürchtete mich nicht davor, für meine Überzeugungen zu sterben, aber nicht, bevor ich überhaupt entschieden hätte, welche dieser Überzeugungen es wert wären, für sie mein Leben aufs Spiel zu setzen.

Erster Teil

London, England

Mai 1583

1

Auf einem Pferd, das ich mir vom französischen Botschafter am Hof von Königin Elisabeth von England ausgeliehen hatte, ritt ich am Morgen des 20. Mai 1583 über die London Bridge. Die Sonne brannte bereits warm vom Himmel, obwohl es noch lange nicht Mittag war; glitzernde Lichter tanzten über die wellige Oberfläche der breiten Themse, und eine leichte Brise, die den Jauchegestank des Flusses mit sich brachte, wehte mir das Haar aus dem Gesicht. Mein Herz schwoll vor freudiger Erregung, als ich das südliche Ufer erreichte, nach rechts abbog und am Wasser entlang Richtung Winchester House ritt, wo ich mich der königlichen Abordnung anschließen und ein Boot besteigen würde, das uns zu der berühmten Universität von Oxford bringen sollte.

Der Palast der Bischöfe von Winchester war aus rotem Backstein im englischen Stil um einen Hofraum herum erbaut. Kunstvolle Schornsteine zierten das Dach der großen Halle, deren hohe rechteckige Fenster auf den Fluss hinausgingen. Vor dem Gebäude fiel eine weitläufige Rasenfläche zu einem großen Kai und einer Anlegestelle ab. Sowie ich näher kam, erkannte ich, dass sich dort auf dem Gras eine bunte Menschenmenge versammelt hatte. Fetzen fröhlicher Melodien zerrissen die Luft, als die Musiker zu proben begannen. Bestimmt die Hälfte der feinen Gesellschaft Londons schien sich in ihrem besten Festtagsstaat eingefunden zu haben, um das prunkvolle Schauspiel zu verfolgen. An den Stufen machten Diener ein großes, mit Seidenvorhängen und roten und goldenen Kissen geschmücktes Boot bereit. Im Bug befanden sich Sitze für acht Ruderer, und im Heck schützte ein reich bestickter Baldachin die Sitzplätze der Fahrgäste vor der Sonne. Mit Edelsteinen besetze bunte Banner flatterten im leichten Wind und reflektierten die Lichtstrahlen.

Ich stieg ab, und ein Diener eilte herbei, um mein Pferd zu halten, während ich unter den argwöhnischen Blicken einiger gut gekleideter Gentlemen auf das Haus zuschritt. Plötzlich spürte ich, wie sich eine Faust so fest zwischen meine Schulterblätter bohrte, dass ich beinahe gestolpert und zu Boden gestürzt wäre.

»Giordano Bruno, du alte Ratte! Haben sie dich doch noch nicht verbrannt?«

Sobald ich das Gleichgewicht wiedererlangt hatte, fuhr ich ärgerlich herum. Vor mir stand Philip Sidney, von einem Ohr zum anderen grinsend, breitbeinig und mit ausgebreiteten Armen, das Haar immer noch zu jener eigentümlichen Tolle frisiert, die ihm das Aussehen eines Schuljungen verlieh, der gerade aus dem Bett kam. Sidney, der aristokratische Soldat und Dichter, den ich während meiner Flucht durch Italien in Padua kennen gelernt hatte.

»Dafür müssten sie mich erst einmal einfangen, Philip.« Sein Anblick hatte mir ein breites Lächeln entlockt.

»*Sir* Philip, du ungehobelter Klotz – ich bin dieses Jahr zum Ritter geschlagen worden, falls du das noch nicht weißt.«

»Ausgezeichnet! Heißt das, dass du dir endlich bessere Manieren angewöhnst?«

Sidney schlang die Arme um mich und schlug mir noch einmal kräftig auf den Rücken. Uns verband eine kuriose Freundschaft, sinnierte ich, während ich seine Umarmung nach Atem ringend erwiderte. Unser sozialer Hintergrund hätte nicht verschiedener sein können – er entstammte einer der ersten Familien des englischen Hofes, woran er mich ständig zu erinnern pflegte –, aber in Padua hatten wir auf Anhieb festgestellt, dass wir beide die Gabe besaßen, den anderen zum Lachen zu bringen, was an diesem ernsten, oft düsteren Ort wie ein belebender Sonnenstrahl gewirkt hatte. Auch jetzt noch, nach sechs Jahren, fühlte ich mich in seiner Gesellschaft weder linkisch noch unbehaglich. Wir waren augenblicklich wieder in unsere alte Gewohnheit verfallen, uns gegenseitig zu necken.

»Komm, Bruno.« Sidney legte mir einen Arm um die Schultern und führte mich über den Rasen zum Kai hinunter. »Bei Gott, es tut gut, dich wiederzusehen. Ohne dich wäre diese Reise nach Oxford unerträglich. Hast du schon von diesem polnischen Prinzen gehört?«

Ich schüttelte den Kopf. Sidney verdrehte die Augen.

»Nun, du wirst ihn früh genug kennen lernen, den durchlauchtigsten Palatin Albert Laski – einen polnischen Würdenträger mit zu viel Geld und zu wenigen Pflichten, der seine Zeit damit verbringt, die Höfe Europas mit seinen Besuchen zu belästigen. Er sollte von hier aus nach Paris reisen, allerdings gestattet ihm König Henri von Frankreich die Einreise in sein Land nicht, so ruht die Last, ihn zu unterhalten, noch ein wenig länger auf den Schultern Ihrer Majestät. Daher macht man auch um unsere Abreise ein solches Gewese – alle sind froh, ihn loszuwerden.« Er winkte in Richtung der Barke, dann blickte er sich flüchtig um, um sich zu vergewissern, dass uns niemand zuhörte. »Ich kann es dem französischen König nicht verdenken, dass er sich Laskis Besuch verbeten hat, der Mann geht nämlich selbst seinen geduldigsten Mitmenschen innerhalb kürzester Zeit entsetzlich auf die Nerven. Trotzdem ist es eine reife Leistung – ich für meinen Teil kann mich auf eine oder zwei Schänken besinnen, die ich nicht mehr betreten darf, aber gleich aus einem ganzen Land verbannt zu werden zeugt fraglos von einem beachtlichen Talent, sich unbeliebt zu machen. Über das Laski im Übermaß verfügt, wie du sehen wirst. Doch ich denke, wir beide werden uns dennoch in Oxford eine schöne Zeit machen – du wirst die hirnlosen Schwachköpfe mit deinen fortschrittlichen Ideen in Erstaunen versetzen, und ich freue mich darauf, mich in deinem Ruhm zu sonnen und dir meine alten Jagdgründe zu zeigen.« Er knuffte mich freundschaftlich in den Arm. »Bedauerlicherweise dient diese Reise nicht allein unserem Vergnügen, wie du ja weißt«, fügte er mit gedämpfter Stimme hinzu.

Wir standen Seite an Seite am Ufer und blickten über den Fluss hinweg, auf dem es von kleinen Schiffen, Lastkähnen und weißen Segelbooten wimmelte, die über das schimmernde Wasser glitten. Die Frühlingssonne fiel auf die Fassaden der hübschen Ziegel- und Holzgebäude, die sich am gegenüberliegenden Ufer aneinanderreihten. Weit im Norden ragte der große Turm von St. Paul's über den Dächern auf. Was für eine wundervolle Stadt London doch war, dachte ich bei mir, und wie glücklich ich mich schätzen konnte, hier sein zu dürfen, und noch dazu in solch erlesener Gesellschaft. Sidneys Stimme riss mich aus meiner Versunkenheit.

»Ich habe etwas von meinem zukünftigen Schwiegervater für dich – von Sir Francis Walsingham«, flüsterte er, den Blick immer noch auf den Fluss geheftet. »Da siehst du, was mir der Ritterstand eingetragen hat, Bruno – ich muss Botengänge für dich ausführen.« Er streckte sich, sah sich um und schützte mit einer Hand seine Augen vor der blendenden Sonne, als er zum Anlegeplatz unserer Barke hinüberspähte. Erst nachdem er die Lage sondiert hatte, öffnete er die Tasche aus Öltuch, die er bei sich trug, und entnahm ihr eine prall gefüllte Lederbörse. »Walsingham schickt dir dies. Dir könnten im Rahmen deiner Nachforschungen einige Ausgaben entstehen. Betrachte es als Vorschusszahlung.«

Sir Francis Walsingham, Königin Elisabeths erster Staatssekretär, dem ich die Teilnahme an dieser Reise zu verdanken hatte – allein die Erwähnung seines Namens jagte mir einen Schauer über den Rücken.

Wir entfernten uns ein Stück von der Menge, die die Blumen bestaunte, mit denen unsere Barke jetzt bestreut wurde. Außerdem scharten sich viele Menschen um einen Musikantentrupp, der eine Tanzweise angestimmt hatte.

»Aber jetzt verrate mir eines, Bruno – du willst doch nicht nur nach Oxford, um mit einer Horde stumpfsinniger Akademiker über Kopernikus zu diskutieren«, fuhr Sidney mit gedämpfter Stimme fort. »Sowie ich erfuhr, dass du nach England gekommen bist, ahnte ich, dass du irgendetwas Wichtigem auf der Spur sein musst.«

Ich blickte mich rasch nach allen Seiten um. Niemand befand sich in Hörweite.

»Ich bin auf der Suche nach einem Buch«, bekannte ich dann. »Nach einem, dem ich schon lange hinterherjage, und jetzt glaube ich, dass es nach England gebracht worden ist.«

»Wusste ich's doch!« Sidney packte mich am Arm und zog mich näher zu sich. »Und wovon handelt dieses Buch? Von irgendwelcher schwarzen Magie, mittels derer man die Macht des Universums freisetzen kann? Wenn ich mich recht erinnere, hast du dich schon in Padua mit derlei Dingen beschäftigt.«

Ich konnte nicht sagen, ob er sich über mich lustig machte oder nicht, doch ich beschloss, auf die Freundschaft zu vertrauen, die sich in Italien zwischen uns entwickelt hatte.

»Was würdest du sagen, Philip, wenn ich behaupte, dass das Universum unendlich ist?«

Er runzelte zweifelnd die Stirn.

»Ich würde sagen, das ginge sogar noch über Kopernikus' Ketzerei hinaus und du solltest deine Zunge hüten.«

»Ich glaube aber fest daran«, beharrte ich ruhig. »Kopernikus hat nur die halbe Wahrheit herausgefunden. Aristoteles' Bild des Kosmos mit Fixsternen und sieben Planeten, die die Erde umkreisen – das ist purer Unsinn. Kopernikus hat die Erde durch die Sonne als Mittelpunkt des Kosmos ersetzt, ich jedoch gehe noch weiter und sage, es gibt viele Sonnen, viele Mittelpunkte – so viele wie Sterne am Himmel. Das Universum ist unendlich, und wenn das zutrifft, warum sollte es nicht mit anderen Erden, anderen Welten und anderen Geschöpfen wie uns bevölkert sein? Ich habe beschlossen, es mir zur Lebensaufgabe zu machen, das zu beweisen.«

»Wie willst du das denn anstellen?«

»Ich will das alles mit eigenen Augen sehen«, versetzte ich, dabei starrte ich über den Fluss hinweg, weil ich ihm nicht in die Augen zu sehen wagte. »Ich werde in die Weiten des Universums hinter den Himmelskörpern vordringen.«

»Und wie genau soll sich das bewerkstelligen lassen? Willst du fliegen lernen?« In seiner Stimme schwangen jetzt Zweifel mit. Ich konnte ihm keinen Vorwurf daraus machen.

»Mittels des geheimen Wissens, das das verloren gegangene Buch des ägyptischen Weisen Hermes Trismegistos enthält, der diese Mysterien als Erster verstanden hat. Wenn es mir glücken sollte, es ausfindig zu machen, werde ich lernen, wie man im Licht göttlichen Verständnisses durch die Sphären aufsteigen und in den göttlichen Wesenskern eindringen kann.«

»In den Geist *Gottes* eindringen, Bruno?«

»Nein, hör zu. Seit wir uns zuletzt gesehen haben, habe ich die antike Magie der hermetischen Schriften und der hebräischen Kabbala studiert und begonnen, Dinge zu verstehen, die du für unmöglich halten würdest.« Ich zögerte. »Wenn ich lernen kann, den Aufstieg zu vollziehen, den Hermes beschreibt, dann werde ich einen Blick auf das erhaschen, was jenseits des uns bekannten Kosmos liegt – das unendliche Universum und seine Seele, von der wir alle ein Teil sind.«

Ich dachte, er würde anfangen zu lachen, doch stattdessen wirkte er mit einem Mal sehr nachdenklich.

»Das klingt für mich nach gefährlicher Hexerei, Bruno. Und was würdest du damit beweisen? Dass es keinen Gott gibt?«

»Dass wir alle Gott sind«, gab ich bestimmt zurück. »Die Göttlichkeit wohnt in uns allen und in der Materie des Universums. Mit dem richtigen Wissen können wir uns sämtliche Kräfte des Kosmos zunutze machen. Wenn wir das begreifen, können wir Gott gleich werden.«

Sidney starrte mich ungläubig an.

»Beim Blut Christi, Bruno! Du kannst nicht herumlaufen und dich mit Gott auf eine Stufe stellen! Hier gibt es zwar keine

Inquisition, aber keine christliche Kirche wird die Verbreitung solcher Theorien einfach hinnehmen – du wirst auf direktem Weg ins Feuer wandern!«

»Weil die christliche Kirche durch und durch korrupt ist, jede einzelne Splittergruppe davon – genau das will ich ja aufzeigen. Sie ist nur ein blasser Schatten, ein Abglanz einer alten Wahrheit, die schon lange existiert hat, bevor Christus auf Erden wandelte. Wenn uns das einmal klar ist, ist auch eine echte Reform der Kirche möglich. Die Menschen würden über den Zwistigkeiten stehen, wegen derer so viel Blut vergossen wurde und noch vergossen wird, und verstehen, dass sie im Grunde genommen eins sind.«

Sidneys Gesicht wurde noch ernster.

»Mein alter Lehrer Doktor Dee hat auch solche Ansichten vertreten. – Er hatte während der Zerstörung der Klosterbibliotheken viele solcher Manuskripte über antike Magie gerettet und gesammelt und wurde deswegen als Nekromant bezeichnet – und das nicht nur vom gewöhnlichen Volk. Für ihn sprach allemal, dass er gebürtiger Engländer und darüber hinaus der Hofastrologe der Königin ist. Du aber sei besonders vorsichtig, mein Freund! Sieh zu, dass du nicht ebenfalls in den Ruf gerätst, ein schwarzer Magier zu sein – als Katholik und Ausländer bist du ohnehin schon verdächtig genug.« Er trat zurück und musterte mich neugierig. »Dieses Buch – glaubst du, du wirst es in Oxford finden?«

»Während meiner Zeit in Paris erfuhr ich, dass es gegen Ende des letzten Jahrhunderts nach Florenz geschafft wurde, und falls mein Informant die Wahrheit gesagt hat, hat es ein englischer Sammler einer der hiesigen großen Bibliotheken geschenkt, wo es unbeachtet verstaubt, weil niemand, der es je in den Händen hielt, seine Bedeutung erkannt hat. Viele Engländer, die Italien bereist haben, haben an englischen Universitäten studiert und ihnen ihre Büchersammlungen hinterlassen, also kann ich mit meiner Suche genauso gut in Oxford anfangen wie anderswo.«

»Du solltest damit beginnen, dass du John Dee zu Rate

ziehst«, schlug Sidney vor. »Er besitzt die größte Privatbibliothek in Europa.«

Ich schüttelte den Kopf.

»Wenn dein Doktor Dee dieses Buch hätte, wüsste er, worauf er da gestoßen ist, und hätte diese Erkenntnis irgendwie publik gemacht. Nein, es ist bislang noch nicht gefunden worden, davon bin ich überzeugt.«

»Wenn du meinst … Doch denk daran, dass du in Oxford in erster Linie Walsinghams Auftrag ausführen musst.« Er schlug mir erneut auf den Rücken. »Und vergiss über deinen Schnüffeleien in den Bibliotheken bitte nicht, dass ich auch noch da bin, Bruno! Während unseres Aufenthaltes dort will ich mich ein bisschen amüsieren. Schlimm genug, dass ich für diesen aufgeplusterten polnischen Pfau Laski das Kindermädchen spielen muss – ich will nicht auch noch jeden Abend in der Gesellschaft einer Schar rückständiger alter Theologen verbringen, vielen Dank! Wir beide werden die Stadt unsicher machen und dafür sorgen, dass die Frauen von Oxford ein paar Tage lang breitbeinig gehen müssen!«

»Ich dachte, du sollst Walsinghams Tochter heiraten?« Entrüstung heuchelnd zog ich eine Augenbraue hoch.

Sidney verdrehte die Augen.

»Wenn die Königin geruht, ihre Zustimmung zu geben. In der Zwischenzeit fühle ich mich nicht an ein Ehegelübde gebunden. Und – wie steht es mit dir, Bruno? Hast du dich auf deiner Reise durch Europa für die Jahre im Kloster schadlos gehalten?« Er versetzte mir einen viel sagenden Rippenstoß.

Ich rieb mir lächelnd die Seite.

»Vor drei Jahren, in Toulouse, gab es eine Frau namens Morgana, die Tochter eines hugenottischen Edelmanns. Ich habe ihrem Bruder Privatunterricht in Metaphysik erteilt, aber jedes Mal, wenn ihr Vater nicht daheim war, bat sie mich, noch länger zu bleiben und mit ihr zu lesen. Sie hungerte geradezu nach Wissen – was bei Frauen aus wohlhabenden Familien sehr selten vorkommt, wie ich festgestellt habe.«

»War sie hübsch?« Sidneys Augen funkelten.

»Sie war wunderschön.« Ich biss mir auf die Lippe, als ich Morganas strahlend blaue Augen wieder vor mir sah und mich daran erinnerte, wie sie versucht hatte, mich zum Lachen zu bringen, wenn sie fand, dass ich zu tief in Schwermut versinke. »Ich habe ihr heimlich den Hof gemacht, ich glaubte allerdings immer, dass unsere gemeinsame Zeit begrenzt sein würde. Dem Wunsch ihres Vaters gemäß sollte sie einen hugenottischen Adligen heiraten, keinen italienischen Katholiken auf der Flucht. Selbst als ich als Professor der Philosophie an die Universität von Toulouse berufen wurde und genug verdiente, um eine Familie gründen zu können, hätte er einer solchen Verbindung nie zugestimmt, und er drohte, seinen gesamten Einfluss in der Stadt aufzubieten, um mich zu vernichten.«

»Was geschah dann?«, erkundigte sich Sidney fasziniert.

»Morgana flehte mich an, mit ihr fortzulaufen.« Ich seufzte. »Ich hätte mich beinahe überreden lassen, aber tief in meinem Herzen wusste ich, dass Flucht keine Lösung wäre und uns beiden nicht die Zukunft bringen würde, die wir uns erträumten. Also machte ich mich eines Nachts unbemerkt aus dem Staub und ging nach Paris, wo ich meine ganze Energie darauf verwandte, zu schreiben und bei Hof Karriere zu machen. Oft denke ich indessen über das Leben nach, auf das ich verzichtet habe, und frage mich, wo es mich wohl hingeführt hätte.« Meine Stimme verklang, und ich senkte den Blick, als mich die Erinnerungen zu überwältigen drohten.

»Jedenfalls wärst du dann nicht hier, mein Freund. Außerdem ist sie inzwischen wahrscheinlich längst mit irgendeinem gichtigen alten Herzog verheiratet«, meinte Sidney tröstend.

»Das wäre sie vermutlich«, stimmte ich ihm zu, »wenn sie am Leben geblieben wäre. Ihr Vater hatte eine Heirat mit einem seiner Freunde arrangiert, kurz vor der Hochzeit hatte sie jedoch einen Unfall. Sie ist ertrunken. Ihr Bruder schrieb es mir.«

»Du glaubst, sie hat Hand an sich gelegt?« Sidneys Augen weiteten sich ungläubig.

»Das werde ich wohl nie erfahren.«

Ich verstummte und blickte über das Wasser hinweg.

»Tja, das tut mir leid«, sagte Sidney nach einer Weile, dabei klopfte er mir auf die sachliche Art und Weise, die viele Engländer an den Tag legen, auf den Rücken. »Aber trotz alledem – die Frauen an König Henris Hof haben dir doch sicher zahlreiche Zerstreuungen geboten, eh?«

Ich betrachtete ihn einen Moment lang nachdenklich. Besaßen die englischen Adligen wirklich so wenig Feingefühl, oder gaben sie dies nur vor, um sich keine schmerzlichen Empfindungen anmerken zu lassen?

»O ja, diese Frauen waren bezaubernd und anfangs mehr als bereit, mir ihre Aufmerksamkeit zu schenken, freilich kam ich bald zu dem Schluss, dass es ihnen an der Fähigkeit zu geistreicher Konversation mangelte.« Ich rang mir ein Lächeln ab. »Und sie kamen zu dem Schluss, dass es sich nicht lohnte, sich dauerhaft mit einem Mann ohne Vermögen und Titel einzulassen.«

»Da hast du es, Bruno – wenn du dich auf Frauen versteifst, mit denen du ernsthafte Gespräche führen kannst, wirst du nur Enttäuschungen erleben.« Sidney schüttelte den Kopf, als sei allein der Gedanke absurd. »Hör auf meinen Rat – schärfe deinen Geist in der Gesellschaft anderer Männer und suche bei Frauen nur die angenehmen Dinge des Lebens.«

Er grinste breit und zwinkerte mir zu.

»Jetzt muss ich das Beladen der Barke überwachen, sonst können wir nie ablegen, und wir sollen heute Abend im Palast von Windsor speisen, folglich müssen wir uns beeilen! Angeblich soll heute Nacht ein Sturm aufziehen. Nein, die Königin wird natürlich nicht anwesend sein«, fügte er hinzu, als er meine hochgezogenen Brauen bemerkte. »Ich fürchte, die Verantwortung, den Palatin zu unterhalten, bis wir Oxford erreichen, liegt ganz allein bei uns, Bruno. Also wappne dich schon einmal dafür und bete zu deiner sogenannten allumfassenden Seele, dass sie dir die Kraft dazu gibt.«

»Ich neige gewiss nicht zur Prahlerei, aber meine Freunde haben mich schon oft als begnadeten Dichter bezeichnet, Sir Philip«, quiekte Palatin Laski mit seiner schrillen Stimme, die grundsätzlich so klang, als bringe er eine Klage vor. Unser Boot glitt gerade auf Hampton Court zu. »Ich dachte mir, wenn wir der Disputationen an der Universität überdrüssig werden …«, hier warf er einen viel sagenden Blick in meine Richtung, »… könnten wir beide, Ihr und ich, einen Teil unseres Aufenthaltes in Oxford dazu nutzen, uns gegenseitig unsere Werke vorzulesen – von Poet zu Poet sozusagen. Was meint Ihr dazu?«

»Dann müssen wir Bruno in das Gespräch mit einbeziehen.« Sidney betrachtete mich mit einem verschwörerischen Grinsen. »Er ist nämlich nicht nur ein Gelehrter, sondern hat auch ein komisches Drama in Versform für die Bühne geschrieben, nicht wahr, Bruno? Wie heißt es doch gleich?«

»Die Fackelträger«, brummte ich und fuhr fort, die Aussicht zu bewundern. Ich hatte das Stück Morgana gewidmet, und es war für mich untrennbar mit der Erinnerung an sie verbunden.

»Davon habe ich noch nie gehört«, erwiderte der Palatin herablassend.

Noch ehe unsere Reisegruppe Richmond erreicht hatte, stellte ich fest, dass ich mit meinem Gönner König Henri III. von Frankreich vollkommen einer Meinung war: Palatin Laski war kaum zu ertragen. Er war fett und rotgesichtig, übermäßig von sich eingenommen und liebte es, den Klang seiner eigenen Stimme zu hören. Trotz seiner kostbaren Kleider schien er das Badehaus nur äußerst selten aufzusuchen. In der warmen Sonne verströmte er einen Gestank, der mir zusammen mit den Ausdünstungen der faulig-braunen Themse die ansonsten angenehme Reise verdarb.

Wir hatten unter lautstarken Trompetenfanfaren vom Kai von Winchester House abgelegt; ein Boot voller Musikanten hatte sich an unserer Seite gehalten, sodass der endlose Monolog des Palatins vom Trillern der Flötenspieler zu unserer Rechten begleitet wurde. Mein Unbehagen verstärkte sich zusehends, denn die Blumen, die so großzügig in der Barke verstreut worden waren, reizten mich zum Niesen. Ich sank in die Seidenkissen zurück und versuchte, mich auf das rhythmische Plätschern der Ruder zu konzentrieren, während wir majestätisch durch die Stadt glitten. Kleinere Boote machten uns ehrerbietig Platz, und die Insassen zogen, wenn sie die königliche Barke erkannten, respektvoll ihre Kappen und starrten uns an. Mir für meinen Teil war es fast gelungen, das Geplapper des Palatins zu einem Hintergrundgemurmel zu reduzieren, während ich die Aussicht genoss, und ich hätte mich damit zufriedengegeben, mich an der sanft gewellten, hier und da bewaldeten grünen Landschaft zu erfreuen, doch Sidney war entschlossen, den Polen zu unterhalten, und verlangte dabei meine Unterstützung.

»Dort seht Ihr den großen Hampton-Court-Palast, der einst Kardinal Wolsey, dem Günstling unseres Königinvaters gehörte.« Er deutete mit großer Geste zum Ufer hinüber, als wir uns den imposanten roten Backsteinmauern näherten. »Nicht dass er lange Freude daran gehabt hätte – das ist das Schicksal eines jeden, der von den Launen eines Prinzen abhängig ist. Doch Euch scheint die Königin sehr zu schätzen, Laski, sonst hätte sie nicht einen solchen Aufwand betrieben, um Euch den Aufenthalt in London und diese Reise so angenehm wie möglich zu machen.«

Der Palatin warf sich in die Brust.

»Nun, es steht mir natürlich nicht an, so etwas zu sagen, aber ich denke, am englischen Hof ist es allgemein bekannt, dass Palatin Laski die Gastfreundschaft Ihrer Majestät in höchstem Maße genießt.«

»Und da sie sich nun mit dem Herzog von Anjou überworfen hat, frage ich mich, ob wir, ihre Untertanen, jetzt ein Bündnis mit Polen in Erwägung ziehen sollten?«, fuhr Sidney tückisch fort.

Der Palatin legte die Spitzen seiner dicken Finger wie zum Gebet gegeneinander und schürzte die feuchten Lippen. Seine kleinen Schweinsäuglein glänzten selbstgefällig.

»Eigentlich dürfte ich es ja gar nicht laut aussprechen, aber natürlich ist mir während meines Aufenthalts bei Hof nicht entgangen, dass die Königin mir … nun, sagen wir, besondere Aufmerksamkeit zukommen ließ. Selbstverständlich hat sie äußerste Vorsicht und Zurückhaltung walten lassen, ich denke allerdings, Männer von Welt wie Ihr, Sir Philip, und ich, die nicht hinter Klostermauern begraben waren, bemerken sofort, wenn eine Frau uns mit Verlangen im Blick ansieht, nicht wahr?«

Bei diesen Worten konnte ich ein ungläubiges Schnauben nicht unterdrücken, das ich als weiteren Niesanfall tarnen musste.

Die Spielmänner beendeten ihre ausgelassene Weise und stimmten eine melancholische Melodie an, die es mir erlaubte, in nachdenkliches Schweigen zu verfallen, während Felder und Wälder an uns vorüberglitten und der Fluss schmaler wurde und daher weniger stark befahren. Über uns ballten sich Wolken zusammen, die sich im Wasser widerspiegelten, und die Hitze wurde schwer und drückend. Offenbar hatte Sidney recht, ein Sturm war im Anzug.

»Auf jeden Fall habe ich mir die Freiheit genommen, ein Sonett zu verfassen, das die Schönheit der Königin preist, Sir Philip«, verkündete der Palatin nach einer Weile. »Und ich überlege, es zuerst Euch vorzutragen, bevor es ihre zarten Ohren zu hören bekommen. Ich würde den wohlmeinenden Rat eines Dichterkollegen sehr zu schätzen wissen.«

»Da wendet Ihr Euch lieber an Bruno«, erwiderte Sidney obenhin und ließ derweilen eine Hand müßig durch das Wasser gleiten. »Seine Landsleute haben diese Gedichtform erfunden. Ist es nicht so, Bruno?«

Ich warf ihm einen vernichtenden Blick zu und ließ meine Gedanken erneut wandern, während der Palatin mit seinem ermüdenden Vortrag begann.

Wenn jemand im Verlauf der Zeit, in der ich mich die ganze italienischen Halbinsel hinauf von Stadt zu Stadt durchgebettelt und Lehrertätigkeiten übernommen hatte, wann immer es mir möglich gewesen war, und in der ich in billigen Gasthäusern genächtigt hatte, wenn ich keine Arbeit hatte finden können, vorhergesagt hätte, dass ich einst als Vertrauter von Königen und Höflingen enden würde, hätte wohl alle Welt gedacht, derjenige habe den Verstand verloren. Alle – außer mir selbst: Ich hatte immer schon auf meine Fähigkeit vertraut, nicht nur zu überleben, sondern es auch aus eigener Kraft zu etwas zu bringen. Für mich zählten Geist und Verstand mehr als das Privileg, in eine adlige Familie hineingeboren worden zu sein; Wissbegier und die Bereitschaft zum Lernen waren für mich stets mehr wert gewesen als Rang und Stand, und ich war der festen Überzeugung, dass auch andere früher oder später einsehen würden, dass ich mit meiner Sichtweise richtiglag. Dieses Wissen gab mir die Kraft, Hürden zu überwinden, die andere Männer abgeschreckt hätten. So war ich im Alter von fünfunddreißig Jahren vom reisenden Lehrer und flüchtigen Ketzer so hoch aufgestiegen, wie es sich ein Philosoph nur erträumen konnte: Ich war ein Günstling am Hof von König Henri III. in Paris, sein Privatlehrer in der Kunst, das Gedächtnis zu schulen, sowie Philosophieprofessor an der berühmten Sorbonne. Aber wie alle anderen Orte, die ich während meines siebenjährigen Exils bereist hatte, war auch Frankreich von religiösen Kriegen zerrüttet. Die katholische Fraktion in Paris unter der Führung von Familie Guise begann die Hugenotten immer stärker zu unterdrücken, sodass bereits gemunkelt wurde, die Inquisition wäre auf dem Weg nach Frankreich. Zur gleichen Zeit trugen mir meine freundschaftliche Beziehung zum König und die Beliebtheit meiner Vorlesungen die Feindschaft der gelehrten Doktoren der Sorbonne ein, und in den Straßen und Gassen waren bereits Gerüchte im Umlauf, die auch den Höflingen zu Ohren kamen: Mein einzigartiges Gedächtnisschulungssystem sei eine Form der schwarzen Magie, die ich benutzte, um mit Dämonen zu kommunizieren. Dies wertete ich als Zeichen weiterzuziehen, wie ich es schon in Venedig, Padua,

Genua, Lyon, Toulouse und Genf getan hatte, wenn mich meine Vergangenheit einzuholen drohte. Wie so viele religiöse Flüchtlinge vor mir suchte ich im toleranten London von Elisabeth Zuflucht, wo die Römische Inquisition über keine Gerichtsbarkeit verfügte und wo ich überdies das verschollene Buch des ägyptischen Hohepriesters Hermes Trismegistos zu finden hoffte.

Spätnachmittags legte die königliche Barke in Windsor an, wo wir von livrierten Dienstboten in Empfang genommen und zu unseren Unterkünften im Palast geführt wurden, um dort zu Abend zu essen und uns auszuruhen, bis wir früh am nächsten Morgen nach Oxford weiterreisten. Das Mahl verlief ziemlich schweigsam, was wohl zum Teil daran lag, dass sich der Himmel bedrohlich verdunkelt hatte, sodass die Kerzen schon früh entzündet werden mussten, und bis zum Ende unserer Mahlzeit lief das Wasser bereits in Strömen an den hohen Fenstern der großen Halle hinunter.

»Wenn das so weitergeht, fährt morgen kein Boot«, bemerkte Sidney, als die Diener den Tisch abräumten. »Dann müssen wir den Rest der Reise auf der Straße zurücklegen, falls wir Pferde auftreiben können.«

Der Palatin, der die Bootsfahrt sichtlich genossen hatte, verzog schmollend die Lippen.

»Ich bin kein geübter Reiter«, nörgelte er. »Wir brauchen wenigstens eine Kutsche. Oder wir warten hier, bis sich das Wetter bessert«, schlug er hoffnungsvoll vor, lehnte sich in seinem Stuhl zurück und musterte begehrlich die kostbaren Möbel in der Halle.

»Dazu fehlt uns die Zeit«, erwiderte Sidney. »Die Disputation findet übermorgen statt, und unser Redner muss sich noch die Argumente zurechtlegen, mit denen er seine Gegner zerschmettern wird, eh, Bruno?«

Ich wandte meine Aufmerksamkeit vom Fenster ab und bedachte ihn mit einem Lächeln.

»Tatsächlich wollte ich mich gerade aus genau diesem Grund entschuldigen«, sagte ich.

Sidney zog ein langes Gesicht.

»Oh – willst du nicht noch eine Weile sitzen bleiben und mit uns Karten spielen?« Die Aussicht, den Rest des Abends mit dem Palatin alleine verbringen zu müssen, erschreckte ihn sichtlich.

»Es tut mir leid, aber ich muss mich noch mit meinen Büchern beschäftigen.« Ich schob meinen Stuhl zurück. »Sonst lohnt es sich nicht, die Disputation überhaupt anzuhören.«

»Das trifft für die meisten zu, die ich über mich ergehen lassen musste«, warf der Palatin ein. »Nun, Sir Philip, dann werden wir uns eben zu zweit die Zeit vertreiben. Sollen wir uns gegenseitig vorlesen? Ich werde mehr Wein kommen lassen.«

Sidney warf mir einen um Hilfe flehenden Blick zu, als ich an ihm vorbeiging, doch ich zwinkerte nur und schloss die Tür hinter mir. Er war von uns beiden der professionelle Diplomat und dazu erzogen, mit Leuten wie Laski umzugehen. Ein lauter Donnerschlag ertönte, gerade als ich die üppig mit Malereien verzierte Treppe zu meiner Kammer emporstieg.

Lange Zeit studierte ich dort jedoch weder meine Unterlagen, noch versuchte ich, meine Gedanken zu ordnen, sondern lag nur auf dem Bett. Mir ging vieles durch den Kopf, während ich den Himmel betrachtete, der jetzt eine grünliche Färbung angenommen hatte. Blitz und Donner kamen immer näher, der Regen trommelte gegen das Glas und auf die Dachziegel, und ich fragte mich, warum die freudige Erregung, die ich noch am Morgen empfunden hatte, einer merkwürdigen inneren Unruhe gewichen war. Meine Zukunft in England, von der Zukunft meiner Arbeit ganz zu schweigen, hing in hohem Maße vom Ausgang dieser Reise nach Oxford ab, trotzdem wuchs mein Unbehagen ständig. In all den Jahren ohne Wurzeln, während derer ich mich allein auf meinen Überlebensinstinkt verlassen hatte, hatte ich gelernt, auf meine innere Stimme zu hören. Wenn ich Gefahr gewittert hatte, hatte mir der Lauf der Ereignisse für gewöhnlich recht gegeben. Aber vielleicht rührte mein ungutes Gefühl auch nur daher, dass ich zum wiederholten Mal im Begriff stand, mir eine neue Maske anzulegen, mich in jemanden zu verwandeln, der ich nicht war.

Ich war noch keine ganze Woche in London gewesen – mein Gönner König Henri, der mir nur widerstrebend die Erlaubnis erteilt hatte, Paris zu verlassen, hatte mich beim französischen Botschafter untergebracht – als mich Königin Elisabeths Staatssekretär Sir Francis Walsingham zu sich rufen ließ. Es war nicht die Art von Einladung, die man ablehnte, obwohl ich keine Ahnung hatte, was ein so bedeutender Staatsmann von mir wollte. Am nächsten Tag ritt ich also zu seinem Herrenhaus in der florierenden Seething Lane in der Nähe des Towers im Osten Londons und wurde von einem gehetzt dreinblickenden Haushofmeister durch das Haus in einen gepflegten Garten geführt. Hinter einer Reihe geometrisch gestutzter Buchsbäume erstreckte sich eine Rasenfläche, dahinter standen einige Obstbäume in voller Blüte. Sie bildeten ein prachtvolles Kronendach in Weiß und Rosarot, unter dem eine hochgewachsene, schwarz gekleidete Gestalt zu den ineinander verschlungenen Ästen aufblickte.

Auf das Nicken des Haushofmeisters hin trat ich auf den Mann zu, der sich umgedreht hatte, um mich anzusehen – das glaubte ich zumindest, denn im Schein der Nachmittagssonne konnte ich nur seine dunkle Silhouette erkennen. Ich blieb ein paar Schritte von ihm entfernt stehen und verneigte mich tief.

»Giordano Bruno aus Nola, zu Euren Diensten.«

»*Buona sera, Signor Bruno, e benvenuto, benvenuto*«, sagte er warm, dabei streckte er seine rechte Hand aus, um nach englischer Manier die meine zu schütteln. Sein Italienisch war nur schwach mit dem harten Akzent seiner Muttersprache behaftet, und als er näher kam, konnte ich sein Gesicht erstmals deutlich sehen: Es war lang geschnitten und wirkte durch die eng anliegende schwarze Kappe, die sein schütteres Haar bedeckte, noch ernster. Ich schätzte ihn auf ungefähr fünfzig Jahre. In seinen Augen leuchtete eine wache Intelligenz, die verriet, dass er um sich herum keine Dummköpfe duldete. Zugleich wirkte er zutiefst erschöpft, wie ein Mann, der eine schwere Last zu tragen hatte und zu wenig Schlaf bekam.

»Vor vierzehn Tagen erhielt ich einen Brief unseres Botschafters in Paris, der mich von Eurer Abreise nach London in Kenntnis setzte«, begann er ohne Einleitung. »Ihr seid am französischen Hof gut bekannt. Unser Botschafter sagt, er kann Eure Religion nicht empfehlen. Was meint er Eurer Meinung nach wohl damit?«

»Vielleicht bezieht er sich darauf, dass ich früher Mitglied eines heiligen Ordens war – oder darauf, dass ich es nicht mehr bin«, erwiderte ich vorsichtig.

»Oder er meint etwas ganz anderes.« Walsingham musterte mich forschend. »Aber dazu kommen wir später. Sagt mir zunächst, was Ihr über mich wisst, Filippo Bruno.«

Mein Kopf fuhr mit einem Ruck zu ihm herum. Er hatte mich vollkommen überrumpelt, was zweifellos in seiner Absicht gelegen hatte. Mit meinem Eintritt ins Kloster San Domenico Maggiore hatte ich zwar meinen Taufnamen abgelegt und den Mönchsnamen Giordano angenommen, mich jedoch während meiner Reisen gelegentlich meines wahren Namens bedient. Dass Walsingham mich jetzt damit anredete, war eine kleine List, um mir das Ausmaß seines Wissens zu demonstrieren, und er war mit ihrer Wirkung sichtlich zufrieden. Doch ich gewann meine Fassung rasch wieder.

»Ich weiß, dass nur ein Narr versuchen würde, etwas vor einem Mann verbergen zu wollen, der mir nie begegnet ist und mich trotzdem mit dem Namen anspricht, den mir meine Eltern gegeben und den ich zwanzig Jahre nicht benutzt habe.«

Walsingham lächelte.

»Dann wisst Ihr alles, worauf es momentan ankommt. Und ich weiß, dass Ihr kein Narr seid. Leichtsinnig vielleicht, aber kein Narr. Soll ich Euch jetzt sagen, was ich über Euch weiß, Doktor Giordano Bruno aus Nola?«

»Bitte – solange Euer Ehren mir gestatten, die Wahrheit von bloßen Gerüchten zu trennen.«

»Nun gut.« Walsingham nickte nachsichtig. »Ihr seid als Sohn eines Soldaten in Nola in der Nähe von Neapel geboren und als Jugendlicher mit siebzehn ins Kloster San Domenico Maggiore eingetreten. Etwa elf Jahre später habt Ihr den Orden verlassen und seid auf der Flucht vor der Inquisition, die Euch der Ketzerei verdächtigte, drei Jahre lang durch Italien gereist. Später habt Ihr in Genf und in Frankreich gelehrt, ehe Ihr zum Günstling von König Henri III. wurdet. Ihr lehrt die Kunst der Gedächtnisschulung, die viele als eine Art von Magie betrachten, und Ihr seid ein leidenschaftlicher Verfechter von Kopernikus' Theorie, der zufolge sich die Erde um die Sonne dreht, obgleich sowohl Rom als auch die Lutheraner diese Idee als Ketzerei bezeichnen.«

Nach Bestätigung heischend blickte er mich an, und ich nickte konsterniert.

»Euer Gnaden wissen sehr viel von mir.«

Wieder lächelte er.

»Das in Erfahrung zu bringen war nicht weiter schwierig – als Ihr kurz in Padua Halt gemacht hattet, habt Ihr Euch mit einem englischen Höfling namens Philip Sidney angefreundet, nicht wahr? Nun – dieser junge Mann wird in Kürze meine Tochter Frances heiraten.«

»Euer Gnaden könnten keinen würdigeren Schwiegersohn finden, da bin ich mir sicher. Ich freue mich, ihn wiederzusehen«, sagte ich und meinte es auch so.

Walsingham nickte.

»Nur aus bloßer Neugier – warum habt Ihr das Kloster verlassen?«

»Weil ich auf dem Abtritt Erasmus gelesen habe und dabei ertappt wurde.«

Er starrte mich einen Moment lang an, dann warf er den Kopf

in den Nacken und prustete los; mit einem tiefen, grollenden Geräusch, das ein Bär von sich geben würde, wenn er lachen könnte.

»Und ich besaß auch noch andere Bücher, die auf der Verbotsliste der Inquisition stehen. Sie wollten mich vor dem Vater Inquisitor verhören lassen, aber vorher bin ich geflohen. Deswegen wurde ich exkommuniziert.« Ich faltete beim Gehen die Hände hinter meinem Rücken und dachte, wie eigenartig es doch sei, jene Tage hier in diesem grünen englischen Garten wieder aufleben zu lassen.

Walsingham betrachtete mich mit undurchdringlicher Miene, anschließend schüttelte er den Kopf, als verwirre ihn irgendetwas.

»Ihr fasziniert mich, Bruno. Ihr seid vor der Inquisition, die Euch der Ketzerei bezichtigte, aus Italien geflohen, und trotzdem wurdet Ihr in Genf wegen Eurer Überzeugungen von den Calvinisten verhaftet und vor Gericht gestellt, nicht wahr?«

Ich neigte den Kopf.

»Die Sache in Genf kann man als Missverständnis bezeichnen. Ich habe festgestellt, dass die Calvinisten nur ein blindes Dogma gegen ein anderes ausgetauscht haben.«

Wieder musterte er mich, diesmal mit einem Anflug von Bewunderung, ehe er lachend abermals den Kopf schüttelte.

»Ich habe noch nie einen Mann kennen gelernt, der es geschafft hat, sich vom Papst *und* von den Calvinisten der Ketzerei beschuldigen zu lassen. Das ist eine einzigartige Leistung, Doktor Bruno! Was mich zu der Frage führt, welcher Religion Ihr nun eigentlich anhängt?«

Eine kleine Pause trat ein, während der er mich erwartungsvoll und zugleich ermunternd ansah.

»Euer Ehren wissen, dass ich kein Freund Roms bin. Ich versichere Euch, dass meine Loyalität in jeder Hinsicht Ihrer Majestät gilt und ich während meines Aufenthalts in ihrem Reich ihr treuer Diener sein werde.«

»Ja, ja, Bruno – ich danke Euch, doch das ist keine Antwort

auf meine Frage. Ich fragte Euch nach Eurer Religion. Seid Ihr im Herzen Papist oder Protestant?«

Ich zögerte.

»Euer Ehren haben bereits darauf hingewiesen, dass beide Seiten nicht viel von mir halten.«

»Soll das heißen, Ihr gehört keiner der beiden Seiten an? Seid Ihr ein Atheist?«

»Ehe ich darauf antworte, wüsste ich gern, welche Konsequenzen meine Antwort haben könnte.«

Das entlockte ihm ein Lächeln. »Dies ist kein Verhör, Bruno. Ich möchte nur Eure Philosophie verstehen. Sprecht offen mit mir, dann spreche ich ebenso offen mit Euch! Deswegen schlendern wir hier auch zwischen den Bäumen umher, wo uns niemand belauschen kann.«

»Dann versichere ich Euch, dass ich nicht das bin, was man gemeinhin unter einem Atheisten versteht«, erwiderte ich, dabei hoffte ich inbrünstig, dass ich mir nicht gerade mein eigenes Grab schaufelte. »In Frankreich und hier bei der französischen Botschaft bezeichne ich mich als Katholiken, um Schwierigkeiten aus dem Weg zu gehen. Aber ich will ganz ehrlich zu Euch sein. Ich betrachte mich weder als Katholiken noch als Protestanten – diese Begriffe sind für mich zu eng gesteckt. Ich glaube an eine größere Wahrheit.«

Walsingham hob eine Braue.

»Eine größere Wahrheit als den christlichen Glauben?«

»Eine antike Wahrheit, von der der christliche Glaube eine später erfolgte Interpretation ist. Eine Wahrheit, die – falls sie in unserem begriffsstutzigen Jahrhundert richtig ausgelegt werden würde – die Menschen erleuchten und den ständigen blutigen Zwistigkeiten ein Ende setzen könnte.«

Eine bedeutungsschwangere Stille trat ein. Die Sonne stand jetzt tief am Himmel, die Luft im Schatten der Bäume wurde merklich kühler. Die hereinbrechende Dämmerung animierte die Vögel zu noch lauterem Gezwitscher. Walsingham schritt weiterhin auf dem Gras auf und ab. Die Schulterpartie seines schwarzen Wamses war mit von den Ästen über uns heruntergeschwebten weißen Blütenblättern übersät.

»Glaube und Politik sind heutzutage ein und dasselbe«, fuhr er endlich fort. »Vielleicht war das schon immer so, aber in unserem von Problemen geschüttelten Land scheint es neue Extreme erreicht zu haben, findet Ihr nicht? Die Religion eines Mannes sagt weit mehr über seine politische Loyalität aus als sein Geburtsort oder seine Sprache. In diesem Reich gibt es zahlreiche wackere Engländer, die Rom eine weit größere Liebe entgegenbringen, als Ihr es tut, Bruno – eine weit größere Liebe als die zu ihrer eigenen Königin, um genau zu sein. Doch letztendlich ist Glaube nicht reine Politik, sondern vor allem eine Angelegenheit des persönlichen Gewissens eines Menschen und der Art, wie er sich vor Gott verantwortet. Ich habe im Namen Gottes Dinge getan, für die Er mich am Tag des Jüngsten Gerichts zur Rechenschaft ziehen wird.«

Er drehte sich um und sah mich bekümmert an. Als er weitersprach, klang seine Stimme ruhig und ausdruckslos.

»Ich habe daneben gestanden und zugesehen, wie einem Mann auf meinen Befehl hin sein noch zuckendes Herz aus dem Leib gerissen wurde. Ich habe Männer kaltblütig verhört, während ihnen unter der Streckfolter die Glieder aus den Gelenken gezerrt wurden, und dieses Geräusch allein reicht schon aus, um Euch den Inhalt Eures Magens in die Kehle steigen zu lassen. Ich habe das Rad sogar eigenhändig gedreht, wenn die Geständnisse, die ich erwartete, nicht für die Ohren der professionellen Folterknechte bestimmt waren. Ich habe gesehen, wie menschliche, nach dem Ebenbild Gottes geschaffene Körper bis zur Unkenntlichkeit verstümmelt wurden. Und ich habe meinen Mitmenschen all diese Qualen zugefügt, weil ich geglaubt habe, dadurch ein noch größeres Blutvergießen vermeiden zu können.«

Er fuhr sich mit einer Hand über die Stirn und nahm sein ruheloses Umherwandern wieder auf.

»In unserem Land herrscht die neue Religion noch nicht

lange, und in Frankreich und Spanien gibt es viele, die mit der Billigung Roms nur zu gerne unsere Königin töten und durch diese Teufelshure Maria von Schottland ersetzen würden.« Er schüttelte den Kopf. »Ich bin kein grausamer Mensch, Bruno. Im Gegensatz zu einigen meiner Henker bereitet es mir kein Vergnügen, anderen Schmerzen zuzufügen.« Er erschauerte so heftig, dass ich geneigt war, ihm zu glauben. »Ich bin auch nicht die Inquisition – ich fühle mich nicht für die unsterblichen Seelen anderer Menschen verantwortlich. Das überlasse ich jenen, die sich dieser Aufgabe verschrieben haben. Was ich tue, tue ich einzig und allein um der Sicherheit dieses Reiches und der Person der Königin willen. Besser, es wird in Tyburn ein Priester vor den Augen der Menge bei lebendigem Leibe ausgeweidet, als dass man zulässt, dass er zwanzig andere bekehrt, denen sich später noch weitere Männer anschließen und sich am Ende gegen Ihre Majestät erheben.«

Ich neigte zustimmend den Kopf, er schien auch nicht mit Widerspruch zu rechnen. Rund um den größten und ältesten Baum des Gartens verlief eine steinerne Bank. Walsingham bedeutete mir, neben ihm Platz zu nehmen.

»Ihr kennt die Verfolgungen, denen die Gegner Roms ausgesetzt sind, aus eigener Erfahrung. Ströme von Blut würden durch die Straßen Englands fließen, wenn es Maria von Schottland gelänge, den Thron an sich zu reißen. Versteht Ihr mich, Bruno? Aber die Verschwörungen, die dazu bestimmt sind, sie dorthin zu bringen, sind wie die Köpfe der Hydra – einen Kopf schlagen wir ab, und zehn wachsen nach. 1581 haben wir diesen aufwieglerischen Jesuiten Edmund Campion hingerichtet, und jetzt segeln seine Missionare, inspiriert von seinem Märtyrertum, zu Dutzenden nach England.« Wieder schüttelte er den Kopf.

»Ich beneide Euer Ehren nicht um Eure Aufgabe.«

»Sie wurde mir von Gott auferlegt, und ich muss nach Männern Ausschau halten, die mir helfen, mein Werk zu vollenden«, erwiderte er schlicht. »Sagt mir, Bruno – stellt Euch der französische König noch anderes als nur die Unterkunft in der Botschaft zur Verfügung?«

»Er unterstützt mich eher mit Worten als mit klingender Münze«, gab ich zurück. »Ich hatte gehofft, mir mein karges Stipendium durch das Erteilen von Unterrichtsstunden aufzubessern. Aus diesem Grund beabsichtige ich auch, die berühmte Universität von Oxford aufzusuchen. Vielleicht hat man dort Verwendung für mich.«

»Oxford? Tatsächlich?« Ein Fünkchen Interesse glomm in seinen Augen auf. »Ein Ort, der mitten im Sumpf des Papismus liegt. Die Obrigkeit der Universität prahlt damit, all jene auszurotten, die noch immer den alten Glauben praktizieren, aber in Wirklichkeit sind die Hälfte der älteren Männer dort heimliche Katholiken. Der Earl of Leicester, der Kanzler, kommt ständig überraschend zu Besuch oder ordnet Nachforschungen an, die Papisten huschen jedoch davon wie Spinnen unter Steine, wenn Licht auf sie fällt. Und sowie wir ihnen den Rücken zukehren, fahren sie fort, die Köpfe von Englands jungen Männern mit ihrer Götzenanbeterei vollzustopfen – die Köpfe derselben jungen Männer, die wir dann bei Gericht oder als kirchliche Würdenträger oder als Politiker wiedertreffen. Unsere künftige Regierung und Geistlichkeit wird direkt unter unserer Nase auf die Seite Roms gezogen. Ihre Majestät schäumt vor Wut, und ich habe Leicester mehr als ein Mal gesagt, er müsse härter dagegen vorgehen.« Er presste die Lippen zusammen, wie um anzudeuten, dass er die Dinge nicht so schleifenlassen würde, wenn er in diesem Punkt das Sagen hätte. »Oxford ist zum Refugium für all jene geworden, die mit aufrührerischen Büchern handeln, und die meisten dieser missionarischen Priester, die aus den französischen Seminaren kommen, sind Oxford-Absolventen.« Er dachte einen Moment nach und schlug sodann einen gemäßigteren Ton an. »Ja, Ihr solltet nach Oxford gehen. Ich würde Euch sogar mit Freuden empfehlen, wenn Ihr der Universität einen Besuch abstatten wollt. Es gibt dort viel Interessantes zu sehen.«

Er hielt inne, als erwäge er irgendetwas, schließlich schienen seine Gedanken entschlossen in ganz anderen Gefilden gelandet zu sein.

»Als Ihr mir sagtet, Ihr wärt bereit, Ihrer Majestät zu dienen, wenn sie Eurer Dienste bedürfen sollte – war dieses Angebot ernst gemeint?«

»Solche Angebote unterbreite ich nicht im Scherz, Euer Ehren.«

»Für Männer, die ich anheuere, um sie und ihr Reich vor Feinden zu schützen, hat Ihre Majestät immer Gold in ihren Schatztruhen. Und sie würde ihre Dankbarkeit auch auf andere Weise unter Beweis stellen – ich weiß, wie wichtig einflussreiche Gönner für die schreibende Zunft sind. Ich sage Euch jetzt, was der größte Dienst wäre, den Ihr ihr erweisen könntet: Wenn Ihr weiter in der französischen Botschaft wohnen bleibt, habt Ihr die Gelegenheit, viele heimliche Gespräche zu belauschen, und alles, was Ihr über geplante Komplotte gegen Ihre Majestät oder ihre Regierung in Erfahrung bringen könnt, alles, was die schottische Königin und ihre französischen Verschwörer betrifft …«, er breitete seine Arme weit aus, »… Briefe, auf die Ihr einen Blick erhaschen könnt, kann für uns von größtem Wert sein, auch wenn es Euch unwichtig vorkommen mag.«

Er sah mich mit fragend hochgezogenen Brauen an.

Ich zögerte.

»Es schmeichelt mir, dass Euer Ehren so viel Vertrauen in mich setzen …«

»Aber Ihr habt natürlich Skrupel«, unterbrach er mich ungeduldig. »Und ich könnte keinen Mann achten, der keine hat – immerhin bitte ich Euch, falsches Spiel mit Euren Gastgebern zu treiben, und ein ehrlicher Mann sollte es sich gut überlegen, ob er in eine solche Rolle schlüpfen will. Vergesst indes nicht, Bruno – immer wenn Ihr Euch zwischen Eurem Gewissen und Eurer Pflicht hin- und hergerissen fühlt, solltet Ihr Eurem Herzen und Eurem Verstand folgen. Die Unschuldigen haben nichts vor uns zu befürchten.«

»Das ist es nicht, Euer Ehren.«

»Was denn dann?« Er wirkte ratlos. »Philip Sidney sagte mir, Ihr wärt ein dermaßen erbitterter Feind Roms, dass Ihr Euch gern dem Kampf gegen jene anschließen würdet, die die Inquisition auch in unser Land bringen wollen.«

»Ich bin ein Gegner Roms, Euer Ehren, so wie ich ein Gegner eines jeden bin, der den Menschen vorschreiben will, was sie zu glauben haben, und sie hinrichten lässt, wenn sie es wagen, auch nur den kleinsten Teil davon in Frage zu stellen.«

Ich schwieg einen Moment, während er mich mit schmalen Augen musterte.

»Hier bestrafen wir die Menschen nicht für ihre Überzeugungen. Ihre Majestät hat ausdrücklich gesagt, dass sie nicht den Wunsch hat, ihren Untertanen auf den Grund ihrer Seele zu blicken, und ich teile diese Absicht. In diesem Land bringt einen Mann nicht das, was er glaubt, aufs Schafott, sondern das, was er im Namen dieses Glaubens vielleicht tut.«

»Das, was er *vielleicht* tut, oder das, was man ihm nachweisen kann?«, fragte ich spitz.

»Die bloße Absicht, etwas zu tun, ist Verrat, Bruno«, gab er ungeduldig zurück. »Hetzreden sind Verrat. In diesen Zeiten muss sogar das Verteilen verbotener Bücher als Verrat betrachtet werden, denn es geschieht in der Absicht, die zu bekehren, in deren Hände sie gelangen. Und der Versuch, die Untertanen der Königin zu bekehren, bedeutet, deren Loyalität von ihr auf den Papst zu lenken, sodass sie sich mit den Aggressoren verbünden würden, wenn katholische Truppen in unser Land einfallen sollten.«

Einen Moment lang saßen wir schweigend da, dann legte er mir eine Hand auf den Arm.

»Hier in England kann ein Mann mit fortschrittlichen Ideen wie Ihr frei leben und schreiben, ohne Strafen befürchten zu müssen. Deswegen seid Ihr hergekommen, wie ich annehme. Möchtet Ihr auch hier die Inquisition im Nacken sitzen haben?«

»Nein, Euer Ehren, auf keinen Fall.«

»Folglich werdet Ihr in die Dienste Ihrer Majestät treten?«

Ich zögerte – überlegte, inwiefern meine Antwort meine Zukunft beeinflussen würde.

»Ich werde ihr dienen, so gut ich es vermag«, erwiderte ich zu guter Letzt.

Daraufhin lächelte Walsingham breit – ich konnte seine Zähne im Dämmerlicht schimmern sehen – und nahm eine meiner Hände zwischen seine beiden. Seine Haut fühlte sich pergamenttrocken an.

»Ich kann Euch gar nicht sagen, wie sehr ich mich freue, Bruno. Ihre Majestät wird Euch für Eure Loyalität belohnen, sowie Ihr sie unter Beweis gestellt habt.« Seine Augen strahlten.

Der Garten ringsum war fast vollständig in Dunkelheit getaucht, nur ein paar goldene Lichtstrahlen säumten die violetten Wolkenbänke hinter den Bäumen. Die Luft hatte sich abgekühlt, und in der leichten Brise schwang ein süßer Pflanzenduft mit.

»Kommt, lasst uns ins Haus gehen. Was für ein schlechter Gastgeber ich doch bin – ich habe Euch noch nicht einmal eine Erfrischung angeboten.«

Er erhob sich merklich hüftsteif und kreuzlahm und machte sich auf den Weg.

Ein Diener hatte entlang beider Seiten des Gartenpfades Laternen angezündet, sodass unser Rückweg von zwei Reihen flackernder Kerzen erleuchtet wurde. Der Effekt war ausgesprochen romantisch, und ich sog die Abendluft in tiefen Zügen ein. Wieder einmal boten sich mir neue Möglichkeiten, eine greifbare Zukunft. Die langen Wochen, während derer ich durch die Berge Norditaliens gewandert war, in billigen, rattenverseuchten Gasthäusern übernachtet und aus Furcht vor Räubern, die es auf meine wenigen Münzen abgesehen hatten, die Hand die ganze Zeit an meinem Dolch gehabt hatte, schienen sehr weit zurückzuliegen. Ich stand im Begriff, in den Geheimdienst der Königin von England einzutreten. Eine weitere unerwartete

Wendung in meinem Leben, dennoch ein Teil der großen Karte meiner seltsamen Reise durch die Welt, dachte ich.

Unmittelbar vor den Laternen blieb Walsingham stehen und beugte sich zu mir.

»Ich werde für Euch ein Treffen mit meinem Assistenten Thomas Phelippes arrangieren«, sagte er. »Er ist für organisatorische Fragen zuständig – für die Verschlüsselung von Briefen, die Auswahl von Übergabepunkten und all solche Dinge. Und er gilt als Englands größter Experte auf dem Gebiet der Entschlüsselung von Codes. Ich muss Euch ja wohl nicht eigens darauf hinweisen, dass niemand außer Sidney von unserem Gespräch erfahren darf«, fügte er mit gedämpfter Stimme hinzu.

»Euer Ehren, ich war einst ein Priester, doch ich kann ebenso gut lügen wie jeder andere Mann auch.«

Walsingham lächelte.

»Ich verlasse mich darauf. Ohne Talent zur Verstellung hättet Ihr die Inquisition nicht so lange in die Irre führen können.«

So kam es, dass ich Teil von etwas wurde, bei dem es sich, wie ich später erfuhr, um ein weitläufiges, komplexes Informantennetzwerk handelte, das sich von den Kolonien der Neuen Welt bis hin zum Land der Türken im Osten erstreckte. Und alle Spione kamen früher oder später heim und gaben alles an Walsingham weiter, was sie an Geheimnissen hatten aufdecken können – so wie die Taube einst zu Noah zurückgekehrt war, um ihm den Ölzweig zu überbringen.

Ein heftiger Donnerschlag über meinem Kopf riss mich aus meinen Gedanken in die Gegenwart zurück: in den Raum des Königspalastes, in dem ich gegen das regennasse Fenster gelehnt saß und einen von zuckenden Blitzen erleuchteten Hof betrachtete. Ich hatte gehofft, in England in Frieden leben und die Bücher schreiben zu können, die, wie ich glaubte, Europa in seinen Grundpfeilern erschüttern würden, aber ich war ehrgeizig, und das war mein Fluch. Von Ehrgeiz besessen zu sein, ohne über ausreichende Geldmittel und den entsprechenden

Status zu verfügen, macht einen Mann von der Gunst anderer, einflussreicherer Männer abhängig – oder, wie in meinem Fall, von einer Frau. Morgen würde ich die große Universitätsstadt Oxford erreichen, wo ich zwei ausgesprochene Goldklumpen zutage fördern müsste: die Geheimnisse, die Walsingham den dort lebenden heimlichen Katholiken entreißen wollte, und das Buch, von dem ich nun ganz fest glaubte, dass es in einer der ortsansässigen Bibliotheken vergraben sein würde.

Zweiter Teil

Oxford, England

Mai 1583

2

Am nächsten Morgen brachen wir im ersten Tageslicht auf. Wir ritten auf Pferden, die Sidney für uns vom Haushofmeister auf Windsor hatte beschaffen können – prächtige Tiere mit Zaumzeug aus rotem und goldenem Samt, besetzt mit leise klirrenden Messingverzierungen. Doch ungeachtet des fröhlichen Geräusches bildeten wir jetzt eine weit trübseligere Reisegesellschaft als tags zuvor auf dem Fluss. Der Sturm war abgeflaut, aber es regnete immer noch unaufhörlich, die Luft hatte sich merklich abgekühlt, und der graue Himmel schien sich auf uns herabsenken zu wollen. Es wäre unmöglich gewesen, die Reise auf dem Wasserweg fortzusetzen, ohne Gefahr zu laufen, dabei zu ertrinken. Der Palatin war beim Frühstück wesentlich wortkarger gewesen als sonst, hatte die Finger gegen die Schläfen gepresst und gelegentlich leise gestöhnt – die Strafe für eine zu lange Nacht und zu große Menge Portwein, hatte Sidney mir zugeflüstert, was meine Laune sofort gehoben hatte. Sidney selbst war bester Stimmung, seine Kartenspielgewinne waren nämlich direkt proportional zum Weingenuss des Palatins gestiegen. Aufgrund des schlechten Wetters legten wir den ersten Teil der Reise jedoch in mürrischem Schweigen zurück, das nur ab und an von Sidneys Genörgel über den Zustand der Straßen oder den unappetitlichen Rülpsern des Palatins zerrissen wurde.

Die grüne Landschaft zu unseren beiden Seiten veränderte sich kaum. Sidney trieb sein Pferd, dessen Hufe dumpf auf dem nassen Gras dröhnten, an das meine heran, sodass der Palatin, dem der Kopf immer wieder auf die Brust sank, ein Stück zurückfiel. Zwei Leibdiener kümmerten sich um ihn. Auf ihren Pferden waren die riesigen Körbe festgeschnallt, die Laskis und Sidneys Festtagsstaat für den Besuch enthielten. Ich besaß lediglich eine einzige Ledertasche mit ein paar Büchern und Kleidern zum Wechseln, und die hatte ich an meinen eigenen Sattel geschnallt. Am Nachmittag erreichten wir den königlichen Forst Shotover am Stadtrand von Oxford. Die Straße durch den Wald war schlecht instand gehalten worden, und wir mussten langsamer reiten, damit die Pferde nicht in den Pfützen und Löchern ins Stolpern gerieten.

»So, Bruno«, sagte Sidney leise, sowie wir außer Hörweite des Palatins und seiner Diener waren. »Jetzt erzähl mir von dem Buch, wegen dem du die ganze lange Reise von Paris hierher auf dich genommen hast.«

»Das ganze letzte Jahrhundert lang nahm man an, es sei verloren gegangen«, erwiderte ich. »Aber ich habe nie daran geglaubt, und ich habe überall in Europa Buchhändler und Sammler getroffen, denen Gerüchte zu Ohren gekommen waren, wo es möglicherweise zu finden sein könnte. Aber erst in Paris erhielt ich den Beweis dafür, dass das Buch wirklich noch existiert.«

In Paris, so berichtete ich ihm, hatte es einen Kreis italienischer Exilanten gegeben, der sich am Rand der Gesellschaft von König Henris Hof bewegte. Zu ihnen hatte ein älterer Florentiner namens Pietro gehört, der nie müde wurde, damit zu prahlen, dass er der Großneffe des berühmten Buchhändlers und Biografen Vespasiano da Bisticci war, der Cosimo de Medici zahlreiche Bücher beschafft und außerdem die Vatikanbibliothek katalogisiert hatte. Dieser Pietro, der mein Interesse für seltene esoterische Bücher kannte, erzählte mir eine Geschichte, die er von seinem Großvater, Vespasianos Neffen, gehört hatte, der um 1460 herum, also während Cosimos letzter Lebensjahre, bei seinem Onkel in die Lehre gegangen war. Vespasiano hatte Cosimo beim Zusammentragen seiner unvergleichlichen Bibliothek geholfen, die Kopisten mit klassischen Texten versorgt und war so in den Kreis der Medici aufgenommen und ein enger Freund von Marsilio Ficino geworden, dem großen humanistischen Philosophen und Astrologen, den Cosimo zum Vorsteher seiner florentinischen Akademie und offiziellen Plato-Übersetzer der Medici-Bibliothek ernannt hatte. Laut Pietros Großvater, der damals ein junger Lehrling war, besuchte Ficino im Jahre 1463 – dem Jahr vor Cosimos Tod – eines Morgens Vespasiano in seinem Laden. Er war sichtlich aufgewühlt und drückte ein Päckchen an sich. Zwar hatte Ficino zu dieser Zeit schon mit der Arbeit an den Plato-Manuskripten begonnen, dann aber von seinem Gönner die Anweisung erhalten, sie vorerst aufzuschieben und sich einer dringenderen Angelegenheit zuzuwenden – nämlich besagten hermetischen Schriften. Die hatte einer der Mönche, die in Cosimos Auftrag jenseits des Meeres nach Büchern aus den Bibliotheken von Byzanz suchten, etwa drei Jahre zuvor aus Mazedonien mitgebracht, mussten allerdings noch eingehend studiert werden. Vielleicht wusste Cosimo, dass sein Ende nahte, und wollte in den letzten Tagen seines Lebens lieber Hermes statt Plato lesen – ich kann es nicht sagen. Jedenfalls hieß es, Ficino hätte Vespasiano mit aschfahlem Gesicht und am ganzen Leibe zitternd berichtet, er habe die fünfzehn Bände des Manuskripts gelesen und erkannt, dass er seinen Auftrag nicht voll und ganz ausführen konnte. Er würde Cosimo die ersten vierzehn Bände übersetzen, aber der fünfzehnte, sagte er, sei zu einzigartig, zu bedeutend, um in die Sprache machthungriger Männer übertragen zu werden, denn er enthüllte das größte Geheimnis von Hermes Trismegistos, die verlorene Wahrheit der Ägypter; ein Geheimnis, das die Autorität der christlichen Kirche zerstören könne. Dieses Buch lehre die Menschen das Geheimnis des göttlichen Geistes zu erfassen, letzlich sogar wie Gott zu werden.

Im Anschluss übergab Ficino dieses sorgsam in Öltuch verpackte brisante griechische Manuskript Vespasiano und beschwor ihn, es wie seinen Augapfel zu hüten, bis sie entscheiden könnten, was damit geschehen solle. Er, Ficino, würde Cosimo derweilen weismachen, das fünfzehnte Buch sei nie mit den anderen vierzehn Bänden aus Byzanz herausgeschafft worden. Die beiden Männer besiegelten ihre Abmachung mit einem Handschlag, und die restlichen Manuskripte wurden auftragsgemäß übersetzt. Nachdem Cosimo im darauffolgenden Jahr starb, trafen sich Ficino und Vespasiano, um zu beraten, was mit dem fünfzehnten Buch geschehen sollte. Vespasiano witterte einen saftigen Profit und sprach sich dafür aus, es an eine der reichen Klosterbibliotheken zu verkaufen, wo erfahrene Gelehrte dafür sorgen würden, dass es nicht in die Hände von Männern geriete, die das Wissen, das es enthielt, falsch interpretieren oder missbrauchen könnten. Ficino seinerseits hatte seine früheren Bedenken überwunden und fragte sich, ob es nicht besser wäre, das Buch doch noch zu übersetzen, seine Geheimnisse ans Licht zu bringen und sie den großen Denkern der florentinischen Akademie zu enthüllen, die dann über die ketzerischste Philosophie diskutieren würden, die in Italien je bekanntgeworden war.

»Und wer hat sich durchgesetzt?« Sidney vergaß, seine Stimme zu senken. Seine Augen glitzerten hinter den Sturzbächen aus Regenwasser, die von der Spitze seiner Kappe strömten.

»Keiner von beiden«, entgegnete ich. »Als sie das Manuskript aus dem Archiv holen wollten, machten sie eine furchtbare Entdeckung. Das Buch war einige Monate zuvor versehentlich mit einem Bündel anderer griechischer Manuskripte verkauft worden, die ein englischer Sammler sich bestellt hatte.«

»Wer war das?«, wollte Sidney wissen.

»Das habe ich nicht erfahren. Vespasiano hatte es ja ebenfalls nicht können.« Ich senkte den Blick, und wir ritten in nachdenkliches Schweigen versunken weiter.

An dieser Stelle endete Pietros Geschichte. Sein Großvater, hatte er gesagt, hätte nur gewusst, dass ein englischer Sammler auf der Durchreise durch Florenz die Manuskripte erworben hatte und es Vespasiano nie gelungen war, dieses ihm anvertraute, besondere Exemplar wieder aufzuspüren, obwohl er bis zum Ende seines langen Lebens alle seine Verbindungen in

Europa hatte spielen lassen. Ein schwacher Anhaltspunkt, darüber war ich mir im Klaren, denn im letzten Jahrhundert waren zahlreiche englische Antiquitäten- und Büchersammler quer durch Italien gereist, und niemand konnte sagen, ob der Mann, der durch puren Zufall ein derart seltenes Buch erstanden hatte, es weiterverkauft hatte, oder ob es in irgendeiner dunklen Ecke einer Bibliothek verstaubte, weil dem Käufer nie bewusst geworden war, was für ein Vermögen das Schicksal ihm da in die Hände gespielt hatte.

»Warum glaubst du dann, es könnte in Oxford sein?«, fragte Sidney nach einer Weile.

»Ich verfahre nach dem Ausschlussprinzip. Die englischen Sammler, die im letzten Jahrhundert Europa bereist haben, waren gebildete, größtenteils wohlhabende Männer, und bei englischen Gentlemen ist es Tradition, ihrer Universität ihre Bücher zu hinterlassen, da es sich nur wenige leisten können, wie dein Doktor Dee eine große Privatsammlung zu unterhalten. Wenn das Hermes-Buch in England gelandet ist, kann es durchaus den Weg nach Oxford oder Cambridge gefunden haben. Ich muss eben einen Versuch riskieren.«

»Und wenn du es findest …«, begann Sidney, wurde aber jäh unterbrochen, als sein Pferd plötzlich mit einem scharfen Wiehern scheute. Zwei Gestalten waren ohne Vorwarnung mitten auf der Straße aufgetaucht. Wir zügelten unsere Pferde so abrupt, dass der Palatin und seine Diener beinahe gegen uns geprallt wären. Zwei zerlumpte, barfüßige Kinder, ein ungefähr zehnjähriges Mädchen und ein kleinerer Junge, standen vor uns im Matsch. Auf der rechten Wange des Mädchens leuchtete ein violetter Bluterguss. Es streckte uns seine kleine Hand entgegen und wandte sich mit flehender Stimme an Sidney, doch den Blick, mit dem es ihn bedachte, konnte man nur als unverschämt bezeichnen.

»Ein Almosen für zwei arme Waisen, Sir?«

Sidney schüttelte stumm den Kopf, als bedauere er den Gesamtzustand der Welt, griff aber gleichzeitig nach dem Geldbeutel an seinem Gürtel und zog eine Münze für das Kind heraus. Zugleich ertönte hinter uns ein lauter Schrei. Ich wirbelte herum und sah gerade noch, wie einer der Diener des Palatins von einem stämmigen Mann, der sich zusammen mit zwei anderen geräuschlos aus dem Schatten der Bäume gelöst hatte, von seinem Pferd gerissen wurde. Der Palatin stieß ein erschrockenes Quieken aus, gewann seine Fassung aber bemerkenswert schnell zurück, trieb sein Pferd zu einem Galopp an und jagte zwischen Sidney und mir hindurch, wobei er fast die beiden Kinder niedergetrampelt hätte, hätten sich diese nicht mit einem Satz ins Unterholz gerettet. Ich sprang von meinem Pferd, riss Paolos Messer aus dem Gürtel und stürzte mich von hinten auf einen der Angreifer, der einen dicken Holzstock schwang, um den zweiten Diener aus dem Sattel zu stoßen. Sidney brauchte einen Moment, um zu reagieren, dann stieg auch er ab, zog sein Schwert und ging auf die Männer los, die jetzt versuchten, die Riemen zu zerschneiden, mit denen unser Gepäck auf die Pferde geschnallt war.

Der Mann, den ich angegriffen hatte, brüllte und holte aus, als ich seinen Arm packte, wodurch der Hieb ins Leere ging und es dem Diener gelang, die Pferde vorwärtszutreiben. Ein anderer Gegner rückte mir mit einem primitiven Messer auf den Leib und traf mich damit am Bein, als ich nach ihm trat. Wutentbrannt ließ ich mich zu Boden fallen und wollte mit meinem eigenen Messer zustechen, erhaschte aber aus den Augenwinkeln heraus eine Bewegung, die mich ablenkte. Ich fuhr gerade noch rechtzeitig herum, um zu sehen, dass der größere Mann mit seinem Knüppel auf mich losgehen wollte. Rasch bohrte ich das Messer in die fleischige Unterseite seines Oberarms. Er jaulte vor Schmerz auf, ließ den Arm sinken und presste die andere Hand auf die Wunde. Ich nutzte meinen Vorteil sofort und stieß ihm das Messer in die Hand, die den Prügel hielt. Dieser fiel mit einem dumpfen Aufprall zu Boden, und ich wandte mich zu dem zweiten Mann, der immer noch sein rostiges Messer auf mich richtete, jetzt aber weit weniger entschlossen wirkte. Lauthals auf Italienisch fluchend stürmte ich auf ihn zu, täuschte den Angriff aber nur vor. Er fiel auf die Finte herein, glitt aus und stürzte. Ich versetzte ihm einen wuchtigen Tritt in die Magengrube, stellte mich dann breitbeinig über ihn und hielt ihm mein Messer an die Wange.

»Lass deine Waffe fallen und verschwinde dorthin, wo du hergekommen bist, ehe ich meine Meinung ändere«, zischte ich. Er rappelte sich wortlos auf, wäre in seiner Hast beinahe erneut ausgeglitten und verschwand in Richtung der Büsche. Im nächsten Moment zerriss ein markerschütternder Schrei die Luft. Ich blickte auf und sah einen von Sidneys Gegnern langsam auf die Knie sinken, während ihm der Dichter sein Schwert aus der Seite zog. Der andere Angreifer betrachtete den zusammengesunkenen Körper seines Kameraden voller Entsetzen, dann kroch er, so schnell er konnte, in das Unterholz. Sidney wischte das Schwert an dem feuchten Gras am Rand der Straße ab und schob es schwer atmend in die Scheide zurück.

»Ist er tot?«

Sidney zuckte abfällig die Schultern.

»Er wird es überleben«, erwiderte er mit zusammengepressten Lippen. »Aber er wird es sich zwei Mal überlegen, ehe er diesen Trick erneut versucht. Diese Straße ist für Überfälle von Banditen berüchtigt, wir hätten vorsichtiger sein sollen. Aber du hast dich gut gehalten, Bruno«, fügte er bewundernd hinzu. »Nicht übel für einen Mann Gottes.«

»Ich bin mir nicht sicher, ob mich Gott noch als einen solchen betrachtet. Freilich, ich bin drei Jahre lang kreuz und quer durch Italien geflohen, da lernt man, sich zu verteidigen.« Ich säuberte Paolos Messer gleichfalls mit Gras, dabei dankte ich meinem alten Freund aus der Zeit hinter Klostermauern stumm für seine Voraussicht. Es war nicht das erste Mal, dass diese Waffe mich vor Schaden bewahrt hatte.

Sidney nickte nachdenklich.

»Jetzt fällt es mir wieder ein – in Padua hast du irgendetwas von einem Kampf in Rom erzählt, in den du verwickelt warst.«

Er sah mich erwartungsvoll an. Ein leises Lächeln spielte um seine Lippen.

Ich antwortete nicht sofort, sondern drehte das Messer in den Händen, während der Regen an meinem Hals herunter in meinen Kragen rann. Dies war ein dunkler Punkt in meiner Flüchtlingsvergangenheit, den ich lieber vergessen würde. In England sollte man mich als berühmten Philosophen vom Pariser Hof kennen, nicht als Mann, der in Italien wegen des Verdachts der Ketzerei und des Mordes verfolgt worden war und im Untergrund gelebt hatte.

»In Rom hat mich jemand für Geld an die Inquisition verraten. Aber ich war schon aus der Stadt geflohen, als man seinen Leichnam aus dem Tiber fischte«, erwiderte ich endlich.

Sidney lächelte verschlagen.

»Und hattest du ihn getötet?«

»Der Mann war ein notorisch zanksüchtiger Mensch, wie ich hörte. Ich bin Philosoph, Philip, und kein Meuchelmörder«, gab ich zurück, dabei schob ich das Messer wieder in den Gürtel.

Der Diener, den ich gerettet hatte, saß ein Stück vor uns noch im Sattel und hatte Mühe, die Zügel unserer beiden stampfenden, schnaubenden und vor Angst die Ohren anlegenden Pferde zu halten. Der andere Mann hatte einen Schlag gegen den Kopf bekommen, als die Räuber uns überrumpelt hatten. Wir mussten ihm in den Sattel helfen, wo er vornübersackte und sich an der Mähne des Tieres festklammerte. Zum Glück hatten wir die Angreifer vertrieben, bevor sie die Riemen unserer Packpferde durchschneiden konnten, aber einer hing gefährlich schief und musste neu befestigt werden, ehe wir unseren Weg fortsetzen konnten. Der Palatin kauerte hinter der nächsten Biegung unter einem Baum. Sidney murmelte eine Entschuldigung für die rabiate Unterbrechung, doch ich war insgeheim der Meinung, dass sich eigentlich der Pole für seine Feigheit hätte entschuldigen sollen.

Mit schmerzenden Knochen ritten wir bedrückt weiter. Die Schnittwunde an meinem Schenkel war zwar nicht tief, brannte aber, weil meine Hose sie aufscheuerte. Der Überfall hatte mich stärker erschüttert, als ich es Sidney merken lassen wollte. Es traf zu, dass mein abenteuerliches Leben auf der Flucht mich das Kämpfen gelehrt hatte, doch ich hatte das letzte Jahr in Ruhe und Bequemlichkeit an König Henris Hof zugebracht, und mein Reaktionsvermögen und meine Übung ließen nun zu wünschen übrig. Das Wasser lief mir erbarmungslos am Hals herunter und in die Augen, und selbst als wir den Rand des Shotover Hill erreichten, von dem aus sich uns laut Sidney ein herrlicher Blick über die Stadt Oxford bieten sollte, verdeckte der Regenvorhang alles.

Wir ritten zu der Brücke hinunter, die beim St. Mary Magdalen College über den Fluss führte, und sahen, dass sich dort eine kleine Menschenmenge versammelt hatte. Als wir näher kamen, verkündete Sidney, es handele sich um eine Abordnung von Universitätswürdenträgern und Ratsherren, die uns begrüßen wollten. An diesem Morgen war ein Reiter in Windsor aufgebrochen, um denjenigen, die sich auf den Besuch des Palatins vorbereiteten, mitzuteilen, dass wir nicht auf dem Wasserweg eintreffen würden. Die sumpfige Straße hatte uns jedoch aufgehalten, sodass das bedauernswerte Empfangskomitee offensichtlich schon einige Zeit im Regen zu warten schien, denn Wasser tropfte unablässig von den Samtkappen der Männer auf ihre schwarzen und scharlachroten Roben.

Der Vizekanzler trat vor, stellte sich vor, verneigte sich tief und küsste erst die juwelengeschmückte Hand des Palatins und dann die Sidneys. Seine Augen weiteten sich angesichts unserer unordentlichen Erscheinung, aber er ging taktvoll darüber hinweg. Er erklärte, Sidney würde im Christ Church College untergebracht, dem größten aller Colleges in Oxford, für das die Königin eine besondere Vorliebe hegte. Sidney hatte selbst hier studiert, also war es logisch, dass er dorthin zurückkehrte. Ich sollte anderswo einquartiert werden; ein rundgesichtiger Mann mit lichtem Haar unterhalb seiner Kopfbedeckung kam zu mir und streckte mir nach englischer Sitte die Hand hin, wobei er versuchte, das von seinem Hut rinnende Wasser stoisch zu ignorieren.

»Doktor Bruno – ich bin John Underhill, der Rektor des Lincoln College. Ich heiße Euch in Oxford herzlich willkommen und hoffe, Ihr erweist uns die Ehre, unsere Gastfreundschaft in Anspruch zu nehmen.«

»Allerdings, und das mit größter Dankbarkeit.«

»Wir beide vertreten bei der Disputation morgen Abend gegensätzliche Standpunkte, aber ich hoffe, dass wir uns bis dahin als Freunde betrachten.« Er lächelte bei diesen Worten, doch das Lächeln erstarb ihm auf den Lippen.

Das also war mein aristotelischer Widersacher. Er wirkte hektisch, und seine Gastfreundschaft schien mir nicht ganz echt zu sein, gleichwohl war ich entschlossen, in Oxford einen guten Eindruck zu machen, also lächelte ich breit und schüttelte die mir dargebotene Hand.

»Das hoffe ich auch, Doktor Underhill.«

Wir gelangten durch das Osttor in die Stadt, ein kleines Vorwerk in der hohen Mauer, die rund um den Hauptteil Oxfords verlief. Als unser Trupp unter der Brustwehr hindurchritt, stimmten Musikanten ein Konzert an. Ihre Instrumente kämpften tapfer gegen den Lärm von Regen und Wind an. Der Palatin löste sich gerade lange genug aus seiner mürrischen Erstarrung, um halbherzig den Schaulustigen auf unserem Weg entlang der High Street zuzuwinken, vorbei an Reihen kleiner Fachwerkhäuser, die den steinernen Fassaden der Universitätsgebäude wichen, sobald wir uns der Stadtmitte näherten. Davor standen Studenten aller Semester in ihren formellen Roben; sie drängten sich zitternd unter den Dachtraufen zusammen, um uns zu begrüßen, als wir, flankiert von den Doktoren und Ratsherren, an ihnen vorbeikamen. Endlich machten wir am Anfang einer schmalen Straße Halt, die nach Norden abbog. Hier teilte man mir mit, dass der Rektor mich nun zu meiner Unterkunft geleiten würde. Nachdem ich abgestiegen war und mein Pferd in die Obhut eines jungen Pferdeknechtes gegeben hatte, der es in den Privatställen des Rektors unterstellen würde, ging ich zu Sidney hinüber, der sich zu mir herunterbeugte und meine Hand ergriff.

»Ich sehe dich dann morgen bei deinem ruhmreichen Vortrag, Bruno«, sagte er lächelnd. »Lass dich nur nicht von deiner Fährte abbringen – und denk beim Abendessen gelegentlich an mich.« Er nickte in Richtung des Palatins, der sich lautstark bei einem Universitätsangehörigen über seine schmerzenden Sattelwunden beklagte. Es stimmte mich nicht sonderlich traurig, auf seine Gesellschaft verzichten zu müssen, aber ich bedauerte es, von Sidney getrennt zu werden. Allerdings beabsichtigte ich, mich heute Abend früh zurückzuziehen und mich auf das öffentliche Streitgespräch vorzubereiten und würde daher ohnehin nicht viel zur Unterhaltung meines Freundes beitragen können. Sowie die Disputation vorüber wäre, bei der ich mich so gut wie möglich schlagen würde, würde ich mich entspannen, die gesellige Universitätsatmosphäre genießen und meine Aufmerksamkeit meinen anderen Missionen zuwenden. Der Rektor war stehen geblieben. Sein Gewand war inzwischen vollkommen durchnässt, dennoch hatte er ein resolutes Lächeln aufgesetzt. Ich schlug den Kragen meines Umhangs hoch, als wir zwischen den Gebäuden hindurchschritten, bis sich die Mauer zu unserer Linken zu einem niedrigen rechteckigen Turm erhob. Der Rektor schob eine mannshohe, in das eisenbeschlagene Holz des hohen Tores eingelassene Tür auf und ließ mir den Vortritt. Der Diener, der meine Tasche trug, folgte mir.

»Es tut mir leid, aber ich muss Euch Euren Dolch abnehmen, Doktor Bruno«, entschuldigte er sich mit einem Blick zu der Scheide an meinem Gürtel. »Zu den obersten Regeln in Oxford gehört es, dass es keinem Mann gestattet ist, auf dem Universitätsgelände Waffen zu tragen. Wir sind nicht nur für den Geist und die Seele unserer Studenten verantwortlich, sondern auch für ihre körperliche Unversehrtheit. Aber keine Sorge, wir werden ihn sicher für Euch aufbewahren.« Er lachte verlegen auf, als ich ihm das Messer widerstrebend überreichte.

Dann trat ich hinter ihm durch einen Bogengang unterhalb des Turms, der in einen ordentlichen, mit Steinfliesen gepflasterten Hof führte. Das Gebäude genau gegenüber dem Torhausturm hielt ich aufgrund seiner hohen, längs unterteilten Fenster und aufgrund des Rauchabzugstürmchens genau in der Dachmitte für die *Hall*. Efeu rankte sich an den Steinen empor. An den Ecken sämtlicher Gebäude, die den Innenhof säumten, führte ein Torbogen zu einer schmalen Passage. Der Rektor trat neben mich, nahm seinen nassen Hut ab und strich sich mit der Hand über sein schütteres Haar.

»Ihr müsst mir meine äußere Erscheinung nachsehen, Doktor Bruno – dieser plötzliche Rückfall in den Winter hat uns alle überrascht, wir hatten schon gedacht, der Sommer würde bald Einzug halten. Aber mit einem solchen Wetterumschwung muss man in England wohl immer rechnen, fürchte ich. Ihr sehnt Euch sicher oft nach dem blauen Himmel Eurer Heimat, nicht wahr?«

»Manchmal schon, obwohl ich sagen muss, dass das Wetter Nordeuropas meinem Temperament eher zusagt«, gab ich zurück.

»Aha. Demnach seid Ihr eher melancholisch veranlagt?«

»Wie in uns allen, Doktor Underhill, vereinen sich auch in mir widersprüchliche Elemente – Erde und Feuer, Schwermut und Hitzköpfigkeit zu gleichen Teilen. Aber es bedarf mehr als Wärme und blauen Himmel, um das Blut in Wallung zu bringen, findet Ihr nicht? Mir persönlich fällt das Schreiben leichter, wenn ich keinen anderen Verlockungen ausgesetzt bin.«

Underhill nickte zweifelnd. Er trug den Gesichtsausdruck eines Mannes zur Schau, dessen Blut seit vielen Jahren nicht mehr in Wallung geraten war.

»Ihr habt recht. Es ist schwierig, die Studenten während der Sommermonate zum Arbeiten anzuhalten. Und nun – ich habe für Euch ein Zimmer im Südflügel vorgesehen, es grenzt fast an meine eigenen Wohnräume.« Er deutete über den Hof. »Und genau gegenüber findet Ihr unsere Bibliothek, die Ihr jederzeit benutzen könnt.«

»Besitzt Ihr viele Bücher?« Ich schüttelte Wasser von meinem Umhang.

»Kostbarere als die meisten anderen Universitäten.« Unüberhörbarer Stolz schwang in seiner Stimme mit, den ich aber verzeihlich fand, da er nicht seinen eigenen Verdiensten, sondern seinen Manuskripten galt. »Größtenteils scholastische Werke, aber der Neffe unseres Gründers, Dekan Flemyng, hat uns eine beachtliche Sammlung literarischer und klassischer Texte hinterlassen, von denen er viele eigenhändig kopiert hat. Er hat in Italien studiert, müsst Ihr wissen, und aus allen Teilen Europas Manuskripte mitgebracht«, fügte er hinzu.

»Wirklich? Ich würde Eure Sammlung sehr gern sehen.« Mein Pulsschlag beschleunigte sich. »Wisst Ihr, ob Flemyng im Rahmen seiner Reisen auch Florenz besucht hat? Um 1460 herum?«

Der Rektor zuckte die Achseln. »Das hat er ganz sicher – einige Bücher in unserer Sammlung tragen das Zeichen des großen florentinischen Buchhändlers Vespasiano da Bisticci, der, wie Ihr sicher wisst, Cosimo de Medici viele Bücher beschafft hat. Interessiert Ihr Euch besonders für diese Periode?«

Ich holte tief Atem, versuchte, eine unbeteiligte Miene zu bewahren und faltete meine zitternden Hände, um meine Erregung zu verbergen.

»Wisst Ihr, jeder italienische Gelehrte ist von Cosimos Bibliothek fasziniert – zu jener Zeit hat er Boten durch ganz Europa und das byzantinische Reich geschickt, die für ihn nach seltenen Texten suchen sollten. Ich habe in Paris einen von Vespasianos Nachkommen kennen gelernt«, fügte ich obenhin hinzu. »Es würde mich in der Tat außerordentlich interessieren, die Schätze zu sehen, die Dekan Flemyng nach Oxford mitgebracht hat, wenn Ihr nichts dagegen habt.«

Bildete ich es mir ein, oder schien sich der Rektor mit einem Mal nicht recht wohl in seiner Haut zu fühlen?

»Da müsst Ihr Euch an unseren Bibliothekar Master Godwyn wenden, der Euch sicher gerne unsere Sammlung zeigt und

Euch an seinem Wissen teilhaben lässt. Doch jetzt wollt Ihr sicher erst einmal Eure Kleider wechseln und etwas essen. Und wenn Ihr Euch vorher rasieren lassen wollt …«, ein kritischer Blick streifte mein Haar und meinen Bart, »… wir haben einen Barbier hier. Der Pförtner wird Euch erklären, wo Ihr ihn findet. Für gewöhnlich essen die Senior Fellows und ich zusammen mit den Undergraduates in der *Hall* zu Abend, aber dort geht es immer ziemlich laut zu, und ich dachte, Ihr würdet Euren ersten Abend in Oxford vielleicht lieber etwas geruhsamer verbringen. Deswegen möchte ich Euch einladen, mit meiner Familie und ein paar ausgesuchten Gästen bei mir zu speisen.«

»Mit Eurer Familie?«, wiederholte ich überrascht. »Ihr seid demnach kein Junggeselle?«

»Wir leben hier in Oxford nicht mehr als geistliche Gemeinschaft, Doktor Bruno«, erwiderte er mit einem bescheidenen Lächeln. »Priester der Kirche von England dürfen heiraten – Ihre Majestät ermutigt sie sogar dazu, um eine deutliche Abgrenzung zu den Anhängern des römischen Glaubens zu schaffen – und das gilt auch für die Universitätsvorsteher hier, obwohl ich zugeben muss, dass wir immer noch eine Minderheit bilden. Dieses Leben schreckt vermutlich viele Frauen ab, da sie zahlreiche Einschränkungen ihrer persönlichen Freiheit hinnehmen müssen, aber meine teure Margaret bildet da eine Ausnahme und ist während der letzten sechs Jahre hier recht glücklich gewesen, abgesehen von …« Er brach ab. Ein Schatten huschte über sein Gesicht, ehe er in einem leichteren Ton fortfuhr: »Die Regeln verbieten es ihr, mit uns in der *Hall* zu essen, deswegen freut sie sich immer, Gäste in unserem eigenen Quartier bewirten zu dürfen. Ich gehe jetzt zu ihr, um ihr von Eurer Ankunft zu berichten, und rufe einen Diener, der Euch Eure Kammer zeigen wird. Vielleicht kommt Ihr in einer Stunde zu uns – geht einfach durch den Bogengang rechts neben der *Hall*, dann seht Ihr an seinem Ende eine hölzerne Tür, auf der mein Name steht.«

Wir waren gerade unter dem schützenden Bogen des Torhauses hervorgetreten, um im strömenden Regen den Hof zu überqueren, als wir von einem eindringlichen Ruf aufgehalten wurden.

»Rektor! Doktor Underhill – wartet bitte, ich flehe Euch an!«

Von der Nordseite des Hofes her kam eine Gestalt in einem zerfetzten schwarzen Talar auf uns zugerannt, die ein Stück Papier durch die Luft schwenkte, als ob es sich um einen Notfall handelte. Mir fiel auf, dass sich das Gesicht des Rektors einen Moment lang vor Ärger verhärtete. Der junge Mann kam direkt vor uns schlitternd auf den nassen Fliesen zum Stehen, und ich sah, dass er vielleicht zwanzig Jahre alt und auffallend schäbig gekleidet war. Sein Hemd und seine Hosen waren geflickt, seine Schuhe abgewetzt und an den Zehen durchlöchert. Er blickte ängstlich von mir zum Rektor, dann stieß er atemlos hervor:

»Doktor Underhill, ist das Euer geschätzter Besucher vom Hof? Bitte lasst mich kurz mit ihm sprechen.«

»Thomas!« Der Rektor schnalzte missbilligend mit der Zunge. »Das ist jetzt weder der richtige Zeitpunkt noch der richtige Ort. Sei so gut und lege vor unserem Gast ein etwas schicklicheres Benehmen an den Tag!«

Zu meiner Überraschung drehte sich der Junge daraufhin zu mir um, fiel auf dem nassen Boden auf die Knie, umklammerte mit einer Hand den Saum meines Umhangs und presste mir mit der anderen das Stück Papier zwischen die Finger.

»Mylord, ich flehe Euch an, habt Mitleid mit einem, den Gott vergessen hat! Übergebt diesen Brief Eurem Onkel und bittet ihn, meinen armen Vater zu begnadigen und ihn zurückkehren zu lassen. Bitte, Mylord – wenn Ihr nur einen Funken christlicher Nächstenliebe in Euch habt, gewährt mir diese Gunst. Nehmt Euch seiner an und sagt dem Earl, dass Edmund Allen seine Sünden bereut.«

Seine Augen flackerten wild, und seine offenkundige Qual rührte mich. Da mir klar war, dass es sich hier um ein Missverständnis handeln musste, legte ich ihm sanft eine Hand auf den Kopf.

»Sohn, ich würde dir ja gerne helfen, aber mein Onkel war ein Steinmetz in Neapel. Ich kann mir nicht vorstellen, dass er dir von großem Nutzen sein würde. Komm.« Ich nahm seine Hand und half ihm auf.

»Aber …« Jetzt schien ihm mein Akzent aufzufallen, er zuckte zusammen, lief hochrot an und musterte mich peinlich berührt. »Ich bitte um Verzeihung, Mylord. Ihr seid nicht Sir Philip Sidney?«

»O nein«, entgegnete ich. »Aber es schmeichelt mir, dass du mich mit ihm verwechselt hast – er ist einen halben Fuß größer und sechs Jahre jünger als ich. Doch ich werde ihn morgen höchstwahrscheinlich sehen – soll ich ihm vielleicht etwas ausrichten?«

»Danke, Doktor Bruno, das ist sehr freundlich, wird aber nicht nötig sein. Hier handelt es sich lediglich um eine dreiste Aufdringlichkeit«, mischte sich der Rektor schroff ein. Dann wandte er sich mit mühsam unterdrückter Wut an den Jungen. »Thomas Allen, achte auf deine Manieren. Ich dulde nicht, dass du Gäste der Universität belästigst. Musst du schon wieder bestraft werden? Vergiss nicht, dass dein Stuhl hier bereits auf sehr wackeligen Füßen steht! Und jetzt befasse dich wieder mit deinen Studien, Master Allen – oder mit deinen Dienerpflichten. Du wirst Doktor Bruno während seines Aufenthalts hier nicht noch einmal zu nahe treten, hast du mich verstanden?«

Der Junge nickte bedrückt, dann schielte er zu mir empor, um zu sehen, ob ich mit dem Rektor einer Meinung wäre. Ich versuchte, mir mein Mitgefühl nicht anmerken zu lassen.

»Und kleide dich etwas sorgfältiger«, rief der Rektor ihm nach, als er betreten davonschlich. »Du machst der Universität Schande, wenn du wie ein Bettler herumläufst.«

Bei diesen Worten drehte sich der Junge noch einmal um und bot seinen letzten Rest an Würde auf, über den er noch verfügte, als er hoch erhobenen Hauptes erwiderte: »Ich kann mir keine neuen Kleider kaufen, Rektor Underhill, und Ihr wisst ganz genau, warum nicht, also werft mir nicht etwas vor, wofür ich nichts kann.« Dann verschwand er in einem Treppenhaus auf der Westseite.

Der Rektor sah ihm einen Moment lang nach. Vielleicht schämte er sich seiner eigenen Strenge.

»Der arme Junge«, meinte er schließlich kopfschüttelnd.

»Wieso arm?«, fragte ich neugierig. »Wer ist er denn?«

»Kommt mit ins Treppenhaus, damit wir nicht noch weiter vom Regen durchweicht werden.« Er deutete auf den letzten Torbogen der südlichen Gebäudereihe. Nachdem wir dort Schutz gefunden hatten, fuhr er fort: »Es ist eine traurige Geschichte. Er ist noch so jung und hat doch schon so viel gelitten. Es tut mir leid, dass er Euch behelligt hat.«

Ich winkte ab, denn der Junge interessierte mich.

»Sein Name ist Thomas Allen. Sein Vater, Doktor Edmund Allen, war hier in Oxford Doktor der Theologie und letztes Jahr mein Stellvertreter.«

»Ist es allen Fellows gestattet, mit ihren Familien zusammenzuleben?«, fragte ich erstaunt.

»Nur den Universitätsleitern. Edmund war fortgezogen und in einer der Londoner Kirchen untergekommen, nachdem er geheiratet hatte. Nach dem Tod seiner Frau kehrte er zu uns zurück, und Thomas, der noch zu jung war, um immatrikuliert zu werden, wurde bei einer Familie in der Stadt untergebracht.« Wieder schüttelte er mit einem Mitgefühl, das ich ihm nicht recht abnahm, den Kopf. »Edmund Allen war ein guter Mann – er wurde so wie ich auch vom Earl of Leicester persönlich an die Universität berufen, müsst Ihr wissen.«

»Werden die Kandidaten für die höheren Ämter nicht von den Fellows gewählt?«, erkundigte ich mich unschuldsvoll.

»Unter normalen Umständen ja«, erwiderte Underhill zögernd. »Aber hier waren viele dieser Ämter mit überzeugten Papisten besetzt – einige waren von Königin Maria selbst ernannt worden und noch immer unbußfertig. Um diese Leute auszusieben, begann der Earl, sie durch seine eigenen, treu zur Kirche stehenden Männer zu ersetzen. Er hatte es sich zum Ziel gesetzt, das Geschwür des Papismus endgültig auszubrennen. Ehe ich mein jetziges Amt antrat, war ich sein persönlicher Kaplan«, fügte er nicht ohne Stolz hinzu.

»Und waren die anderen Fellows mit dieser Wahl einverstanden?«

Der Rektor schien sich innerlich zu winden. »Da Ihr schon fragt … nein. Auf irgendeine Weise sind wir jedoch alle auf Beziehungen angewiesen«, gab er ziemlich barsch zurück. »Edmund Allen wurde auch auf meine Empfehlung hin in sein Amt berufen – wir waren alte Studienkameraden. So könnt Ihr Euch sicher vorstellen, wie mir und meinen Kollegen zumute war, als letztes Jahr herauskam, dass er ebenfalls heimlich die alte Religion praktiziert hat – oder vielmehr nicht ganz so heimlich, denn er war im Besitz verbotener Bücher und korrespondierte seit einiger Zeit mit den katholischen Priesterseminaren in Frankreich.«

»Ist das ein Verbrechen?«

»Wenn man ihm hätte nachweisen können, dass er von der geheimen Ankunft französischer Missionare gewusst oder gar geholfen hat, sie ins Land zu schleusen, wäre er an den Galgen gekommen. Aber es gab keine hieb- und stichfesten Beweise gegen ihn, nur Hörensagen, und es war kein Geständnis aus ihm herauszubringen.«

»Wurde er bestraft?«

»Er wurde streng verhört, demgegenüber fiel seine Strafe vergleichsweise milde aus.« Der Rektor schürzte die Lippen. »Der Earl war außer sich vor Wut, wie Ihr Euch sicher denken könnt – Allen wurde sofort von der Universität ausgeschlossen, durfte aber unbehelligt das Land verlassen. Sollte er jemals zurückkehren, droht ihm sofort Gefangenschaft. Er ging also nach Frankreich, ließ sich in Reims nieder und lehrt nun dort an der englischen Universität.«

»Reims? Davon habe ich schon einmal gehört. Die dortige Universität wurde von einem William Allen gegründet, nicht wahr?«

»Einem Vetter, ja. Die Allens gehören zu den alten katholischen Familien. Aber Edmund Allens Sohn Thomas, den Ihr ja eben unter so unerfreulichen Umständen kennen gelernt habt, folgte seinem Vater nicht ins Exil. Thomas absolvierte hier damals gerade sein erstes Studienjahr. Er will sein Studium eigentlich auch beenden, allerdings gab und gibt es viele, die finden, er sollte allein wegen der Schande seines Vaters von der Universität verwiesen werden.«

»Es kommt mir übermäßig hart vor, einen Sohn für den Glauben seines Vaters zu bestrafen. Teilt er diesen übrigens mit ihm?«

»Das weiß niemand. Alle Studenten müssen den Suprematseid schwören, mit dem sie Ihre Majestät als Kopf der religiösen Autorität im Reich anerkennen, doch Ihr wisst so gut wie ich, dass ein Mann ein Dokument mit seiner Hand unterzeichnen und im Herzen ganz anders denken kann. Thomas Allen wurde bezüglich seiner Doktrinen einem strengen Verhör unterzogen, das versichere ich Euch.« Der Rektor nickte bedeutsam.

»Er wurde gefoltert?«, versetzte ich angewidert.

»Guter Gott, nein – haltet Ihr uns für Barbaren, Doktor Bruno? Es war nur eine Vernehmung, wenn auch keine angenehme, wie ich zugeben muss. Ihm wurden Fragen gestellt, die selbst ein Doktor der Theologie nur schwer hätte beantworten können, und jede seiner Antworten wurde gründlich durchleuchtet. Der Ausschluss seines Vaters hatte solche Wellen geschlagen, dass wir dem Sohn gegenüber keinerlei Nachsicht zeigen durften – wir konnten uns nicht dem Vorwurf aussetzen, gegenüber einem bekannten Papisten in unserer Mitte ein Auge zuzudrücken.«

»Da er noch immer hier ist, gehe ich davon aus, dass er den Test bestanden hat?«

»Man beschloss zu guter Letzt, dass er bleiben dürfe, aber auf eigene Kosten – sein Stipendium wurde ihm gestrichen.«

»Verfügt die Familie über die nötigen Mittel?«

Der Rektor schüttelte den Kopf.

»Nachdem Edmund die Strafe für religiösen Ungehorsam bezahlt hatte, ist fast nichts mehr übrig geblieben. Der junge Thomas hat sich für den Weg entschieden, den viele arme Studenten gehen müssen: Um ihren Lebensunterhalt zu bestreiten, müssen sie sich bei einem der wohlhabenden Studenten als Diener verdungen, bei einem der Söhne des niederen Adels oder eines Edelmannes, die für ihr Studium hier bezahlen.« Seine verächtlich gekrümmten Lippen verrieten, was er von diesen Studenten hielt.

»Also ist dieser Thomas in dem einen Moment noch ein Stipendiat und der Sohn des stellvertretenden Universitätsleiters und im nächsten der bettelarme Diener eines seiner Freunde? Ein hartes Schicksal für einen Mann, besonders für einen so jungen«, meinte ich mitfühlend.

»So ist der Lauf der Welt«, meinte der Rektor pompös. »Trotzdem ist es traurig, er hat einen hellen Kopf und war immer fröhlich und umgänglich. Er hätte es vielleicht weit gebracht. Jetzt ist er so, wie Ihr ihn erlebt habt. Er verfasst endlose Petitionen an Leicester und bittet um die Begnadigung seines Vaters – sie werden unter der Tür meiner Unterkunft oder meines Privatbüros hindurchgeschoben. Ich habe ihm gesagt, dass ich bezüglich des Earls alles getan habe, was ich konnte, aber er wird immer verbissener. Es ist inzwischen ein ausgesprochener Zwang bei ihm, und ich fürchte fast, er könnte darüber noch den Verstand verlieren. Dennoch tut er mir leid, Doktor Bruno. Ihr dürft mich nicht für kaltherzig halten. Es gab sogar einmal eine Zeit, da habe ich ihn als Bewerber um die Hand meiner Tochter in Erwägung gezogen – sein Vater wollte, dass er Richter oder Anwalt wird, und er schien gute Zukunftsaussichten zu haben. Unsere Familien waren befreundet, und Thomas hatte schon immer viel für Sophia übrig.«

Ich fragte mich jetzt, ob der ständige leicht gehetzte Ausdruck auf dem Gesicht des Rektors daher rührte, dass er in diesem Kloster voller junger Männer eine Tochter im heiratsfähigen Alter hüten musste.

»Was hielt Eure Tochter denn von dieser Idee?«

Der Rektor rümpfte die Nase.

»Oh, bezüglich einer möglichen Heirat hat sie schon immer Schwierigkeiten gemacht. Mädchen haben da romantische Vorstellungen – ich hätte ihr nicht erlauben sollen, so viele Gedichte zu lesen.«

»Sie ist also gebildet?«

Er nickte geistesabwesend, als wäre er mit seinen Gedanken anderswo.

»Meine beiden Kinder waren altersmäßig nur ein knappes Jahr auseinander, und ich hielt es für ungerecht, dass mein Sohn Unterricht bekommen und meine Tochter nur in der Ecke sitzen und nähen sollte. Außerdem fiel es dem jungen John schwer, sich auf seine Bücher zu konzentrieren. Ich dachte, es würde ihn anspornen, sich mit seiner Schwester messen zu müssen, sie war schon immer schneller von Begriff als er, und er hasste es, von ihr ausgestochen zu werden. In diesem Punkt behielt ich recht. Jetzt scheint es freilich, dass ich dadurch ihre Heiratschancen nicht gerade verbessert habe – sie liebt nichts mehr, als in der Bibliothek zu sitzen und mit den Studenten zu diskutieren, wenn sie die Gelegenheit dazu bekommt. Und sie hält mit ihrer Meinung nicht hinter dem Berg, was sich für eine Dame nicht schickt und kein Mann bei seiner Frau gern sieht. Also war letztendlich alles umsonst.«

Er wandte sich ab und blickte seufzend über den Hof hinweg.

»Wieso umsonst? Hat Euer Sohn Eure Erwartungen für sein Studium denn nicht erfüllt?«

Underhills Gesicht verzerrte sich, als habe er einen Schmerzanfall erlitten, und er antwortete gepresst:

»Mein armer John starb vor vier Jahren, möge er in Frieden ruhen – er wurde von einem Pferd abgeworfen. Er wäre diesen Sommer zwanzig geworden, er war so alt wie Thomas Allen.«

»Mein Beileid. Einen größeren Verlust als den eines Kindes kann man kaum erleiden.«

»Was Sophia betrifft«, fuhr er brüsk fort, »nun, sie mochte

Thomas und betrachtete ihn als guten Freund, aber angesichts des Rufs, in dem seine Familie heute steht, kommt eine Verbindung der beiden jetzt nicht mehr in Betracht. Außerdem sieht seine Zukunft ziemlich düster aus.«

»Noch ein schwerer Schlag für den Jungen.«

»Ja, es ist eine Schande«, versetzte der Rektor ohne großes Mitgefühl. »Aber kommt, wir wollen hier nicht herumstehen und tratschen wie die Klatschbasen. Der Diener wird Euch Eure Kammer zeigen, wo bestimmt ein helles Feuer brennt, sodass Ihr Eure Kleider trocknen könnt. Jesus, ist der Wind kalt geworden, eher wie im November als wie im Mai. Ich sehe Euch dann beim Essen.«

Er schüttelte mir die Hand, und ich wandte mich ab, um dem Diener die dämmrige Holztreppe hinaufzufolgen.

»Doktor Bruno«, rief der Rektor, als ich schon fast außer Sicht war. Ich drehte mich um und sah ihn flehend zu mir hochblicken. »Bitte erwähnt beim Essen weder Thomas Allen noch meinen armen John – beide Themen berühren sowohl meine Frau als auch meine Tochter schmerzlich.«

»Macht Euch deswegen keine Sorgen«, erwiderte ich. Ich freute mich schon darauf, seine auffallend eigenwillige Tochter kennen zu lernen. Die Aussicht auf die Gesellschaft einer intelligenten jungen Frau ließ mir den Gedanken an eine Einladung beim Rektor wesentlich verlockender erscheinen als zuvor.

3

Ich kleidete mich zum Essen in ein sauberes Hemd, ein schlichtes schwarzes Wams und frische Hosen und betrachtete mich kurz in dem gesprenkelten Spiegel auf dem Kaminsims: Aus tiefen Augenhöhlen schauten mir große dunkle Augen entgegen, und mein Haar und mein Bart waren in der Tat ein wenig zu lang und vom Wetter zerzaust. Doch ich hatte schon vor langer Zeit am Pariser Hof beschlossen, weder die Zeit zu haben noch eitel genug zu sein, um mit den Höflingen in einen Modewettstreit zu treten. Ich fand meinen Anblick für fünfunddreißig Jahre eigentlich ganz passabel. Unser Abenteuer auf der Straße hatte mir eine Schramme auf der Wange eingetragen, aber vielleicht faszinierte das ja eine junge, in einer Klosteruniversität eingesperrte Frau. Ich wusste, dass viele Frauen mich anziehend fanden, obwohl ich keine gute Partie war – kein Vermögen, kein Titel, nur ein zweifelhafter Ruhm. Bereitwillig war ich zwar auf die meisten eindeutigen Angebote eingegangen, seit Morganas Tod war mir jedoch keine ebenso belesene und geistreiche Frau mehr begegnet, der ich mein Herz hätte schenken mögen. Die Beschreibung der Tochter des Rektors klang indes äußerst ansprechend, und ich musste zugeben, dass die Aussicht, sie kennen zu lernen, mein Interesse geweckt hatte, obwohl ich mir in Oxford eigentlich keinerlei Ablenkungen leisten durfte – es stand zu viel auf dem Spiel, und mir blieben nur wenige Tage Zeit.

Ich grinste mein Spiegelbild an, fuhr mir mit der Hand durch das Haar und schüttelte dann ob meines törichten Verhaltens kurz den Kopf, bevor ich mich auf den Weg zur Wohnung des Rektors machte. Als ich in den Schatten des Bogenganges trat, erhaschte mein Blick einen grünen Streifen, der sich über die gesamte Breite der südlichen Gebäudekette ausdehnte. Ich folgte dem Gang bis zum Ende und trat durch ein offenes Tor aus schmiedeeisernen Gitterstäben in einen von einer Mauer umgebenen Garten hinter der Universität. Er war nicht übertrieben gepflegt, sondern eher naturbelassen, das hohe Gras unter den Apfelbäumen war mit Wildblumen durchsetzt. Entlang des Pfades, der neben der Mauer verlief, waren in regelmäßigen Abständen hölzerne Bänke aufgestellt worden. Bei schönem Wetter musste dies ein idyllisches Plätzchen sein, das die Studenten zum Verweilen und Lesen einlud, aber jetzt hielt sich natürlich niemand dort auf. Ich kehrte in den Gang zurück, fand die Tür mit dem Namensschild des Rektors, strich meinen Wams glatt und bereitete mich auf die erste Kostprobe der Oxforder Gastfreundlichkeit vor.

Das Erste, was mir auffiel, während ich darauf wartete, eingelassen zu werden, war, dass die angeregte Unterhaltung hinter der Tür etwas zu laut geführt wurde, so wie es meist bei Männergruppen der Fall ist, wenn sie eine Frau beeindrucken wollten. Ein alter Diener mit verkniffenem Gesicht öffnete mir und führte mich in einen Raum mit hohen Bogenfenstern in zwei gegenüberliegenden Wänden. Die beiden anderen waren mit dunklem Holz getäfelt und mit Porträts und Wandbehängen geschmückt. Mein Blick fiel augenblicklich auf den offenkundigen Grund für das prahlerische Gehabe – am Ende eines langen Tisches, auf dem große Kerzenleuchter standen, saß eine junge, ungefähr neunzehnjährige Frau in einem schlichten taubengrauen Kleid mit besticktem Mieder. Ihr langes dunkles Haar fiel ihr offen über den Rücken. Wie der Rest der Gäste, die sich bereits eingefunden hatten, verstummte auch sie bei meinem Anblick und richtete ihre Aufmerksamkeit auf mich, als ich näher trat. Ihr Blick musterte mich von oben bis unten, mit einer Mischung aus Neugier und Belustigung. Dies war also Sophia

Underhill, und ich verstand, warum ihr Vater es so eilig hatte, sie zu verheiraten. Sie hatte ein anziehendes katzenhaftes Gesicht und leuchtende hellbraune Augen, und ihre Gegenwart musste eine gefährliche Ablenkungsquelle für die jungen Männer darstellen, die sich auf ihre Bücher konzentrieren sollten. Der Rektor erhob sich von seinem Platz am Kopfende des Tisches, kam mit wichtigtuerischer Geschäftigkeit auf mich zu und schüttelte meine Hand.

»Willkommen, Doktor Bruno, willkommen. Bitte nehmt doch Platz! Ich werde Euch einige der Senior Fellows der Universität und meine Familie vorstellen.«

Er deutete auf den Stuhl zu seiner Linken, der zu meiner heimlichen Freude fast genau gegenüber dem seiner Tochter stand. Ich nickte ihr höflich zu, ehe ich die anderen Gäste betrachtete. Wir waren insgesamt zu zehnt; die Männer trugen alle die traditionellen Roben der Universität. Am anderen Ende des Tisches, dem Platz des Rektors gegenüber, saß eine erschöpft wirkende Frau mittleren Alters.

»Gestattet, dass ich Euch mit meiner Frau, Mistress Margaret Underhill, bekannt mache«, begann er, auf jene Frau deutend.

»*Piacere di conoscerla*«, sagte ich und verbeugte mich leicht. Die Frau lächelte schwach. Entgegen der Behauptung ihres Mannes schien sie nicht sonderlich begeistert davon zu sein, Gäste unterhalten zu müssen.

»Und meine Tochter Sophia«, fuhr der Rektor fort, ohne den Stolz in seiner Stimme unterdrücken zu können. »Ihr hört, dass ich ihr den griechischen Namen für Weisheit gegeben habe.«

»Dann können sich ihre Bewunderer mit Fug und Recht ›Philosophen‹ nennen«, erwiderte ich, dabei lächelte ich ihr zu. »Die Liebhaber der Sophia.«

Die Mutter sog mit einem scharfen Zischen den Atem ein, die Männer kicherten unterdrückt, aber das Mädchen erwiderte mein Lächeln und errötete leicht, bevor es den Blick senkte. Der Rektor rang sich gleichfalls ein Lächeln ab.

»Ah ja, man hat mich schon gewarnt, dass die Männer Eures

Landes Experten in der Kunst sind, Damen zu schmeicheln«, meinte er gepresst.

»Vor allem die Mönche«, grunzte der ältere Mann rechts von Sophia, und die Gäste lachten.

»*Ehemalige* Mönche«, betonte ich, dabei sah ich das Mädchen erneut an. Diesmal wandte sie den Blick nicht ab, und das Blitzen in ihren Augen erinnerte mich plötzlich so lebhaft an Morgana, dass mir der Atem stockte.

»Ich muss meine Landsmänner in Schutz nehmen«, protestierte der dunkelhaarige junge Mann direkt zu meiner Linken, der tatsächlich wie ein Südländer aussah, obwohl er ein akzentfreies Englisch sprach. »Oder vielmehr die Landsmänner meines Vaters. Ich weiß nicht, wieso wir bei den Engländern in dem Ruf stehen, große Verführer zu sein – ich habe dieses Talent ganz bestimmt nicht in die Wiege gelegt bekommen, leider Gottes.« Er hob bedauernd die Hände, und die Gesellschaft lachte erneut. Ich verdächtigte den jungen Mann in diesem Punkt falscher Bescheidenheit – er hatte regelmäßige Züge, war gut gekleidet, und Bart und Haar waren sorgfältig gestutzt. Er drehte sich zu mir und streckte mir eine Hand hin. »John Florio, Sohn von Michelangelo Florio aus der Toskana. Ich freue mich, Eure Bekanntschaft zu machen, Doktor Bruno. Euer Ruf ist Euch vorausgeeilt.«

»Welcher?«, fragte ich, was weiteres Gelächter zur Folge hatte.

»Master Florio ist ein genauso anerkannter Gelehrter und Sprachlehrer, wie es sein Vater war«, warf der Rektor ein. »Er arbeitet gerade an einem Buch mit Sprichwörtern aus aller Welt und wird uns sicherlich mit einigen erfreuen.«

»›Schon immer ist's bei den Frauen beliebt …‹«,

»›… dass man dem Kreuz viel Liebe und leidenschaftlicher Liebe kreuzweise Hiebe gibt‹«, erfolgte bereitwillig die prompte Antwort.

»Wie wahr«, kommentierte Sophia trocken, und Florio strahlte sie an.

»Danke.« Das Lächeln des Rektors wirkte zunehmend gequälter. »Ich muss gestehen, dass ich nicht wusste, wie gut Ihr die englische Sprache beherrscht, und ich dachte, Ihr würdet Euch hier vielleicht heimischer fühlen, wenn Ihr Euch auf Italienisch unterhalten könnt.«

»Das war sehr aufmerksam von Euch«, sagte ich. »Ich habe mein Englisch im Lauf der Jahre von Reisenden und Gelehrten gelernt, aber ich fürchte, es ist ziemlich ungeschliffen.«

»Mein Vater ist auch aus Angst vor der Inquisition aus Italien geflohen, nachdem er zum protestantischen Glauben übergetreten war.« Florio beugte sich näher zu mir. »Er kam nach London, wurde in Lord Burghleys Haushalt aufgenommen und brachte später Lady Jane Grey und Prinzessin Elisabeth Italienisch bei.«

»Dann war das Exil ja für ihn relativ erträglich«, meinte ich.

»Im Exil leben zu müssen ist niemals erträglich«, mischte sich der ältere Mann neben Sophia mit überraschender Heftigkeit ein. »Es ist das schwerste Schicksal, das man einem Mann auferlegen kann, findest du nicht auch, Roger?« Bei diesen Worten verrenkte er sich förmlich auf seinem Stuhl, um den Mann zu Sophias anderer Seite finster anfunkeln zu können. Dieser war Ende vierzig, groß, mit kräftigen Zügen, einem Vollbart, der gerade grau zu werden begann, und rötlicher Gesichtsfarbe. Er wandte sich sichtlich unangenehm berührt ab. »Und auch besonders seinen Freunden«, fügte der alte Mann hinzu. Betretenes Schweigen machte sich breit.

»Mein Vater konnte sich in der Tat glücklich schätzen«, versuchte Florio die Unterbrechung hastig zu überspielen. »Obwohl wir England auch wieder verließen, als ich noch ein Kind war und die Blutige Maria den Thron bestieg.«

»Gott schenke ihrer Seele Frieden«, bemerkte der ältere Mann geradezu ehrfürchtig. Diesmal griff der Rektor ein.

»*Bitte*, Doktor Bernard.«

»Bitte was, Rektor?« Doktor Bernard deutete auf mich. Sein zerzaustes weißes Haar stand ihm vom Kopf ab wie ein Vogelnest. »Muss ich diesem abtrünnigen Mönch zuliebe meine Zunge hüten? Wird er mich beim Earl of Leicester anschwärzen?« Er drehte sich um, um mich missbilligend zu mustern, und ich begriff, dass seine wässrigen Augen noch immer scharf waren, obwohl er nur noch wenige Zähne hatte und mindestens siebzig sein musste. Der flackernde Kerzenschein betonte sein eingefallenes, verwittertes Gesicht – ein Gesicht, mit dem man Kinder erschrecken könnte. »Ich wurde vor dreißig Jahren von Königin Maria persönlich in mein Amt berufen, als die Universität von fast allen Anhängern des neuen Glaubens gesäubert war, und ich bin geblieben und habe alle Stürme überstanden, obgleich meine Freunde längst tot oder ihrer Posten enthoben sind und ich dem alten Glauben schon lange abgeschworen habe.« Er stieß ein leises Lachen aus, als mache er sich über sich selbst lustig, dann wurde er wieder ernst. »Aber ich dachte, Ihr wärt Katholik, Doktor Bruno?«

»Ich bin Italiener«, erwiderte ich leichthin, »und als solcher im Schoß der Kirche von Rom aufgewachsen.«

»Nun, ich fürchte, hier werdet Ihr niemanden finden, der mit Euch eine römische Messe liest, Sir. Es gibt in Oxford keine Katholiken mehr, o nein. Niemand hängt mehr dem alten Glauben an.« Er schüttelte bedächtig den Kopf, aber in seiner Stimme schwang bitterer Sarkasmus mit. »Hier unterzeichnen wir alle das Apostolische Glaubensbekenntnis, um unsere Haut zu retten, und schwören der englischen Kirche gehorsam unseren Eid, wie es uns befohlen wird, denn wir sind ja alle treue Untertanen Ihrer Majestät, nicht wahr, meine Herren?«

Zögernd wurde gemurmelte Zustimmung bekundet. Der Rektor wurde immer nervöser.

»William, ich bitte Euch.«

»So scheint es jedenfalls. Doch kein Mann in Oxford ist das, was er zu sein scheint, Doktor Bruno, merkt Euch das. Noch nicht einmal Ihr, wie ich vermute.«

Ich sah auf und begegnete Doktor William Bernards Blick. Dieser gnomenhafte alte Mann vermittelte mir den beunruhigenden Eindruck, die geheimen Gedanken anderer lesen zu können, und er war der Wahrheit näher gekommen, als es mir lieb war, also neigte ich den Kopf und suchte nach einer Ablenkung, während sich seine blassgrauen Augen weiterhin in mich hineinbohrten. Zum Glück trugen die Diener in diesem Moment Platten mit dem ersten Gang auf: gekochten Kapaun auf Damaszenerpflaumen in Aspik. Dazu wurde ein guter Rotwein kredenzt.

Während sie um den Tisch herumschritten und unsere Teller füllten, beugte ich mich vor, um Sophia Underhill in ein Gespräch zu verstricken, doch im selben Augenblick wandte sich der mir gegenübersitzende bärtige Mann an mich, und Florio nutzte die Gelegenheit, die Aufmerksamkeit des Mädchens auf sich zu lenken.

»Roger Mercer, Doktor der Theologie und stellvertretender Leiter der Universität«, stellte sich der Bärtige mit klangvoller Baritonstimme vor. Aus seinem Akzent schloss ich, dass er aus dem Westen Englands stammte. »Wir freuen uns wirklich sehr, Euch kennen zu lernen, Doktor Bruno, und wir erwarten Eure Disputation mit dem Rektor morgen Abend voller Ungeduld.«

»Aber, aber, Roger«, warf der Rektor hastig ein. »Bei Tisch wird nicht von der Disputation gesprochen. Mein geschätzter Gast und ich müssen uns unsere Argumente für den Debattiersaal aufsparen, nicht wahr, Doktor Bruno? Wir dürfen, wie man so schön sagt, unser Pulver noch nicht verschießen.«

Ich nickte zustimmend. Roger Mercer hob protestierend eine Hand.

»Keine Sorge, Rektor – das war nur eine Einleitung. Ich wollte Doktor Bruno sagen, dass seine Person meine Neugier geweckt hat, seit ich sein Buch *Über die Schatten von Ideen* gelesen habe, das letztes Jahr in Paris veröffentlicht wurde.«

»Erwähnte nicht der Hexenmeister Cecco d'Asvoli, der wegen Ausübung schwarzer Magie verbrannt wurde, ein Buch mit dem gleichen Titel – ein Buch über verbotene Magie, das er Salomon zuschrieb?« Doktor Bernard beugte sich erneut um Sophia herum. Sein zitternder Zeigefinger stach ihr fast ins Gesicht, obwohl er auf mich gerichtet war. Sie rückte mit ihrem Stuhl nach hinten und strich ihr Haar zurück, während sie ihr Gespräch mit Florio fortsetzte. Aus den seltsamen Satzfetzen, die ich auffing, schloss ich, dass er ihr weitere sich reimende Aphorismen vortrug.

»Das Buch, das Cecco erwähnte, wurde nie gefunden«, warf ich ein, dabei hob ich meine Stimme, damit der alte Mann mich genau verstehen konnte. »Ich hielt es für eine Schande, einen so gelungenen Titel nicht zu nutzen, also borgte ich ihn mir aus. Aber mein Werk ist eine Abhandlung über die Kunst der Gedächtnisschulung, basierend auf den Systemen der Griechen – keine Hexerei, Gentlemen.« Ich lachte eine Spur zu laut.

Roger Mercer beäugte mich nachdenklich.

»Und trotzdem bedient sich Euer Gedächtnissystem Bildern, die ziemlich genau den Glück bringenden Mustern entsprechen, die Agrippa in seiner *De Occulta Philosophia* beschreibt. Er behauptet, sie könnten bei Ritualen himmlischer Magie eingesetzt werden, um die Macht von Engeln und Dämonen zu beschwören.«

»Aber das sind Bilder, die den Tierkreiszeichen und den Häusern des Mondes entsprechen, und sie werden für viele mnemonische Systeme genutzt«, widersprach ich in der Hoffnung, man würde mir mein Unbehagen nicht anmerken. »Sie sind sehr beliebt, denn sie basieren auf regelmäßigen numerischen Einteilungen, die das Erinnerungsvermögen stützen, letztendlich jedoch sind und bleiben es bloße Bilder.«

»Für einen Magier existiert kein ›bloßes Bild‹«, fauchte Bernard. »Es sind Zeichen, die auf versteckte Realitäten hindeuten, wie Euer Titel ja klar besagt. Und das gilt in besonderem Maße für die von der alten Astrologie der Ägypter abgeleiteten Bilder, wie Agrippa sehr wohl wusste, denn er zitierte seinen Meister Hermes Trismegistos, der von dem heiligen Augustinus verurteilt wurde, weil er Dämonen beschworen hatte!«

Bei den letzten Worten überschlug sich seine Stimme fast. Eine kalte Hand schloss sich um mein Herz. Ich setzte zu einer Antwort an, doch Sophia Underhill kam mir zuvor. Sie rückte ihren Stuhl wieder näher an den Tisch heran, sah mich an und unterbrach Florio mitten im Satz mit der Frage:

»Wer ist Hermes Trismegistos?«

Die Männer verstummten. Alle Augen richteten sich auf mich.

»Ich habe seinen Namen in einem philosophischen Werk gelesen«, fuhr sie mit einer unschuldsvollen Miene fort, die ich ihr nicht ganz abkaufte. »Aber ich kann in unserer Bibliothek hier keines seiner Bücher finden, und der Zugang zu den Universitätsbibliotheken ist mir verwehrt.«

»Mit Recht, denn du bist ja kein Gelehrter«, tadelte sie ihr Vater, dabei blickte er in die Runde, als schäme er sich für ihre Kühnheit. »Ich gestatte dir, dich anhand der Bücher in unserer Bibliothek weiterzubilden, solange du deine Studien auf Themen beschränkst, die sich für eine Dame schicken.«

Ich hatte den Eindruck, dass er das um der Gesellschaft am Tisch willen sagte. Sophia machte Anstalten, Einwände zu erheben, besann sich dann allerdings und verzog schmollend das Gesicht. Ihre Mutter bekundete erneut ihr Missfallen mit einem lauten »Na, na!«.

»Ihr werdet in Oxford jetzt keine Werke des dreimalgroßen Hermes finden«, verkündete Doktor Bernard kopfschüttelnd. »Früher hatten wir sie hier – vor der großen Bibliothekensäuberung 69. Seine Manuskripte wurden vor einem Jahrhundert auf Wunsch des sterbenden Cosimo de Medici von dem Florentiner Ficino übersetzt. Kennt Ihr Ficinos Version, Doktor Bruno?«

»Ich habe Ficinos Übersetzung gelesen«, erwiderte ich. »Aber darüber hinaus auch das griechische Original, obwohl die Sammlung unvollständig ist. Das fünfzehnte Buch ist verloren gegangen. Lest Ihr Griechisch, Doktor Bernard?«

Bernard fixierte mich mit einem anklagenden Blick.

»Ja, ich lese Griechisch, junger Mann – nördlich des Tibers

gibt es nicht nur Barbaren. Bei dem fehlenden Buch handelt es sich jedoch um einen Mythos, es hat nie existiert«, fügte er brüsk hinzu. Anschließend fuhr er etwas freundlicher fort: »Als ich jung war, habe ich Ficino ebenfalls gelesen, und Agrippa auch. Damals war die Furcht vor den alten Autoren noch nicht so groß wie heute. Heute sind so viele bedeutende Werke für uns verloren, davongetragen von den Wellen der Reform. Der Wissensschatz vieler Jahrhunderte wurde zu Asche verbrannt.« Er brach ab, schien sich tief in seine Erinnerungen zurückgezogen zu haben.

»Doktor Bernard!« Wieder schwang ein warnender Unterton in der Stimme des Rektors mit. »Ihr wisst sehr gut, dass die königliche Kommission von 69 eingesetzt wurde, um ketzerische Schriften aufzuspüren, die zahlreiche Klöster angeschafft hatten. So sollte verhindert werden, dass die Geister unserer jungen Männer mit gottlosen Gedanken und Theorien vergiftet werden – eine Gefahr, gegen die wir Senior Fellows uns immer noch wappnen müssen. Ich bin sicher, Ihr habt gegen solche Verbote nichts einzuwenden.«

Bernard lachte krächzend auf. »Wie kann es sein, dass Gelehrten das Studium bestimmter Bücher verboten wird? Wie sollen sie denn dann ihren Intellekt schärfen und lernen, zwischen Wahrheit und Ketzerei zu unterscheiden? Und diejenigen, die solche Bücher auf den Index setzen, verfügen noch nicht einmal über genügend Verstand, um zu begreifen, dass verbotene Literatur Männer stärker anzieht als die sündigste Verführerin.« Ein verstohlener Blick traf Sophia. »O ja, ein verbotenes Buch findet seinen Weg durch jeden Ritz und jedes Mauseloch, wusstet Ihr das nicht, Rektor? Man muss nur wissen, wohin man schauen muss.« Er kicherte in sich hinein, als habe er einen Witz gemacht, und seine Kollegen rutschten unbehaglich auf ihren Stühlen hin und her.

»Was ist denn mit den Büchern geschehen, die man in den Bibliotheken beschlagnahmt hat?«, fragte ich – vielleicht einen Hauch zu drängend, denn Bernards Miene wurde erneut feindselig, seine Augen verengten sich zu schmalen Schlitzen, und er straffte sich.

»Das ist lange her«, versetzte er schroff. »Sie wurden verbrannt oder von den Behörden fortgeschafft, wer kann das schon sagen? Ich bin ein alter Mann, ich erinnere mich nicht mehr.«

Er konnte mir bei diesen Worten nicht in die Augen sehen, und mir wurde klar, dass er log; ein Mann, der noch einen Moment zuvor mit solcher Leidenschaft über Bücher gesprochen hatte, hätte sich sicherlich an eine öffentliche Verbrennung erinnert, auch wenn sie viele Jahre zurücklag. Aber wenn die verbotenen Bücher nicht verbrannt worden waren, mussten sie in irgendwelche Hände gelangt sein, und ich fragte mich, ob der alte Mann wohl wusste, in wessen.

»Doktor Bruno, Ihr habt meine Frage noch nicht beantwortet«, warf Sophia ein, beugte sich vor und berührte meine Hand, während sie mich gleichzeitig mit ihren weit auseinanderliegenden Augen fixierte. Der Anflug eines Lächelns spielte um ihre Lippen, als kenne sie einen Scherz und überlege, uns daran teilhaben zu lassen. »Wer *war* er?«

Ich holte tief Atem und gab ihren erwartungsvollen Blick so gleichmütig zurück, wie es mir möglich war, wobei ich mir bewusst war, dass alle am Tisch verstummt waren und auf meine Antwort warteten – und dass meine nächsten Worte sehr leicht als Blasphemie gewertet werden könnten.

»Hermes Trismegistos, genannt der dreimal große Hermes, war ein ägyptischer Hohepriester«, begann ich, ein Stück Brot zwischen den Fingern zerkrümelnd. »Er lebte nach der Zeit Moses, lange vor Plato oder Christus. Einige behaupten, er wäre der ägyptische Gott Thot, der Inbegriff der Weisheit. Auf jeden Fall war er ein gelehrter, gebildeter Mann, dem es durch intensives Studium des Kosmos und durch Experimente gelang, die im Buch der Natur und des Himmels verzeichneten Geheimnisse zu entschlüsseln. Er sagte von sich, er wäre imstande, mit dem göttlichen Wesenskern zu verschmelzen.« Ich hielt inne. »Er behauptete, Gott gleich werden zu können.«

Ein Raunen lief durch die Reihe der Männer am Tisch. Da ich wusste, dass ich mich auf sehr dünnem Eis bewegte, fügte ich rasch hinzu:

»Man nennt ihn den ersten Philosophen, den ersten Theologen, und er galt auch als Prophet – Lactantius schreibt ihm die Vorhersage des christlichen Glaubens zu, und zwar in den Worten des Evangeliums.«

»Und laut Augustinus hatte er sein Wissen vom Teufel erworben«, ereiferte sich Roger Mercer. Sein Gesicht rötete sich noch stärker, ein halb zerkautes Stück Fleisch fiel ihm aus dem Mund und blieb in seinem Bart kleben, ohne dass er es zu bemerken schien. »Beschreibt Hermes nicht, wie die Ägypter im Rahmen magischer Riten den Abbildern ihrer Götter Leben einhauchten, indem sie die Macht von Dämonen beschworen?«

»An derlei Dinge habe ich nie geglaubt«, erwiderte ich heftig. »Menschen haben seit jeher mechanisches Spielzeug und Gerätschaften konstruiert und behauptet, sie zum Leben erweckt zu haben. Denkt nur an den metallenen Kopf des Roger Bacon, der angeblich Prophezeiungen von sich gab. All das beruht lediglich auf Aberglauben und Handwerkskunst.«

»Demnach war Hermes Trismegistos kein Magier?« Sophia, die mich noch immer ansah, wirkte enttäuscht.

»Er schrieb ausführlich über die verborgenen Kräfte von Pflanzen und Steinen und über die Anordnung des Weltalls«, entgegnete ich. »Manche Menschen bezeichnen das als Alchimie oder Naturmagie, andere als wissenschaftliche Forschungen.«

»Wenn diese Forschungen in der Absicht ausgeübt werden, sich verbotene Macht anzueignen, dann nennt man es Hexerei«, warf der Rektor in einem Ton ein, der keinen Widerspruch duldete.

»Aber hat er sich denn irgendeiner funktionsfähigen Magie bedienen können?«, beharrte Sophia, ohne auf ihren Vater zu achten.

»Was versteht Ihr unter *funktionsfähig*?«, fragte ich zurück.

»Ich meine, war er in der Lage, seine Naturmagie zu benutzen, um den Lauf der Welt zu verändern, um die Gedanken und Taten der Menschen zu beeinflussen zum Beispiel, und hat er schriftlich festgehalten, wie das zu bewerkstelligen ist?« Ihre Augen funkelten vor mühsam gezügelter Ungeduld.

»So etwas wie Zauberrezepte, meinen Sie?«, lachte ich. »Nein, ich fürchte, das hat er nicht getan. Die hermetische Magie, wenn man sie denn so nennen will, lehrt, die Mysterien des Universums mittels des Lichts des Intellekts zu erforschen. Aber sie gibt Euch kein Rezept zur Eroberung des Herzens Eures Liebsten – wenn es um solche Dinge geht, wendet Euch lieber an die Dorfhexe.«

Vom Ende des Tisches her erklang leises Gelächter. Das Mädchen lief hochrot an, was den Schluss nahelegte, dass mein Scherz einen wunden Punkt getroffen hatte. Um ihr über ihre Verlegenheit hinwegzuhelfen, fuhr ich hastig fort:

»Hingegen geht der deutsche Alchimist Henry Cornelius Agrippa in seiner Abhandlung über okkulte Magie, die Doktor Mercer erwähnte, auf derlei Dinge ein. Er vertritt die Auffassung, dass wir uns, ähnlich wie die Himmelsbilder, eigene, unseren Zwecken entsprechende Bilder schaffen können. Wenn wir zum Beispiel Liebe erwecken wollen, sollten wir zwei einander umarmende Menschen zeichnen.«

»Aber wie …«, begann Sophia. Im selben Moment hüstelte der Rektor laut, und die Diener betraten den Raum, um den ersten Gang abzuräumen.

»Nun, das war eine hochinteressante Diskussion, Doktor Bruno – ich wusste, dass Ihr mit Euren ungewöhnlichen Theorien und Gedanken etwas Leben in unsere kleine Gemeinschaft bringen würdet.« Underhill klopfte mir mit einem unechten Lächeln auf die Schulter. »Aber ich habe angeordnet, dass wir bei jedem Gang die Plätze wechseln, damit Ihr auch ein paar andere Dozenten dieser Universität kennen lernen könnt. Nicht, dass ich unser Gespräch nicht gern fortsetzen würde«, fügte er etwas verspätet hinzu.

Dann erhob er sich und machte sich daran, die Sitzordnung

zu ändern, sodass ich mich am entgegengesetzten Ende des Tisches wiederfand. Neben mir saßen jetzt drei Männer, mit denen ich bis zu diesem Zeitpunkt noch kein Wort gewechselt hatte. Die Diener trugen silberne Platten mit würzig duftendem Fleisch und Gemüse auf, und die Frau des Rektors, die bislang kaum den Mund aufgetan hatte, nutzte die Gelegenheit, um sich mit Kopfschmerzen zu entschuldigen – nicht ohne mich um Verzeihung zu bitten, weil sie eine derart schlechte Gastgeberin gewesen wäre. Sie kam mir schwermütig und kränklich vor, doch dann fiel mir ein, was der Rektor über ihren Sohn erzählt hatte. Derartige Symptome hatte ich schon zuvor bei Frauen beobachtet, die ein Kind verloren hatten; sie hielten oft jahrelang an, als sei der Geist von einer Krankheit befallen, von der er sich nicht erholen konnte. Ich empfand Mitleid mit ihr, und zugleich fiel es mir schwer zu glauben, dass dieses unglückliche Geschöpf die Mutter des lebhaften Mädchens am anderen Ende des Tisches sein sollte.

Die zweite Hälfte der Mahlzeit verlief weit weniger interessant als die erste. Mir gegenüber saß Master Walter Slythurst, der Schatzmeister der Universität, ein hagerer, dünnlippiger Mann meines Alters mit schmalen argwöhnischen Augen und langem strähnigen Haar. Neben ihm saß Doktor James Coverdale, ein rundlicher Mann um die vierzig mit einem dunklen Haarschopf und einem sauber gestutzten Bart. Er machte den Eindruck, als sei er mit sich und der Welt zufrieden, und erklärte mir sogleich, er sei der Universitätsproktor und habe als solcher für Disziplin unter den Studenten zu sorgen. Den Platz rechts von mir nahm Master Richard Godwyn ein, der Bibliothekar. Er musste etwas älter sein, vielleicht fünfzig, und seine Züge erinnerten mich an einen Bluthund; seine Haut schien zu groß für sein Gesicht zu sein, aber seine finstere Miene erhellte sich, als er lächelte und mir die Hand reichte. Alle gaben sich sehr höflich, dennoch wünschte ich, ich hätte das Gespräch mit Sophia fortsetzen können. Es war klar, dass das Thema unserer Unterhaltung dem Rektor nicht behagt hatte, sie saß jetzt neben ihm auf derselben Seite des Tisches wie ich, sodass ich sie nicht ansehen konnte, ohne mich über den Schoß meines Nachbarn Godwyn beugen zu müssen und so die allgemeine Aufmerksamkeit auf mich zu lenken.

»Ich fürchte, Ihr habt gerade die spitze Seite von William Bernards Zunge zu spüren bekommen, Doktor Bruno«, bemerkte James Coverdale.

»Ihm scheint die Welt, so wie sie ist, nicht besonders zu gefallen«, erwiderte ich, nachdem ich mich vergewissert hatte, dass Bernard meine Worte nicht hören konnte.

»Das ist bei alten Männern oft so.« Godwyn nickte bedeutsam. »Er hat in den siebzig Wintern seines Lebens viele Veränderungen erleben müssen, so etwas prägt einen Mann.«

»Wenn er den Studienanfängern gegenüber seine Meinung genauso offen vertritt wie im Kreis der Fellows, wird er bald denselben Weg gehen wie sein Freund.« Slythursts Ton verriet deutlich, dass er gegen diese Möglichkeit nichts einzuwenden hätte. Ich beurteile Menschen nicht gerne nach ihrer äußeren Erscheinung, wenn ich sie gerade erst kennen lerne, doch der Schatzmeister hatte irgendetwas an sich, das mir nicht behagte. Seit ich meinen Platz eingenommen hatte, starrte er mich unentwegt an, und sein Blick war nicht gerade freundlich.

»Wie sein Freund?«, fragte ich.

Coverdale seufzte.

»Das ist eine traurige Angelegenheit, Doktor Bruno, und eine Schande für die ganze Universität – der frühere stellvertretende Rektor, Doktor Allen, wurde letztes Jahr seines Amtes enthoben, nachdem herausgekommen war …«, er zögerte, suchte nach einer diplomatischen Umschreibung, »… dass er beim Leisten des Suprematseids einen Meineid geschworen hatte. Wie es aussah, war er immer noch ein frommer Anhänger der katholischen Kirche.«

»Tatsächlich? Wie wurde er ertappt?«

»Anonym denunziert.« Coverdale schien die Intrige zu genießen. »Als seine Kammer durchsucht wurde, fand man eine

Anzahl verbotener papistischer Bücher. Und der Stellvertreter des Rektors bekleidet natürlich das zweithöchste Amt hier und trägt die Verantwortung, wenn der Rektor abwesend ist – also könnt Ihr Euch wohl vorstellen, was für einen Skandal diese Angelegenheit ausgelöst hat. Einige von uns mussten vor Gericht gegen ihn aussagen.«

»Die Universität sorgt in solchen Fällen selbst für Gerechtigkeit«, erklärte der Bibliothekar Godwyn in einem düsteren Ton. »Aber bei derartigen Vorkommnissen greift oft auch der Kronrat ein. Der Earl of Leicester – unser Kanzler, müsst Ihr wissen – hat die Universitätsleiter wiederholt dazu angehalten, sich von jeglichem Verdacht des Papismus zu reinigen, also musste unser Rektor mit aller Strenge gegen Allen vorgehen.«

»Doktor Underhill war früher der Kaplan des Earls, womit er Euch gegenüber zweifellos bereits geprahlt hat«, fügte Slythurst hinzu. »Hätte er Allen gegenüber Gnade walten lassen, hätte er sein Amt verloren.«

»Trotzdem hat Allen auf eine Begnadigung gehofft«, unterbrach Coverdale. »Und auf größere Solidarität seitens seiner Freunde. Da erlebte er freilich eine herbe Enttäuschung.«

»Ich denke, der Rektor hat seine Pflicht schweren Herzens erfüllt, James.« Godwyn warf Coverdale einen viel sagenden Blick zu. »Es hat uns alle schwer getroffen, seine Verfehlungen öffentlich bekennen zu müssen.«

»Roger Mercer konnte seine Aussage gar nicht schnell genug machen.« Coverdale betrachtete den weiter unten am Tisch sitzenden Roger, der sich angeregt mit Florio unterhielt, mit kaum verhohlenem Zorn. Ich sah, wie Slythurst die Augen verdrehte, als habe er diesen Satz schon des Öfteren gehört. »Und dabei war er angeblich Allens engster Freund. Trotzdem hat er seine dreißig Silberlinge bekommen, nicht wahr?«

»Silberlinge?«, wunderte ich mich.

»Seine Aussage hat Allen das Genick gebrochen, und dafür hat er dessen Amt übernehmen dürfen«, stellte Coverdale bitter fest.

»Vielleicht sollte ich Doktor Bruno erklären, dass traditionsgemäß der Proktor das Amt des stellvertretenden Rektors antritt, wenn dieser zum Rektor aufsteigt«, warf Godwyn ein. »So wurde immer verfahren – zuvor wird natürlich eine Versammlung der Fellows einberufen, doch nur aus formellen Gründen.«

»Aber da unser momentaner Rektor vom Earl of Leicester in sein Amt berufen wurde und seine willige Marionette ist«, zischte Coverdale gedämpft, »setzt er sich über sämtliche Traditionen hinweg und ernennt die Männer, die ihm am nützlichsten sind. Und wir wissen alle, warum sich Leicester für Underhills Wahl eingesetzt hat«, fügte er bedeutungsschwanger hinzu.

»James«, warnte Slythurst.

»Ich dachte, das beruhe auf religiösen Motiven«, sagte ich. »Um das Geschwür des Papismus auszubrennen.«

»Das ist der offizielle Grund.« Coverdale winkte ab. »Gleichwohl besitzt die Universität Herrenhäuser und Parzellen fruchtbaren Ackerlandes in Oxfordshire, müsst Ihr wissen – von denen viele sehr günstig an Freunde Leicesters verpachtet sind, nicht wahr, Master Quästor?«

»Du vergisst dich, James«, erwiderte Slythurst glatt. »Doktor Bruno hier ist ein Freund des Earls of Leicester.«

»Ich bin ihm nie persönlich begegnet«, widersprach ich hastig. »Ich reise nur mit seinem Neffen.«

»Auf jeden Fall«, Coverdale erwärmte sich sichtlich für das Thema, »verliert die Universität dadurch viel Geld und muss diese Verluste ausgleichen, indem sie Legionen zahlender Gentlemen-Commoners, sprich zahlender Studenten, aufnimmt, die weder die Neigung noch die Begabung zum Lernen haben und sich in der Stadt herumtreiben, spielen und herumhuren und die Universität in Verruf bringen.«

»Das ist kein angemessenes Thema bei Tisch.« Slythursts Stimme klang gepresst vor Ärger. Er schlug mit der flachen Hand auf die Tischplatte, um seinem Unmut Luft zu machen. »An diesen Verpachtungen, wegen der Ihr Euch so aufregt, ist nichts Ehrenrühriges, aber die Finanzlage der Universität dürfte unseren Gast schwerlich interessieren. Ich darf um ein bisschen mehr Diskretion bitten, Gentlemen.«

Die Fellows senkten verlegen den Blick. Unbehagliches Schweigen machte sich breit.

»Doktor Coverdale«, wandte ich mich mit einem diplomatischen Lächeln an den Proktor. »Ihr spracht gerade von der Verhandlung gegen Edmund Allen – fahrt doch bitte fort.«

Coverdale wechselte einen Blick mit Slythurst, den ich nicht zu deuten vermochte, dann faltete er die Hände.

»Ich sagte nur, dass Mercers Aussage gegen Allen bei dem Prozess große Bedeutung beigemessen wurde, und zwar nicht zuletzt deshalb, weil er Allens engster Vertrauter war. Der Rektor brauchte Mercers Unterstützung, und dieser erhielt im Gegenzug Allens Posten.«

»Der eigentlich an Euch hätte gehen sollen«, hakte ich nach.

Coverdale legte eine fleischige Hand auf die Brust und setzte eine Miene falscher Bescheidenheit auf.

»Wenn ich von grobem Unrecht spreche, dann geschieht das nicht um meinetwillen, Doktor Bruno, sondern wegen des Traditionsbruchs. Diese Universität wurde auf Traditionen gegründet, und wenn Einzelne diese nicht respektieren, weil der eigene Vorteil mehr für sie zählt, dann droht unsere Gemeinschaft zu zerfallen.«

»Edmund war mit vielen von uns befreundet«, mischte sich Godwyn mit leisem Bedauern ein. Eine trübe Stimmung hatte sich über unsere Gruppe gelegt. Erneut hörte ich Sophia, Florio und Roger in Gelächter ausbrechen. »Bei den Studienanfängern war er auch sehr beliebt – eine Schande, dass er sich von seinem alten Glauben nicht lossagen konnte.«

»Die Verbannung erscheint mir als eine sehr harte Strafe für den Besitz einiger Bücher«, wagte ich zu urteilen und bediente mich gleichzeitig mit einem Nachschlag an Fleisch und Zwiebeln.

»Er konnte sich glücklich schätzen, England mit seinen Eingeweiden im Bauch verlassen zu dürfen«, meinte Slythurst ungerührt. »Weniger begünstigte Männer sind wegen geringfügigerer Vergehen sehr viel strenger bestraft worden. Gerade Ihr solltet doch wissen, dass Andersgläubigkeit in der Religion eine schwere Sünde ist, Doktor Bruno. Eine Sünde gegen Gott und die herrschende Ordnung.« Ein viel sagender Blick traf mich.

»Es waren ja nicht nur die Bücher«, unterbrach Godwyn in einem vertraulichen Tonfall. »Er wurde verdächtigt, für seinen Vetter William Allen am Englischen Seminar in Reims Botengänge erledigt zu haben. Man brachte ihn nach London und verhörte ihn unter der Folter, aber er legte kein Geständnis ab, bis man ihn endlich des Landes verwies. Armer Edmund.« Er schüttelte betrübt den Kopf und leerte seinen Becher.

»Ich bin heute seinem Sohn begegnet.« Ich brach ein weiteres Stück Brot ab.

Coverdale verdrehte die Augen.

»Dann bedauere ich Euch«, sagte er. »Er hat Euch zweifellos angefleht, Begnadigungsgesuche für seinen Vater an den Hof mit zurückzunehmen?« Ohne meine Antwort abzuwarten, schnalzte er gereizt mit der Zunge. »Man hätte dem Jungen nicht gestatten dürfen hierzubleiben, nachdem sein Vater in Ungnade gefallen war. Thomas Allen huldigt gefährlichen Überzeugungen – denkt an meine Worte. Leider konnte ich den Rektor nicht dazu bringen, meinen Rat zu befolgen, er verhält sich dem Jungen gegenüber entschieden zu nachsichtig.«

Unwillkürlich kam mir der Gedanke, dass das Leben Thomas Allens mehr als schwer sein müsste, wenn man die Art, wie der Rektor ihn behandelte, als nachsichtig bezeichnete.

»Ich muss noch einmal darauf hinweisen, dass unser Gast bestimmt nicht die lange Reise hierher auf sich genommen hat, um uns universitätsinterne Angelegenheiten erörtern zu hören«, warf Slythurst kalt ein. Er strich sich eine Haarsträhne hinters Ohr, wandte sich mir zu und bleckte wölfisch lächelnd die Zähne. »Erzählt uns doch von Euren Reisen durch Europa, Doktor Bruno. Wie ich hörte, habt Ihr an vielen berühmten Akademien des Kontinents gelehrt. Wie schneidet denn Oxford im Vergleich dazu ab?«

Ich erwiderte sein Lächeln mit gleicher Unaufrichtigkeit, und während eine Mandeleiercreme und hernach Geleefrüchte als Nachspeisen aufgetragen wurden und die Kerzen herunterbrannten, berichtete ich von meinen Wanderjahren, ließ alles aus, was ich für Politik hielt, und schmeichelte meinen neuen Gefährten, indem ich das sagte, was sie hören wollten – nämlich, dass keine europäische Universität Oxford das Wasser reichen könne.

»Wie lange gedenkt Ihr in Oxford zu bleiben, Doktor Bruno?« Coverdale lehnte sich zurück und betupfte seine Lippen mit einem Mundtuch, während die Diener den Tisch abräumten.

»Ich glaube, der Palatin, in dessen Gesellschaft ich reise, plant einen Aufenthalt von einer Woche«, entgegnete ich.

»Dann hoffe ich, dass Ihr zusammen mit uns den Gottesdienst besuchen werdet. Der Rektor trägt eine Reihe von Passagen aus John Foxes *Actes and Monuments* vor. Kennt Ihr dieses Werk?«

»Das Buch über die Märtyrer? Natürlich«, bestätigte ich, da ich vermutete, dass ich irgendeinem Test unterzogen werden sollte. »Viele halten es für eine hervorragende Abhandlung.«

»Ich fürchte, Doktor Brunos Bewunderung ist nicht ganz ernst gemeint.« Slythursts Blick wanderte von mir zu seinen Kollegen. »Mir ist noch nie ein Katholik begegnet, der sich wohlwollend über Foxes Beschreibungen dessen, was den protestantischen Märtyrern angetan wurde, geäußert hat.«

»Nennt er nicht auch viele Beispiele christlicher Märtyrer aus den Anfangszeiten des Glaubens, als die Christen von Heiden und Ungläubigen verfolgt wurden, bis wir begannen, uns gegenseitig zu zerfleischen?«, gab ich zurück. »Und sind dies nicht Märtyrer, die alle Christen ehren sollten und deren Qualen uns an eine Zeit erinnern, zu der wir eine Einheit gebildet haben?«

»Das lag nicht in Foxes Absicht«, begann Slythurst, doch Coverdale unterbrach ihn.

»Wahr gesprochen, Bruno. Gläubige beider Seiten haben für Christus gelitten, und nur Er allein weiß, wer am Tag des Jüngsten Gerichts von Ihm belohnt wird.«

»Das ist das erste Mal, dass du dich für Toleranz aussprichst, James.« Slythursts Augen wurden noch schmaler. Coverdale ignorierte die Provokation.

»Heda, bring uns noch Wein!«, rief er einem Küchenjungen zu, dabei klatschte er in die Hände. Ich lehnte einen weiteren Becher ab, da ich mich noch mit meinen Notizen für die Disputation beschäftigen wollte, bevor ich zu Bett ging, und dazu einen klaren Kopf brauchte.

Als die Mahlzeit beendet war, war es draußen stockdunkel. Die Gäste erhoben sich und verabschiedeten sich mit viel Händeschütteln und Komplimenten bezüglich des Essens, das, wie ich annahm, weit üppiger und schmackhafter gewesen war als das, was für gewöhnlich in der *Hall* serviert wurde. Die Fellows hießen mich alle noch einmal in Oxford willkommen, wünschten mir eine gute Nacht und beteuerten, wie sehr sie der morgigen Disputation entgegenfieberten. Richard Godwyn forderte mich auf, jederzeit von der Bibliothek Gebrauch zu machen, wofür ich ihm dankte, John Florio verlieh in perfektem Italienisch seiner Hoffnung Ausdruck, dass wir vor meiner Abreise ein wenig Zeit miteinander verbringen könnten, und sogar Doktor Bernard erhob sich unsicher und nahm meine Finger zwischen seine knochigen Hände.

»Morgen Abend, Hexenmeister«, zischelte er mit einem zahnlosen Grinsen, »werdet Ihr Eure frommen Überzeugungen widerlegen, und ich werde in der ersten Reihe sitzen und Euch Beifall spenden – nicht, weil ich Eure ketzerischen Ideale teile, sondern weil ich Männer mit Mut bewundere. Es gibt hier nicht mehr allzu viele davon.«

Er unterstrich seine Worte mit einem bedeutsamen Blick in Richtung des Rektors, der vorgab, nichts zu bemerken. Nur Slythurst machte sich nicht die Mühe, eine höfliche Floskel an mich zu richten, er nickte mir nur knapp zu, als er den Raum verließ, und das tat er auch nur, weil ich einen kalten Blick von ihm aufgefangen hatte. Ich spürte erneut, dass er mir tiefe Abneigung entgegenbrachte, was ich nicht persönlich nahm, denn mir war aufgefallen, dass er auch seinen Kollegen keine gute Nacht wünschte. Vermutlich gehörte er zu den Menschen, die unter Akademikern häufig vertreten waren – sie taten sich mit gesellschaftlichen Umgangsformen schwer.

Als ich mich von Sophia verabschiedete, streckte sie mir sittsam eine Hand hin, die ich unter den wachsamen Augen ihres Vaters respektvoll küsste. Dieser wurde jedoch von Doktor Bernard abgelenkt, der lautstark überlegte, wo er seinen Mantel gelassen hatte, und während der Rektor ihm versicherte, dass er gar keinen angehabt hätte, beugte sich Sophia zu mir und legte mir eine Hand auf den Arm.

»Doktor Bruno, ich würde unser Gespräch über Agrippas Buch gern fortsetzen. Nach Eurer Disputation könnt Ihr vielleicht ein wenig Zeit erübrigen. Ihr findet mich oft in der Universitätsbibliothek«, fügte sie hinzu. »Mein Vater erlaubt mir, morgens und am frühen Abend dort zu lesen, wenn die meisten Studenten anderweitig beschäftigt sind.«

»Damit Ihr sie nicht von ihren Büchern ablenkt?«, flüsterte ich zurück. Sie errötete und schenkte mir ein wissendes Lächeln.

»Werdet Ihr kommen? Es gibt vieles, das ich Euch fragen möchte.«

Sie blickte mich überraschend eindringlich an, ihre Hand ruhte noch immer auf meinem Arm. Ich nickte kurz, als ihr Vater neben mir auftauchte und mir einen forschenden Blick zuwarf. Dann schüttelte ich ihm die Hand, dankte ihm für das Essen und wünschte ihm eine angenehme Nachtruhe.

Ich war froh, in den kühlen Gang hinaustreten zu können. Es regnete nicht mehr, und nach der stickigen Wärme in der Wohnung des Rektors roch die Luft so frisch und verlockend, dass ich beschloss, die Nachtruhe zu genießen und mir im Obstgarten die Beine zu vertreten, bevor ich mich zurückzog. Am Ende des Ganges stellte ich jedoch fest, dass das Eisentor geschlossen war. Als ich den Ringgriff drehte, tat sich nichts. Das Tor war abgesperrt.

»Doktor Bruno!«, erklang eine Stimme hinter mir. Ich drehte mich um und sah Roger Mercer am anderen Ende des Ganges neben der Tür des Rektors stehen. Er trat ein paar Schritte auf mich zu. »Wolltet Ihr einen Spaziergang durch den Hain machen?« Er deutete auf das geschlossene Tor.

»Ist das nicht gestattet?«

»Die Nutzung des Hains ist ausschließlich den Fellows vorbehalten«, erwiderte er, »und nur wir und der Rektor haben einen Schlüssel. Nachts bleibt er verschlossen, weil die Undergraduates ihn sonst für alle möglichen unschicklichen Stelldicheins nutzen könnten. Aber sie finden zweifellos auch andere geeignete Orte, wenn es ihnen gelingt, durch das Haupttor zu entwischen«, fügte er mit einem nachsichtigen Lächeln hinzu.

»Sie dürfen das Universitätsgelände abends nicht verlassen?«, fragte ich. »Das erscheint mir für Männer in der Blüte ihrer Jugend sehr hart.«

»So sollen sie Selbstdisziplin lernen«, gab Mercer zurück. »Doch die meisten finden Mittel und Wege, die Regeln zu umgehen – ich für meinen Teil habe das in diesem Alter jedenfalls getan.« Er kicherte leise. »Der Pförtner, Cobbett, ist ein freundlicher alter Mann, der schon seit vielen Jahren hier ist. Für ein paar Münzen findet er sich allerdings immer bereit, ein Auge zuzudrücken, wenn die Jungen erst aus der Stadt zurückkommen, nachdem die Tore geschlossen worden sind. Außerdem trinkt Cobbett gern – ich glaube manchmal, er vergisst es dann der Einfachheit halber ganz und gar, das Tor überhaupt abzuschließen.«

»Mahnt ihn der Rektor dafür nicht ab?«

»Der Rektor ist in vielerlei Hinsicht sehr streng, aber er weiß auch, wie man mit einer Gemeinschaft junger Männer umzugehen hat. Eine eiserne Hand ist nicht immer der beste Weg – mitunter empfiehlt es sich eher, einfach wegzusehen. Junge Männer besuchen gern Schänken und Freudenhäuser, ob es uns nun gefällt oder nicht, und je strikter man ihnen das untersagt, umso größer ist die Versuchung.«

»Das hat Doktor Bernard auch über die verbotenen Bücher gesagt«, gab ich nachdenklich zurück.

Mercer warf mir einen Seitenblick zu, als wir vom anderen Ende des Ganges in den offenen Hof hinaustraten, wo die auf der nördlichen Gebäudereihe angebrachte Uhr fast neun Uhr anzeigte.

»Ihr müsst Doktor Bernard seine Schroffheit verzeihen«, sagte er entschuldigend. »Er musste seine Religion drei Mal unter vier verschiedenen Herrschern wechseln. In seiner Jugend war er ein geweihter Priester, bevor der Vater der Königin mit Rom gebrochen hat. Erst in der letzten Zeit jedoch hat er begonnen, seine Meinung immer unverblümter zu äußern, und ich befürchte allmählich, dass es ihm so ergeht wie vielen alten Männern – er versinkt manchmal in seinen Erinnerungen und weiß nicht mehr genau, mit wem er spricht.«

»Er kam mir ziemlich klar im Kopf vor. Aber von einem tiefen Zorn erfüllt.«

»Ja.« Mercer seufzte. »Er ist wütend – auf die Welt, auf die Universität, auf das, was von ihm verlangt worden ist, und auf das, was er getan hat. Und Ihr wundert Euch sicher, warum er auf mich so zornig ist.« Wieder warf er mir einen diesmal fast schüchternen Blick zu.

»Er hat sich ziemlich verbittert über das Exil geäußert.«

»Er bezog sich auf die Probleme, die wir letztes Jahr mit unserem stellvertretenden Rektor Edmund Allen hatten. Ihr habt sicherlich davon gehört. William stand ihm sehr nah, so wie ich auch, doch ich war gezwungen, vor Gericht wegen seiner religiösen Praktiken gegen ihn auszusagen. William betrachtet das als unverzeihlichen Verrat.«

»Und Ihr?«, fragte ich weich.

Mercer ließ ein kurzes, bitteres Lachen hören.

»Oh, ich habe meine Pflicht getan und meine Haut gerettet, und jetzt trage ich die Robe des stellvertretenden Universitätsleiters und bewohne seine begehrte Kammer im Turm. William hat recht. Ich habe einen Freund verraten. Aber ich hatte keine andere Wahl und er auch nicht. Ihr seht, wie wir hier leben, Bruno?« Er deutete auf die Fenster der Wohnung des Rektors, hinter denen immer noch bernsteinfarbenes Kerzenlicht flackerte. »Es ist ein gutes, behagliches Leben für einen Gelehrten – wir sind in vieler Hinsicht von der Welt abgeschirmt. Und ich … ich bin nur für ein solches Leben geschaffen. Mir fehlt der Ehrgeiz, mich hochzuarbeiten. Hätte ich meinen Freund nicht öffentlich religiöser Perfidie bezichtigt, hätte ich sein Schicksal geteilt und alles verloren. Und zu diesem Zeitpunkt war sein Schicksal ja noch unklar – der Kronrat hatte der Universität zwar gestattet, ihren eigenen Prozess gegen ihn durchzuführen, es war jedoch mehr als wahrscheinlich, dass dem Rat letztendlich die Angelegenheit übertragen werden würde, und dann hätte Edmund eine drastischere Strafe als das Exil zu befürchten gehabt.« Er erschauerte. »Ich bin nicht stolz auf meine Handlungsweise, ganz bestimmt nicht, aber William Bernard hat kein Recht, gegen mich zu hetzen. Als Ihre Majestät den Thron bestiegen und die kurze Versöhnung ihrer Schwester Maria mit Rom rückgängig gemacht hatte, fand an den Universitäten eine große Säuberungsaktion statt – alle von Maria berufenen katholischen Fellows und Vorsteher wurden ihrer Ämter enthoben, es sei denn, sie sprachen sich gegen die Autorität des Papstes aus und schworen den Suprematseid. William leistete diesen Eid unverzüglich, was ihm fünfundzwanzig friedliche Jahre hier eintrug, während seine standfesteren Freunde in alle Winde verstreut wurden.«

»Und dennoch muss jedem, der ihm nun, wo er im Winter seines Lebens steht, zuhört, klar sein, dass er sich im Herzen wieder dem alten Glauben zugewandt hat.«

»Ich glaube, dass er sich im Angesicht seines nahenden Todes weniger Gedanken um seinen Körper macht als um sein Seelenheil«, erwiderte Mercer. »Vielleicht werden wir alle, wenn wir das Ende nahen spüren, einen anderen Kurs einschlagen, aber solange wir noch leben und atmen, gilt all unsere Sorge unserem schwachen Fleisch und unserem weltlichen Status.«

»Schon möglich. Indes, es scheint mir Allens Sohn zu sein, der am meisten zu leiden hat«, bemerkte ich.

»Ihr habt Thomas Allen kennen gelernt? Der arme Junge! Er ist sehr begabt, müsst Ihr wissen. Oder zumindest war er das.« Mercer fuhr sich mit beiden Händen über das Gesicht, als würde er es waschen – eine Geste der Hoffnungslosigkeit. »Ich kenne ihn, seit er mit fünfzehn nach Oxford gekommen ist – bevor sein Vater nach Reims aufbrach, bat er mich, während seiner Abwesenheit wie ein väterlicher Freund für Thomas zu sorgen. Edmund hatte begriffen, warum ich so handeln musste, wie ich es getan habe, und er hatte mir verziehen. Doch Thomas vergibt mir meine Rolle in Edmunds Prozess nicht. Ich habe versucht, ihm zu helfen – ihm Geld zuzustecken, soweit es meine Mittel zulassen, meine ich –, aber er schuftet lieber wie ein Sklave für diesen jungen Pfau Norris, als auch nur einen Penny von mir anzunehmen. Wenn ich ihn auf dem Hof treffe, ignoriert er mich, nichtsdestotrotz spüre ich, wie sehr der Hass in ihm lodert.«

»Das ist bedauerlich«, erwiderte ich. »Aber er ist jung, und der Hass der Jugend erlischt so rasch, wie er aufgeflammt ist. Vielleicht wird er Euch im Lauf der Zeit vergeben.«

Ich verneigte mich und bewegte mich auf das Treppenhaus zu, um noch zum Arbeiten zu kommen, bevor es zu spät würde. Da trat Mercer rasch vor mich und ergriff meine Hand.

»Ich hoffe, wir bekommen die Gelegenheit, uns noch einmal zu unterhalten, Doktor Bruno«, sagte er. »Ich freue mich aufrichtig, Euch kennen gelernt zu haben, und ich hoffe, meine Missbilligung heute Abend klang nicht gar zu frömmelnd, als wir über Agrippa und die hermetischen Abhandlungen sprachen.«

»Oh, ich bin missbilligende Äußerungen gewohnt«, wischte ich seine Entschuldigung mit einem Lächeln beiseite.

»Ihr missversteht mich. Der Rektor ist ein frommer Mann und kann sehr streng sein – für diejenigen, deren Position von seinem Wohlwollen abhängt, empfiehlt es sich, Meinungen zu äußern, die mit den seinen übereinstimmen, wenn er mit am

Tisch sitzt. Dessen ungeachtet habe ich mich schon immer für diese Werke interessiert – als Gelehrter, meine ich, denn ich bin der festen Überzeugung, dass ein Mann sich objektiv mit diesen okkulten Philosophien befassen und trotzdem ein guter Christ sein kann. Ist dem nicht so, Bruno?«

»Ficino vertrat diese Ansicht«, versetzte ich. »Und ich hoffe, er hatte recht, Doktor Mercer, denn sonst bin ich verdammt.«

»Bitte nennt mich Roger«, gab er herzlich zurück. »Nun, ich freue mich schon auf unser nächstes Gespräch über dieses Thema.«

Mit diesen Worten verbeugte er sich und schritt über den Hof davon. Ich kehrte in meine Kammer zurück, und im selben Moment fielen erneut dicke Tropfen von einem düsteren Himmel.

4

Ich las und überarbeitete meine Notizen für die Disputation, bis meine Lampe erlosch. Danach schlief ich sehr unruhig, es war kalt in der Kammer, der Regen hämmerte gegen die Läden, und das Holz knarrte. So kam es, dass ich, als ich von einem gewaltigen Lärm aus einem kurzen Schlummer gerissen wurde, zuerst nicht wusste, ob es schon Morgen wäre oder nur eine Halluzination aus meinen wirren Träumen. Doch dann wurde der Lärm immer lauter, und als ich so weit erwacht war, um feststellen zu können, dass die Dämmerung noch nicht angebrochen war, wurde mir klar, dass es sich bei dem infernalischen Getöse vor meinem Fenster um das wilde Bellen eines Hundes handelte. In der Hoffnung, meinen ruinierten Schlaf wiederzuerlangen, schlang ich die Decke enger um mich und rollte mich zusammen. Ich verwünschte gerade den Rektor, oder wen auch immer, der solch eine Bestie auf dem Universitätsgelände hielt, als sich ein zweites Geräusch zu diesem tierischen Morgenkonzert gesellte – eines, das ich mein Leben lang nie vergessen habe und immer noch manchmal im Traum höre: Es war der markerschütternde Schrei eines Menschen in Todesangst, und er wurde ständig schriller und qualvoller, gleichzeitig wurde das Bellen des Viehs immer ungebärdiger und bösartiger.

Nachdem dieses entsetzliche Lautgemenge den letzten Hauch von Schlaf vertrieben hatte, begriff ich, dass nicht weit von meinem Fenster entfernt jemand um sein Leben kämpfte. Ich nahm an, ein unbefugter Eindringling müsse von einem

Wachhund überrascht worden sein, aber ich durfte die Schreie nicht ignorieren, also schlüpfte ich hastig in meine Hose und in ein Hemd, um die Quelle dieses Aufruhrs ausfindig zu machen und zu sehen, ob ich helfen könnte.

Ich trat aus dem Treppenhaus in den dämmrigen Hof hinaus. Zwischen den Wolken schimmerte fahles Licht, der Regen hatte vorübergehend nachgelassen, und ein silbriger Nebel hing so dicht in der Morgenluft, dass ich die Uhr auf der gegenüberliegenden Gebäudeseite kaum ausmachen konnte und ein paar Schritte darauf zugehen musste, um die Zeiger zu erkennen: fast fünf Uhr morgens. Das grässliche Gebell hielt an, und aus anderen Treppenhäusern strömten junge Männer in Hosen unter ihren Nachthemden in den Hof, scharten sich in Gruppen zusammen und tuschelten miteinander, sichtlich unschlüssig, ob sie näher kommen sollten oder nicht. Der Lärm kam eindeutig aus der Richtung des Ganges, der zur Wohnung des Rektors und zum Hain führte, dem Garten der Fellows, den ich am Abend zuvor gesehen hatte. Ich nahm mich zusammen und rannte auf das Eisentor zu, wo zwei junge Männer vergeblich an seinem Griff zerrten und in den nebligen Garten spähten. Als sie meine Schritte hörten, drehten sie sich mit aschfahlen Gesichtern um.

»Jemand ist dort drinnen, Sir, zusammen mit einer wilden Bestie!«, rief der Größere der beiden. »Ich wollte mich gerade waschen, als ich die Schreie hörte, aber von hier aus können wir nichts erkennen.«

»Wir haben keinen Schlüssel«, fügte der andere verzweifelt hinzu. »Den haben nur die Fellows, und das Tor ist abgeschlossen.«

»Dann müssen wir einen der Fellows wecken.« Ich fragte mich ohnehin, wie der Rektor, dessen Wohnungsfenster auf den Garten hinausgehen mussten, von diesem Tumult nichts hatte mitbekommen können. »Ihr müsst doch wissen, wo ihre Räume liegen – rasch, lauft und holt jemanden, der das Tor öffnen kann. Gibt es noch einen anderen Eingang?«

»Zwei, Sir«, erwiderte der hochgewachsene Student verängstigt, während sein Freund davoneilte, um Hilfe zu holen. »Ein anderes Tor wie dieses erreicht man durch den Gang am anderen Ende der *Hall*, der an den Küchen vorbeiführt, außerdem ist eines in die Gartenmauer zur Brasenose Lane eingelassen, aber sie sind nachts alle verschlossen.«

»Nun, der Mann dort drinnen muss irgendwie hineingekommen sein«, krächzte ich, während eine gepresste Stimme zweifelsohne folgende Worte ausstieß: »Jesus, rette mich! Heilige Jungfrau, rette mich!« Ein weiterer Schrei zerriss die Luft, gefolgt von Hilferufen voller Pein, einem bösartigen Knurren und dann einem Laut, dem nichts Menschliches mehr anhaftete, einem erstickten Gurgeln, das kein Ende zu nehmen schien. Eine kleine Schar neugieriger, aufgeregter Studienanfänger gesellte sich zu uns, als ich endlich die Stimme des Rektors hörte: »Lasst mich durch, habe ich gesagt!«

Sein Gesicht war schlafverquollen, er hatte einen Mantel über sein Nachtgewand geworfen und trug einen Schlüsselbund in der Hand. Bei meinem Anblick stutzte er.

»Oh – Doktor Bruno, was ist das nur für ein unchristlicher Tumult? Wer ist dort drinnen, könnt Ihr das erkennen? Ich habe aus dem Fenster geschaut, aber wegen des Nebels und der Bäume konnte ich nichts sehen.«

»Ich kann auch nichts erkennen, es scheint jedoch, dass im Garten jemand von einem wilden Tier angefallen wird. Ihm muss geholfen werden, und zwar möglichst schnell!«

Der Rektor starrte mich an, als hätte ich ihm gerade erzählt, eine Kuhherde sei über die Universität hinweggeflogen, dann nahm er sich zusammen und trat mit seinen Schlüsseln auf das Tor zu. Doch er besann sich plötzlich, blieb stehen und drehte sich zu mir um. Sein Gesicht war angstverzerrt. Im Garten war noch immer das grässliche Knurren und Bellen zu hören – dagegen war die menschliche Stimme verstummt. Ich befürchtete das Schlimmste.

»Aber … es wäre Wahnsinn, ohne irgendeine Waffe dort hineinzugehen, wenn ein wilder Hund frei herumläuft«, stammelte der Rektor. »Er muss getötet werden – jemand muss den Constable oder einen der Serjeants-in-Arms holen, die eine Armbrust mitbringen können. Einer von euch – beeilt euch!«, fuhr er die Schar unzulänglich bekleideter Jungen an, die mit offenen Mündern am Ende des Ganges standen. »Holt den Constable – sofort!« Die Jungen wechselten erschrockene Blicke, ehe einige von ihnen auf den Hof rannten.

»Könnten wir nicht einen Stock oder einen Schürhaken oder etwas in der Art benutzen? Wir müssen dort hinein, Rektor – ich fürchte, für den armen Kerl, der da in der Falle sitzt, kommt sonst jede Hilfe zu spät.« Ich streckte drängend eine Hand nach den Schlüsseln aus.

Der Rektor blickte sich panikerfüllt um.

»Doch wie um alles in der Welt kommt ein *Hund* in den Garten?«, fragte er verwirrt mit zusammengezogenen Brauen. Es klang, als spräche er mit sich selbst.

»Ist das denn kein Wachhund, der Eindringlinge vertreiben soll?«, gab ich, nun selbst verdutzt, zurück. »Könnte er einen Dieb gestellt haben, der über die Mauer geklettert ist?«

»Hier gibt es keinen Wachhund.« Die Stimme des Rektors klang gepresst vor mühsam unterdrücktem Entsetzen. »Nur der Pförtner hat einen, aber der ist alt, blind, hat nur drei Beine und schläft im Pförtnerhaus am Haupttor. Es ist keinem Universitätsangehörigen gestattet, ein Tier zu halten.« Er schüttelte den Kopf, als traue er seinen eigenen Ohren nicht, als die Kreatur im Garten mit ihrem höllischen Lärm fortfuhr.

»Tretet zur Seite«, befahl eine ruhige Stimme hinter uns, und die im Gang zusammengedrängte Studentenschar gab einem groß gewachsenen, jungen Mann mit schulterlangem hellen Haar den Weg frei, der ein kostbares Wams und Hosen trug – in schwarzer Seide, prächtig gefüttert in Purpurrot, gekrönt von einer kunstvoll ausgearbeiteten Halskrause. Er sah aus, als wollte er eine Tanzveranstaltung oder ein Theater in London besuchen, und nicht, als wäre er wie wir anderen von Verwirrung und Furcht erfüllt aus dem Bett gekrochen. In einer Hand hielt er einen englischen Langbogen von der Art, wie ihn der Adel zur Jagd benutzt – größer als er selbst und mit Goldintarsien und grünem und rotem Flechtwerk verziert. In der anderen trug er einen ledernen, gleichfalls mit verschlungenen Ranken und vergoldeten Blättern geschmückten Köcher.

»Gabriel Norris!«, entfuhr es dem Rektor, als sein Blick auf den Bogen fiel. »Was hat das zu …«

»Ihr müsst das Tor öffnen, Doktor Underhill«, ordnete der junge Mann an. »Wir dürfen keine Zeit verlieren, hier schwebt ein Mann in Lebensgefahr.«

Trotz der Dringlichkeit der Situation sprach er so ruhig, als habe er und nicht der Rektor hier die Befehlsgewalt. Halb benommen schloss der Rektor das Tor auf, und der junge Mann trat hindurch, wobei er einen Pfeil an die Sehne legte. Ich ging ihm zögernd nach, und der Rektor folgte wiederum mir, sich dicht an der Mauer haltend.

Der Nebel hing schwer zwischen den knorrigen Stämmen der Apfelbäume, die wabernden Schatten spielten meinen Augen Streiche. Als ich mich vorsichtig vortastete, bemerkte ich plötzlich in der am weitesten entfernten nordöstlichen Ecke einen mächtigen, langbeinigen Hund – dem Umriss nach eine Art Wolfshund, dachte ich, obwohl ich ihn nicht klar erkennen konnte. Ich presste mich gegen die Mauer, während dieser Gabriel, unübersehbar in seinen protzigen Kleidern, unbeirrt auf das Tier zuschritt, das noch immer knurrte und einen schlaffen schwarzen Gegenstand zu seinen Füßen zwischen den Zähnen schüttelte. Als ich näher kam, lichtete sich der Nebel, und ich konnte den Hund deutlich sehen. Sein Maul war blutig und mit Fleischfetzen verklebt. Bei diesem Anblick wurde mein Herz schwer und mein Magen krampfte sich zusammen, denn ich wusste, dass wir zu spät gekommen waren. Der junge Mann blieb ein paar Schritte von dem Tier entfernt stehen, der Hund, der ihn gewittert oder gehört hatte, hielt bei dem Zerfleischen seiner Beute inne und hob den Kopf. Für den Bruchteil einer Sekunde lang verstummte sein Knurren, und er bewegte sich auf Norris zu, der im selben Moment den Pfeil von der Sehne schnellen ließ. Trotz des Nebels traf der Schuss sein Ziel, und der Hund sank in sich zusammen, als sich die Pfeilspitze in seinen Hals bohrte.

Sowie das Tier sich nicht mehr rührte, ließ Gabriel seinen Bogen fallen, und wir rannten beide zu dem schwarzen Haufen an der Wand neben dem Hund. Es war der Leichnam eines Mannes, der mit dem Gesicht nach unten auf dem Boden lag. Seine schwarze Robe bauschte sich um ihn, das Gras war zertrampelt und blutgetränkt. Ich half Gabriel, den Mann umzudrehen, und schrie erschrocken auf. Vor mir lag Roger Mercer, den Kopf in einem grässlichen Winkel verdreht, mit blicklos gen Himmel starrenden Augen und zerfetzter Kehle – ein Hautlappen hing herab, rohes Gewebe quoll aus der Wunde. Instinktiv bückte ich mich, um das Blut zu stillen, das noch immer über seinen Hals und seine Brust rann, aber es war zu spät, in seinen starren Augen lag für alle Zeit der Ausdruck nackten Entsetzens. Gabriel Norris sprang von dem blutigen Leichnam zurück und vergewisserte sich, dass er seine Kleider nicht besudelt hatte, als wäre das seine einzige Sorge auf der Welt. Aufgeblasener Pfau, dachte ich angewidert – und dann fiel mir wieder ein, wo ich seinen Namen schon einmal gehört hatte; Mercer hatte ihn am Abend zuvor mit fast denselben Worten bedacht. Ungläubig kauerte ich mich neben der Leiche nieder, ergriff die verstümmelten Hände – zwei Finger waren ihm bei seinem verzweifelten Versuch, das Tier abzuwehren, fast abgebissen worden, und der Hund hatte ihm große Stücke Fleisch aus Beinen und Knöcheln gerissen, als er ihn zu Boden gezerrt hatte.

Der Rektor kam zögernd mit einem vor den Mund gepressten Taschentuch näher.

»Ist er …«

»Wir sind zu spät gekommen. Gott sei seiner Seele gnädig«, sagte ich mehr aus Gewohnheit als aus Frömmigkeit. Der Rektor trat nahe genug heran, um den Leichnam des Mannes identifizieren zu können, der noch am Abend zuvor beim Essen zu seiner Rechten gesessen hatte, und wurde prompt von Übelkeit überwältigt. Der junge Mann namens Gabriel schien sich dagegen wieder erholt zu haben und stieß den toten Hund mit einem Zeh an.

»Ein riesiges Tier«, stellte er fast stolzerfüllt fest, als handele es sich um eine Jagdtrophäe. Als ich genauer hinsah, kam mir eine Erkenntnis: Jagd war das richtige Bild.

»Das ist ein Jagdhund.« Ich kniete neben dem Tier nieder. »Und seht, hier …« Ich deutete auf die sich unter dem drahtigen grauen Fell abzeichnenden Rippen. »Schaut, wie mager er ist. Er sieht aus, als wäre er halb verhungert. Und betrachtet sein Bein.« Um den oberen Teil des linken Hinterlaufs des Hundes verlief ein Ring rohen Fleisches. Die Haut war brutal von einem Strick oder etwas Ähnlichem aufgeschürft worden. Das Fell rings um die Wunde war teilweise ausgerissen, als habe der Hund wiederholt versucht, seine Fessel mit den Zähnen durchzunagen. »Er war angekettet, denke ich – seht Ihr? Kein Wunder, dass er sich so rasend gebärdet hat.«

»Aber was hatte er im Garten zu suchen?« Der junge Mann sah mich erwartungsvoll an. »Und was tat Doktor Mercer hier mit einem Hund?«

»Vielleicht wollte er seinen Hund ausführen, und er hat ihn plötzlich angefallen – Hunde sind manchmal unberechenbar«, schlug ich vor, von meiner eigenen Hypothese wenig überzeugt.

»Aber Roger hatte gar keinen Hund«, widersprach der Rektor mit matter Stimme, dabei wischte er sich den Mund mit seinem Taschentuch ab. »Ich sagte doch schon – niemandem außer dem Pförtner ist es gestattet, ein Tier zu halten. Nein – nein, Gentlemen, hier gibt es nichts zu sehen!«, bellte er plötzlich, als sich die Studenten durch das Tor drängen wollten, um sich das Schauspiel nicht entgehen zu lassen. »Zurück in eure Unterkünfte, alle miteinander! Der Gottesdienst findet wie immer um sechs Uhr statt – zurück in eure Kammern und macht euch fertig. Ich bitte mir Pünktlichkeit aus!«

Die Studenten machten widerwillig kehrt, schlurften durch

das Tor, blickten verstohlen über ihre Schultern und tuschelten aufgeregt miteinander. Der Rektor wandte sich an den jungen Mann, der den Leichnam nachdenklich betrachtete. Der Köcher baumelte immer noch von seiner Schulter. Ein ungläubiger Ausdruck huschte über Underhills Gesicht, als sehe er sein Gegenüber zum ersten Mal.

»Gabriel Norris!«, explodierte er, dabei fuchtelte er mit einer Hand durch die Luft. »Was in Gottes Namen tragt Ihr da?«

Norris blickte auf sein extravagantes Wams und seine ebensolche Kniehose hinab und scharrte verlegen mit den Füßen.

»Ich glaube, das ist jetzt nicht der richtige Zeitpunkt, Doktor Underhill«, begann er, doch der Rektor schnitt ihm das Wort ab.

»Ihr kennt den Erlass des Earls of Leicester bezüglich der Kleiderordnung für Studienanfänger nur zu gut! Und ich habe darauf zu achten, dass sie eingehalten wird – wollt Ihr, dass wir uns nach allem, was geschehen ist, beide vor Gericht verantworten müssen?« Sein Gesicht hatte die Farbe Roter Beete angenommen, seine Stimme klang erstickt. Ich fand, dass er angesichts der Umstände überreagierte. »Keine Rüschen, keine Seide, kein Samt, keine verzierten Wämser oder Kniehosen«, fuhr er fort. »Und vor allem keine *Waffen*. Ihr verstoßt bewusst gegen die Regeln. Dies ist eine Gemeinschaft von Gelehrten, Master Norris, und kein Hofball, wo Ihr Euren Reichtum zur Schau stellen könnt!«

Der junge Mann schob mürrisch die Unterlippe vor. Dennoch bemerkte ich, dass er auffallend gut aussah und offenbar gewohnt war, seinen Willen durchzusetzen.

»Diese Gemeinschaft von *Gelehrten* könnte ohne meinen Reichtum gar nicht bestehen, wie Ihr sehr wohl wisst, Rektor. Außerdem berechnet Ihr uns zu hohe Gebühren – ich bin schon gezwungen, wie ein Bettler zu essen, muss ich mich da auch noch wie einer kleiden?«

Der Rektor senkte geschlagen die Stimme.

»Ihr müsst Euch so kleiden, wie es der Earl of Leicester für einen Oxford-Studenten für schicklich hält«, wies er den jungen

Gecken nun etwas kleinlaut zurecht. »Jetzt beeilt Euch bitte und zieht Euch um – wenn Ihr gemeldet werdet, geraten wir beide in Schwierigkeiten, und wie soll ich dann erklären …« Er brach ab und sah hilflos zu den zwei Leichen hinüber. Seine Hände zitterten heftig, vermutlich stand er unter Schock.

Gabriel Norris starrte mich einen Moment lang an, als widerstrebte es ihm, die Stätte seiner Heldentat zu verlassen, dann besann er sich wohl eines Besseren, griff hastig nach seinem Bogen und wandte sich zum Gehen.

»Master Norris!«, rief der Rektor ihm nach.

Der junge Mann drehte sich trotzig um.

»Ja, Rektor?«

»Ein Langbogen? Warum in Gottes Namen habt Ihr einen Bogen und Pfeile an die Universität mitgebracht?«

Norris zuckte die Achseln.

»Mein Vater hat ihn mir hinterlassen. Es ist ein Andenken. Außerdem ist Jagen ein Sport, der den Commoners gestattet ist, die eine Lizenz dazu besitzen.«

»Es ist aber *nicht* gestattet, einen Bogen in den Räumen der Universität aufzubewahren«, protestierte der Rektor schwach.

»Hätte ich ihn nicht dort aufbewahrt, hättet Ihr diesen Hund mit bloßen Händen erdrosseln müssen, Rektor«, erwiderte Norris trocken. »Allerdings erwarte ich nicht, dass Ihr mir dankt.«

»Trotzdem bestehe ich darauf, dass Ihr ihn in die Stahlkammer im Turm bringt, Master Norris. Bittet Master Slythurst oder Doktor Coverdale, ihn für Euch wegzuschließen. Heute noch, bitte«, fügte er hinzu, als Norris durch das offene Tor verschwand.

Der Rektor holte tief Luft, und dann schienen seine Beine unter ihm nachzugeben. Ich bot ihm meinen Arm, und er stützte sich dankbar auf mich.

»Doktor Underhill«, sagte ich sanft, dabei deutete ich auf Rogers Leichnam. »Ein Mann ist bei einem furchtbaren Unfall umgekommen, und wir müssen herausfinden, wie das geschehen konnte. Wenn es denn tatsächlich ein Unfall war«, fügte ich hinzu, denn je länger ich nach einer Erklärung suchte, desto beunruhigter wurde ich.

Der Rektor stolperte und prallte fast gegen mich. Sein Gesicht war totenblass geworden.

»Himmel, Ihr habt recht, Bruno. Die Nachricht wird sich wie ein Lauffeuer unter den Studenten verbreiten. Doch wie sollen wir diesen Vorfall erklären? Es sei denn ...« Nacktes Entsetzen loderte in seinen Augen. Ich empfand Mitleid mit ihm; sein friedliches, geordnetes kleines Königreich war innerhalb weniger Minuten aus den Fugen geraten.

»Lasst uns zuerst nach der wahrscheinlichsten Ursache suchen«, meinte ich. »Wenn es außer dem alten Hund des Pförtners keine Hunde auf dem Universitätsgelände gibt, muss dieser hier auf jeden Fall von außen hereingekommen sein, höchstwahrscheinlich durch dieses Tor.«

»Ja ... ja, so muss es gewesen sein – ein bösartiger Streuner hat seinen Weg durch das Tor gefunden.« Der Rektor griff dankbar nach dieser Erklärung.

Mercer war nur wenige Schritte vom hölzernen Tor zur Gasse hinter der Universität angefallen und zerfleischt worden, aber als ich den Griff betätigte, fand ich es fest verschlossen. Underhill stand wie erstarrt neben den Leichen des Jägers und seiner Beute. An der hinteren Mauer ganz in der Nähe bemerkte ich einen schwarzen Stofffetzen, der am Rand eines Ziegelsteins hing. Das Gras darunter war von Stiefeln und Pfoten zertrampelt und der aufgewühlte Boden über und über mit Mercers Blut befleckt.

»Sieht aus, als hätte er versucht, an der Mauer hochzuklettern, der arme Mann«, sagte ich halb zu mir selbst. »Das würde die Wunden an seinen Beinen erklären. Aber sie ist viel zu hoch – warum ist er nicht einfach zum Tor gerannt? Vielleicht befand sich ja der Hund zwischen ihm und dem Tor, was hieße, dass der von draußen gekommen sein muss. Wieso jedoch ist das Tor dann verschlossen?«

Ich warf dem Rektor, der wie versteinert dastand, einen Blick zu, dann lief ich zu dem zweiten Torzugang zur Universität, dem, den man vom Gang zwischen der *Hall* und den Küchen aus erreichte. Auch dieses Tor war verschlossen. Wie, grübelte ich, konnte der Hund dann in den Garten gelangt sein? Und wie Roger Mercer?

Ich ging zu der Stelle zurück, wo die Leichen lagen.

»Ist es möglich«, begann ich, während ein Verdacht in meinem Kopf Gestalt annahm, »dass jemand den Hund absichtlich hereingelassen hat?«

Der Rektor musterte mich ungläubig.

»Um sich einen schlechten Scherz zu erlauben, meint Ihr?«

»Wohl kaum. Wer einen halb verhungerten Jagdhund loslässt, muss wissen, dass dieser einen Menschen angreifen wird.« Ich kniete mich neben Rogers verstümmeltem Leichnam nieder und tastete die Taschen ab.

»Doktor Bruno!«, protestierte der Rektor. »Was tut Ihr da? Der arme Mann ist noch nicht einmal kalt.«

Roger Mercer war trotz der frühen Stunde vollständig bekleidet gewesen. In einer seiner Hosentaschen fand ich, was ich gesucht hatte.

»Hier.« Ich hielt zwei an einem Ring befestigte eiserne Schlüssel in die Höhe, von denen einer wesentlich größer war als der andere. »Ist einer davon der Schlüssel zum Garten?«

Der Rektor nahm mir den Ring ab, hielt ihn ins Licht und inspizierte ihn.

»Ja, der größere öffnet alle drei Tore.«

»Dann hat er sich entweder selbst hineingelassen und das Tor hinter sich abgeschlossen, oder jemand hat das Tor verschlossen, nachdem er den Garten betreten hatte«, überlegte ich laut. »Wie dem auch sei, er war hier zusammen mit einem wilden Hund gefangen.«

»Aber wir wissen immer noch nicht, wie der Hund hereingekommen ist«, gab der Rektor verständnislos zurück.

»Nun, wir wissen, dass er weder über die Mauer gesprungen ist, noch sich selbst eingelassen und das Tor hinter sich abgeschlossen hat.« Ich sah Underhill beim Sprechen direkt in die Augen und wartete darauf, dass er endlich begriff, worauf ich hinauswollte.

Der Rektor umklammerte meinen Arm. Sein Gesicht verzerrte sich vor Panik. Ich roch säuerliches Erbrochenes in seinem Atem.

»Was wollt Ihr damit sagen, Bruno? Dass jemand den Hund in den Garten gelassen und dann alle Fluchtwege versperrt hat?«

»Ich finde keine andere Erklärung.« Ich betrachtete die furchteinflößenden Zähne des Hundes, zwischen denen jetzt die schlaffe Zunge heraushing. Schaum klebte an seinen Lefzen. Norris' Pfeil ragte noch immer aus seinem Hals. »Es muss jemand gewesen sein, der wusste, dass Doktor Mercer zu dieser Stunde hierherkommen würde. Aber dieser hat sicher nicht mit Gefahr gerechnet, sonst hätte er sich bewaffnet.«

Rogers seltsame Bemerkung vom Vorabend fiel mir wieder ein – dass wir vielleicht alle anders leben würden, wenn wir wüssten, dass uns der Tod ganz nahe ist. Hatte er damit andeuten wollen, dass er um sein Leben fürchtete? Nein, das war nur ein Zufall gewesen, entschied ich, außerdem hatte er davon gesprochen, dass er sich auf die Disputation freute und hinterher mit mir diskutieren wollte. Unvermittelt überkam mich tiefer Kummer. Obwohl ich den Mann kaum gekannt hatte, war er mir warmherzig und aufrichtig vorgekommen, und nun hatte ich ihn wenige Minuten zuvor sterben hören müssen. Ich durfte gar nicht daran denken, dass er vielleicht hätte gerettet werden können, wenn ich schneller reagiert, jemand einen Schlüssel gehabt hätte oder Norris früher mit seinem Bogen aufgetaucht wäre. Ein Moment der Unschlüssigkeit hatte über das Schicksal eines Mannes entschieden … Bei dieser Erkenntnis fing ich selbst zu zittern an.

»Gehörte es zu seinen Gewohnheiten, so früh im Garten spazieren zu gehen?«, fragte ich. »Ich meine, könnte jemand gewusst haben, dass er ihn hier finden würde?«

»Die Fellows nutzen die Stille des Hains oft, um dort zu lesen«, erwiderte der Rektor. »Aber für gewöhnlich nicht um diese Zeit – es ist zu dunkel. Die Studienanfänger stehen um halb sechs auf, um sich für den Gottesdienst um sechs Uhr fertig zu machen, der Besuch des Morgengottesdienstes ist Pflicht. Vorher ist nur selten jemand auf den Beinen, noch nicht einmal die Küchenjungen. Und ich selbst bin noch nie zu einer so frühen Stunde im Garten spazieren gegangen, daher kann ich nicht sagen, ob einer meiner Kollegen diese Gewohnheit hat.«

Ich beugte mich erneut über Rogers Leichnam und zog die blutige, zerrissene Kleidung zur Seite, um zu sehen, ob irgendetwas an seiner Person seine Anwesenheit im Hain im Morgengrauen hätte erklären können, denn mir fiel seine Bemerkung darüber ein, dass der Garten für Stelldicheins sehr beliebt wäre. Hatte er auf jemanden gewartet, der nie gekommen war, oder auf jemanden, der sich eingefunden und den Tod mit sich gebracht hatte? Er trug kein Buch bei sich, doch eine Wölbung in seinem Wams deutete auf eine verborgene Tasche hin. Ich griff hinein und zog eine prall gefüllte, vor Münzen klirrende Börse heraus.

»Wenn er einen ruhigen, besinnlichen Spaziergang vor Sonnenaufgang hätte unternehmen wollen, hätte er das hier nicht mitnehmen müssen.« Ich schnürte den Geldbeutel auf und zeigte dem Rektor ihren Inhalt. Den genauen Wert der englischen Münzen kannte ich nicht, aber es waren viele. Bei ihrem Anblick quollen Underhills Augen förmlich aus ihren Höhlen.

»Guter Gott, das müssen mindestens zehn Pfund sein!«, entfuhr es ihm. »Warum bloß hat er eine so hohe Summe mit sich herumgetragen?«

»Vielleicht wollte er jemanden treffen, dem er Geld schuldete.«

»Und dieser Jemand wusste natürlich, dass er hier sein würde, und hat den Hund auf ihn gehetzt.« Die Augen des Rektors wurden groß. »Rache für unbezahlte Schulden – das muss das Motiv sein!«

Ich schüttelte den Kopf.

»Warum befindet sich das Geld dann immer noch in seiner Tasche? Wenn sich jemand wegen nicht rechtzeitig bezahlter Schulden an ihm hätte rächen wollen, hätte er doch wohl zuerst seine Börse an sich genommen.«

»Aber wer könnte überhaupt einen Grund gehabt haben, Roger etwas zuleide zu tun?«, fragte der Rektor verzweifelt.

»Das weiß ich nicht. Was ich allerdings weiß, ist, dass ein wilder Hund nicht rein zufällig in einen von einer hohen Mauer umgebenen Garten mit verschlossenen Toren gelangen kann.« Ich strich meine Kleider glatt und bemerkte erst jetzt, dass sie mit Rogers Blut besudelt waren. »Ich nehme an, dass Ihr nach diesem schrecklichen Ereignis die Disputation heute Abend absagen werdet, Rektor Underhill?«

Erneut flackerte Furcht in den Augen des Rektors auf.

»Nein«, erwiderte er bestimmt, dabei packte er mich bei den Schultern. »Die Disputation muss wie geplant stattfinden. Wir können nicht zulassen, dass dieser ... dieser Zwischenfall den Besuch einer königlichen Abordnung stört – könnt Ihr Euch die Folgen vorstellen, Doktor Bruno? Vor allem, wenn gemunkelt werden würde ...«, er blickte sich um, bevor er weitersprach, »... dass er wohl absichtlich herbeigeführt worden ist. Der Ruf der Universität würde Schaden nehmen und mein eigener ebenfalls, und wir hatten hier in der letzten Zeit schon so viele Probleme. Ich fürchte Leicesters Unmut mehr, als ich sagen kann.«

»Aber ein Mann, ein Senior Fellow, wurde auf grausame Weise getötet – vielleicht sogar ermordet«, empörte ich mich. »Wir können nicht einfach zur Tagesordnung übergehen, als wäre nichts geschehen.«

»Schschtt! Um der Liebe Christi willen, wiederholt das furchtbare Wort *Mord* nicht, Bruno!« Die Augen des Rektors schossen panikerfüllt hin und her, und er dämpfte die Stimme, obwohl wir noch immer allein waren. »Wir werden verbreiten, dass es sich um ein tragisches Unglück handelt – wir werden sagen …« Er hielt kurz inne, um sich eine glaubhafte Geschichte zurechtzulegen. »Ja, wir werden sagen, dass das Gartentor versehentlich offen gelassen wurde, ein streunender Hund hereinkam und Roger, der früh aufgestanden war, um im Hain zu beten und zu meditieren, angefallen hat.«

»Ob man das glauben wird?«

»Das wird man, wenn ich es sage – ich bin der vom Earl ernannte Rektor«, entgegnete Underhill mit einem Anflug seiner alten Selbstherrlichkeit. »Außerdem war es dunkel und neblig, und niemand konnte etwas deutlich erkennen.« Seine Züge hatten sich verhärtet, ich las darin die eiserne Entschlossenheit, den guten Ruf der Universität um jeden Preis zu schützen, und ich konnte mir jetzt gut vorstellen, dass genau diese Rücksichtslosigkeit ihn während des Prozesses gegen den unseligen Edmund Allen geleitet haben musste.

»Doch die Tore waren verschlossen!«, protestierte ich.

»Nur Ihr und ich wissen davon, Bruno. Und wir werden diesen Umstand für uns behalten, wenn Ihr nichts dagegen habt.«

»Was ist mit dem Pförtner? Wird er sich nicht daran erinnern, die Tore am Abend überprüft zu haben?«

Der Rektor ließ ein trockenes Lachen hören.

»Wie ich sehe, kennt Ihr unseren Pförtner nicht. Ein klarer Kopf und ein gutes Gedächtnis zählen nicht zu seinen Stärken. Wenn ich behaupte, ein Tor wurde offen gelassen, kann er auf keinen Fall mit Gewissheit sagen, dass dem nicht so war. Nein, ich denke, das ist der sicherste Weg.«

Als er meine besorgte Miene bemerkte, drückte er meine Schulter und fügte in einem leichteren Tonfall hinzu: »Wenn jeglicher Verdacht ausgeräumt ist, wird es einfacher sein herauszufinden, was an diesem Morgen wirklich geschehen ist. Aber wenn es eine große Aufregung gibt und in ganz Oxford das Gerücht umgeht, Lincoln sei der Schauplatz eines kaltblütigen Mordes, wird der Täter – wenn es denn einen Täter gibt – in dem Durcheinander unbemerkt verschwinden. Wenn der Gerechtigkeit Genüge getan werden soll, ist es das Beste, diese Tragödie nicht an die große Glocke zu hängen. Ich wäre Euch für Eure Hilfe in dieser Angelegenheit sehr dankbar, Doktor Bruno.«

Ich war mir nicht sicher, ob er sich damit auf die Verschleierung der Wahrheit oder ihre Aufdeckung bezogen hatte, aber mir lag es schwer im Magen, dass ich vermutlich der Letzte war, der Roger Mercer lebendig gesehen hatte, und dass derjenige, der sein grausames Ende geplant hatte, jetzt irgendwo in Oxford seine Freiheit genoss, ohne für sein Verbrechen büßen zu müssen. Die kühl kalkulierende Art des Rektors hatte mich zusätzlich schockiert; irgendeine menschliche Reaktion seinerseits auf den grässlichen Tod seines Kollegen schien von der Furcht vor seinem Amtsverlust förmlich verschluckt worden zu sein.

Der Himmel war fahler geworden, der Nebel löste sich auf und hing nur noch in weißen Fetzen zwischen den Bäumen. Die zwei Leichen im taufeuchten Gras hoben sich dunkel von dem grauen Licht ab. Der Rektor blickte ängstlich auf.

»Großer Gott, es ist gleich Zeit für den Frühgottesdienst! Ich muss in der Kapelle sprechen, die Gemeinde beruhigen. Die Geschichte wird schon in aller Munde sein.« Er verschränkte die Finger, bis die Knöchel weiß hervortraten, und schien mit sich selbst zu reden. »Erst muss ich allerdings die Küchendiener anweisen, einen Sack für den Kadaver zu bringen, er kann hier nicht liegen bleiben.«

Ich starrte ihn an, bis ihm mein entsetzter Gesichtsausdruck auffiel.

»Ich meine den Hund, Bruno. Aber Ihr habt recht, der Coroner muss kommen, bevor Rogers Leichnam fortgeschafft werden kann. Oh, es gibt so viel zu tun! Ich werde Roger bitten müssen …« Im nächsten Moment schlug er die Hände vor den Mund und drehte sich zu dessen Leichnam um, als würde ihm der Verlust seines Stellvertreters erst jetzt wirklich bewusst werden.

»O Gott«, flüsterte er. »Roger ist tot!«

»Richtig.« Ich sah ihm an, dass er gerade eben der Wahrheit ins Gesicht blickte.

»Aber dann – das heißt, dass wir eine neue Versammlung einberufen und einen neuen stellvertretenden Rektor wählen müssten, und dafür ist gegenwärtig wirklich keine Zeit! In der Zwischenzeit brauche ich jedoch eine rechte Hand, und das wird all die üblichen Eifersüchteleien und neiderfüllten Gehässigkeiten nach sich ziehen – was wir im Moment am allerwenigsten brauchen können! Oje, wie konnte das nur passieren?« Er versuchte, sich seine wachsende Besorgnis nicht anmerken zu lassen, als er mich mit ernster Miene ansprach; seine seitlich herumwedelnden Hände wirkten dabei ein wenig hilflos. »Doktor Bruno, ich weiß, es ist ungeheuerlich, einen Gast darum zu bitten, würdet Ihr dennoch beim Leichnam des armen Roger bleiben, bis der Coroner kommt? Ich muss ja in der Kapelle die traurige Nachricht verkünden, und zwar nicht nur möglichst schonend, sondern so, dass ich gleichzeitig etwaigen Gerüchten über die heutigen Vorkommnisse den Nährboden entziehen kann – falls dies überhaupt möglich ist. Haltet die Studenten von hier fern – wir wollen nicht, dass sie sich an diesem Ort versammeln, um ihre makabere Neugier zu befriedigen. Schließlich hat hier keine Bärenhatz stattgefunden!«

»Natürlich bleibe ich.« Ich hoffte nur, meine unfreiwillige Totenwache würde nicht allzu lange dauern, ich bin zwar nicht abergläubisch, aber Roger Mercers leere, blicklose Augen schienen mich anzuklagen, weil es mir nicht gelungen war, ihm zu helfen. Wir fürchten alle um unser schwaches Fleisch, hatte er am Abend zuvor gesagt. Jetzt hatte er dieser Furcht ins Auge geblickt; ich erinnerte mich nur zu gut daran, wie er mit gebrochener Stimme Jesus und Maria angefleht hatte, ihn zu retten.

Der Rektor schlurfte in Richtung des Hofes über das Gras davon, und ich blieb mit den beiden Leichen und meinen sich überschlagenden Gedanken zurück. Während ich versuchte, sie zu ordnen, beugte ich mich erneut über Mercers Leichnam und zog die Überreste seiner zerfetzten Robe über sein verwüstetes Gesicht. Einem Aberglauben zufolge soll sich in den Augen eines Mordopfers das Bild seines Mörders widerspiegeln, aber als ich ein letztes Mal in Rogers in einem Augenblick des Entsetzens erstarrte Augen schaute, dachte ich nur: Wenn diese Torheit wahr wäre, würde ich dann das Bild eines großen Hundes sehen? Indes, der Umstand, dass alle Tore verschlossen gewesen waren, ging mir nicht aus dem Kopf – der Hund war nicht Rogers wahrer Mörder, sondern nur sein Werkzeug. Ich wandte mich von Roger Mercers Leichnam zu dem des Tieres, um ihn zu untersuchen. Es war eine riesige Bestie, die einem ausgewachsenen Mann bis zur Taille reichte, mit einem langen, schmalen Kopf. Wieder fiel mir auf, wie mager der Hund war, obwohl es nicht so aussah, als wäre er sonst irgendwie misshandelt worden. Wer immer ihn in den Garten gelassen hatte, musste sein Vorgehen sorgfältig geplant und die Angriffslust des Tieres gesteigert haben, indem er es absichtlich hatte hungern lassen. Und Rogers gut gefüllter Geldbeutel – den der Rektor an sich genommen hatte – deutete darauf hin, dass er sich mit jemandem hatte treffen wollen, um irgendeine geschäftliche Transaktion abzuwickeln. Wenn das Geld der Grund für einen so heftigen Streit gewesen sein sollte, dass jemand Roger hatte töten wollen, dann konnte ich jedoch nicht begreifen, warum die Börse zurückgelassen worden war. Anscheinend war es nicht vornehmlich um das Geld, sondern um Mercers Tod gegangen, obwohl es der Schlüssel zu dem vereinbarten Treffen gewesen sein musste.

Ich überdachte abermals die Lage des Gartens: Auf der Nordseite grenzte er zum Teil an den Küchentrakt, obwohl ich keine von der Küche zum Garten führende Tür sehen konnte. Zu drei Seiten wurde er von einer fast zwölf Fuß hohen Mauer umschlossen, und die vierte Seite schloss sich an die östliche Gebäudekette der Universität an, die auch die *Hall* und die Wohnräume des Rektors beherbergte. Ich nahm an, dass Roger Mercer den Garten durch einen der Gänge zu beiden Seiten der *Hall* betreten und das Tor mit seinem eigenen Schlüssel geöffnet hatte. Hatte er dann selbst das Tor hinter sich verschlossen, um nicht gestört zu werden, oder hatte jemand gewartet, bis er im Hain war, und dann das Tor von der Universitätsseite her geschlossen? Konnte es sich dabei um ein und dieselbe Person gehandelt haben? Eine, die als Erstes das Tor von der Gasse aus geöffnet hatte, um den Hund einzulassen – der vermutlich bis zum letzten Moment einen Maulkorb getragen hatte –, um es anschließend hinter dem Tier zu schließen? Allerdings hätte es etliche Minuten gedauert, durch das Haupttor und um das Gebäude herum zu laufen, und jeder, der das getan hätte, wäre vom Pförtner gesehen worden – vorausgesetzt, dieser war wach gewesen.

Vom Hof her rief eine Glocke die Studenten zum Gottesdienst, in dem der Rektor seine Ansprache halten und der blühenden Fantasie der jungen Männer einen Dämpfer versetzen würde. Als ich mich erhob, fragte ich mich müßig, ob James Coverdale jetzt sein Ziel erreichen und Rogers Amt übernehmen würde, und dabei traf mich eine Erkenntnis wie ein Schlag in die Magengrube. Der Rektor hatte – rhetorisch – gefragt, wer wohl Roger Mercer etwas hätte zuleide tun wollen, und ich hatte erwidert, dass ich keine Ahnung hätte. Doch jetzt wurde mir klar, dass sogar ich, ein Fremder, der noch keinen ganzen Tag an der Universität weilte, bereits zwei Leuten begegnet war, die ihn offensichtlich gehasst hatten. Könnten es noch mehr sein? Vielleicht hatte jemand versucht, Geld von ihm zu erpressen und dann beschlossen, ihn stattdessen zu töten. Mir war er ziemlich sympathisch gewesen, wie es schien, hatte er sich jedoch mit seiner Rolle beim Prozess gegen den unglücklichen Edmund Allen nicht gerade beliebt gemacht. Wer könnte schon sagen, wie viele andere Feinde er sich geschaffen haben mochte? Trotzdem musste der Groll gegen ihn lange im Verborgenen gehegt worden sein. Warum hätte der Täter sonst bis zum Besuch einer königlichen Abordnung gewartet, um zuzuschlagen? Es sei denn …

Der Anblick einer Gestalt, die von der Universität her zwischen den Bäumen hindurch auf mich zukam, riss mich aus meinen Gedanken. In der Hoffnung, der Coroner möge endlich eingetroffen sein, um mich von meiner Wachpflicht zu entbinden, trat ich einen Schritt vor und erkannte zu meiner Überraschung Sophia Underhill. Sie trug ein dünnes blaues Gewand und einen Schal um die Schultern, und ihr Haar wehte hinter ihr her. Ein paar Schritte von mir entfernt blieb sie stehen. Sie wirkte gleichfalls überrascht, mich hier vorzufinden.

»Doktor Bruno! Was … was tut Ihr hier?«

»Ich warte auf Euren Vater.« Ich baute mich vor ihr auf, um ihr den Blick auf die beiden Leichen zu versperren.

»Es heißt, Gabriel Norris hätte einen Eindringling niedergeschossen.« Ihr Gesicht war vor Aufregung gerötet. »Ist er noch hier?« Ihre Augen funkelten erwartungshungrig, als sie sich ungeniert nach allen Seiten umblickte, aber ich bemerkte, dass sie die Hände genauso nervös miteinander verflocht wie ihr Vater.

»Nicht ganz.« Beinahe hätte ich gelächelt – trotz der Bemühungen des Rektors hatte es den Anschein, dass die Geschichte bereits blumig ausgeschmückt würde. »Habt Ihr noch nicht mit Eurem Vater gesprochen?«

»Er ist beim Morgengebet in der Kapelle – ich hörte die Neuigkeiten von zwei Studenten, die sich verspätet hatten.« Sie spähte an mir vorbei zu den beiden im dichten Gras liegenden Schatten. »Natürlich haben wir alle den Lärm vor unseren Fenstern gehört, ich hätte hingegen nie gedacht – ist das dort der Leichnam des Diebes?« Sie schien darauf zu brennen, ihn eingehender zu betrachten. Ich vertrat ihr energisch den Weg.

»Bitte tretet zurück, Mistress Underhill. Das ist kein Anblick für Euch.«

Sie neigte den Kopf zur Seite und starrte mich herausfordernd an.

»Ich bin dem Tod schon begegnet, Doktor Bruno. Ich habe meinen Bruder mit gebrochenem Hals gesehen, also behandelt mich nicht wie eine dieser verhätschelten Ladies, die ihren Fuß nie aus ihrem Salon herausgesetzt haben.«

»Das würde mir nicht im Traum einfallen, aber dies hier ist weitaus schlimmer.« Absurderweise streckte ich die Arme aus, als könnte ich ihr so die Sicht versperren. »Nun ja, nicht schlimmer als der Tod eines Bruders, das meinte ich damit natürlich nicht, sondern ich wollte damit sagen … es ist viel Blut geflossen, und das sollte sich eine Frau nicht ansehen müssen. Bitte vertraut mir, Mistress Underhill.«

Sie schnaubte nur und stemmte erbost die Hände in die Hüften.

»Wie kommt es nur, dass Männer immer denken, Frauen könnten kein Blut sehen? Habt Ihr vergessen, dass wir jeden Monat bluten? Wir bringen unsere Kinder in einem Schwall von Blut und Schleim zur Welt – glaubt Ihr, wir schließen dabei die Augen, um nicht in Ohnmacht zu fallen? Ich versichere Euch eines, Doktor Bruno: Jede Frau kann den Anblick von Blut besser ertragen als ein altgedienter Soldat, auch wenn die Männer sich einbilden, uns wie venezianisches Glas behandeln zu müssen! Ich hoffe, Ihr gehört nicht auch zu denen, die mich am liebsten in Watte hüllen und einsperren wollten, um die wirkliche Welt von mir fernzuhalten!«

Die Heftigkeit, mit der sie argumentierte, setzte mich in Erstaunen, und insgeheim musste ich ihr recht geben, aber mir war die Aufgabe übertragen worden, Roger Mercer vor neugierigen Blicken zu schützen, also trat ich erneut vor, bis ich direkt vor ihr stand. Zu meinem Missvergnügen stellte ich fest, dass sie fast genauso groß war wie ich.

»Auf diese Idee käme ich nie. Trotzdem muss ich Euch bitten, nicht näher zu kommen, Mistress Underhill – der Leichnam ist grausam verstümmelt. Ich fürchte, der Anblick würde Euch zusetzen, egal wie stark Ihr seid.«

Sie funkelte mich noch einen Moment trotzig an, dann gebot ihr der Anstand zurückzuweichen. Ein Ausdruck ängstlicher Neugier trat auf ihr Gesicht.

»Was ist denn passiert?«

»Ein Mann wurde von einem wilden Hund angegriffen. Norris hat den Hund erschossen, nicht den Mann.«

Sie zog die Brauen zusammen.

»Ein *Hund*? Im *Garten*?« Sie schüttelte verwirrt den Kopf, als wolle sie zu viele Fragen auf einmal stellen. »Wer ist denn der Mann?«

»Roger Mercer.«

»O nein. Nein!«, wiederholte sie, eine Hand vor den Mund, die andere gegen die Brust gepresst. »Nein!« Ihr Blick schoss wild umher, ohne irgendwo haften zu bleiben, danach sank sie langsam zu Boden. Ihr Rock bauschte sich um sie, und sie hatte die Hand noch immer vor den Mund geschlagen. Ich wusste nicht, ob sie im nächsten Moment in Tränen ausbrechen oder ohnmächtig werden würde. Jegliche Farbe war aus ihrem Gesicht gewichen. »O Gott, das kann nicht sein!«

Ich kauerte mich neben sie und legte ihr behutsam eine Hand auf die Schulter.

»Es tut mir leid. Ihr mochtet ihn gern?«

Sie blickte verdutzt zu mir auf, dann nickte sie nachdrücklich.

»Ja – ja, natürlich –, dies ist mein Zuhause, und die älteren Fellows waren in den letzten Jahren sozusagen meine Familie«, erwiderte sie mit zitternder Stimme. »Ich kann einfach nicht glauben, dass auf dem Universitätsgelände etwas so Furchtbares passiert ist – noch dazu direkt unter unseren Fenstern. Armer, armer Roger.« Sie äugte an mir vorbei zu dem Bündel im Gras und erschauerte. »Wenn doch nur …« Sie brach ab und presste wieder den Daumen gegen ihren Mund.

»Wenn doch nur?«, hakte ich nach.

Gleichwohl schüttelte sie nur den Kopf und blickte sich ein weiteres Mal suchend um. »Und wo ist Master Norris?«

»Euer Vater hat ihn fortgeschickt, damit er sich umzieht. Offensichtlich war seine Kleidung unpassend.«

Daraufhin spielte ein nachsichtiges Lächeln um ihre Lippen, und mich überkam ein unerwarteter Anfall von Eifersucht. War sie diesem geckenhaften jungen Bogenschützen etwa stärker zugetan, als ich es für möglich gehalten hätte?

»Ein *Hund*?«, grübelte sie laut, dabei fuhr sie sich mit den

Händen durch ihr Haar. Wieder spiegelte sich Besorgnis auf ihrem Gesicht wider. »Wo ist er hergekommen?«

»Das Tor zur Gasse muss über Nacht offen gelassen worden sein – wie es aussieht, ist ein Streuner hereingekommen, der so ausgehungert war, dass er jedes Lebewesen aus Fleisch und Blut angefallen hätte«, antwortete ich so gelassen wie möglich.

Sophias Augen wurden schmal.

»Nein. Das Tor ist immer verschlossen. Vater ist geradezu paranoid, was Vagabunden, Eindringlinge oder Studienanfänger betrifft, die den Garten nachts nutzen könnten, um sich etwa mit den Küchenmädchen zu treffen – er überprüft es jeden Abend um zehn Uhr, bevor er zu Bett geht. Er würde das genauso wenig vergessen wie seine Gebete oder seine Arbeit. Das kann nicht sein.«

»Vielleicht hat er diese Aufgabe gestern Abend dem Pförtner überlassen, weil er mich zum Essen eingeladen hatte«, meinte ich, dabei dachte ich, wie absurd es doch sei, dass ich eine offenkundig falsche Theorie verteidigte, obwohl ich zu gerne mit ihr über meinen Verdacht gesprochen hätte. »Wie ich hörte, ist dieser Pförtner ein unzuverlässiger alter Trunkenbold.«

Sie sah mich an, als hätte ich sie soeben zutiefst enttäuscht.

»Cobbett ist ein alter Mann, das ist richtig, und er trinkt gerne einen Schluck, aber er ist seit seiner Kindheit an der Universität, und wenn Vater ihm eine solche Aufgabe übertragen hätte, wäre er eher gestorben als den Rektor zu enttäuschen. In Euren Augen mag er ja nur ein Bediensteter sein, Doktor Bruno, er ist nichtsdestoweniger ein freundlicher alter Mann und verdient es nicht, dass man verächtlich über ihn spricht.«

»Es tut mir aufrichtig leid, Mistress Underhill«, entschuldigte ich mich betreten. »Ich wollte wirklich nicht …«

»Nennt mich lieber Sophia. Immer, wenn mich jemand mit *Mistress Underhill* anredet, sehe ich mich unwillkürlich nach meiner Mutter um.«

»Eure Mutter hat von dem Aufruhr heute Morgen nichts mitbekommen?«

»Ich weiß es nicht, sie liegt noch im Bett.« Sophia seufzte. »Dort verbringt sie den größten Teil ihrer Zeit. Schlafen ist ihre Lieblingsbeschäftigung.«

»Sie hat wohl den Tod Eures Bruders noch nicht verwunden«, gab ich sanft zu bedenken.

»Das haben wir alle noch nicht, Doktor Bruno«, fauchte sie, und ihre Augen sprühten Funken. »Aber wenn wir uns alle unter unserer Bettdecke verkriechen und so tun würden, als ginge die Sonne nicht mehr auf und unter, dann würde die Familie zerbrechen. Was wisst Ihr überhaupt über den Tod meines Bruders?«

»Euer Vater machte gestern eine kurze Andeutung. Es muss unerträglich für Euch gewesen sein.«

»Einen Bruder zu verlieren ist immer unerträglich«, versetzte sie etwas milder gestimmt. »Für mich war es jedenfalls besonders schlimm. Zu Johns Lebzeiten genoss ich für ein Mädchen ungewöhnliche Freiheiten, weil er sich für mich einsetzte und darauf bestand, dass ich in jeder Hinsicht genauso behandelt werden sollte wie er. Ohne seinen Beistand bin ich nun gezwungen, mich wie eine Lady zu benehmen, und ich muss gestehen, dass mir das ganz und gar nicht gefällt.«

Zu meiner Erleichterung lachte sie unvermutet auf, ihr Lachen verstummte jedoch nach und nach, und schließlich zupfte sie völlig still und geistesabwesend an ein paar Grashalmen herum.

»Ich nehme an, Eure Disputation wird jetzt verschoben werden?«, erkundigte sie sich, dabei deutete sie vage auf Rogers Leichnam, als interessiere sie das im Grunde nicht sonderlich.

»Nein – Euer Vater möchte seinen königlichen Gast auf keinen Fall enttäuschen. Alles wird so ablaufen wie geplant, sagt er.«

Ihr Gesicht verdunkelte sich vor Zorn – ihr Temperament schlug sichtlich so schnell um wie das Wetter über dem Vesuv –, sie sprang auf und strich ihr Kleid mit raschen Gesten glatt.

»Das hätte ich mir denken können. Auch wenn ein Mensch auf furchtbare Weise hat sterben müssen – nichts darf den geregelten Universitätsalltag stören! Wir müssen alle so tun, als wäre alles in schönster Ordnung.« Ihre Augen loderten vor Wut. »Wisst Ihr, dass mein Vater nach dem Tod meines Bruders John nicht eine Träne vergossen hat? Keine einzige. Als man ihm die Nachricht brachte, nickte er nur und sagte dann, er sei in seinem Arbeitszimmer und wolle nicht gestört werden. Für den Rest dieses Tages kam er nicht mehr heraus – er hat *gearbeitet*!« Sie spie das letzte Wort förmlich aus.

»Ich habe gehört«, meinte ich zögernd, »dass viele Engländer ihre Gefühle oft hinter einer Maske verbergen würden, möglicherweise, weil sie Angst vor ihnen haben.«

Sophia winkte verächtlich ab.

»Meine Mutter verkriecht sich in ihrem Bett, mein Vater in seinem Arbeitszimmer. Ich bin sicher, dass sie darüber schon fast vergessen haben, dass sie einen Sohn hatten. Nur leider erinnert sie meine Anwesenheit immer wieder daran.«

»Ich bin sicher, dass das nicht der Fall ist …«, begann ich, doch sie wandte sich ab und presste die Lippen zusammen. »Woran arbeitet Euer Vater denn?«, fragte ich endlich, um das Schweigen zu brechen.

»Er schreibt einen Kommentar zu Master Foxes *Actes and Monuments*«, entgegnete sie angewidert.

»Ah ja – das Buch über die Märtyrer.« Ich erinnerte mich, dass jemand beim Abendessen von den ewigen Predigten des Rektors über dieses Thema gesprochen hatte. »Benötigt es denn einen Kommentar? Foxe schreibt schon weitschweifig genug, finde ich.«

»Mein Vater ist der festen Überzeugung, dass nichts auf der Welt so wichtig ist wie dieser Kommentar – abgesehen vielleicht von den ewigen Versammlungen des Universitätsvorstandes, die nur ein Vorwand für Tratsch und Verleumdungen sind.« Sie riss mit überraschender Heftigkeit ein paar Blätter von dem Zweig über ihr, dann hob sie den Kopf und sah mich an. »Diese Männer gelten als die klügsten Köpfe Englands, Doktor Bruno, aber in Bezug auf bösartigen Klatsch sind sie schlimmer als Waschweiber.«

»Ich habe genügend Universitäten besucht, um das zu wissen«, lächelte ich.

Sie machte Anstalten, noch mehr zu sagen, doch da war vom Hof her ein Geräusch zu vernehmen, und zwei stämmige Männer in Küchenschürzen näherten sich uns.

»Ich gehe jetzt besser.« Sophia spähte noch einmal furchterfüllt in die Richtung der beiden Leichen. »Es tut mir leid, dass ich der Disputation nicht beiwohnen kann, Doktor Bruno. Es ist mir nicht gestattet, ich hätte allerdings nur zu gern mit angesehen, wie Ihr meinen Vater bei einem Streitgespräch aussticht.«

Ich hob in gespielter Überraschung eine Braue, was ihr ein trauriges Lächeln entlockte.

»Ihr haltet mich für illoyal. Vielleicht bin ich das auch, aber mein Vater hat derart festgelegte Vorstellungen von der Welt, ihrer vorbestimmten Ordnung und dem Platz eines jeden Menschen in dieser Ordnung. Manchmal denke ich, er glaubt nur deshalb so felsenfest daran, weil er es seit jeher geglaubt hat und es einfacher ist, an seinen Überzeugungen festzuhalten.« Sie biss in ihren Daumenknöchel. »Ich sähe es gar zu gern, wenn jemand seine Selbstsicherheit ins Wanken brächte und ihn dazu bringen würde, gewisse Dinge zu hinterfragen. Wenn er akzeptieren könnte, dass man die Weltordnung auch ändern kann, würde er vielleicht begreifen, dass nicht alles immer so bleiben muss, wie es ist. Deswegen möchte ich unbedingt, dass Ihr gewinnt, Doktor Bruno.« Bei den letzten Worten fasste sie sogar mein Hemd und schüttelte mich ein wenig. Ich nickte stumm.

»Ihr meint, wenn man ihn überzeugen könnte, dass sich die Erde um die Sonne dreht, gelänge es auch, ihn davon zu überzeugen, dass eine Tochter das gleiche Recht auf ein Studium hat wie ein Sohn und ihren Mann selbst auswählen sollte?«

Sie errötete leicht.

»Etwas in dieser Art. Anscheinend seid Ihr wirklich so klug, wie man sagt, Doktor Bruno.«

»Bitte nennt mich Giordano.«

Sie bewegte lautlos die Lippen, dann schüttelte sie den Kopf. »Das kann ich nicht aussprechen, meine Zunge würde sich verknoten. Ich werde Euch einfach Bruno nennen. Gewinnt die Disputation für mich, Bruno. Ihr seid bei diesem Schlagabtausch meine Faust.« Hiernach schaute sie über meine Schulter hinweg auf das blutgetränkte Gras, und augenblicklich erstarb ihr Lächeln. »Armer Doktor Mercer. Ich kann es immer noch nicht fassen.«

Mit schwer zu lesender Miene warf sie den beiden toten Leibern unter den Bäumen einen letzten ausgiebigen Blick zu, sodann wandte sie sich ab und rannte leichtfüßig über das Gras auf die Universität zu. Währenddessen trat einer der vierschrötigen Männer geradewegs auf mich zu und hielt einen großen Sack in die Höhe.

»So, Kumpel – wo is'n nu der Köter, der begraben werden soll?«

5

Nachdem die Ankunft des Coroners in Begleitung von Doktor James Coverdale – der bei dem Abtransport der sterblichen Überreste seines Rivalen seine Selbstgefälligkeit kaum verbergen konnte – mich von meiner Totenwache erlöst hatte, verließ ich dankbar den Hain und eilte durch den Gang in den Haupthof. Der Gottesdienst war vorbei, und die Studienanfänger standen eifrig diskutierend in Gruppen beieinander. Die meisten schienen es aufregend zu finden, sich in unmittelbarer Nähe des Schauplatzes eines solchen Unglücks aufzuhalten, obwohl sie die Hände vor den Mund schlugen und ihre Augen vor Entsetzen geweitet waren.

Es war erst sieben Uhr morgens, aber jetzt machte es sich bemerkbar, dass ich die halbe Nacht wach gewesen war; ich sehnte mich nur noch danach, mich in meine Kammer zurückzuziehen, meine Kleider zu wechseln und noch ein wenig zu schlafen, bevor ich mich auf die abendliche Disputation vorbereitete – ein Ereignis, das für mich jetzt jeglichen Reiz verloren hatte. Meine Hose und mein Hemd starrten vor Rogers Blut, was Coverdale zu einer anzüglichen Bemerkung veranlasst hatte, als ich ihn mit dem Coroner allein ließ. »Ihr solltet besser saubere Kleider anziehen, Doktor Bruno«, hatte er mit unangebrachter Leichtigkeit gesagt, »sonst könnten die Leute noch denken, Ihr wärt der Mörder.«

Ich vermutete, dass es ihn verdrossen hatte, mich bereits am Ort des Geschehens vorzufinden, deshalb hatte er mich mit einem dummen Scherz auf meine Nutzlosigkeit hinweisen wollen. Als ich mich jedoch wenig später in dem wie ein Bienenkorb summenden Hof umblickte, fragte ich mich, warum er – wenn auch nur im Scherz – das Wort Mörder gebraucht hatte, wo doch offiziell bekannt gegeben worden war, dass es sich bei Rogers Tod um einen tragischen Unfall handelte? Vielleicht maß ich ja diesem Umstand zu viel Bedeutung bei, bezüglich meiner Kleider hatte er allemal recht. Ich betrachtete meine Hose und zupfte am Stoff herum, um das Ausmaß des Schadens zu begutachten. Dabei ertastete ich etwas in der Tasche und merkte, dass ich noch immer die Schlüssel bei mir trug, die ich Rogers Leichnam abgenommen hatte; ich musste sie unbewusst eingesteckt haben.

Ich drehte die Schlüssel in den Händen. Der kleinere müsste in das Schloss von Rogers Kammertür passen, denn er glich dem, den man mir für meine eigene Gästekammer ausgehändigt hatte. Wieder schaute ich mich im Hof um. Die Studenten begannen sich mit Büchern in den Händen zu zerstreuen; einige steuerten auf die Bibliothek zu, andere auf das Haupttor. Niemand schenkte mir Beachtung. Erneut betrachtete ich Rogers Schlüssel. Ob sich in seiner Kammer Hinweise darauf finden ließen, wen er im Garten hatte treffen wollen und warum er so viel Geld bei sich gehabt hatte? Ich könnte mich kurz dort umsehen, während die Studenten anderweitig beschäftigt waren, die Schlüssel später zurückgeben und – wahrheitsgemäß – behaupten, sie versehentlich eingesteckt zu haben.

Roger Mercer hatte gesagt, er bewohne die Turmkammer über dem Haupteingang. Ich blickte zu den hohen bogenförmigen Fenstern empor, kam zu dem Schluss, dass dies der richtige Raum sein müsste, und trat dann entschlossen in den Schatten des Treppenhauses der westlichen Gebäudekette, das meiner Meinung nach zum Turm emporführte.

Auf dem ersten Treppenabsatz blieb ich vor einer niedrigen Holztür stehen, an der ein bemaltes Schild mit der Aufschrift *Doktor R. Mercer, stellvertretender Rektor* prangte. Nach einem raschen Blick nach allen Seiten schob ich den Schlüssel ins Schloss. Er ließ sich mühelos drehen, und ich huschte geräuschlos in den Raum, den Roger erst vor etwa zwei Stunden verlassen hatte, ohne zu ahnen, dass er nicht mehr zurückkehren würde. Einen Moment lang meinte ich, über mir Schritte davoneilen zu hören. Ich erstarrte und spitzte die Ohren, doch keine Tür wurde geöffnet oder geschlossen, und ich vernahm auch kein weiteres Geräusch.

Mit dem Anblick, der sich mir bot, als ich die Tür behutsam hinter mir schloss, hatte ich nicht gerechnet. Im Raum herrschte totales Chaos: Bücher, Dokumente und Karten waren aus den Regalen gerissen und auf dem Boden verstreut, Kleider aus Truhen gezerrt und achtlos fallen gelassen worden. Ein dicker Läufer, der den Holzfußboden bedeckt haben musste, war zusammengerollt und zur Seite geschleift worden, und Spuren im Staub deuteten darauf hin, dass jemand versucht hatte, eine Bodendiele zu lockern. Entweder war Roger gleich im Anschluss an die Suche nach irgendeinem verloren gegangenen Gegenstand in großer Eile aufgebrochen, oder – was ich eigentlich für viel wahrscheinlicher hielt – noch ein Dritter hatte bereits vor mir hier nach Hinweisen für den Grund von Mercers Tod gesucht.

Der Raum war lang gezogen, hatte eine hohe Decke, und die schmalen, in Blei gefassten Fenster gingen zu einer Seite auf den Hof und zur anderen auf die Straße hinaus. Zur Straßenseite hin befand sich ein großer Kamin, ihm gegenüber stand ein mächtiger Schreibtisch aus Eichenholz mit kunstvoll geschnitzten Beinen. Am anderen Ende des Raumes führten drei Stufen zu einer weiteren, offen stehenden Tür. Meine Handflächen wurden feucht, als ich den Atem anhielt, um auf andere Geräusche als das Rauschen meines Blutes in meinen Ohren zu lauschen. Vielleicht hatte ich ja die Schritte gar nicht aus dem Stockwerk über mir gehört, sondern außer mir befand sich derzeit noch jemand im Raum. Mich so behutsam wie eine Katze bewegend packte ich das Nächstbeste, das sich als Waffe benutzen ließe – einen eisernen Schürhaken –, umklammerte ihn mit beiden Händen, nahm all meinen Mut zusammen und schlich auf die offene Tür zu. Mit erhobenem Schürhaken betrat ich die kleine Kammer innerhalb des eigentlichen Turmes, die nur ein einfaches Rollbett, einen Waschtisch und einen schweren Eichenschrank mit geschnitzten Türfüllungen enthielt.

Auch diese Schlafkammer hatte der Eindringling bei seiner Suche nicht ausgelassen: Die Laken waren vom Bett gezogen. Ein irdener Krug war vom Waschtisch gestoßen worden und zerbrochen, sodass in den Binsen, die den Boden bedeckten, ein feuchter Fleck zu sehen war. Bei näherer Betrachtung entdeckte ich, dass sogar die Strohmatratze mit einem Messer aufgeschlitzt worden und der Inhalt herausgequollen war. In einer der Ecken dieser quadratischen Kammer befand sich eine kleine, in die Wand eingelassene Holztür. Ich versuchte, den Knauf zu drehen, er ließ sich jedoch nicht bewegen. Als ich gegen das Holz klopfte, ertönte ein hohles Geräusch. Aufgrund des Echos und des Luftzugs, der durch die Ritzen wehte, mutmaßte ich, dass sich hinter dieser Tür das Treppenhaus zum obersten Geschoss des Turmes befand. Ich packte den Schürhaken fester, spähte außerdem sicherheitshalber hinter die schweren Vorhänge und unter das Bett, aber auch dort hielt sich niemand versteckt. Beruhigt kehrte ich über die drei Stufen nach unten in den großen Raum zurück, um nun dort alles genau zu untersuchen.

Wo sollte man in diesem Chaos beginnen? Der Raum war mit den unterschiedlichsten Möbelstücken vollgestopft, alle aus gutem Eichenholz gefertigt. Stühle waren umgeworfen, eine Truhe über den Boden geschleift und aufgebrochen worden. Die offensichtliche Verzweiflung des Eindringlings bewies, dass sich ohne jeden Zweifel etwas von Bedeutung unter Rogers Habseligkeiten befinden müsste, die Frage war nur, ob es bereits gefunden worden war und ob ich es erkennen würde, wenn ich darauf stieß.

Ich trat zu dem schön gearbeiteten Schreibtisch, der jetzt mit Papieren und Schreibfedern übersät war. Ein kleines Astrolabium aus Messing war zu Boden gefallen. Ich bückte mich, hob es auf und stellte es wieder auf seinen Sockel, wobei ich bemerkte, dass der Zeiger zerbrochen war. Als ich mich vorbeugte, entdeckte ich auf dem Boden einen dunklen geringelten Gegenstand. Ich hielt ihn ans Licht und sah, dass es sich lediglich um einen Streifen vertrockneter Orangenschale handelte, den ich sogleich wieder fallen ließ. Danach hob ich die obersten Dokumente auf dem Schreibtisch an und überflog den Papierwust. Es würde mühsam sein, diesen ganzen Stapel nach einem Brief oder irgendeinem Notizzettel zu durchforsten, der Licht auf den Tod des früheren Bewohners dieses Raums werfen könnte. Sämtliche Schubladen waren herausgezogen worden. Ich griff in jede Öffnung hinein und tastete sie nach Geheimfächern ab, fand aber keine. Dann durchsuchte ich den Inhalt der Schubladen, war aber schon nahe daran aufzugeben, weil ich keine Ahnung hatte, worauf ich eigentlich zu stoßen hoffte.

Der obersten Schublade entnahm ich eine lederne Schreibmappe. Flüchtige Hoffnung keimte in mir auf. Vielleicht befand sich Rogers jüngste Korrespondenz noch darin und verriet mir, mit wem er kürzlich Streit gehabt oder Geschäfte getätigt hatte – und die damit seine Anwesenheit im Garten erklärte. Ich schaffte auf dem Schreibtisch Platz für die Mappe, und als ich sie öffnete, fiel ein dünnes, in Leinen gebundenes Buch heraus. Ich hob es auf, schlug es aufs Geratewohl auf und stellte fest, dass ich einen gedruckten Almanach für das Jahr 1583 in den Händen hielt. Die Seiten waren in Wochentage unterteilt, der jeweilige Monat oben auf jeder Seite angegeben und mit den entsprechenden astrologischen Vorhersagen versehen. Hastig begann ich zu blättern, und mit jeder Seite, mit der ich mich der Seite für den heutigen Tag näherte, beschleunigte sich mein Pulsschlag – könnte Roger Mercer den Namen dessen notiert haben, mit dem er sich heute frühmorgens hatte treffen wollen.

Während meiner Suche nach der Seite für den 22. Mai fiel

mir an diesem Kalender etwas Seltsames auf: Jede Unterteilung wies zwei Daten auf, eines schwarz gedruckt, das andere von Hand mit roter Tinte hinzugefügt. Das rote Datum lag zehn Tage vor dem schwarzen. Ich wusste sofort, was das zu bedeuten hatte, weil mein Gastgeber, der französische Botschafter, mit solchen Kalendern zu arbeiten pflegte: Die rote Zahl stand für das Datum des neuen Kalenders, der im vergangenen Oktober von Papst Gregor eingeführt worden war und nun laut der päpstlichen Bulle *Inter gravissimas* in den katholischen Staaten obligatorisch war. Als Geste der Auflehnung gegen die päpstliche Autorität galt er in England und den anderen protestantischen Staaten Europas noch nicht. Trotzdem hatte der Botschafter sich oft beklagt, dass das die Korrespondenz mit Würdenträgern aus anderen Ländern extrem erschweren würde, weil niemand sicher wüsste, welches Datum denn nun gemeint wäre – weshalb er für gewöhnlich beide benutzte. Doch wozu brauchte ein englischer Protestant wie Roger Mercer einen Kalender mit den gregorianischen Daten?

Endlich stieß ich auf die gewünschte Seite und registrierte gerührt, dass er für den 22. Mai (1. Juni) in seiner eleganten, flüssigen Handschrift Zeitpunkt und Ort meiner Disputation eingetragen hatte: *G. Bruno vs Underhill, Div.Sch.* 5. Als ich das Buch näher an die Augen hielt, bemerkte ich einen weiteren Eintrag für den heutigen Tag: In der linken oberen Ecke prangte ein einzelner Buchstabe – ein *J*. Ich blinzelte verwirrt. Könnte *J* der Anfangsbuchstabe des Namens der Person sein, die er hatte treffen wollen? Das würde den Kreis der Verdächtigen begrenzen. Ich blätterte ein paar Tage zurück, suchte nach weiteren Hinweisen. Der Vortag, der 21.5. (31.), war nur mit einem seltsamen Symbol markiert, einem Kreis mit Speichen gleich einem Karrenrad. Beim weiteren Zurückblättern stellte ich fest, dass dieses Symbol in regelmäßigen Abständen auftauchte, mehr oder weniger alle zehn Tage, jedoch nie am selben Wochentag. Es könnte sich um einen Code handeln, aber ich hatte keine Möglichkeit, ihn zu entziffern. Das *J* sah mir immerhin nach einem konkreten Hinweis aus.

Mir war jedoch noch etwas anderes aufgefallen, als ich mir das Buch unter die Nase gehalten hatte: ein leichter Orangenduft. Zuerst dachte ich, er käme von meinen Fingern, da ich ja die Schale vom Boden aufgehoben hatte, aber nachdem ich eingehender geschnuppert hatte, wurde mir definitiv klar, dass der Duft vom Almanach selbst herrührte. Vielleicht war das nicht ungewöhnlich, denn falls Roger gern Orangen gegessen hatte, hätte er bestimmt Saft auf die Seiten seiner Bücher gespritzt; er war nicht mit den besten Tischmanieren gesegnet gewesen, wie mir am Abend zuvor aufgefallen war. Doch irgendetwas nagte an mir und gab sich nicht damit zufrieden, was mich erneut an dem Buch schnuppern ließ – und plötzlich verwünschte ich mich für meine Begriffsstutzigkeit.

Genau in diesem Moment knarrte die Kleiderschranktür vernehmlich, was mich vor Schreck fast von meinen Beinen riss. Instinktiv verbarg ich das Buch in meinem in die Hose gestopften Hemd und fuhr herum – die Tür schien sich unter ihrem eigenen Gewicht bewegt zu haben. Als ich sie ganz öffnete, kamen zunächst nur halb aus dem Schrank gerissene Kleiderhaufen zum Vorschein, dahinter machte ich dann aber einen gedrungenen dunklen, mit einer alten Decke verhüllten Umriss aus. Ich griff in den Schrank. Sobald der Überzug weggezerrt war, offenbarte er eine kleine Holzkiste mit Eisenbändern und fest verschlossen mit einem robusten Vorhängeschloss. Vorsichtig zog ich den Gegenstand ins Licht, dabei entglitt er mir allerdings auf der Kante des Schranks, er kippte um und landete krachend auf dem Boden. Mir stockte der Atem, während ich zum wiederholten Male angestrengt darauf lauschte, ob der Lärm mich verraten hätte, aber alles blieb still. Als die kleine Truhe zu Boden gefallen war, hatte ich das unverkennbare Klirren von Münzen gehört. Dies war also Roger Mercers Schatztruhe, vermutlich bis oben hin mit Gold gefüllt. Er hatte sich keine große Mühe gegeben, sie zu verstecken, und doch hatte derjenige, der vor mir hier das Unterste zuoberst gekehrt hatte, sie nicht angerührt.

Dieser Umstand passte zu der nicht angerührten Geldbörse in Rogers Tasche – wer auch immer ihn getötet hatte, war an Geld nicht interessiert gewesen. Doch warum denn sonst sollte man einen Mann ermorden, wenn nicht um des Geldes willen? Entweder aus Rache, dachte ich, oder aus Furcht, das Opfer könne ihm irgendwie schaden. Ich beschloss, Cobbett, den Pförtner aufzusuchen und zu sehen, was er mir über das Tor- und Schließsystem der Universität erzählen könnte – derjenige, der diesen Raum auf den Kopf gestellt hatte, hatte sich ja offenbar mit einem Schlüssel selbst hereingelassen und dann hinter sich abgeschlossen.

Während ich neben der Truhe kauerte und über die Sache mit den Schlüsseln nachgrübelte, hörte ich, wie hinter mir behutsam die Tür aufgesperrt wurde. Eine eisige Hand schloss sich um mein Herz. Mir blieb keine Zeit mehr, mir ein Versteck zu suchen, ich konnte nur hilflos zusehen, wie die Tür gerade so weit aufgeschoben wurde, dass sich die hagere Gestalt des Quästors Walter Slythurst hindurchzwängen konnte. Ich verfolgte, wie sein Blick langsam und ungläubig über das Chaos im Raum hinwegschweifte, bevor er an mir hängen blieb. Eine kurze Pause trat ein, während der sein Verstand sich bemühte, das zu glauben, was seine Augen ihm sagten, dann stieß er einen leisen Schrei aus und starrte mich an, als wäre ich ein Trugbild.

»Allmächtiger Gott!«, entfuhr es ihm. »Ihr! Was zum Teufel …«

Ich würde meine gesamte Erfindungsgabe aufbieten müssen, um zu erklären, warum ich mich in der kürzlich verwüsteten Kammer eines soeben verstorbenen Mannes aufhielt und seine Schatztruhe auf meinem blutbesudelten Schoß hielt. Also holte ich tief Luft und täuschte Nonchalance vor.

»*Buongiorno*, Master Slythurst.«

Slythursts knochiges Gesicht war wie dafür geschaffen, höhnischen Zynismus widerzuspiegeln und keinen rasenden Zorn, doch in diesem Moment schien ihn die Wut so stark in der Kehle zu würgen, dass er kaum sprechen konnte.

»Was …«, begann er, bevor sein angehaltener Atem zischend seinen Lungen entwich und er neu ansetzen musste. »Was hat das zu bedeuten?«

»Ich bin Rektor Underhill behilflich«, erklärte ich, wobei ich meinen Akzent stark übertrieb – was, wie ich im Laufe der Jahre herausgefunden hatte, eine ausgezeichnete Methode war, exzentrisches Benehmen zu überspielen, die Leute werteten es dann als Eigenart eines Ausländers. »Ich war heute Morgen bei ihm, wir waren als Erste am Ort dieses furchtbaren Geschehens. Und die Kleider des armen Doktor Mercer befanden sich in einem üblen Zustand, daher bin ich gekommen, um Ersatz zu holen, damit man ihn angemessen zur letzten Ruhe betten kann.« Ich setzte eine fromme Miene auf. Noch nie zuvor war mir eine Lüge derart wenig überzeugend über die Lippen gekommen, und an seiner Stelle hätte ich sie keinen Moment lang geglaubt.

Slythursts Augen verengten sich zu schmalen Schlitzen.

»Verstehe. Und hattet Ihr Mühe, etwas zu finden?« Mit einer spöttischen Handbewegung deutete er auf die Verwüstung im Raum.

Sein Tonfall hätte die jungen Blätter an den Bäumen welken lassen können. Ich gab seinen verächtlichen Blick so gleichmütig wie möglich zurück.

»So habe ich den Raum vorgefunden.«

»Warum habt Ihr dann die Tür verschlossen?«

»Macht der Gewohnheit.« Ich lachte verlegen. »Es ist töricht, ich weiß – aber in Italien habe ich jahrelang um mein Leben fürchten müssen. Ich habe Orte bereist, wo man nie eine Tür hinter sich offen ließ, und das tue ich auch jetzt noch ganz instinktiv. Ich merke es noch nicht einmal.«

Slythurst schien einen Moment lang über den möglichen Wahrheitsgehalt meiner Behauptung nachzudenken, danach verschränkte er die Arme vor der Brust, wie um seinem Misstrauen mir gegenüber Nachdruck zu verleihen.

»Woher habt Ihr den Schlüssel?«

»Es ist der, den Doktor Mercer bei sich hatte. Als der Coroner eintraf, kam ich hierher, um zu sehen, ob ich irgendwie helfen kann.«

»Hm.« Slythurst trat ein paar Schritte vor und überflog den Papierwust auf dem Schreibtisch. »Ich bin übrigens hier, um eine Inventur seiner persönlichen Habe, die dann seiner Familie übergeben werden soll, vorzunehmen«, fügte er hinzu, ohne mich anzusehen.

Es war klar, dass er log, weil er als hochrangiger Universitätsangehöriger nicht verpflichtet gewesen wäre, einem Gast irgendeine Erklärung abzugeben. Ich erhob mich und wandte mich zu ihm, wobei ich darauf achtete, dass das Buch nicht unter meinem Hemd hervorrutschte. Er drehte sich mit immer noch verschränkten Armen um, und wir musterten uns stumm, jeder zweifellos wissend, dass der andere eine unausgesprochene Absicht verfolgte – keiner von uns wagte es jedoch, direkt zum Angriff überzugehen. Ich fragte mich flüchtig, ob wir beide wohl dasselbe suchten, bevor mir wieder einfiel, dass ich ja gar nicht wusste, wonach genau ich überhaupt suchte – nur nach etwas, das vielleicht Roger Mercers Anwesenheit im Garten erklärte. Aber waren Slythurst und derjenige, der den Raum zuvor durchwühlt hatte, auf der Suche nach demselben Gegenstand? Voller Abscheu betrachtete ich sein fahles, fast haarloses Gesicht, und er erwiderte den Blick mit gleicher Abneigung. Könnte er der ursprüngliche Eindringling gewesen sein, der bei seinem ersten Versuch gestört worden war und nun einen zweiten wagen wollte? Ich bezweifelte es; ich hatte seinen Gesichtsausdruck bemerkt, als er die Tür geöffnet hatte – das Chaos hatte ihm einen ebensolchen Schock versetzt wie mir, da war ich mir ganz sicher. Also glaubte mehr als nur eine Person, dass irgendetwas, das sie haben wollten, in Rogers Raum verborgen wäre.

»Was ist das?« Slythurst brach das Schweigen, indem er auf die Truhe zu meinen Füßen deutete.

»Ich glaube, das ist Doktor Mercers Geldtruhe.«

»Und was tut Ihr damit?« Seine Worte klangen so scharf wie in Glas geritzt.

»Sie war in seinem Schrank. Ich dachte, sie könnte Kleidungsstücke enthalten, und deshalb habe ich sie herausgehoben, um nachzuschauen.«

Wieder warf er mir von unten einen Blick zu, mit dem man einen Gassenjungen bedenkt, der versucht hat, Brot zu stehlen.

»Ihr seid mit Blut bedeckt, Doktor Bruno«, bemerkte er, gleichzeitig schnellten seine Augen zurück zum Schreibtisch.

»Ja, weil ich versucht habe, einem Mann zu helfen, der verblutet ist«, gab ich ruhig zurück.

»Ihr könnt Euch gar nicht nützlich genug machen, nicht wahr?« Slythurst begab sich hinauf zur Tür der kleinen Schlafkammer und blickte an mir vorbei. »Seid Ihr die Treppe hochgegangen?«, fragte er, dabei deutete er unwirsch auf die innere Tür.

»Diese Tür ist abgeschlossen«, versetzte ich.

»Abgeschlossen?« Slythurst wirkte verwirrt. »Merkwürdig.«

Mit großen Schritten durchquerte er die Kammer bis zu besagter Tür und versuchte selbst, sie zu öffnen, als wolle er mir beweisen, dass er auf meine Worte in keiner Hinsicht etwas gab. Wieder trat eine unbehagliche Stille ein. Ich wusste, dass er darauf wartete, dass ich den Raum verließe, nichtsdestotrotz zögerte ich, weil ich fürchtete, dass das, was er und der andere Eindringling suchten, noch nicht gefunden worden war. Aber ich hatte keinen plausiblen Grund, noch länger zu bleiben, also verneigte ich mich knapp.

»Nun, dann werde ich Euch Eurer traurigen Aufgabe überlassen, Master Slythurst.«

Er nickte bloß, doch als ich an der Tür war, rief er mir nach: »Doktor Bruno, habt Ihr nicht etwas vergessen?«

Einen Moment lang dachte ich, er meinte die Schlüssel und erwartete von mir, dass ich sie ihm aushändigte. Ich starrte ihn verständnislos an, was ihm ein befriedigtes Lächeln entlockte.

»Die Kleider. Ihr wolltet doch den Toten für die Beerdigung herrichten.«

»Natürlich.« Hastig eilte ich zum Schrank zurück und griff mir einen Arm voll Kleider, ohne sie mir genauer anzusehen. Mir war klar, dass meine Notlüge nun endgültig aufgeflogen war.

»Der Rektor ist Euch für Eure Hilfe sicher sehr dankbar.« Slythurst hielt mir die Tür auf, während ich mit den Kleidungsstücken kämpfte. Als ich mich an ihm vorbeidrängte, zischelte er: »Ich werde ein Auge auf Euch haben, Bruno.«

Ich bedachte ihn mit meinem strahlendsten Lächeln und verließ den Raum. Einen Moment später hörte ich, wie sich im Schloss leise ein Schlüssel drehte.

Als ich in den Hof zurückkehrte, sah ich dort Gabriel Norris, jetzt in schlichtes Schwarz gekleidet, was sein gutes Aussehen noch zusätzlich betonte. Er stand am Eingang des Treppenhauses der westlichen Gebäudereihe auf der anderen Seite des Turms und schien vor einer Gruppe von Kommilitonen mit seinen Heldentaten zu prahlen. Eine Hand hielt er dabei auf Brusthöhe, womit er, was die Größe des Hundes betraf, schamlos übertrieb, was mir ein leises Lächeln entlockte. Bald entdeckte er mich und brach seine Rede mitten im Satz ab; mit einigem Argwohn musterte er nacheinander das Kleiderbündel in meinen Armen und den Eingang, aus dem ich mich kurz zuvor gelöst hatte.

»Hat das Plündern bereits begonnen, Doktor Bruno?«, rief er eine Spur zu jovial.

»Ich bin dem Rektor behilflich, es gibt viel zu tun«, erwiderte ich, weil sich diese Behauptung nicht widerlegen ließ.

»Ah.« Er nickte, dann schlenderte er auf mich zu. Aus der Nähe betrachtet kam er mir älter vor als die Jungen, die ungeduldig auf seine Rückkehr warteten; ich schätzte ihn auf fünfundzwanzig Jahre oder mehr. »Das war eine schöne Aufregung heute Morgen, nicht wahr?«

»Diesen Ausdruck würde ich nun nicht gerade benutzen.«

»Nein … nein, natürlich nicht.« Er setzte eine ernste Miene auf. »Ich meinte nur – das Leben in Oxford verläuft normalerweise dermaßen eintönig, und jetzt haben wir nicht nur eine königliche Abordnung zu Besuch, sondern auch noch eine Tragödie hier. Wir wissen gar nicht, worüber wir zuerst reden sollen.«

»Ihr habt heute Morgen sehr besonnen gehandelt«, meinte ich. »Ich hätte unter diesen Umständen keinen so sicheren Schuss abgeben können. Ein Glück, dass Ihr ein guter Bogenschütze seid.«

Norris nahm das Kompliment mit einem leichten Nicken entgegen.

»Mein Vater hat mich schon zur Jagd mitgenommen, als ich noch ein kleiner Junge war«, erklärte er. »Ich wünschte nur, ich wäre schneller gewesen und hätte Doktor Mercer retten können.« Er rieb sich mit dem Handrücken über die Stirn. Ich vermutete, dass ihn der Vorfall trotz all seiner Aufschneiderei stärker erschüttert hatte, als er zugeben mochte.

»Kanntet Ihr ihn gut?«, fragte ich.

»Seit Doktor Allen letztes Jahr von der Universität verwiesen wurde, war er mein Tutor.« Ein eigenartiger Ausdruck huschte über sein Gesicht; er sah aus, als versuche er mit aller Macht, irgendeine Gefühlsregung zu unterdrücken. »Wir standen uns recht nah, würde ich sagen. Auf jeden Fall hatte ich großen Respekt vor ihm.«

»Es war ein Jagdhund, der ihn getötet hat, nicht wahr?«

»Ein irischer Wolfshund. Ausgezeichnete Jäger – die Hunde trachten danach, ihrer Beute das Genick zu brechen«, erwiderte er, offensichtlich erfreut, sein Wissen unter Beweis stellen zu können. Dann runzelte er die Stirn. »Aber es ist eigentlich eine sanftmütige Hunderasse, sie haben kein derart unberechenbares Temperament wie zum Beispiel Mastiffs. Sie greifen selten von sich aus an, es sei denn, sie sind darauf dressiert.«

»Er war allerdings halb verhungert – habt Ihr gesehen, wie mager er war?«

Norris nickte bedächtig.

»Muss ein Streuner gewesen sein – wenn er ausgehungert

war, hätte er vermutlich das erste Lebewesen attackiert, dessen Witterung er aufgenommen hätte.«

»Findet Ihr es nicht merkwürdig, dass ein Wolfshund nachts durch die Straßen von Oxford streunt?«, bohrte ich weiter.

Norris sah mich an, als verstünde er die Frage nicht recht, anschließend zuckte er die Achseln.

»Im Shotover Forest östlich der Stadt finden oft Jagden statt – man kann dort vom Jagdhüter Hunde für einen Tag mieten. Einige von uns Commoners gehen gelegentlich dorthin, wenn wir die Erlaubnis dazu bekommen. Vielleicht ist einer dieser Hunde ausgebrochen und in die Stadt gelaufen.« Er klang, als hätte er das Interesse an dem Thema verloren, und blickte sich um, um sich zu vergewissern, dass seine Gruppe von Bewunderern noch auf ihn wartete. »Nun, Doktor Bruno, ich muss jetzt meine Bücher holen und meine Vorlesungen besuchen. Ich hoffe, dieser Vorfall beeinträchtigt Euren Aufenthalt in Oxford nicht allzu sehr.« Er verbeugte sich flüchtig und steuerte auf das Treppenhaus zu.

»Eure Kammer liegt dort?« Ich deutete mit dem Daumen in die entsprechende Richtung.

»Ganz recht«, gab er unbefangen zurück. »Eine der besten der Universität. Ich teile sie mir mit meinem Diener Thomas.«

»Dann …« Ich blickte über den Hof zu den Gängen, die zu beiden Seiten der *Hall* zum Garten führten. »Dann müsst Ihr ein außergewöhnlich gutes Gehör haben, wenn Euch der Lärm im Hain geweckt hat, denn diese Räume liegen am weitesten davon entfernt.«

Er betrachtete mich einen Moment lang mit undurchdringlicher Miene, darauf trat er zu mir, nahm mich am Ellbogen und beugte sich verschwörerisch vor.

»Jetzt habt Ihr mich ertappt, Doktor Bruno – ich gebe zu, dass ich gar nicht im Bett lag, als das Getöse begann, aber ich hoffe, das bleibt unter uns.«

Ich hob die Brauen. Er versetzte mir einen vertraulichen Rippenstoß, aus dem ich vermutlich auf einen nächtlichen Streifzug schließen sollte. Aus dieser Nähe roch ich jedoch, dass er keinen Alkohol konsumiert hatte, und ein Mann, der angeblich die ganze Nacht durchgezecht haben sollte, hätte nicht mit solch sicherer Hand mit Pfeil und Bogen umgehen können, wie ich es heute Morgen erlebt hatte. Daher ging ich vielmehr davon aus, dass er ein Techtelmechtel mit einer Frau gehabt hatte und sich insgeheim freute, diesen Triumph teilen zu können – was auch seine lächerliche Aufmachung am frühen Morgen erklären würde.

»Ich habe die Nacht außerhalb der Universität verbracht – Ihr versteht sicher, wie ich das meine.« Er blinzelte mir zu. »Auf dem Rückweg ging ich die St. Mildred's Lane entlang und am Jesus College vorbei, als ich das wütende Gebell dieses Hundes und die grässlichen Schreie hörte. Mir wurde klar, dass der Lärm aus dem Hain kam, also rannte ich los, um meinen Bogen zu holen, und dann zum Tor, wo Ihr alle standet und tatenlos zuhörtet.«

Dieser offene Tadel traf mich in meinem Stolz, folglich ging ich zum Gegenangriff über.

»Warum habt Ihr nicht das Tor an der Brasenose Lane genommen? Ihr hättet von da aus schneller am Ort des Geschehens sein können.«

»Zu diesem Tor habe ich keinen Schlüssel«, gab er verwirrt zurück. »Den haben nur die älteren Fellows. Ich wusste nicht, dass es offen war – die Fellows betrachten diesen Garten fast als eine heilige Stätte. Ich habe so schnell gehandelt, wie ich konnte, Doktor Bruno.«

»Habt Ihr denn irgendjemanden in der Nähe der Universitätsmauern bemerkt?«, fragte ich so unverfänglich, wie es mir möglich war.

Norris neigte nachdenklich den Kopf.

»Jetzt, wo Ihr es erwähnt – einmal habe ich geglaubt, vor mir hastige Schritte zu hören, doch das Geräusch ging im Lärm aus dem Garten unter, und später habe ich es in der ganzen Aufregung vergessen. Warum fragt Ihr?«

»Ich habe nur überlegt, wie viele Leute zu dieser Zeit wohl schon auf den Beinen waren.« Ich drehte mich zum Gehen um. »Und jetzt sollte ich das hier zum Rektor bringen.«

Norris beäugte mich wieder eine Weile lang neugierig, bevor er mir auf die Schulter klopfte.

»Wir erwarten Eure Disputation heute Abend alle voller Spannung. Ich interessiere mich zwar nicht sonderlich für Theologie, ich werde indes lautstark Beifall klatschen, wenn Ihr den Rektor wie einen Narren dastehen ließet. Obwohl ich mir durchaus vorstellen könnte, dass er das auch aus eigener Kraft schaffen würde.« Grinsend wandte er sich um, blickte dann aber noch einmal mit ernster Miene zu mir zurück »Aller Voraussicht nach werden wir alle eine Aussage machen müssen, wenn eine offizielle Untersuchung eingeleitet wird. Und ich werde wegen des Bogens und der Pfeile Ärger bekommen – es ist niemandem gestattet, auf dem Universitätsgelände Waffen aufzubewahren. Vielleicht könntet Ihr erwähnen, dass der Hund ohne mein Eingreifen nicht hätte überwältigt werden können, Doktor Bruno?«

»Natürlich werde ich den wahrheitsgetreuen Ablauf der Ereignisse so gut ich kann wiedergeben, wenn dies von mir gewünscht wird«, versprach ich, mich meinerseits verneigend.

»Ich danke Euch. *Arrividerci, il mio doctore!*« Diesmal machte er auf dem Absatz kehrt und eilte auf das Haupttor zu. Irgendwie von ihm beeindruckt sah ich ihm nach. Gabriel Norris mochte ein unerträglich eitler Pfau sein, es wäre allerdings ein Fehler, ihn zu unterschätzen.

Nach wie vor stand ich mit Roger Mercers Kleidern im Hof und überlegte, was ich als Nächstes tun sollte. Die Sonne wurde von zinngrauen Wolken verdeckt, die sich wellenförmig über den Dächern erstreckten. Ich fröstelte in meinem dünnen Hemd. Slythurst würde dem Rektor mit Sicherheit berichten, dass er mich in der Kammer des Toten überrascht und ich sogar dessen Geldtruhe aus ihrem Versteck genommen hatte. Meine Unschuld könnte ich allein damit beteuern, indem ich an der lächerlichen

Lüge festhielt, ich hätte Kleider für die Beerdigung holen wollen. Grübelnd blickte ich auf das Bündel in meinen Armen und beschloss, das immer noch nach seinem Besitzer leicht moschusartig riechende Gewand so schnell wie möglich zum Rektor zu bringen, ehe Slythurst ihm unerfreuliche Informationen zutragen könnte. Ich würde ihm weismachen, es sei eine alte nolanische Sitte, um den Toten Respekt zu bekunden – er würde das zwar absurd finden, mich gleichwohl hoffentlich nicht für einen potenziellen Dieb halten. Er würde sich ferner darüber wundern, warum ich die Schlüssel des Toten an mich genommen hatte – ich müsste sie unverzüglich zurückgeben, obwohl ich sie gern behalten hätte, falls ich nochmals eine Chance bekäme, Rogers Turmkammer gründlich zu durchsuchen. Mit Sicherheit hatte aber Slythurst inzwischen gefunden, wonach er suchte – wenn dies der erste Eindringling nicht schon getan hatte.

Mit wurde ganz schwindelig. Ich sehnte mich nur danach, wieder in mein Bett zu kriechen und die Augen zu schließen, stattdessen steuerte ich jetzt auf das Pförtnerhaus zu und stieß auf eine rechts in den Mauerbogen neben dem mächtigen Holztor eingelassene Tür, an der ein bemaltes Schild mit der Aufschrift *Pförtnerloge* hing.

Ich steckte meinen Kopf durch den Türspalt und linste hinein. Ein korpulenter alter Mann mit drahtigem grauem Haar saß neben einem Holztisch. Der Kopf war ihm auf die Brust gesunken, und er atmete schwer. Seine Jacke wies Bierflecken auf, und zu seinen Füßen döste ein erschöpft aussehender schwarzer Hund mit grau gesprenkelter Schnauze. Sowie das Tier meine Schritte hörte, hob es halb den Kopf und betrachtete mich aus milchigen Augen, dann nahm es wieder seine Schlafposition ein, als sei allein diese Anstrengung bereits zu viel für ihn gewesen. Ich räusperte mich und klopfte an. Der Kopf des alten Mannes fuhr mit einem Ruck hoch. Speichel schimmerte auf seinem stoppelbärtigen Kinn.

»Entschuldigt, Sir, ich muss einen Moment lang eingeschlafen sein«, murmelte er.

»Meister Cobbett? Mein Name ist Giordano Bruno.«

»Ich kenne Euch, Sir, Ihr seid unser geschätzter Gast, der heute Abend mit dem Rektor die Klinge kreuzen will – das ist natürlich nicht wortwörtlich gemeint, denn Waffen sind auf dem Universitätsgelände verboten, Sir. Was für ein schrecklicher Morgen das für Euch gewesen sein muss … so ein tragisches Unglück, ich darf gar nicht daran denken.« Er schüttelte theatralisch den Kopf, seine Hängebacken bebten.

»Ja, es hat mich zutiefst erschüttert.« Ich zog die Schlüssel aus der Tasche. »Ich war im Garten und bin dem Rektor zur Hand gegangen – er bat mich, dafür zu sorgen, dass Doktor Mercers Schlüssel zuverlässig zurückgegeben werden. Ich nehme an, das bezog sich auf Euch?«

Beim Anblick des Schlüsselrings hellte sich die Miene des alten Pförtners vor Erleichterung auf.

»Dem Himmel sei Dank! Wenigstens haben wir diese beiden wieder! Allmählich glaube ich, die Schlüssel bekommen hier Beine.«

»Habt Ihr denn keine Zweitschlüssel?« Ich zog behutsam die Tür hinter mir zu.

»Doch, Sir, aber der Zweitschlüssel zu Doktor Mercers Kammer ist vor ein paar Tagen von meinem Schlüsselbrett verschwunden – was mir merkwürdig vorkam, denn Doktor Mercer hatte mich nie um ihn gebeten, und ich bin selten außerhalb des Pförtnerhauses anzutreffen. Ich dachte, vielleicht hat der Quästor ihn ja gebraucht, um schnell mal in die Stahlkammer zu gelangen – dazu muss man nämlich durch die Kammer des stellvertretenden Leiters gehen, müsst Ihr wissen –, doch er sagt, er weiß nichts davon.« Wieder schüttelte er den Kopf. »Die Fellows sind schlimmer als die Studenten, wenn Ihr mich fragt, ständig verlegen sie ihre Schlüssel. Ihnen scheint nicht klar zu sein, dass neue Schlüssel Geld kosten.«

»Bewahrt Ihr hier Zweitschlüssel zu allen Räumen der Universität auf?«

»Gewiss, Sir – ich zeige es Euch.« Der alte Mann erhob sich

mit einem bedenklichen Pfeifgeräusch aus seinen Lungen und schlurfte auf einen niedrigen hölzernen Schrank an der Wand hinter seinem Schreibtisch zu. Stolz riss er beide Türen auf und gab den Blick auf zahlreiche an Haken aufgereihte Eisenschlüssel in verschiedenen Formen und Größen frei. Jeder war mit einer Kombination aus Buchstaben und Zahlen beschriftet.

»Ah.« Cobbett tippte gegen eine Seite seiner roten Knollennase. »Ich habe ein System entwickelt, um zu verhindern, dass sie in die falschen Hände fallen, seht Ihr? Würde ich sie mit *Turmkammer*, *Bibliothek* und so weiter kennzeichnen, würde es den Jungen zu leichtfallen, sich hier hineinzuschleichen und sich zu bedienen, wenn ich schlafe oder mich gerade in der Latrine erleichtere oder was auch immer. Also habe ich einen Code ausgearbeitet – schon vor vielen Jahren. Wenn jemand einen Schlüssel verliert, kommt er zu mir, und ich suche den Zweitschlüssel, aber niemand kann ihn stehlen, um irgendwo einzudringen, wo er nichts zu suchen hat, um irgendwelchen Unfug zu treiben.«

»Demnach verfügt Ihr über einen kompletten Schlüsselsatz für alle Türen und Tore der Universität?«

»Allerdings, Sir, es sei denn, die Leute verlieren sie wieder mal«, erwiderte er düster. »Der einzige, den ich nicht habe, ist der für den Tresorraum der Universität. In den gelangt man nur durch das Zimmer des stellvertretenden Rektors und über die Treppe im Turm, wie ich schon sagte, und nur der Rektor und der Quästor haben dafür einen Schlüssel. Das Schloss ist so konzipiert, dass niemand in die Stahlkammer gelangen kann, ohne dass mindestens eine weitere Person zugegen ist«, fügte er hinzu.

»Und nur Ihr habt Schlüssel für die anderen Räume?«

»Nein, Sir – der Rektor bewahrt ebenfalls einen kompletten Schlüsselsatz in seiner Wohnung auf, aber die gibt er nicht aus der Hand. Sowohl die Studenten als auch die Fellows müssen zu mir kommen, und nur zu mir.« Er schlurfte zurück zu seinem Stuhl und musterte mich neugierig.

»Besitzt der Quästor einen Schlüssel zum Raum des stellvertretenden Rektors?«

»Der Quästor?« Cobbett wirkte überrascht. »Nein, Sir – nur einen zur Stahlkammer, der Stellvertreter des Rektors muss ja da sein und ihn in den Turm einlassen. Zum Schutz vor Diebstahl, versteht Ihr?«

»Doch was ist, wenn der Stellvertreter abwesend ist und der Quästor in den Tresorraum muss?«

»Nun, dann müsste er zu mir kommen oder den Rektor bitten, ihn einzulassen. Warum interessiert Ihr Euch eigentlich so für die Schlüssel?«

»Oh – ich habe mich nur gefragt, wie ein streunender Hund in den Garten gelangen konnte«, wich ich aus, obwohl ich mich gegenwärtig auch fragte, wie Slythurst an einen Schlüssel zu Roger Mercers privater Kammer gekommen war. War es ihm irgendwie gelungen, den Zweitschlüssel aus Cobbetts Pförtnerloge zu stehlen? Wer mochte außer dem Rektor noch einen dritten Schlüssel besitzen?

»Ah.« Der Pförtner rieb sein stoppeliges Kinn. »Nun ja – ich muss gestehen, dass das mein Fehler war, ich muss vergessen haben, das Brasenose-Lane-Tor letzten Abend sorgfältig genug zu prüfen.«

Schweigen folgte auf seine Worte. Es war klar, dass der alte Mann nur äußerst ungern eine Lüge erzählte, die ein schlechtes Licht auf seine Kompetenz warf; er tat es zwar pflichtgetreu, aber widerwillig.

»Es fällt mir schwer, das zu glauben.« Ich schlug einen ermutigenden Tonfall an. »Jeder hier erzählt mir, dass Ihr der Universität seit Eurer frühesten Jugend dient und nie Eure Pflicht vernachlässigt habt.«

Ein dankbarer Ausdruck erhellte das Gesicht des Pförtners. Er winkte mich näher zu sich heran. Sein Atem stank nach schalem Bier.

»Ich danke Euch, Sir. Das habe ich auch dem Rektor gesagt, ich sagte, Sir, Ihr wisst, dass ich tue, was Ihr von mir verlangt, aber ich hoffe, niemand glaubt, dass der alte Cobbett auf seinen Runden irgendeine Ecke des Universitätsgeländes auslässt. Die Leute hier wissen, dass ich meine Arbeit gut mache, Sir.« Er warf sich in die Brust, woraufhin er von einem Hustenanfall geschüttelt wurde.

»Nun, ich hoffe jedenfalls, Ihr werdet nicht für etwas bestraft, das nicht Euer Fehler war«, meinte ich.

»Danke, Sir, Ihr seid sehr freundlich.«

»Sagt mir, Meister Cobbett«, fuhr ich leichthin fort, dabei wandte ich mich zum Gehen. »Wenn ein Mann in die Stadt gehen und erst zurückkommen will, nachdem Ihr das Haupttor geschlossen habt … wäre das möglich?«

Cobbetts Gesicht verzog sich zu einem breiten, zahnlosen Grinsen.

»Alles ist möglich, Doktor Bruno.« Er zwinkerte mir zu. »Vielleicht habt Ihr schon gehört, dass ich manchmal mit den Undergraduates bezüglich des Abschließens des Tores gewisse Abkommen treffe. Ihr hingegen habt das nicht nötig: Fellows und Gäste können einen Schlüssel für das Haupttor bekommen.«

»Tatsächlich?«, vergewisserte ich mich überrascht. »Also können die Fellows die Universität durch das Haupttor verlassen und wieder betreten, wann immer es ihnen beliebt?«

»Es wird nicht unbedingt gern gesehen.« Cobbett war jetzt sichtlich auf der Hut. »Aber ja, das können sie. Allerdings machen nicht viele von diesem Privileg Gebrauch – sie sind alle zu ernsthaft veranlagt, um in der Stadt herumzustreifen. Es sind die Studenten, die solche Streifzüge unternehmen wollen und die in ihrer Freiheit eingeschränkt werden. Doch ich war auch einmal jung, und ich denke, jungen Männern jegliches Vergnügen zu verwehren bringt mehr Schaden als Nutzen. Nur Arbeit und kein Spaß, dann beißt du früh ins Gras, sag ich immer.«

Ich beugte mich leicht vor und spähte aus dem Fenster, das auf den Turmbogen hinausging. Zwei Studenten in schwarzen

Roben gingen, lederne Ranzen an die Brust gepresst, an mir vorbei.

»Könnt Ihr von hier aus jeden sehen, der nachts ein und aus geht?«, erkundigte ich mich.

»Wenn ich wach bin, ja.« Cobbett lachte heiser und begann erneut zu husten.

Ich hätte ihm gern noch weitere Fragen gestellt, fürchtete jedoch, dadurch sein Misstrauen zu wecken, somit begab ich mich zur Tür.

»Danke für Eure Hilfe, Cobbett, ich werde jetzt schon zurechtkommen.«

»Doktor Bruno«, krächzte er, als ich die Tür öffnete. Ich drehte mich um. »Bitte behaltet für Euch, was ich über den Garten gesagt habe, ja? So sehr es mir auch widerstrebt, ich muss den Anweisungen des Rektors Folge leisten und die Schuld auf mich nehmen.«

Ich versicherte ihm, dass das Gespräch unter uns bleiben würde. Cobbett seufzte erleichtert.

»Ich erzähle Euch ein andermal gerne mehr über Schlösser und Schlüssel, wenn Ihr Euch dafür interessiert«, fügte er hinzu, dabei drehte er Rogers Schlüssel zwischen seinen Wurstfingern. Danach langte er unter den Tisch, förderte einen irdenen Krug zutage und schwenkte ihn viel sagend durch die Luft. »Aber Reden macht durstig. Bei einer kleinen Erfrischung spricht es sich leichter, wenn Ihr versteht, was ich meine?«

Ich lächelte.

»Ich werde sehen, was für eine Erfrischung sich für unsere nächste Unterhaltung finden lässt, Cobbett«, versprach ich. »Ich freue mich schon darauf.«

»Ich mich auch, Doktor Bruno, ich mich auch. Seid so gut und lasst die Tür offen.«

Er bückte sich und kraulte den Hund zwischen den Ohren. Ich konnte ihn leise in sich hineinkichern hören, als ich das Pförtnerhäuschen verließ und nachdenklich vor dem hohen Haupttor stehen blieb.

Ich kehrte in meine Kammer zurück; froh, mich meines Hemdes und meiner Hose entledigen zu können, die inzwischen steif von Rogers Blut waren, und das Buch aus meiner Hose zu ziehen, dessen Ecken sich unangenehm in meinen Magen gruben. Trotz der Kälte im Raum jetzt mit nichts als meiner Unterhose bekleidet nahm ich ein Zunderkästchen vom Kaminsims und zündete eine der billigen Talgkerzen an, die ein Diener bereitgelegt hatte. Beißender Rauch durchzog den Raum, als ich Mercers Almanach zur Hand nahm und diesmal hinten aufschlug. Dort gab es einige leere Seiten, von denen eine merkwürdig steif und leicht gewellt war, als wäre sie nass geworden und wieder getrocknet. Ich schnupperte daran – hier war der Orangengeruch am intensivsten. Behutsam, damit sie nicht in Brand geriete, hielt ich die Seite über die Kerzenflamme und sah zu, wie langsam eine Reihe dunkelbrauner Zeichen sichtbar wurde. Als ich das Papier über der Flamme auf und ab bewegte, gab es nach und nach sein verborgenes Geheimnis gänzlich preis: eine Folge von Buchstaben und Symbolen, bei denen ich auf den ersten Blick kein logisches Muster auszumachen vermochte. Darunter war eine kürzere Reihe derselben Symbole erschienen, aber in anderer Anordnung – zwei Gruppen dreier verschiedener Zeichen, dann eine Gruppe von fünfen. Es handelte sich eindeutig um eine Art Code, nur leider hatte ich von Geheimschriften wenig Ahnung und wusste nicht, wie ich diese entschlüsseln sollte. Möglicherweise hatte ja Sidney eine Idee, er war mit derlei Dingen vertrauter als ich. Also nahm ich einen Bogen Papier und eine Schreibfeder und fertigte eine genaue Kopie der Symbole an, so wie sie auf der Almanachseite angeordnet waren. Morgen würde ich ihm diese Nuss zu knacken geben. Während ich die ersten drei Zeilen abschrieb, ging mir jedoch bereits selbst ein Licht auf: Die Symbole waren in einer Vierundzwanzigerfolge arrangiert, und diese Folge wurde dreimal wiederholt.

Ich stutzte. Das englische Alphabet umfasste vierundzwanzig Buchstaben, doch wer würde sich schon eines so offenkundigen

Codes bedienen? Dennoch könnte ein Versuch nicht schaden, demzufolge schrieb ich das Alphabet unter die erste Symbolreihe. Wenn ich es mit einem einfachen Austauschcode zu tun hätte, müssten die Buchstabengruppen darunter etwas zu bedeuten haben. Auf dieser Basis übertrug ich die ersten drei Symbole, und als ich als Ergebnis *O-R-A* erhielt, beschleunigte sich mein Pulsschlag. Rasch übersetzte ich die letzten beiden Wörter des kurzen Satzes und sog zischend den Atem ein. Ich hatte *ORA PRO NOBIS* niedergeschrieben.

Nachdem ich meine Abschrift sorgfältig gefaltet, in Mercers Almanach deponiert und beides unter mein Kopfkissen geschoben hatte, legte ich mich aufs Bett und versuchte mir vorzustellen, was Roger dazu bewogen haben könnte, diese Worte – den Refrain der katholischen Heiligenlitanei – unsichtbar hinten in seinen Almanach zu schreiben. Die Auflösung dieses Rätsels musste jedoch warten, ich kam bald zu dem Schluss, dass es wichtigere Dinge gab, auf die ich mich zur Stunde konzentrieren musste. Eigentlich hatte ich hierauf nur für eine kurze Weile die Augen schließen wollen, bevor ich mich auf die bevorstehende Disputation vorbereitete, die meinen ersten Besuch in Oxford krönen sollte, da wurde ich urplötzlich von einem wilden Hämmern an der Tür aus meinem Schlummer gerissen. Verwirrt und schlaftrunken saß ich sofort senkrecht im Bett.

»Aufmachen, um Himmels willen!«, bellte eine Männerstimme. Mein Magen krampfte sich einen Moment lang zusammen – hatte es etwa einen neuen gewaltsamen Todesfall gegeben? Am Türknauf wurde heftig gerüttelt, während ich mich aus meiner Decke wickelte und mir ein sauberes Hemd überstreifte. Als ich endlich die Tür aufriss, stand Sidney vor mir, sichtlich ungeduldig, die Tolle hochgekämmt, von Kopf bis Fuß in grünen Samt gekleidet und mit einer Halskrause angetan, die seinen Kopf aussehen ließ, als würde er auf einer Platte serviert.

»Gütiger Gott, Bruno, ich bin gekommen, sowie ich davon erfahren habe!« Er stapfte in den Raum und zog seine Handschuhe aus. »Ich hatte heute Morgen kaum gefrühstückt, als ich hörte, worüber mich eigentlich die Diener hätten informieren müssen, das gesamte Christ Church College summt wie ein Bienenkorb; man spricht von nichts anderem als von der wilden Bestie, die im Lincoln College ihr Unwesen treibt und unschuldige Menschen ins Verderben reißt.« Er begutachtete mich mit gespieltem Entsetzen. »All deine Gliedmaßen scheinen ja zum Glück noch vorhanden zu sein. Dem Himmel sei Dank dafür.«

»Philip – heute Morgen starb ein Mann gewissermaßen direkt vor meinen Augen«, mahnte ich ihn zermürbt.

»Ich weiß – ich will alles darüber hören«, versetzte er. »Komm, zieh dich an, Mann. Ich bin gekommen, um dich zum Essen einzuladen.«

»Wie spät ist es denn?«, fragte ich, von plötzlicher Panik erfüllt. Ich hatte eindeutig länger geschlafen als beabsichtigt, und mein Magen knurrte vernehmlich, aber mit meinen Vorbereitungen für die Disputation um fünf hatte ich noch nicht einmal begonnen.

»Kurz nach eins.« Sidney schlenderte im Raum umher, nahm Bücher zur Hand und betrachtete sie müßig, während ich nach einer sauberen Hose und einem schlichten Wams suchte. »Ein Bursche vom Christ Church behauptet, ein Wolf wäre auf das Universitätsgelände gelangt – das hielt ich für äußerst unwahrscheinlich. Hast du gesehen, was passiert ist?«

»Morgen ist aus dem Wolf mit Sicherheit ein Löwe geworden«, knurrte ich. »Diese Studenten lechzen nach Abwechslung jeglicher Art, sie machen aus derartigen Vorfällen Legenden. Aber ich bin froh, dir alles erzählen zu können, denn es gibt vieles, das mir Kopfschmerzen bereitet, und außerdem muss ich dir etwas zeigen. Zuerst sollten wir jedoch sehen, dass wir etwas in den Magen bekommen.« Ich zog den Almanach unter meinem Kopfkissen hervor und schob ihn in mein Wams, bevor ich es zuknöpfte. Sidney beobachtete mich neugierig bei dieser Aktion.

Die Luft war noch immer feucht, obgleich der Himmel heller schimmerte, als wir durch den Torturm die St. Mildred's Lane betraten und anschließend südlich am hohen, spitzen Kirchturm der Kirche von St. Mary vorbeigingen. Auf der High Street blieben wir stehen, um zwei Reiter vorbeizulassen, dann schlugen wir Bogen um die Mist- und Strohhaufen, die die schlammige Durchgangsstraße zumüllten. Ich war froh, meine Reitstiefel angezogen zu haben. Junge Männer in kurzen schwarzen Roben eilten eifrig miteinander schwatzend an uns vorüber. An der Ecke einer schmalen, von niedrigen Häusern gesäumten Gasse bog Sidney ab und führte mich zu einem zweistöckigen Gebäude mit Giebeldächern, über dessen Tür ein Schild mit der Aufschrift *Peckwater Inn* hing.

Auf dem gepflasterten Hof herrschte geschäftiges Treiben. Männer führten Pferde zu einem Stall, andere luden schwere Fässer von einem hohen Karren ab. Das Gebäude nahm drei Seiten eines Vierecks ein. Entlang jeder Seite verliefen zwei Balkonreihen, die auf den Hof hinausgingen.

Im Schankraum war es dämmrig. In einem steinernen Kamin an einem Ende des Raumes prasselte ein Feuer. Die roh gezimmerten Tische und Bänke waren größtenteils schon von Gästen besetzt, die sich beim Essen geschäftig unterhielten. In die Wand gegenüber der Feuerstelle war eine Durchreiche eingelassen, und eine rotgesichtige Frau schleppte hölzerne Platten und Zinnhumpen zwischen ihr und den Tischen hin und her. Gelegentlich blieb sie stehen, um sich mit dem Handrücken eine feuchte Haarsträhne aus dem Gesicht zu streichen. Als sie uns sah, wich ihre gehetzte Miene einem strahlenden Lächeln. Sie wischte sich die Hände an ihrer Schürze ab und eilte auf uns zu.

»Sir Philip – was für eine Freude, Euch zu sehen! Wir hörten schon, dass Ihr wieder in der Stadt seid«, sagte sie augenzwinkernd. »Es heißt, Euch zu Ehren wäre eine große Prozession veranstaltet worden.«

»Es war eine sehr nasse Prozession, und die Ehre galt nicht mir, Lizzy.« Sidney nahm seinen Hut ab und verneigte sich pathetisch. »Darf ich dir meinen lieben Freund Doktor Giordano Bruno aus Italien vorstellen?«

»Buongiorno, Signorina«, ahmte ich Sidneys übertriebene Höflichkeit nach.

»Es ist mir ein Vergnügen«, kicherte sie. Ihr mächtiger Busen bebte.

»Also, Lizzy – wir hätten gern einen ruhigen Tisch, einen Krug Bier, deine beste Fleischpastete und frisches Brot, wenn es geht.«

Lizzy strahlte ihn immer noch an.

»Dann nehmt Ihr am besten den Ecktisch, da werdet Ihr nicht gestört.« Mit diesen Worten verschwand sie in der Küche.

»Ich war früher ständig hier«, erklärte Sidney. »Die Schänke liegt ganz in der Nähe des Christ Church, und die Gesellschaft hier war interessanter als die an der Universität, wenn du verstehst, was ich meine. Wir werden auf jeden Fall aufmerksam bedient werden, man weiß, dass ich großzügige Trinkgelder gebe. Und jetzt erzähl mir deine Geschichte, Bruno.«

Er lehnte sich zurück und faltete mit der Miene eines Mannes, der erwartet, gut unterhalten zu werden, die Hände. Ich fand, dass er den grausamen Tod eines Menschen eine Spur zu sehr auf die leichte Schulter nahm, ihn als Material für eine spannende Geschichte betrachtete. Darin erinnerte er mich an Gabriel Norris. Vielleicht ist das ja ein Charakterzug reicher junger Männer, dachte ich – da sie keine Pflichten haben, sind sie ständig auf der Suche nach Abenteuern. Ich setzte gerade an mit meinem Bericht, als Lizzy mit einem Krug Bier, zwei Humpen sowie einem Laib Brot erschien, den Sidney sofort in Stücke brach, wobei er mir eins reichte.

Mit halb vollem Mund erzählte ich ihm alles, was passiert war, nachdem ich von dem grässlichen Gebell des Hundes geweckt worden war. Als ich die Sache mit den verschlossenen Toren schilderte, entschwand sein wohlgefälliger Gesichtsausdruck, er beugte sich vor, und seine Augen begannen fiebrig zu glitzern.

»Du witterst ein falsches Spiel?«, fragte er, gerade als die Schankwirtin aufs Neue mit einer Platte, auf der eine dicke, saftige Fleischpastete lag, an unseren Tisch trat.

Sowie sie sich entfernt hatte, berichtete ich ihm von meinem unerlaubten Eindringen in Roger Mercers Kammer, die Unterbrechung durch Slythurst und mein darauf folgendes Gespräch mit dem alten Pförtner. Als ich geendet hatte, pfiff Sidney durch die Zähne.

»Eigenartige Geschichte«, meinte er mit einem ungläubigen Kopfschütteln. »Du vermutest also, dass jemand diesen Hund absichtlich auf ihn losgelassen und danach seine Kammer durchsucht hat, weil er irgendetwas Wertvolles an sich bringen wollte.«

»Das ist ja gerade das Rätsel«, entgegnete ich. »Es kann nicht im herkömmlichen Sinn wertvoll sein, weil der Täter weder an den zehn Pfund, die Roger bei sich trug, noch an der Truhe mit Gold in seiner Kammer interessiert war. Das ist es ja, was ich nicht begreife – jemand hat ihn unter dem Vorwand, ihn treffen zu wollen, in den Garten gelockt, und zwar eindeutig jemand, dem er Geld schuldete. Warum hat dieser Jemand dann nicht das Geld genommen und Roger im Anschluss daran getötet?«

»Es muss sich nicht zwingend um Schulden gehandelt haben«, gab Sidney mit vollem Mund zu bedenken. »Könnte es nicht sein, dass ihm jemand etwas verkaufen wollte?«

Ich runzelte die Stirn.

»Doch was sollte er zu dieser Stunde im Garten kaufen wollen? Schmuggelware?«

Sidney betrachtete mich belustigt. Ein wissendes Lächeln spielte um seine Lippen.

»Denk nach, Bruno – was könnte ein Mann sonst noch im Schutz der Dunkelheit kaufen wollen?«

Ich starrte ihn verständnislos an, dann dämmerte mir, was er meinte.

»Du meinst Huren? In diesem Fall wäre es doch viel einfacher – und wärmer –, ein Freudenhaus in der Stadt aufzusuchen.« Ich schüttelte den Kopf. »Selbst wenn er huren wollte – es wusste noch jemand anderes, wo er um diese Zeit zu finden war, jemand, der einen Schlüssel zum Hain hatte. Außerdem erklärt das immer noch nicht, wer sein Zimmer durchsucht hat und warum. Wonach immer dort gesucht wurde, es musste für den, der es so dringend finden wollte, von großem Wert sein – die Kammer war völlig verwüstet.«

»Aber du sagtest, zumindest zwei Personen wären dahinter her – nämlich der Quästor und der Bursche, der dir zuvorgekommen ist.« Sidneys Brauen zogen sich zusammen. Er trank einen großen Schluck Bier. »Ich finde noch etwas anderes merkwürdig. Er wurde auf eine so feige, hinterhältige und obendrein äußerst unsichere Weise umgebracht. Wenn du einen Mann töten willst, warum rammst du ihm dann nicht einfach ein Schwert in den Leib, vor allem, wenn du weißt, wo du ihn allein und unbewaffnet antreffen kannst? Ein Hund ist unberechenbar.«

»Du verstehst doch etwas von der Jagd.« Ich schnitt mir noch ein Stück Pastete ab. »Könnte man einen Hund wie diesen darauf dressieren, eine spezielle Person anzugreifen … einem bestimmten Geruch zu folgen?«

Sidney überlegte.

»Ich denke schon – wenn ein solches Tier dazu abgerichtet werden kann, dem Geruch eines Keilers oder eines Wolfes zu folgen, warum nicht auch dem eines Menschen? Vielleicht, wenn man ihm ein Kleidungsstück des Opfers gibt … die Iren haben diese Hunde in der Schlacht eingesetzt. Angeblich konnten sie sogar einen Ritter in voller Rüstung von seinem Pferd zerren. Und du sagst, man hätte ihn hungern lassen, was seine Instinkte noch geschärft haben dürfte.« Er stützte die Ellbogen auf den Tisch und barg sein Kinn in den Händen. »Mir kommt es vor, als wäre der Hund Teil eines Schauspiels, als hätte hier jemand ein Spektakel inszenieren wollen. Was für eine grauenvolle Art zu sterben – eingesperrt mit einer wilden Bestie! Erinnert mich daran«, er schob sich ein weiteres Stück Brot in den Mund, »wie die Römer die frühen Heiligen hinzurichten pflegten – sie trieben sie in eine Arena voll wilder Tiere. So beschreibt es John Foxe in seinem grässlichen Buch der Märtyrer.«

Ich verharrte in meiner Bewegung und starrte Sidney mit offenem Mund und weit aufgerissenen Augen an – das Pastetenstück, das ich mir einverleiben wollte, befand sich gerade auf halbem Wege zum Mund.

»Was ist denn?« Sidney hielt mit dem Kauen inne.

»Foxes Buch der Märtyrer! Der Rektor des Lincoln College hat großes Interesse daran – er benutzt seine Texte sogar als Grundlage für seine Predigten in der Kapelle.«

Sidney runzelte die Stirn.

»Du meinst, jemand wollte diesen Mercer loswerden und hat sich dazu von Foxe inspirieren lassen?«

Sein Gesicht verriet deutliche Skepsis.

»Es klingt weit hergeholt, das gebe ich zu. Unter Umständen lese ich zu viel in diese Sache hinein.« Ich fuhr mir mit den Händen über mein Gesicht. »Du hast recht, es ging vermutlich um irgendeine uneinbringliche Schuld oder um Streit wegen einer Hure. Kein Wunder, dass der Rektor das Ganze vertuschen will, solange sich eine königliche Abordnung in der Stadt aufhält.«

Sidney schwieg einen Moment lang, dann schlug er mit der flachen Hand auf den Tisch.

»Nein, Bruno – ich denke, du hast zu Recht Verdacht geschöpft! Der Hund wurde von irgendjemandem in den Garten gelassen, der einen Schlüssel zu den Toren hatte, was auf einen der Fellows oder jemanden hindeutet, der Zugang zu den Schlüsseln hat. Und mindestens zwei Leute haben etwas in Mercers Kammer gesucht, allerdings kein Geld, sondern vermutlich etwas, das ihnen irgendwie gefährlich werden könnte. Und wenn jeder an der Universität kürzlich Geschichten von den grausamen Märtyrertoden aus Foxes Buch gehört hat, wurde einer von ihnen vielleicht absichtlich nachgeahmt. Die Frage ist nur, warum. Hast du in seiner Kammer denn gar nichts gefunden?«

»Nur das hier. Sieh es dir an!« Ich zog den Almanach aus meinem Wams. »Was fällt dir daran als Erstes auf?«

Sidney blätterte ein paar Seiten um, dann sah er mit ernstem Gesicht zu mir auf.

»Ein gregorianischer Kalender. War unser Mann ein heimlicher Papist wie sein Freund Allen?«

»Das ist gerade die Frage. Ich hörte ihn kurz vor seinem Tod den Namen der Jungfrau Maria rufen.«

»Das täte ich auch, wenn ein Hund dieser Größe nach meinem Arsch schnappt«, gab Sidney unverblümt zurück, dabei drehte er das Buch in den Händen. »Das hat nichts zu bedeuten. Aber dieser Kalender – den brauchst du nur, wenn du mit jemandem in den katholischen Ländern korrespondierst, vor allem, wenn du bestimmte Aktivitäten koordinieren musst. Edmund Allen ist nach Reims gegangen, nicht wahr? Ist er mit William Allen verwandt, der die dortige englische Universität gegründet hat?«

»Sie sind Vettern, heißt es. Glaubst du, Mercer könnte immer noch Kontakt mit ihm gehabt haben?«

Sidney blickte sich verstohlen um und dämpfte seine Stimme.

»Vergiss nicht, weshalb wir hier sind, Bruno. Diese Seminare in Reims und Rom stellen im Moment Walsinghams größtes Problem dar – sie erhalten riesige Summen vom Vatikan und bilden Dutzende von Priestern zu englischen Missionaren aus, zu denen zahlreiche ehemalige Oxford-Absolventen gehören.« Er zupfte nachdenklich an seinem Bart, bis er erneut nach dem Buch griff. »Was hat dieser kleine Kreis hier zu bedeuten?« Er deutete auf das Radsymbol, das für den gestrigen Tag in Mercers Kalender eingetragen war.

»Ich weiß es nicht. Es taucht oft auf. Ich frage mich, ob es sich um einen Code handeln könnte.«

Sidney inspizierte das Zeichen genauer, danach schüttelte er den Kopf.

»Ich kenne es, ich weiß nur nicht, woher. Sieht aus wie eines deiner magischen Symbole, Bruno.«

Ich hatte es nicht laut aussprechen wollen, dieser Gedanke war mir freilich auch schon gekommen. Roger hatte mir im Vertrauen gestanden, sich für Magie zu interessieren. Allerdings erkannte ich das Symbol nicht, und gerade deswegen faszinierte es mich.

»Es ist kein astrologisches Symbol, so viel steht fest«, überlegte ich laut. »Das ist jedoch nicht das Wichtigste. Riech doch einmal an dem Buch!«

Sidney runzelte nachsichtig die Stirn und hob das Buch an seine Nase.

»Orangen?«

»Ja. Sieh dir jetzt den letzten Teil an.«

Er blätterte zu den hinteren Seiten, nahm kurz in Augenschein, was er da zu sehen bekam, dann blickte er zu mir auf und nickte beinahe bewundernd.

»Gute Arbeit, Bruno. Die unsichtbare Schrift mit Orangensaft ist ein alter Trick. Hast du irgendeine geheime Botschaft entdeckt?«

»Ja, eine codierte. Ich habe eine Kopie angefertigt – hier.« Ich schob ihm mein Stück Papier hin. »Siehst du, was er auf den unteren Rand geschrieben hat?«

»*ORA PRO NOBIS*. Hm.« Sidney faltete das Papier sorgfältig zusammen und gab es mir zurück. »*Bete für uns*. Kann das eine Losung oder ein geheimes Erkennungszeichen sein?«

»Das vermute ich auch. Sollen wir Walsingham informieren?«

Sidney dachte einen Moment nach, schließlich schüttelte er den Kopf.

»Wir haben noch keine wichtigen Informationen zusammengetragen; wir könnten ihm nur mitteilen, dass wir einen Mann verdächtigen, mit den Katholiken zu sympathisieren, der bereits tot ist. Er würde es uns nicht danken, wenn wir seine Zeit unnütz verschwenden, und ich kann die Kosten für die Entsendung eines Boten nach London nicht vor ihm rechtfertigen – noch nicht. Wir müssen erst mehr in der Hand haben, Bruno. Nein, ich denke, du solltest dieser Sache so diskret wie möglich weiter nachgehen«, fuhr er fort, klappte das Buch zu und reichte es mir wieder. »Vor allem, wenn Rektor Underhill so bestrebt ist, sie zu vertuschen, wie du sagst – er könnte mehr wissen, als er zugibt.

Dass mein Onkel ihn in sein Amt berufen hat, heißt noch lange nicht, dass er auch vertrauenswürdig ist – es wäre nicht das erste Mal, dass der Earl einen Menschen falsch beurteilt hat.« Er presste die Lippen zu einem schmalen Strich zusammen. »Und wer ist dieser *J*? Hast du irgendeine Idee?«

»Ich habe erst drei Männer kennen gelernt, deren Namen mit J beginnen«, erwiderte ich. »John Florio, den Angloitaliener, James Coverdale, den Proktor und John Underhill, den Rektor. Indes, der Buchstabe muss nicht unbedingt für einen Namen stehen. Vielleicht ist es ein weiteres verschlüsseltes Symbol.«

Sidney nickte grimmig.

»Vielleicht. Es gibt viele Möglichkeiten. Aber jetzt, mein lieber Bruno«, er lächelte plötzlich, »darfst du erst einmal nur an deine Disputation denken. Verblüffe ganz Oxford mit deiner neuen Kosmologietheorie und streich diese Angelegenheit vorübergehend aus deinem Bewusstsein. Lizzy – die Rechnung!«, rief er der Bedienung zu, als sie in unsere Richtung blickte. »Und ich nehme noch eine große Flasche von eurem stärksten Ale mit«, fügte er hinzu, dabei nahm er einige Münzen aus seinem Geldbeutel. Gleich nachdem Lizzy gegangen war, um das Gewünschte zu holen, lehnte er sich nach vorn und grinste. »Ein kleines Geschenk für deinen neuen Freund, den Pförtner. Eins kann ich dir über Oxford sagen – die Pförtner hüten mehr Geheimnisse als alle anderen Universitätsangehörigen zusammen. Schmeichle dich bei eurem ein, dann öffnet er dir buchstäblich Tür und Tor. Und jetzt, Bruno«, er klopfte mir auf den Rücken, »geh und löse dieses kleine Problem, ob sich die Erde um die Sonne dreht oder nicht.«

Ich wollte gerade aufstehen und mich verabschieden, da wurde die Schankraumtür geöffnet und hinter uns erklangen lautes Gelächter und Stimmengewirr. Vier hochgewachsene junge Männer drängten sich herein. Alle waren kostbar gekleidet, trugen Jacken aus Büffelleder, gesteppte und wattierte Wämse aus Seide, dazu kurze, geschlitzte Kniehosen, die ihre in feinen Seidenstrümpfen steckenden Beine betonten, und alle protzten mit glänzenden, steifen Halskrausen über ihren Krägen sowie über eine Schulter geworfenen kurzen Samtumhängen. Alle trugen sie die gleiche Großtuerei zur Schau, unterhielten sich laut mit kultivierten Stimmen und bedachten das Schankmädchen mit zotigen Scherzen. Als sie sich umdrehten, stellte ich fest, dass es sich bei dem Größten von ihnen um Gabriel Norris handelte. Er erkannte mich und hob grüßend eine Hand.

»Ah, *il gentil dottore*!«, rief er, seine Freunde an unseren Tisch winkend. »Kommt, Jungs, lernt meinen neuen Freund kennen, den bekannten italienischen Philosophen Doktor Giordano Bruno und …« Er brach ab, sowie sein Blick auf Sidney fiel, verbeugte sich elegant und sah mich dann erwartungsvoll an. Ich begriff, dass es mir oblag, die Männer miteinander bekannt zu machen.

»Dies ist Master Gabriel Norris«, stellte ich vor, woraufhin sich Norris erneut verneigte. »Der Mann, der heute Morgen den wilden Hund im Garten so treffsicher zur Strecke gebracht hat. Und dies ist mein Freund Sir Philip Sidney.«

»Ihr seid also der kühne Jäger?« Sidney hob belustigt eine Braue.

»Auf diesen Schuss kann ich mir nicht allzu viel einbilden, Sir – der Hund war nur ein paar Schritte von mir entfernt. Ich bevorzuge größere Herausforderungen, wenn mein Bogen zum Einsatz kommt.« Norris lächelte selbstgefällig. »Der Shotover Forest ist ein ausgezeichnetes Jagdrevier, Sir Philip, falls Ihr während Eures Aufenthalts hier einen fetten Keiler erlegen wollt.«

»Gerne, wenn sich das Wetter bessert«, versetzte Sidney. »Euer Name ist Norris? Darf ich fragen, wer Euer Vater ist?«

»George Norris aus Buckinghamshire.« Norris verbeugte sich ein drittes Mal. »Allerdings verbrachte er die letzten Jahre seines Lebens in Frankreich und Flandern.«

Sidney schien sein Gedächtnis zu durchforsten, um zu ergründen, ob ihm der Name irgendetwas sagte. Endlich schüttelte er höflich den Kopf.

»Kenne ich nicht. Frankreich, eh? Lebte er im Exil?«

»O nein, Sir Philip«, lachte Norris. »Er war Kaufmann, handelte mit Tuchen und Luxusgütern. Und er verstand sein Geschäft.« Er grinste breit und signalisierte mit seinen Fingern die internationale Geste für Geld. Sein Benehmen begann an meinen Nerven zu zerren.

»Wollt Ihr nicht bleiben und mit uns trinken?«, fuhr er ungeduldig fort, dabei wühlte er schon in seiner Börse nach Münzen. »He, Mädchen – hierher!« Er winkte Lizzy gebieterisch zu sich. »Meine Freunde haben die Absicht, mir beim Kartenspiel mein Geld aus der Tasche zu ziehen, aber darin bin ich ungeschlagener Meister. Spielt Ihr auch, Sir Philip? Und wie steht es mit Euch, Doktor Bruno?«

Ich hob Entschuldigung heischend die Hände, bemerkte jedoch ein abenteuerlustiges Funkeln in Sidneys Augen. Er rieb sich die Hände und rückte zur Seite, damit Norris sich setzen konnte.

»Philosophen können bekanntermaßen nicht mit Karten umgehen.« Er bedeutete mir, auf meiner Seite Platz für Norris' Freunde zu schaffen.

»Ein Grund mehr für Doktor Bruno, noch zu bleiben und sich an unserem Spiel zu beteiligen, dann wird er es schnell lernen.« Norris lächelte mir zu, griff in sein Wams und zog ein Päckchen Karten hervor, die er mit dem Geschick langjähriger Erfahrung mischte.

Ich erkannte mit einem Anflug von Unbehagen, was mir an meinem Freund aus alten Tagen derzeit so missfiel: nicht die betonte Jovialität des englischen Oberklassegentlemans, die ich bei Sidney gut tolerieren konnte, sondern vielmehr der Umstand, dass Sidney sich so mühelos in diese Gruppe junger Männer einfügte – was mir nicht gegeben war –, und dazu die unterschwellige Furcht, er könne ihre Gesellschaft in mancher Hinsicht der meinen vorziehen. Wieder überkam mich jene Einsamkeit, die nur ein Exilant wirklich kennt: das Wissen, dass ich nicht dazugehörte und nie dazugehören würde.

Norris klatschte das Päckchen in seine Handfläche und legte dann für jeden Spieler drei Karten auf den Tisch – zwei verdeckt und die dritte offen.

»Sollen wir mit einem Shilling Einsatz beginnen? Falls du hoffst, dein Geld behalten zu können, Tobie«, wandte er sich an den ihm gegenübersitzenden dunkelhaarigen jungen Mann, »solltest du besser zum heiligen Bernadino von Siena beten, dem Schutzpatron der Spieler. Ich habe so ein Gefühl, dass Fortuna mir heute hold ist.«

»Zu einem Heiligen beten, Gabe?« Tobie bedachte ihn mit einem verschlagenen Grinsen, nahm seine Karten auf und betrachtete sie. »Lass das nur niemanden hören, sonst könnte man auf den Gedanken kommen, du wärst zu Rom übergelaufen.«

Norris schnaubte.

»Das war ein Scherz, du Schwachkopf. Gentlemen sollten am Kartentisch nie über Religion diskutieren. Habe ich nicht gleichwohl recht, Doktor Bruno – Euer Landsmann steht in dem Ruf, sich für Spieler einzusetzen? Jedenfalls bei denen, die an diesen Unsinn glauben«, fügte er hinzu und warf eine Handvoll Münzen auf den Tisch.

»In Italien ist er mehr wegen seiner Hetzreden gegen Sodomiten bekannt«, konterte ich und erhob mich vom Tisch. Norris schaute von seinem Blatt zu mir auf und musterte mich interessiert.

»Tatsächlich?«

»Er beklagte, dass die Italiener im letzten Jahrhundert in ganz Europa in dem Ruf standen, die größte Nation von Sodomiten überhaupt zu sein.«

»Und stimmt das?« Ein Lächeln zuckte um Norris' Mundwinkel.

»Wir sind in jeder Hinsicht die größte Nation, mein Freund.« Ich gab das Lächeln zurück.

»Bruno hat den größten Teil seines Lebens in einem Kloster verbracht.« Sidney beugte sich vor und stieß Norris in die Rippen. »Er muss es wissen.«

Die Gruppe brach in johlendes Gelächter aus. Lizzy knallte zwei große Krüge mit Ale auf den Tisch. Ich beschloss, dass es an der Zeit war, mich zu verabschieden.

»Nun gut, dann überlasse ich es euch, euch mit dem Segen des heiligen Bernadino gegenseitig auszurauben. Ich habe Dringenderes zu tun.« Ich bemühte mich, fröhlich zu klingen.

»Bruno muss bis fünf Uhr den Kosmos neu geordnet haben«, erklärte Sidney, obwohl er sich dabei auf die Karten in seiner Hand konzentrierte.

»Wir können es alle kaum erwarten, seine Theorien zu hören.« Ebenfalls noch tief über seine Karten gebeugt warf Norris hierauf mit einem Triumphschrei ein Karo-Ass auf den Tisch und strich sämtliche Münzen ein, während die anderen lautstark zu fluchen begannen.

Keiner sah auf, als ich die Schänke verließ.

6

Die Divinity School war das beeindruckendste Gebäude, das ich bislang in Oxford gesehen hatte. Hinter den hohen Holztüren erhob sich ein prachtvolles Fächergewölbe aus hellfarbigem Stein über einem vielleicht neunzig Fuß langen, schlicht möblierten Innenraum. Warmes Tageslicht durchflutete zehn vom Boden bis zur Decke reichende großartige Bogenfenster, die sich über die ganze Länge des Raumes zogen, sodass es aussah, als bestünden die nördliche und die südliche Wand komplett aus Glas. Diese Fenster waren mit elegantem Maßwerk verziert, auf den Scheiben prangten traditionsgemäß Buntglasschilde und die Wappen von Förderern und hohen Würdenträgern der Universität. Von den Stützbogen über den Fenstern fächerten sich die Deckenrippen in einem symmetrischen Muster über dem Stein auf, um anschließend wieder in kunstvoll verzierten oder mit Hängefiguren geschmückten Punkten zusammenzutreffen, was das Auge des Betrachters ständig aufwärts und unweigerlich inmitten des Zentrums zog. Die zahlreichen Lampen, Kerzen und Fackeln verströmten einen warmen Wachsduft und spendeten ein trotz der großen Fenster willkommenes Licht, denn der Himmel war noch immer verhangen und die Dämmerung begann bereits hereinzubrechen. Am westlichen Ende der Halle war ein Podium aufgebaut und auf ihm hochlehnige Stühle mit dicken Samtkissen für die Ehrengäste aufgestellt worden – der Palatin saß in der Mitte, Sidney links und der Vizekanzler in seinem mit Hermelinpelz gesäumtem Gewand rechts von ihm. Dahinter reihten sich, gemäß ihrem jeweiligen Rang, die Stühle der Universitätswürdenträger, die in ihren karminroten und schwarzen Roben und den Samtkappen der Professoren erschienen waren. Unter dem Podium standen Holzbänke, auf denen die Fellows Platz genommen hatten. Ferner gab es an der Nord- und an der Südwand je eine hölzerne Kanzel, die Doktor Underhill und ich jetzt betraten, um unser Streitgespräch zu führen.

Am östlichen Ende des riesigen Raumes entlang waren weitere Reihen niedriger Bänke für die Undergraduates angeordnet, welche noch immer in die Halle strömten und sich, sich gegenseitig anstoßend und miteinander tuschelnd, auf ihre Plätze drängten. Einen Moment verspürte ich ein unangenehmes Ziehen im Magen, als ich die Stufen zu der Kanzel emporstieg, die für die nächste Stunde meine Rednerbühne sein würde, aber als ich den Blick über die erwartungsvollen Gesichter meiner Zuhörer schweifen ließ, nahm mich die altvertraute Erregung eines öffentlichen Auftritts erneut gefangen – meines ersten in England –, und ich stellte fest, dass ich mich auf die bevorstehende Debatte freute wie ein Fechter auf einen Turnierkampf.

Ich schielte aufs Podium links von mir, von dem aus Sidney mir aufmunternd zuzwinkerte. Der Palatin räkelte sich breitbeinig auf dem Stuhl neben ihm, bohrte mit dem Daumennagel in seinen Zähnen herum, und er erweckte den Anschein, dass er das, was er dort zutage förderte, mit weit mehr Interesse bedachte als die gleich beginnende Disputation. In der Mitte der zweiten Reihe entdeckte ich Coverdale, Slythurst und William Bernard. Coverdale warf mir nur einen flüchtigen Blick zu, während Slythursts Augen kalt über mich hinwegglitten, bevor er sich mit betonter Verachtung abwandte. Bernard legte seine knochigen Hände gegeneinander und nickte mir gleichfalls zu, was ich als Ermutigung wertete. Doktor Underhill erklomm seine Kanzel, beugte sich vor und fixierte mich wie eine Schlange das Kaninchen. Stille legte sich über die versammelte Menge. Ich räusperte mich und ergriff das Wort.

Früher an diesem Nachmittag, um Viertel vor fünf, hatte sich bei mir ein Student eingestellt, mit dem Auftrag, mich zur Divinity School zu eskortieren. Der untersetzte, besonnen wirkende Undergraduate mit dunklem Haar, der sich als Lawrence Weston vorstellte, erklärte, der Rektor habe ihn gesandt, damit er mir den Weg zum Austragungsort unserer Disputation weise, der Rektor selbst sei bereits vorausgegangen. Über die höfliche Geste erfreut folgte ich dem jungen Weston über den Hof zum Turmtorhaus. Dort bemerkte ich zwei Diener, die aus dem Treppenhaus des Turmzimmers kamen; sie trugen eine schwere Holztruhe zwischen sich. Ein dritter folgte ihnen, seine Arme voll mit Büchern beladen.

»Doktor Mercers Besitztümer werden bereits fortgeschafft?«, fragte ich Weston, bemüht, mir mein Erschrecken nicht anmerken zu lassen. Der Junge zuckte nur gleichmütig die Achseln.

Draußen in der St. Mildred's Lane stießen wir auf Pförtner Cobbett, der seiner alten Hündin gerade dabei zusah, wie sie vor die Universitätsmauer pisste.

»Guten Tag, Doktor Bruno«, rief er fröhlich, dabei hob er grüßend eine Hand. »Auf dem Weg zum Schlagabtausch mit dem Rektor?«

»*Buona sera*, Cobbett.« Ich deutete beiläufig auf das Torhaus hinter uns. »Wie ich sehe, wird die Turmkammer bereits ausgeräumt.«

Cobbett kicherte.

»Das geht hier immer sehr schnell, die Räume der ranghöchsten Fellows sind äußerst begehrt. Doktor Coverdale will so bald wie möglich einziehen.«

»Er übernimmt also Doktor Mercers Amt?«

»Es wurde noch nicht offiziell bekannt gegeben, aber von solchen Kleinigkeiten lässt er sich nicht aufhalten. Komm jetzt, Bessie, ab nach Hause!« Die alte Hündin hatte ihr Geschäft erledigt und humpelte mühsam auf das Tor zu. Cobbett scheuchte sie sanft vor sich her. »Ach übrigens, Doktor Bruno – ich habe noch ein Rätsel für Euch.« Er grinste breit und zahnlos.

»Ich höre.« In der Hoffnung auf neue Informationen kehrte ich eilends um.

»Der Ersatzschlüssel für Doktor Mercers Kammer, der aus meiner Loge verschwunden war, nun ja … Master Slythurst brachte ihn mir heute Morgen zurück. Hat ihn im nordwestlichen Treppenhaus direkt vor der Turmkammer gefunden, sagt er. Wer auch immer ihn genommen hat, muss ihn am Tag davor dort fallen gelassen haben, ohne es zu merken – in diesen Treppenhäusern ist es finster wie in der Hölle. Na, wenigstens habe ich jetzt wieder einen vollständigen Satz für unseren neuen stellvertretenden Rektor.«

»Im Treppenhaus? Wie kommt es, dass der Quästor ihn dort gefunden hat?« Ich fragte mich, welche Lüge Slythurst Cobbett wohl aufgetischt hätte.

»Wahrscheinlich war er auf dem Weg zur Stahlkammer.« Cobbett schlurfte weiter zum Tor und stieß es auf, dann wandte er sich wieder zu mir. »Viel Glück bei Eurer Disputation, Sir«, fügte er hinzu. »Möge der Bessere gewinnen.«

»Danke«, murmelte ich, während sich meine Gedanken überschlugen. Jetzt stand fast sicher fest, dass Slythurst den fehlenden Schlüssel an sich genommen hatte, um sich Zutritt zu Mercers Unterkunft zu verschaffen. Wäre er wirklich aus offiziellem Anlass dort gewesen, hätte er dem Pförtner keine frei erfundene Geschichte erzählen müssen.

»Sir, äh … wir müssen uns beeilen, Ihr werdet um fünf Uhr erwartet!«, drängte Weston etwas unbeholfen. Ich fuhr mir mit meinen Händen durchs Haar, wie um meine Gedanken zu entwirren. Es war nicht ratsam, mich mit Schlössern und Schlüsseln zu beschäftigen, wenn halb Oxford meinem Vortrag über die Gesetze des Universums entgegenfieberte – hoffentlich.

»Ja, Ihr habt recht – tut mir leid. Sputen wir uns jetzt!«, lenkte ich ein.

»Es heißt, Ihr wärt heute Morgen dabei gewesen, als Gabe Norris diesen Hund erschossen hat, Sir. Habt Ihr alles mit angesehen?«

Weston fragte mit jugendlicher Begeisterung und sah mich erwartungsvoll an, während er mich zur Brasenose Lane führte, eine schmale, entlang der Nordseite der Universität verlaufende Gasse. Hier war der Boden mit Schlamm bedeckt, und es stank, als wäre das Sträßchen einer von Oxfords Lieblings-Pissplätzen. Ich holte tief Atem, bevor ich meinem menschlichen Wegweiser vorsichtig in die Gasse folgte.

»Ich war da, ja. Aber wir kamen alle zu spät – was ich mir nie verzeihen werde. Der junge Norris ist ein Meisterschütze. Wären wir nur ein paar Augenblicke früher zur Stelle gewesen, hätte der arme Doktor Mercer vielleicht gerettet werden können.«

Weston spitzte seine Lippen.

»Gewiss, na ja – solche wie Gabe Norris wissen mit ihrer Zeit nichts anderes anzufangen, als auf die Jagd zu gehen – ihr erklärter Lieblingssport. Es ist ihm vollkommen egal, ob er seine Prüfungen besteht – Oxford ist für ihn nur eine Stätte des Vergnügens, wo er mit seinen feinen Londoner Kleidern prahlen kann. Was für uns mittellose Studenten, die verpflichtet sind, ständig die Kirche zu besuchen, leider nicht gilt.« Er lachte bitter auf.

»Ihr mögt ihn nicht sonderlich, nicht wahr?«, stellte ich mit einem nachsichtigen Lächeln fest.

Weston schien seine Worte schon zu bereuen.

»Ach, er ist schon in Ordung. Ich habe generell etwas gegen die Commoners – in einer Gemeinschaft von Studenten sollten alle gleichgestellt sein, und niemand sollte sich minderwertig fühlen müssen. Und es ärgert mich, dass die meisten von ihnen ihr Studium grob vernachlässigen. Gabe Norris ist ja eigentlich kein übler Bursche – er geht sehr großzügig mit seinem Geld um, und er ist nicht so dumm wie die meisten seiner Kameraden. Wisst Ihr, dass er ein eigenes Pferd besitzt, Sir?« Er hielt inne und schüttelte neiderfüllt den Kopf. »Einen gescheckten Wallach, das prächtigste Tier, das Ihr je gesehen habt. Er hat ihn in einem Stall außerhalb der Stadtmauern untergebracht, denn die Studenten dürfen keine eigenen Pferde halten. Aber er tut, was er will. Wer würde ihn auch bestrafen wollen?«

»Er kommt mir sehr selbstsicher vor«, stimmte ich zu. »Ich könnte mir gut vorstellen, dass er bei Frauen leichtes Spiel hat, er ist ja zudem ausgesprochen attraktiv.«

Weston drehte den Kopf, um mich anzusehen. Ein tückisches Grinsen verzerrte seine Züge.

»So, das könntet Ihr Euch gut *vorstellen*«, zischte er. Die seltsame Betonung des letzten Wortes weckte zusammen mit dem boshaften Lächeln einen Verdacht in mir.

»Aha«, brummte ich. »Master Norris' vornehmliches Interesse gilt also nicht unbedingt dem anderen Geschlecht?«

»Ich will ihm nichts Übles nachsagen, Sir. Ich habe keine Ahnung, was er in seiner Freizeit treibt, ich weiß nur, was allgemein gemunkelt wird.«

»Aus Neid werden viele Gerüchte in die Welt gesetzt«, bemerkte ich, während wir weitergingen. »Was erzählt man sich denn so über ihn?«

Weston senkte verlegen den Blick.

»Nun, zum einen besucht er niemals ein Freudenhaus, Sir.«

»Das muss nicht zwangsläufig bedeuten, dass er ein Sodomit ist.« Obwohl es mich insgeheim nicht wundern würde, wenn dies im Fall von Norris der Wahrheit entspräche, es würde zu seinem geckenhaften Gehabe passen. Ich erinnerte mich auch an den neugierigen Blick, den er mir zugeworfen hatte, als ich die Tirade des heiligen Bernadino gegen Sodomiten erwähnte. »Und Ihr solltet solchen Klatsch lieber für Euch behalten – auf Sodomie steht in diesem Land der Tod durch den Strang.«

»Ja, Sir. Ihr habt ganz recht, Sir.« Weston machte ein betretenes Gesicht. »Aber es ist uns allen aufgefallen – wenn ein hübsches Mädchen einen anschmachtet und man vollkommen unbeteiligt bleibt, dann kann man doch kein richtiger Mann sein, findet Ihr nicht?« Das Blut war ihm in die Wangen gestiegen. Sein Ausbruch verriet mir, auf welches hübsche Mädchen er sich bezog: Im unmittelbaren Umfeld der jungen Männer gab es ja nur eines.

»Ihr meint die Tochter des Rektors?« Es hätte mich nicht überraschen dürfen, sie war die einzige junge Frau hier, da lag es nahe, dass sie ein Auge auf den reichsten und attraktivsten der Studenten geworfen hatte. Trotzdem verspürte ich so etwas wie Enttäuschung. Ich hatte gedacht, ein Mädchen mit Sophias Verstand würde sich nicht von solchen Oberflächlichkeiten blenden lassen. »Sie hat sich Euch anvertraut?«

»O nein, Sir – und ich habe schon zu viel gesagt.«

Er versuchte, das Thema zu wechseln, im selben Moment jedoch blieb ich abrupt stehen, weil mir plötzlich bewusst wurde, dass wir uns jetzt am Ende der Brasenose Lane befanden und die Mauer zu unserer Rechten die des Gartens vom Lincoln sein musste. Das darin eingelassene wuchtige Holztor war fest verschlossen – hier musste der Hund in den Garten gelassen worden sein.

»Wartet bitte kurz.« Ich bückte mich, um den Schlamm am Fuß des Tores zu untersuchen. Er war aufgewühlt; die vielen Füße, die seit dem Morgen hier vorbeigetrampelt waren, hatten alle etwaigen Spuren verwischt, und ich verwünschte mich dafür, nicht geistesgegenwärtiger gewesen zu sein und an dieser Stelle sofort nach Beweisen gesucht zu haben. Ich richtete mich auf und rüttelte an dem Tor. Es war abgesperrt. Gerade als ich mich abwenden wollte, fiel mein Blick auf die Grasbüschel vor dem Tor – dazwischen lag irgendetwas. Unverzüglich bückte ich mich danach … um schließlich einen dünnen, an einem Ende zerrissenen Lederriemen herauszuziehen, der sich gut dafür eignen mochte, einem Hund die Schnauze zuzubinden. Ob er tatsächlich dazu benutzt worden war, wusste ich nicht, aber ich steckte ihn vorsichtshalber ein.

»Sir, wir werden uns verspäten.« Weston scharrte ungeduldig mit den Füßen, doch mir war nicht entgangen, dass er neugierig verfolgt hatte, wie ich den Riemen an mich nahm. »Wir müssen nur noch bis zum Ende der Gasse, dann sind wir da.«

Wir gelangten auf einen weitläufigen Platz, an den rechts die Kirche St. Mary grenzte und links hinter der Gartenmauer des Exeter College die Spitztürme der Divinity School aufragten. Vor mir konnte ich die mächtige Stadtmauer sehen, deren zinnenbewehrte Brustwehr sich dunkel vom Himmel abhob. Sowie wir um die Ecke gebogen waren, wirkten wir im Vergleich zur spektakulären Fassade der Divinity School geradezu zwergenhaft klein. Ich blieb stehen, um sie zu bewundern, und verrenkte mir den Hals, um die Türme über den großen Bogenfenstern sehen zu können. Für gewöhnlich prunkten nur Kirchengebäude mit einer solchen Pracht, aber hier war ein weltliches Bauwerk einer Kathedrale nachempfunden und dem Erwerb von Wissen geweiht worden, ähnlich wie die große Kirche San Domenico Maggiore in Neapel, wo ich zuerst die Kunst, eine Disputation zu führen, erlernt hatte. Bei der Vorstellung, dass meine Ideen und Theorien durch diese herrlichen Säle hallen würden, durchströmte mich ein Gefühl tiefer Demut, und ich wollte meinem Führer gegenüber gerade eine diesbezügliche Bemerkung fallenlassen, als mir ein Kribbeln im Nacken plötzlich verriet, dass ich beobachtet wurde. Ich drehte mich um. An dem schwärzlichen Stein der Stadtmauer lehnte mit verschränkten Armen ein hochgewachsener Mann, der mich unverhohlen anstarrte. Er trug ein altes Lederwams und abgetragene Tuchhosen, sein Haar war aus der Stirn bereits bedenklich zurückgewichen, dafür fiel es ihm hinten bis auf die Schultern. Sein Gesicht war mit Pockennarben übersät. Er konnte in meinem Alter stehen oder auch schon die fünfzig erreicht haben. Das Auffallendste an ihm war das Fehlen der Ohren. Hässliche wulstige Narben umgaben die Löcher, wo sie einst gesessen hatten, und verrieten, dass er irgendwann einmal wegen eines Bagatelldelikts vor Gericht gestanden hatte. Unablässig musterte er mich mit diesem kühlen, ruhigen Blick, in dem ich keine Feindseligkeit, sondern eher eine Art belustigter Neugier zu erkennen vermochte. Ich fragte mich, ob sein Interesse meiner Person gälte oder ob er ein Taschendieb und Beutelschneider wäre, der inmitten der Menge, die zum Ort der Disputation strömte, nach potenziellen Opfern Ausschau hielte. Mir war auf meinen Reisen durch Europa oft aufgefallen, dass alle Diebe der Meinung zu sein schienen, gebildete Männer müssten zugleich auch reich sein, was nach meiner Erfahrung allerdings höchst selten zutraf. War der Mann tatsächlich auf die Börsen anderer aus, ginge er dadurch, dass er so offen in Erscheinung trat, ein großes Risiko ein – eine weitere Festnahme wegen Diebstahls, und ihm drohte der Galgen.

Bei anderer Gelegenheit hätte ich ihn wegen seines unverschämten Starrens zur Rede gestellt, jedoch durfte ich keine Zeit mehr verlieren, deshalb wandte ich mich dem großartigen Portal der Divinity School zu. Gerade wollte ich die Stufen emporsteigen, da bemerkte ich, wie Doktor James Coverdale selbige hinuntereilte und dabei die jungen Männer in den schwarzen Roben, die sich in Richtung Halle drängten, rücksichtslos beiseitestieß. Als er mich erblickte, blieb er stehen. Ein Ausdruck von Erleichterung huschte über sein Gesicht. Aus den Augenwinkeln heraus sah ich, dass sich die braun gekleidete Gestalt von der Mauer abstieß und ein paar Schritte nach vorne machte. Coverdale entging dies ebenfalls nicht, er erstarrte und stierte den Mann ohne Ohren an, der direkt zu ihm hinüberschaute und unmerklich zu nicken schien – offensichtlich kannten sie sich. Coverdale funkelte ihn einen Moment lang finster an. Sein Gesichtsausdruck schwankte zwischen Ärger und Besorgnis, hinterher setzte er mir zuliebe ein Lächeln auf, nahm mich am Ellbogen und geleitete mich zur rechten Seite der Eingangstür, fort von dem durchdringenden Blick dieses Mannes.

»Danke, dass Ihr unseren Gast sicher hierhergebracht habt, Weston – Ihr könnt Euch jetzt zu Euren Freunden gesellen«, sagte er freundlich zu meinem jungen Führer, obwohl er sichtlich blass geworden war. Weston verneigte sich vor mir, ehe er die Stufen hinaufstürmte und im Gedränge verschwand.

»Doktor Bruno, könnte ich noch kurz mit Euch sprechen, bevor wir hineingehen?«, murmelte Coverdale. »Keine Sorge, wir haben Zeit – unser königlicher Besucher ist noch nicht eingetroffen, und ohne ihn können wir nicht beginnen.«

Dem Palatin sah es ähnlich, sich noch nicht einmal aus Höflichkeit mir gegenüber die Mühe zu machen, rechtzeitig zu erscheinen. Also setzte ich eine Miene höflicher Zuvorkommenheit auf und nickte Coverdale aufmunternd zu. Es schien ihm schwerzufallen, mit der Sprache herauszurücken.

»Bezüglich des Todes des armen Doktor Mercer wird es eine gerichtliche Untersuchung geben. Diejenigen, die als Erste am Ort des Geschehens waren, werden eine Aussage machen müssen«, begann er, noch immer meinen Ellbogen umklammernd. Ich war nicht sicher, ob diese Geste beruhigend oder drohend gemeint war. »Wie ich hörte, kamt Ihr zusammen mit dem Rektor und Master Norris schon sehr früh an das Gartentor.«

»Das ist richtig, und ich werde gerne zu Protokoll geben, was ich gesehen habe, obwohl ich hoffe, dass die Untersuchung stattfindet, bevor ich mit meinen Reisegefährten nach London zurückkehren muss«, erwiderte ich – von gespannter Erwartung erfüllt, denn ich zweifelte nicht daran, dass noch etwas nachkommen würde.

»Es ist nur … äh …« Er geriet ins Stocken und stieß ein kleines nervöses Lachen aus. »Der Rektor erwähnte, Ihr würdet glauben, das Gartentor zur Brasenose Lane wäre abgesperrt gewesen, als Ihr den armen Roger fandet.«

»Ja. Ich habe daran gerüttelt, und es war fest verschlossen. Wie die beiden anderen Tore auch.«

»Nun, als ich davon erfuhr, fiel mir ein, dass Ihr Euch natürlich auf dem Universitätsgelände nicht auskennt und daher nicht wissen könnt, dass sich das Tor zur Gasse von innen nur sehr schwer öffnen lässt.«

Ich hob eine Braue, um meiner Skepsis Ausdruck zu verleihen.

»Ja«, fuhr er fort, ohne mir dabei in die Augen zu sehen, »der Griff lässt sich nur mittels eines Tricks drehen, den man kennen muss. Ich erwähne das nur, weil wir … wenn Ihr behauptet, das Tor wäre abgeschlossen gewesen – nun, Ihr versteht sicher, dass das eine einfache, wenn auch tragische Erklärung unnötig verkomplizieren würde. Der Pförtner hat vergessen, das Tor abzuschließen, ein streunender wilder Hund kam herein, und der arme Roger musste den Preis für die Nachlässigkeit eines anderen bezahlen. Das ist furchtbar, wirklich furchtbar …«, an dieser Stelle presste er eine flache Hand auf seine Brust und bemühte sich um eine bekümmerte Miene in seinem feisten Gesicht, »… aber all dieses Gerede von verschlossenen Toren würde nur Verdacht erregen, ohne dass Anlass dazu besteht.«

Ich traute meinen Ohren nicht. Mit einem Ruck befreite ich mich aus seinem Griff, drehte mich um und sah ihm ins Gesicht. Da immer noch Studenten die Treppe hochstiegen, dämpfte ich meine Stimme.

»Doktor Coverdale, das Tor war zugesperrt – daran besteht nicht der geringste Zweifel, ich habe selbst versucht, es zu öffnen. Und selbst wenn es nur geschlossen gewesen wäre, hätte es der Hund wohl schwerlich wieder hinter sich zugemacht, nachdem er in den Garten eingedrungen war.«

»Der Wind hätte es zuwehen können«, winkte Coverdale ab.

Ich kam aus dem Staunen nicht mehr heraus – hatte er sich wirklich vorgestellt, ich wäre so leicht zu überzeugen, würde so schnell anzweifeln, was ich mit eigenen Augen gesehen hatte?

»Ein schweres Holztor wie dieses? Ich war *dort*, Doktor Coverdale – und ich bin alle Möglichkeiten mit dem Rektor durchgegangen«, protestierte ich *sotto voce*.

»Der Rektor hat inzwischen Zeit gehabt, nüchtern und sachlich über die Ereignisse des Morgens nachzudenken«, erwiderte Coverdale glatt. »Er ist zu dem Schluss gekommen, dass es aufgrund des Nebels und der allgemeinen Panik schwierig war, sich in irgendeinem Punkt absolute Klarheit zu verschaffen. Er war es auch, der sich daran erinnert hat, wie schwer sich der Torgriff von innen drehen lässt und wie sehr das einen Fremden irritieren muss. Jeder Coroner, der die Untersuchung durchführt, wird sicherlich den Umstand berücksichtigen, dass Ihr Euch, wie ich schon sagte, auf dem Universitätsgelände nicht auskennt. Ich erwähne das nur, weil Ihr, solltet Ihr darauf bestehen, dass irgendetwas nicht mit rechten Dingen zugegangen ist, einen Prozess verlängern und erschweren würdet, der für Doktor Mercers Freund und Kollegen ohnehin schon schmerzlich genug ist. Es führt zu nichts, hinter einem tragischen Unfall ein ungelöstes Rätsel zu vermuten.«

Fassungslos schaute ich ihn eine Weile an: Sie hatten demnach beschlossen, die Umstände von Rogers Tod so zu verdrehen, dass ein Skandal vermieden, der Ruf der Universität nicht leiden und ein Mörder ungestraft davonkommen würde. Wollten sie eine bestimmte Person schützen oder sich alle nur aus dieser unerfreulichen Angelegenheit heraushalten? Ich fragte mich, ob der Rektor sein Versprechen, die Sache privat weiterzuverfolgen, halten würde, doch ich bezweifelte es. Schließlich war er derjenige, der sich am stärksten um das öffentliche Ansehen der Universität sorgte.

»Ich halte es für meine Pflicht, wahrheitsgetreu wiederzugeben, was ich heute Morgen gesehen und getan habe«, versetzte ich beharrlich. »Sollte ich damit falschliegen, habt Ihr recht, und ich stehe wie ein Narr da, aber dieses Risiko muss ich eingehen. Ich könnte nachts nicht mehr ruhig schlafen, wenn ich nicht alles sagen würde, was ich weiß.«

Coverdale kniff die Augen zusammen, schien dann jedoch meine Haltung zu akzeptieren.

»Nun gut, Doktor Bruno. Ihr müsst tun, was Euer Gewissen Euch gebietet. Sollen wir jetzt hineingehen?« Er deutete auf die zum Portal führende Treppe, die sich merklich geleert hatte. Die meisten Zuhörer hatten drinnen bereits ihre Plätze eingenommen. »Ach … da wäre noch eine andere reichlich seltsame Sache Sie betreffend«, schnaufte er über seine Schulter hinweg, als er die erste Stufe erklomm. »Master Slythurst erzählte mir, er wäre heute Morgen auf dem Weg zur Stahlkammer gewesen, als er Geräusche in Doktor Mercers Kammer gehört hätte. Und als er einen Blick hineinwarf, war alles in heilloser Unordnung, sagte er, und wen ertappte er wohl beim Durchwühlen von Doktor Mercers Habseligkeiten? Keinen Geringeren als unseren geschätzten italienischen Gast, der gerade Rogers Geldtruhe aufbrechen wollte. Außerdem meinte der Pförtner, Ihr hättet ihm einen Satz Schlüssel zurückgebracht, den Ihr dem Leichnam abgenommen habt.«

Ich verwünschte meine eigene Dummheit. Wie hatte ich heute Morgen nur einschlafen können? Deswegen hatte ich vergessen, dem Rektor Rogers Kleider auszuhändigen und ihm meine wenig glaubwürdige Lüge aufzutischen. Jetzt hatten sich meine Befürchtungen bewahrheitet, und Slythurst war es gelungen, seine eigenen Spuren zu verwischen, indem er mich als gewöhnlichen Dieb hinstellte. Mir fiel auf, dass der Quästor in seiner Version das Bedeutsamste ausgelassen hatte – nämlich die Tatsache, dass er ebenfalls im Besitz eines Schlüssels zu Mercers Kammer gewesen war.

»Dafür gibt es eine Erklärung«, begann ich, doch Coverdale brachte mich mit erhobener Hand zum Schweigen.

»Zweifellos, Doktor Bruno, zweifellos. Dennoch könnte einem Richter Euer Verhalten doch äußerst seltsam – um nicht zu sagen, verdächtig – vorkommen, und die Leute in dieser Stadt hegen ja eine solche Abneigung gegen Ausländer, versteht Ihr, vor allem gegen solche, von denen sie annehmen, dass sie mit Rom sympathisieren.« Er schlug einen unechten entschuldigenden Ton an. »Da könnte es durchaus sein, dass die Gerechtigkeit von blinden Vorurteilen verschleiert wird. Und wenn Ihr die Untersuchung unnötig in die Länge zieht, sind es gerade solche Dinge, die Euch den Hals brechen könnten.«

Wir standen jetzt auf der Türschwelle der Divinity School. Ich spähte hinein und stellte fest, dass das Auditorium bis auf den letzten Platz besetzt war und die Studenten sich schon auf die Fensterbänke zwängten. Coverdale lächelte mich erwartungsvoll an, nachdem er diese offene Drohung ausgesprochen hatte. Ich taxierte ihn kurz, anschließend nickte ich.

»Ich verstehe, worauf Ihr hinauswollt, Doktor Coverdale, und werde sicherlich darüber nachdenken.«

»Das ist recht, Mann«, meinte Coverdale erfreut. »Ihr werdet zu dem Schluss kommen, dass ich nur das Beste für uns alle will. Kommt, wir gehen hinein!«

Doch ich blieb stehen und schielte über meine Schulter hinweg zur Stadtmauer hinüber. Der Mann ohne Ohren lungerte noch immer dort herum und beobachtete uns. Ich berührte Coverdale am Ellbogen.

»Wer ist dieser Mann?« Mit meinem Kopf deutete ich in die entsprechende Richtung.

Coverdale drehte sich um, schaute flüchtig mit halb zugekniffenen Augen und schüttelte dann den Kopf.

»Niemand von Bedeutung«, gab er schroff zurück, ehe er mir die Tür aufhielt, um mir den Vortritt zu lassen.

Ich versuchte, dieses Gespräch aus meinen Gedanken zu verbannen, sowie ich mich für meine Rede bereit machte. In der Halle war Totenstille eingetreten, die nur vom üblichen Füßescharren, Hüsteln und Rascheln der Roben unterbrochen wurde. Ich räusperte mich und beugte mich leicht über den Rand der Kanzel.

»Ich, Giordano Bruno der Nolaner, Doktor der Theologie, an den besten Universitäten Europas bekannt, ausgezeichneter und oft geehrter Philosoph, fremd nur unter Barbaren und Schurken, der Erwecker schlafender Geister, Gegner jeglicher Ignoranz und Intoleranz, der ausschließlich aus Liebe zur Menschheit handelt und als Gesellschaft weder Briten noch Italienern, weder Männern noch Frauen, weder Bischöfen noch Königen, weder Geistlichen noch Edelmännern den Vorzug gibt, sondern ausschließlich jenen, deren Konversation friedlich, zivil und von festen Überzeugungen bestimmt ist, der weder das gesalbte Haupt noch die gebrandmarkte Stirn noch die in Unschuld gewaschenen Hände oder den beschnittenen Penis respektiert, sondern einzig und allein Menschen, in deren Gesichtern sich

Weisheit und Bildung widerspiegeln; der, den die kleingeistigen Heuchler verabscheuen und die edlen Gemüter lieben – dieser Mann entbietet dem erlauchten Vizekanzler der Universität von Oxford seine ehrerbietigsten Grüße.«

Ich verneigte mich in Richtung des Podiums, auf dem der Vizekanzler saß, wartete auf den rauschenden Applaus, den eine solche Einleitung an europäischen Akademien üblicherweise nach sich zog – und stutzte, als mir stattdessen leises, spöttisches Gelächter entgegenschlug. Aus dem Augenwinkel heraus erhaschte ich einen Blick auf Sidney, er schnitt eine Grimasse und fuhr sich mit der Hand über seine Kehle, wie um anzudeuten, dass ich des Guten zu viel getan und mir selbst den Todesstoß versetzt hätte. Ich konnte es einfach nicht fassen – in Paris war eine Disputation ihren Namen nicht wert, wenn sich die Rhetorik nicht in schon fast lächerlich schwülstige Höhen schraubte. Allem Anschein nach zogen es die Engländer in diesem Punkt wie in so vielen anderen vor, sich hinter einem schlichten, zurückhaltenden Stil zu verschanzen. Jetzt konnte ich das Gekicher ganz deutlich hören – und es kam von den Fellows, nicht von den Studenten, obwohl auch diese begannen, dem schlechten Beispiel der Älteren zu folgen; einige von ihnen imitierten wie Schuljungen meinen Akzent. Auf der anderen Seite der Halle hatte sich Doktor Underhill lächelnd auf sein Podest gestützt. Er schien das Schauspiel zu genießen, offenbar dachte er, den Sieg schon in der Tasche zu haben. Der Palatin gähnte demonstrativ laut.

»Ich leugne entschieden«, rief ich, schlug mit der Faust auf die Kanzel und hob hierauf die Hand, um meinen Worten Nachdruck zu verleihen, sobald das Gelächter verdutztem Schweigen gewichen war, »ich leugne entschieden, dass die Sterne fest am Himmel stehen! Diese Theorie gilt für sie ebenso wenig wie für die Sonne, und jeder, der auch nur einen Funken Verstand hat, wird erkennen, dass die Bewegungen im Universum von der Rotation der Erde herrühren, denn es besteht weit weniger Grund zu der Annahme, dass sich die Sonne und die unzähligen

Sterne um die Erdkugel drehen sollten. Ganz im Gegenteil, es spricht alles dafür, dass es sich genau andersherum verhält. Lassen wir uns unseren klaren Blick nicht länger von acht oder neun imaginären Sphären trüben, denn es gibt nur einen Himmel, ein unendliches Firmament mit unendlich viel Platz für unzählige Welten ähnlich der unseren, die in ihrem Orbit kreisen wie unsere Erde in dem ihren.«

Sehr zufrieden mit meiner Eröffnung hielt ich inne, um Atem zu schöpfen, und Underhill nutzte die Gelegenheit, um seinerseits das Wort zu ergreifen.

»Meint Ihr wirklich, Sir?«, konterte er mit einem aufreizend selbstzufriedenen Lächeln auf den Lippen. »Statt dass die Sonne stillsteht und sich die Erde um sie herum dreht, kommt es mir eher so vor, dass es Euer Kopf ist, in dem sich alles dreht, und Euer Hirn, das nie stillsteht.«

Er drehte sich zu den Fellows hin, um deren Beifall einzuheimsen, und wurde nicht enttäuscht; Lachsalven erschollen, und es dauerte ein Weilchen, bis ich mir für meine Erwiderung erneut Gehör verschaffen konnte.

Zu meinem Bedauern muss ich bekennen, dass die Disputation für mich nicht erfolgreich verlaufen ist, und werde meine Leserschaft nicht mit Einzelheiten langweilen. Es lief im Wesentlichen darauf hinaus, dass Doktor Underhill immer wieder die alten, abgedroschenen Argumente zugunsten der Theorien von Aristoteles vorbrachte – er verlangte keinen anderen wissenschaftlichen Beweis für seine Behauptungen als das Gewicht scholastischer Autorität – als könne die Kirche niemals irren – und verstieg sich an einer Stelle sogar zu der Vermutung, Kopernikus habe seine Theorie nie wortwörtlich verstanden wissen wollen, sondern sie nur als Metapher zur Hilfe bei mathematischen Berechnungen entwickelt. All diese Argumente hatte ich schon vorher oft gehört und abgeschmettert, und zwar vor einem besseren Publikum als diesem hier, an diesem Nachmittag jedoch bekam ich kaum Gelegenheit dazu, denn Underhill schien die Zuhörer nicht durch seine Redekunst beeindrucken zu wollen (die meisten waren ohnehin seiner Meinung und brachten noch nicht einmal die Höflichkeit auf, meinen Schlussfolgerungen aufmerksam zu lauschen), sondern er legte es eindeutig darauf an, mich lächerlich zu machen und vor seinen Kollegen bloßzustellen. Dies schien ihre Vorstellung von Unterhaltung zu sein – die Manieren des Publikums waren so schlecht, dass es sich während unseres Schlagabtausches meist ungeniert unterhielt oder seine unmaßgeblichen Kommentare abgab. Ich steckte gerade in einer leidenschaftlichen Erörterung komplexer mathematischer Lehrsätze, als ich von einem alarmierenden Geräusch unterbrochen wurde, das wie das Knurren eines Hundes klang. Da ich nach den Ereignissen des Morgens übermäßig empfindlich auf solche Laute reagierte, schrak ich zusammen, fuhr herum und stellte fest, dass es von dem Palatin kam, der laut schnarchte – hatte aber den Faden verloren. Kurz darauf wurden wir von einem vernehmlichen Schlurfen gestört, als sich ein Undergraduate seinen Weg durch die Reihen der Fellows bahnte, um die Aufmerksamkeit eines von ihnen auf sich zu lenken. Es stellte sich heraus, dass er Doktor Coverdale gesucht hatte, der, offenbar einer dringenden Aufforderung folgend, augenblicklich seinen Platz in der Mitte der Reihe verließ und sich theatralisch flüsternd bei allen Leuten zwischen ihm und der Tür entschuldigte, die sich erheben mussten, um ihn durchzulassen. Zwar hätte ich nie erwartet, dass Coverdale sich meinethalben irgendeine Zurückhaltung auferlegen würde, gleichwohl überraschte es mich, dass er die Unhöflichkeit aufbrachte, seinen eigenen Rektor mitten in der Debatte einfach stehen zu lassen.

Wir quälten uns mühsam auf ein Ende zu, das man nicht als Abschluss bezeichnen konnte. Ich fasste meine eigenen komplexen Berechnungen des relativen Durchmessers des Mondes, der Erde und der Sonne in Worte, die sogar ein Idiot verstehen konnte, und zur Antwort wiederholte Underhill nur die alten falschen Auffassungen, die all jene vertraten, die Wissenschaft und Theologie in einen Topf warfen und die Heilige Schrift als absolute Grundlage wissenschaftlicher Forschungen betrachteten. Er spielte auch wiederholt auf meinen Status als Ausländer an, den er mit geringerer Intelligenz gleichsetzte, und beharrte darauf, dass Kopernikus ebenfalls Ausländer war und als solcher nicht über die solide Argumentationsgabe eines Engländers verfügte – wobei er anscheinend vergaß, dass diese ganze jämmerliche Vorstellung nur zu Ehren von Kopernikus' königlichem Landsmann stattfand. Ich war nur froh, dass alles vorüber war, und quittierte den unaufrichtigen Beifall mit einer knappen Verbeugung; verletzt und mit dem Gefühl, erniedrigt worden zu sein, kletterte ich von meiner Kanzel.

Als sich die Halle leerte, brachte keiner der Fellows den Mut auf, mir in die Augen zu sehen. Stumm blieb ich unter einem der Fenster sitzen; ich wollte warten, bis alle die Halle verlassen hätten, um mich nicht weiterem Spott – oder, noch schlimmer, Mitgefühl – auszusetzen. Irgendwann sah ich Sidney vom Podium steigen, er kämpfte sich kopfschüttelnd zu mir durch.

»Heute Abend habe ich mich für meine frühere Universität geschämt!«, explodierte er. Zwei rote Flecken loderten auf seinen Wangen. »Underhill ist ein Wiesel – er ist nicht ein einziges Mal sachlich auf deine Argumente eingegangen! Ich nenne das schändlich – eine Zurschaustellung purer, blinder Arroganz!« Er presste die Lippen zusammen, wie wenn er sich selbst zur Ruhe mahnen wollte. »Dieser Glaube an die eigene Überlegenheit gehört zu den unattraktivsten Charakterzügen unserer Nation.«

»Zum Glück kann ich dich und Walsingham zu meinem Bekanntenkreis zählen.« Nun war es an mir, den Kopf zu schütteln. »Ich dachte, alle Engländer wären liberal und weltoffen, doch wie es aussieht, habe ich mich in diesem Punkt gründlich geirrt.«

»Eines würde ich allerdings trotzdem gerne wissen, Bruno – wozu sollte diese pompöse Einleitung gut sein?«

»Sie hat mir in Paris immer gute Dienste geleistet.«

»Zweifellos, aber so laufen die Dinge hier nicht ab. Wir neigen nicht dazu, uns für Leute zu erwärmen, die ihr eigenes Lob zu laut singen – ich glaube, da hast du dein Publikum verloren. Und vielleicht solltest du beim nächsten Mal die beschnittenen Penisse auslassen.«

»Ich werde daran denken«, erwiderte ich steif. »Freilich bezweifle ich, dass es ein nächstes Mal geben wird.«

»Bislang hast du wahrlich an deinem Besuch hier nicht viel Freude gehabt, alter Knabe!« Er klopfte mir liebevoll auf die Schulter. »Erst musstest du die Gesellschaft dieses polnischen Ochsen ertragen, dann kommt vor deinem Fenster ein Mann auf grausame Weise ums Leben, und jetzt auch noch das unsägliche Benehmen dieser hirnlosen Narren, die deinen Ausführungen noch nicht einmal ansatzweise folgen konnten. Es tut mir wirklich leid. Aber jetzt können wir uns vielleicht auf unsere eigentliche Aufgabe konzentrieren«, fügte er hinzu, um anschließend seine Stimme zu senken. »Jedenfalls sind wir heute alle zum Dinner im Christ Church eingeladen, also lass uns ihren Weinkeller leertrinken, diese ganze leidige Angelegenheit vergessen und uns einen lustigen Abend machen, was meinst du?«

Ich blickte zu ihm auf. Seine Bemühungen, mich aufzuheitern, rührten mich, sein lebhaftes Gebaren jedoch wäre das Letzte, was ich heute Abend ertragen könnte.

»Danke, Philip, aber ich befürchte, ich wäre keine Bereicherung in eurer Tischrunde. Ich würde mich gerne viel lieber zurückziehen und meine Wunden lecken. Morgen bin ich dann zu jedem Abenteuer bereit, das verspreche ich dir.«

Obwohl er enttäuscht wirkte, nickte er verständnisvoll.

»Ich werde dich beim Wort nehmen. Wenn der Regen aufhört, wünscht der Palatin morgen im Shotover Forest zu jagen, und ich muss mich natürlich seinen Launen fügen. Aber das ertrage ich nur, wenn du mit von der Partie bist.«

»Ich werde sehen, wie ich mich fühle. Warum nimmst du nicht deinen neuen Freund Gabriel Norris mit?«

»Oh, ich habe ihn eingeladen, er hat morgen allerdings schon etwas anderes vor«, grinste Sidney, dem die Schärfe in meinem Ton nicht entgangen war. »Nicht dass mir das allzu viel ausmachen würde – der junge Prahlhans ist mit dem halben Inhalt meiner Geldbörse nach Hause gegangen. Erinnere mich daran, dass ich nie wieder mit ihm Karten spiele!«

»Ich komme mit, wenn ich morgen wieder frisch und munter bin«, versprach ich.

Norris hatte gemeint, der Wolfshund könnte aus dem Shotover Forest gekommen sein. Ich war zwar kein Jäger, wollte aber die Gelegenheit nutzen, nach einer Verbindung zu suchen. Sidney schüttelte mir die Hand, versetzte mir einen weiteren Schlag zwischen die Schulterblätter – die englische Art, Freundschaft unter Männern zur Schau zu stellen –, und ich legte den kurzen Weg zur Universität allein zurück.

»Dio fulmini questi inglesi!«, fluchte ich, als ich um die Ecke in die Brasenose Lane bog. Wutentbrannt trat ich gegen einen auf der Straße liegenden Stein. *»Si comportano come cani di strada* – nein, sie sind schlimmer als Straßenköter! Gab es je einen derart kleingeistigen, arroganten, selbstverliebten Menschenschlag wie die Männer auf dieser elenden Insel? Sie sind genauso wenig imstande, über neue Philosophien und wissenschaftliche Theorien nachzudenken wie dazu, Speisen zu würzen! Offenbar hat der ewige Regen ihre Hirne in Brei verwandelt. Einen Mann nicht wegen seiner Worte zu verhöhnen, sondern allein deshalb, weil er das Glück hatte, fern von diesen unseligen Ufern geboren zu werden! Und wie können sie es wagen, über meinen Akzent zu lachen – was glauben die eigentlich, wo die lateinische Sprache ihren Ursprung hat? *Asini pedanti!*« Ich schimpfte auf dem ganzen Rückweg zum Torhaus des Lincoln auf Italienisch vor mich hin, bis mein Zorn halbwegs verraucht war. Zum Glück begegnete mir niemand, er hätte sich zu Tode erschreckt.

Schweren Herzens stieß ich das Haupttor auf und machte beim Pförtnerhaus Halt, um Cobbett zu fragen, ob ich mir eine Laterne für mein Zimmer ausborgen dürfte. Der alte Pförtner döste friedlich in seinem Stuhl. Ein Krug mit Ale stand auf dem Tisch, und die alte Hündin hatte den Kopf auf sein Knie gelegt.

Ich hüstelte, woraufhin er hochschreckte und sein Wams glatt strich.

»Oh, verzeiht, Doktor Bruno, ich habe Euch nicht gehört. Ich war zu tief in Gedanken versunken.« Er zwinkerte, und ich rang mir ein Lächeln ab.

»Guten Abend, Cobbett. Darf ich fragen, ob Ihr eine Laterne entbehren könnt?«

»Natürlich, Sir.« Cobbett hievte seine massige Gestalt mühsam vom Stuhl hoch und schlurfte auf einen der hölzernen Schränke zu, die die Wände säumten. »Ihr seid früh zurück, Sir, wenn ich mir die Bemerkung erlauben darf – ich dachte, zu Ehren der königlichen Abordnung fände heute im Christ Church College ein großes Fest statt?«

»Ich bin müde«, erwiderte ich in der Hoffnung, Fragen bezüglich der Disputation zu entgehen.

Cobbett nickte mitfühlend.

»Kein Wunder nach allem, was heute Morgen geschehen ist. Wollen wir hoffen, dass wir diese Nacht alle ruhig in unseren Betten schlafen können, eh? Eigenartig«, fuhr er fort, während er das Glasgehäuse der Laterne öffnete, um die Kerze mit seiner eigenen anzuzünden, »Doktor Coverdale kam auch so früh zurück. War in großer Eile, ich sah ihn durch das Tor stürmen, und deshalb sagte ich zu mir, sie müssen es heute Abend aber ziemlich eilig gehabt haben, zum Ende zu kommen. Normalerweise ufern solche Debatten nämlich endlos aus, wenn die Herren erst einmal angefangen haben, sich am Klang ihrer Stimmen zu berauschen – nehmt es mir nicht übel, Sir. Nachdem jedoch später niemand mehr kam, schloss ich daraus, dass er wohl etwas Privates zu erledigen hatte.« Er ließ ein kehliges Kichern hören.

»Ich fürchte, Doktor Coverdale hatte Wichtigeres zu tun als meinem armseligen Vortrag zu lauschen.« Es gelang mir nicht, den Groll in meiner Stimme zu unterdrücken.

»Nun, ich hoffe, Gott schenkt Euch heute Nacht einen ruhigen Schlaf, Sir.« Cobbett reichte mir die flackernde Laterne. »Ich nehme an, Ihr bleibt jetzt bis zur gerichtlichen Untersuchung bei uns? Ihr werdet Euch bald ganz wie zu Hause fühlen.«

»Das bezweifle ich nicht«, erwiderte ich tonlos und wünschte Cobbett eine gute Nacht. Erst da kam mir die Bedeutung seiner Worte richtig zu Bewusstsein. Wie lange würde man mich hier festhalten, fragte ich mich, und war ich gesetzlich verpflichtet, sogar dann zu bleiben und eine Aussage zu machen, wenn Sidney und der Palatin am vereinbarten Tag abreisten?

Hinter zahlreichen Fenstern, die den kleinen quadratischen Hof säumten, brannte warmes bernsteinfarbenes Kerzenlicht, doch ich konnte das Unbehagen nicht abschütteln, das ich seit der Abreise aus London empfand. Irgendetwas Furchtbares ging hier vor, und ich ahnte, dass es noch nicht vorüber war. Ich stellte mich vor die unbeleuchteten Fenster, um mich kurz umzusehen, da beschlich mich wieder das Gefühl, beobachtet zu werden.

Das Treppenhaus zu meiner Kammer war still und so dunkel, dass ich mich ohne Cobbetts Laterne wie ein Blinder hätte vorwärtstasten müssen; so dunkel, dass ich das Stück Papier übersehen hätte, das unter meiner Tür hindurchgeschoben worden war, wenn ich nicht beim Hineingehen darauf getreten wäre und ein unerwartetes Rascheln gehört hätte. Ich bückte mich, um es aufzuheben, und hielt einen sorgsam gefalteten Bogen in der Hand, aus dem, als ich ihn auseinanderfaltete, ein weiterer kleiner Papierstreifen von der Breite eines Bandes herausglitt und zu Boden flatterte. Im dämmrigen Licht der Laterne konnte ich auf dem großen Blatt Reihen konzentrischer Kreise ausmachen. Neugierig geworden machte ich mich daran, sämtliche Kerzen der Wandleuchter im Raum anzuzünden, um in deren Licht die seltsame Botschaft eingehender zu untersuchen. Sowie ich sie klar erkennen konnte, wuchs meine Verwirrung: Ich wusste nur zu gut, was ich da vor mir sah, verstand aber die Bedeutung nicht. Es handelte sich ohne jeden Zweifel um eine von einer geschickten Hand angefertigte Darstellung des kopernikanischen Universums. Die sieben Planeten umringten die Sonne, zumindest sah es auf den ersten Blick so aus, doch in der Mitte, wo sich die Darstellung des *Sol* hätte befinden sollen, prangte keine Sonne, sondern ein kleiner Kreis mit Speichen, genau das Symbol, das immer wieder in Roger Mercers Almanach auftauchte.

Jetzt völlig durcheinander griff ich nach dem zweiten Papierstreifen, der beinahe zwischen den Dielen verschwunden wäre, und stellte fest, dass er eng bedruckt war. Bei näherer Betrachtung entpuppte er sich als sorgfältig aus einem Buch herausgeschnitten, und der Satz, den ich las, ließ mich laut nach Atem ringen.

Weizen Gottes bin ich, und durch die Zähne von Bestien werde ich gemahlen, damit ich als reines Brot Christi gefunden werde.

7

Ich hämmerte so heftig an die Tür des Rektors, dass sich im Gesicht des Dieners, der mir öffnete, nackte Angst widerspiegelte. Vermutlich fürchtete er, es habe sich eine weitere Tragödie ereignet.

»Ich muss unverzüglich mit dem Rektor sprechen«, keuchte ich, dabei fuchtelte ich mit den Papieren vor seiner Nase herum.

»Er speist heute Abend im Christ Church College, Sir, zusammen mit den anderen Fellows.« Der Diener betrachtete mich mit einiger Bestürzung. Seine Hand zitterte leicht, als er die Kerze hob, um mir ins Gesicht zu leuchten. »Ist etwas geschehen?«

Natürlich – ich hatte vergessen, wie früh es noch war. Underhill würde seinen Triumph feiern und vermutlich erst in einigen Stunden zurückkommen.

»Es handelt sich um eine äußerst dringende Angelegenheit.« Allmählich kam ich wieder zu Atem. »Ich kann auf ihn warten, aber ich muss ihn heute Abend unbedingt noch sprechen.«

Der Diener, ein ernster Mann Ende fünfzig, beäugte mich argwöhnisch.

»Ihr könnt uns zu späterer Stunde noch einmal aufsuchen, Sir, indes darf ich Euch nicht erlauben, allein mit den Ladies in der Wohnung des Rektors zu warten, das wäre ausgesprochen unschicklich.«

»Ich habe nicht die Absicht, ihnen etwas zuleide zu tun – ich möchte den Rektor nur auf keinen Fall verfehlen.«

»Wer ist denn da, Adam?«, erklang Sophias Stimme von drinnen, dann tauchte sie hinter dem Diener auf. Ihre schlanke Gestalt wurde vom Kerzenlicht beschienen, und sie hielt ein Buch in der Hand.

»Der *ausländische* Gentleman, Mistress Sophia. Er wünscht Euren Vater zu sprechen. Ich habe ihm gesagt, er soll später noch einmal zurückkommen.«

»Unsinn – lass ihn herein, damit er im Warmen warten kann. Vater wird nicht lange ausbleiben. Geselligkeit gehört nicht zu seinen Stärken.« Sie lächelte mir über die Schulter des Dieners hinweg zu. »Doktor Bruno, guten Abend – kommt doch bitte herein.«

Der konsternierte Blick des Dieners flog von mir zu ihr.

»Ich glaube nicht, dass das Eurem Vater recht wäre …«, begann er, doch Sophia schnitt ihm mit einer Handbewegung das Wort ab.

»Doktor Bruno ist Gast meines Vaters, Adam, und ein Philosoph, der sich eines ausgezeichneten Rufes erfreut. Ich bin sicher, Vater wäre sehr verärgert, wenn ich ihm meine Gastfreundschaft verweigern würde. Vielleicht bist du so gut und nimmst ihm seinen Umhang ab! Und bring uns etwas Wein.«

Adam machte ein verdrossenes Gesicht, fügte sich aber, verneigte sich knapp vor mir und trat zur Seite, um mich einzulassen – nicht, ohne mir dabei einen angewiderten Blick zuzuwerfen. Sophia lächelte erneut und bedeutete mir, ihr durch das Esszimmer zu folgen, in dem wir am Abend zuvor gesessen hatten. Als ich bis zum anderen Ende des Raumes hinter ihr herging, fiel mir nicht nur ihr schlichtes grünes Kleid auf, auf das sich ihr dunkles Haar in kleinen Wellen ergoss, sondern wieder die in ihrer natürlichen Art begründete Selbstsicherheit und Ruhe, die sie ausstrahlte. Meine Stimmung hellte sich durch die unerwartete Aussicht auf ihre Gesellschaft beträchtlich auf. Durch eine hohe Tür gelangten wir in einen dunkel getäfelten Raum, der von einem mächtigen Eichenholzschreibtisch unter dem Fenster, auf dem sich Bücher und Papiere stapelten, beherrscht wurde. Im Kamin prasselte ein helles Feuer.

»Das ist das Arbeitszimmer meines Vaters, Ihr könnt hier auf ihn warten«, erklärte Sophia höflich, dabei geleitete sie mich zu einem der Stühle neben dem Kamin. Dann musterte sie mich einen Moment lang. »Ihr wolltet nicht mit den Fellows im Christ Church College feiern, Bruno?«

»Ich war nicht in der Stimmung dazu. Leider muss ich gestehen, dass es Euer Vater war, der heute Abend das Publikum mitgerissen hat.« Ich nahm Platz und rückte näher an die züngelnden Flammen heran. »Zumindest in diesem Punkt kann er sich als Sieger betrachten.«

»Ist er über jedes Eurer Argumente hinweggegangen, ohne sich die Mühe zu machen, wirklich zuzuhören?«, fragte sie voll bitteren Mitgefühls. »Mein Vater hat kein Talent zum Debattieren, Bruno«, fuhr sie fort, ohne meine Antwort abzuwarten. »Er ist nur felsenfest davon überzeugt, recht zu haben, und es ist erstaunlich, wie effektiv das beim Abschmettern von Argumenten sein kann. Früher habe ich das für ein Zeichen von Arroganz gehalten, aber als ich älter wurde, begann ich zu ahnen, dass es Furcht sein könnte.«

Ich hob fragend eine Braue. Für eine solch junge Frau war sie erstaunlich scharfsinnig.

»Er war sein ganzes Leben lang von mächtigen Männern wie dem Earl of Leicester abhängig, wie so viele andere Gelehrte und Geistliche auch.« In ihrer Stimme schwang ein Anflug von Mitleid mit. »Und er weiß nur zu gut, wie wetterwendisch diese Leute sind. Also lebt er in der ständigen Angst davor, sein Amt zu verlieren – und es haben sich in den letzten paar Jahren an der Universität so viele Splittergruppen gebildet, so viele Menschen wurden denunziert, weil sie in der falschen Gesellschaft gesichtet worden sind, die falschen Bücher gelesen oder eine Bemerkung gemacht haben, die falsch ausgelegt wurde.« Sie seufzte. »Der Sturz des armen Edmund Allen hat ihn sehr getroffen.«

»Warum – ist er etwa auch ein heimlicher Anhänger Roms?«

»Lieber Gott, nein, er wäre der Letzte, der …« Sie schüttelte nachdrücklich den Kopf, um zu unterstreichen, wie absurd dieser Gedanke wäre. »Doch er hat gesehen, wie schnell die Fellows eine geschlossene Front gegen Allen gebildet hatten, obwohl er ihr Freund war. Die Angst, mit seinen Vergehen in Verbindung gebracht zu werden, war wohl stärker, sie wollten vor allem ihre eigene Haut retten. In diesen Zeiten müssen Beschuldigungen nicht unbedingt der Wahrheit entsprechen, um Strafen nach sich zu ziehen. Mein Vater schätzt Stabilität mehr als alles andere und glaubt, jede Veränderung bedeute gleichsam Verschlechterung. Er ist kein schlechter Mensch, aber er schielt dauernd über seine Schulter, weil er fürchtet, verfolgt zu werden, und deshalb verteidigt er seine Überzeugungen wie eine Bärin ihre Jungen. Das ist der eigentliche Grund, weshalb er oft so anmaßend wirkt.«

Sie grinste und beugte sich vor, um das Feuer zu schüren. In diesem Moment klopfte es leise an der Tür, und Diener Adam trat mit einem Krug Wein und zwei Bechern ein und stellte alles auf einen niedrigen hölzernen Schemel neben dem Feuer.

»Danke, Adam. Würdest du bitte aus der Küche noch Brot, Käse und kaltes Fleisch holen lassen? Unser Gast ist sicher hungrig.«

Ich nickte dankbar, denn mir wurde erst jetzt bewusst, dass ich durch mein schmollendes Fernbleiben von dem Fest um mein Abendessen gekommen war, und mein Magen begann fordernd zu knurren.

Adam verbeugte sich, warf mir einen giftigen Blick zu und ließ die Tür absichtlich offen, nachdem er den Raum verlassen hatte. Sophia erhob sich, um sie zu schließen, und strich ihr Kleid glatt. Ich schenkte uns Wein ein.

»Ihr habt an die Tür geklopft, als wolltet Ihr Tote aufwecken, Bruno.« Sophia nahm auf dem Stuhl mir gegenüber Platz und zog die Füße wie eine Katze unter sich. »Und Euer Gesicht war totenbleich – ich hatte schon Angst, Ihr würdet eine neue Schreckensnachricht bringen.«

»Das tue ich zum Glück nicht.« Ich trank einen großen Schluck Wein.

»Was führt Euch dann so dringend hierher? Ist Euch eine schlagfertige Erwiderung eingefallen, die Ihr während der Disputation anzubringen vergessen habt und nun meinem Vater lieber spät als nie entgegenschleudern wollt?« Mit einem schelmischen Lächeln deutete sie auf die Papiere, die ich noch immer in der Hand hielt.

»Nein – schlagfertige Retourkutschen werden mir im Lauf der Nacht einfallen«, erwiderte ich nur halb im Scherz, ehe ich ihr den großen Papierbogen reichte. »Wie denkt Ihr darüber?«

Sie überflog die Zeichnung flüchtig und blickte verwirrt zu mir auf.

»Das ist eine auf den Theorien von Kopernikus basierende Himmelskarte, nicht wahr?«

Ich nickte.

»Aber warum bringt Ihr sie in solcher Eile her? Die Debatte ist vorbei.«

»Fällt Euch daran nichts auf?«

Stirnrunzelnd betrachtete sie das Blatt erneut, dann weiteten sich ihre Augen einen Moment lang, ehe sie den Kopf wieder hob.

»Die Sonne ist auf eine seltsame Art dargestellt«, meinte sie beiläufig.

»Ja.«

»Wie ein Rad. Ohne Frage sehr elegant gezeichnet.« Sie reichte mir das Papier zurück.

»Das stimmt, freilich gebührt das Lob nicht mir – ich habe diese Zeichnung nicht angefertigt.«

»Wer denn dann?« Ihre Stimme schwankte leicht. »Woher habt Ihr sie?«

»Jemand ließ sie mir zukommen, sie wurde unter meiner Kammertür hindurchgeschoben. Von wem, weiß ich nicht, aber es könnte sich um eine verschlüsselte Botschaft handeln. Deshalb wollte ich Euren Vater um Rat bitten.«

Ihr entfuhr ein eigenartiges Lachen, es klang fast erleichtert.

»Ihr seid hierher gestürmt und habt an die Tür gehämmert, als ginge die Welt unter, nur um ihm das da zu zeigen? Wenn Ihr *meinen* Rat hören wollt, Bruno – ich schätze, jemand erlaubt sich einen Scherz auf Eure Kosten, indem er sich über Kopernikus lustig macht. Mein Vater würde mit solchen Nichtigkeiten niemals seine Zeit verschwenden.«

»Vielleicht habt Ihr recht«, sagte ich ruhig, faltete das Papier zusammen und glättete es zwischen meinen Handflächen. »Trotzdem würde ich gern auf ihn warten, wenn Ihr gestattet.«

Sie nickte stumm. Was, fragte ich mich im Stillen, hatte der Ausdruck zu bedeuten, der eben über ihr Gesicht gehuscht war, als sie das Diagramm zum zweiten Mal betrachtet hatte? Ein Wiedererkennen? Womöglich sogar Furcht? Einerseits erschien es mir zwar äußerst unwahrscheinlich, dass sie über den Sinngehalt des kleinen Symbols irgendeine Kenntnis haben könnte, andererseits jedoch lebte man hier an der Universität so eng beieinander, dass es kaum Geheimnisse gab. Wenn das Symbol für Roger Mercer und den unbekannten Überbringer der Botschaft eine Bedeutung hatte, warum sollte diese dann nicht auch anderen bekannt sein – wie zum Beispiel Sophia?

»Sagt mir …« Ich lehnte mich in meinem Stuhl zurück und deutete auf die großen Truhen an der Wand. »Besitzt Euer Vater eine Ausgabe der Werke von Foxe?«

Sophia verdrehte die Augen.

»Genauso gut könntet Ihr fragen, ob der Papst ein Kruzifix besitzt, mein lieber Bruno. Mein Vater hat sämtliche je erschienenen Ausgaben zusammengetragen, die letzte umfasst zwölf Bände, und ich glaube, dieses Jahr soll wieder eine neue herauskommen, die er seiner Sammlung zweifellos bald einverleiben wird. An Werken von Foxe herrscht in diesem Haus wahrhaftig kein Mangel. Welche Ausgabe sucht Ihr denn?«

»Das weiß ich selber nicht.« Ich hielt inne und ließ den Blick über die Bücher auf dem Schreibtisch schweifen, ehe ich mich wieder zu ihr wandte. »Weizen Gottes bin ich, durch die Zähne von Bestien werde ich gemahlen, damit ich als reines Brot Christi gefunden werde.«

Sie sah mich fragend an. »Bitte?«

»Wisst Ihr, ob das von Foxe stammt?«

»Oh, ein Zitat. Offen gestanden habe ich keine Ahnung – mein Vater ist der Märtyrerexperte, nicht ich. Ich habe nur ein einziges Mal einen Blick in Master Foxes Buch geworfen und fand das, was ich da las, abstoßend – was muss das für ein Mann sein, der sein Leben der endlosen Auflistung von Quälereien und Grausamkeiten widmet, die Menschen anderen menschlichen Wesen zufügen? Und dann auch noch in allen Einzelheiten? Ich hatte den Eindruck, er hat sich an seinen eigenen Beschreibungen geradezu berauscht. Einige der Holzschnitte haben mir Albträume beschert.« Sie erschauerte und verzog das Gesicht.

»Er wollte den Gläubigen Mut machen, nehme ich an, und hat nach dem wirksamsten Mittel dazu gesucht.«

»Es ist nichts als Propaganda, die nur einem einzigen Zweck dient – Hass auf die Katholiken zu schüren!«, spie Sophia. Ihre Heftigkeit setzte mich in Erstaunen. Als sie meinen überraschten Blick auffing, errötete sie und fügte etwas ruhiger hinzu: »Als gäbe es nicht schon genug Zwistigkeiten zwischen Christen – wozu brauchen wir da Bücher wie dieses, das die Flammen noch höher schlagen lässt?«

Ich beobachtete sie mit neu erwachter Neugier, als sie, vielleicht ob ihres Ausbruchs beschämt, ihre Aufmerksamkeit wieder dem Feuer zuwandte. Sie vertrat ihre Meinung derartig offen und war in ihren Ansichten derartig unberechenbar, dass ich verstand, warum ihr Vater sie so dringend verheiraten wollte; ein so unabhängiger Geist wie der ihre verstieß gegen alles, was von einer bescheidenen, gehorsamen Ehefrau erwartet wurde. Gleichwohl war es gerade ihre standhafte Weigerung, den ihr in der Welt zugedachten Platz einzunehmen, die ich am meisten an ihr bewunderte. Was hatte sie zum Beispiel mit ihren hitzigen Worten wirklich sagen wollen? Während ich erwog, sie weiter über das Thema Foxe auszufragen, wurde abermals die Tür geöffnet, und betont langsam stellte Adam eine Platte mit Brot, Käse und kaltem Fleisch neben den Weinkrug.

»Ich glaube, Euer Vater hätte einiges dagegen einzuwenden, dass in seinem Arbeitszimmer zu Abend gespeist wird«, begann er tadelnd, doch Sophia brach sich bereits ein Stück Brot ab.

»Ach was, er nimmt hier ja selbst oft sein Abendessen ein«, gab sie zurück. »Danke, Adam, das wäre dann alles.«

Adam zögerte.

»Mistress Sophia, ich frage mich, was Eure Mutter wohl …«

»Meine Mutter ist gestern noch vor Ende des Dinners zu Bett gegangen und hat es seither nicht mehr verlassen. Wenn ihre Nerven ihr zu schaffen machen, will sie allein gelassen werden. Danke, Adam.« Sie lächelte freundlich, aber ihre Stimme klang stahlhart.

Adam, der sich zweifellos zum Verteidiger von Sophias Ehre berufen fühlte, schien nach einem weiteren Einwand zu suchen, den er vorbringen könnte, um uns nicht länger miteinander allein zu lassen. Nach einem kurzen Innehalten gab er sich jedoch geschlagen, neigte den Kopf und zog sich zurück. Diesmal schloss er die Tür leise hinter sich.

»Bedient Euch.« Sophia deutete auf die Platte. »Danach können wir Foxes Werke durchgehen, wenn Ihr wollt.«

Ich nahm wieder auf dem Stuhl neben dem Feuer Platz und brach dankbar gleichfalls ein Stück von dem grobkörnigen Brot ab.

»Also, Bruno …« Sie dämpfte ihre Stimme und beugte sich vor, als hätte sie mich zu sich bestellt, um etwas mit mir zu besprechen. »Ihr habt versprochen, mir mehr über Agrippas magisches Buch zu erzählen, und hier bietet sich uns eine unerwartete Gelegenheit für eine kleine Unterrichtsstunde.«

»Das ist richtig«, erwiderte ich mit vollem Mund. »Aber erst müsst Ihr mir verraten, warum Ihr so erpicht darauf seid, etwas über Zaubersprüche und Liebesamulette zu erfahren. Bücher diesen Inhalts sind hier verboten, und selbst das Wissen um derlei Dinge gilt als gefährlich.«

»Ich sagte nie, dass ich lernen will, wie man Liebeszauber verhängt«, versetzte sie von oben herab. »Das war *Eure* Annahme.« Doch die Röte, die ihr in die Wangen stieg, strafte ihre Worte Lügen.

»Ich habe mich nur gefragt, warum eine junge Lady aus gutem Haus sich mit praktisch angewandter Magie beschäftigen will.«

»Die Vorstellung, dass ein Mensch Kräfte beherrschen, die über unser Begriffsvermögen hinausgehen, und für seine eigenen Zwecke einsetzen könnte, fasziniert mich. Wem würde das nicht so gehen? Ich habe immer gedacht, Magie müsse etwas ungemein Machtvolles sein – was ich damit meine, ist, irgendetwas muss man doch durch sie erreichen können, sonst wäre die Kirche nicht so darauf bedacht, dem Volk zu verbieten, sich mit ihr zu beschäftigen.«

Ich zögerte.

»Im Universum herrschen zweifellos große Mächte, aber sie zu beschwören erfordert lange und intensive Studien. Bei der hermetischen Magie, von der Agrippa schreibt, geht es nicht um das Mischen von Kräutertränken und Murmeln von Sprüchen – das ist das Spezialgebiet der sogenannten Dorfhexen –, sondern sie erfordert Kenntnisse der Astronomie, der Mathematik, der Musik, der Metaphysik, der Philosophie, der Optik, der Geometrie … die Liste könnte beliebig fortgeführt werden. Ein Meister in dieser Kunst zu werden erfordert lebenslange harte Arbeit.«

»Ich verstehe.« Sie presste ihre Lippen zusammen und stützte sich mit den Händen auf ihren Knien ab. »Und Ihr versucht mir gerade klarzumachen, dass ich nicht genug Verstand dazu hätte, da ich ja nur eine Frau bin?«

»Ganz und gar nicht.« Ich hob protestierend eine Hand. Was dieses Thema betraf, war sie gar zu leicht eingeschnappt, fand ich. Dann erinnerte ich mich an den ohnmächtigen Zorn, der in der Divinity School in mir aufgewallt war, als ihr Vater wiederholt angedeutet hatte, dass meine Nationalität mit mangelnden Geistesgaben gleichzusetzen wäre. Was mich betraf, so könnte ich leicht Teile Europas ausfindig machen, wo solche Vorurteile nicht existierten, hingegen gab es meines Wissens in der gesamten christlichen Welt keinen Ort, wo geduldet würde, dass eine Frau wie Sophia als gleichberechtigte Partnerin mit Männern diskutierte, egal wie intelligent und belesen sie wäre. Ein derartiges Verhalten würde nur bei einer Königin toleriert werden.

»Ich meine lediglich, dass man enorme Opfer bringen muss, wenn man sein Leben dem Studium der hermetischen Magie verschreibt, und ich weiß nicht, ob ich es irgendjemandem mit gutem Gewissen empfehlen kann, diesen Weg einzuschlagen. Euch schon gar nicht, Ihr könntet sehr leicht als Hexe verbrannt werden.«

Sie schien einen Moment lang darüber nachzudenken, dann hob sie plötzlich den Kopf und sah mich mit glühenden Augen an.

»Besteht denn gar keine Möglichkeit, eine Magie zu erlernen, die auch wirklich wirkt?«, brach es aus ihr heraus.

»Die auf welche Weise wirkt?« Ihr wilder Blick erschreckte mich. »Ihr scheint etwas ganz Bestimmtes im Sinn zu haben, doch wenn Ihr mir nicht verratet, was das ist, kann ich Euch nicht helfen.«

Sie wandte das Gesicht wieder dem Feuer zu und schwieg eine Weile. Ich schnitt mir ein Stück Käse ab und wartete darauf, ob sie sich entschied, sich mir anzuvertrauen.

»Habt Ihr schon einmal jemanden geliebt, der Eure Liebe nicht erwidern konnte?«, fragte sie endlich.

»Nein«, bekannte ich offen. »Aber ich habe jemanden geliebt, den ich nicht haben konnte, also denke ich, dass ich verstehen kann, was Ihr meint.«

Sie nickte, dabei starrte sie immer noch in die züngelnden Flammen, dann hob sie den Kopf und fixierte mich mit ihren klaren gelbbraunen Augen.

»Wer war sie?«

»Eine französische Edelfrau, die ich kennen lernte, als ich in Toulouse lebte. Genauso wie Ihr machte sie sich ebenfalls über die Gepflogenheiten der feinen Ladies lustig und liebte Bücher über alles. Tatsächlich glich sie Euch sehr, was Geist und Schönheit betrifft«, fügte ich sanft hinzu.

Ein schüchternes Lächeln spielte um ihre Lippen.

»Wolltet Ihr sie heiraten?«

Ich zögerte.

»Ich hätte sie gern weiter geliebt, so viel steht fest. Ich wollte mit ihr diskutieren, sie in den Armen halten, aber eine Heirat – diese Möglichkeit kam nicht in Betracht. Ihr Vater wollte, dass sie einen Mann seiner Wahl heiratet, und ich war ganz und gar nicht nach seinem Geschmack.«

»Wie mein Vater.« Wieder nickte sie. Ihr Haar tanzte um ihr Gesicht, und selbst als sie ihr Kinn in eine Hand stützte, hörte sie nicht auf, mich genau in Augenschein zu nehmen. »Also wurdet Ihr gezwungen, Euch von ihr zu trennen?«

»Ihr Vater wollte uns mit aller Gewalt auseinanderbringen. Dazu kam, dass in Toulouse damals ein religiöser Konflikt zwischen den Katholiken und den hugenottischen Protestanten tobte und es für mich sicherer war, die Stadt zu verlassen. Ich musste ständig von einem Ort zum anderen ziehen und war ganz allein auf mich gestellt. Womöglich hat mich dieses unstete Leben so geprägt, dass ich gar nicht mehr imstande bin, mich irgendwo niederzulassen und eine Familie zu gründen.«

»Das ist traurig. Doch ich bin sicher, dass es Euch hier an Verehrerinnen nicht mangelt, Bruno. Kein Engländer hat solche Augen wie Ihr.«

Dieses Kompliment kam so überraschend für mich, dass mir nicht sofort eine Antwort einfiel. Sophia errötete verlegen und lenkte ihre Aufmerksamkeit hastig wieder auf das Feuer.

»Ihr seid so viel gereist – Ihr ahnt gar nicht, wie sehr ich Euch beneide! Ihr müsst so viele Abenteuer erlebt haben. Ich habe Oxford sechs Jahre lang nicht verlassen. Manchmal plagt mich eine solche Ruhelosigkeit, dass ich es kaum ertragen kann.« Heftig stocherte sie im Feuer herum. »Ich fürchte, ich werde nie etwas von der Welt sehen, wenn ich nicht irgendeine drastische Veränderung herbeiführen kann. Ach, manchmal hasse ich das

Leben, das ich führen muss! Geht Euch das auch so?« Sie sah mich ernst an. Widersprüchliche Gefühle spiegelten sich in ihren Augen wider.

»Allerdings. Ich habe circa zwölf Jahre meiner Jugend in einem Kloster verbracht – ich weiß mehr über Rastlosigkeit und die Sehnsucht nach neuen Horizonten als die meisten anderen Menschen. Aber seid vorsichtig mit dem, was Ihr Euch wünscht, Sophia! Ich habe auch gelernt, dass man nicht um jeden Preis nach Abenteuern suchen soll. Man weiß ein Heim erst zu schätzen, wenn man keines mehr hat.«

»Mein Vater sagt, Ihr lebt am Hof von König Henri in Paris – dort müsst Ihr viele schöne und elegante Frauen kennen gelernt haben, nehme ich an?«

»Es gibt dort viele schöne Gesichter und viele schöne Kleider, auf geistige Schönheit bin ich dort jedoch nur sehr selten gestoßen.«

»Trotzdem bin ich sicher, dass Ihr alle mit Euren fortschrittlichen Ideen beeindruckt habt«, seufzte sie.

»Die Edelfrauen bei Hof haben sich nicht im Entferntesten für meine Ideen interessiert.« Ich schenkte ihr ein klägliches Lächeln. »Nur sehr wenige von ihnen pflegten überhaupt einmal ein Buch zur Hand zu nehmen oder ernsthaft über irgendwelche Dinge nachzudenken. Die meisten wussten noch nicht einmal über die politischen Verhältnisse in ihrer eigenen Stadt Bescheid, und ich fürchte, ich könnte nie Interesse an einer Frau vortäuschen, deren Gesprächsthemen sich auf Klatsch und Modefragen beschränken. Für Dummheit bringe ich keinerlei Verständnis auf.«

Sophia richtete sich auf und begutachtete mich neugierig.

»Demnach wüsstet Ihr also eine Frau zu schätzen, die fähig ist, sich eigene Meinungen zu bilden und ihnen auch Ausdruck zu verleihen?«

»Natürlich, vorausgesetzt, dass sie gut informiert ist. Sonst ist sie nichts als schmückendes Beiwerk, auch wenn sie noch so schön sein mag. Wenn man hübschen Zierrat für seinen Salon möchte, sollte man besser ein Bild kaufen. Dessen Wert steigt noch dazu mit zunehmendem Alter.«

Sophia schüttelte lächelnd den Kopf.

»Ihr seid nicht wie die Engländer, Bruno. Das habe ich allerdings bei unserer ersten Begegnung schon erkannt. Mein Vater predigt mir ständig, dass kein Mann eine willensstarke Frau schätzt und ich gut daran täte, süß zu lächeln und meine Gedanken für mich zu behalten, sonst würde ich nie einen Ehemann finden.«

»Dann sind seine Ansichten genauso veraltet wie seine Kosmostheorie.«

Das entlockte ihr ein weiteres Lächeln, das jedoch ihre Augen nicht erreichte.

»Und was ist mit Eurem *innamorato*?«, bohrte ich weiter. »Was schätzt er denn an einer Frau?« Als sie nicht antwortete, fuhr ich unbeirrt fort: »Ich kann nämlich nicht glauben, dass eine von der Natur so begünstigte junge Frau wie Ihr sich magischer Künste bedienen muss, um das Herz eines Mannes zu gewinnen. Bei allem Respekt kann ich da nur sagen, dass Euer *innamorato* entweder blind oder ein Narr ist.«

»Es gibt keinen *innamorato*!«, fauchte sie, verschränkte die Arme vor der Brust und wandte sich abrupt von mir ab. »Macht Euch nicht über mich lustig, Bruno! Ich dachte, Ihr wärt anders als die anderen.«

»Ich bitte um Verzeihung.« Ich schenkte mir Wein nach, lehnte mich zurück und unterdrückte ein Schmunzeln. Wenn sie mich ins Vertrauen ziehen wollte, würde sie es zu gegebener Zeit schon tun, sagte ich mir. Eine Weile saßen wir schweigend da, nur das Knacken der Holzscheite zerriss die Stille.

»Um Eure Frage zu beantworten – Agrippa bezog sein Wissen über praktisch angewandte Magie aus einem alten Manuskript, das in Europa unter dem Namen *Picatrix* bekannt war«, begann ich, als mir klar wurde, dass sie das Schweigen von sich aus nicht brechen würde. »Sein wahrer Name lautet *Ghayat al-Hakim*, das Ziel des Weisen, und es wurde vor ungefähr vierhundert Jahren von den Arabern von Harran kopiert. Tatsächlich ist es die Übersetzung eines viel älteren Werkes aus der Zeit vor der Zerstörung Ägyptens. Es heißt, es stamme von Hermes Trismegistos persönlich.« Ich hielt inne und trank einen Schluck Wein. Jetzt war mir ihre Aufmerksamkeit sicher, sie starrte mich, das Kinn in die Hände gestützt, wie gebannt an. »Dieses Buch wurde von der römischen Kirche verboten und nie gedruckt – es wäre zu gefährlich gewesen –, dessen ungeachtet wurde es auf Befehl von König Alfonso dem Weisen ins Spanische und dann ins Lateinische übersetzt, sodass einige Jahre lang eine kleine Anzahl von Kopien im Umlauf war. Eine davon wurde von König Henri vor zehn Jahren heimlich nach Paris geschafft. Er sammelt zwar obskure esoterische Bücher, weiß aber nichts mit ihnen anzufangen, wenn er sie hat.«

»Und Ihr habt es gelesen?«, fragte sie flüsternd und beugte sich mit vor Eifer glühenden Wangen vor.

»Seine Majestät hat mir nach langem Bitten gestattet, mir das Manuskript anzusehen, nachdem ich ihm feierlich geschworen hatte, nicht einen einzigen Satz davon zu kopieren. Offenbar hatte er vergessen, dass ich der bekannteste Gedächtniskünstler ganz Europas bin.« Ich erlaubte mir ein bescheidenes Lächeln, das von Sophia ignoriert wurde.

»Was genau steht denn nun in dieser *Picatrix*?«, erkundigte sie sich ungeduldig.

»Sie ist ein Handbuch astraler Magie, eine Abhandlung über die Kunst, mit Hilfe von Amuletten und Bildern die Mächte zu beschwören, die die Sterne und Planeten mit Leben erfüllen.« Ich dämpfte meine Stimme noch stärker und blickte mich um, um mich zu vergewissern, dass die Tür wirklich fest geschlossen war. »Sie basiert auf dem Prinzip, dass alles in der Unendlichkeit des Universums miteinander verknüpft, alles Teil der sogenannten *Einen Einheit* ist. So kann der Eingeweihte, der über das erforderliche Wissen verfügt, Verbindungen zwischen den Elementen der Natur und den entsprechenden Kräften des Himmels herstellen.«

Sophia runzelte die Stirn. »Aber wie *funktioniert* das?«, beharrte sie.

»Ihr seid fest entschlossen, Euch dieses Wissen anzueignen, nicht wahr?«, lächelte ich.

»Also gut, angenommen, Ihr wolltet – nur als Beispiel – die Liebe eines anderen Menschen erringen.« Ich beobachtete verstohlen, wie sie auf diese Worte reagierte, und registrierte befriedigt, dass ihr das Blut in die Wangen stieg und ihre Lippen sich leicht öffneten. Gleichzeitig jedoch hielt sie meinem Blick fast trotzig stand. »Dann müsst Ihr Euch der Macht des Planeten Venus bedienen, und dazu müsst Ihr wissen, welche Pflanzen, Steine und Metalle dem Einfluss der Venus unterliegen. Ihr müsst Euch die mächtigsten der der Venus zugeordneten Bilder einprägen und sie in einen aus den geeigneten Materialien gefertigten Talisman einritzen, und zwar an einem Tag und zu einer Stunde, zu der der astrologische Einfluss der Venus besonders stark ist. Dazu kommen die korrekten Beschwörungsformeln, Namen und Zahlen – Ihr seht, wie komplex dieser Prozess ist.«

»Könnt Ihr mich diese Kunst lehren?«, hauchte sie.

»Wisst Ihr, was Ihr da von mir verlangt?« Meine Stimme war jetzt kaum noch zu hören. »Ich soll Euch etwas lehren, das von vielen für diabolische Hexerei gehalten wird – ist Euch bewusst, was für ein Risiko wir eingehen würden? Außerdem muss ich gestehen, dass ich noch nie versucht habe, diese Art praktischer Magie anzuwenden – mein Interesse hat immer mehr dem intellektuellen Element gegolten. Aber Sophia …« Quasi als Unterstützung für meinen Appell an ihren gesunden Menschenverstand streckte ich meine Arme weit aus. »Wenn das Objekt Eurer Zuneigung Eure Gefühle nicht erwidert, wäre es logischerweise nicht einfacher, Euch einem anderen zuzuwenden?«

Sophia legte ihre Hände auf meine und ließ sie kurz dort ruhen – mit einem traurigen Lächeln auf ihren Lippen.

»Ja, einfacher wäre es«, stimmte sie leise zu. »Das Herz hört aber nicht immer auf die Stimme der Vernunft, nicht wahr? Gerade Ihr solltet das wissen, Bruno.«

Ich sah sie lange an, und als mein eigenes Herz dann einen unerwarteten Satz machte, begriff ich, dass ich in ernster Gefahr schwebte, diese nachdenkliche, geistreiche junge Frau mit den feurigen Augen lieb zu gewinnen. Allerdings wusste ich nicht, ob sie sich zu mir hingezogen fühlte oder mich nur als jemanden betrachtete, der ihr zuhörte und sie ernst nahm. Noch im selben Augenblick durchzuckte mich vor Eifersucht ein glühender Blitz, weil ich fürchtete, sie könne all ihre Gefühle an einen eitlen Pfau wie Gabriel Norris verschwenden.

Gerade überlegte ich, ob ich sie über den Wahrheitsgehalt der Gerüchte über ihn ausfragen und wie ich dies heikle Thema anschneiden sollte, als von der anderen Seite der Arbeitszimmertür her ein unverkennbares Geräusch ertönte – ein Lauscher hatte wohl das Gleichgewicht verloren und war gegen den Türpfosten geprallt. Sophia riss ihre Hände zurück, schob ihren Stuhl nach hinten, sprang auf und schaute mit blitzenden Augen verärgert zur Tür, doch als sie einen Schritt in deren Richtung machte, gaben ihre Beine plötzlich unter ihr nach, und sie stieß einen kleinen Schrei aus, und damit sie nicht zu Boden sank, hielt sie sich sofort an der Stuhllehne fest. Erschrocken schnellte ich ebenfalls hoch und streckte einen Arm aus, um ihr zusätzlichen Halt zu bieten. Sie griff dankbar an meine Schulter und stützte sich schwer atmend bei mir ab.

»Geht es Euch nicht gut?«, fragte ich – überflüssigerweise –, da sie aschfahl geworden war.

»Ich … ich weiß gar nicht, was mit mir los ist. Es tut mir leid«, stammelte sie. »Ich muss zu schnell aufgestanden sein, mir wurde mit einem Mal ganz schwindelig. Vielleicht war der Wein doch stärker, als ich gedacht hatte. Zur Hölle mit dieser alten Schnüffelnase Adam – ich hätte mir denken können, dass er am Schlüsselloch lauscht!«

»Wir haben sehr leise gesprochen, er hat wahrscheinlich gar nicht gehört, worüber«, tröstete ich sie, obwohl ein eisiger Finger über mein Rückgrat zu streichen schien.

»Mit Sicherheit wird er genug gehört haben, um mich bei

meinem Vater anschwärzen zu können«, knirschte sie mit zusammengebissenen Zähnen.

Eine Weile, die uns sehr lang vorkam, standen wir reglos da. Sie krallte die linke Hand immer noch in mein Wams, während ich sachte ihren rechten Arm stützte. Ihr Haar berührte fast meine Wange und duftete warm nach Rauch und Kamille. Ich hörte das Blut in meinen Adern rauschen und wagte kaum zu atmen, bis sie endlich aufseufzte.

»Entschuldigt, Bruno – ich muss mich setzen.« Ihre Stimme klang gepresst; sie war noch immer sehr blass.

Ich geleitete sie zu ihrem Stuhl zurück. Währenddessen waren draußen im Korridor das Zuschlagen einer Tür und gleich darauf zwei Männerstimmen zu vernehmen.

Sophia hob den Kopf.

»Vater ist zurück. Ich gehe lieber schleunigst zu ihm und erkläre ihm, dass und warum Ihr hier seid, ehe Adam ihm irgendwelche Flöhe ins Ohr setzt.« Sie holte tief Luft, stemmte sich hoch und blieb so lange vor dem Stuhl stehen, bis sie sicher war, dass sie nicht erneut ein Schwindelanfall überkommen würde.

»Ist Euch immer noch nicht wohl?« Ich streckte ihr eine Hand hin, doch sie ging an mir vorbei, ohne sie zu ergreifen. An der Tür drehte sie sich noch einmal um.

»Es geht schon. Gute Nacht, Bruno, und danke, dass Ihr meinem dummen Geschwätz so geduldig gelauscht habt. Wir werden uns bald wieder unterhalten.« Sie lächelte, huschte in den Gang hinaus und schloss die Tür hinter sich.

Ich langte nach der kopernikanischen Karte und studierte sie nochmals. Sophia hatte das mysteriöse Symbol erkannt, da war ich ganz sicher. Instinktiv ließ ich das Stück Papier in meinem Wams verschwinden. Vermutlich wäre es klüger, ihren Vater erst einzuweihen, wenn ich ihr Vertrauen errungen und aus ihr herausbekommen hätte, was sie wusste. Vom Gang her hörte ich Stimmen – Sophia und der Rektor waren in eine hitzige Auseinandersetzung verstrickt –, von ihm konnte ich jedoch nur die Worte »unschicklich« und »Papist« und von ihr »absurd« und

»Gastfreundschaft« verstehen. Im Anschluss daran fauchte Sophia laut und deutlich:

»Was bleibt mir denn anderes übrig, als die Hausherrin zu spielen, wenn du nie da bist und die eigentliche Hausfrau sich nicht aus ihrer Schlafkammer rührt? Wer soll sich denn sonst um den Haushalt kümmern?«

»Geh in deine Kammer, Tochter, und denke dort über deinen Platz und deine Pflichten nach – oder möchtest du, dass ich dich zu deiner Tante nach Kent schicke? Vielleicht sollte ich doch eine Gouvernante einstellen, die dir während deiner Mußestunden weiblichen Gehorsam beibringt?«, zischte der Rektor, als er die Arbeitszimmertür aufriss, in den Raum stapfte und mir sein vor Wut (und vermutlich von dem guten Wein an der Tafel des Christ Church) gerötetes Gesicht zuwandte. Augenblicklich änderte sich sein Verhalten, er verschränkte die Hände und verneigte sich leicht, ohne mir dabei in die Augen zu sehen.

»Ah, Doktor Bruno! Euer Besuch zu dieser Stunde kommt etwas überraschend.« Seine vorherige Überheblichkeit schien verflogen, was mir einige Befriedigung verschaffte. Es war eine Sache, einen Mann vor fünfhundert Zuhörern, deren Zustimmung man sich sicher sein konnte, zu verspotten, aber wenn man dann allein direkt vor ihm stand, sah das Ganze etwas anders aus. Er hatte eindeutig eine Art Verteidigungshaltung eingenommen; vielleicht fürchtete er, dass ich gekommen wäre, um die Debatte fortzusetzen. »Ich versichere Euch, dass heute Abend …«

»Doktor Underhill.« Ich wusste kaum, wo ich beginnen sollte. »Ich benötige in einer anderen Angelegenheit Euren Rat – dem Tod von Doktor Roger Mercer.«

Auf Anhieb wich jegliche Farbe aus seinem Gesicht, und seine flackernden Augen verrieten mir, dass er auf der Hut war. Er wischte sich mit dem Ärmel über die Stirn.

»Ja. Im Christ Church wurde von fast nichts anderem gesprochen, aber ich denke, wir haben alle bösartigen Gerüchte zum Schweigen gebracht.« Seine Miene wurde nachdenklich. »Möglichenfalls sollten wir morgen früh einen Gedenkgottesdienst abhalten. Mit der Beerdigung müssen wir nämlich bis nach der gerichtlichen Untersuchung warten – mindestens einige Tage, da der Coroner abwesend ist, wie ich beim Dinner erfuhr. Ich nehme an, es ist Euch möglich, in Oxford zu bleiben, um Eure Aussage zu machen, Doktor Bruno?«

Ich gab keine Antwort. Stattdessen reichte ich ihm den Papierstreifen mit dem aus einem Buch ausgeschnittenen Zitat.

»Erkennt Ihr das hier?«

Mit zusammengekniffenen Augen betrachtete Underhill die winzigen Buchstaben, dann hob er langsam den Kopf, und sein Blick fixierte mich mit einer Mischung aus Verständnislosigkeit und Furcht.

»Der Weizen Gottes«, sagte er leise. »Ignatius. Was hat das zu bedeuten?«

»Es stammt demnach von Foxe?«

»Das Martyrium des heiligen Ignatius – oder vielmehr des Bischofs Ignatius von Antiochia, wie wir ihn nennen sollten. Er starb unter der Herrschaft von Kaiser Trajan den Märtyrertod. Laut Foxe waren dies seine letzten Worte, als er den wilden Tieren vorgeworfen wurde.« Er reichte mir den Papierstreifen mit einem Ausdruck zurück, der an Zorn grenzte, obwohl seine Hand noch immer zitterte.

»Dieses Papier wurde unter meiner Tür hindurchgeschoben, während ich bei der Disputation war. Dem Anschein nach will jemand meine Aufmerksamkeit auf die Art und Weise lenken, wie Doktor Mercer zu Tode gekommen ist.«

»Indem er ein Buch zerschneidet? Wer würde so etwas tun? Ich fürchte, ich kann Euch da nicht folgen, Doktor Bruno.«

»Nicht zum ersten Mal heute«, murmelte ich, zwang mich aber, höflich zu bleiben. »Wir haben beide heute Morgen gesehen, dass Roger Mercer zusammen mit einem wilden Hund im Garten eingeschlossen war. Ich habe mich gefragt, ob jemand ihn unter dem Vorwand, ihn treffen zu wollen, dorthin gelockt und dann den Hund losgelassen hat – gleichsam als perverse

Parodie eines Märtyrertodes. Und wie es aussieht, hat mir jemand diese Botschaft als Hinweis darauf geschickt, dass irgendwer hier weiß, warum Roger getötet wurde, und vielleicht auch, von wem.«

Underhill bedeutete mir verzweifelt, mit leiserer Stimme zu reden, und blickte furchtsam zur Tür. Er hatte zweifellos einen gewaltigen Schreck bekommen, gewann jedoch seine Fassung rasch zurück und brachte ein gepresstes, nervöses Lachen zustande.

»Lieber Gott, was für eine blühende Fantasie ihr Italiener habt, Bruno!« Er schüttelte abwehrend den Kopf. »Ich fürchte, in der Verwirrung und dem Entsetzen des heutigen Morgens haben wir uns zu einigen etwas voreiligen Schlussfolgerungen hinreißen lassen. Aber wir dürfen uns nicht von unserer ganz natürlichen Betroffenheit und Trauer dazu verleiten lassen, allzu viel in einen tragischen Unfall hineinzulesen. Und was dieses Zitat betrifft – vermutlich erlaubt sich jemand einen Scherz mit Euch und verschafft Euren wilden Vermutungen bloß deshalb Nahrung, um Euch dann wie einen Narren hinzustellen. Gebt ihm lieber nicht die Genugtuung, nach dem Köder zu schnappen.«

Ich wandte mich zum Gehen, weil mein Blut in den Adern zu kochen begann. Als ich vorher erneut das Wort ergriff, musste ich meine gesamte Selbstbeherrschung aufbieten, um ruhig zu bleiben – meine Fingernägel bohrten sich unterdessen tief in meine Handinnenflächen.

»Ich bin ein Augenzeuge des Geschehens, Doktor Underhill. Ich habe Doktor Mercers Leichnam und die Stätte seines gewaltsamen Todes untersucht, während Ihr Euch wie eine zimperliche Frau über Eure Schuhe erbrochen habt. Meine Aussage wird dem Coroner von wesentlich größerem Nutzen sein als die Eure.«

Bei diesen Worten schien sich sein Gefieder zu sträuben, und sein Ton wurde offen feindselig.

»So, meint Ihr? Das Wort eines Ausländers? Eines Katholiken? Eines Mannes, dem man nachsagt, Magie auszuüben, der glaubt, dass sich die Erde um die Sonne dreht, und der sich auch noch öffentlich dazu bekennt?«

Ich atmete tief durch und wartete, bis der Drang, ihm eine Ohrfeige zu versetzen, verflog, erst dann öffnete ich die Tür zum Esszimmer.

»Danke, dass Ihr mir Eure Zeit geopfert habt, Rektor. Ich werde Euch jetzt von meiner Gegenwart befreien.«

»Eines noch, Bruno. Ich weiß ja nicht, was für Sitten in Italien herrschen, doch in England gilt es als unschicklich, wenn eine unverheiratete Frau von gutem Ruf allein mit einem Mann spricht, selbst wenn es sich um einen Gentleman handelt. Daher untersage ich Euch jede weitere private Unterhaltung mit meiner Tochter.« Er verschränkte wichtigtuerisch die Arme vor der Brust, und ich blieb im Türrahmen stehen

»Bei allem Respekt, Rektor – nehmt bitte davon Abstand, mich wie einen Eurer Undergraduates herumzukommandieren! Wenn Ihr wollt, könnt Ihr mir ja eine Gouvernante schicken, die mir Gehorsam beibringt. Vielleicht erweist sich das für mich als vorteilhaft«, fügte ich spitz hinzu, ehe ich mit vor Wut hämmerndem Herzen die Tür hinter mir schloss.

Diener Adam reichte mir meinen Umhang und wünschte mir mit einem verächtlichen Schnauben eine gute Nacht. Ich raffte das Kleidungsstück lediglich zusammen, ohne ihm zu danken, und eilte zur Tür. Wäre ich auch nur einen Moment länger in der Nähe dieser unerträglichen Menschen geblieben, wäre an diesem Tag ein weiterer Mord gut möglich gewesen.

8

Am Sonntagmorgen wachte ich schon vor Tagesanbruch auf, blieb auf meinem schmalen Holzbett liegen und beobachtete, wie fahles Licht durch den Spalt zwischen den beiden schweren Vorhangschals fiel und Muster an die Decke malte. Ich hatte schlecht geschlafen; der Ärger über die Art, wie ich von Underhill und seinen Kollegen behandelt worden war, hatte unaufhörlich an mir genagt. Während der langen wachen Stunden hatte ich beschlossen, dass es trotz der noch anstehenden gerichtlichen Untersuchung und des königlichen Besuchs sinnlos sei, noch länger in Oxford zu bleiben; beim ersten Tageslicht würde ich mein Pferd aus dem Stall des Rektors holen und mich auf den Weg nach London machen. Mir war bewusst, dass ich nicht viel herausgefunden hatte, was für Walsingham von Nutzen wäre, außerdem würde er meine überstürzte Abreise sicher nicht gutheißen, aber ich war hier offensichtlich in solch hohem Maße unwillkommen, dass ich seinen Plan, das Vertrauen der Fellows zu erringen und so an Informationen zu gelangen, schwerlich in die Tat würde umsetzen können. Seufzend drehte ich mich auf die Seite, wickelte mich zum Schutz vor dem kühlen Luftzug fester in meine Decke und ließ es zu, dass meine Gedanken zu Sophia zurückwanderten; diese waren mit ein Grund dafür gewesen, dass ich vergangene Nacht lange wachgelegen hatte – jene war ein guter Grund, in Oxford zu bleiben, und ein noch zwingenderer dafür abzureisen. Mir wurde klar, dass ich schon seit geraumer Zeit keiner Frau mehr so nah gewesen war wie ihr am Abend zuvor, als sie in meinen Armen fast ohnmächtig geworden wäre, und das Verlangen, das mich in diesem Moment überkommen hatte, hatte mich in eine nicht geringe Verwirrung gestürzt. Ich fragte mich, ob sie es ebenfalls gespürt hatte. Im Laufe unserer Unterhaltung hatte sie mich mehrmals so offen angesehen, als wollte sie, dass ich etwas in ihren Augen lesen würde, doch ich wusste, dass ich mich ihr als Gast ihres Vaters nur sehr vorsichtig nähern dürfte. Im Übrigen fiel mir ein, mit wie viel Mitgefühl sie von dem Umstand gesprochen hatte, dass ihr Vater sein ganzes Leben lang von der Gunst einflussreicher Männer abhängig gewesen wäre. Befand ich mich nicht in derselben Lage? Ich besaß weder Geld noch Grundbesitz, konnte einer jungen Edelfrau nichts bieten außer meiner Zuneigung, und ich wusste aus Erfahrung, dass ein Vater darauf bei einem Verehrer seiner Tochter wenig Wert legte. Also konnte ich ihr nicht den Hof machen, wie es sich gehörte, und obwohl die flüchtige Berührung am Abend davor meine Begierde mit Macht geweckt hatte, war Sophia mir für eine flüchtige Verführung zu schade. Ich wollte sie unbedingt wiedersehen, hatte indes keine Ahnung, worauf ich hinsichtlich unserer Beziehung eigentlich hoffte. Meine Gedanken kreisten – und blieben erneut an dem Ausdruck hängen, der über ihr Gesicht gehuscht war, als ich ihr das kopernikanische Diagramm gezeigt hatte: das kurze Aufleuchten ihrer Augen beim Anblick des Radsymbols. Was wusste Sophia, und wie konnte ich sie dazu bringen, sich mir anzuvertrauen?

Das Vogelgezwitscher wurde lauter. Ich schlug die Decke zurück, durchquerte den Raum, zog die Vorhänge zurück und blickte über den Hof des Lincoln hinweg, während sich am Himmel zwischen den Wolken die ersten rötlichen Lichtstreifen zeigten. Der Regen hatte aufgehört, allerdings ließ sich nicht mit Sicherheit sagen, ob die Straße nach London nach dem schlechten Wetter der letzten Tage passierbar sein würde. Die Pflastersteine des Hofes glänzten noch vor Nässe, blassrote Himmelsfetzen spiegelten sich in den zahlreichen Pfützen wider. Von meinem Fenster aus konnte ich die Zeiger der Uhr nicht erkennen, ich beschloss dennoch, mich bereits anzukleiden. Sowie die Universität zum Leben erwachte, könnte ich Cobbett fragen, wie ich an mein Pferd gelangen konnte. Ich fragte mich, ob ich mich unter dem Vorwand dringender Geschäfte, die mich nach London zurückrufen würden, formell vom Rektor verabschieden sollte, doch dann bekäme ich gewiss zu hören, dass ich gesetzlich verpflichtet wäre, bis zur gerichtlichen Untersuchung zu bleiben und meine Aussage zu machen. Besser, ich machte mich heimlich aus dem Staub und täuschte hinterher Unwissenheit vor. Außerdem wollte ich Underhill nicht die Genugtuung gönnen, mich abreisen zu sehen – er würde denken, er hätte mich vertrieben. Vielleicht könnte ich in der Stadt eine Botschaft für Sidney hinterlassen.

Gerade wollte ich mich vom Fenster abwenden, als eine Bewegung auf dem Hof meine Aufmerksamkeit erregte. Eine Gestalt in einem schwarzen Umhang mit hochgeschlagener Kapuze löste sich aus der südwestlichen Ecke des Hofes, huschte über das Pflaster und verschwand im Turmbogengang. Augenblicklich spannten sich meine Muskeln an. Ich hatte nicht erkennen können, um wen es sich handelte, aber wenn ich dem Unbekannten rasch folgte, bekäme ich unter Umständen heraus, wer zu dieser frühen Stunde so verstohlen durch die Gegend schlich. Ich griff nach meinem Hemd, dann hielt ich inne und schalt mich einen Narren. Hatte ich nicht eben beschlossen, dass mich das geheimnisvolle Treiben hier nichts mehr anginge? Ich würde heute aufbrechen, und wenn ein Mörder an der Universität sein Unwesen trieb, sollten sie selbst sehen, wie sie mit ihm fertig würden. Meine Versuche, die Wahrheit ans Licht zu bringen, waren mit Verachtung und Drohungen beantwortet worden, und ich wollte nichts mehr damit zu tun haben.

Als ich mein Hemd und meine Hose überstreifte, begann eine einzelne Glocke klagend zur Morgenandacht zu rufen, und mir fiel wieder ein, dass heute Sonntag war. Die Dienstboten hatten vermutlich einen freien Tag; ich würde kaum jemanden finden, der mir bei der Suche nach meinem Pferd behilflich wäre, und selbst wenn – ich würde es in die Ställe von Windsor zurückbringen müssen. Und wie ich alleine an einem Sonntag von dort nach London gelangen sollte, war mir ein Rätsel. Meine geplante Flucht begann bei Tageslicht ebenso unüberlegt wie feige auszusehen. Ich goss etwas Wasser aus dem Krug auf dem kleinen Tisch in eine Schüssel und wusch mir das Gesicht. Wenn ich schon gezwungen wäre, noch einen Tag zu bleiben, könnte ich zumindest versuchen, ihn zu nutzen, und ich würde damit beginnen, der Kapelle einen Besuch abzustatten. Nicht, dass ich großen Wert darauf legte, überhaupt an irgendeinem englischen Gottesdienst teilzunehmen – schon die römische Messe hatte mir keinerlei geistige Nahrung geboten, aber ich hatte mich wenigstens über die offen zur Schau getragene Theatralik amüsiert, und der anglikanische Gottesdienst wirkte im Vergleich dazu so fade wie ungesäuerter Teig –, er bot mir jedoch die günstige Gelegenheit, die ganze Universitätsgemeinschaft an einem Ort versammelt zu sehen. Gesetzt den Fall, eines ihrer Mitglieder hätte mir letzte Nacht die seltsame Botschaft geschickt, was ich für wahrscheinlich hielt, dann bestände die Möglichkeit, dass der Betreffende sich durch Blicke oder Gesten verriet. Während ich mir Wasser ins Gesicht spritzte, dachte ich voller Ingrimm an den geheimnisvollen Unbekannten. Wenn er mir irgendwelche nützlichen Informationen zukommen lassen wollte, warum drückte er sich dann nicht klarer aus?

James Coverdale hatte bei jenem ersten Abendessen erwähnt, dass eine Reihe der Predigten des Rektors auf Foxes Buch basieren würden; falls denn Roger Mercers Tod als makabere Parodie von Märtyrertum hätte gedacht sein sollen, wie mich jemand eindeutig glauben machen wollte, so wäre es durchaus möglich, dass sich der Mörder von den Predigten des Rektors hatte inspirieren lassen. Es wäre dann sogar möglich, dass er sich heute Morgen unter die Gemeinde mischen würde. Erschauernd zog ich meine Stiefel an, und solange die Glocke weiterhin eintönig läutete, schloss ich mich eilig den schwarz gewandeten

Gestalten an, die auf den Haupteingang der nördlichen Gebäudekette zuströmten, über dem die Zeiger der Uhr auf fast sechs standen.

Die Kapelle nahm den größten Teil des ersten Stockwerks des Gebäudes zur Rechten des Bogengangs ein, und pflichtgetreu stieg ich zusammen mit den Studenten und Fellows die dämmrige, nur von einem Kerzenleuchter auf dem Absatz vor uns erleuchtete Treppe empor. Als wir den kargen, weiß getünchten Raum mit den hölzernen Deckenbalken und dem mit Binsen bestreuten Boden betraten, bemerkte ich an der Tür ein lange ausgetrocknetes Weihwasserbecken. Am anderen Ende stand ein kleiner Altar, rechts davon ein Chorpult. Kerzen brannten auf jeder Seite der Kapelle und auf dem Altar. Die Männer nahmen auf harten Eichenholzbänken Platz, die offenbar so konzipiert worden waren, dass man unmöglich bequem darauf sitzen konnte – so wurde wohl verhindert, dass jemand während der Predigt eindöste. Durch die schmalen Bogenfenster aus schlichtem Glas flutete frühes Morgenlicht und warf einen feinen Schimmer über die weißen Wände und auf das dunkle Haar Sophia Underhills, die in der vordersten Reihe neben dem Chorpult saß, wo ihr Vater ein wachsames Auge auf sie haben konnte. Ich wunderte mich, dass er ihr gestattete, gemeinsam mit den Studenten den Gottesdienst zu besuchen; zumal ihre Gegenwart bestens dazu geeignet war, junge Männer von ihren frommen Gebeten abzulenken. Dann sah ich, dass ihre Mutter neben ihr saß, die schmalen Schultern bis zu der weißen Haube hochgezogen, mit der sie ihr Haar gebunden und bedeckt hatte. Ringsum saßen die Fellows auf den vorderen Bänken, dahinter die älteren Studenten, die kurz vor ihrem Magister- oder Doktorexamen standen, und am Ende die Undergraduates. Während ich unschlüssig an der Tür verharrte und mich fragte, wo ich Platz nehmen sollte, fiel mir auf, wie klein diese Universitätsgemeinschaft war. Sie konnte nicht mehr als dreißig Männer umfassen, die älteren Fellows mit eingeschlossen. Da sie alle auf derart beengtem Raum lebten, wüsste sicherlich einer von ihnen, was sich am Morgen zuvor wirklich im Garten ereignet hatte. Ich ließ den Blick durch den Raum schweifen und entdeckte Thomas Allen und Lawrence Weston inmitten der Undergraduates – von Norris und seinen lärmenden Commoner-Freunden, die er in die Schänke mitgebracht hatte, war hingegen nichts zu sehen. Vermutlich zählte die Frühmesse auch zu den Pflichten, von denen sie sich freikaufen konnten. William Bernard und der Bibliothekar Richard Godwyn saßen auf der vordersten Bank, John Florio, der seinem Nachbarn etwas zuflüsterte, in der Mitte. Dies waren die einzigen Männer, die ich bislang persönlich kennen gelernt hatte, aber genauso gut könnte es sich bei dem großen Unbekannten um jemanden handeln, der sich mir erst noch vorstellen müsste. Es musste sich freilich um ein Universitätsmitglied handeln, denn er hatte gewusst, wo meine Kammer zu finden war. Ich drehte mich um, um die hinter mir sitzenden jungen Männer zu mustern, und die in meinem Blickfeld starrten mit maßvoller Neugier zurück. Diese englischen Burschen sahen in meinen Augen alle gleich aus – blass, unterernährt und ängstlich. Einer von ihnen wusste etwas, das er mir anvertrauen wollte, fürchtete sich aber davor, offen mit mir zu sprechen. Doch wer?

Ich hatte beabsichtigt, mir einen Platz zu suchen, von dem aus ich alles überblicken konnte, aber Godwyn, der mich an der Tür zögern sah, lächelte und deutete neben sich auf die vorderste Bank. Ich konnte die Aufforderung unmöglich ignorieren; mir war bewusst, dass alle Augen, auch die von Sophia, auf mir ruhten, also ging ich den kurzen Mittelgang entlang und setzte mich zu Godwyn, der mich flüsternd willkommen hieß, bevor wir zum Gebet die Köpfe senken würden. Mir entging nicht, dass sowohl Walter Slythurst als auch James Coverdale fehlten. Sowie die Männer ihre Plätze eingenommen hatten, erhoben sie sich auch schon wieder, weil der Rektor, gefolgt von vier jungen Männern in weißen Chorknabengewändern, auf den Altar zuschritt.

Als ich den Kopf hob, trafen sich unsere Blicke. Wenn Underhill überrascht gewesen sein sollte, mich in der Kapelle zu sehen, oder seine schroffen Worte vom Abend zuvor bedauerte, ließ er es sich nicht anmerken. Stattdessen intonierte er das Vaterunser.

»O Herr, öffne meine Lippen«, begann er, und die Gemeinde fiel ein:

»Und mein Mund soll Dein Lob preisen.«

Ich war mit der Reihenfolge der vorgeschriebenen Antworten nicht vertraut genug, um fließend mithalten zu können, und sprach daher sehr leise, damit etwaige Fehler nicht auffielen. Dann erhob sich Godwyn, um einige Kapitel aus dem Matthäusevangelium vorzulesen, und nachdem er wieder Platz genommen hatte, stimmte der Chor eine vierstimmige Version des *Te Deum laudamus* auf Englisch an, die trotz ihrer Schlichtheit bemerkenswert süß und rein klang.

»Gestern, Gentlemen«, ergriff der Rektor später wieder das Wort, seine Frau und seine Tochter von der Anrede geflissentlich ausschließend, »hat der Tod unsere kleine Gemeinschaft auf grausamste Weise heimgesucht. Ich weiß, dass der tragische Angriff auf unseren im Hain meditierenden teuren Freund Roger Mercer uns alle bis ins Mark erschüttert hat, und mir ist auch bekannt, dass uns angesichts eines so furchtbaren Unfalls der Schock das logische Denkvermögen raubt und wir dazu neigen, uns in wildesten Spekulationen zu ergehen.« An dieser Stelle warf er mir einen viel sagenden Blick zu, aber so flüchtig, dass er kaum zu bemerken war.

Doktor Bernard ließ seine Knöchel knacken; das unangenehme Geräusch hallte durch den stillen Raum.

»Es wäre weit lohnender«, fuhr der Rektor so laut fort, als spräche er vor einer viel größeren Gemeinde, »wenn wir, statt wenig hilfreiche Gerüchte in die Welt zu setzen, dieser Tragödie etwas Gutes abzugewinnen suchten, indem wir uns vor Augen führen, wie kurz unser Leben im Vergleich zur unendlichen Ewigkeit ist, und uns darauf vorbereiteten, dass auch wir täglich vor unseren Schöpfer treten könnten. Lasst uns Roger Mercer angemessen betrauern, aber lasst uns darüber hinaus aus seinem

Tod eine Lehre ziehen und uns fragen, ob wir auf Erlösung hoffen dürften, wenn unsere Zeit auf Erden ebenso plötzlich ablaufen sollte.«

»Das klingt fast, als würde er mit einer weiteren Tragödie rechnen«, flüsterte ich Godwyn zu. Underhill blickte von seinem Pult auf und legte verärgert die Stirn in Falten, obwohl er meine Worte unmöglich gehört haben konnte.

»Und nun wollen wir uns, wie in den letzten Wochen bereits geschehen, wieder Master Foxes Schilderung der Verfolgung der ersten Gläubigen zuwenden, unseren Glaubensvorfahren, die zu einer Zeit lebten, als die Kirche noch rein und unbefleckt war. Doch wir dürfen dabei nicht den Fehler begehen, diese Menschen wie Heilige zu verehren, so wie es die römische Kirche tut, denn sie waren nur Männer und Frauen aus Fleisch und Blut, wie wir auch. Daher sollten wir uns ihren unerschütterlichen Glauben zum Vorbild nehmen und danach trachten, den langen Leidensweg Christi besser zu verstehen und in jeder Lebenssituation so standfest zu bleiben, wie es diese Märtyrer geblieben sind. Da wir nunmehr zur Geschichte des ersten englischen Märtyrers Alban kommen, lasst uns uns fragen, ob wir wirklich der festen Überzeugung sind, dass die Erhaltung des Glaubens das höchste Gut auf Erden ist. Wir leben in schweren Zeiten, meine Freunde.« Er hob geringfügig seine Stimme, als er sich über das Pult beugte, um seine Zuhörer mit einem durchdringenden Blick zu fixieren. »Unsere englische Kirche wird von allen Seiten von jenen bedroht, die uns in den Schoß Roms zurückzerren wollen. Ihr jungen Männer, die ihr hier vor mir sitzt, seid die künftigen Führer der Kirche und des Staates, und ihr wisst nicht, wann ihr in den nächsten Jahren dazu aufgerufen werden könntet, für beide zu kämpfen. Werdet ihr dann gleichfalls, auch im Angesicht des Todes, standfest bleiben? Werdet ihr eure Freiheit gegen die Götzenanbeter und Tyrannen verteidigen, die sie euch nehmen wollen? Ich hoffe und bete, dass dem so sein wird!«

Von den Bänken hinter mir war Geraschel zu hören. Einige

Reihen junger Männer erhoben sich zur Antwort auf diesen Aufruf stolz von ihren Plätzen. Ich empfand Underhills Ton als unterschwellig bedrohlich; ein mühsam unterdrückter Fanatismus schwang darin mit, der mir Unbehagen einflößte, aber seine Worte erinnerten mich an die von Walsingham.

Die Homilie des Rektors glich eher einem Vortrag als einer Predigt, doch zum Glück war sein Talent, Texte zu interpretieren, sehr viel größer als seine Debattiergabe. Gleichwohl versank ich, während er sprach, so tief in meine Überlegungen, dass ich kaum registrierte, wie er bereits das abschließende Altargebet anstimmte. Erst durch einen leichten Rippenstoß Godwyns wurde ich aus meinen Grübeleien gerissen, als alle Männer ringsum sich längst erhoben hatten. Der Rektor und sein Chor verließen die Kapelle, die Gemeinde folgte ihnen gemessenen Schrittes nach draußen, nachdem sie sich durch Strecken und Recken sowie Füßescharren angemessen darauf vorbereitet hatte. Ein junger Mann mit flammend rotem Haar und sommersprossigem Gesicht, der kaum den Kinderschuhen entwachsen war, machte sich im vorderen Teil des Raumes zu schaffen, räumte den Altar ab, klappte die große Bibel auf dem Chorpult zu und blies die Kerzen aus. Sophia lächelte, als sie sich zu mir umdrehte, und machte Anstalten, etwas zu sagen, doch ihre Mutter, der der Blick, den wir wechselten, nicht entging, fasste ihre Tochter fest am Ellbogen und führte sie zur Tür. Sophia schielte noch einmal über ihre Schulter. Ihr Gesicht schien derweil einen flehenden Ausdruck anzunehmen, das konnte ich mir allerdings auch nur eingebildet haben.

»Es tut mir leid, dass ich Euch so salopp angestoßen habe, Doktor Bruno«, flüsterte Godwyn, als der rothaarige junge Mann, der die Kapelle aufräumte, auf uns zukam und dem Bibliothekar die letzte flackernde Kerze reichte. »Aber ich fürchtete, Ihr könntet Schwierigkeiten haben, der Predigt zu folgen – unsere Art, einen Gottesdienst zu zelebrieren, muss Euch doch sehr merkwürdig vorkommen.«

»Nicht allzu sehr«, erwiderte ich, dabei sah ich Sophia nach, bis sie aus meinem Blickfeld verschwunden war, ehe ich mich wieder lächelnd zu ihm umdrehte. »Ihr habt schließlich einen großen Teil von uns übernommen.«

Godwyn lachte höflich.

»Doch sagt mir … wie fandet Ihr unseren kleinen Chor?«, fragte er, als wir auf die Tür zusteuerten, dabei schützte er die Kerzenflamme mit den Händen vor dem Luftzug, der von der Treppe zu uns herüberwehte.

»Ich habe doppelt so große Chöre die Psalmen schlechter singen hören«, gab ich wahrheitsgetreu zurück.

»Das musikalische Arrangement stammt von Master Byrd, dem Hofkomponisten Ihrer Majestät«, erklärte er mir, angetan von meinem Lob.

»Ist er nicht ein Katholik?«

Godwyn machte ein bestürztes Gesicht.

»Nun ja – aber ich bewundere ihn nicht deswegen«, beteuerte er hastig. »Wenn die Königin um seiner Musik willen seinen Glauben tolerieren kann, dann wüsste ich nicht, warum wir nicht dasselbe tun sollten.«

»Da stimme ich Euch von ganzem Herzen zu. Und Ihr habt Eurer Lesung aus dem Evangelium eine beeindruckende poetische Note verliehen«, tönte ich noch salbungsvoll.

»Danke. Diese Aufgabe fällt eigentlich dem stellvertretenden Rektor zu, aber da Doktor Coverdale heute Morgen nicht zur Morgenmesse erschienen ist, hat der Rektor mich gebeten, für ihn einzuspringen.«

Statt den Undergraduates die Treppe hinunter zu folgen, überquerte Godwyn den Treppenabsatz, trat zu einer niedrigen Holztür gegenüber dem Eingang der Kapelle und bedeutete mir hinterdreinzukommen.

»Wenn ich mich recht erinnere, hattet Ihr Interesse an unserer Bibliothek bekundet, Doktor Bruno – wollt Ihr sie Euch jetzt ansehen, da Ihr schon einmal hier seid? Es sei denn, Ihr habt es eilig damit, Euer Frühstück einzunehmen!«, fügte er hinzu. »Würdet Ihr die hier einen Moment halten, bitte?«

Er reichte mir die Kerze, löste einen Schlüsselring von seinem Gürtel und wählte den größten Schlüssel aus.

»Es wäre mir ein Vergnügen«, nickte ich, obwohl mich seine Bemerkung über Coverdales Abwesenheit gerade viel mehr interessierte. Ich beschloss, die Angelegenheit nicht auf sich beruhen zu lassen. »Ist Doktor Coverdale kurzfristig verreist?«

»Wenn dem so sein sollte, hat er es niemandem mitgeteilt.« Godwyn klang pikiert. Er drehte den Schlüssel im Schloss und schob die schwere Tür auf, die so protestierend knarrte, als beschwere sie sich über die Störung.

Ich musste an den Jungen denken, der Coverdale am Vorabend mitten in der Disputation eine Nachricht überbracht hatte, nach deren Erhalt er den Saal unverzüglich verlassen hatte – und an Cobbetts Bemerkung, Coverdale sei in höchster Eile zur Universität zurückgekehrt. Es machte mich stutzig, dass der Pförtner einen neuerlichen Aufbruch nicht erwähnt hatte, es sei denn, Coverdale wäre in der Nacht oder früh am Morgen unbemerkt an dem alten Mann vorbeigeschlüpft. Ich fragte mich, ob das Verschwinden des stellvertretenden Rektors etwas mit der gerichtlichen Untersuchung von Roger Mercers Tod oder den Drohungen zu tun hatte, mit denen er mich an einer wahrheitsgetreuen Aussage hindern wollte.

»Merkwürdig. Mir fiel auf, dass Master Slythurst, der Quästor, ebenfalls nicht anwesend war«, bemerkte ich obenhin.

Godwyn winkte ab, als er die Tür hinter sich schloss.

»Slythurst ist oft unterwegs, das gehört zu seinen Pflichten. Er muss die Ländereien der Universität regelmäßig überprüfen, und sie liegen in der ganzen Grafschaft verstreut, einige sogar mehrere Tagesritte von Oxford entfernt. Ich glaube, er ist heute Morgen nach Buckinghamshire aufgebrochen, er hat dort etwas zu erledigen, aber wir erwarten ihn morgen zurück. So, da wären wir!« Er breitete die Arme aus, als wolle er sein kleines Reich umarmen, und lächelte voller Stolz.

Die Bibliothek nahm den ersten Stock der nördlichen Gebäudekette auf der Westseite des zentralen Treppenhauses ein; sie lag der Kapelle direkt gegenüber, war jedoch eine Spur kleiner. Der Boden war gleichfalls mit Binsen bestreut, Deckenbalken trugen das hohe Dach, und der Raum war im Stil des letzten Jahrhunderts eingerichtet – mit langen hölzernen Pulten, an denen die Studenten die großen handgeschriebenen Bücher studieren konnten, die mit Messingketten an einer unter den Pulten entlang verlaufenden Messingstange befestigt waren. Auf jeder Seite gab es vier solcher Pulte, an jedem Ende des Raumes standen Holzbänke an der Wand, und am der Tür gegenüberliegenden Ende war zusätzlich ein geschnitzter Schreibtisch unter das letzte der auf den Hof hinausgehenden Fenster geschoben worden. Godwyn steuerte darauf zu und legte seine Schlüssel sorgsam neben ein Tintenfass, ehe er mir die Kerze wieder abnahm.

»Welche Bücher interessieren Euch denn besonders, Doktor Bruno, oder soll ich Euch erst einmal unsere wertvollsten Manuskripte zeigen?«, fragte er über seine Schulter hinweg, während er den Raum systematisch der Länge nach durchschritt und die Kerzen in ihren Haltern am Ende eines jeden Pultes sowie in den Wandnischen zwischen den Fenstern entzündete.

»Dies ist doch sicher nicht Eure ganze Sammlung?« Ich deutete auf die an den Pulten angeketteten Bücher.

»Großer Gott, nein, das sind nur die älteren Bücher, die wir leider sichern müssen, um zu verhindern, dass sie gestohlen werden. Die Studenten benutzen diese Werke am häufigsten. Es sind größtenteils Abhandlungen über scholastische Theologie, und sie sind sehr wertvoll. Viele gehören noch zum Vermächtnis unseres großen Gönners.«

»Dekan Flemyng hat sie von seinen Italienreisen mitgebracht, nehme ich an.« Ich nickte nachdenklich. »Und wo bewahrt Ihr die verbotenen Bücher auf?«

Godwyn wurde bleich und starrte mich entsetzt an. Auf seiner hohen Stirn bildete sich eine steile Falte. Er wirkte plötzlich verängstigt.

»Hier gibt es keine verbotenen Bücher, Doktor Bruno. Was meint Ihr denn damit?«

»Kommt schon, Master Godwyn.« Ich hob zum Zeichen, dass ich ihn nicht kränken wollte, beide Hände. »Jede Universitätsbibliothek, die ich kenne, besitzt Bücher, die nicht für die neugierigen Augen der Studenten bestimmt sind. Bücher, bei denen man davon ausgeht, dass nur die älteren Fellows den Inhalt richtig deuten.«

Godwyns Erleichterung war jetzt nahezu greifbar zu spüren.

»Ach so, jetzt verstehe ich! Ja, natürlich – wir haben zahlreiche Bücher, zu denen nur die Fellows Zugang haben. Sie können sie ausleihen und in ihren Unterkünften lesen. Wir bewahren sie dort in dieser Kammer in großen Truhen auf.« Er ging zu einer Tür in der Wand hinter seinem Schreibtisch, öffnete sie und gab den Blick auf eine an die Bibliothek angrenzende Kammer frei. Im Schein der Kerze konnte ich einige mächtige Truhen an den Wänden erkennen. »Im ersten Moment dachte ich, Ihr würdet auf ketzerische Bücher anspielen«, fügte er mit einem verlegenen Lachen hinzu.

»Nein, nein! Soweit ich weiß, wurden die ja alle vor einiger Zeit von den Schergen der Königin beschlagnahmt.«

Godwyn nickte bekümmert.

»Im Jahre 1569 fand eine große Säuberung der Universitätsbibliotheken statt. Alle Bücher, die früheren derartigen Aktionen des Vaters Ihrer Majestät und danach ihres Bruders und ihrer Schwester entgangen waren, wurden fortgeschafft. Bücher, deren Inhalt unter uns gesagt alles andere als ketzerisch war. Nach dem Wiederaufleben des katholischen Glaubens zu Zeiten der Blutigen Maria mussten die Universitäten allemal darauf achten, sämtliche Werke loszuwerden, denen auch nur der leiseste Verdacht von Häresie anhaftete. Unsere Sammlung wurde damals stark dezimiert, wie ich leider zugeben muss.«

»Die Ansichten bezüglich dessen, was man als Ketzerei bezeichnen kann und was nicht, ändern sich mit schöner Regelmäßigkeit je nach Maßgabe derjenigen, die gerade auf dem Herrscherthron sitzen«, stimmte ich zu. »Was geschah denn anschließend mit all diesen beschlagnahmten Büchern?«

Er sah mich so verwirrt an, als hätte er über diese Frage noch nie nachgedacht.

»Ich nehme an, sie wurden verbrannt, aber wenn das der Fall war, dann fanden diese Verbrennungen nicht in der Öffentlichkeit statt. Auf offener Straße verkauft hat man sie sicher nicht, wenn sie auf einer schwarzen Liste standen. Ich war damals noch ein Undergraduate und habe der Kommission kaum Beachtung geschenkt – ich war zu sehr damit beschäftigt, über meinen griechischen Lehrbüchern zu schwitzen und zu versuchen, nicht ständig an Mädchen zu denken, an eine öffentliche Bücherverbrennung würde ich mich dennoch mit Sicherheit erinnern.« Bei der Erinnerung an seine Jugendjahre lächelte er wehmütig. »Ihr müsstet Euch an William Bernard wenden, er war seinerzeit der Bibliothekar.«

»Tatsächlich?« Das war eine wichtige Information, und ich wunderte mich, dass Bernard diesen Umstand im Rahmen unserer Diskussion über Bücher am Tisch des Rektors, an meinem ersten Abend hier, nicht erwähnt hatte. Mein Blut begann schneller durch meine Adern zu fließen. Könnte dieser streitbare alte Mann irgendwo Bücher gehortet haben, die als zu gefährlich für die Köpfe derjenigen jungen Männer eingestuft worden waren, die einst die Zukunft Englands gestalten sollten? Und bestände der Hauch einer Chance, dass Dekan Flemyng zusammen mit den Werken, die er vor mehr als hundert Jahren bei einem bekannten florentinischen Buchhändler erstanden hatte, auch ein Manuskript in die Hände gefallen war, dessen Wert er nicht erkannt und dessen Existenz William Bernard eine Spur zu entschieden geleugnet hatte?

Ich atmete tief durch, um mir meine Erregung nicht anmerken zu lassen. Es war zweifellos vermessen von mir zu hoffen, das Manuskript, das ich suchte, an diesem Ort finden zu können, doch es überstieg auch nicht die Grenzen des Möglichen. Wenn jemand wusste, ob ein katalogisiertes griechisches Buch Teil der ursprünglichen Hinterlassenschaft des Dekans gewesen war, dann musste das William Bernard sein, der länger als jeder andere Mitglied dieser Universität war, Griechisch las und sofort erkannt hätte, was er da in der Hand hielt, wenn er darauf gestoßen wäre. Das Problem bestand darin, ihn davon zu überzeugen, dass er sich einem Fremden anvertraute; der alte Mann war gerissen wie ein Fuchs, und meine offenkundige Ablehnung aller Religionen hatte bereits sein Misstrauen geweckt.

Godwyn hatte inzwischen alle Kerzen angezündet und drehte sich mit der Miene eines beflissenen Gastgebers zu mir um.

»Vielleicht möchtet Ihr gern unsere Ausgabe von Ciceros *De officiis* sehen? Dekan Flemyng hat sie eigenhändig kopiert«, schlug er vor, dabei deutete er auf eines der Pulte am hinteren Ende des Raumes. »Ich habe die Kerzen entzündet, weil viele Studenten auch sonntags herkommen, um in Ruhe ihren Studien nachzugehen. Es ist den Undergraduates nicht gestattet, Bücher in ihre Unterkünfte mitzunehmen, wisst Ihr.«

»Befindet sich zufällig auch eine Kopie von Master Foxes Buch in Eurer Sammlung?«, fragte ich so beiläufig wie möglich, als ich ihm durch die Bibliothek folgte.

»Vom Buch der Märtyrer?« Er wirkte überrascht. »Ja, wir haben die Ausgabe von 1570, die zweite Ausgabe, aber sie könnte zurzeit ausgeliehen sein. Möchtet Ihr sie sehen?«

»Wenn das möglich wäre? Nachdem ich heute Morgen die Predigt des Rektors gehört habe, würde es mich interessieren, einen Blick hineinzuwerfen.«

»Ihr könnt es gern lesen«, meinte Godwyn skeptisch, »obgleich ich fürchte, Foxe bringt für solche Eures Glaubens wenig Toleranz auf. Ich muss Euch nur bitten, Euch hier in der Bibliothek damit zu beschäftigen – nur die Fellows genießen das Privileg, Bücher ausleihen zu dürfen. Sie müssen sich in eine Liste eintragen, auf diese Weise wissen wir, an wen wir uns halten müssen, wenn sie in einem ziemlich mitgenommenen Zustand zurückkommen.«

»Die Bücher oder die Fellows?«, scherzte ich.

Godwyn lachte artig und trat zu einer der großen Holztruhen im kleinen Hinterzimmer. Als er sich bückte, um einen Stapel

Bücher herauszunehmen, fiel mein Blick auf eine kleinere, mit einem Vorhängeschloss gesicherte Truhe, versteckt in einer Ecke. Godwyn legte die Bücher sorgsam auf den Boden, dann griff er aufs Neue in die Truhe und reichte mir einen dicken, in schlichtes Leinen gebundenen Band.

»In der Bibliothek von Paris habe ich eine Kopie davon gesehen.« Ich drehte das Buch zwischen meinen Händen um und herum. »Aber ich habe den Text nur überflogen, nicht richtig gelesen. Die Predigt des Rektors hat mein Interesse neu geweckt. Ist die Geschichte des Ignatius auch unter den Legenden der frühen Märtyrer zu finden?«

»In der Tat – unter den zehn ersten primitiven Verfolgungen von Christen durch die Römer.« Der Bibliothekar legte den Kopf schief, als würde ihm meine Frage seltsam erscheinen. »Alle im ersten Buch.«

Just in diesem Moment wurde die Tür geöffnet, und die Kerzen flackerten, als der rothaarige junge Mann, der kurz zuvor die Kapelle aufgeräumt hatte, in den Raum trat und nervös hüstelte.

»Master Godwyn, Sir? Rektor Underhill wünscht mit Euch über eine private Angelegenheit zu sprechen, wenn Ihr etwas Zeit erübrigen könnt.«

Godwyn blickte besorgt, erst zu mir, dann zu dem Jungen.

»Macht es Euch etwas aus, wenn ich Euch ein paar Minuten alleine lasse, Doktor Bruno? Ich kann ja sicherlich darauf vertrauen, dass Ihr nicht versucht, ein Buch zu stehlen.« Er lachte verlegen.

»Eure Bücher sind bei mir völlig sicher, Master Godwyn«, antwortete ich ihm und winkte seine Bedenken ab – freilich gierte ich bereits darauf, den Foxe genauer zu inspizieren.

»Dürfte ich Euch bitten, hier auf meine Rückkehr zu warten? Es muss sich immer jemand in der Bibliothek aufhalten, wenn sie geöffnet ist.« Er wirkte angespannt. Ich versicherte ihm, dass ich sein kleines Reich mit meinem Leben beschützen würde, und er folgte dem rothaarigen Jungen widerstrebend aus dem Raum, nicht ohne sich noch einmal kurz zu mir umzusehen.

Ich ließ mich an Godwyns großem Schreibtisch nieder und schlug den ersten Band von Foxe auf, doch dabei fiel mir auf, dass der Bibliothekar seine Schlüssel liegen gelassen hatte. Ein Gedanke schoss mir durch den Kopf. Ich blickte flüchtig zu der geschlossenen Tür, dann griff ich nach den Schlüsseln und fand darunter einen kleinen Eisenschlüssel von der Art, die zu einem Vorhängeschloss passen könnte. Im hinteren Raum kniete ich mich vor die verschlossene Truhe und versuchte, sie zu öffnen. Zu meiner Überraschung sprang das Schloss sofort auf, ich klappte den Deckel hoch, und mein Blick fiel auf ein schwarzes Stoffbündel. Als ich es heraushob, stellte ich fest, dass es sich um die Robe eines Akademikers handelte, die in die Truhe gestopft worden war, um die darunter aufgestapelten Bücher zu verbergen. Ich holte den obersten Band hervor. Er war in abgewetztes Kalbsleder gebunden, das sich brüchig anfühlte, die Ecken waren ausgefranst, aber es war das Titelblatt, das mich veranlasste, den Atem scharf einzuziehen und mich instinktiv zu vergewissern, dass ich wirklich allein wäre.

Ich hielt eine Abschrift der *Zehn Gründe* des hingerichteten Jesuiten Edmund Campion in Händen, die dem Druckerzeichen zufolge aus Reims kam. Es bestand kein Zweifel daran, dass dieses Buch – Campions entschiedene Verteidigung des katholischen Glaubens – in England und ganz sicher in Oxford verboten war. In der Kiste fand ich weitere Texte und Pamphlete von Robert Persons, William Allen und anderen katholischen Autoren aus Europa, die den englischen Behörden ein ebensolcher Dorn im Auge sein dürften. Mit sich beschleunigendem Pulsschlag blätterte ich eine Weile darin herum, bis ich vom Knarren eines Balkens in der Bibliothek hinter mir gestört und dadurch daran erinnert wurde, dass Godwyn bestimmt bald zurückkommen würde. Rasch sah ich die restlichen Bücher in der Truhe durch, fand aber keines, das in griechischer Sprache verfasst worden war; diese verbotenen Werke waren anderer Art. Ich legte sie allesamt an ihren Platz zurück, bedeckte sie neuerlich mit der Robe, und in großer Eile verschloss ich die Truhe. Die

Schlüssel legte ich wieder auf den Schreibtisch, setzte mich flugs dahinter und konzentrierte meine Aufmerksamkeit endlich auf den Foxe – bereit für Godwyns Rückkehr.

Ich blätterte die Seiten um; suchte nach der Geschichte des Ignatius. Es war keine schwierige Aufgabe, auf Seite 46 bestätigte sich mein Verdacht: Zwei Zeilen waren so sauber aus dem Papier herausgeschnitten worden, dass der umliegende Text unbeschädigt geblieben war. Nur die Textzeilen, die unter meiner Tür hindurchgeschoben worden waren, fehlten, sie konnten nur mit einem Buchbindermesser oder einem ähnlich präzisen Instrument herausgetrennt worden sein. Oder mit einem Taschenmesser, dachte ich plötzlich, als mein Blick auf Godwyns Schreibfedern und sein Tintenfass vor mir auf dem Schreibtisch fiel. Das jedoch engte den Kreis der Verdächtigen auch nicht gerade ein, jedes Universitätsmitglied dürfte solch ein Messer besitzen.

Der Riegel klickte leise, Godwyn erschien, schloss die Tür hinter sich und schüttelte den Kopf.

»Es tut mir leid, dass ich Euch kurz verlassen musste, Doktor Bruno – Rektor Underhill wollte mit mir besprechen, welche Bücher des armen Roger Mercer in die Bibliothekssammlung aufgenommen werden sollen. Habt Ihr gefunden, was Ihr gesucht habt?«, erkundigte er sich dann freundlich.

»Ich fürchte, dass die Ratten an Euren Büchern genagt haben«, flüsterte ich, winkte ihn zu mir und schlug die zerstörte Seite 46 auf. Sein verständnisloser Blick wanderte von mir zu dem Buch, ehe ihm die Zornesröte ins Gesicht stieg.

»Wer tut denn so etwas?«, bellte er los, dann schielte er über seine Schulter, als befürchtete er, belauscht zu werden. »Woher wusstet Ihr …«

»Die fehlenden Zeilen wurden gestern Abend unter meiner Kammertür hindurchgeschoben.«

»Aber – *warum*?« Godwyn fasste mich weiterhin scharf ins Auge, als hätte ich den Verstand verloren.

»Seht Euch die Zeilen genau an«, forderte ich ihn auf.

Er hob das Buch näher an seine Augen und überflog die Seite. Als er wieder zu mir aufblickte, hatte sich seine Miene verdüstert.

»Ignatius«, murmelte er. »›Weizen Gottes bin ich‹ … den genauen Wortlaut habe ich vergessen, aber das ist doch der Teil, der fehlt, nicht wahr? Irgendetwas über Zähne von Bestien.«

Ich nickte. Er besah sich abermals das Buch und atmete anschließend langsam und bedächtig aus, als wäge er seine nächsten Worte sorgsam ab.

»Aha. Ihr glaubt, das bezieht sich auf Rogers Tod?«

»Ich denke, derjenige, der mir diese Zeilen geschickt hat, möchte, dass ich zu diesem Schluss komme, ja.«

Godwyn klappte das Buch zu. Tiefe Furchen bildeten sich auf seiner Stirn.

»Warum gerade Ihr, Doktor Bruno, wenn ich das fragen darf, ohne grob zu klingen?«

Ich zögerte mit meiner Antwort; unschlüssig, wie viel ich ihm enthüllen sollte.

»Ich gehörte zu den Ersten, die gestern Morgen im Garten eintrafen, nachdem Doktor Mercer von dem Hund angefallen worden war.« Ich senkte meine Stimme noch mehr, sie war kaum noch zu hören. »Aufgrund der Beweise, die ich fand, folgerte ich, dass es sich bei seinem Tod nicht um einen Unfall gehandelt haben könnte.«

Godwyns Augen weiteten sich, bis seine Brauen zu verschwinden drohten.

»Aber … es hieß doch, das Tor wäre nicht verschlossen gewesen … der wilde Hund wäre hereingekommen und …«

»Die Mehrzahl Eurer Kollegen hat meine Hypothese verworfen. Doch wie es aussieht, will mich jemand anderes in meiner Überzeugung bestärken, dass sein Tod absichtlich in Szene gesetzt wurde.« Ich deutete auf das Buch in seinen Händen. Godwyn beäugte den Titel so ungläubig, als würden Flammen aus den Buchstaben schlagen, zu guter Letzt richtete er seinen scharfen Blick wieder auf mich.

»Ihr meint, jemand versucht, darauf hinzuweisen, dass Roger einen *Märtyrertod* starb?«

»Ich weiß es nicht«, entgegnete ich. »Jemand möchte eindeutig auf die Ähnlichkeit zwischen der Art seines Todes und der des heiligen Ignatius aufmerksam machen – warum aber sollte Doktor Mercer als Märtyrer hingestellt werden?«

Godwyn sah mich lange schweigend an. Meine geflüsterte Frage schien zwischen uns in der Luft zu hängen.

Danach schüttelte er nachdrücklich den Kopf. »Ich habe nicht die geringste Ahnung.«

»Wer hat denn Zugang zu den Büchern im hinteren Raum?«, erkundigte ich mich.

»Nun, alle Fellows haben einen Schlüssel zur Bibliothek, sie sollen jedoch keine Bücher ausleihen, ohne mir vorher Bescheid zu geben und sich in die Verleihliste einzutragen. Die Studenten dürfen die Bibliothek nur benutzen, wenn ich dort bin, damit ich sie im Auge behalten kann, aber … – nun, ich passe vielleicht nicht immer so genau auf, wie ich sollte.« Er senkte schuldbewusst den Blick. »Wenn ich zum Beispiel austreten gehen muss, während ein paar Studenten hier in ihre Arbeit vertieft sind, empfinde ich es als unnötige Härte, sie für die paar Minuten vor die Tür zu setzen. So einfach kann man bei uns keine Bücher stehlen, und ich vertraue darauf, dass sie sich in der Bibliothek anständig betragen.«

»Tja, anscheinend war Euer Vertrauen zumindest im Fall eines Eurer Schützlinge ungerechtfertigt«, stellte ich fest.

Godwyns Gesicht umwölkte sich, als ginge ihm erst jetzt auf, dass sich jemand an Bibliothekseigentum vergriffen hatte.

»Aber ich war ja gestern Nachmittag bis Viertel vor fünf hier! Dann habe ich abgeschlossen und bin zusammen mit den Studenten, die hier gearbeitet haben, zu der Disputation gegangen.«

»Und Ihr habt die Bibliothek bis Viertel vor fünf nie unbeaufsichtigt gelassen?«

»Ihr stellt Fragen wie ein Richter, Doktor Bruno.« Godwyn rang sich ein Lächeln ab, allerdings verrieten mir seine Augen, dass er auf der Hut war. »Vielleicht musste ich während dieser Zeit die Latrine aufsuchen, ich erinnere mich nicht mehr, aber ich war sicher nicht so lange fort, dass jemand das hier hätte anrichten können.« Er schlug mit der flachen Hand auf Foxes Buch. »Die Zeilen sind mit äußerster Sorgfalt herausgeschnitten worden – meiner Meinung nach war dies kein hektisch vollbrachtes Werk, keines von jemandem, der ständig über seine Schulter geschielt hat.«

»Nein, gewiss nicht«, stimmte ich zu. »Und es hätte auch niemand hier hereinkommen können, während Ihr bei der Disputation wart?«

»Nun, die Fellows haben alle einen Schlüssel, wie ich schon sagte, indes, sie waren alle gleichfalls in der Divinity School«, betonte er, wich dabei aber meinem Blick aus.

Alle außer James Coverdale, dachte ich, doch den hatte ich bereits als Verdächtigen ausgeschlossen, weil er am stärksten darauf versessen gewesen war, mich von meiner Mordtheorie abzubringen.

»Sonst besitzt niemand einen Schlüssel?«

»Nur der Rektor. Oh, und natürlich auch …« Er rang mit sich und wurde recht verlegen.

»Wer denn noch?«, drängte ich.

»Mistress Sophia benutzt manchmal den Schlüssel ihres Vaters«, nuschelte Godwyn und hielt sich schnell eine Hand vor den Mund, als müsse er husten. »Sie bildet sich ein, sie wäre den Studenten hier ebenbürtig, und ihr Vater lässt sie gewähren. Vermutlich ist diese Nachsicht auf den Verlust seines Sohnes zurückzuführen. – Das mit seinem Schlüssel ist dann natürlich ganz allein seine Sache.« Er schüttelte den Kopf. »Wisst Ihr, ich würde meiner Tochter derlei Dinge nicht erlauben, wenn ich eine hätte. Frauenhirne sind nicht auf Gelehrsamkeit ausgerichtet, und ich muss gestehen, dass ich um Sophias Gesundheit fürchte. Aber eigentlich muss ich ja schon dankbar dafür sein, dass er ihr den Zutritt zur Bibliothek nur gestattet, wenn sich keiner der Studenten hier aufhält. Sonst würden sie alle hinter ihr herhecheln wie heiße Hunde, und ich will nicht, dass meine Bibliothek für unschickliche Aktivitäten missbraucht wird. Mit ihrem eigenen Schlüssel kann sie wenigstens herkommen, wenn die jungen Männer gerade ihre Vorlesungen besuchen.«

»Benutzt sie die Bibliothek auch dann, wenn Ihr nicht da seid, um sie zu beaufsichtigen?«

»Ich denke schon«, erwiderte Godwyn resigniert. »Wenn ihr Vater ihr die Erlaubnis dazu erteilt, kann ich nichts dagegen unternehmen – außerdem dürfte sie ja wohl kaum die Absicht haben, Bücher zu stehlen, nicht wahr?«

Nein, grübelte ich, allerdings könnte sie ihren Schlüssel dazu benutzt haben, um sich gestern Abend Zutritt zu diesen Räumlichkeiten zu verschaffen, denn sie wusste, dass sämtliche Universitätsmitglieder mindestens eine Stunde lang in der Divinity School sein würden. Sie hatte mit keiner Wimper gezuckt, als ich gestern besagtes Zitat erwähnt hatte, doch das war noch lange kein Beweis für ihre Unschuld. Nur – warum um alles in der Welt sollte Sophia mir eine anonyme Botschaft zukommen lassen und dann Unwissenheit vortäuschen, wenn sich ihr die Gelegenheit geboten hatte, mit mir unter vier Augen über die ganze Angelegenheit zu sprechen? Die Person, die mir die Botschaft geschickt hatte, legte eindeutig großen Wert darauf, nicht als Quelle der Information identifiziert zu werden, so kärglich diese auch war – könnte es demzufolge sein, dass Sophia etwas über jemanden an der Universität wusste, aber nicht riskieren durfte, ihn öffentlich anzuprangern? Könnte es sich bei diesem Jemand sogar um ihren eigenen Vater handeln?

»Danke, Master Godwyn.« Ich erhob mich von seinem Stuhl und wandte mich zum Gehen.

»Oh, ich habe Euch aber noch gar nicht unsere illustrierte Ausgabe der Briefe des heiligen Cyprian gezeigt, die Dekan Flemyng ebenso aus Florenz mitgebracht hat!«, setzte er noch einmal neu an. Unverkennbare Enttäuschung verdunkelte seine Augen. Ich betrachtete sein Gesicht, als ich mich mit einer Entschuldigung verabschiedete; diese großen, melancholischen

Augen verliehen seinem Gesicht einen Ausdruck entwaffnender Offenheit. Nichtsdestotrotz wusste ich jetzt, dass auch Godwyn ein Mann war, der seine eigenen Geheimnisse hütete, und ich mahnte mich, nie und nimmer dem Gesicht zu trauen, das irgendjemand mir respektive der Welt präsentierte. Was hatte William Bernard an meinem ersten Abend hier so treffend bemerkt? Kein Mann in Oxford war das, was er zu sein schien.

9

Um in meinem Kopf die sich überschlagenden Gedanken ein wenig zu ordnen, trat ich in den Hof hinaus, der jetzt von zaghaften Sonnenstrahlen erleuchtet wurde, den ersten, die ich seit meiner Abreise aus London zu Gesicht bekommen hatte. Noch immer zogen Wolken über den Himmel hinweg, aber der endlose Regen der letzten drei Tage hatte sich offensichtlich vorübergehend verabschiedet. Ein Blick auf die Uhr oberhalb des Bogengangs zur Kapelle und der Bibliothekstreppe verriet mir, dass es kurz nach halb acht war. Das Universitätsgelände kam mir gespenstisch ruhig vor.

Ich blieb stehen, um zu den Fenstern der Wohnung des Rektors emporzublicken, dabei fragte ich mich, welcher Raum wohl Sophias sein mochte und ob ich trotz des ausdrücklichen Verbots ihres Vaters einen Weg finden würde, sie heute wiederzusehen. Doch dann fluchte ich unterdrückt, weil mir wieder in den Sinn kam, dass ich Sidney so gut wie versprochen hatte, mit ihm und Palatin Laski im Shotover Forest auf die Jagd zu gehen. Ich beschloss, zum Christ Church College zu gehen und mich persönlich bei Sidney zu entschuldigen. Vermutlich würde er ärgerlich sein, was ich ihm nicht verdenken konnte – ihm graute es sicherlich davor, von der Morgen- bis zur Abenddämmerung an den Polen gekettet zu sein. Mich konnte man freilich beim besten Willen nicht als Bereicherung einer Jagdgesellschaft betrachten, selbst dann nicht, wenn ich nicht von der Suche nach einem Mörder abgelenkt werden würde. Ich hatte für diese Art von Sport kein Talent und, im Gegensatz zu meinem Freund, in meiner Jugend auch keine Gelegenheit gehabt, mich darin zu üben. Sidney könnte dort im Forst die nötigen Nachforschungen über Jagdhunde anstellen, und ich würde hier im Ort einige andere wichtige Dinge in Angriff nehmen. Es galt, vor allem das Vertrauen von zwei Männern zu erringen: John Underhill und William Bernard. Beide verdächtigte ich, zumindest teilweise über das katholische Untergrundnetzwerk Bescheid zu wissen, das wiederum eventuell mit Roger Mercers Tod verknüpft war. Allerdings war ich mir darüber im Klaren, dass sie mögliche Kontakte zu diesem Netzwerk nicht so ohne Weiteres preisgeben würden.

Widerstrebend kehrte ich in meine Kammer zurück, wo ich mich gründlich mit kaltem Wasser wusch, denn die Universität Oxford schien über keine so zivilisierte Errungenschaft wie ein Badehaus zu verfügen. Außerdem musste ich bald noch Cobbett fragen, wo der Barbier zu finden wäre, und ich musste eine Wäscherin auftreiben, die sich meiner Hemden annähme, da es ganz so aussah, als wären wir dazu verdammt, noch mindestens drei Tage hier ausharren zu müssen. Als ich mich ankleidete, begann mein Magen laut zu knurren, ein Hungergefühl hatte mich bereits während meiner Morgentoilette beschlichen. Ich nahm Walsinghams Börse aus meiner Reisetasche und befestigte sie an meinem Gürtel – in der Stadt wollte ich sehen, ob ich in irgendeiner Schänke auch zu dieser frühen sonntäglichen Stunde irgendetwas Essbares bekommen könnte.

Der Hof lag noch immer verlassen da, als ich aus meinem Treppenhaus trat. Es herrschte eine unnatürliche Ruhe; die Studenten schienen sonntags für sich zu bleiben. Ich war gerade im Begriff, auf das Torhaus zuzusteuern, als sich Gabriel Norris aus dem Schatten seines Treppenhauses in der westlichen Gebäudekette löste. Er hatte sich eine große lederne Tasche über die Schulter geworfen. Instinktiv zog ich mich wieder ins Dunkel zurück, um nicht erneut in eine Diskussion über den möglichen Verlauf der gerichtlichen Untersuchung verstrickt zu werden.

Norris war von Kopf bis Fuß in Schwarz gekleidet, aber selbst aus der Entfernung konnte ich erkennen, dass sein Wams und seine Hosen erstklassig geschnitten und aus kostbarem schwerem Satin gefertigt waren und er einen kurzen, schimmernden Samtumhang trug. Bevor er mit schnellen Schritten auf das Tor zuging, spähte er erst flüchtig über den Hofraum hinweg – wie es schien, ohne mich zu bemerken. Seine offenkundige Eile weckte mein Misstrauen. Mir fiel wieder ein, dass er Sidneys Einladung, ihn heute auf die Jagd zu begleiten, ausgeschlagen hatte, und ich fragte mich, was einem jungen, prahlerischen Gecken wie Norris wohl wichtiger sein könnte als ein Jagdausflug in so illustrer Gesellschaft. Da ich ohnehin in die Stadt wollte, beschloss ich, ihm zu folgen. Nach seinem eigenen Eingeständnis, nächtliche Streifzüge durch die Stadt zu unternehmen, sowie Lawrence Westons Anspielungen auf seine sexuellen Vorlieben hoffte ich beinahe, ihn bei einem verbotenen Stelldichein zu ertappen und somit Westons Theorie bestätigt zu sehen. Dieses Wissen könnte ich dann zu gegebener Zeit benutzen, um Sophia dazu zu bringen, sich ihn aus dem Kopf zu schlagen – wenn er denn wirklich das gleichgültig reagierende Objekt ihrer Zuneigung sein sollte.

Ich ließ Norris ein wenig Vorsprung, damit er mich nicht bemerkte, dann winkte ich Cobbett durch das kleine Fenster zu, steckte den Kopf vorsichtig zum Tor hinaus in die St. Mildred's Lane und sah Norris ein gutes Stück vor mir in flottem Tempo auf der Straße nordwärts in Richtung des Jesus College gehen. Ich musste fast kleine Sätze machen, um mit seinen weit ausgreifenden Schritten mithalten zu können, wobei ich mich nah an der Mauer des Exeter College hielt, immer darauf bedacht, gebührenden Abstand zu ihm zu halten, damit es so aussähe, als machte ich nur einen kleinen Spaziergang, falls er sich umdrehte und mich entdeckte.

Nach dem tagelangen Regen war die Straße nach wie vor schlammig und mit Pfützen übersät, und Norris machte um sie fast jedes Mal angewidert einen Bogen und blieb einmal sogar stehen, um mit einer gereizten Geste einen Schmutzspritzer von seinen teuren Lederstiefeln zu wischen. Als sich die St. Mildred's Lane mit der Summer Lane kreuzte, bog er, ohne zu zögern, rechts ab; nach einer kurzen Pause folgte ich ihm, wobei ich mich so weit wie möglich im Schatten der links von mir wie eine Festung aufragenden Stadtmauer hielt. Die Straße war nahezu menschenleer, ich sah nur ein oder zwei Paare in ihrem Sonntagsstaat, die zweifellos auf dem Weg zu einer der zahlreichen Pfarrkirchen der Stadt waren. Irgendwo vor mir rief eine Glocke zum Gottesdienst.

Mein Jagdobjekt setzte seinen Weg so unbeirrt fort, als habe er eine Verabredung einzuhalten, nichts deutete jedoch darauf hin, dass er ein ungewöhnliches Ziel ansteuerte oder es vorziehen würde, nicht gesehen zu werden – er blickte sich nicht verstohlen um und bewegte sich so leichtfüßig, als sei seine Tasche trotz ihrer Größe nicht sonderlich schwer. Nur mühsam konnte ich ein Erschauern beim Passieren der Mauern der Divinity School zu unserer Linken unterdrücken. Direkt davor, gegenüber der Einmündung einer Straße, deren Schild sie als Catte Street auswies, wandte er sich zu einem kleinen, in die Stadtmauer eingelassenen Tor neben einer kleinen Kapelle. Ich verbarg mich im Schatten der gegenüberliegenden Häuser und begann, mir in meiner Rolle als heimlicher Verfolger langsam ziemlich lächerlich vorzukommen.

Vor der Stadtmauer erstreckte sich eine breite Straße. Die wenigen Häuser am Straßenrand waren niedrig, schäbig und von weitläufigen Feldern und Obstgärten umgeben. Der Boden wies tiefe Spuren von Karrenrädern und Pferdehufen auf. Ich beobachtete, wie Norris die Straße überquerte und rechts in Richtung der offenen Felder abbog. Dort war es für mich schwieriger, Deckung zu finden, also ließ ich mich zurückfallen, um einen größeren Abstand zwischen uns zu schaffen. Ich hielt mich weiterhin im Schatten der Stadtmauer, soweit es mir möglich war; wohl wissend, dass er mich trotzdem unweigerlich bemerken müsste, wenn es ihm einfallen sollte, sich umzudrehen.

Nach ungefähr zehn Minuten bog Norris erneut ab, diesmal nach links, und ging einen breiten, zu beiden Seiten von Feldern und Gärten gesäumten Weg hinunter. An dieser Stelle hätte ich beinahe kehrtgemacht, denn ich musste mich aus dem Schutz der Mauer lösen, aber meine Neugier gewann die Oberhand über die Furcht, entdeckt zu werden. Als einzig sichtbares Gemäuer dieses Weges ragte vor mir der gedrungene Turm einer kleinen Kirche auf, die sich, sobald ich näher kam, als sehr alt herausstellte. Norris ging um die Kirche herum, hinter der ein von einer hohen Mauer aus hellgoldenem Stein umgebenes beeindruckendes, dreistöckiges Herrenhaus mit Giebelfenstern im Dach lag, gebaut mit demselben Stein. Von der Ecke der kleinen Kirche aus verfolgte ich, wie Gabriel Norris auf ein Tor in der Mauer zutrat und er nach einem Augenblick eingelassen wurde. Leider konnte ich nicht erkennen, von wem.

Mir blieb keine andere Wahl, als umzukehren und in die Stadt zurückzugehen. Ich hatte nichts erreicht, nur meine Zeit verschwendet. Insgeheim hatte ich, wie ich zu meiner Schande gestehen muss, tatsächlich gehofft, Norris bei einem Treffen mit einem jungen Burschen zu ertappen, aber zu meinem Leidwesen hatte er nichts getan, was sich gegen ihn verwenden ließe – es lag nahe, dass ein reicher junger Mann Bekannte unter den großen Familien Oxfords hatte, und dieses Haus gehörte eindeutig wohlhabenden Leuten. Resigniert trat ich den Rückweg an, an den Feldern vorbei, und jetzt nahm ich mir die Zeit, um den Geruch von feuchter Erde und den frischen Duft von Blütenblättern aufzusaugen, der von den Obstgärten herüberzog. Erst nach einiger Zeit fiel mir wieder ein, was Lawrence Weston mir über das Pferd erzählt hatte, das Norris irgendwo außerhalb der Stadtmauern untergebracht hatte. Zweifellos wollte er den Sonntag lediglich zu einem Ausritt nutzen, und ich dankte meinem Schöpfer stumm dafür, dass mein von mir Observierter mich nicht bemerkt und mir so erspart hatte, mich mit fadenscheinigen Ausreden aus einer mehr als misslichen Situation herauszuwinden.

Trotz meiner Enttäuschung empfand ich hier draußen auf dem offenen Gelände in der vom Regen gereinigten frischen Luft ein berauschendes Gefühl der Freiheit – ich war der bedrückenden Enge des Lincoln College mit all seinen Intrigen und bösartigen Unterströmungen entronnen, die irgendwie zum Tod des armen Doktor Mercer geführt hatten. Da ich keine Lust verspürte, allzu bald an diesen Ort zurückzukehren – ich meinte dort immer, hinter jedem der Fenster würde ein feindseliges Augenpaar jeden meiner Schritte beobachten – beschloss ich, den langen Weg außen um die Stadtmauer herum zu nehmen, meine Umgebung ein wenig zu erkunden und dabei nach einer Wirtschaft Ausschau zu halten, in der ich – endlich – eine warme Mahlzeit zu mir nehmen könnte.

Ich befand mich fast auf einer Höhe mit der alten Kirche St. Mary Magdalen, neben einem windschiefen, verfallenen Gebäude, das aussah, als habe es einst eine Schänke beherbergt, als plötzlich ein Windstoß durch die Straße fegte und die letzten Blüten von den Bäumen riss. Über meinem Kopf ertönte ein lautes Knarren, ich schrak zusammen, blickte auf und sah ein altes, bemaltes Schild an seinen rostigen Haken hin- und herschwingen. Bei seinem Anblick sprang ich mit einem unterdrückten Aufschrei zurück, denn auf diesem Schild prangte, noch deutlich zu erkennen, obwohl die Farbe ausgebleicht war und abblätterte, ein Rad mit Speichen. Es war exakt dasselbe Symbol, das immer wieder in Roger Mercers Kalender auftauchte und das in das astronomische Diagramm eingezeichnet worden war, das mir jemand unter der Tür hindurchgeschoben hatte.

Da die Front des Hauses so baufällig wirkte, hatte ich nicht damit gerechnet, dass sich die Tür überhaupt öffnen ließe, doch als ich den Knauf drehte, schwang sie auf, und ich konnte einen Blick in einen Raum mit niedriger Decke werfen, der nach Moder und Feuchtigkeit roch und nur mit ein paar grob gezimmerten Tischen und Bänken möbliert war. In der Luft lag beißende Kälte, im Kamin, der eine ganze Wand einnahm, brannte kein Feuer, sondern häufte sich nur kalte Asche. Die wenigen Gäste unterhielten sich mit gedämpften Stimmen und beugten sich so tief über ihre Bierkrüge, als schämten sie sich ein wenig dafür, an einem solchen Ort angetroffen zu werden. Dies war ganz offensichtlich nicht die Art von Schänke, in der Fremde willkommen waren. Trotzdem schloss ich mit wild hämmerndem Herzen behutsam die Tür hinter mir und setzte mich an einen Ecktisch neben der Durchreiche. Mir war sehr wohl bewusst, dass mein Eintreten die Aufmerksamkeit der anderen Gäste erregt hatte. Zu meiner Überraschung entdeckte ich in einer Gruppe von vier Männern, die mich von einem Tisch am anderen Ende des Raumes her anstarrten und die hinter vorgehaltener Hand miteinander tuschelten, den pockennarbigen Mann ohne Ohren, den ich vor der Disputation vor der Divinity School gesehen hatte – den Mann, von dem ich sicher war, dass James Coverdale ihn kannte. »Niemand von Bedeutung«, hatte Coverdale auf meine diesbezügliche Frage geantwortet. Der ohrenlose Mann beteiligte sich nicht am Getuschel seiner Kameraden, sondern fixierte mich über ihre Köpfe hinweg mit demselben kühlen, unverschämten Blick wie damals – fast so, als würde er *mich* kennen. Ich hielt diesem Blick einen Moment lang stand, dann senkte ich den Kopf. Mir war nicht entgangen, dass seine Augen ebenso ungewöhnlich waren wie sein Gesicht; so durchscheinend hellblau, als würden sie von innen erleuchtet, genauso wie das Wasser in der Bucht von Neapel, wenn sich das Sonnenlicht darin fing.

Ich empfand sein Starren als überaus beunruhigend, deshalb senkte ich meinen Kopf noch tiefer, da ich es keinesfalls auf eine Konfrontation ankommen lassen wollte. Diese Schänke war eindeutig kein Ort, wo ein Fremder ungestört einen Schluck trinken konnte; seine Gegenwart zog eine stumme, aber nahezu greifbar bedrohliche Reaktion seitens der anderen Gäste nach sich. Als ich endlich wieder aufblickte, stand eine stämmige Frau von ungefähr vierzig Jahren mit verschränkten Armen vor mir. Ihre Schürze war mit Flecken übersät, sie hatte ihr ergrauendes, strähniges Haar aus dem breiten Gesicht gestrichen, und ihre braunen Augen funkelten argwöhnisch.

»Was nehmt Ihr, Sir?«

»Einen Krug Ale.«

Sie nickte knapp, blieb jedoch noch bei mir stehen und musterte mich abschätzend.

»Ich habe Euch noch nie hier gesehen, Sir. Was führt Euch ins *Catherine Wheel*?«

»Ich habe Hunger, und als ich Euer Schild sah, beschloss ich, hier einzukehren.«

Ihre Augen wurden noch schmaler.

»Ihr stammt nicht aus dieser Gegend, nicht wahr?«

»Ich bin in Italien geboren.« Ich hielt ihrem forschenden Blick so unbefangen stand, wie es mir möglich war.

Sie schürzte die Lippen und nickte abermals.

»Freund des Papstes?«

»Kein persönlicher«, gab ich zurück, und endlich wurden ihre Züge weicher, sie lächelte beinahe.

»Ihr versteht, was ich meine, Sir.«

»Hängt es von meiner Antwort ab, ob Ihr mir Bier bringt oder nicht?«

»Lege bloß darauf Wert, die richtigen Gäste im Haus zu haben, Sir!«

Ich blickte mich im Schankraum um. Eine weniger erlesene Gästeschar könnte man sich kaum vorstellen. Ich musste an die Gasthäuser am Straßenrand denken, in denen ich während meiner Flucht aus San Domenico genötigt war zu nächtigen.

»Ich bin im Schoß der Kirche von Rom aufgewachsen«, erklärte ich dann freiheraus. »Ob das eine Empfehlung ist, weiß ich nicht, aber ich versichere Euch, dass es sich nicht auf die Anzahl der Münzen in meinem Beutel auswirkt.«

Das schien sie zum Einlenken zu bewegen. Sie wandte sich zum Gehen.

»Wie lautet Euer Name?«, fragte sie plötzlich, als sei ihr das gerade noch rechtzeitig eingefallen.

»Filippo.« Ich registrierte erstaunt, wie leicht mir der Name über die Lippen kam – fast schon reflexartig. Vielleicht lag es an der Erinnerung an die Jahre als Flüchtling, während derer ich unter meinem Geburtsnamen gereist war, weil die Preisgabe meiner Klosteridentität fatale Folgen gehabt hätte. Hier, in dieser düsteren Schänke, wo ich misstrauischen Blicken und Gemunkel ausgesetzt war, riet mir derselbe Instinkt zur Vorsicht.

Die Wirtin wirkte nun zufrieden. Sie nickte und ging sogar so weit, einen Knicks anzudeuten.

»Joan Kenney, Witwe, zu Euren Diensten, Sir. Wollt Ihr auch etwas essen?«

»Was habt Ihr denn anzubieten?«

»Dicke Suppe«, kam es knapp zurück.

Ich hielt mich zu dieser Zeit schon lange genug in England auf, um zu wissen, dass es sich dabei um eine Pampe aus Hafermehl handelte, die mit dem Sud von gekochtem Fleisch vermischt worden war – ein Fraß, der meiner Meinung nach an das Vieh verfüttert werden müsste, für Engländer allerdings ein fester Bestandteil ihrer Mahlzeiten war.

»Kein Fleisch?«, vergewisserte ich mich ohne große Hoffnung. »Es ist Sonntag.«

»Wir haben Suppe, Sir. Nehmt die oder lasst es bleiben.«

Widerstrebend bestellte ich eine Portion.

»Humphrey!«, rief die Wirtin scharf. Eine Tür neben der Durchreiche wurde geöffnet, und ein junger Mann mit hellen Locken, der ein schmutziges Geschirrtuch in der Hand hielt, erschien. Obwohl er mindestens sechs Fuß groß und in den Zwanzigern war, sah er erst die Wirtin und anschließend mich mit dem eifrigen Blick eines Kindes an, das es den Erwachsenen recht machen wollte, woraus ich schloss, dass er vermutlich an einer leichten Geistesschwäche litt.

»Hol Master Nerlarno eine Schale mit dicker Suppe und einen Krug Ale, aber schnell, und denk erst gar nicht daran, ihn mit deinem dummen Geschwätz zu behelligen«, fauchte Mistress Kenney. Humphrey nickte heftig mit wild übertriebenen Auf-und-ab-Bewegungen seines Kopfes und drehte das Tuch in seinen Händen. »Er ist ein Waliser«, fügte sie an meine Adresse gerichtet hinzu, als erkläre das alles.

Während der Junge in der Küche verschwand, durchquerte die Frau den Raum, beugte sich über den Tisch am anderen Ende und flüsterte dem ohrlosen Mann etwas zu, woraufhin dieser den Kopf neigte und verstehend nickte, ohne den Blick von mir abzuwenden.

Humphrey kehrte kurz darauf mit einer mit einem grauen dünnen Brei gefüllten Schale zurück, die er halb über dem Tisch verschüttete, sowie einem hölzernen Becher voll Bier, auf dem sich ein Fettfilm gebildet hatte, stellte beides vor mich hin und blieb eindringlich lächelnd neben dem Tisch stehen.

»Danke«, sagte ich, und als er sich immer noch nicht von der Stelle rührte, überlegte ich, ob er ein Trinkgeld erwartete.

»Kommt Ihr aus Italien?«, fragte er mit piepsiger Stimme, bückte sich, sodass er sich mit mir auf Augenhöhe befand, und nahm mich mit schief gelegtem Kopf in Augenschein.

»Ganz recht.« Ich tauchte ein Stück Brot in die Schale, deren lauwarmer Inhalt bereits zu gerinnen begann.

»Dann sagt etwas auf Italienisch«, bat Humphrey. Es klang wie eine Herausforderung, ihn zu beeindrucken; in einem solchen Ton mochte ein Kind mit einem Gaukler auf der Straße sprechen. Ich dachte ein Weilchen nach.

»*Non darei questo cibo nemmeno al mio cane*«, sagte ich mit einem freundlichen Lächeln, hielt meine Stimme jedoch vorsichtshalber gesenkt. Seine Augen leuchteten so verwundert auf, als hätte ich eine Münze aus der Luft gegriffen, und ein Strahlen erhellte sein breites Gesicht.

»Was heißt das?«

»Oh – das lässt sich nicht wörtlich übersetzen. Ich habe euer vorzügliches Essen gelobt.«

Humphrey beugte sich noch näher zu mir, sodass sein Atem mein Ohr streifte. Er verbreitete einen überwältigenden Geruch nach Zwiebeln.

»Ich kann kein Italienisch«, flüsterte er mir verschwörerisch zu, »aber Latein.«

»Das ist gut«, erwiderte ich nachsichtig, mit einem Schwall von Unsinn rechnend, denn es erschien mir mehr als unwahrscheinlich, dass ein einfältiger Schankkellner Latein beherrschte. Doch er nickte nachdrücklich. Sein Gesicht war todernst.

»*Ora pro nobis*«, zischte er mir ins Ohr, dann wich er zurück, um mich erwartungsvoll anzusehen. Ganz offensichtlich wollte er ein Lob einheimsen.

Ich spürte, wie meine Augen groß wurden und hatte Mühe, eine unbeteiligte Miene zu wahren. Langsam ging in meinem Kopf ein kleines Licht auf und begann einige der dort im Dunkeln umherwirbelnden Fragen zu erhellen.

»Ausgezeichnet, Humphrey! Kannst du noch mehr?«, flüsterte ich zurück. Er beugte sich wieder strahlend vor, doch in diesem Moment wurde er von der schrillen Stimme der Wirtin unterbrochen.

»Humphrey Pritchard! Hab ich dir nicht gesagt, du sollst den armen Gentleman in Ruhe lassen? Haste nix zu tun? Er möchte sich den Unsinn nicht anhören, den du von dir gibst – lass ihn in Frieden seine Mahlzeit genießen!« Nach dieser durch nichts gerechtfertigten optimistischen Bemerkung bezüglich des Essens tauchte sie unvermittelt neben Humphrey auf, versetzte ihm einen leichten Schlag gegen den Hinterkopf und stieß ihn in Richtung Küche, obwohl er doppelt so groß war wie sie. Humphrey trollte sich mit schuldbewusstem Gesicht und kläglich gekrümmtem Körper davon.

Die Wirtin wischte sich die Hände an ihrer Schürze ab und zwang sich zu einem unaufrichtigen Lächeln.

»Er hat doch hoffentlich nichts … äh … Kränkendes gesagt?«, fragte sie, doch ich meinte, einen Anflug von Ängstlichkeit aus ihrer Stimme herauszuhören.

»Ganz und gar nicht«, erwiderte ich. »Er hat mich nur gefragt, ob ich mit dem Essen zufrieden bin.«

Ihre Augen verengten sich. »Und, seid Ihr das?«

»Mmm. Danke.«

Sie sah mich kurz an, als wollte sie noch etwas anbringen, dann nickte sie knapp und verschwand in der Küche, in der bald darauf dumpf Stimmen zu hören waren. Sie schalt den armen Humphrey aus, und er versuchte, schwach zu protestieren.

Das Mahl war für mich eine allseits unangenehme Angelegenheit. Ich überwand mich, ein paar Bissen von dem unappetitlichen Brei hinunterzuwürgen, dabei waren mir die ganze Zeit lang die Blicke des ohrlosen Mannes und seiner Kumpane in der Ecke gegenwärtig. Halb hoffte ich, er würde zu mir herüberkommen, mich zur Rede stellen und vielleicht sogar erklären, warum er mich so interessiert beobachtete, er blieb jedoch sitzen und lehnte sich nur gelegentlich nach vorne, um einem seiner Gefährten etwas zuzumurmeln.

Ich selbst hielt den Blick auf meine Schale gerichtet, während ich angestrengt nachdachte. *ORA PRO NOBIS* ... Bete für uns. Die verschlüsselten Worte, hinten auf der letzten Seite, von Roger Mercers Almanach. Ein Fürbittegebet, ein Fragment des Ave Maria oder der Litaniae Sanctorum, denn wo – außer in der der Messe – würde ein ungebildeter Mann wie Humphrey ein paar lateinische Brocken aufschnappen können? Demnach hatte der junge Humphrey Pritchard entweder heimlich eine katholische Liturgie mit angehört oder daran teilgenommen. Oder hatte er diese Worte irgendwelchen Leuten abgelauscht, die er von der Schänke her kannte? Das würde erklären, warum seine Arbeitgeberin ihn unbedingt an Gesprächen mit Fremden hindern wollte. Und warum hatte Roger dieselben Worte mittels eines Codes verschleiert? Es musste sich um eine Losung oder vielleicht um ein Zeichen handeln, an dem Verschwörer einander erkannten. War das *Catherine Wheel* eine Art Treffpunkt oder sicheres Haus für heimliche Katholiken – wollte mich mein hintergründiger Nachrichtenüberbringer etwa in diese Richtung lenken?

Mir wurde bewusst, dass ich, während ich meinen Gedanken nachhing, die ganze Zeit den Mann ohne Ohren angestarrt hatte, und als sei dieser dadurch zum Leben erweckt worden, erhob er sich, klopfte sein Wams ab und bat die Wirtin um die Rechnung.

»Witwe Kenney, ich muss Euch leider verlassen – es ist zwar Sabbat, aber das Geschäft ruft trotzdem«, verkündete er. Zu meiner Überraschung sprach er mit dem Akzent eines gebildeten Mannes, was in einem verwirrenden Kontrast zu seinem Äußeren stand, welches ihn wie einen gewöhnlichen Kriminellen wirken ließ. Wieder einmal mahnte ich mich, keine voreiligen Schlüsse aus dem Benehmen und der äußeren Erscheinung eines Menschen zu ziehen. Ich wartete, bis die Tür hinter ihm zugefallen war, bevor ich seinem Beispiel folgte. Falls mein hastiger Aufbruch den Argwohn der Witwe Kenney erweckt hatte, so ließ sie es sich nicht anmerken. Sie dankte mir nur mit ausdrucksloser Miene, nachdem ich ein paar Münzen auf den Tisch geworfen hatte und zur Tür hinauseilte. Draußen verrenkte ich mir fast den Hals, als ich in beide Richtungen der Straße nach ihm Ausschau hielt. Hoffentlich war der ohrlose Mann nicht bereits außer Sichtweite.

Ich hatte Glück, er erreichte soeben die Kirche am Ende der Straße. Mich erneut im Schatten der Gebäude zu meiner Linken haltend nahm ich die Verfolgung auf, die ich auf Anhieb als weitaus befriedigender empfand als die von Gabriel Norris – sozusagen eines Agenten Walsinghams würdig –, und ich spürte, wie ein Adrenalinstoß durch meine Adern strömte.

Der ohrlose Mann überquerte die breite Straße und schritt unter dem Nordtor hindurch, vorbei an der Kirche St. Michael und dem Bocado, dem Stadtgefängnis. Ich folgte ihm in sicherer Entfernung die Summer Lane entlang, und wir passierten erst die Front des Exeter College, anschließend die Rückseite der Divinity School. Einmal beschlich mich das unbehagliche Gefühl, selbst verfolgt zu werden. Ich drehte mich jäh um, stellte jedoch fest, dass sich außer mir nur eine Handvoll Menschen auf der Straße befand, von denen keiner Notiz von mir zu nehmen schien, also schrieb ich den Eindruck meinen überreizten

Nerven zu und behielt weiterhin den Mann ohne Ohren im Auge.

Dieser bog an der nächsten Ecke in die schmale Catte Street ein, in der die Häuser eng aneinanderstanden und ihre oberen Fachwerk-Geschosse von beiden Seiten über die Gasse ragten, sodass kaum ein Sonnenstrahl hineinfinden konnte und der Boden stets feucht war. Die Fülle bemalter, sacht im Wind schwingender Schilder verriet, dass es sich um eine Geschäftsstraße handelte; bei näherer Betrachtung stellte sich heraus, dass an diesem Ort die Bedürfnisse von Akademikern und Gelehrten befriedigt wurden: Hier boten Drucker, Papierhändler, Robenschneider und Buchbinder ihre Waren feil, am heutigen Sonntag freilich waren alle Läden geschlossen und verriegelt.

Der ohrlose Mann verlangsamte seine Schritte. Ich tat es ihm gleich und hielt mich in sicherem Abstand hinter ihm, da kam eine in einen schwarzen akademischen Talar gehüllte Gestalt mit einer Samtkappe auf dem Kopf aus der entgegengesetzten Richtung auf uns zu. Sie schleppte sich langsam und steifbeinig voran, wie ein alter Mann, dem jede Bewegung Schmerzen bereitete. Der Ohrlose blieb vor einem schmalen Geschäft mit schmierigem Fenster stehen und hob grüßend eine Hand. Der Mann mit der Samtkappe erwiderte den Gruß, und ich duckte mich geistesgegenwärtig in einen Hauseingang, als er gleichfalls vor dem Laden Halt machte, die Kappe abnahm und sich so verstohlen umblickte, als fürchte er, gesehen zu werden. Erst jetzt erkannte ich ihn – es war Doktor William Bernard. Der ohrlose Mann löste wortlos einen Schlüsselring von seinem Gürtel und schloss den schmuddeligen Laden auf. Ich zog mich noch tiefer in den Hauseingang zurück, denn er überprüfte mit einem letzten Blick die Straße hinauf und hinunter, bevor er Doktor Bernard die Tür aufhielt und ihm in einen niedrigen Gang folgte. Die Tür fiel zu, und ich hörte, wie sich der Schlüssel im Schloss drehte. Über dem Laden hing kein Schild, doch als ich mich aus dem Hauseingang löste und mich so nahe heranschlich, wie ich es wagte – obwohl ich es an sich für unwahrscheinlich hielt, dass mich jemand durch die schmutzverkrusteten Scheiben des einen Fensters hätte sehen können –, las ich über der Tür, gemalt in kleinen, aber kunstvollen Buchstaben, die Worte: *R. Jenkes, Buchbinder und Buchhändler.*

Hastig wandte ich mich ab – und prallte auch schon mit einem hochgewachsenen Mann zusammen, der sich den Hut tief ins Gesicht gezogen hatte. Er, den ich beinahe zu Fall gebracht hatte, schien wie aus dem Nichts aufgetaucht zu sein.

»*Scusi*«, stieß ich unwillkürlich hervor, und er murmelte gleichfalls eine Entschuldigung und huschte eilig weiter. Der Anblick seines sich entfernenden Rückens flößte mir Unbehagen ein; ich fragte mich, warum ich ihn nicht längst vorher auf der Straße bemerkt hatte. Konnte er aus einem der Läden gekommen sein? Das hielt ich für zweifelhaft, sie waren alle geschlossen, außerdem erinnerte ich mich daran, dass ich, kurz bevor ich in die Catte Street eingebogen war, das Gefühl gehabt hatte, verfolgt zu werden. Der Mann verschwand in einer Seitengasse, ohne sich noch einmal umzudrehen. Von seinem Gesicht hatte ich fast nichts erkennen können, mir war nur sein dunkler Bart aufgefallen. Ob einer der Gefährten des ohrlosen Mannes im *Catherine Wheel* einen dunklen Bart getragen hatte, konnte ich mich nicht entsinnen; ich hatte sie mir nicht genauer angesehen, außerdem hatten sie ja mit dem Rücken zu mir gesessen. Warum hätte mir jemand von der Schänke aus folgen sollen, überlegte ich, wenn nicht meine bloße Anwesenheit dort Verdacht erregt hatte oder ich es mir allzu deutlich hatte anmerken lassen, dass ich meinerseits den Ohrlosen verfolgen wollte?

Auf meinem Weg zurück zum Lincoln ging ich langsam durch die Catte Street und auf die Stadtmauer zu. Meine Gedanken überschlugen sich. Wer war dieser ohrlose Mann, der sowohl Bekannte unter dem Gesindel, das sich in Schänken wie dem *Catherine Wheel* herumtrieb, als auch unter den Doktoren des Lincoln College hatte? Angenommen, es handelte sich bei ihm um den Buchbinder Jenkes selbst, könnte das seine Kontakte zu den Akademikern erklären, es erschien mir aber merkwürdig, dass Bernard sich gerade einen Sonntag ausgesucht hätte, um mit ihm Geschäfte zu tätigen. Tatsächlich hatte der alte Doktor den Eindruck erweckt, als hoffe er, nicht gesehen zu werden. Und die naheliegendste Erklärung für all das lautete, dass das *Catherine Wheel* wohl ein bekannter Treffpunkt für Rekusanten war. Bernard sympathisierte, wie ich selbst bemerkt hatte, mit den Anhängern des alten Glaubens, und der eine Mann, der das Bindeglied zwischen beidem darstellte, handelte mit Büchern. Läge da nicht die Vermutung auf der Hand, dass ich zufällig auf eine Spur gestoßen war, die mich zu jenem geheimen Handel mit verbotenen Büchern führte, über den sich Walsingham so erbittert geäußert hatte? Nur dass von Zufall keine Rede sein könnte, da jemand auf äußerst rätselhafte Weise nachgeholfen hatte – jemand, der auch dafür gesorgt hatte, dass ich eine Verbindung zu Roger Mercers Tod herstellte. Nun galt es für mich, diese Informationsquelle ausfindig zu machen und herauszufinden, warum sie es nicht wagte, sich zu erkennen zu geben.

Ich passierte die Divinity School und bog links in die St. Mildred's Lane ein. Der kompakte Torhausturm des Lincoln College ragte zu meiner Linken auf und hob sich blass vom Himmel ab. Als ich durchs Haupttor schritt, hörte ich ein Klopfen; es kam vom Fenster des Pförtnerhauses, und ich sah hinter der Scheibe, dass Cobbett mich zu sich winkte.

»'n Bursche hat gerade nach Euch gefragt, Doktor Bruno.« Er schnaufte so stark, als sei er derjenige, der die wichtige Botschaft überbracht hätte. »Diener vom Christ Church. Wollte wissen, ob Ihr an diesem Nachmittag im Shotover jagen geht.«

Ich fluchte stumm; über all der Aufregung über meine Entdeckung im *Catherine Wheel* hatte ich das Versprechen, das ich Sidney gegeben hatte, und meine Absicht, mich persönlich bei ihm zu entschuldigen, vollkommen vergessen. Jetzt wäre es jedenfalls auch mit viel Glück zu spät, um ihn noch im Christ Church anzutreffen.

»Das passt mir heute gar nicht«, sagte ich halb zu mir selbst.

»Ich sollte jetzt besser gehen und meinem Freund eine Nachricht hinterlassen.«

»Nein«, meinte Cobbett verständnisvoll, mittlerweile wieder besser bei Atem, »ich hätte Euch auch nicht für einen begeisterten Jäger gehalten. Nehmt es mir nicht übel, aber um mit einem Langbogen umgehen zu können, seid Ihr ein wenig zu kurz geraten.«

Ich nickte nur und wandte mich ab. Da fielen mir plötzlich Sidneys Rat bezüglich Universitätspförtnern und ihrem Informationsschatz sowie die Flasche Ale wieder ein, die wir gekauft hatten, um Cobbetts Redefluss in Gang zu bringen, und die noch immer in meiner Kammer wartete.

»Hättet Ihr Lust, einen Schluck mit mir zu trinken, Cobbett?«, fragte ich.

»Ihr scheint meine Gedanken lesen zu können, Doktor Bruno.« Cobbett bedachte mich mit seinem zahnlosen, wissenden Grinsen. »Vorhin dachte ich noch, dass meine Kehle schon ganz ausgedörrt ist. Das grenzt ja an Hexerei.«

»Ich versichere Euch, dass dabei keine Hexerei im Spiel ist. Ich erkenne eben einen durstigen Mann, wenn ich einen sehe«, lächelte ich. »Wartet eine Sekunde, ich bin gleich wieder da.«

Der alte Pförtner sank schwer auf seinen Stuhl zurück. »Keine Sorge, Sir, ich gehe nirgendwohin. Muss mal sehen, ob ich einen sauberen Becher finde. Wir sind an Gäste nicht gewöhnt, nicht wahr, Bess?« Er kraulte die alte Hündin sacht hinter den Ohren, woraufhin sie ein leises, wohliges Grunzen von sich gab.

Als ich mit der Flasche zurückkam, zog Cobbett sofort den Stopfen heraus und füllte zwei auf dem Tisch stehende Holzbecher bis zum Rand. Ich bemühte mich, den, den er mir reichte, nicht allzu gründlich auf seinen Sauberkeitszustand zu untersuchen. Cobbetts rundes Gesicht verzog sich zu einem zufriedenen Lächeln, und er bedeutete mir, mir einen Stuhl heranzuziehen.

»Gutes Ale und gute Gesellschaft«, seufzte er, nachdem er einen großen Schluck aus seinem Becher genommen und im

Mund hatte kreisen lassen, bevor er ihn geräuschvoll seine Kehle hinabrinnen ließ. »Nun dann – ich sehe Euch an, dass Ihr mich etwas fragen wollt. Ich kann nämlich auch Gedanken lesen, wisst Ihr?« Er zwinkerte mir zu.

Ich hatte beschlossen, dass es das Beste wäre, Cobbett gegenüber ganz offen zu sein, er würde etwaige Täuschungsmanöver ohnehin sofort durchschauen.

»Habt Ihr je von einem Buchbinder aus der Catte Street namens Jenkes gehört?«, begann ich.

Cobbett warf den Kopf zurück und brach in jenes prustende Gelächter aus, das mich jedes Mal um seine Gesundheit fürchten ließ. Als er sich wieder erholt hatte, bedachte er mich mit einem ungläubigen Blick und wischte sich mit dem Handrücken über den Mund.

»Bei Gott und allen Heiligen, Doktor Bruno, wie habt Ihr das denn fertiggebracht?« Noch immer lachend schüttelte er den Kopf. »Ihr trefft in der Gesellschaft der hochrangigsten Männer Englands in Oxford ein, und ein paar Tage später habt Ihr schon mit dem berüchtigtsten Schurken der Stadt zu tun! Haltet Euch von Rowland Jenkes fern, mehr kann ich dazu nicht sagen.«

»Berüchtigter Schurke? Ein einfacher Buchbinder?«

»Rowland Jenkes ist kein einfacher Irgendwer. Sondern ein Papist und ein Hexenmeister!«

»Tatsächlich?« Mein Interesse war geweckt, und Cobbett wusste ein aufmerksames Publikum zu schätzen.

»Habt Ihr noch nie vom ›Schwarzen Geschworenengericht‹ gehört?«, fragte er, bewusst einen unheilvollen Ton anschlagend.

Ich schüttelte den Kopf.

Cobbett neigte sich mit der genussvollen Miene eines Großvaters nach vorne, der sich anschickt, seine kleinen Enkel mit einer gruseligen Geschichte zu erschrecken.

»Also, das war so.« Eine frustrierend lange Pause entstand, während der er seinen Becher leerte und sich großzügig nachschenkte. »Vor sechs Jahren, im Sommer 1577, einem verdammt heißen Sommer übrigens, wurde Rowland Jenkes wegen Aufwiegelung verhaftet und in den Kerker des Oxford Castle geworfen, in den Gefangene gesperrt werden, bis das örtliche Gericht tagt.«

»Welche Art von Aufwiegelung hatte er denn betrieben?«

»Dazu komme ich noch. Nur nicht so ungeduldig!«, knurrte Cobbett. »Nun, in diesem Fall hat man ihn des Handels mit aufrührerischen Büchern überführt – papistischen Büchern, die hier nicht gedruckt werden dürfen. Hat sie illegal auf dem Seeweg aus Frankreich und den Niederlanden eingeschmuggelt. Es heißt, er hätte flämisches Blut in den Adern, aber das kann bloßes Gerede sein, und auf Gerede gebe ich nichts.«

»Natürlich nicht.« Ich nickte ernst.

»Niemals. Na ja, deswegen wurde er verhaftet, und ein paar Zeugen meldeten sich und sagten aus, er habe sich in verräterischer Weise über die Königin geäußert. Doch während des Prozesses ereigneten sich schreckliche Dinge. Er wurde in die Shire Hall vor den Gefängnismauern gebracht, wo er zusammen mit den anderen Gefangenen vom Lord High Sheriff und dem Lord Chief Baron abgeurteilt werden sollte. Natürlich wurde er für schuldig befunden, und in dem Moment, wo das Urteil verkündet wurde, wurde der Gerichtssaal von dem widerwärtigsten Geruch erfüllt, den man sich nur vorstellen kann. Jeder im Saal begann zu würgen und meinte, er müsse ersticken.«

Er hielt erneut inne, um sich eine Erfrischung zu genehmigen, während ich ungeduldig auf meinem Stuhl herumrutschte.

»Und dann?«

»Tja, Ihr werdet es kaum glauben, ich jedoch kenne Leute, die es mit ihren eigenen Augen gesehen haben, Doktor Bruno«, flüsterte Cobbett, von seiner Geschichte sichtlich hingerissen. »Jeder der Geschworenen starb innerhalb weniger Tage – und nicht nur sie, sondern auch jeder andere Mann im Gerichtssaal. Der Sheriff, der Baron, die Sergeanten, alle waren sie tot, bevor eine Woche verstrichen war. Dreihundert Menschen starben innerhalb eines Monats in Oxford, dann war der Spuk so schnell vorbei, wie er begonnen hatte. Aber das Seltsamste kommt noch.« Er beugte sich so weit vor, dass sein Kinn fast ins Bier eintauchte. »Nicht einer der Gefangenen starb, und auch keine der Frauen und kein einziges Kind, die dem Schwurgericht beiwohnten! Deshalb könnt Ihr mir nicht erzählen, dass es sich dabei um eine natürliche Seuche gehandelt hat.«

»Ihr meint, es wäre ein Fluch gewesen?«

»Der Fluch des Rowland Jenkes«, hauchte Cobbett ehrfürchtig. »Solange er im Gefängnis auf seinen Prozess wartete, gestattete man ihm, in Begleitung eines Wärters auszugehen. Es heißt, Jenkes hätte einen Apotheker aufgesucht und ihm eine Liste verschiedener Kräuter gezeigt. Dem Apotheker fiel auf, dass alle hochgradig giftig waren, und er fragte, wozu er sie benötigte. Jenkes erwiderte, er wolle verhindern, dass die Ratten während seiner Kerkerhaft die Bücher in seinem Laden annagten. Wie dem auch sei, er bekam, was er wollte, und später wurde gemunkelt, er hätte einen Docht mit diesem Giftgebräu getränkt und ihn im Moment seiner Verurteilung in Brand gesetzt.«

»Wo sollte ein Gefangener im Gerichtssaal wohl Zunderbüchse und Feuerstein am Leib verbergen?«, gab ich zu bedenken. »Vermutlich hatte einer der Gefangenen einfach nur Flecktyphus eingeschleppt.«

Cobbett wirkte sichtlich enttäuscht, weil ich versuchte, seine Legende zu entzaubern.

»Das weiß ich natürlich nicht genau, Sir. Ich weiß nur, dass jeder gute Christenmensch die Straßenseite wechselt, wenn er in dieser Stadt Rowland Jenkes begegnet, und wenn Ihr wisst, was für Euch gut ist, tut Ihr dasselbe.«

»Was ist mit den aufrührerischen Büchern? Handelt er immer noch damit?«

»Wer weiß schon genau, was er so treibt, Sir – ich sagte doch, dass man ihm besser aus dem Weg geht. Ich möchte zwar behaupten, dass er in alle möglichen Verbrechen verstrickt ist, aber wer wagt jetzt schon noch, ihn vor Gericht zu bringen?«

Er schenkte sich Bier nach und machte anstandshalber Anstalten, ebenso meinen Becher aufs Neue füllen zu wollen, grinste aber erfreut, als ich ablehnte.

»Wie sah denn seine Strafe aus?«, erkundigte ich mich neugierig.

»Er wurde mit den Ohren an den Pranger genagelt«, gab Cobbett genüsslich zur Antwort. »Und wisst Ihr, was er dann getan hat?«

Ich konnte es mir denken, wollte jedoch seiner Geschichte nicht vorgreifen, deshalb schüttelte ich den Kopf und setzte eine erwartungsvolle Miene auf.

»Er blieb eine geschlagene Stunde am Pranger stehen. Dann brachte ihm einer seiner Kumpane ein Messer, und er schnitt sich vor den Augen der rings um ihn versammelten Menge seelenruhig seine eigenen Ohren ab und ging seiner Wege. Es heißt, er hätte dabei keinen Laut von sich gegeben. Und er ließ seine Ohren einfach am Pranger hängen, könnt Ihr Euch das vorstellen?«

Ich zuckte zusammen. Cobbett nickte abgeklärt.

»So einer ist Rowland Jenkes. Haltet Euch von dieser Art von Gesindel fern, Doktor Bruno!«

»Welcher Art von Gesindel? Dem, das sich in einem Wirtshaus namens *Catherine Wheel* herumtreibt?«

Cobbett starrte mich so entsetzt an, als hätte ich gerade seine gesamte Familie verflucht.

»Heiliger Christus! Wo seid Ihr da hineingeraten, Doktor Bruno? Im Ernst, Sir – allein die Erwähnung dieses Namens kann Euch in mächtige Schwierigkeiten bringen.«

»Wie meint Ihr das?« Ich hielt es für ratsam, den unwissenden Ausländer zu spielen.

»Hört zu.« Cobbett dämpfte seine Stimme zu einem Flüstern und winkte mich noch näher zu sich heran. »Die Leute, die ins *Catherine Wheel* gehen, tun das nicht des Essens und des Bieres wegen, wenn Ihr versteht, was ich meine.«

»So viel habe ich auch schon herausgefunden«, murmelte ich und fragte ihn weiter aus, meiner Spürnase folgend. »Wisst Ihr, ob vielleicht auch irgendeiner der Fellows oder Studenten des Lincoln diese Schänke besucht?«

Cobbett kniff die Augen zusammen, sog seine fleischigen

Wangen nach innen und betrachtete mich eine Zeit lang nachdenklich. Offenbar erwog er, wie viel er diesem merkwürdigen, neugierigen Ausländer enthüllen sollte. Eben wollte er zu einer Antwort ansetzen, in diesem Augenblick jedoch wurde die Tür des Pförtnerhauses aufgerissen, und Rektor Underhill stapfte herein. Beim Anblick seines Gastes, der hier gerade ein Bier mit seinem Pförtner trank, huschte ein überraschter Ausdruck über sein Gesicht, aber er fasste sich rasch wieder und setzte ein Lächeln auf.

»Guten Tag, Doktor Bruno«, begrüßte er mich mit kühler Höflichkeit. »Cobbett, habt Ihr Doktor Coverdale heute gesehen? Er ist nirgendwo zu finden, aber er hat mir nicht gesagt, dass er auswärts zu tun hätte.«

»Ich habe ihn seit gestern Abend nicht mehr zu Gesicht bekommen.« Etwas verspätet ließ Cobbett jetzt Flasche und Becher unter seinem Stuhl verschwinden.

Underhills Nasenflügel bebten vor Zorn.

»Gut, wenn Ihr ihn durch das Tor kommen seht, dann sagt ihm bitte, er möchte sofort zu mir kommen! Ich muss dringend mit ihm sprechen.«

»Wird gemacht, Sir«, versprach Cobbett diensteifrig.

»Könnte ich Euch draußen kurz sprechen, Doktor Bruno?«, wandte sich Underhill an mich.

»Selbstverständlich.« Ich erhob mich mit einiger Mühe von dem wackeligen Stuhl, nickte Cobbett zu, der zur Antwort breit grinste, und folgte dem Rektor in den Turmgang.

»Ich wäre Euch dankbar, wenn Ihr die Dienstboten während ihrer Arbeitszeit nicht zum Trinken verleiten würdet. Vor allem Cobbett braucht keine Aufforderung dazu.« Er schürzte die Lippen. Ich machte Anstalten zu protestieren, doch er hob eine Hand, um etwaigen Einwänden Einhalt zu gebieten. »Ich hoffe, Ihr werdet Euch heute zum Abendessen in der *Hall* zu uns gesellen. Seit dem Tod des armen Roger sind wir alle ziemlich bedrückt, und Eure Anwesenheit würde die Stimmung bei Tisch sicherlich etwas aufhellen.«

»Ich würde mich sehr freuen und nehme Eure Einladung dankend an«, erwiderte ich höflich, und der unaufrichtige Ton in meiner Stimme konnte sich mit seinem durchaus messen.

»Gut. Wir speisen um halb sieben, Ihr werdet sicherlich die Glocke hören.«

Ehe er im Bogengang neben der *Hall* verschwinden konnte, der zu seiner Wohnung führte, rief ich ihn zurück.

»Doktor Underhill? Ich habe mich gefragt … heute Morgen habe ich nach dem Gottesdienst einen Spaziergang gemacht, um etwas frische Luft zu schnappen und um Eure schöne Stadt besser kennen zu lernen.«

Underhill verschränkte die Arme vor der Brust und musterte mich argwöhnisch.

»Ich hoffe, Euch hat gefallen, was Ihr gesehen habt?«

»O ja! Allerdings habe ich mich dann draußen vor der Stadtmauer ein bisschen verlaufen, fürchte ich. Ich war durchs Tor bei der Lady Chapel gegangen und da rechts abgebogen, und nach einer kurzen Strecke zwischen Feldern und Obstgärten hindurch beschrieb die Straße eine Biegung nach links. Dort stieß ich auf ein wunderschönes Herrenhaus neben einer kleinen Kirche, die einen sehr alten Eindruck machte. Nun wüsste ich gar zu gerne, was das für ein Gebäude ist.«

Im Anschluss an eine kurze Bedenkzeit befand der Rektor meine Frage anscheinend für unschuldig genug, um sie mit einer ehrlichen Antwort zu würdigen.

»Beim Smythgate? Ihr müsst die Kirche St. Cross meinen, die in der Tat sehr alt ist. Bei dem Haus müsste es sich um Holywell Manor handeln, ein anderes dieser Größe gibt es in dieser Richtung nicht. Es soll sächsischen Ursprungs sein und wurde einst als Pilgerstätte benutzt, diesem papistischen Brauch wird jedoch heute nicht mehr gehuldigt.«

»Aha. Danke, dass Ihr die Neugier eines Ortsfremden gestillt habt. Holywell Manor ist doch sicher der Landsitz einer lokalen Adelsfamilie?«

Underhill schob die Unterlippe vor.

»Nun gut, die Bewohner zählen schon zum niederen Adel, könnte man sagen, aber sie genießen in der Gesellschaft von Oxford kein besonders hohes Ansehen. Das Haus gehört der Familie Napper – der Vater war einst ein Fellow vom All Saints College, er ist allerdings schon lange tot, und der jüngere Sohn George sitzt in Cheapside im Gefängnis.«

»Tatsächlich? Wegen welchen Vergehens denn?«

Der Rektor runzelte die Stirn. Mein Interesse schien sein Missfallen zu erregen.

»Er hat sich geweigert, den Gottesdienst zu besuchen, glaube ich. Aber jetzt kann ich wirklich nicht länger hier herumstehen und wie ein Waschweib tratschen, ich muss die Abendandacht vorbereiten!« Vor dem Bogengang zu seiner Wohnung drehte er sich noch einmal zu mir um. »Ach, Doktor Bruno? Ich werde Richter Barnes heute Abend in der Kirche sehen, daher hoffe ich, dass wir morgen wissen, wann mit der gerichtlichen Untersuchung des Todes von Doktor Mercer zu rechnen ist. Wir wollen beten, dass sie möglichst bald stattfindet«, fügte er mit einem schmallippigen Lächeln hinzu. »Ich möchte Euch nicht länger als unbedingt nötig von Eurer geplanten Abreise aus Oxford abhalten.«

»Und ich möchte Eure Gastfreundschaft nicht über Gebühr in Anspruch nehmen«, erwiderte ich ebenso kalt. »Richtet Mistress Underhill und Eurer Tochter bitte meine ehrerbietigsten Grüße aus.«

»Gewiss.« Er legte die Fingerspitzen gegeneinander, als erwäge er, noch etwas zu sagen, machte dann indes auf dem Absatz kehrt und verschwand im Schatten des Ganges.

10

Die Glocke rief ebenso wehmütig zum Dinner, wie sie es zur Morgenmesse getan hatte, und riss mich aus meinen Gedanken und dem Studium meiner auf dem Tisch in meiner Kammer verstreuten Notizen. Nach dem Wortwechsel mit dem Rektor war ich zum Christ Church gegangen und hatte dort zu meiner Erleichterung festgestellt, dass ich Sidneys Jagdtrupp tatsächlich verpasst hatte. Nachdem ich ihm eine Nachricht des Inhalts hinterlassen hatte, von dringenderen Angelegenheiten in Anspruch genommen worden zu sein, hatte ich mich in meine Kammer zurückgezogen, mich auf mein Bett gelegt und eine Stunde mit dem Versuch verbracht, die neuen Informationen irgendwie mit den bisherigen in Verbindung zu bringen: Wenn Humphrey Pritchards unvorsichtige Worte und Cobbetts düstere Warnung darauf hindeuteten, dass das *Catherine Wheel* ein Treffpunkt von Oxfords geheimer katholischer Bruderschaft sei, dann lautete die logische Schlussfolgerung, dass Roger Mercer irgendetwas über diese Gruppe gewusst haben müsste – die mit dem Rad markierten Tage in seinem Almanach könnten für Treffen in dieser Gastwirtschaft stehen. Könnte Mercer geplant haben, sie alle so skrupellos auffliegen zu lassen, wie er gegen seine einstigen Freund Edmund Allen ausgesagt hatte, und war er daher zum Schweigen gebracht worden? Wenn das zuträfe, könnte derjenige, der seine Kammer durchwühlt hatte, nach Beweisen gesucht haben, die Mercer gegen die Gruppe hatte verwenden wollen. Dann war da noch Richard Godwyn, der freundliche, umgängliche Bibliothekar, der anscheinend heimlich ins Land geschmuggelte verbotene katholische Bücher erworben hatte – aber brächte ihn das auch zwangsläufig mit Rowland Jenkes und dadurch dem *Catherine Wheel* in Verbindung? Könnte Mercer ihm auf die Schliche gekommen sein?

Fest entschlossen, die Fellows und Studenten beim Essen schärfer als ein Habicht zu beobachten, streifte ich mein Wams über und wollte gerade die Tür öffnen, als mich auf ihrer anderen Seite ein heftiges Klopfen gehörig zusammenschrecken ließ. Ich zog sie vorsichtig einen Spalt breit auf und erblickte das ängstliche Gesicht Sophia Underhills, die furchterfüllt über ihre Schulter spähte.

»Lasst mich herein, Bruno – schnell, bevor mich jemand sieht! Ich muss unbedingt mit Euch sprechen«, stieß sie nach einem weiteren verstohlenen Blick zur Treppe atemlos aus.

»Natürlich.« Ich öffnete die Tür weiter, um sie einzulassen. Sie schlug sie hastig hinter sich zu und lehnte sich schwer dagegen. Ihre Wangen waren gerötet. Ich bemerkte mit Sorge, dass von ihrer üblichen Contenance nicht mehr viel übrig war; obwohl sie mit aller Macht dagegen ankämpfte, zitterten ihre Lippen, die sonst so gerne leicht zynisch lächelten, und ihre Augen glänzten, als drohe sie jeden Moment in Tränen auszubrechen.

»Verzeiht mir, Bruno«, begann sie derart leise, dass ich sie kaum verstehen konnte. »Mein Vater hat mir verboten, mit Euch zu sprechen, aber ich kann ihm in diesem Punkt nicht gehorchen – ich wüsste nicht, wem ich mich sonst anvertrauen könnte.« Sie brach ab. Ihr Atem kam in abgehackten Stößen, als sei sie gerannt oder hätte geweint. »Verzeiht mir«, wiederholte sie, dann schien sie vorwärtszutaumeln, als würde sie wie am Abend zuvor von einem Schwindelgefühl überwältigt werden. Diesmal sprang ich noch rechtzeitig vor, um sie aufzufangen, und sie sank dankbar gegen meine Schulter, als ein Schluchzen ihren schmalen Brustkorb erzittern ließ. Ich hielt sie in meinen Armen und strich über ihr Haar, während sie versuchte, ihre

Emotionen unter Kontrolle zu bekommen. Weshalb sie zu mir gekommen war, konnte ich noch nicht einmal erahnen, doch Sophia war nicht der Typ Frau, der wegen irgendeiner Bagatelle dermaßen die Fassung verlöre, also hatte sie mir wahrscheinlich etwas Ernstes zu sagen.

Sowie sie sich so weit erholt hatte, dass sie den Kopf von meiner Schulter heben konnte, lehnte sie sich zurück und sah mir mit solch furchterfüllter Eindringlichkeit in die Augen, dass es mir so vorkam, als wolle sie mir bis auf den Grund meiner Seele blicken. Ehe mir bewusst wurde, was ich da tat, folgte ich einem Impuls, beugte mich vor und küsste sie. Für einen kurzen Moment spürte ich, wie sie darauf einging, ihr warmer Körper schmiegte sich weich gegen den meinen – doch genauso plötzlich wich sie zurück, stieß meine Arme weg und starrte mich mit einem Ausdruck verwirrten Entsetzens an.

»Nein … nein, ich kann nicht … Ihr versteht nicht«, stammelte sie und ließ dabei ihre Hände so mutlos sinken, als habe sich ihre Qual verhundertfacht.

»Es tut mir leid …«, fing ich an, doch sie schüttelte heftig den Kopf.

»Nein, ich muss mich entschuldigen, Bruno … ich hätte nie … aber ich wusste wirklich nicht, an wen ich mich sonst hätte wenden können!«, brach es aus ihr heraus. Sie verkrallte die Hände ineinander und sah mich flehend an. »Ich glaube, ich schwebe in Gefahr.«

Eine eisige Hand schloss sich um mein Herz. Mit zitternden Fingern wies ich zaghaft auf den Stuhl neben dem Schreibtisch, hierauf schob ich schnell Rogers Kalender und meine Aufzeichnungen über seinen Tod unauffällig unter ein Buch.

»Ihr müsst mir alles erzählen«, ermutigte ich sie. »Was für eine Art von Gefahr meint Ihr? Hat sie mit Doktor Mercer zu tun?«

Sie zögerte, holte tief Luft und setzte zu einer Antwort an, doch genau in diesem Augenblick war erneut ein energisches Klopfen zu hören. Sophia fuhr herum, starrte voller Angst zu meiner Kammertür und schlug eine Hand vor ihren Mund. Ich wartete mit wild klopfendem Herzen ab, was geschehen würde – womöglich hatte ihr Vater sie ins Treppenhaus gehen sehen und war ihr gefolgt. Nach einigen Sekunden wurde noch einmal geklopft.

»Doktor Bruno? Seid Ihr da?«

Es war die Stimme eines jungen Mannes, nicht die des Rektors. Trotzdem durfte Sophia nicht in meiner Kammer überrascht werden, und ich könnte schwerlich so tun, als wäre ich nicht da, da ich mich in den nächsten Minuten zum Dinner in die *Hall* begeben müsste.

»Einen Augenblick bitte, ich kleide mich gerade an«, rief ich, dann schob ich Sophia hinter einen der bodenlangen Fenstervorhänge. Die Situation war dermaßen absurd, dass sie ihr ein schwaches Lächeln entlockte. Ich drückte ihren Arm, und sobald von ihr nichts mehr zu sehen war, ging ich zur Tür und öffnete sie. Auf der Schwelle stand mir John Florio gegenüber, der mich neugierig ansah.

»Master Florio!« Ich zwang mich dazu, so unbefangen und heiter wie möglich zu klingen. »Was führt Euch denn zu mir?«

»Habe ich Euch gestört, Doktor Bruno?«, fragte er, dabei schielte er um mich herum, um meine Kammer zu inspizieren. »Ich kann später wiederkommen, wenn Ihr nicht allein seid – mir war, als hätte ich Stimmen gehört.«

»Ich habe die schlechte Angewohnheit, mit mir selbst zu reden«, entgegnete ich. »Nur so kann ich sicher sein, eine Disputation zu gewinnen.«

Er lachte herzlich und schüttelte den Kopf.

»Was die betrifft, so hat man Euch von Anfang an keine Chance gegeben, Bruno – und diejenigen von uns, die sich nicht von Vorurteilen blenden lassen, wissen das. Ich bin gekommen, weil ich gehört habe, dass Ihr heute Abend mit uns speist. Wir hatten bislang kaum Zeit, uns zu unterhalten, und ich wollte mir Eure Gesellschaft sichern.«

»Oh – ja, sicher.« Mein Blick schweifte unwillkürlich zum

Vorhang, ich zwang mich jedoch, ihn sofort wieder auf Florio zu richten. »Aber wenn es Euch nichts ausmacht – ich muss erst noch … äh … den Nachttopf benutzen.«

»Natürlich. Ich kann unten auf Euch warten.«

Nachdem ich die Tür hinter ihm geschlossen hatte, hörte ich ihn über den Treppenabsatz und wenig später die Stufen hinunterschlurfen. Sowie ich sicher war, dass er unten angekommen wäre, zog ich den Vorhang zurück, und Sophia trat wieder ins Licht.

»Ich habe schon befürchtet, die ganze Nacht hier verbringen zu müssen«, grinste sie, ihrer eigenen Stimmung zum Trotz.

»Ich könnte mir Schlimmeres vorstellen«, scherzte ich und bereute es sofort, als sie mir ein trauriges, verlegenes Lächeln schenkte.

»Es tut mir leid«, entschuldigte ich mich beschämt. »Es würde weder Euren noch meinen Ruf verbessern, wenn man Euch hier finden würde. Jetzt erzählt mir aber von dieser Gefahr! Hat jemand Euch bedroht? Weil Ihr irgendetwas wisst?«

Sie riss erschrocken die Augen auf.

»Worüber? Was sollte ich wohl wissen?«

»Ich dachte nur – weil es ja auf dem Universitätsgelände einen gewaltsamen Todesfall gegeben hat …«

»Das hat nichts mit mir zu tun«, versetzte sie überraschend scharf. Danach seufzte sie und strich sich eine lose Haarsträhne aus dem Gesicht. »Es ist alles so kompliziert, Bruno! Ich kann es Euch jetzt nicht auseinandersetzen, weil Ihr in Eile seid. Ich werde warten und Euch ein andermal alles erklären.«

»Aber …« Ich nahm sie sanft bei den Schultern und schaute ihr offen in die Augen. »Habt Ihr Angst, jemand könnte Euch etwas zuleide tun?«

Sie biss sich auf die Lippen und drehte sich weg.

»Wisst Ihr noch, wie ich sagte, ich würde von einem großen Abenteuer träumen, das alles verändert? Ihr habt mir geraten, vorsichtig mit dem zu sein, was ich mir wünsche.« Sie schwieg einen Moment. »Woher weiß man, ob man jemandem vertrauen kann, Bruno? Ich meine, wenn man ihm sein Leben anvertrauen muss?«

»Die Antwort lautet, dass man das erst weiß, wenn der Betreffende den Beweis dafür erbracht hat. Aber was ist denn geschehen, Sophia? Wem wagt Ihr nicht zu trauen?«

»Das ist alles so dumm von mir.« Sie knetete ihre Finger, anschließend blickte sie zu mir auf, als schämte sie sich. »Verzeiht mir, Bruno – ich hätte Euch nicht mit meinen Problemen behelligen sollen.«

»Ihr habt mich keineswegs behelligt …« Ich wandte mich schroff um, da urplötzlich eine Diele des Treppenabsatzes knarrte, obwohl ich keine Schritte die Treppe hatte heraufkommen hören.

»Dann geht jetzt.« Sophia schob mich zur Tür. »Ich verschwinde hier, sobald ich es für sicher halte. Ich bin es gewohnt, durch die Universität zu schleichen.« Sie rang sich ein Lächeln ab. »Und, Bruno … es tut mir leid – Ihr wisst schon …«

»Ich bin derjenige, der sich entschuldigen muss. Ich wollte mich Euch nicht aufdrängen.« Da ich nicht mehr weiterwusste, rieb ich mir verlegen mit dem Daumen über meine Unterlippe.

»Dazu besteht kein Grund«, flüsterte sie scheu. »Es war mein Fehler. Ich habe mich von Anfang an zu Euch hingezogen gefühlt, jetzt kann ich allerdings nichts mehr ändern. Ihr könnt mich gar nicht verstehen, Bruno – dazu müsste ich Euch alles erst erklären! Vielleicht bekomme ich ja irgendwann einmal noch die Gelegenheit dazu. Ihr solltet jetzt aber besser gehen, bevor mein Vater jemanden schickt, um Euch zu suchen.«

Da ich nicht wusste, was ich sonst tun sollte, drückte ich noch einmal ihre Schulter. Sie stellte sich auf die Zehenspitzen und küsste mich zart auf die Wange.

»Seid Ihr sicher, dass Ihr keine Schwierigkeiten bekommt?« Ich blieb an der Tür stehen.

Sie nickte. »Ich warte noch eine Weile und mache dann, dass ich wegkomme. Spätestens kurz nach halb sieben werden die anderen alle schon in der *Hall* sein.«

»Ich meine die Gefahr, von der Ihr gesprochen habt.«

Sophia legte einen Finger auf die Lippen und gab mir mit Handzeichen nachdrücklich zu verstehen, dass ich jetzt in der Tat gehen sollte. Nach einem letzten Blick auf sie schloss ich die Tür hinter mir. Insgeheim war ich wütend auf Florio, der zu keinem ungelegeneren Zeitpunkt hätte vorbeikommen können.

Draußen war die Glocke verstummt, und der Hof war leer. Durch die hohen Fenster der *Hall* wehte Stimmengewirr zu uns herüber, als ich Florio widerwillig zum Eingang folgte und dabei an Sophia dachte.

Nach der Mahlzeit kehrte ich in meine Kammer zurück, um darüber nachzugrübeln, wie ich mir eine neuerliche Gelegenheit verschaffen könnte, mit Sophia zu sprechen. Ihr Ausbruch bereitete mir große Sorgen; wenn sie, wie ich vermutete, mehr über die näheren Umstände von Roger Mercers Tod wusste, als sie zugeben wollte, dann war es nur zu wahrscheinlich, dass sie wirklich in Gefahr schwebte – vor allem dann, wenn Roger umgebracht worden wäre, um ihn zum Schweigen zu bringen. Doch wer war diese mysteriöse Person, der sie ihr Leben anvertrauen sollte? Und dann war da noch dieser Kuss. Ich stand vor dem Kamin, starrte den unrasierten Mann mit dem zerzausten Haar, der mir aus dem Spiegel entgegenblickte, finster an und runzelte missbilligend die Stirn. Ich hatte mich wie ein ungehobelter Klotz benommen, tadelte ich mich. Sie war mit ihren Ängsten zu mir gekommen, weil sie gedacht hatte, ich würde ihr zuhören, und stattdessen hatte ich mich wie ein brunftiger Hirsch auf sie geworfen. Mein Spiegelbild sah mich mit großen, dunklen Augen an, und sie schienen ein Gegenargument vorzubringen: Sie hatte doch gewollt, dass ich sie in den Armen hielte, sie hatte meinen Kuss zunächst erwidert, bevor ihr Gewissen oder ihr Anstand sie dazu bewogen hatte, sich von mir loszumachen. Einerseits hatte sie gesagt, sie würde sich zu mir hingezogen fühlen, andererseits hatte sie dennoch ihren plötzlichen Rückzieher nicht erklären wollen. War dieses Hindernis, das ich nicht zu begreifen vermochte, vielleicht in ihrer schon länger bestehenden Zuneigung zu einem anderen zu suchen? Lag hier der Grund für ihre Angst? Zur Hölle mit Florio, dachte ich bitter, obwohl ich für die umgängliche Art und die geistreiche Konversation des jungen Angloitalieners dankbar gewesen war, denn die anderen Fellows hatten sich während des Essens in Schweigen gehüllt und Roger Mercers leerem Stuhl immer wieder ängstliche Blicke zugeworfen.

Ich starrte immer noch gedankenversunken in den Spiegel, als unvermittelt meine Kammertür aufgerissen wurde. Aufgeschreckt fuhr ich herum und stand Sidney gegenüber, dessen hohe Gestalt den ganzen Türrahmen ausfüllte. Er hatte sich einen kurzen grünen Umhang über eine Schulter geworfen und schwenkte in der rechten Hand eine Flasche Wein.

»Ich bin dem Polen für diesen Abend entronnen!«, verkündete er triumphierend, schlug die Tür hinter sich zu, zog mit den Zähnen den Korken aus der Flasche und hielt im Raum nach Trinkgefäßen Ausschau.

Da er keine fand, setzte er sich auf den Stuhl neben dem Schreibtisch und nahm einen großen Schluck aus der Flasche.

»Fast so, als wären wir wieder Studenten, Bruno«, lächelte er, um dann die Flasche zu heben und mir scheinbar zuzutrinken. »So!« Er zeigte mit einem Finger auf mich. »Du hast mir Laski den ganzen Tag lang allein überlassen, also solltest du lieber interessante Neuigkeiten für mich haben, Bruno, sonst müsste ich dich für einen Drückeberger halten. Was zum Teufel hast du denn die ganze Zeit getrieben?«

Er hielt mir die Flasche hin, und dankbar trank ich ein paar Schlucke, ehe ich all das zusammenfasste, was sich seit dem gestrigen Abend ereignet hatte. Ich zeigte ihm die Papiere, die ich unter meiner Tür gefunden hatte, erzählte ihm von meiner Entdeckung in der Bibliothek, dem *Catherine Wheel*, auf das ich durch puren Zufall gestoßen war, von Cobbetts Geschichte vom Fluch des Rowland Jenkes, Coverdales Drohungen und seinem anschließenden Verschwinden und endlich von Sophias Angst, sie könnte in Gefahr schweben. Letzteres brachte ich in einem möglichst unbeteiligten Ton vor und verschwieg mein Interesse an ihr sowie den fehlgeschlagenen Versuch, sie zu küssen – trotzdem krümmten sich Sidneys Lippen zu einem wissenden Lächeln, und der alte lüsterne Glanz glomm in seinen Augen auf.

»Kein Wunder, dass du so bereitwillig auf meine Gesellschaft verzichtet hast, Bruno, du gerissener Fuchs«, lachte er und schlug mir auf die Schulter, als er aufstand, um sich die Flasche zurückzuholen. »Der Rektor hat also eine Tochter, eh? Ich hatte im Christ Church weniger Glück, da bekam ich nur alte Männer mit Hängebacken und sommersprossige Jünglinge zu sehen. Hast du deine italienische Magie bei ihr angewandt?«

Ich lächelte, schaute jedoch zur Seite. »Ich mache mir nur Sorgen, weil sie glaubt, sie könnte in Gefahr sein, sonst nichts«, erklärte ich, ohne auf sein höhnisches Prusten zu achten. »Sie wollte es mir nicht sagen, aber ich glaube, es könnte mit dem Tod von Roger Mercer zusammenhängen, und wenn darüber hinaus eine Verbindung zwischen diesem Todesfall und dem katholischen Verschwörernest im *Catherine Wheel* besteht …«

»Dann musst du bei der nächsten sich bietenden Gelegenheit in dieser Schänke weitere Nachforschungen anstellen.« Sidney gab mir die Flasche, die jetzt merklich leichter geworden war, zurück. »Ich kann das nicht übernehmen, mein Gesicht ist zu bekannt. Genau so etwas verlangt Walsingham von dir, Bruno! Du könntest vorgeben, einer von ihnen zu sein, gewinne ihr Vertrauen, schleich dich bei ihnen ein. Du hast ein paar exzellente Trümpfe in der Hand, das muss ich schon sagen: die Bücher und die Worte aus der Heiligenlitanei, die der Junge nachgeplappert hat. Vielleicht treffen sie sich ja einfach nur, um eine Messe zu lesen, oder aber sie schmieden sogar mit der Unterstützung von Frankreich und Spanien ein Komplott gegen unsere Regierung. Finde so viel darüber hinaus, wie du kannst!«

Ich nickte, obwohl mir die Vorstellung, Jenkes und die anderen rauen Burschen im *Catherine Wheel* an der Nase herumführen zu müssen, nicht behagte.

»Und jetzt«, Sidney erhob sich und reckte seine langen Arme über dem Kopf, »habe auch ich Neuigkeiten für dich. Der Jagdhüter des Shotover Forest vermisst tatsächlich einen Jagdhund. Einen von fünf Irischen Wolfshunden, die er vor einer Woche für eine Jagdgesellschaft gemietet hatte – der Mann, dem er zugeteilt worden war, behauptete, der Hund habe sich vor einem Geräusch erschreckt und sei ihm davongelaufen. Offenbar haben sie den ganzen Wald nach dem Tier abgesucht, es aber nicht wiedergefunden.«

»Hat der Jagdhüter denn ebenfalls den Namen des fraglichen Jägers genannt?«, fragte ich hoffnungsvoll.

»Das hat er allerdings.« Sidney lehnte sich gegen den Kaminsims. Er war sichtlich stolz darauf, so viele Informationen zusammengetragen zu haben. »Es war ein gewisser Master William Napper von Holywell Manor, Oxford. Gleichwohl wird jeder Jäger bestätigen, dass ein gut dressierter Wolfshund nicht einfach so wegläuft – diese Tiere sind disziplinierter als die meisten Soldaten Ihrer Majestät.«

»Napper?« Ich hob überrascht den Kopf. »Das ist merkwürdig.«

»Warum?«

»Wegen deines neuen Freundes Gabriel Norris – ich glaube, er hat sein Pferd in den Ställen von Holywell Manor eingestellt. Heute Morgen habe ich gesehen, wie er dorthin unterwegs war.«

Sidney legte nachdenklich den Kopf schief, und in diesem Moment fiel mir etwas auf, das mir das Blut in den Adern gefrieren ließ.

»Das muss ein Zufall sein. Diese Familie ist natürlich gut bekannt«, fuhr mein Freund fort, dabei trat er zum Fenster, um in den Hof hinauszublicken. »William Napper war schon immer das, was wir einen Kirchenpapisten nennen – er unterwirft sich den Regeln unserer Kirche und besucht wie jeder gute Bürger den Gottesdienst, obwohl jeder weiß, dass er im Herzen einem anderen Glauben anhängt. Sein jüngerer Bruder George freilich ist in ernsthafte Schwierigkeiten geraten. Er studierte in Reims und ist zurzeit im Wood Street Counter in Cheapside inhaftiert. Eigenartig, dass der junge Norris Kontakt mit diesen Leuten pflegt! Ich nehme an, wir müssen ihn ebenfalls im Auge behalten.« Er drehte sich zu mir um. »Bruno, hörst du mir überhaupt zu?«

»Nur eine Sekunde, Philip.« Ich war zwar nicht übertrieben ordentlich, doch ich hatte die Bücher und Papiere auf dem Schreibtisch ganz sicher nicht in einem solchen Durcheinander zurückgelassen, wie ich es jetzt vorfand. Ich sprang vom Bett auf und hob ein paar Bogen an, um meinen Verdacht zu bestätigen, im Anschluss blätterte ich fieberhaft die restlichen Unterlagen durch: Jemand hatte meinen Schreibtisch durchsucht! Roger Mercers Almanach und all die Theorien, die ich im Zusammenhang mit seinem Tod schriftlich festgehalten hatte, waren verschwunden.

»Sophia«, flüsterte ich ungläubig.

11

Am Montagmorgen weckte mich der gegen meine Fensterscheiben trommelnde Regen, noch ehe die Glocke zur Frühmesse geläutet hatte. In der Nacht waren wieder dicke Wolken aufgezogen, der Himmel war schiefergrau, der Hof mit Pfützen übersät. Wieder einmal hatte ich, von Furcht und Sorgen gequält, schlecht geschlafen. Sidney und ich hatten bis spät in die Nacht zusammengesessen und Theorien aufgestellt, für alle hatten wir allerdings zu wenig konkrete Beweise in der Hand, um die verschiedenen Fäden entwirren zu können. Ich müsste einen Weg finden, möglichst bald mit Sophia Underhill zu sprechen. Entweder war sie es, die Rogers Almanach und meine Notizen an sich genommen hatte, oder jemand anderer, der sie aus meiner Kammer hatte kommen sehen, hatte die Gelegenheit beim Schopfe gepackt, weil er dann davon ausgehen konnte, die Tür unverschlossen vorzufinden.

Als ich die Beine über die Bettkante schwang, entdeckte ich etwas Weißes auf dem Boden unter dem Bett, bückte mich und hob ein Stück Papier auf. Ich drehte es um und erkannte meine eigene Handschrift; es war die Kopie, die ich von diesem seltsamen Code hinten in Rogers Kalender angefertigt hatte, und mein erster Versuch, die Geheimschrift zu entschlüsseln. Das Papier musste unter das Bett gerutscht und deshalb von demjenigen übersehen worden sein, der gestern Abend, als ich mit Florio außer Haus gewesen war, alle anderen Notizen von meinem Schreibtisch genommen hatte – und ich mochte immer noch nicht recht glauben, dass Sophia die Täterin sein sollte. Zumindest war mir die Abschrift des Codes geblieben, obwohl ich bislang noch keinen Brief entdeckt hatte, den Roger Mercer verschlüsselt verfasst oder erhalten hatte. Ich war jetzt sicher, dass diejenige Person, die Rogers Kammer vor mir durchsucht hatte, und nach mir vielleicht auch Slythurst, nach genau solchen Briefen oder Dokumenten gesucht hatte. Was ich nicht wusste, war, ob einer von beiden sie gefunden hatte.

Sidney oblag nach wie vor die schwere Bürde der Unterhaltung des Palatins, aber er hatte versprochen, Gabriel Norris' Verbindung zu Familie Napper zu überprüfen und so viel wie möglich über William Napper und die anderen Teilnehmer des Jagdausflugs herauszufinden, in dessen Rahmen angeblich der Hund abhandengekommen war. Meine Aufgabe lautete, unter dem Vorwand, seltene Bücher erwerben zu wollen, Jenkes' Laden in der Catte Street aufzusuchen und zu sehen, was ich über seine illegalen Geschäfte in Erfahrung bringen könnte. Und obendrein musste ich mich in der Hoffnung, noch etwas aus Humphrey Pritchard herauszubekommen, für eine weitere Mahlzeit im *Catherine Wheel* wappnen. Ich muss gestehen, dass mich bei der Vorstellung, einen einfältigen Schankjungen manipulieren zu müssen, mein Gewissen plagte, doch ich hatte einen Auftrag auszuführen und versuchte daher, die leise mahnende Stimme in meinem Hinterkopf zu überhören. Im Gegensatz zu meinem Auftraggeber war ja ich kein geborener Politiker, und der Gedanke, einzelne Menschen dem Gemeinwohl zu opfern, behagte mir nicht. Wie dem auch sei – ehe ich mich damit befassen konnte, musste ich unbedingt Mittel und Wege finden, um mit Sophia zu sprechen.

Ich hatte beschlossen, nicht mehr an der Morgenmesse teilzunehmen – eine einmalige Zurschaustellung meiner Frömmigkeit müsste für die Dauer meines Aufenthalts hier reichen –, und verbrachte stattdessen die frühen Morgenstunden lesend am Fenster, weil ich hoffte, eventuell Sophia zu sehen, wenn sie über den Hof ginge, um die Bibliothek aufzusuchen. Da ich mir darüber im Klaren war, dass der Rektor mir nie erlauben würde, allein mit seiner Tochter zu reden, selbst wenn ich ihn darum bäte, blieb mir also nichts anderes übrig, als abzuwarten, ob sie sich auch heute dorthin begeben würde, wenn alle Studenten bei ihren Vorlesungen wären – immer vorausgesetzt, dass ihr Vater ihr dieses Privileg nicht gestrichen hätte. Mein Magen forderte knurrend sein Frühstück, aber ich wagte nicht, mich auf die Suche nach etwas Essbarem zu machen, weil ich fürchtete, Sophia sonst zu verpassen.

Kurz vor neun Uhr sah ich sie aus der Wohnung des Rektors kommen. Mein Herz machte unwillkürlich einen kleinen Satz, und ich griff rasch nach meinem Umhang, um sie einzuholen, sie ging jedoch nicht über den Hof auf die Bibliothek zu. Formeller gekleidet als gewöhnlich trug sie ein elfenbeinfarbenes Gewand mit bestickten Ärmeln, hatte die Kapuze ihres kurzen Umhangs zum Schutz vor dem Regen hochgeschlagen und marschierte mit entschlossenen Schritten aufs Torhaus zu. Eiligst schloss ich die Tür meiner Kammer hinter mir ab, obwohl ich vorsichtshalber nichts Wertvolles darin zurückgelassen und das Papier mit dem Code zusammengefaltet in mein Wams geschoben hatte. Walsinghams Geldbeutel hing schwer an meinem Gürtel. Sollte ich auf der Straße angegriffen werden, würde ich alles verlieren, dachte ich grimmig, demgegenüber konnte jetzt wenigstens kein Schaden mehr angerichtet werden, falls es sich noch jemand einfallen lassen sollte, meine Kammer zu durchsuchen. Ich stieg die Treppe hinunter und eilte über den Hof, wobei ich fast auf dem nassen Pflaster ausgerutscht wäre, doch als ich das Haupttor erreicht hatte und in die St. Mildred's Lane hinaustrat, konnte ich Sophia nirgendwo entdecken. Sie war nicht schnell genug gewesen, um aus meinem Blickfeld verschwunden sein zu können, demnach hatte ich mich wahrscheinlich bezüglich der Richtung geirrt, die sie eingeschlagen hatte. Ich machte kehrt, und während ich das Tor hinter mir schloss, hörte ich vom Pförtnerhaus her plötzlich das Murmeln einer Frauenstimme.

Ich klopfte sacht dort an, öffnete die Tür und sah Sophia in ihrem kostbaren Kleid auf dem feuchten Boden kauern und den Kopf der alten Hündin im Schoß halten. Als ich eintrat, blickte sie auf und schenkte mir lediglich ein unverbindliches, höfliches Lächeln, so, als wären wir flüchtige Bekannte, bevor sie ihre Aufmerksamkeit von Neuem ganz dem Hund widmete und seine Ohren zärtlich kraulte. Bess gab ein zufriedenes Knurren von sich und vergrub den Kopf tiefer in Sophias Röcken. Oh, wäre ich nur ein Hund!, ging mir durch den Kopf – um mir denselben gleich wieder selbst zurechtzurücken.

»Morgen, Doktor Bruno«, grüßte Cobbett freundlich von seinem Platz hinter dem Tisch, der ihm ein gewisses Maß an Autorität verlieh. »Ihr scheint es heute eilig zu haben.«

»Ach … nein, ich … guten Morgen, Mistress Underhill.« Ich deutete eine leichte Verbeugung an.

Sophia hob erneut den Kopf, auf ihrem Gesicht lag diesmal jedoch ein besorgter Ausdruck, und sie lächelte nicht.

»Doktor Bruno. Cobbett, ich glaube, die arme Bess wird allmählich blind«, sagte sie, mich kaum eines Blickes würdigend. Vermutlich schämte sie sich für das, was gestern Abend vorgefallen war.

»Ja, sie wird es nicht mehr lange machen«, stimmte Cobbett so resigniert zu, als habe er sich schon seit geraumer Zeit mit diesem Gedanken vertraut gemacht. »Sophia liebt diesen Hund«, fügte er an mich gewandt hinzu. Ich zwinkerte irritiert angesichts dieser Vertrautheit, mit der er, ein gewöhnlicher Dienstbote, von der Tochter des Rektors sprach – noch dazu in ihrer Gegenwart. Sophia, der meine Verwunderung nicht entgangen war, lachte leise.

»Ihr seid schockiert, weil Cobbett mich nicht Mistress nennt, Doktor Bruno? Als ich hierherkam, war ich dreizehn Jahre alt und mein Bruder vierzehn. Wir hatten keine gleichaltrigen Spielgefährten, und die Fellows waren es nicht gewohnt, Kinder um sich zu haben, sie ließen uns deutlich spüren, dass wir ihnen auf die Nerven gingen. Cobbett und seine Frau waren die Einzigen, die freundlich zu uns waren. Wir haben den größten Teil unserer Zeit hier verbracht, geschwatzt und mit Bess gespielt, nicht wahr, Cobbett?«

»Aye – und mich von meiner Arbeit abgehalten«, brummte der alte Pförtner, aber es klang liebevoll.

»Ich wusste gar nicht, dass Ihr eine Frau habt, Cobbett«, bemerkte ich.

»Nicht mehr, Sir. Der Herrgott hat sie vor fünf Jahren zu sich gerufen. Sie hat jahrelang für alle im College die Wäsche gewaschen und ihre Arbeit verdammt gut gemacht. Aber so ist nun einmal der Lauf der Welt. Und mit meiner alten Bess wird es auch bald aus sein.« Er schnaubte herzhaft und wandte sein Gesicht zum Fenster.

»Sag das nicht, Cobbett, sie hört dich.« Sophia tat so, als würde sie der Hündin die Ohren zuhalten.

»Ihr seht heute Morgen sehr elegant aus, Mistress Underhill«, unternahm ich einen zaghaften Vorstoß.

Sie verzog das Gesicht. »Meine Mutter hat sich genug erholt, um *Besuche* machen zu können«, erklärte sie in einem Ton, der keinen Zweifel daran ließ, was sie von dieser Idee hielt. »Wir haben uns bei einer Bekannten von ihr angesagt, die in der Stadt wohnt und deren Tochter sich kürzlich verlobt hat, obwohl sie zwei Jahre jünger ist als ich. Also werden sie und ich uns wohl gegenseitig etwas auf der Laute und dem Spinett vorspielen, während sich unsere Mütter in Lobpreisungen über die Vorteile einer guten Partie und den Segen einer Heirat ergehen, und wir alle werden ihren Erfolg bejubeln. Wie Ihr Euch sicher denken könnt, kann ich es kaum noch erwarten.« Sie verzog beim Sprechen keine Miene. Cobbett interpretierte ihren Sarkasmus jedoch falsch.

»Aber nein, Sophia, du hast nun wirklich keinen Grund, dich zurückgesetzt zu fühlen – du weißt, dass du jeden Mann haben könntest, den du willst, doch du willst ja nicht!« Seine Worte waren tröstlich gemeint, ich bemerkte allerdings, dass Sophia kurz zusammenzuckte, als bereiteten sie ihr Qualen.

Ich bekam jedoch keine Gelegenheit mehr, weitere Spekulationen anzustellen, denn in diesem Moment waren draußen auf den Pflastersteinen donnernde Schritte zu hören, und die Tür des Pförtnerhauses wurde mit solcher Wucht aufgestoßen, dass sie gegen die Wand prallte und ich schon fürchtete, das Holz wäre zersplittert. Walter Slythurst, der Quästor, stand auf der Schwelle. Er zitterte wie Espenlaub, war totenblass, und seine Augen quollen vor Entsetzen so stark aus ihren Höhlen, dass man hätte meinen können, jemand bohre ihm ein Messer in den Rücken. Der dicke Umhang, den er trug, und seine Reitstiefel starrten vor Schmutz, er war völlig durchnässt und derangiert. Mir fiel ein, dass er über Nacht unterwegs gewesen war, und ich fragte mich, ob man ihn auf der Straße überfallen hatte.

»Holt …«, stieß er hervor. Das Sprechen kostete ihn eine solche Anstrengung, dass sich die Muskeln seines Nackens wie Stricke unter der Haut abzeichneten. »Holt den Rektor! Der Tresorraum … er muss sich selbst … muss das sehen …« Plötzlich beugte er sich vor, stützte sich mit einer Hand an der Wand ab und übergab sich auf den Steinfußboden.

Cobbett und ich wechselten einen Blick, dann begann sich der alte Pförtner aus seinem Stuhl zu wuchten. Ich trat vor. Mir war klar, dass Cobbett dieser Situation nicht ganz gewachsen wäre.

»Ich hole den Rektor«, erbot ich mich. »Aber was soll ich ihm sagen? Was ist passiert?«

Slythurst schüttelte heftig den Kopf und presste die Lippen zu einem weißen Strich zusammen, als fürchte er, die Übelkeit könne ihn erneut übermannen. Er nickte in Sophias Richtung.

»Ein grausames Verbrechen – eines, über das ich in Gegenwart einer Lady nicht sprechen kann. Rektor Underhill muss kommen …« Er brach ab. Sein Atem kam in abgehackten Stößen, seine Knie drohten unter ihm nachzugeben, und er begann so stark zu zittern, als hätten wir tiefsten Winter gehabt. Ich hatte diese Symptome eines schweren Schocks schon häufiger gesehen und wusste, dass wir ihn unbedingt beruhigen müssten.

»Er soll sich setzen, und Ihr gebt ihm etwas Starkes zu trinken«, wies ich Cobbett an. »Ich suche den Rektor.«

»Ich kann ihn holen, wenn Ihr wollt – er ist in seinem Arbeitszimmer.« Sophia sprang auf, doch als sie stand, presste sie eine Hand gegen die Stirn und begann zu schwanken, so wie sie es schon einmal getan hatte. Ich nahm sie am Arm, und sie umklammerte dankbar meine Schulter, sie zog die Hand aber dann rasch zurück, als wir einen Blick ausgetauscht hatten, der besagte, dass wir uns beide an den intimen Moment am gestrigen Abend erinnerten. Sie lehnte sich gegen die Wand. Ihr Gesicht war fast so blass geworden wie das von Slythurst. Der Gestank seines Erbrochenen erfüllte den Raum, und vielleicht lag es daran, dass Sophia die Tür kaum halb geöffnet hatte, bevor auch sie sich vorbeugte und sich auf die Schwelle übergab.

Cobbett verdrehte resigniert die Augen.

»Wollt Ihr Euch ihnen anschließen, Doktor Bruno, ehe ich einen Eimer Wasser hole?«, fragte er.

Tatsächlich rebellierte auch mein Magen gegen den Gestank, und ich war froh, an die Luft zu kommen.

»Rührt Euch nicht von der Stelle – ich bin gleich mit dem Rektor wieder da«, befahl ich, ehe ich ins Freie trat.

»Niemand darf in die Nähe des Turms kommen«, krächzte Slythurst. Sein Zittern ebbte allmählich ab, Cobbett hatte eine seiner Aleflaschen zum Vorschein gebracht und dem Quästor einen großen Becher mit dem Bier vollgeschenkt.

Auf mein wildes Hämmern an die Tür des Rektors hin kam der alte Diener Adam angelaufen und öffnete. Als er mich sah, verzog sich sein Gesicht zu einem spöttischen Lächeln, das seinem ganzen Missfallen offen Ausdruck verlieh.

»Ihr schon *wieder*, Doktor Bruno?«

»Ich muss dringendst den Rektor sprechen«, keuchte ich, ohne seinem Ton Beachtung zu schenken.

»Rektor Underhill kann Euch heute Morgen nicht empfangen, er hat sehr viel zu tun. Und die Ladys sind ausgegangen«, fügte er mit einer Betonung hinzu, die mir klarmachen sollte, dass er wüsste, worauf ich wirklich aus wäre.

»Beim Blut Christi, Mann, hört Ihr mir denn nicht zu?

Wir dürfen keine Zeit verlieren – ich werde den Rektor selbst holen, wenn es sein muss.« Ich drängte mich unsanft an ihm vorbei, durchquerte das Esszimmer und klopfte an die Arbeitszimmertür.

»Was hat das zu bedeuten?«, krähte der Rektor empört, als er sie aufriss. »Doktor Bruno?«

»Er ist gewaltsam in das Haus eingedungen, Sir«, winselte Adam, dabei fuchtelte er wild mit den Händen.

»Ihr müsst sofort mit mir kommen!«, beschwor ich Underhill. »Master Slythurst hat irgendetwas in der Stahlkammer entdeckt – er nannte es ein grausames Verbrechen. Er ist völlig außer sich, deshalb habe ich es übernommen, Euch zu holen.«

Die Augen des Rektors weiteten sich vor Furcht, seine schlaffen Wangen bebten. »Ein Diebstahl?«

»Ich glaube nicht«, erwiderte ich ruhig. »Ein gewöhnlicher Diebstahl bringt einen erwachsenen Mann für gewöhnlich nicht dazu, sein Frühstück wieder von sich zu geben. Ich glaube, Slythurst hat etwas viel Schlimmeres gesehen, sonst hätte sich ihm nicht der Magen umgedreht.«

Der Rektor starrte mich an. »Doch nicht etwa noch ein …«

»Das müssen wir eben herausfinden, also kommt bitte mit mir.«

Underhill nickte stumm, dann gab er mir zu verstehen, dass ich vorangehen sollte.

Als wir die westliche Gebäudekette erreichten, wartete Slythurst bereits an der Tür des Treppenhauses auf uns. Ohne Frage war mittlerweile etwas Farbe in seine Wangen zurückgekehrt, doch er hatte seine Fassung noch nicht vollständig zurückgewonnen.

»Ihr werdet jetzt gute Nerven brauchen, Rektor«, krächzte er, immer noch heiser. »Ich bin heute Morgen aus Buckinghamshire zurückgekehrt, wo ich meinen Aufgaben nachgehen musste. Beim ersten Tageslicht war ich dorthin aufgebrochen, und gerade vorhin bin ich hier wieder eingetroffen. Ich wollte die Einnahmen aus unseren Landgütern direkt in den Tresorraum bringen

und mich erst im Anschluss daran umziehen, aber als ich an James' Tür klopfte, erhielt ich keine Antwort, also ging ich zu Cobbett, um den Zweitschlüssel zu seiner Kammer zu holen. Die Innentür zur Stahlkammer fand ich abgeschlossen vor – wie immer. Nachdem ich sie geöffnet hatte, entdeckte ich jedoch ...«
Seine Augen quollen jetzt wieder aus den Höhlen, er biss die Zähne zusammen und schüttelte den Kopf.

»Was habt Ihr gefunden?« Der Rektor klang, als wolle er die Antwort gar nicht hören.

Slythurst schüttelte nur erneut den Kopf und zeigte zur Treppe. Der Rektor wandte sich zögernd zu mir.

»Doktor Bruno, würdet Ihr vielleicht... Ihr habt in einer solchen Situation schon einmal einen klaren Kopf bewahrt.«

Ich nickte. Der Rektor war im Grunde seines Herzens ein Feigling: zufrieden und kompetent, wenn er über sein kleines Reich der Bücher herrschen konnte, in dem Männer ihre Feinde mit Worten aus dem Hinterhalt beschossen – indes verloren, wenn Gewalt fassbar wurde. Er fürchtete sich eindeutig vor dem, was er gleich zu sehen bekommen würde. Plötzlich war der merkwürdige kleine Italiener nicht mehr so lächerlich, und er wollte mich an seiner Seite wissen. Slythurst bedachte mich mit einem scharfen Seitenblick aus seinen Schlitzaugen. Anscheinend hatte er trotz seines Schocks seine Abneigung gegen mich nicht vergessen und hätte es lieber gesehen, wenn ich nicht auch noch in diese Sache mit hineingezogen worden wäre, aber er war nicht in der Verfassung, mit dem Rektor zu streiten.

Die Stufen knarrten unter meinen Füßen, was den Rektor heftig zusammenschrecken ließ. Obwohl es im Treppenhaus dämmrig war, konnte ich Spuren auf der Schwelle von Doktor Coverdales Raum erkennen, als ich durch die Tür trat; Slythurst hatte sie offen gelassen. Ich hielt meine Begleiter mit nach hinten gestreckter Hand zurück, bückte mich, um diese Flecken zu untersuchen, und stellte fest, dass es sich um verwischte Fußabdrücke handelte, die aus der Turmkammer herausführten. Einen davon berührte ich mit dem Finger und schnüffelte dann an der klebrigen rostfarbenen Flüssigkeit – es handelte sich eindeutig um Blut, das allerdings nicht frisch war. Mit grimmiger Miene drehte ich mich nach meinen Begleitern um. Das runde weiße Gesicht des Rektors, fahl wie der Mond unter mir im Dunkel des Treppenhauses, zuckte vor Furcht zusammen, zeigte mir jedoch gleichzeitig mit einem Nicken an weiterzugehen.

Die kleine Tür am hinteren Ende des zweiten, kleineren Turmraumes schwang gleichfalls mühelos auf. Dahinter sah ich eine schmale Wendeltreppe, die mit Müh und Not Platz für einen Mann ließ, sich zur Turmspitze hochwinden. Auf halber Höhe befand sich eine kleine bogenförmige Türöffnung, deren eisenbeschlagene Eichentür Slythurst auf der Flucht vor dem Anblick, der sich ihm dahinter geboten hatte, gleichfalls offen gelassen hatte. Der unverkennbare Geruch des Todes stieg mir in die Nase, als ich mich auf die Schwelle zubewegte. Der Rektor, der sich dicht hinter mir hielt, stieß einen leisen Schreckensschrei aus. Ich holte tief Atem, stieß die angelehnte Tür ganz auf und betrat den Tresorraum der Universität. Augenblicklich schrie ich auf und begann zu würgen bei dem Anblick, der sich mir hier bot. Der Rektor krallte eine Hand in das Rückenteil meines Wamses, während er versuchte, an mir vorbei in den Raum zu spähen. Und wir erhielten an diesem Ort die Lösung des Rätsels, was mit Doktor James Coverdale geschehen war.

Die Stahlkammer wirkte erheblich beengter als die darunterliegende Kammer des stellvertretenden Rektors, was wohl hauptsächlich mit dem raumfüllenden erstickenden Gestank zusammenhing. Die Ausmaße der Wände waren nahezu identisch, die Holzbalkendecke allerdings war niedriger, und die beiden Fenster, von denen eines auf den Innenhof des Lincoln und das andere auf die St. Mildred's Lane hinausging, waren kleiner und schmaler und ließen durch einen einzigen Bogen im Perpendikularstil an diesem bedeckten Tag ein wenig Licht herein. An den Wänden reihten sich schwere Holztruhen verschiedener Größen, die alle mit Wappen bemalt, mit Eisenbändern beschlagen und mit riesigen Vorhängeschlössern gesichert waren – sie müssten sämtliche eingenommenen Gelder der Universität enthalten.

Links vom Hoffenster erblickte ich James Coverdale:

Seine Handgelenke waren gefesselt und über seinem Kopf an einen an der Wand befestigten eisernen Kerzenhalter gebunden worden. Bis auf sein leinenes Unterhemd war er nackt, und sein Kopf war nach vorne gesunken, sodass sein Kinn auf seiner mit getrocknetem Blut bedeckten Brust ruhte – wie es aussah, war er nicht erst vor ein paar Stunden gestorben. Doch das Bizarrste, der Grund für meinen entsetzten Aufschrei, war der Umstand, dass man, höchstwahrscheinlich aus kürzester Entfernung, mehrere Pfeile auf ihn abgeschossen hatte. Neun oder zehn ragten aus verschiedenen Teilen seines Körpers und verliehen ihm das Aussehen eines Nadelkissens – oder eines gemarterten Heiligen.

Ich wusste sofort, was das zu bedeuten hatte, und der Rektor schien es ebenfalls zu begreifen, denn er verstärkte seinen Griff, sodass ich spüren konnte, wie seine Hand zitterte. Während er mit einem Ausdruck nackten Entsetzens den zweiten Leichnam eines Kollegen anstarrte, der innerhalb von nur zwei Tagen gefunden worden war, musterte ich ihn verstohlen. Seine Lippen bewegten sich, und zuerst dachte ich, er würde stumm beten, bis ich erkannte, dass er zu sprechen versuchte, seine Stimme ihm aber nicht gehorchte. Als es ihm endlich gelang, ein Wort hervorzustoßen, kam dasselbe heraus, das auch mir unvermittelt durch den Kopf geschossen war.

»*Sebastian.*«

»Wer ist Sebastian?«, fragte Slythurst ungeduldig. Er wartete noch immer hinter uns auf der Treppe, den Blick abgewandt, als würde es ihm zutiefst widerstreben, den Raum ein zweites Mal zu betreten.

»Der heilige Sebastian«, erwiderte ich ruhig.

Der Rektor nickte wie in Trance.

»›Es wurde befohlen, ihn festzunehmen und auf das offene

Feld zu schaffen, wo seine eigenen Soldaten ihm unzählige Pfeile durch den Leib schießen sollten‹«, zitierte er heiser.

Ich hegte keinen Zweifel daran, dass die Worte von Foxe stammten.

»Und seht hier!« Er deutete mit einer zitternden Hand auf die Wand neben dem Fenster, auf der das mit einem in das Blut des Toten getauchten Finger gezeichnete Symbol eines Speichenrades prangte.

»Und hier haben wir die Tatwaffe«, stellte Slythurst bestimmt fest, trat in den Raum und zeigte auf die Wand unter dem Fenster, an der ein kunstvoll geschnitzter englischer Langbogen mit grünen und roten Verzierungen neben einem dazu passenden Köcher lehnte. Es sah aus, als habe der Mörder ihn sorgfältig und in aller Ruhe dort platziert, nachdem er sein Werk vollendet hatte.

»Das ist doch Gabriel Norris' Bogen«, krächzte der Rektor ungläubig. »Ich habe ihm gestern Morgen, nachdem er den Hund erschossen hatte, gesagt, er solle ihn hier einschließen lassen.«

»Dann haben wir ja unseren Mörder.« Slythurst bekräftigte seine Worte mit einem Nicken.

Ich trat zum Leichnam und kauerte mich davor nieder, um mir sein Gesicht von unten her genau ansehen zu können.

»Die Pfeile haben ihn nicht getötet«, verkündete ich.

»Nein? Glaubt Ihr, er ist am Fieber gestorben?« Slythurst war bemerkenswert rasch in seine alte Verhaltensweise zurückgefallen; ich spürte, wie sehr ihn meine Gegenwart in diesem Raum störte, den er als seine persönliche Domäne betrachtete.

»Still, Walter«, befahl Underhill scharf, und dieses eine Mal war ich ihm dankbar dafür. »Fahrt fort, Doktor Bruno.«

»Ihm wurde die Kehle durchgeschnitten.« Mit zusammengebissenen Zähnen packte ich Coverdales Haar und hob den Kopf an, sodass das schrecklich verzerrte Gesicht sichtbar wurde. Der Rektor gab nun einen kleinen Schrei in sein Taschentuch ab, Slythurst zuckte zusammen und drehte sich weg. Die Augen des

Toten waren halb geschlossen, in seinem Mund steckte ein Knebel, und quer über seinen Hals verlief ein tiefer Schnitt. Die Wunde klaffte auf, als ich den Kopf angehoben hatte, und ich sah, dass dieser Schnitt stümperhaft ausgeführt worden war, obgleich er letztendlich seinen Zweck erfüllt hatte. Überdies war Coverdales Hals mit Kerben und Kratzern übersät, als hätte der Mörder das Messer ein paar Mal angesetzt, ehe er zur Tat schritt, was darauf hindeutete, dass er wenig Erfahrung auf diesem Gebiet hatte.

»Wer besitzt eine solche Waffe?«, fragte der Rektor mit bebender Stimme. »Sämtlichen Universitätsangehörigen ist es untersagt, innerhalb der Stadtmauern einen Dolch bei sich zu tragen.«

»Ein Rasiermesser hätte genügt«, warf ich verärgert ein. »Oder sogar ein einfaches Küchenmesser, wenn es scharf genug war.«

»Aber warum hat man ihn dann hinterher wie einen Keiler mit Pfeilen gespickt?« Slythurst wagte sich einen Schritt näher heran. »Und dieses Gemälde – ist das eine Botschaft?«

»Der Rektor hat es Euch doch gerade erklärt«, erwiderte ich. »Das Ganze ist eine Inszenierung, eine Parodie des Märtyrertodes des heiligen Sebastian, so wie die Todesart von Roger Mercer den Leiden des heiligen Ignatius nachempfunden war. Ich glaube nicht, dass Ihr das hier als Unfall abtun könnt, Rektor«, fügte ich an Underhill gewandt hinzu, der sich schwer auf eine der Truhen hatte sinken lassen und das Gesicht in den Händen barg.

»Was für ein blühender Unsinn!«, explodierte Slythurst, der seinen Schock jetzt vollständig überwunden hatte. »Roger wurde von einem Hund angefallen, und Ihr macht daraus einen nachgeahmten Märtyrertod! Welcher Mörder würde so etwas tun? Ich glaube eher, Ihr redet irre, Doktor Bruno. Dies hier«, er deutete auf den an dem Kerzenhalter hängenden Leichnam von James Coverdale, »ist eindeutig der grausame Anschlag eines Verrückten auf den armen James, und Eure ausufernde Fantasie wird uns nicht dabei helfen, diesen gefährlichen Eindringling unschädlich zu machen! Ich vermute, dass jemand versucht hat, in die Stahlkammer einzubrechen, James wollte ihn daran hindern, und das ist jetzt das Ergebnis.«

Er brach atemlos ab und stemmte herausfordernd die Hände in die Hüften.

»Ein Dieb, der sich die Zeit genommen hat, mit dem Blut eines Sterbenden ein Bild an die Wand zu malen?« Ich gab seinen unverschämten Blick in gleicher Manier zurück. »Außerdem ist keine der Türen aufgebrochen und keine der Truhen angerührt worden. Ihr habt selbst gesagt, dass sowohl der Tresorraum als auch die äußere Tür verschlossen waren, als Ihr heute Morgen zurückgekommen seid«, erinnerte ich Slythurst. »Wer hat denn alles einen Schlüssel zum Tresorraum?«

»Wir drei.« Slythurst deutete erst auf den Rektor und dann auf den blutigen Leichnam in der Ecke des Raumes. »Jeder von uns besitzt einen Schlüssel zur Stahlkammer, aber die wichtigsten Truhen sind mit drei Vorhängeschlössern gesichert, sodass sowohl der Rektor als auch sein Stellvertreter als auch der Quästor anwesend sein müssen, um sie zu öffnen. Wir nennen sie die Truhen der drei Schlüssel, sie enthalten den größten Teil der Geldmittel der Universität. Die Truhen, in denen die Geschäftsbücher aufbewahrt werden, kann ich alleine öffnen.«

»Eine Sicherheitsmaßnahme, um Veruntreuungen zu verhindern«, warf der Rektor ein.

»James muss von einem Räuber mit vorgehaltenem Messer gezwungen worden sein, sie zu öffnen«, vermutete Slythurst.

»Aber das hätte doch nichts gefruchtet, da Doktor Coverdale sie alleine nicht aufschließen konnte«, gab ich zu bedenken.

»Das konnte ein Räuber aber nicht wissen. Vielleicht wurde James deswegen getötet«, mutmaßte Slythurst. »Der Dieb bekam einen Wutanfall, weil er ihm nicht glaubte, dass er die Truhe nicht öffnen konnte. So muss es gewesen sein!«

Er schien bemerkenswert erpicht darauf, meine Theorie, Coverdales Tod könne mit dem von Roger Mercer zusammenhängen, zu widerlegen. Ich fragte mich, ob er es einfach nicht ertragen konnte, dass ich in irgendeinem Punkt recht behielt, oder ob es ihm Spaß machte, falsche Spuren zu legen. Immerhin war er einer der beiden noch verbleibenden Männer, die einen Schlüssel zum Tresorraum hatten.

»Wann wart Ihr zuletzt hier?«, fragte ich weiter.

Slythurst schielte unbehaglich zum Rektor, der in seine eigenen Gedanken versunken zu sein schien und sich alle Mühe gab, nicht in die Richtung des Leichnams zu blicken.

»Bei allem Respekt, Doktor Bruno, seid Ihr offiziell beauftragt worden, dieses Verbrechen zu untersuchen, dass Ihr meint, uns wie ein Richter verhören zu können?«

»Antwortet ihm einfach, Walter, er versucht nur, uns zu helfen«, wies Underhill den Quästor zu meiner Überraschung matt zurecht. »Was mich betrifft, so war ich seit letztem Dienstag nicht mehr hier, als wir die Gelder und die Unterlagen für den Universitätsanwalt geholt haben. Stimmt das, Walter, war es am Dienstag?«

»Das war das letzte Mal, dass wir alle zusammen hier waren«, bestätigte Slythurst, dabei warf er mir einen feindseligen Blick zu. »Ich selbst kam Samstagnachmittag kurz vor der Disputation noch einmal hierher, um die Papiere zu holen, die ich im Zusammenhang mit der Verwaltung unserer Ländereien in Aylesbury brauchte, und noch etwas Geld für die Reise und verschiedene Ausgaben. James ließ mich ein. Am Sonntagmorgen bin ich dann sehr früh nach Buckinghamshire aufgebrochen und erst heute nach meiner Rückkehr wieder in den Tresorraum gegangen, was Ihr ja bezeugen könnt. Stehe ich somit nicht mehr unter Verdacht?« Seine Augen funkelten sarkastisch.

»Das zu beurteilen steht mir nicht zu.« Ich zuckte die Achseln. »Wann genau habt Ihr am Samstag die bewussten Dokumente geholt?«

»Das sagte ich doch schon: kurz vor der Disputation, also vermutlich gegen halb fünf. Ich wollte alles für meinen Aufbruch am nächsten Tag vorbereiten, denn ich wusste, dass das Fest im

Christ Church erst spät enden würde, und ich wollte James dann nicht mehr stören.« Er schielte verstohlen zu Coverdales bizarrem Leichnam hinüber und senkte dann den Kopf.

Ich trat erneut zu dem Toten, musterte die aus seinem Fleisch ragenden Pfeile und betrachtete ihn von allen Seiten, dann berührte ich einen der Blutflecken auf seinem Hemd. Ein klebriger Rest blieb auf meiner Fingerspitze zurück.

»Es ist gut möglich, dass der Leichnam seit Samstagabend hier hängt«, stellte ich fest. »Das Blut ist getrocknet und die Leichenstarre schon vorüber, der Verwesungsprozess hat eingesetzt. Wenn das Wetter wärmer gewesen wäre, wäre die Zersetzung weiter fortgeschritten, und wir könnten in diesem Raum nicht mehr atmen. Aber mir ist da etwas eingefallen: Doktor Coverdale hat die Disputation verlassen, weil einer der Studenten ihm anscheinend eine dringende Botschaft überbracht hat. Ich frage mich, ob er auf diese Weise in den Tod gelockt wurde.«

»Ich erinnere mich, dass er an dem Festmahl zu Ehren des Palatins nicht teilgenommen hat«, murmelte der Rektor. »Das kam mir merkwürdig vor, denn er hat sich darauf gefreut – er liebt es, Männer hohen Standes zu beeindrucken. *Liebte es*«, berichtigte er sich hastig, dabei schüttelte er den Kopf. »Gott im Himmel!« Die Qual in seiner Stimme klang aufrichtig, war aber, wie ich vermutete, nicht auf die Trauer um seinen Kollegen zurückzuführen. »Ihr habt recht, Doktor Bruno, wir werden die Umstände seines Todes nicht geheim halten können. Es wird eine gründliche Untersuchung geben, der Coroner und der Richter werden verständigt werden – die Universität steht vor dem Ruin! Ich kann mir gut vorstellen, dass einige unserer Förderer ihren Namen nicht in Verbindung mit der Stätte eines so ungeheuerlichen Verbrechens genannt wissen wollen; sie werden uns ihre Unterstützung entziehen und ihre Gelder anderen Lehranstalten zukommen lassen. Es ist wahrlich Teufelswerk! Christliche Märtyrer auf eine so groteske Weise zu verspotten …« Er vergrub das Gesicht in den Händen. Einen Augenblick dachte ich, er würde schluchzen, aber er versuchte nur, seine keuchenden Atemzüge zu beruhigen.

»Auf jeden Fall ist dies das Werk von jemandem, der mit einem Bogen umzugehen weiß«, stellte ich sachlich fest. »Obwohl vermutlich sogar ich aus dieser Entfernung ein an die Wand gebundenes und bereits totes Ziel treffen würde, daher müssen wir nicht zwingend nach einem herausragenden Bogenschützen suchen. Wer auch immer hinter dieser Sache steckt, er hat den Mord sehr sorgfältig inszeniert, um sicherzugehen, dass wir ihn auch wirklich mit dem ersten in Verbindung bringen.«

»Er wollte sichergehen, dass *Ihr* diesen Zusammenhang erkennt«, warf der Rektor ein. »Foxe, die nachgeahmten Märtyrertode – alles Eure Theorie, Doktor Bruno.«

»Darauf hat mich ein Unbekannter gebracht«, erinnerte ich ihn.

»Ja, begreift Ihr denn nicht? Dieser aus Foxes Buch herausgeschnittene Papierstreifen, den Ihr mir gezeigt habt, und das hier …«, er deutete wild gestikulierend auf den Leichnam in der Ecke, »… das gilt alles Euch. Jemand wusste, dass Ihr die Zusammenhänge verstehen würdet.« Er starrte mich so vorwurfsvoll an, als wäre meine Theorie schuld an Coverdales furchtbarem Schicksal.

»Aber der Mörder konnte nicht wissen, dass ich just in dem Moment zugegen sein würde, wo die Leiche gefunden wird«, widersprach ich. »Aber dennoch, er scheint diesmal ganz sichergehen zu wollen, dass Ihr die Anspielung auf die Märtyrertode erkennt und sie in Zusammenhang mit Rogers Tod bringt.«

»Demnach muss es sich um denselben Täter handeln.« Der Rektor blickte bekümmert zu mir auf.

»Norris besitzt ein Rasiermesser«, mischte sich Slythurst plötzlich ein. »Er rasiert sich jeden Tag.«

Ich rieb mir über meinen eigenen Bart, während ich überlegte. »Ein Rasiermesser und einen Langbogen. Jemand versucht den Verdacht auf Norris zu lenken, daran besteht kein Zweifel.«

»Ihr haltet ihn nicht für den Täter?« Der Rektor sah mich noch immer an wie ein trostbedürftiges Kind.

»Ich weiß zwar nicht viel über Norris, aber ich kann mir nicht vorstellen, dass er einen so ungewöhnlichen Mord begeht und dann eine Waffe zurücklässt, die auf ihn als Schuldigen hindeutet. Außerdem, was sollte er für ein Motiv haben?«

»James hasste die Commoners, er wetterte ständig gegen sie. Das habt Ihr ja beim Abendessen des Rektors selbst gehört«, erklärte Slythurst.

»Das dürfte kaum ein Grund sein, einen von ihnen zu töten«, gab ich zurück. »Andererseits könnte jemand, der die Commoners zutiefst verabscheut, auf den Gedanken kommen, zwei Fliegen mit einer Klappe zu schlagen, wie ihr Engländer zu sagen pflegt. Er schafft sich Doktor Coverdale vom Hals – was ihn dazu bewogen hat, wissen wir noch nicht – und hinterlässt zugleich Beweise, die sich gegen Gabriel Norris richten. Auf der Treppe waren Fußabdrücke; wenn wir mehr Licht hätten, könnte ich sie untersuchen, aber ich fürchte, draußen hat der Regen alle Spuren verwischt.«

»Walter, würdet Ihr bitte zu Cobbett hinuntergehen und Euch eine Laterne geben lassen? Doktor Bruno hat recht, wir müssen den Raum genau untersuchen, bevor wir irgendwelche Schlüsse ziehen, und dafür ist es hier drinnen zu dunkel. Und holt auch eine Schüssel mit Wasser«, fügte der Rektor hinzu. »Wir müssen dieses Zeichen von der Wand abwaschen, bevor wir den Coroner rufen.«

Slythursts Augen wurden groß. »Aber dieses Symbol zählt doch zu den Beweisen, Rektor. Es könnte von Bedeutung sein. Wir sollten nichts verändern …«

»Ihr habt meine Anweisungen gehört, Walter. Jetzt tut bitte, was ich Euch gesagt habe.«

Slythurst blickte von mir zum Rektor. Die Wut darüber, wie ein Diener herumkommandiert zu werden, war ihm deutlich anzumerken, aber da ihm kein Gegenargument einfiel, machte er auf dem Absatz kehrt, und kurz darauf hörten wir ihn die Treppe hinunterpoltern.

»Doktor Bruno?« Rektor Underhill zog sich mühsam auf die Füße und packte mich an den Handgelenken. Sein pompöses Auftreten war von ihm abgefallen, er wirkte alt und verängstigt. Unwillkürlich empfand ich Mitleid mit ihm, denn dem Skandal, den dieser zweite Todesfall auslösen würde, war er nicht gewachsen. »Ihr hattet recht und ich unrecht. Ich habe Eure Theorie bezüglich Foxe verworfen, sie erschien mir zu weit hergeholt, und ich glaubte, Schaden von der Universität abwenden zu können, indem ich mich von den anderen – allen voran von James – dazu habe bewegen lassen, Rogers Tod als Unfall hinzustellen. Jetzt bin ich eines Besseren belehrt worden; es sieht in der Tat so aus, als hätte ein Irrsinniger die Fellows ins Visier genommen. Diese grässlichen Parodien christlicher Märtyrertode – hätten James und ich auf Euch gehört, wäre er jetzt vielleicht noch am Leben.«

»Falls es Euch tröstet, Rektor«, ich tätschelte sanft seine Hand, »meiner Meinung nach war Doktor Coverdale, als Ihr Euch am Samstag über meine Theorien lustig gemacht habt, bereits tot. Aber ich sage es noch einmal: Irgendjemand hier am Lincoln College weiß, wer der Täter ist. Und er ist höchstwahrscheinlich in Euren Reihen zu finden.«

»Ihr seid fest davon überzeugt, dass es sich um ein und denselben Mörder handelt?« Er hielt noch immer meine Arme fest.

»So sieht es aus.«

»Dann kann es noch weitere Opfer geben, wenn er nicht gefasst wird?«

»Das kann ich nicht sagen, Rektor. Solange wir nicht wissen, warum die beiden Opfer zu Märtyrern gemacht wurden, können wir keine Rückschlüsse auf den Mörder ziehen und auch nicht erkennen, was er durch seine auffällige Vorgehensweise zu erreichen hofft.«

»Doktor Bruno …« Die Stimme des Rektors brach, er hielt

inne und versuchte, ruhig und gleichmäßig durchzuatmen. »Ich weiß, dass wir diese Sache jetzt nicht länger geheim halten können. Aber diese Morde werden das Ende meiner Zeit als Rektor bedeuten – und vielleicht sogar das Ende der Universität. Wir sind nicht so wohlhabend wie viele andere, und wenn die Fördergelder ausbleiben, werden die reichen Studenten abwandern. Und ich habe nicht nur Angst um mich, Doktor Bruno. Welche Zukunftsaussichten hat meine Tochter denn noch, wenn ich bei Leicester in Ungnade falle? Hm?«

Unbewusst begann er meinen Arm heftig zu schütteln.

»Eure Tochter hat genug Vorzüge, die für sie sprechen, sie ist auf die Gunst eines Earls nicht angewiesen.«

Underhill schüttelte den Kopf.

»In der guten Gesellschaft herrschen andere Gesetze, wie Ihr wohl wisst. Unter den hochrangigen Familien Oxfords gilt sie als nicht zu zügeln. Sie darf nur aufgrund meines guten Verhältnisses zum Earl auf eine vorteilhafte Partie hoffen; besteht dieses Verhältnis nicht mehr, wird kein respektabler Mann sie mehr zur Frau nehmen. Sie sollte nicht an einem Ort wie diesem leben, wenn ihre Mutter sie nicht richtig beaufsichtigen kann, aber ich bin ein törichter, übermäßig nachsichtiger Vater, der es nicht ertragen kann, sie fortzuschicken. Doch jeder Tag, den sie länger hier verbringt, schädigt ihren Ruf mehr.« Er holte tief Atem, und ich sah, dass der Schock alle seine Emotionen an die Oberfläche geschwemmt hatte. Fast rechnete ich damit, ihn gleich in Tränen ausbrechen zu sehen, aber er nahm sich zusammen und fuhr fort: »Der Earl of Leicester muss natürlich erfahren, was geschehen ist, aber es wäre vermutlich besser für uns, wenn wir ihm zugleich auch einen überführten Mörder präsentieren könnten, meint Ihr nicht auch?«

»Dann müsst Ihr darauf hoffen, dass der Richter und der Coroner rasche Arbeit leisten.« Ich tat so, als verstünde ich nicht, worauf er hinauswollte.

»Das ist es ja eben, das werden sie nicht tun. Sie sind nicht imstande, ein Verbrechen dieser Art aufzuklären. Ich fürchte, sie werden mit äußerster Taktlosigkeit vorgehen und Facetten des Universitätslebens aufdecken, die allen außer Gelehrten wie uns äußerst seltsam vorkommen müssen. *Ihr* dagegen …« Er ließ die Anspielung im Raum hängen, während er mich voll zaghafter Hoffnung musterte.

»*Ich*, Sir?« Ich hob spöttisch die Brauen. »Ein Ausländer? Ein Katholik? Ein Mann, dem man nachsagt, Magie auszuüben, und der sich zu der Ansicht bekennt, dass sich die Erde um die Sonne dreht?«

Underhill senkte den Blick und gab meine Arme frei. »Ich entschuldige mich für meine unüberlegten Worte, Doktor Bruno. Furcht gebiert Vorurteile, und wir sind in diesen Tagen eine von Furcht beherrschte Nation. Und jetzt sucht uns das Grauen sogar im Heiligtum des Lernens heim …« Seine Stimme erstarb, und er blickte hilflos zum Fenster am anderen Ende des Raumes, um den Leichnam nicht ansehen zu müssen.

»Bittet Ihr mich, Euch bei der Suche nach dem Mörder zu helfen?«, fragte ich geradeheraus.

Er wandte sich zu mir. Schwache Hoffnung glomm in seinen kleinen, wässrigen Augen auf.

»Unter normalen Umständen würde ich nicht im Traum daran denken, einen Gast in eine so furchtbare Angelegenheit hineinzuziehen, aber alles deutet darauf hin, dass der Mörder es genau darauf anlegt. Diese Papiere, die Ihr mir gezeigt habt – ich dachte, jemand wolle sich einen Scherz mit Euch erlauben, aber nachdem das hier passiert ist …« Wieder deutete er mit der Hand auf den Leichnam in der Ecke, ohne sich umzudrehen. »Vielleicht könnt Ihr den Täter entlarven, bevor noch mehr Blut vergossen wird.«

»Also rechnet Ihr mit weiteren Opfern?«, fragte ich eine Spur zu scharf.

Underhill blinzelte, dann schüttelte er den Kopf. »Ich meinte nur, es scheint ja kein Zweifel daran zu bestehen, dass wir es mit einem Gegner zu tun haben, der entweder besessen oder irrsinnig ist …«

Just in diesem Moment ertönte hinter uns ein kratzendes Geräusch, gefolgt von einem dumpfen Ton. Aus dem Augenwinkel heraus bemerkte ich eine plötzliche Bewegung, wirbelte herum und sah, wie Coverdale zuckte und seine Position veränderte. Der Rektor kreischte und griff erneut nach meinem Arm. Ich hörte mich selbst erstickt nach Atem ringen, und einen Moment ergriff eisige Furcht von mir Besitz, als ich mich fragte, ob Coverdale vielleicht noch gar nicht tot war und die ganze Zeit dort gehangen und entsetzliche Qualen ausgestanden hatte. Doch als ich mich zusammennahm und zögernd einen Schritt vortrat, bemerkte ich, dass sich der Knoten des Seils, mit dem er an den Kerzenhalter gebunden war, zu lösen begann.

»Es ist alles in Ordnung, Rektor Underhill«, beschwichtigte ich den Rektor, dessen Hand, die meinen Arm umklammert hielt, heftig zitterte. Anscheinend setzte jetzt bei ihm ein verspäteter Schock ein; er konnte auch einen Schluck von Cobbetts Ale brauchen. »Es war nur das Seil. Aber wir müssen den Leichnam abnehmen.«

»Warum ist er nur in seiner Unterwäsche hierhergekommen?«, fragte der Rektor. Er schüttelte noch immer den Kopf, als ich ihm half, auf der größten Truhe Platz zu nehmen.

»Nun, er stand ganz offensichtlich unter Druck, als er hier heraufkam, vielleicht hat ihn der Mörder beim Umkleiden überrascht«, überlegte ich laut, dann fiel mein Blick auf etwas unter dem Fenster. Neben dem Bogen lag ein säuberlich gefalteter Stoffhaufen auf dem Boden. Ich ging darauf zu und hob ihn auf. Es war eine lange Gelehrtenrobe, die Schnitt und Besatz nach zu urteilen einem Doktor der Theologie gehörte, und sie war steif von getrocknetem Blut, vor allem am Brustteil und an den Ärmeln.

»Das ist James' Robe.« Underhill wandte sich schaudernd ab.

»Ich schätze, unser Mörder hat sie über seine eigenen Kleider gezogen, während er die Tat beging«, sinnierte ich. »Ich habe mich schon gefragt, wie jemand in Kleidern, die über und über mit Blut bespritzt gewesen sein müssen, unbemerkt durch die Gebäude der Universität gehen konnte.«

Auf der Treppe erklangen Schritte, und einen Moment später erschien Slythurst mit einer Laterne in der Hand. Er funkelte mich finster an, während er sie dem Rektor reichte, der immer noch am ganzen Körper zitterte und die Hände rang. Ich griff nach der Laterne, bevor er sie fallen lassen konnte, woraufhin ein flüchtiges Lächeln um seine trockenen Lippen spielte. Der Quästor schien Underhills Teilnahmslosigkeit als Aufforderung zu werten, die Kontrolle über die Situation an sich zu reißen.

»Zuerst müssen wir nach dem Coroner schicken, damit er die Leiche fortschafft und der Tresorraum gesäubert und wieder zu seinem eigentlichen Zweck benutzt werden kann. Dann muss sobald wie möglich die gerichtliche Untersuchung stattfinden, damit der arme James ein christliches Begräbnis bekommen kann. Seine Familie muss benachrichtigt werden – ich glaube, er hat irgendwo in den Fens einen Bruder, nicht wahr, Rektor?« Als er keine Antwort erhielt, fuhr er fort, als hätte er gar keine erwartet: »Und ich halte es für ratsam, dass wir, wenn wir seinen Tod bekannt geben, öffentlich verkünden, dass er von einem unbekannten Dieb angegriffen wurde, der versucht hat, in die Stahlkammer einzubrechen. Wir wollen schließlich nicht, dass die Studenten schon wieder die wildesten Vermutungen anstellen.«

»Ein kluger Vorschlag, Walter.« Der Rektor drehte sich zu Slythurst um und betrachtete ihn so abwesend und verwirrt, als erkenne er ihn kaum. »Das gibt Euch ein wenig Zeit, nicht wahr, Bruno?« Er wandte sich mit demselben Ausdruck unbestimmter Furcht zu mir um.

Slythursts Kopf fuhr herum. »Zeit wofür?«

»Rektor Underhill hat mich gebeten, die näheren Umstände der beiden Todesfälle zu untersuchen und zu sehen, ob ich ein Bindeglied zwischen den zwei Vorfällen finde.« Ich gab seinen Blick mit unbeteiligter Miene zurück.

Slythursts Gesicht wurde blass vor Wut. Seine Lippen waren kaum noch zu sehen.

»Bei allem Respekt, Rektor«, stammelte er und schien an seinem Zorn fast zu ersticken. »Haltet Ihr das für eine weise Entscheidung? Doktor Bruno mag ja eine blühende Fantasie haben, aber es erscheint mir wenig vernünftig, einen *Ausländer* …«, er betonte das letzte Wort mit eisiger Verachtung, »… in eine Angelegenheit zu verstricken, die eigentlich universitätsintern behandelt werden sollte. Was da ans Licht kommen kann …« Er brach ab und musterte mich. Ein Muskel seiner Wange begann zu zucken. Dann änderte er seinen Kurs. »Außerdem wird er in wenigen Tagen abreisen.«

»Er ist bereits in diese Angelegenheit verstrickt, Walter«, erwiderte der Rektor bekümmert. »Doktor Bruno hat eine Botschaft von jemandem erhalten, der etwas über Roger Mercers Tod zu wissen scheint; vielleicht stammt sie sogar vom Mörder selbst.«

»Wahrscheinlich eher von Studenten, die ihm einen Streich spielen wollten«, zischte Slythurst. Sein Blick heftete sich voll unverhohlenem Ärger auf mich. »Über diese Entscheidung würde ich gern später mit Euch sprechen, Rektor – unter vier Augen.«

Underhill nickte müde.

»Wir werden darüber sprechen, Walter, aber erst gibt es viel zu tun, und wir müssen zusammenarbeiten. Holt das Wasser, ich werde die Wand selbst säubern. Ich möchte, dass keine Spur von dieser … dieser Schmiererei zurückbleibt, und ich vertraue darauf, dass keiner von Euch sie erwähnt. Vielleicht könnt Ihr einen Boten finden, der dem Coroner einen Brief überbringt«, sagte er zu Slythurst. »Ich werde jetzt in meine Bibliothek gehen und ihn verfassen. Doktor Bruno, wie wollt Ihr weiter vorgehen?«

Ich wünschte, der Rektor hätte den mysteriösen Brief nicht erwähnt; ich traute Slythurst immer noch nicht. Wir hatten nur sein Wort, dass er am Samstag wirklich vor der Disputation seine Unterlagen aus dem Tresorraum geholt hatte, und ich wusste nicht, wie viel sein Wort noch galt, nachdem er bezüglich der Durchsuchung von Roger Mercers Kammer bewusst gelogen hatte. Wenn sich jemand problemlos Zutritt zu der Unterkunft des stellvertretenden Universitätsleiters und dem Tresorraum verschaffen konnte, dann war es der Quästor. Was auch immer mein geheimnisvoller Nachrichtenüberbringer wissen mochte – je weniger Leute erfuhren, was er oder sie mir mitteilen wollte, desto besser. Und jetzt wollte der Täter, dass dieser Mord mit dem *Catherine Wheel* in Verbindung gebracht wurde, und der Rektor gedachte dieses wichtige Symbol wegzuwischen. Langsam drohte mir das alles über den Kopf zu wachsen. Ich wusste nur eines mit Sicherheit: Der Umstand, dass Coverdale die Disputation so früh verlassen hatte, war ein Schlüssel zum Rätsel seines Todes.

»Ich möchte den Studenten ausfindig machen, der Doktor Coverdale während der Disputation eine Nachricht überbracht hat; ich will wissen, warum Coverdale in solcher Eile zur Universität zurückgekehrt ist.«

Underhill nickte.

»Ich lasse Nachforschungen anstellen. Aber ich bitte Euch beide, bewahrt den Studenten gegenüber Stillschweigen, bis ich beim Essen in der *Hall* eine Ansprache gehalten habe. Bis dahin werde ich einen Weg gefunden haben, alles, was vorgefallen ist, so zu erklären, dass es möglichst wenig Aufregung gibt – wenn sich das überhaupt bewerkstelligen lässt.«

»Aber vorher, Rektor Underhill«, fügte ich hinzu, »sollte ich mit Gabriel Norris sprechen. Wenn er Eure Anweisungen befolgt und seinen Bogen und die Pfeile in die Stahlkammer gebracht hat, müssen wir in Erfahrung bringen, wann und ob Doktor Coverdale ihn eingelassen hat. Und ich denke, Ihr solltet Euch in Euer Arbeitszimmer begeben, ein Glas Eures stärksten Weins trinken und Eure Gedanken sammeln, bevor Ihr entscheidet, was als Nächstes zu tun ist.«

»Wo soll das hinführen, wenn der Rektor einer Universität wie Oxford von einem italienischen Papisten vorgeschrieben bekommt, was er zu tun hat«, knurrte Slythurst, doch der Rektor hüstelte und wirkte verlegen und dankbar zugleich.

Wir stiegen behutsam die Stufen hinab. Ich ging mit der Laterne voraus und blieb stehen, um die blutigen Fußabdrücke zu untersuchen, die auf einigen Stufen noch zu sehen waren. Auf dem Boden von Coverdales Räumen unter dem Tresorraum fand ich noch einige schwache Spuren, aber ansonsten waren sowohl der große Wohnraum als auch die angrenzende Schlafkammer sauber und ordentlich. Ich durchquerte sie und überprüfte die Tür, die zur Hoftreppe führte.

»Der Raum war verschlossen, als Ihr heute Morgen hier wart?«, fragte ich Slythurst erneut.

Der Quästor schnaubte ungeduldig. »Das habe ich Euch doch schon drei Mal gesagt. Ich nahm an, dass James ausgegangen war, und da ich die Gelder und Dokumente wegschließen wollte, die ich aus Aylesbury mitgebracht habe, lieh ich mir den Zweitschlüssel von Cobbett und öffnete die Tür. Was wollt Ihr damit andeuten, Doktor Bruno?«

»Ich stelle lediglich fest, dass weder die Tür zum Turmtreppenhaus noch diese Haupttür zu Doktor Coverdales Räumen Anzeichen dafür aufweisen, dass jemand versucht hat, sie gewaltsam aufzubrechen«, entgegnete ich. »Also muss er seinen Mörder freiwillig hereingelassen haben, oder er wurde von jemandem getötet, der sich bereits im Besitz eines Schlüssels befand.«

Slythurst warf mir daraufhin einen so giftigen Blick zu, dass ich ihm in diesem Moment einen Mord durchaus zutraute. Ich wandte mich an Underhill, über dessen Gesicht im flackernden Schein der Laterne gespenstische Schatten tanzten.

»Der Turm muss auf jeden Fall versiegelt werden, bis der Leichnam entfernt wird«, sagte ich. »Wenn Ihr einen der Universitätsdiener am Fuß der Treppe postiert, werden wir bald wissen, ob sich jemand ihr nähern will. Aber ich würde mich gerne selbst dort umsehen. Vielleicht hat der Mörder Spuren hinterlassen.«

»Ja. Ja, das erscheint mir sehr vernünftig.« Der Rektor seufzte. »Ich muss nach dem Coroner schicken. Walter, Ihr seid jetzt nach mir der ranghöchste Universitätsangehörige. Ich brauche Eure Hilfe bei der Entscheidung, was wir unserer kleinen Gemeinschaft sagen sollen. Vielleicht begleitet Ihr mich in meine Wohnung? Und sagt Cobbett, er soll einen der Männer aus der Küche zur Turmtreppe schicken.«

Slythurst nickte und huschte eilig die Stufen zum Pförtnerhaus hinunter. Underhill drehte sich zu mir um. Aus dem langen Blick, den er mir zuwarf, schloss ich, dass er noch etwas auf dem Herzen hatte.

»Die Pfeile wurden erst nach seinem Tod auf ihn abgeschossen, sagt Ihr?«

»Das ist schwer zu sagen, aber ich denke, das Blut stammte zum größten Teil aus der Halswunde. Wenn er da noch nicht tot war, stand er jedenfalls kurz vor dem Ende; ich glaube nicht, dass er gespürt hat, was mit ihm geschah, wenn Ihr mich das fragen wolltet.«

»Also ist er schnell gestorben?«, erkundigte sich der Rektor fast hoffnungsvoll.

Ich zögerte, kam dann aber zu dem Schluss, dass es barmherziger war, die grausamen Wunden an Coverdales Hals vorerst nicht zu erwähnen. Der Coroner würde die Wahrheit bald genug herausfinden.

»Es war ein furchtbarer Tod, das kann ich nicht leugnen. Aber ich habe schon öfter Männer mit durchschnittenen Kehlen gesehen – sie bleiben nicht lange am Leben.«

Underhill betrachtete mich mit schiefem Kopf. Die Kerze in der Laterne erlosch allmählich, der Raum war trotz der frühen Stunde wieder in ein Dämmerlicht getaucht, und mir kam es so vor, als würde der Gestank des Todes von der Stahlkammer zu uns hinunterziehen.

»Für einen Philosophen habt Ihr ein seltsames Leben geführt, Doktor Bruno«, murmelte Underhill. »Das unsere muss Euch doch dagegen bequem und behütet vorkommen. Jedenfalls dachte ich das bis zu dieser Woche. Ich habe mich hier vor der Welt versteckt, Oxford für ein sicheres Refugium gehalten. Ich habe die Augen zu lange vor der Wahrheit verschlossen, und das wird meine Familie ruinieren.«

»Rektor Underhill.« Ich beugte mich zu ihm. »Wenn Ihr irgendetwas wisst oder vermutet, irgendetwas, das mit diesen Todesfällen in Verbindung stehen könnte, dann dürft Ihr es nicht für Euch behalten. Vor welcher Wahrheit habt Ihr die Augen verschlossen?«

Der Rektor blickte nervös über seine Schulter zur Tür, eine rasche, rattengleiche Bewegung, dann beugte er sich gleichfalls vor. Sein rundes Gesicht wurde von unten von der Laterne beleuchtet.

»Euer Freund, Sir Philip …«

»Was ist mit ihm?«

»Er darf von alldem nichts erfahren. Versprecht Ihr mir, dass Ihr mit ihm nicht über das sprechen werdet, was innerhalb dieser Mauern vorgefallen ist? Er ist Leicesters Neffe, er würde sich verpflichtet fühlen, ihm alles weiterzuerzählen.«

In diesem Moment hallten hinter uns Schritte von den Wänden wider, und Slythurst erschien. Underhill bedeutete mir mit einem warnenden Kopfschütteln, nichts mehr zu sagen, dann blickte er von mir zu dem Quästor, bevor er sich zur Tür wandte.

»Walter?«

»Ich dachte, Rektor«, begann Slythurst mit einem öligen Lächeln, »dass ich Doktor Bruno am besten bei der Untersuchung dieses Raumes zur Hand gehe. Vier Augen sehen mehr als zwei.«

»Gut. Aber dann brauche ich Euch, Walter, kommt danach bitte so schnell wie möglich zu mir.«

Er warf mir einen letzten, beschwörenden Blick zu, bevor er die Tür hinter sich schloss. Seine Schritte hallten durch das Treppenhaus, als er zum Hof hinunterstapfte.

Slythurst sah sich müßig im Raum um.

»Was hofft Ihr denn nun hier zu finden?«

»Ich denke, Master Slythurst, Ihr habt eine genauere Vorstellung davon, was ein Mann in diesem Raum zu finden hoffen kann, als ich sie habe«, erwiderte ich glatt.

Er drehte sich zu mir um. Seine Lippen krümmten sich verächtlich.

»Und ich könnte Euch fragen, was Ihr an Euch genommen habt, als wir beide uns das letzte Mal inmitten der Habseligkeiten eines Toten wiederfanden, Bruno. Was für ein Andenken habt Ihr Euch denn eingesteckt?«

»Gar keines«, versetzte ich ruhig, wandte mich ab und trat zum Fenster. Regen trommelte gegen die Scheibe, rann in kleinen Strömen an dem Glas hinunter und verwischte den Blick ins Freie.

»Tatsächlich?« Er sprach jetzt mit zusammengebissenen Zähnen und stand unangenehm dicht hinter mir. »Ihr mögt Euch das Vertrauen des Rektors erschlichen haben, aber ich durchschaue Euch; ich weiß, wer und was Ihr wirklich seid.«

»Als da wäre?« Ich verschränkte die Arme vor der Brust, als wäre mir seine Meinung völlig egal.

»Ihr gehört zu den Männern, die sich nur auf ihren Charme und ihren Verstand verlassen, um vorwärtszukommen, statt auf harte Arbeit zu setzen. Ihr versucht, Euch bei Männern von Rang und Namen einzuschmeicheln und ihre Gunst zu gewinnen. Ihr kommt hierher und protzt mit Eurem Ruhm und Euren Gönnern – Höflingen und Königen –, aber dies hier ist die Universität von Oxford, Sir, wir lassen uns von derlei Nichtigkeiten nicht beeindrucken. Und Ihr werdet hier kein Amt übernehmen, auch wenn Ihr Eure Nase noch so tief in Dinge steckt, die Euch nichts angehen.« Gegen Ende dieser Tirade waren Speichelflocken in seinen Mundwinkeln erschienen, und er hielt inne, um sich zu sammeln. In seinen Augen loderte ein Hass, dessen Heftigkeit mich überraschte.

»Ihr glaubt, ich würde hier irgendein Amt anstreben?«, wiederholte ich ungläubig.

»Ich wüsste nicht, warum Ihr Euch sonst beim Rektor unentbehrlich machen solltet, indem Ihr Euch mit diesen Todesfällen befasst«, fauchte er zurück.

»Nein, das könnt Ihr nicht verstehen, weil Ihr Euch nicht vorstellen könnt, Euch für irgendjemanden oder irgendetwas einzusetzen, wenn Ihr dabei keinen satten Profit herausschlagen könnt.« Ich trat auf ihn zu, bis sein Gesicht nur noch wenige Zoll von dem meinen entfernt war, und zwang ihn kraft meines Blickes, mir in die Augen zu sehen. »Ich will Euch einmal etwas sagen, Master Quästor. Ich war drei Jahre lang ein Flüchtling in meinem eigenen Land. Ich habe gesehen, wie Menschen so bedenkenlos ermordet wurden, wie Jungen mit Steinen nach Vögeln werfen. Sie wurden wegen der Schuhe, die sie trugen, oder der wenigen Münzen niedergemetzelt, die sie bei sich hatten, und ich sah, wie die Gesetzeshüter in die andere Richtung blickten, weil es zu viel Aufwand bedeutet hätte, die Täter vor Gericht zu bringen, weil in den Augen des Gesetzes die Toten genauso wertlos waren wie ihre Mörder, die wahrscheinlich am Tag darauf selbst getötet werden würden. Und ich denke, das Leben keines Menschen sollte so wenig wert sein, dass, wenn es durch Gewalt endet, das Verbrechen mit einem Achselzucken abgetan wird und der Mörder ungeschoren davonkommt. Deswegen mische ich mich ein, Master Slythurst, man nennt es das Streben nach Gerechtigkeit.« Ich hatte mindestens ebenso heftig gesprochen wie er, doch obwohl er ein Stück zurückwich, fixierte er mich mit einem spöttischen Blick, und ich war es, der zuerst den Kopf senkte, wohl wissend, dass all meine hochtrabenden Worte nicht viel mehr waren als heiße Luft. Ich wollte den Mörder hauptsächlich dingfest machen, um mich Walsingham und Leicester zu beweisen; dies war mein erster Auftrag, und wenn ich erfolgreich war, konnte ich mit einer Belohnung und der Förderung durch diese beiden Männer rechnen. »Lasst uns jetzt diese Sache zu Ende bringen«, schlug ich brüsk vor. »Schließlich tragen wir beide eine gewisse Verantwortung.«

Obwohl der Raum ordentlicher war als bei meinem letzten Besuch, war er in einer Übergangsphase zurückgelassen worden, und ich trauerte plötzlich um James Coverdale, der sich kaum einen Tag lang über sein neues Amt hatte freuen können, bevor er ein ebenso grausames Schicksal erlitten hatte wie sein Vorgänger. Ich hatte den Mann nicht sonderlich gemocht, aber ich fand es furchtbar, dass der Tod an die Tür des Raumes geklopft hatte, den zu beziehen er sich so lange gewünscht hatte, noch während er dabei war, seine Habseligkeiten auszupacken. Slythurst zögerte nicht lange, sondern begann, die Papiere auf Coverdales Schreibtisch durchzusehen, was mir nicht gefiel, denn ich ging davon aus, dass jedwede Hinweise darauf, was Coverdale am Samstagabend zugestoßen war, vermutlich unter seinen Dokumenten zu finden waren, und ich wollte gerade vorschlagen, dass wir uns diese Arbeit teilen, als ich unmittelbar vor dem Kamin einen verschmierten Blutfleck entdeckte.

Ich bückte mich und stellte fest, dass einer der Ziegel ganz rechts in der Kaminwand ein kleines Stück hervorstand, als würde er nicht von Mörtel gehalten. Ich vermochte die Kanten gerade mit den Fingerspitzen zu greifen, aber es gelang mir nicht, ihn aus der Wand zu lösen, und als ich bei dem Versuch abrutschte und mir die Knöchel aufschürfte, entfuhr mir ein leiser Schrei.

»Was habt Ihr da?« Slythursts Kopf fuhr hoch, er ließ das Buch fallen, das er gerade durchgeblättert hatte, und eilte zu mir herüber. Ich leckte mir das Blut von den Fingern und begann erneut, den Ziegel geduldig hin- und herzubewegen, bis ich spürte, wie er sich langsam lockerte.

»Macht schon, Mann!«, knurrte Slythurst. »Soll ich es einmal versuchen?«

»Ich habe ihn schon«, gab ich schnippisch zurück. Einen Moment später hielt ich den Ziegel in der Hand. Dahinter befand sich ein dunkler Hohlraum in der Kaminwand. Ich schob eine Hand so tief wie möglich hinein, ertastete aber lediglich Stein am Ende des Loches.

»Aus dem Weg«, bellte Slythurst, dabei stieß er mich grob zur Seite. Sein knochiger Arm schien noch tiefer in dem Hohlraum zu verschwinden, aber obwohl er entschlossen schien, mir zu beweisen, dass ich versagt hatte, zog auch er die Hand leer wieder heraus. »Auf dass diesen Hurensohn der Teufel hole!«, schäumte er, sich die Knöchel reibend.

»Wer auch immer diesmal hier war, wusste genau, wo er zu suchen hatte«, stellte ich grimmig fest. Meine Knie knackten, als ich mich aufrichtete. »Und er scheint gefunden zu haben, was er suchte.«

»Zur Hölle mit ihm!«, spie Slythurst. Er schien die Entdeckung des ausgeräumten Versteckes als persönliche Beleidigung zu betrachten. Ich fragte mich, ob es das enthalten hatte, wonach der Quästor nach Roger Mercers Tod gesucht hatte – der Hohlraum war nicht groß, bot aber Platz genug für ein Bündel Briefe oder Dokumente –, und ob sein Ärger sich gegen sich selbst richtete, weil er es bei seiner früheren Suche nicht entdeckt hatte. Aber diesmal gab es keine Anzeichen dafür, dass Coverdales Habseligkeiten in aller Eile durchwühlt worden waren; wer auch immer ihn getötet hatte, hatte von dem losen Ziegel gewusst und war direkt zu diesem Versteck gegangen, nachdem er sich Coverdales Blut von den Händen gewaschen hatte. Aber das konnte nur bedeuten, dass derjenige, der am Samstag den Turmraum durchsucht hatte, während Roger im Garten von dem Hund zerfleischt worden war, das Versteck nicht gekannt hatte und es sich demzufolge nicht um den Mörder Coverdales handeln konnte. Was auch Slythurst als Verdächtigen ausschloss, es sei denn, er war ein begnadeter Schauspieler; er war schließlich die einzige andere Person, die ganz legitim einen Schlüssel zur Kammer des stellvertretenden Rektors bekommen konnte, und niemand würde den genauen Zeitpunkt seiner Abreise nach Buckinghamshire oder seiner Rückkehr mit Gewissheit nennen können.

Slythurst schien ungeduldig zu werden, offenbar hatte er entschieden, dass hier nichts mehr zu finden war.

»Ich wüsste nicht, was wir hier noch ausrichten könnten«, murmelte er, ging zur Tür und klimperte mit den Schlüsseln, wie um mir zu verstehen zu geben, dass meine Zeit in diesem Raum abgelaufen war. »Der Rektor braucht mich, und ich muss hier abschließen, also wenn Ihr fertig seid …«

»Sagt mir, Master Slythurst …«, begann ich. »Glaubt Ihr, unser Mörder hat das gefunden, was Ihr nach Roger Mercers Tod hier zu finden gehofft habt?«

Der Blick, den er mir zuwarf, triefte vor Verachtung.

»Ich weiß nicht, wovon Ihr redet. *Ich* habe keinem Mann einen Schlüssel aus der Tasche gezogen, während er seinen letzten Atemzug tat, so wie manche andere«, zischelte er. Sein Gesicht war dem meinen so nah, dass ich seinen säuerlichen Atem riechen konnte.

»Ich frage nur, weil es so aussieht, als wären zwei Männer wegen des Inhalts dieses Verstecks gestorben, und ich denke, Ihr wisst, was darin war«, sagte ich ruhig.

»Man sollte doch meinen, dass das eine unmissverständliche Warnung für alle allzu neugierigen Schnüffler ist«, gab er mit einem Lächeln zurück, das sein Gesicht wie Draht durchschnitt. »Ich muss jetzt zum Rektor. Ihr solltet versuchen, den Besitzer dieser Mordwaffen ausfindig zu machen. Das wäre doch der geeignetste Ausgangspunkt für Eure Ermittlungen, Doktor Bruno, da Ihr ja der Universität so großmütig Eure Dienste angeboten habt.«

Als ich mich mit angewiderter Miene an ihm vorbeidrängte, wünschte ich mir plötzlich glühend, Slythurst möge als der Mörder überführt werden, damit ich den Triumph genießen konnte, dieses sarkastische Lächeln ein für alle Mal verblassen zu sehen, und mahnte mich im nächsten Moment, mich nicht von so gefährlichen Vorurteilen blenden zu lassen.

Am Fuß der Treppe versperrte ein großer, massiger Mann, der wirkte, als habe er überhaupt keinen Hals, den Zugang zum Hof. Er schrak zusammen, als er Geräusche hinter sich hörte, und seine Hand fuhr an seinen Gürtel. Ich musste unwillkürlich lächeln, als ich sah, dass er sich mit einer großen Küchengabel bewaffnet hatte. Anscheinend war dies der Wächter, der dafür sorgen sollte, dass kein Unbefugter den Turm betrat.

»Friede, Dick.« Slythurst hob eine Hand. Der Mann senkte ehrerbietig den Kopf und ließ uns passieren. Wir traten in den

Regen hinaus, ich zog mir mein Wams bis zu den Ohren hoch und schickte mich an, den Hof zu überqueren, als drei Studenten lachend und lärmend aus dem angrenzenden Treppenhaus gestürmt kamen. Zum Schutz vor dem Regen hielten sie sich ihre ledernen Ranzen über die Köpfe. Ich erkannte einen von ihnen, es war Lawrence Weston, der junge Mann, der mich am Samstagabend zu der Disputation begleitet hatte, und sprach ihn an.

»Master Weston, ich brauche Eure Hilfe«, begann ich drängend. Er sah mich verwirrt an, und erst jetzt bemerkte ich, dass ich ihn in meiner Eile hart am Ärmel seiner Robe gepackt hatte.

»Ich bin Euch gerne behilflich, wenn es mir möglich ist, Doktor Bruno«, erwiderte er unbehaglich, da ihm mein Benehmen eindeutig seltsam vorkam. »Aber wir müssen nicht unbedingt im Regen reden.« Er zeigte zum Treppenhaus, aus dem er soeben getreten war. Mir entging nicht, dass Slythurst unseren Wortwechsel voller Argwohn verfolgte. Als er meinen Blick auf sich ruhen spürte, schlang er rasch seinen Umhang enger um sich und huschte davon.

»Während der Disputation Samstagabend kam ein Junge, einer der Studenten in den Saal und überbrachte Doktor Coverdale irgendeine Nachricht«, sagte ich zu Weston, sowie wir im Trockenen standen. »Unmittelbar danach hat Coverdale die Veranstaltung abrupt verlassen. Wisst Ihr, wer dieser Junge war?«

»Woher soll ich das wissen, Sir«, erwiderte er. Offenbar war das schroffer herausgekommen, als er beabsichtigt hatte, denn er fügte hastig hinzu: »Aber ich kann mich erkundigen, wenn es wichtig ist.«

»Das wäre sehr freundlich von Euch.« Ich wandte mich zum Gehen, dann drehte ich mich noch einmal um. »Wenn Ihr ihn findet, wäre mir das einen Shilling wert.«

Weston nickte beeindruckt, ehe er sich wieder zu seinen Freunden gesellte und ich in den Regen hinaustrat.

12

Gabriel Norris' Kammer lag im Erdgeschoss der westlichen Gebäudekette direkt hinter dem Treppenhaus. An der Tür hing ein Schild mit seinem Namen. Ich klopfte an und war sicher, drinnen ein Geräusch zu hören, aber als ein paar Momente verstrichen, ohne dass jemand öffnete, klopfte ich erneut und rief dabei Norris' Namen. Hastige Schritte erklangen, die Tür schwang auf, und Thomas Allen stand vor mir. Er war offensichtlich gerade seinen Dienerpflichten nachgekommen, denn er hielt ein schmutziges Tuch in der Hand.

»Oh, Doktor Bruno«, entfuhr es ihm. Sein Gesicht lief flammend rot an, und er knüllte das Tuch verlegen zu einer Kugel zusammen.

»Es tut mir leid, dass ich störe, Thomas, wie ich sehe, seid Ihr beschäftigt. Ich suche Master Norris.«

»Er ist nicht hier«, erwiderte Thomas, dann schaute er über seine Schulter, wie um sich zu vergewissern, dass dies tatsächlich der Wahrheit entsprach. Ich warf einen kurzen Blick in die Kammer, einen behaglich eingerichteten Wohnraum mit einer hochlehnigen Sitzbank und einem Kamin. Im Vergleich zu den kargen Unterkünften der meisten Studenten bot dieser Raum seinem Bewohner ein gewisses Maß an Luxus. Fenster auf beiden Seiten gingen auf die Straße und den Hof hinaus und ließen sogar an einem trüben Tag ausreichend Licht in die Kammer. Unter einem Fenster stand eine schwere, eisenbeschlagene, mit einem massiven Vorhängeschloss gesicherte Truhe.

»Er ist vermutlich in einer Vorlesung. Ich putze nur gerade seine Schuhe«, fügte Thomas trotzig hinzu.

»Besucht Ihr denn keine Vorlesungen?«

»Nicht, wenn Arbeit anfällt«, fauchte er. Ich wunderte mich über sein Verhalten, aber da ich wusste, wie empfindlich er bezüglich seiner Bedienstetenrolle war, nahm ich an, dass es ihm unangenehm war, bei niedrigen Arbeiten überrascht zu werden.

»Demnach mussten seine Schuhe heute dringend geputzt werden?«, fragte ich, weil mir ein Gedanke kam. Etwas in meinem Ton musste Thomas' Argwohn erregt haben, denn er runzelte die Stirn, und seine Schultern wurden starr.

»Ich putze seine Schuhe jeden Tag«, gab er knapp zurück. »Was wollt Ihr denn von Gabriel?«

»Ich möchte ihn fragen, wann er seinen Bogen in den Tresorraum gebracht hat.«

Thomas wirkte erstaunt, zuckte aber nur die Achseln, ehe er die Hände an seinem Hemd abwischte.

»Das habe ich getan, am Samstagmorgen. Gabriel hat vor Wut geschäumt. Er sagte, der Rektor habe ihm befohlen, den Bogen abzugeben, statt ihm dankbar zu sein, dass er diesen wilden Hund erschossen hat.«

»Also habt Ihr den Bogen selbst dorthin gebracht?«

Er blinzelte, weil ihm mein Ton missfiel, dann schüttelte er den Kopf. »Ich hatte es vor, aber als ich den Hof überquerte, sahen mich Doktor Coverdale und Doktor Bernard, die neben den Stufen zur Kapelle standen. Sie hielten mich an und fragten mich, was ich mit so einer Waffe im College zu suchen hatte. Als ich es ihnen erklärte, sagte Doktor Coverdale, ich könne den Bogen vor seiner Tür auf den Treppenabsatz legen und er würde dafür sorgen, dass er sicher weggeschlossen wird.«

»Hat Doktor Bernard das gehört?«

»Vermutlich schon, er stand ja direkt neben Doktor Coverdale.« Thomas hob verdutzt die Brauen.

»Könnte es sonst noch jemand gehört haben?«

»Das weiß ich nicht. Es sind noch ein paar andere Leute über den Hof gegangen, aber ich kann mich nicht erinnern, dass jemand bei uns stehen geblieben ist. Wo liegt denn das Problem, Doktor Bruno, wenn ich fragen darf?« Er drehte das Tuch jetzt zwischen den Händen und forschte neugierig in meinem Gesicht.

»Oh, es gibt kein Problem«, winkte ich ab. Wir sahen uns einen Augenblick in betretenem Schweigen an.

»Doktor Bruno.« Thomas trat näher und dämpfte die Stimme. »Ich hoffe, Ihr haltet mich nicht für vermessen, aber es gibt da etwas, worüber ich dringend mit Euch sprechen müsste. Es ist wirklich sehr wichtig, und ich weiß nicht, wem ich sonst vertrauen kann.«

Mein Puls beschleunigte sich. Konnte es sein, dass Thomas etwas über den Mord wusste?

»Bitte, Ihr könnt ganz offen zu mir sein.«

»Nicht hier.«

»Sind wir denn nicht allein?« Mein Blick schweifte durch den leeren Raum.

Er schüttelte den Kopf, presste die Lippen zusammen und zupfte an dem Tuch herum.

»Wir reden irgendwo außerhalb der Universität, Sir. Ich möchte auf keinen Fall belauscht werden.«

Ich zögerte. Eigentlich hatte ich keine Zeit, es galt zuerst, den Jungen zu finden, der Coverdale aus der Disputation geholt hatte. Aber der drängende Ausdruck auf Thomas' Gesicht überzeugte mich davon, dass er mir wirklich etwas Wichtiges anvertrauen wollte.

»Also gut. Habt Ihr schon gefrühstückt? Vielleicht finden wir eine Schänke, wo wir essen und uns in Ruhe unterhalten können.« Mir wurde plötzlich bewusst, dass ich über all der Aufregung dieses Morgens noch gar nicht dazu gekommen war, etwas zu mir zu nehmen, und mein Magen knurrte heftig.

Sein Gesicht wurde lang.

»Sir, für Schänkenbesuche fehlen mir die Mittel.«

»Aber mir nicht«, gab ich zurück. »Und Ihr dürft doch sicher mit mir essen, wenn ich Euch einlade?«

»Es würde Eurem Ansehen in Oxford schaden, mit mir zusammen gesehen zu werden, Sir«, versetzte er trübselig.

»Offen gestanden ist mein Ansehen in Oxford im Moment nicht mehr wert als ein Eimer Pferdescheiße, Master Allen«, beruhigte ich ihn. »Zur Hölle mit ihnen allen! Wir lassen uns jetzt ein gutes Frühstück schmecken, wenn wir irgendwo eines bekommen, kümmern uns später um etwaige Konsequenzen, und Ihr erzählt mir, was Ihr auf dem Herzen habt.«

»Ihr seid sehr freundlich, Sir.« Thomas folgte mir zur Tür hinaus und schloss sie hinter sich ab.

Als wir uns dem Turmbogengang näherten, blickte ich zu James Coverdales Fenster empor, obwohl es zu hoch lag, um etwas erkennen zu können.

»Ist alles in Ordnung, Doktor Bruno?« Thomas war meinem Blick gefolgt. Sein eckiges Gesicht wirkte höflich besorgt. »Ihr seid heute Morgen anders als sonst. Ist etwas geschehen?«

Ich bemühte mich, meine Gedanken zu ordnen. Thomas hatte noch nichts von dem Mord an Coverdale gehört, aber bei unserer Rückkehr würde die gesamte Universität vor Gerüchten und Vermutungen schwirren. Wenn er irgendetwas wusste, musste ich es jetzt aus ihm herausbekommen.

»Nein, nein, es ist nichts. Lasst uns gehen.«

Wir schritten schweigend die St. Mildred's Lane hinunter auf die High Street zu. Obwohl Thomas gute fünf Zoll größer war als ich, ging er gebückt, als hoffe er, dann weniger aufzufallen, sodass es aussah, als wären wir fast gleich groß. Die Aura von Niedergeschlagenheit und Resignation, die ihn umgab, machte es mir unmöglich, kein Mitleid mit ihm zu empfinden. Als würde er meine Gedanken lesen, drehte er sich kurz zu mir um und vergrub die Hände in den Ärmeln seines zerschlissenen Gewandes.

»Es ist wirklich sehr gütig von Euch, Euch Zeit für mich zu nehmen, wenn man bedenkt, dass ich einen viel niedrigeren gesellschaftlichen Rang bekleide als Ihr, Sir.«

»Wenn wir von gesellschaftlichen Rängen sprechen, Thomas, dann wollen wir nicht vergessen, dass Ihr der Sohn eines Oxford-Fellows seid und ich der eines einfachen Soldaten bin. Aber ich gebe nichts auf solche Unterschiede. Ich wage immer noch, auf einen Tag zu hoffen, wo ein Mensch nach seinem Charakter und seinen Leistungen beurteilt wird und nicht nach dem Namen seines Vaters.«

»Eine kühne Hoffnung«, stimmte er zu. »Aber für die meisten Leute in dieser Stadt werde ich immer der Sohn eines verbannten Ketzers bleiben.«

»Nun, ich *bin* ein verbannter Ketzer, also gewinne ich.«

Da sah er mich an, und zum ersten Mal, seit ich ihn kannte, erhellte ein echtes Lächeln sein Gesicht, bevor er wieder ernst wurde.

»Aber trotzdem seid Ihr der Freund von Königen und Höflingen, Sir«, erinnerte er mich.

»Wie man es nimmt, Thomas. Wenn Ihr auf König Henri von Frankreich anspielt, nun, er liebt es, sich mit Philosophen zu umgeben, um seine eigene intellektuelle Schwäche zu vertuschen. Könige haben nicht in dem Sinne Freunde wie Ihr und ich.«

»Ich habe überhaupt keine Freunde, Sir«, erwiderte er bedrückt. Eine lange Pause entstand, während der wir beide nach Worten suchten. »Auf jeden Fall seid Ihr mit Sir Philip Sidney befreundet, und das ist doch etwas«, meinte er schließlich.

»Ja«, stimmte ich zu. »Ich kann mich glücklich schätzen, Sidney zu meinen Freunden zu zählen. Wolltet Ihr deswegen mit mir sprechen, soll ich mich bei ihm für Euren Vater einsetzen?«

Thomas schwieg einen Moment, dann blieb er stehen und sah mich ernst an.

»Nicht für meinen Vater, Sir. Für mich. Es gibt da etwas, was ich Euch sagen muss, wenn ich mich auf Eure Diskretion verlassen kann.«

Ich nickte. Mein Interesse wuchs. An der Stelle, wo die St. Mildred's Lane auf die High Street traf, blieben wir stehen und blickten rechts und links über Reihen ungleicher Häuser mit Holzzäunen und die hellen Steinfronten der Universitätsgebäude hinweg. Zu dieser Stunde lag die Straße fast verlassen da, der Himmel spiegelte sich in den stillen Pfützen wider.

»Das *Flower de Luce* liegt gleich dort drüben.« Thomas deutete nach links. »Aber es ist teuer, Sir.« Er zupfte nervös am Saum seines Gewandes.

»Das macht nichts.« Ich schloss meine Hand um Walsinghams Börse, deren Gewicht eine beruhigende Wirkung hatte, als wir in die angegebene Richtung gingen. »Aber ich kenne die Schänken von Oxford nicht. Wisst Ihr irgendetwas über eine, die *Catherine Wheel* heißt?«

Ich blickte Thomas bei diesen Worten unschuldig an. Unverkennbare Furcht flackerte in seinen Augen auf, aber er fasste sich sofort wieder.

»Ich glaube, das ist ein übler Ort, Sir. Uns Studenten ist es außerdem nicht gestattet, uns außerhalb der Stadtmauer aufzuhalten. Wir würden streng bestraft werden, wenn wir ertappt würden.«

»So? Das ist merkwürdig, gestern habe ich einen Spaziergang gemacht, und ich bin sicher, einen jungen Mann im Gewand eines Studenten gesehen zu haben, der durch eines der Tore ging.«

Thomas zuckte die Achseln.

»Wahrscheinlich einer der Commoners.« Seine Stimme klang nicht bitter, nur resigniert, als hätte er schon vor langer Zeit akzeptiert, dass die Reichen nach anderen Gesetzen lebten und es sinnlos war, auf eine Veränderung zu hoffen.

»Wie Euer Herr Gabriel Norris?«, fragte ich.

»Ich wünschte, Ihr würdet ihn nicht als meinen Herrn bezeichnen, Sir. Ich meine, genau das ist er natürlich, aber es ist demütigend, daran erinnert zu werden.«

Er war vor einem weiß getünchten, zweistöckigen Gebäude stehen geblieben, das einen sehr gepflegten Eindruck machte. Der Schankraum war gleichfalls sauber und ordentlich, alles, was das *Catherine Wheel* nicht war, und als wir die Tür hinter uns schlossen, stieg uns der würzige Duft gerösteten Fleisches in die Nase. Ein lächelnder Wirt, dessen Schürze einen so gewaltigen Bauch umspannte, dass er aussah, als stände er kurz vor der Niederkunft, geleitete uns zu einem Tisch und rasselte dabei eine so lange Liste von Speisen herunter, dass ich die erste schon wieder vergessen hatte, ehe er zum Ende kam. Wir bestellten Käse, Gerstenbrot und Bier, und Thomas schaute sich dann so ungläubig um, als sei er unverhofft in die Freiheit entlassen worden.

»Also gut, Thomas«, begann ich sanft. »Was wollt Ihr mir sagen?«

Er hob den Kopf und musterte mich müde.

»Vor drei Tagen, an dem Tag, an dem ich Euch gleich nach Eurer Ankunft so unverschämt belästigt habe, Sir, habe ich etwas über meinen Vater erfahren.« Er brach mit einem tiefen Seufzer ab, als ein Schankjunge die Bierkrüge und das Brot brachte. Ich dachte an Humphrey Pritchard und seine lateinischen Brocken und beschloss, dass ich unbedingt noch einmal mit ihm sprechen musste. Thomas machte sich über sein Bier her, als hätte er seit Tagen nichts mehr getrunken. Ich wartete, bis er seinen Humpen abgestellt hatte, ehe ich behutsam weiterfragte.

»Ihr steht also mit Eurem Vater in Verbindung?«

»Wir schreiben uns«, erwiderte Thomas. »Obwohl Ihr Euch sicher denken könnt, dass unsere Briefe auf Befehl des Earls alle gelesen werden. Mein Vater lebt in der englischen Universität in Reims, wo die Priester für die englische Mission ausgebildet werden, daher sind alle Briefe, die von dort kommen, von größtem Interesse. Und da man mir unterstellt, die Ansichten meines Vaters zu teilen, warten sie darauf, dass ich mich in einem meiner Briefe verrate. Sie beobachten jeden meiner Schritte, jeden, den ich treffe und mit dem ich spreche. Sie werden mich wahrscheinlich auch hierüber befragen«, er deutete auf den Tisch zwischen uns, »wenn sie davon erfahren.«

»Wer sind ›sie‹?«, bohrte ich nach, dann trank ich gleichfalls einen Schluck Bier.

»Der Rektor. Und Doktor Coverdale. Er wollte mich der Universität verweisen, nachdem mein Vater verbannt worden war. Er meinte, wenn ich bleiben dürfte, würde das so ausgelegt werden, als toleriere die Universität Papisten.«

In seiner Stimme schwang Bitterkeit mit, aber ich beobachtete ihn genau und konnte keine Anzeichen dafür erkennen, dass er wusste, dass der Mann, von dem er sprach, tot war.

»Aber Ihr seid kein Papist?«

»Ich bin der Sohn von einem, also gehen sie davon aus, dass es mit meiner Loyalität gegenüber England nicht weit her ist. Der Rektor entschied sich schließlich, mich hierzubehalten, aber Coverdale vertrat die Meinung, ich dürfe nicht länger auf Kosten der Universität studieren, also verlor ich mein Stipendium. Ich bilde mir nicht ein, dass der Rektor Mitleid mit mir hatte, vermutlich hat er gedacht, meine Korrespondenz mit meinem Vater könne ihm nützlich sein.« Er lachte bitter auf. »Er wird eine schwere Enttäuschung erlebt haben; mein Vater schreibt nur über das Wetter und seine Gesundheit, und ich berichte ihm von meinen Studien. Darüber hinaus wagen wir keinerlei Andeutungen zu machen. Und dann wird gemunkelt, der Earl of Leicester hätte einen Spion in die Universitätsgemeinschaft eingeschleust, solche Angst haben sie vor dem geheimen Einfluss der Papisten.«

»Einen Spion? Ob das der Wahrheit entspricht?« Ich beugte mich interessiert vor.

»Ich weiß es nicht. Aber wenn derjenige sein Handwerk versteht, werde ich ihn wohl kaum erkennen, nicht wahr?«

»Also teilt Ihr den Glauben Eures Vaters nicht?«

Thomas starrte mich an, als wolle er mich herausfordern, ihm zu widersprechen.

»Nein, Sir, das tue ich nicht. Ich spucke auf den Papst und die Kirche von Rom. Aber das habe ich so lange beteuert, bis ich heiser war, und trotzdem glaubt man mir bis heute nicht. Wozu soll das also gut sein?«

Ich wartete, bis er zu Ende gekaut hatte, und musterte ihn

mit auf den Tisch gestützten Ellbogen und auf den gefalteten Händen ruhendem Kinn.

»Was habt Ihr denn vor drei Tagen über Euren Vater erfahren?«, fragte ich dann. »Ist er krank?«

Thomas schüttelte den Kopf.

»Schlimmer«, erwiderte er grimmig. »Er ist …« Er brach ab, ohne sich den Bissen Brot, den er sich abgebrochen hatte, in den Mund zu schieben, und sah mich an, als wäre ihm erst jetzt bewusst geworden, wer ich war. Seine Augen flackerten, während er abwog, ob er mir trauen konnte oder nicht. »Schwört Ihr, dass Ihr keiner Menschenseele davon erzählt?«

»Ich schwöre es.« Ich nickte ernst und hielt seinem Blick stand, so gut ich konnte.

Er überlegte einen Moment, wobei er mich immer noch unverwandt ansah, dann nickte er knapp.

»Mein Vater wird weder jetzt noch jemals sonst wieder nach England zurückkehren, auch dann nicht, wenn Königin Bess ihm persönlich schreiben und ihn begnadigen würde.«

»Aber warum denn nicht?«

»Weil er *glücklich ist.*« Thomas betonte die letzten beiden Worte mit unverhohlenem Zorn. »Er ist glücklich, weil er seine Berufung gefunden hat, Doktor Bruno. Manchmal glaube ich, er hat sich im Lincoln bewusst als Ketzer überführen lassen, um sich endlich offen zu seinem Glauben bekennen zu können. Wenn er mir schreibt, diktiert er die Briefe einem Schreiber – wisst Ihr, warum?«

Ich schüttelte den Kopf, und er fuhr fort, ohne eine weitere Antwort abzuwarten: »Weil er vom Kronrat verhört wurde. Sie haben ihn acht Stunden lang so an den Händen aufgehängt, dass seine Füße den Boden nicht berührten. Schließlich verlor er das Bewusstsein, aber gestanden hat er trotzdem nicht. Seine rechte Hand kann er seither fast nicht mehr gebrauchen. Und ich glaube, damals wäre er sogar freiwillig in den Tod gegangen; er hätte sich für einen Märtyrer gehalten. Vor drei Tagen erfuhr ich, dass mein Vater die Gelübde als Jesuitenpriester ablegen wird«, schloss er in einem Ton, der an trockene Belustigung grenzte. »Dann hat ihn die Kirche ganz in den Klauen, und er wird vergessen, dass er je eine Frau und einen Sohn hatte.«

»Ich denke nicht, dass ein Vater dazu imstande ist«, widersprach ich.

»Ihr kennt ihn nicht.« Thomas presste wütend die Lippen zusammen. »Wir sind eine alte katholische Familie, Sir. Aber ich frage Euch, wie kann eine Religion, die angeblich auf Liebe basiert, gleichzeitig Männer so grausam zwingen, alle natürlichen Bande von Liebe und Freundschaft zu zerschneiden? Nur damit sie wegen der Aussicht auf ein unbekanntes Paradies zu Märtyrern werden? Mit einem Gott, der solche Opfer verlangt, will ich nichts zu schaffen haben!«

Er hatte beim Sprechen den Rest seines Brotes zwischen den Fingern zerkrümelt. Als er nach einem weiteren Stück griff, rutschte der ausgefranste Ärmel seines Gewandes nach hinten, und ein schmuddeliger provisorischer Verband um sein Handgelenk und den unteren Teil seiner rechten Hand kam zum Vorschein. Er war mit bräunlichen Flecken übersät, über denen frischere rote erblüht waren.

»Was ist denn mit Eurer Hand passiert?«, fragte ich.

Er zog den Ärmel sofort wieder über den Verband und rieb sich verlegen das Handgelenk.

»Es ist nicht weiter schlimm.«

»Es sieht aber schlimm aus, es hat böse geblutet. Ich kann es mir einmal ansehen, wenn Ihr möchtet.«

»Seid Ihr ein Doktor?«, fauchte er, dabei zog er den Arm so hastig zurück, als fürchte er, ich könnte den Verband ohne seine Zustimmung abnehmen.

»Nur der Theologie«, räumte ich ein. »Aber während meiner Zeit als Mönch habe ich einiges über die Herstellung von Salben gelernt. Es macht mir keine Mühe, die Verletzung zu untersuchen.«

»Danke, aber das muss nicht sein. Es war nur ein dummer Unfall. Ich habe Gabriels Rasiermesser geschärft und bin abgerutscht.« Er senkte den Blick und konzentrierte sich wieder auf das Brot, als sei das Thema für ihn beendet. Ich spürte, wie ich innerlich erstarrte, bemühte mich aber, mir nicht anmerken zu lassen, welche Bedeutung ich seinen Worten beimaß.

»Euer Freund Master Norris nimmt also die Dienste des Universitätsbarbiers nicht in Anspruch?«, fragte ich obenhin.

Thomas lächelte zaghaft.

»Er nennt ihn den Universitätsbarbaren. Nein, er rasiert sich lieber selbst.«

»Wann hat er Euch denn gebeten, sein Messer zu schärfen?«

Thomas dachte einen Moment nach.

»Das muss am Samstag gewesen sein, weil er sich vor der Disputation rasieren wollte.«

»Und seitdem hat es an seinem gewohnten Platz gelegen?«

»Ich, ich weiß nicht, Sir. Ich habe nicht nachgesehen. Warum sollte es nicht dort gewesen sein?«

Er sah mich mit zusammengezogenen Brauen an, und ich beschloss, sein Misstrauen nicht noch weiter zu wecken.

»Ich habe mich nur gefragt, ob Master Norris sein Rasiermesser jemals an seine Freunde verleiht.«

»Niemals, Sir. Er achtet sehr auf all seine Besitztümer. Vieles ist sehr kostbar oder ein Vermächtnis seines Vaters.«

Er stellte mir keine Fragen, musterte mich aber weiterhin neugierig. Nachdem wir eine Weile schweigend dagesessen hatten, legte ich mein Brot fort und wischte mir die Finger ab.

»Aber diese Neuigkeiten von Eurem Vater – Ihr habt sie doch nicht von ihm direkt erfahren, wenn seine Briefe abgefangen wurden? Er hat Euch doch sicher nicht geschrieben, dass er die heiligen Gelübde ablegen will?«

»Nein, er hatte einen anderen Vertrauten«, erwiderte Thomas mit vollem Mund.

»*Hatte*?«

Thomas hielt inne, und seine Augen flackerten schuldbewusst, als er seinen Fehler bemerkte.

»Ihr meint Doktor Mercer?«, beharrte ich. Wenn er die

Neuigkeit vor drei Tagen erfahren hatte, konnte es nur eine Person geben, von der er jetzt in der Vergangenheitsform sprach.

Thomas nickte. »Sie standen noch immer schriftlich miteinander in Verbindung. Mein Vater hatte immer volles Vertrauen in Roger Mercer, sie waren enge Freunde.«

»Obwohl Mercer ihn denunziert hat?«

»Das glaube ich nicht. Mein Vater hat nie herausbekommen, wer ihn denunziert hat, aber er war sicher, dass es nicht Mercer war. Mercer hat nur während des Prozesses gegen ihn ausgesagt.«

»Das würde doch sicherlich ausreichen, um das Ende einer Freundschaft herbeizuführen. Euer Vater muss ein großes Herz haben, dass er derlei Dinge verzeihen kann.«

Thomas legte sein Messer beiseite und sah mich ungeduldig an.

»Ihr versteht überhaupt nichts. Das ist genau das, was ich eben über den Glauben sagte: Die *Sache* ist immer wichtiger. Natürliche Freundschaftsbande müssen notfalls geopfert werden. Mein Vater hätte von Roger Mercer nichts anderes erwartet; er hätte seinerseits gegen Roger ausgesagt, wenn er in dessen Lage gewesen wäre. Beider Loyalität galt höheren Dingen. Hätte Roger ihn verteidigt, wären sie wahrscheinlich beide ins Gefängnis gekommen oder verbannt worden, und wer hätte dann weiter für die Sache gekämpft?«

Ich starrte ihn an.

»Wollt Ihr damit sagen, dass Roger Mercer ebenfalls ein Katholik war?«, flüsterte ich.

Thomas duckte sich tiefer über den Tisch.

»Ich nehme an, es schadet ihm nichts mehr, wenn ich Euch das erzähle«, sagte er endlich. »Aber behaltet es bitte für Euch. Wenn es bekannt wird, muss seine Familie die Konsequenzen tragen.«

»Von mir erfährt niemand etwas«, versicherte ich ihm. »Aber wenn Roger ein Katholik war …« Meine Gedanken drohten sich wieder einmal zu überschlagen. »… und Euer Vater ihm aus Reims geschrieben hat, könnte er ihm dann Einzelheiten über die englische Mission anvertraut haben? Hat Roger dabei vielleicht eine aktive Rolle gespielt?«

»Ich kenne den Inhalt der Briefe nicht, Sir.« Thomas rutschte unbehaglich auf seinem Stuhl herum. »Doktor Mercer hat mir nur das erzählt, was mich seiner Meinung nach direkt betraf.«

»Aber wurde ihre Korrespondenz nicht auch von den Universitätsobrigen abgefangen? Fand man es nicht verdächtig, dass Mercer einem Mann schrieb, zu dessen Verurteilung er maßgeblich beigetragen hatte?«

»Doktor Mercer hat seine Briefe nicht mit der Universitätspost verschickt, Sir.« Thomas' Stimme war kaum noch zu vernehmen. »Er hat sie privat versandt, hat jemanden in der Stadt bezahlt, der die Möglichkeit hatte, Briefe nach Übersee zu senden.«

»Aha. War dieser Jemand vielleicht ein Buchhändler?«

»Möglich. Ich habe nie gefragt, ich fand, das war seine Sache«, erwiderte Thomas gleichmütig, wich aber meinem Blick aus. Dann beugte er sich plötzlich so weit vor, dass er fast auf dem Tisch lag, und packte meinen Ärmel.

»Ich bin weder für meinen Vater noch für irgendwelche Briefe verantwortlich, die er vielleicht verschickt hat, und das habe ich während der letzten Jahre Gott und der Welt klarzumachen versucht. Ich will nur in Ruhe und unbehelligt leben, Oxford verlassen und dann in London Rechtswissenschaft studieren, aber ich fürchte, eine Karriere als Anwalt wird mir ebenso verwehrt bleiben wie eine Frau aus guter Familie, solange ich nur danach beurteilt werde, wer mein Vater ist. Vor allem, wenn er sich den Jesuiten anschließt«, fügte er voller Selbstmitleid hinzu. »Der Kronrat hat Spione in allen Seminaren sitzen und wird sehr bald davon erfahren. Es sei denn, ein einflussreicher Mann setzt sich für mich ein.«

Er sah mich flehend an, doch ich achtete nicht darauf, ich war mit meinen Gedanken anderswo. Wenn Edmund Allen in Reims die Priesterweihen empfing, hatte er etwas mit der englischen

Mission zu tun. Das würde die Durchsuchung von Mercers Kammer erklären. Allens Briefe an ihn würden, wenn ihr Inhalt sich darauf bezog, Beweis genug sein, um den Untergang eines jeden herbeizuführen, der mit ihm im Bund gewesen war. Was es nicht erklärte, war, warum Roger Mercer getötet worden war. Hatte er gedroht, die Sache zu verraten? War er irgendjemandem in die Quere gekommen? Enthielten die Briefe, die Roger Mercer und Edmund Allen gewechselt hatten, Namen anderer Beteiligter, die sich um jeden Preis schützen wollten? Das »J«, das an seinem Todestag in seinen Kalender eingetragen war, konnte gut für Jenkes stehen, grübelte ich. Einer, der sich seine eigenen Ohren abschnitt, ohne mit der Wimper zu zucken, würde sicher nicht zögern, einen Mann zu beseitigen, der sein Geschäft bedrohte – wenn ich nicht Cobbetts Legenden zum Opfer gefallen war. Es gab entschieden zu viele offene Fragen, und die möglichen Antworten blieben alle unklar. Ich stützte den Kopf auf die Hände und starrte die Tischplatte an.

»Alles in Ordnung, Doktor Bruno?«

»Ich frage mich, ob Mercer von einem Katholiken getötet wurde«, murmelte ich, ohne zu bemerken, dass ich laut gedacht hatte, bis ich aufblickte und feststellte, dass Thomas mich mit einem eigenartigen Ausdruck in den Augen betrachtete.

»Doktor Mercer wurde von einem *Hund* getötet«, erinnerte er mich.

»Ach kommt schon, Thomas, glaubt Ihr das wirklich? Wie oft haben bislang streunende Hunde in den Straßen von Oxford Menschen angefallen? Und Roger Mercer hielt sich überdies in einem abgeschlossenen Garten auf.«

»Ich weiß es nicht, Sir.« Wieder vermochte er mir nicht in die Augen zu sehen. »Ich weiß nur, was der Rektor uns gesagt hat. Das Tor wurde offen gelassen, und der Hund gelangte in den Garten.«

Er musterte seinen leeren Humpen, als würde er sich auf wundersame Weise wieder füllen, wenn er ihn nur lange genug fixierte.

»Noch etwas zu trinken, Thomas?«

Er nickte bereitwillig, und ich wies das Schankmädchen an, uns noch zwei Humpen Bier zu bringen. Sowie sie sich entfernt hatte, lehnte ich mich über den Tisch und wartete, bis Thomas mich ansah.

»Was wolltet Ihr mir über Euren Vater erzählen, das Ihr niemandem sonst anvertrauen könnt?«

Thomas kratzte mit den Fingernägeln auf der Tischplatte herum.

»An Eurem ersten Tag in Oxford, als ich Euch für Sir Philip hielt, wart Ihr freundlich zu mir, als Rektor Underhill mich demütigen wollte«, sagte er ruhig. »Ich dachte – vielleicht war es töricht von mir, aber ich dachte, wenn Sir Philip auf Euch hört, würdet Ihr Euch vielleicht für mich verwenden.«

»Was wollt Ihr mir denn nun sagen?«

Er holte tief Atem und stieß ihn langsam wieder aus, während er den Blick auf seine Hände gerichtet hielt.

»Ich möchte Oxford verlassen, Sir. Ich habe Angst. Nach der Verhaftung meines Vaters wurde ich zweimal streng verhört. Sie wollten mir nicht glauben, dass ich nichts von seinem geheimen Leben wusste, und die Befragung war furchtbar: Sie haben mir die Worte im Mund herumgedreht, bis ich mir schließlich selber widersprochen habe.«

Ich bemerkte, dass seine Hände zitterten und seine Atemzüge sich beschleunigt hatten. Die Erinnerung schien ihn sehr zu belasten.

»Haben sie Gewalt angewendet?«

»Nein, Sir. Aber sie haben mich so weit gebracht, dass ich Dinge zugegeben habe, die gar nicht wahr waren, weil ich so durcheinander war. Es ist merkwürdig, wenn jemand Euch eine Schuld nachweisen will, bringt er Euch dazu, Euch schuldig zu fühlen, obwohl Ihr unschuldig seid. Ich hatte Angst, mir selber versehentlich einen Strick zu drehen, Sir. Es war eine grauenhafte Erfahrung.«

»Das kann ich mir gut vorstellen«, bestätigte ich mitfühlend.

Ich erinnerte mich nur zu gut an die Furcht, die von mir Besitz ergriffen hatte, als der Abt mir vor vielen Jahren mitgeteilt hatte, ich würde von der Inquisition verhört werden. »Und jetzt fürchtet Ihr, erneut einem solchen Verhör unterzogen zu werden, wenn bekannt wird, dass Euer Vater sich zum Jesuitenpriester weihen lassen will?«

Er nickte und sah mir endlich voll in die Augen.

»Wenn sie mir schon vorher nicht geglaubt haben, wie viel schlimmer muss es dann werden, wenn sie erfahren, dass er an der Jesuitenmission beteiligt ist? Was, wenn sie mich zum Verhör nach London bringen? Ich habe gehört, wie sie dort vorgehen, um an die Informationen zu kommen, die sie wollen. Sie bringen einen Menschen dazu, alles zu sagen, was sie hören wollen.«

Ich erinnerte mich an das Gespräch, das ich mit Walsingham in dessen Garten geführt hatte, und mich durchzuckte ungewollt ein Schauer. Thomas' schmales, spitzes Gesicht war so bleich, dass die blauen Adern an seiner Schläfe hervortraten wie ein mit Tinte auf einer Karte eingezeichnetes Flussdelta. Seine Furcht war echt, daran bestand kein Zweifel.

»Die Behörden würden davon ausgehen, dass Ihr genug wisst, um eine hochnotpeinliche Befragung zu rechtfertigen?«, vergewisserte ich mich.

»Ich weiß überhaupt nichts, Sir!«, protestierte er. Jetzt loderten seine Wangen flammend rot. »Aber ich bin kein tapferer Mensch, ich weiß nicht, was ich sagen würde, wenn sie mich quälen.«

»Sagt mir die Wahrheit, Thomas«, verlangte ich mit fester Stimme. »Ich kann Euch sonst nicht helfen. Habt Ihr Angst, Ihr könntet unter der Folter die Geheimnisse Eures Vaters und seiner Verbündeten verraten?«

»Ich wollte von all dem nichts wissen, Sir«, flüsterte er, mühsam mit den Tränen kämpfend. »Das habe ich auch meinem Vater gesagt, aber er wollte mich in alles einweihen. Er war entschlossen, mich zum römischen Glauben zu bekehren; er wollte, dass ich ihn nach Frankreich begleite, damit er nicht zwischen seinem Sohn und der Kirche wählen musste. Ich glaube, er nahm an, ich würde Loyalität gegenüber seinen Freunden empfinden, wenn er mich ins Vertrauen zog. Stattdessen bin ich der Gefangene von Geheimnissen, die ich nie erfahren wollte. Ich leide für einen Glauben, den ich noch nicht einmal teile!« Er schlug mit der Faust auf den Tisch.

»Habt Ihr nie daran gedacht, mit Euren Geheimnissen an die Öffentlichkeit zu gehen?«, fragte ich. »Ihr wisst doch sicher, dass der Earl of Leicester jeden belohnt, der ihm solche Informationen über die katholische Widerstandsbewegung in Oxford liefert, wie Ihr das könnt?«

Thomas starrte mich an, als dauere es einige Zeit, bis meine Worte in sein Bewusstsein einsickerten.

»Natürlich habe ich daran gedacht. Habt Ihr je gesehen, wie ein Katholik in England hingerichtet wird, Doktor Bruno?«

Ich räumte ein, dass das nicht der Fall war.

»Aber ich. Mein Vater hat mich im Dezember 1581 mit nach London genommen, damit ich der Hinrichtung von Edmund Campion und seiner Jesuitenbrüder beiwohne. Ich glaube, er wollte mir begreiflich machen, was auf dem Spiel steht.« Er fuhr sich mit einer Hand über die Stirn und kniff die Augen zusammen, als könne er so die Szene ausblenden, die er hatte mit ansehen müssen. »Sie wurden aufgeschlitzt wie Schweine im Schlachthaus. Während sie noch lebten, wurden ihnen die Gedärme aus dem Leib gerissen, man zog sie auf eine Spindel, damit es langsamer ging. Und sie kreischten nach ihrem Gott, während ihre Eingeweide der johlenden Menge gezeigt und ihre Herzen in Becken mit glühenden Kohlen geworfen wurden. Ich konnte den Anblick nicht ertragen, Doktor Bruno, aber ich schielte zu meinem Vater, und sein Gesicht war so verzückt, als hätte er ein so herrliches Schauspiel noch nie gesehen. Ich könnte niemanden bewusst einem solchen Schicksal ausliefern. Ich möchte nicht, dass das Blut anderer an meinen Händen klebt, ich möchte nur in Ruhe gelassen werden!« Seine Stimme war schrill geworden, und er umfasste sein verbundenes Handgelenk.

»Thomas«, begann ich, brach aber ab, als das Schankmädchen mit frischen Bierhumpen erschien. Nachdem sie sie vor uns hingestellt hatte, dämpfte ich meine Stimme. »Gibt es noch weitere Katholiken in Oxford, die wissen, dass Euer Vater Euch von ihnen erzählt hat und die fürchten könnten, Ihr könntet sie verraten, wenn Ihr befragt werdet?«

Er wandte augenblicklich den Blick ab.

»Habt Ihr Angst, diese Leute könnten versuchen, Euch zum Schweigen zu bringen, bevor Ihr ihnen Schaden zufügen könnt? So, wie sie mit Roger Mercer verfahren sind?«

»Ich kann nicht mehr sagen, Doktor Bruno.« Thomas' Stimme zitterte jetzt merklich. »Und ich schwöre Euch, dass Ihr das auch gar nicht wissen wollt. Ich wollte Euch nur fragen, ob Ihr vielleicht die Zeit findet, mit Sir Philip über mich zu sprechen, seine Hilfe zu erbitten und ihm zu versichern, dass ich ein der Königin und der Kirche treu ergebener Engländer bin.«

»Ich dachte, Ihr würdet nicht mehr an Gott glauben«, lächelte ich.

»Was hat die Kirche denn mit Gott zu tun?«, konterte er ebenfalls fast lächelnd. Irgendwo draußen begann eine Glocke zu läuten. Thomas schrak zusammen, als habe ihn etwas gestochen. »Doktor Bruno, ich möchte nicht undankbar erscheinen, aber ich sollte jetzt zur Universität zurückkehren. Gabriels Vorlesungen sind bald zu Ende, und ich habe noch viel zu tun.«

Mir kam es so vor, als wolle er das Gespräch möglichst schnell beenden; vielleicht hatte er nicht damit gerechnet, als Gegenleistung für einen Gefallen so viele Fragen beantworten zu müssen. Ich trank mein Bier aus und bezahlte die Rechnung. Leise Schuldgefühle keimten in mir auf, als ich den unverhohlenen Neid sah, mit dem Thomas Walsinghams prall gefüllte Börse betrachtete. Wenn er wüsste, dass meine Geldgeber eben jene Leute waren, deren Aufmerksamkeit er auf keinen Fall auf sich ziehen wollte und für die ich die Art von Geheimnissen in Erfahrung bringen sollte, die sein Vater hütete, würde jeglicher Respekt, den er mir vielleicht entgegenbrachte, verfliegen wie Nebel in der Sonne.

Draußen trieb uns ein kühler Wind den Regen seitwärts ins Gesicht. Thomas schlang sein fadenscheiniges Gewand enger um sich, während wir, jeder in seine eigenen Gedanken versunken, die High Street entlanggingen. Ich überlegte, wie das, was ich eben erfahren hatte, zu dem Rätsel um Mercers und Coverdales Tod passte. Wir hatten die St. Mildred's Lane fast erreicht, als mir einfiel, was ich Thomas noch hatte fragen wollen.

»Ihr sagt, Ihr hättet hier keine Freunde, Thomas, aber zählt Ihr Mistress Sophia Underhill denn nicht dazu?« Ich verlangsamte meine Schritte, damit wir nicht vor dem Tor der Universität standen, bevor er Gelegenheit hatte, mir zu antworten.

Er sah mich überrascht an.

»Es gab einmal eine Zeit, wo ich sie wohl als Freundin bezeichnet hätte. Aber ich glaube, sie betrachtet mich eher so wie ihre Puppen: als etwas, woran sie als Kind Spaß hatte, bis sie darüber hinauswuchs und es beiseiteschob.«

»Weil Euer Vater in Ungnade gefallen war?«

»Nein.« Thomas machte einen Bogen um eine Pfütze auf der Straße. Die Sohle eines seiner Schuhe verursachte bei jedem Schritt ein schmatzendes Geräusch. »Sie ist meiner lange vorher überdrüssig geworden. Als mein Vater nach dem Tod meiner Mutter beschloss, auf den Wunsch des Earls hin nach Oxford zurückzukehren, wurde ich bei einer Familie in der Stadt untergebracht. Ihr wisst ja, dass es nur dem Rektor gestattet ist, mit seiner Frau und seinen Kindern an der Universität zu leben, alle anderen Fellows müssen Junggesellen bleiben. Aber die Familie des Rektors hatte Mitleid mit mir, und mein Vater und ich wurden oft von ihnen zum Essen eingeladen. Ich sollte wohl hauptsächlich dem jungen John Gesellschaft leisten, dem Sohn, der gestorben ist, aber natürlich hatte ich auch mit Sophia zu tun.« Er seufzte und schien mit einem Mal noch stärker nach vorne gebeugt zu gehen, als empfände er die Erinnerung an diese Zeit wie eine schwere Last auf seinen Schultern. »Dann kam John ums Leben, und Sophias Vater beschloss, sie stärker an die Kandare zu nehmen. Er hatte den Ehrgeiz, sie vorteilhaft zu verheiraten, und ihre Mutter sollte sie darauf vorbereiten. Aber nach Johns Tod bekam Mistress Underhilll nervliche Probleme, und Sophia blieb weitgehend der Gesellschaft der Männer an der Universität überlassen. Es wurden zwar Gouvernanten eingestellt, aber sie blieben nie lange.« Er lachte leise. »Ich kann es ihnen nicht verdenken, ich würde auch nicht gern versuchen, Sophia zu etwas zu zwingen, was sie nicht will.«

Ich nickte, weil ich mich daran erinnerte, wie sie mit dem sittenstrengen Diener Adam umgesprungen war.

»Das glaube ich gern. Euch liegt immer noch viel an ihr, nicht wahr?«

Sein Gesicht verschloss sich.

»Was spielt das für eine Rolle? Sie will mich jetzt ohnehin nicht mehr.«

»Hat sie einen anderen Verehrer?«

Seine Züge verhärteten sich, und ein Anflug von Zorn blitzte in seinen Augen auf.

»Was auch immer Ihr gehört habt, es ist eine Lüge! Sophia hat ein liebevolles Naturell, lässt sich aber leicht täuschen ...« Er brach abrupt ab, seine Stimme zitterte, und einen Moment lang dachte ich, er würde in Tränen ausbrechen, aber dann holte er tief Atem und nahm sich zusammen. »Aber wenn Ihr es unbedingt wissen müsst: Ja, mir wird immer etwas an ihr liegen, und ich würde alles tun, um sie zu schützen. *Alles*.«

Angesichts der Wildheit, die in seinen letzten Worten mitschwang, blieb ich unwillkürlich stehen und sah ihn erstaunt an.

»Wovor wollt Ihr sie denn schützen? Droht ihr Gefahr?«

Thomas wich einen Schritt zurück. Mein eindringlicher Blick schien ihn zu verwirren.

»So habe ich das nicht gemeint, ich wollte nur sagen, dass sie immer auf mich zählen kann, wenn sie mich braucht.«

Ich packte ihn am Handgelenk, woraufhin er leise aufschrie;

ich hatte seine Verletzung vergessen. Rasch ließ ich ihn los, fasste ihn stattdessen an seinem Gewand und brachte mein Gesicht ganz nah an das seine heran.

»Thomas, wenn Ihr von irgendeiner Gefahr wisst, die für Sophia besteht, dann müsst Ihr es mir sagen.«

Seine Augen wurden schmal, er trat erneut einen Schritt zurück, aber diesmal etwas gefasster, und seine Stimme nahm einen neuen Klang an.

»*Muss* ich, Doktor Bruno? Was wollt Ihr denn dann unternehmen – Ihr Euren eigenen Schutz anbieten? Oder etwas anderes? Und wenn Ihr in ein paar Tagen nach London zurückreist, was bleibt ihr denn dann?«

»Ich meinte nur, dass es Eure Pflicht ist, jedwede mögliche Gefahr jemandem zu melden, der imstande ist, ihr zu helfen.« Ich versuchte, so unbeteiligt wie möglich zu klingen, als ich sein Gewand losließ, aber ich wusste, es war zu spät, ich hatte mich verraten und mich als Rivalen zu erkennen gegeben.

Thomas strich sein Gewand glatt, wandte sich ab und ging die St. Mildred's Lane entlang auf das Tor des Lincoln zu. Die Arme hatte er um seinen schmächtigen Oberkörper geschlungen.

»Ihr habt ja keine Ahnung, wovon Ihr sprecht«, sagte er endlich, dabei hielt er den Blick starr geradeaus gerichtet, als würde er seine Worte nicht an mich richten, sondern nur laut denken.

Dann nahm er plötzlich meine Hand. »Danke, dass Ihr mir zugehört habt, Doktor Bruno. Und es tut mir leid, wenn ich etwas Falsches gesagt habe, ich lebe immer noch in ständiger Angst. Denkt Ihr an meine Bitte, wenn es Euch nicht zu viel Mühe macht?«

»Das werde ich, Thomas. Ich bin froh, dass Ihr Euch mir anvertraut habt.«

»Ich muss Oxford verlassen.« Er umklammerte meine Hand fester. »Ich möchte in London ein neues Leben anfangen. Könnt Ihr Sir Philip das ausrichten? Eine Empfehlung von ihm würde mir vieles erleichtern, und ich würde ihm und dem Earl lebenslange Ergebenheit schwören.«

»Ich werde mein Bestes tun«, versprach ich und meinte es auch so, obwohl ich immer noch sicher war, dass er mir nicht alles gesagt hatte, was er wusste. »Und lasst die Wunde an Eurem Handgelenk neu verbinden.«

Er verneigte sich leicht und huschte durch das Tor, um seinen Pflichten nachzukommen.

Der Regen peitschte noch immer in endlosen schräg einfallenden Böen über den Hof, aber der Himmel war jetzt dunkler als bei meinem Aufbruch. Ich blickte zu dem kleinen Fenster oben im Turm und erschauerte bei dem Gedanken, dass Coverdales blutiger Leichnam noch immer an dem Kerzenleuchter hing und die Pfeile aus seiner Brust und seinem Magen ragten. Ich hatte einmal die Basilika San Sebastiano fuori le mura in Rom besichtigt, in deren Katakomben die sterblichen Überreste vieler Heiliger bestattet sind. Die große Heiligenfigur dort mit dem vor Qual verzerrten Gesicht und den Pfeilen, die an die Stacheln eines Stachelschweins denken ließen, war mir übertrieben und unnatürlich vorgekommen wie eine Szene aus einem geschmacklosen Theaterstück, und jetzt wurde mir klar, dass dies auch meine Reaktion beim Anblick von James Coverdales Leiche gewesen war. Das grausige Bild war mir wie ein böser Scherz erschienen; ich hatte kaum glauben können, dass Coverdale wirklich tot war, bis ich die große Halswunde entdeckt hatte. Als ich mein Wams hochzog und mich anschickte, in den Regen hinauszutreten, fiel mir plötzlich das Zitat des Rektors ein: »Von seinen eigenen Soldaten.« Sebastian, ein Hauptmann der Prätorianergarde, war auf Befehl von Kaiser Diokletian von seinen eigenen Männern hingerichtet worden. Hatte der Mörder sich an dieses Detail erinnert? War James Coverdale ebenfalls von jemandem getötet worden, den er auf seiner Seite geglaubt hatte? Und welche Seite mochte das an diesem Ort vieler geteilter Loyalitäten sein?

Ich war kaum in den Hof hinausgetreten, als der Rektor, gefolgt von Slythurst, aus dem gegenüberliegenden Gang kam. Beide hatten sich die Kapuzen ihrer Umhänge tief ins Gesicht gezogen und eilten auf mich zu. Als der Rektor mich erblickte, bedeutete er mir hastig, mich ihnen anzuschließen. Im Schutz des Torhauses zog er mich in eine Ecke außerhalb der Hörweite der Studenten, die sich vor dem Regen dorthin geflüchtet hatten.

»Ihr habt meine Tochter heute Morgen im Pförtnerhaus gesehen, nicht wahr, Bruno?«, wollte er wissen.

»Ja. Sie wartete auf ihre Mutter, sie wollten ausgehen«, erwiderte ich, über seinen drängenden Tonfall verwundert.

»Habt Ihr sie aufbrechen sehen?«

»Nein. Master Slythurst kam mit den furchtbaren Neuigkeiten, und ich ging los, um Euch zu holen.«

»Dann muss sie …« Underhill schüttelte verwirrt den Kopf. »Nicht weiter wichtig. Sie war von jeher eigenwillig und trotzig. Sie wird schon zurückkommen.«

»Was ist denn passiert?«, hakte ich nach.

»Als meine Frau zum Torhaus kam, war Sophia nicht mehr da.« Der Rektor schaute sich im Hof um, als hoffe er, Sophia möge jeden Moment irgendwo auftauchen. »Margaret dachte, sie müsse schon zum Haus ihrer Bekannten vorausgegangen sein, also brach sie auch dorthin auf, aber als sie dort ankam, hatte niemand Sophia gesehen. Margaret vergeht natürlich vor Sorge, aber ich bin eher geneigt zu glauben, dass Sophia sich davongemacht hat, ohne irgendjemandem etwas zu sagen. Sie beklagt sich oft darüber, hier eingesperrt zu sein; sie findet, man sollte ihr die Freiheit lassen, durch die Gassen und Felder vor der Stadt zu streifen wie zu Lebzeiten ihres Bruders. Aber das war eine andere Situation. Sie *wird* lernen, sich so zu betragen, wie es sich für eine junge Lady schickt, selbst wenn sie es nicht freiwillig lernt.« Sein Gesicht umwölkte sich einen Moment lang, dann blickte er sich wieder geistesabwesend um, als hoffe er, die Ereignisse dieses Tages hätten sich auf wundersame Weise in Luft aufgelöst.

»Sie würde doch sicher an einem Tag wie heute nicht ausgehen?« Ich deutete gen Himmel und versuchte, meiner Stimme einen gleichmütigen Klang zu verleihen, obwohl mich böse Gedanken beschlichen. Erst am Abend zuvor hatte Sophia zu mir gesagt, sie glaube, in Gefahr zu schweben, und Thomas Allen hatte soeben etwas Ähnliches angedeutet. Nun war sie verschwunden. Ich hoffte inbrünstig, der Rektor möge recht haben, aber ich spürte, dass er sich nur selbst hatte beruhigen wollen, weil er nach Coverdales Tod keine weiteren Probleme verkraften konnte.

»Ja, ja, ich bin sicher, sie wird zum Essen wieder zurück sein.« Er schwenkte eine Hand durch die Luft. »Und jetzt wird Master Slythurst meinen Brief zum Coroner bringen, und ich muss meine Ansprache in der *Hall* vorbereiten. Viel Zeit bleibt mir dazu nicht.«

Er sah mich an und seufzte. In der letzten Stunde schien er um zehn Jahre gealtert zu sein.

»Ihr findet mich in meinem Arbeitszimmer, Doktor Bruno. Wir sprechen später weiter. Ich würde Euch bitten, beim Mittagessen anwesend zu sein, wenn ich die Tragödie verkünde. Es wäre gut, wenn Ihr die genaue Formulierung kennt, mit der ich die Gemeinschaft des College über die Ereignisse informiere, und dann nichts anderes sagen werdet. Ich möchte die Gerüchte auf ein Mindestmaß beschränken.«

Ich verneigte mich zustimmend. »Es wäre auch ratsam, niemanden sonst wissen zu lassen, dass Ihr mich gebeten habt, in dieser Angelegenheit Nachforschungen anzustellen«, fügte ich leise hinzu. »Einige Leute könnten Informationen zurückhalten, wenn sie denken, ich handele in Eurem Auftrag.«

»Ich verstehe. Geht, wohin Ihr wollt, und tut, was Ihr wollt, Doktor Bruno. Von mir wird niemand etwas erfahren. Aber findet heraus, wer für diese Abscheulichkeit – diese Abscheulichkeiten verantwortlich ist«, berichtigte er sich. »Die Universität wird sich im Rahmen ihrer Möglichkeiten erkenntlich zeigen, vorausgesetzt, ich bin dann noch im Amt, um dafür zu sorgen«, schloss er düster, ehe er die Stufen zu seiner Wohnung emporstieg.

13

Die Glocke, die die Universitätsangehörigen zum Mittagessen rief, läutete noch lange nachdem die Fellows und Studenten längst in die *Hall* geströmt waren und übertönte das drängende Geflüster, das von der im Raum herrschenden Spannung zeugte – der Ruhe vor dem Sturm. Draußen trommelte der Regen so heftig gegen die Fenster, dass wir die Stimme heben mussten, um uns unserem Nachbarn verständlich zu machen.

Ich war unangenehm berührt, als ich feststellte, dass für mich ein Platz an der erhöhten Tafel der rangältesten Fellows reserviert worden war. Ich saß zwischen dem Bibliothekar Richard Godwyn und Slythurst, der sich nicht die Mühe machte zu verbergen, wie sehr ihm meine Anwesenheit im Kreis seiner Kollegen missfiel, und war mir ständig des Umstandes bewusst, dass mein Stuhl mit Sicherheit noch vor kurzer Zeit von einem der beiden toten Männer besetzt gewesen war.

Die Tafel stand auf einem Podest, sodass ich den Rest der *Hall* gut überblicken konnte. Es war ein hübscher Raum mit weiß getünchten Wänden, an denen Tapisserien im französischen Stil des letzten Jahrhunderts hingen, die sicherlich einst sehr kostbar gewesen, nun aber vom Alter ausgeblichen waren. Die *Hall* wurde von einem mächtigen Ofen beherrscht, der sich in der Mitte des Raumes unter einem achteckigen Rauchabzug befand. Darum herum verlief eine Holzbank, die mehreren Personen Platz bot, um sich zu wärmen, und vor den beiden Fensterfronten standen zwei lange Tische, an denen sich die

Undergraduates und jüngeren Fellows auf Bänken drängten; sie schielten oft zu dem Podest hinüber und kommentierten mit gedämpften Stimmen das sorgenvolle Gesicht des Rektors und den zweiten leeren Platz an der Tafel.

Ein hagerer junger Mann mit ungekämmtem rotem Haar, dessen Gewand ihm mehrere Nummern zu groß war, betrat das Chorpult neben der Tafel und schickte sich mit einer für seine schmächtige Gestalt erstaunlich sonoren Stimme an, das Tischgebet zu sprechen. Ich erkannte in ihm den Jungen wieder, der gestern nach der Frühmesse die Kapelle aufgeräumt hatte. Die Glocke verstummte, sowie er den Mund öffnete.

»Benedic, Domine, nos et dona tua«, begann er, während der Rektor pflichtgetreu den Kopf senkte und die Hände faltete und die restlichen Fellows seinem Beispiel folgten. Mit gesenkten Lidern beobachtete ich, dass die meisten der Undergraduates noch immer mit einer Mischung aus Neugier und Beklommenheit zu der Tafel hinüberschielten. *»Quae de largitate tua sumus sumpturi«*, intonierte der Junge, und ich registrierte mit plötzlicher Erleichterung, dass Gabriel Norris zusammen mit ein paar jungen Männern, deren Kleidung sie aus der Masse der Studenten hervorhob wie ihn die seine, am Kopfende eines Tisches saß. Ich hatte Slythursts Behauptung, die Mordwerkzeuge würden auf Norris als Täter hindeuten, ohnehin nicht ernst genommen – mir erschien der Gebrauch des Bogens eher als ein Zeichen seiner Unschuld, aber nach der Mahlzeit würde ich zumindest Gelegenheit haben, mit ihm zu sprechen. Er starrte so entschlossen in die Runde, als sei es unter seiner Würde, den Kopf zu senken. Mir fiel auf, dass sich irgendetwas an seiner Erscheinung verändert hatte, aber ich kam nicht darauf, was es war. Am anderen Ende des Tisches entdeckte ich Thomas Allen, der den Kopf so tief geneigt hatte, dass seine Nase fast die Tischplatte berührte, und die Hände so krampfhaft faltete, dass die Knöchel weiß hervortraten.

»Per Christum Dominum nostrum, Amen«, schloss der rothaarige Junge, und ein gemurmeltes »Amen« erhob sich über

den Tischen. Als sich der Rektor schwerfällig aufrichtete, legte sich eine betretene Stille über den Raum.

»Gentlemen«, begann Underhill ohne seinen üblichen Pomp. »Im Leben eines jeden Christen kommt eine Zeit, in der Gott in Seiner unendlichen Weisheit unseren Glauben durch Kummer und Leid auf die Probe stellt. So hat Er beschlossen, unserer kleinen christlichen Gemeinde schwere Prüfungen aufzuerlegen, um diesen unseren Glauben zu festigen.« Er holte tief Atem und faltete zum Zeichen der Demut die Hände. »Ich muss euch leider mitteilen, dass so kurz nach dem tödlichen Unfall meines Stellvertreters Roger Mercer eine zweite Tragödie über uns hereingebrochen ist. Doktor James Coverdale wurde getötet, als er, wie es aussieht, versuchte, den Tresorraum vor gewalttätigen Räubern zu schützen.«

Er senkte den Kopf. Einen Moment lang herrschte Stille, dann brach ein Gemurmel aus geflüsterten Spekulationen los. Der Rektor gebot kein Schweigen, sondern wartete ab, bis der erste Schock abgeebbt war, dann hob er eine Hand.

»Wollen wir Wetten darauf abschließen, wer mutig genug ist, jetzt das Amt zu übernehmen?«, flüsterte Norris seinem Freund vernehmlich zu, was am Tisch der Undergraduates unterdrücktes Gelächter auslöste. Der Rektor räusperte sich strafend.

»Wenn jemand während des Wochenendes etwas bemerkt hat, was zur Aufklärung des schrecklichen Verbrechens und zur Identifizierung der Täter beitragen könnte, kann er in meiner Wohnung eine Nachricht hinterlassen«, verkündete er.

Norris wandte sich zu ihm und hob gleichfalls eine Hand.

»Rektor Underhill, dürften wir erfahren, wie viel gestohlen wurde?«

Der gut gekleidete junge Mann neben ihm nickte nachdrücklich. Ich fragte mich, ob diese wohlhabenden Commoners ihr Privatvermögen wohl auch im Tresorraum aufbewahrten.

Der Rektor zögerte.

»Äh – nun ja – im Moment sieht es so aus, als würde gar nichts fehlen. Wahrscheinlich hat Doktor Coverdales beherztes Eingreifen die Räuber vertrieben.«

»Ein seltsamer Raubüberfall«, bemerkte Norris, der seine Worte sorgfältig abzuwägen schien. »Einen Mann vollkommen umsonst zu töten …«

»In der Tat, in der Tat«, nickte der Rektor ernst. »Eine furchtbare Verschwendung eines Menschenlebens.«

An unserer erhöhten Tafel verlief das Mahl weitgehend schweigend, doch die unter uns sitzenden Männer tuschelten weiterhin aufgeregt miteinander. Master Godwyn zu meiner Rechten hielt den Blick auf seinen Teller gerichtet und sagte fast nichts, aber mir entging nicht, dass seine Hand jedes Mal, wenn er seinen Humpen hob, zitterte, als litte er unter der Schüttellähmung. Slythurst links neben mir legte gelegentlich sein Messer zur Seite, um sich zwischen den einzelnen Bissen über die laschen Sicherheitsvorkehrungen zu beschweren, die er für den Tod seiner Kollegen verantwortlich machte – als wüsste er nicht, dass sich der Mörder in beiden Fällen mit einem Schlüssel Zutritt verschafft hatte.

»Die Universität sollte einen richtigen Wächter am Tor haben«, schlug er laut vor. »Cobbett ist zu alt und zu oft betrunken, um nützlich zu sein – er würde es noch nicht einmal merken, wenn ein Trupp bewaffneter Stadtmilizen durch sein Fenster stiege. Und was seinen alten Köter betrifft – wir brauchen einen Wachhund, der darauf dressiert ist, Eindringlinge zu vertreiben. Und das Haupttor sollte die ganze Zeit geschlossen sein, sodass nur diejenigen, die sich im Besitz eines Schlüssels befinden, das Gelände betreten können.«

»Walter, ich finde, ein gefährlicher Hund ist das Letzte, was die Universität jetzt brauchen kann.« Godwyn hob einen Moment müde den Kopf. »Und wir sind eine Gemeinschaft von Gelehrten, kein Gefängnis. Wir können die Welt nicht aus- und unsere jungen Männer nicht einschließen. Und denk doch nur an die Kosten, die uns entstehen würden, wenn wir alle Undergraduates mit einem Schlüssel zum Haupttor versehen würden.« Kopfschüttelnd versank er wieder in seinen Gedanken.

»Master Slythurst, als Quästor obliegt es Euch doch wohl, des Öfteren neue Schlüssel für die verschiedenen Schlösser hier in der Universität zu beschaffen?«, fragte ich freundlich, während ich versuchte, eine Scheibe gekochtes Hammelfleisch durchzuschneiden.

Slythurst warf mir einen wütenden Seitenblick zu, um mich wissen zu lassen, dass ihm mein ungebetener Einwurf missfiel, aber da er sich in der Hörweite der anderen Fellows befand, sagte er nur: »Allerdings. Eine teure Angelegenheit – die Schlüssel gehen ständig verloren oder werden zerbrochen.«

»Fällt diese schwierige Aufgabe immer Euch zu, oder beauftragt Ihr gelegentlich andere, den Schlosser aufzusuchen?«, fuhr ich in demselben unschuldigen Ton fort.

»Das übernehme ich selbst«, erwiderte er merklich schärfer. »Wenn es um die Sicherheit der Universität geht, kann man nicht vorsichtig genug sein.«

»Und ist es vielleicht manchmal erforderlich, Extrakopien von bestimmten Schlüsseln anfertigen zu lassen, damit einer zur Hand ist, wenn das Original und der Zweitschlüssel nicht auffindbar sind?« Ich griff nach meinem Bierhumpen.

Slythurst stieß seinen Stuhl zurück und erhob sich abrupt.

»Wenn Ihr mich etwas fragen wollt, Doktor Bruno, dann tut Euch keinen Zwang an«, knirschte er mit zusammengebissenen Zähnen. »Aber legt zumindest Diskretion an den Tag – oder haltet Ihr Euch jetzt für unseren Inquisitor?« Er wandte sich nach links, um den Rektor in seinen wutentbrannten Blick mit einzuschließen, dann drängte er sich grob hinter meinem Stuhl vorbei und rauschte majestätisch aus der Hall, ohne sich noch einmal umzuschauen. Seine Robe wehte hinter ihm her. Das Geflüster an den niedriger gelegenen Tischen verstummte, während neugierige Augenpaare sich auf Slythursts Rücken hefteten, dann setzte es wieder ein.

»Was ist denn in ihn gefahren?« Richard Godwyn sah von seinem Fleisch auf.

»Vielleicht macht ihm diese neuerliche Tragödie zu schaffen«, meinte ich.

Godwyn zwinkerte.

»Wer weiß? Menschen sind schwerer zu lesen als Bücher. Vielleicht wird Walter von Reue geplagt.«

»Reue?« Ich konzentrierte mich auf meinen Teller, um mir mein Interesse nicht anmerken zu lassen.

»Er und James haben einander verabscheut«, bekannte Godwyn mit gedämpfter Stimme. »Vielleicht bereut Walter jetzt, wo James auf so grausame Weise zu Tode gekommen ist, manche Worte, die er nicht mehr zurücknehmen kann.«

»Warum hassten sie sich denn?«

Godwyn seufzte und schüttelte bekümmert den Kopf.

»Das habe ich nie erfahren. Ich hatte den Eindruck, jeder wusste etwas Verhängnisvolles über den anderen, und sie waren durch ein Geheimnis unfreiwillig aneinandergekettet. Es ist immer gefährlich, einen solchen Pakt mit einem Feind zu schließen.«

»Könnte es irgendwie mit den Landverpachtungen zusammenhängen?«, fragte ich, da mir plötzlich das abrupt abgebrochene Gespräch beim Essen in der Wohnung des Rektors an meinem ersten Tag einfiel. Coverdale hatte angedeutet, der Quästor sei in Underhills Geschäfte mit Leicester verwickelt, der dem Rektor wertvolles Land zuschanzte. »Vielleicht wusste Doktor Coverdale von irgendwelchen korrupten Vorgehensweisen?«

Godwyn richtete seine großen, traurigen Augen langsam auf mich.

»Das halte ich für möglich. Ich weiß, dass James meinte, Gründe zu haben, Walter zu misstrauen – ausreichende Gründe, um zu versuchen, den Rektor dazu zu bewegen, ihn seines Amtes zu entheben.«

»Coverdale hat versucht, Slythurst loszuwerden?«, flüsterte ich, um vom Rektor nicht gehört zu werden.

»Er hat dem Rektor gesagt, er hielte Walter nicht für vertrauenswürdig – das weiß ich aber nur, weil der Rektor mich nach meiner Meinung über Walter gefragt hat. Ich sagte, ich habe mich für den Mann nie erwärmen können, glaube aber nicht, dass er seine Pflichten vernachlässige.«

»Coverdale hatte also Verdacht gegen ihn geschöpft – fand er, man solle ihm die Geldmittel der Universität nicht länger anvertrauen?«

»Das nehme ich an«, gab Godwyn unschuldig zurück. »Ich kann mir nicht denken, was sonst dahinterstecken sollte.«

»Vielleicht irgendetwas, was mit seiner Religion zusammenhängt?«

Jetzt legte mir Godwyn warnend eine Hand auf den Arm. »Manche Fragen sollte man besser nicht laut aussprechen, Doktor Bruno. Ich habe keinen Anlass zu glauben, dass Walter Slythurst etwas anderes als ein loyaler Untertan der englischen Kirche ist. Aber wie dem auch sei, jetzt kann ihm nichts mehr geschehen – die Toten nehmen ihre Geheimnisse mit ins Grab.« Er hob den Kopf und sah kurz zum Fenster hinüber, dann wandte er sich wieder zu mir, legte sein Messer beiseite und dämpfte seine Stimme noch mehr. »Aber diese Geschichte von Räubern im Tresorraum – die bereitet mir Kopfzerbrechen.«

»Ihr glaubt nicht daran?«

»Hätte es sich um irgendeinen anderen Mann gehandelt, hätte ich sie vielleicht geglaubt, aber James – wisst Ihr, ich spreche ungern schlecht von einem verstorbenen Kollegen, aber jeder, der James kannte, hätte Euch bestätigt, dass er ein fürchterlicher Feigling war. Er ist der letzte Mann auf der Welt, der sich allein bewaffneten Dieben entgegengestellt hätte. Deswegen kommt mir das alles sehr seltsam vor.«

»Habt Ihr eine Erklärung dafür?« Ich lehnte mich zu ihm.

»Ich weiß es nicht«, erwiderte er langsam. »Aber zwei von uns sind innerhalb von zwei Tagen gewaltsam umgekommen. Das reicht aus, um mir Angst einzujagen.«

Ich wollte ihn gerade fragen, wen er mit »uns« meinte, als

William Bernard sich rechts an Godwyn vorbeibeugte und mich mit seinen wässrigen Augen fixierte.

»Ihr stellt ziemlich viele Fragen, Doktor Bruno?«

»Zwei Tragödien in zwei Tagen, Doktor Bernard – solche Ereignisse werfen Fragen auf, meint Ihr nicht?«

»Die Antwort liegt auf der Hand. Gott bestraft die Universität für ihre religiöse Falschheit. Er lässt Seiner nicht spotten«, zischte Bernard in einem Ton, der keinen Widerspruch duldete.

»Wollt Ihr damit andeuten, Doktor Coverdale hätte bestraft werden müssen?«

Ein zorniger Funke glomm in Bernards Augen auf.

»Ich deute nichts dergleichen an, Hexenmeister, sondern ich sage nur, dass uns alle wegen unseres Ungehorsams der Zorn Gottes trifft. Er richtet über uns, und wer kann schon ahnen, wen Sein Urteil als Nächstes trifft?«

»Auf wen würdet *Ihr* denn tippen, Doktor Bernard?«, hakte ich nach.

»Genug der Fragen!« Bernard schlug mit seiner knochigen Faust so fest auf den Tisch, dass sein Ale überschwappte.

»William.« Godwyn legte seine Hand beschwichtigend über die Bernards. Dieser schüttelte sie gereizt ab und verfiel wieder in Schweigen.

Jetzt beugte sich der Rektor mit zusammengezogenen Brauen zu mir.

»Diskretion ist alles, Bruno.« Sein besorgter Blick schweifte über die sich angeregt unterhaltenden Studenten an den Tischen. »Sprecht mit ihnen, wenn die Studenten nicht dabei sind. Wir wollen den Gerüchten keine weitere Nahrung geben. Das Schlimmste müssen wir so lange wie möglich für uns behalten.«

Er vollführte eine knappe Geste, woraufhin der rothaarige Junge erneut das Chorpult bestieg, um etwas aus der großen, mit einer Messingkette festgeketteten Bibel vorzulesen. Es war ein Kapitel aus dem Buch Hesekiel, aber der Vortrag des Jungen trug nicht dazu bei, das Getuschel der Studenten verstummen zu lassen, von dem ich allerdings nichts Genaueres verstehen konnte. Aber der Klang der Stimmen und die funkelnden Augen verrieten mir, dass der zweite gewaltsame Todesfall an der Universität mehr Erregung als Furcht hervorgerufen hatte.

Als die Studenten nach der Mahlzeit aus der *Hall* strömten, verstieß ich gegen alle Etikette, sprang auf und drängte mich zu Gabriel Norris durch, der Thomas Allen gerade anwies, draußen auf ihn zu warten. Norris war soeben zur Tür hinausgetreten, als ich eine Hand ausstreckte und ihm einen leichten Schlag auf den Rücken gab. Er stieß ein schmerzerfülltes Zischen aus – ziemlich übertrieben, wie ich fand, denn ich hatte ihn nur mit der flachen Hand getroffen, aber als er sich umdrehte, sah ich, dass er die Zähne zusammengebissen hatte, wie um einen weiteren leisen Schrei zu unterdrücken. Ich legte ihm behutsam eine Hand auf den Arm.

»Verzeiht mir – ich wollte Euch nicht erschrecken.«

»Doktor Bruno!« Er schien unter Aufbietung all seiner Willenskraft auszuatmen, ehe er seinen Arm wegzog und seinen seidenen Ärmel abklopfte, als hätte meine Hand einen Fleck darauf hinterlassen. »Was müsst Ihr von unserer Universität denken – sie wird allmählich zu einem Schlachthaus. Jedenfalls können wir beide uns diesmal nicht vorwerfen, Coverdales Leben nicht gerettet zu haben, nicht wahr? Sie haben mir ja meinen Bogen weggenommen, sonst hätte ich noch einmal den Helden spielen können. Und dann dieses *Wetter*«, fuhr er mit derselben Betonung fort, als wären der Regen und der Mord an Coverdale gleichwertige Beispiele für tägliche Plagen. Jetzt fiel mir auch auf, warum er verändert aussah; er schien sich einen Bart stehen lassen zu wollen. Sein attraktives Gesicht war mit Stoppeln bedeckt, aber bald würde dieser Bart dicht und voll sein.

»Ihr lasst Euch einen Bart wachsen, Master Norris?«, bemerkte ich.

»Nicht absichtlich«, entgegnete er, wobei er sich ärgerlich über das Kinn rieb. »Aber ich kann seit zwei Tagen mein Rasiermesser nicht mehr finden, und ich werde mein Kinn nicht noch einmal dem Universitätsbarbier anvertrauen. Er kann Verwundeten auf einem Schlachtfeld die Gliedmaßen abnehmen – ich glaube, dort hat er auch sein Handwerk gelernt –, aber ich habe ihm ein Mal gestattet, mich zu rasieren, und dabei fast meine Nase eingebüßt. Was meint Ihr, Doktor Bruno – ob ein Bart mir steht? Bei Euch ist das ja der Fall, aber Ihr seid ein dunkler Typus …«

»So ein Pech, Master Norris, dass Ihr Euer Rasiermesser ausgerechnet dann verloren habt, als Thomas es für Euch geschärft hatte«, schnitt ich ihm das Wort ab und spürte im selben Moment, wie er erstarrte. Als er wieder das Wort ergriff, klang seine Stimme härter, als habe er sein geckenhaftes Gehabe abgelegt wie eine Schlange ihre alte Haut.

»*Wie bitte?* Ist das jetzt ein Verbrechen? Und was geht Euch das an?« Er trat einen Schritt näher, sodass sein Gesicht nur noch wenige Zoll von meinem entfernt war. Ich meinte, aus seinem Tonfall eine unterschwellige Drohung herauszuhören.

»Friede, Master Norris. Ich forsche nur im Auftrag des Rektors nach, wer Waffen im Turm aufbewahren könnte.«

»Ein Rasiermesser ist keine Waffe«, erwiderte er höhnisch, dann starrte er mich lange an, und plötzlich schien er zu begreifen, worauf ich hinauswollte. Sein Blick heftete sich auf einen Punkt hinter mir, als hätte sich eine Erklärung, die nur er lesen konnte, in die Wand hinter meiner Schulter gebrannt. »Wollt Ihr damit sagen, dass Coverdale mit einem solchen Messer umgebracht wurde?«

Als ich keine Antwort gab, nickte er. Seine Züge hatten sich verhärtet.

»Verstehe. Und Ihr habt Thomas über mein Rasiermesser ausgefragt.« Seine Augen wurden schmal. »Nun, dann muss ich mit Thomas sprechen. Ihr findet mich später in meiner Kammer, wenn noch etwas ist, Doktor Bruno. Jetzt habe ich keine Zeit mehr.« Er entließ mich mit einem knappen Nicken, ehe er sich anschickte, den Hof zu überqueren. Ich wollte ihm gerade folgen, als eine Hand meinen Ärmel berührte. Ich drehte mich ungeduldig um. Lawrence Weston stand mit vor Eifer glänzenden Augen vor mir. Der rothaarige Junge, der beim Essen aus der Bibel vorgelesen hatte, hielt sich an seiner Seite.

»Ich sagte, ich würde ihn für Euch ausfindig machen, Doktor Bruno, und das habe ich auch getan«, strahlte Weston triumphierend. »Es war Ned, der Bibeljunge.« Er gab dem mageren Jungen einen Stoß. Ich sah Weston und seinen Freund verwirrt an.

»Wer war was?«

»Ned«, wiederholte Weston ungeduldig. »Er hat Doktor Coverdale während der Disputation eine Nachricht überbracht. Ihr habt mir einen Shilling versprochen«, fügte er so anklagend hinzu, als hätte ich schon versucht, ihn um seinen Lohn zu bringen.

»Das ist richtig.« Ich griff nach der Börse an meinem Gürtel. Neds sommersprossiges Gesicht verzog sich missmutig.

»Ich sehe nicht ein, warum du einen Shilling bekommen sollst, Weston«, protestierte er. »Du weißt ja gar nichts über die ganze Sache.«

»Ich werde dir auch einen geben«, sagte ich rasch, um ihn zu beschwichtigen, dabei wünschte ich, ich hätte mich über den Wert der englischen Münzen informiert, bevor ich sie so großzügig verteilte; ich hatte das Gefühl, den Preis zu hoch angesetzt zu haben. »Also? Wer hat dir aufgetragen, Doktor Coverdale am Samstag eine Nachricht zu überbringen und ihn verfrüht aus der Disputation zu rufen?«

Erst jetzt bemerkte ich, dass ich den Jungen in meiner Aufregung bei den Schultern gepackt hatte und ihn leicht schüttelte. Er musterte mich mit einem verwirrten Stirnrunzeln.

»Nun – *er* war es, Sir. Doktor Coverdale, meine ich.«

»Was? Das ergibt doch keinen Sinn.«

Ned zuckte die Achseln.

»Mehr weiß ich nicht, Sir. Ehe wir am Samstag die Universität verließen, nahm er mich beiseite und gab mir ein Silberstück – er ist nicht so großzügig wie Ihr, Sir, ich meine, er *war* es nicht –, damit ich ihn unter dem Vorwand, eine wichtige Botschaft für ihn zu haben, nach der Hälfte der Zeit aus der Disputation hole.«

»Hat er einen Grund dafür genannt?«

Ned schüttelte den Kopf.

»Er sagte nur, er müsse früh zur Universität zurück und brauche eine Ausrede, um die Veranstaltung verlassen zu können.«

»Er hat nicht erwähnt, dass er jemanden treffen wollte?«

Ned zappelte ungeduldig unter meinen Händen.

»Er sagte nichts weiter, Sir. Ich nahm mein Silberstück und tat, wie mir geheißen, und mehr wusste ich über die ganze Angelegenheit nicht – bis jetzt.« Plötzlich wurden seine Augen groß. »Glaubt Ihr, sie haben ihn erwischt, weil er früher als geplant zur Universität zurückkam?«

»Hast du gesehen, ob er sich vor der Divinity School mit irgendjemandem getroffen hat, nachdem du ihm die Botschaft ausgerichtet hattest? Vielleicht mit einem Mann ohne Ohren?«

»Nein, Sir, aber ich kenne den Mann, den Ihr meint.« Neds sommersprossiges Gesicht hellte sich auf, als habe er soeben eine wichtige Prüfungsfrage beantwortet. »Es war Master Godwyn, der ihn vor der Divinity School getroffen hat, nicht Doktor Coverdale.«

»Godwyn?«, wiederholte ich verständnislos.

»Ja. Ich habe gesehen, wie er vor der Divinity School mit dem Mann, den Ihr meint, dem Buchhändler Jenkes, gesprochen hat, während ich darauf wartete, Doktor Coverdale die falsche Botschaft auszurichten. Aber danach bin ich Doktor Coverdale den ganzen Weg bis zur Universität zurück gefolgt. Ich wollte die Gelegenheit nutzen, mich auch früher davonzumachen – entschuldigt, Sir«, fügte er betreten hinzu.

Ich schüttelte nur den Kopf. »Du hast nichts verpasst, das versichere ich dir. Aber Coverdale – du hast gesehen, dass er direkt zu seiner Kammer gegangen ist?«

»Ja, Sir. Das heißt, ich habe ihn das Treppenhaus betreten sehen.«

»Und dir ist nichts Ungewöhnliches aufgefallen?«

»Nein, Sir. Nur …«

»Was?« Meine Stimme wurde lauter, als ich ihn drängend schüttelte.

»Nun, ich bewohne eine Kammer über der Bibliothek, weil ich dort und in der Kapelle arbeite. So bezahle ich mein Studium, Sir«, erklärte er leicht verlegen. »Und als ich die Stufen hochstieg, hörte ich hinter der Tür Stimmen.«

»In der Bibliothek? Wessen Stimmen?«

»Ich weiß es nicht, aber ich hörte einen Mann, der verärgert klang. Ich konnte aber die Worte nicht verstehen, obwohl ich so leise wie möglich zu meiner Kammer schlich. Aber sie müssen mich trotzdem bemerkt haben, denn sie verstummten einen Moment lang. Als ich ein paar Minuten später hörte, wie die Bibliothekstür geschlossen wurde, schaute ich aus meinem Fenster in den Hof hinunter, um zu sehen, wer die Männer waren, damit ich sie Master Godwyn melden konnte.«

»Könnte es Master Godwyn selbst gewesen sein, der ebenfalls früher zurückgekehrt war?«, fragte ich.

»Das weiß ich nicht. Beide trugen Umhänge mit hochgeschlagenen Kapuzen, ich konnte sie nicht erkennen.« Er zuckte die Achseln, als sei dies nicht von Bedeutung.

»Danke, Ned.«

Ich gab ihn frei und suchte in meiner Börse nach einem weiteren Shilling. Wenn ich das nächste Mal Informationen benötigte, würde ich daran denken, nur ein Silberstück dafür zu zahlen. Ned griff grinsend nach der Münze. Als sich seine Faust um sie schloss, spähte ich über den Hof und sah Slythurst aus dem Treppenhaus treten, das zur Bibliothek und zur Kapelle führte. Er musterte mich mit unverhohlenem Abscheu und eilte dann durch den Regen in Richtung der Wohnung des Rektors. Meine Gedanken überschlugen sich. Also hatte Godwyn die Disputation ebenfalls verfrüht verlassen, um Jenkes zu treffen. Konnten sie gemeinsam zur Universität zurückgekehrt sein, um Coverdale zu suchen? Oder hatten sie anderes in der Bibliothek zu tun gehabt? Etwas, was mit diesen illegalen Büchern zusammenhing?

Studenten und Fellows drückten sich weiterhin an uns vorbei, blickten in den Hof und überlegten, ob sie warten sollten, bis der Regen nachließ. Ich überwand mich, huschte ins Freie und schlug einen Bogen um die sich auflösende Studentenmenge. Am Turmgang hatte sich eine kleine Gruppe Schaulustiger versammelt, um voller Interesse die Ankunft von drei Männern in langen Umhängen und mit Dreispitzen auf dem Kopf zu beobachten, die sich das Wasser von den Schultern klopften. Einer hielt einen Amtsstab mit Messingknauf in der Hand. Das mussten die Constables und der Coroner sein, die gekommen waren, um Coverdales Leichnam abzuholen. Rektor Underhill stand hinter ihnen und rang sorgenvoll die Hände, während Slythurst versuchte, die neugierige Menge zurückzudrängen. Ich fragte mich, ob der Rektor dem Coroner von dem Martyrium des heiligen Sebastian berichten oder es ihm überlassen würde, seine eigenen Schlüsse zu ziehen.

»*Dio buono, amico mio* – was für ein Tag!«, rief eine Stimme hinter mir. Ich drehte mich um und sah mich John Florio gegenüber, der seinen Umhang enger um sich schlang, als bereite er sich darauf vor, dem Wetter zu trotzen. »Solchen Regen kennt Ihr in Neapel vermutlich nicht?«

»Noch nicht einmal Noah dürfte einen solchen Regen erlebt haben«, erwiderte ich grimmig mit einem Blick gen Himmel.

»Wollt Ihr ausgehen?« Er nahm mich am Arm und bedachte mich mit einem eigenartig erwartungsvollen Blick, als ich ihm in die St. Mildred's Lane hinaus folgte. »Vielleicht können wir gemeinsam gehen«, fuhr er eifrig fort, ohne auf eine Antwort zu warten. »Ich will in die Catte Street, um nach ein paar französischen Büchern zu fragen, die ich dort bei einem Händler bestellt habe, und ich muss offen zugeben, dass ich trotz des Wetters froh bin, von der Universität fortzukommen. Dieser furchtbare Angriff auf Doktor Coverdale hat uns alle erschüttert. Warum begleitet Ihr mich nicht? Der Laden des Buchhändlers würde Euch gefallen, glaube ich – er ist eigentlich Buchbinder von Beruf, hat aber gute Kontakte zu Druckern in

Frankreich und den Niederlanden, und man findet bei ihm oft interessante Stücke, die sonst nirgendwo zu ergattern sind. Nur der Mann selbst ist gewöhnungsbedürftig.«

Wir schritten durch die schmuddeligen Straßen. Florio stellte auf Italienisch wilde Spekulationen über den Angriff auf Coverdale an und gestikulierte dabei mit den Händen, während ich nickte und zustimmend murmelte, wenn er einmal Atem schöpfen musste. An der Ecke der St. John und der Catte Street hörte ich plötzlich laute Rufe und heiseres Gelächter über die Straße hallen. Wir drehten uns um und sahen eine Horde von Lehrlingen am Smythgate herumlungern, die sich gegenseitig anstießen, auf uns zeigten und Beleidigungen grölten. Florio nahm mich am Ellbogen und zog mich weg, als sie »Papistische Hurensöhne! Verschwindet aus England!« grölten.

»Achtet nicht auf sie«, murmelte Florio und beschleunigte seine Schritte, als einer der Jungen sich bückte, um einen Stein aufzuheben und ein anderer in unsere Richtung spuckte. Sie folgten uns eine Weile, wagten aber nicht, mehr zu tun als uns zu beschimpfen, und verloren schließlich die Lust an ihrem Spiel.

»Hier ist man Ausländern gegenüber nicht sonderlich freundlich gesonnen«, bemerkte ich, als wir uns in den Schutz der überhängenden oberen Stockwerke der Häuser der Catte Street duckten. Florio warf mir einen wehmütigen Blick zu.

»Das ist nur ein Vorwand, um Radau zu machen. Für solche Ignoranten sind alle Ausländer Katholiken, die sie in ihren Betten abschlachten wollen. Ich musste mein Leben lang damit zurechtkommen, und ich bin hier geboren. Vergesst es, *amico*. Seht, wir sind fast da.«

»Wie heißt dieser Buchhändler denn?«, fragte ich, obwohl ich die Antwort bereits ahnte.

»Rowland Jenkes«, rief Florio über seine Schulter hinweg, da die Straße zu schmal war, um nebeneinander gehen zu können. »Ihr werdet früher oder später von ihm hören, denke ich. Er ist in der Stadt nicht gut gelitten – man bezeichnet ihn als Hexenmeister –, aber Ihr wisst ja, wie die Leute reden. Doch Jenkes beschafft Euch Bücher, an die Ihr nie kommen würdet, ohne selbst nach Frankreich zu reisen, und das ist für mich von unschätzbarem Wert. Es gibt einige, die keinen Fuß in seinen Laden setzen würden und bösartige Gerüchte über alle Fellows verbreiten, die ihn aufsuchen, aber ich versuche, meine Ohren davor zu verschließen. Ich habe als *inglese italianato* hier schon genug Probleme, wie Ihr ja gesehen habt. So, da sind wir«, schloss er und deutete auf die niedrige Ladenfront, vor der ich William Bernard und Jenkes am Tag zuvor gesehen hatte. Die Fensterläden waren jetzt zwar geöffnet, aber die Scheiben wirkten deshalb nicht weniger dunkel und abweisend.

Florio zögerte und legte mir eine Hand auf den Arm.

»Verzeiht mir, aber ehe wir hineingehen, muss ich Euch fragen, ob Ihr meine Nachricht gelesen habt, Doktor Bruno?«, flüsterte er drängend.

Ich starrte ihn sprachlos an.

»*Eure* Nachricht?«

»Ja. Habt Ihr sie nicht erhalten?«

»Nun ja – das schon, aber mir war nicht klar, dass sie von Euch stammt.« Ich musterte ihn immer noch ungläubig. Wenn der mysteriöse Brief von Florio stammte, konnte das nur bedeuten, dass er über bedeutsame Informationen über die Morde verfügte. Warum nur hatte er sich nicht irgendeiner Autoritätsperson anvertraut? Dann fiel mir wieder ein, was Thomas Allen über einen Regierungsspion an der Universität gesagt hatte. Florio mit seinen Sprachkenntnissen und seinen Verbindungen zu hochrangigen Männern entsprach genau der Art von Agenten, die Walsingham einsetzen würde. Vielleicht hatte er Angst gehabt, sich zu erkennen zu geben, und daher gewartet, bis er unauffällig Kontakt mit Sidney und mir aufnehmen konnte. Ich starrte ihn weiterhin an; wartete auf weitere Erklärungen.

Er wirkte leicht verwirrt. »Oh. Ich hatte gedacht, das wäre angesichts der Umstände ganz eindeutig. Es tut mir leid, wenn ich für Durcheinander gesorgt habe.«

»Aber Florio.« Ich packte ihn am Arm und zog ihn näher zu mir. Von den über uns hängenden Balken plätscherte Wasser auf den schlammigen Untergrund, und ich musste meine Stimme heben, um verstanden zu werden. »Warum seid Ihr nicht zu mir gekommen und habt unter vier Augen mit mir gesprochen?«

Er senkte wie beschämt den Blick.

»Es ist eine heikle Angelegenheit, Doktor Bruno – ich dachte, ich schlage lieber den formellen Weg ein. In solchen Dingen muss man Anstand wahren.«

»Zur Hölle mit dem Anstand, Florio, zwei Männer sind tot, und es könnten noch weitere folgen.«

Florio wirkte erst verdutzt, dann verängstigt.

»Aber Bruno, glaubt Ihr, dass noch weitere Menschen sterben werden? Wie kommt Ihr darauf?«

»Das können wir nicht wissen, bevor wir herausgefunden haben, was diese zwei Opfer verbindet und wo die Motive des Mörders liegen, nicht wahr? Und ich denke, Ihr habt mir etwas zu sagen, das Licht in das Dunkel bringt, habe ich recht?«

Florio starrte mich verständnislos an, doch ehe er etwas erwidern konnte, wurde die Tür neben uns geöffnet. Rowland Jenkes erschien auf der Schwelle seines Ladens und musterte uns mit seinem üblichen Ausdruck belustigter Gleichgültigkeit.

»*Buongiorno, signori*«, sagte er mit seinem gebildeten Akzent, der so gar nicht zu seinem verwüsteten Gesicht passen wollte, und verneigte sich leicht, was ich als Sarkasmus wertete. »Das ist kein Wetter, um vor der Tür zu stehen, Master Florio. Kommt doch herein, und bringt Euren Freund mit.« Er trat zurück und bedeutete uns mit großer Geste einzutreten. Florio sah mich einen Moment lang an, dann klopfte er seinen Umhang ab und betrat den Laden.

14

Der Raum, in den wir gelangten, lag unterhalb der Straße, sodass wir drei Stufen hinuntersteigen mussten. Sie waren mit Binsen bestreut, die das aus unseren Kleidern tropfende Regenwasser rasch aufsogen. Die niedrige Decke mit den dunklen Balken ließ den Laden klein und vertraut erscheinen. Florio und ich konnten, da wir beide relativ klein waren, aufrecht stehen, aber Jenkes musste sich bücken, um sich nicht den Kopf anzustoßen, was ihm einen Anschein von Unterwürfigkeit verlieh, so, als würde er sich ständig leicht verneigen. Im Raum war es dämmrig, durch die schmutzigen Fenster fiel kaum Licht, aber in einem Wandhalter brannten einige Kerzen. Sie waren aus gutem Wachs gezogen, denn sie verströmten nicht den beißenden Gestank der billigen Talgkerzen in meiner Kammer im Lincoln. Tatsächlich roch es in diesem Laden heimeliger als an jedem anderen Ort in Oxford – nach Büchern, Leder, Papier, altem Pergament und Tinte, ein Gemisch, das mich mit einem plötzlichen Anflug von Wehmut an das Skriptorium von San Domenico Maggiore denken ließ, in dem ich so viele Stunden meiner Jugend verbracht hatte.

Geschnitzte hölzerne Regale zogen sich an den Wänden entlang. Jedes war vom Boden bis zur Decke mit nach Größe geordneten, in Leder gebundenen Bänden gefüllt, deren Messingklammern im Kerzenschein schimmerten. Auf der Werkbank, neben der Jenkes stand, sich die Hände rieb und Florio und mich mit einem Ausdruck gieriger Vorfreude betrachtete, reihten sich andere Ausgaben aneinander – einige hatten Einbände aus in Kalbsleder eingeschlagenen Holzbrettern, die verhindern sollten, dass das Pergament sich kräuselte, andere die neuartigen Pariser Einbände aus doppelter Pappe für leichtere Bücher aus Papier, die keiner Messingklammern bedurften, sondern mit Lederriemen oder Bändern zusammengehalten wurden. Alle waren wie die Bücher in der Bibliothek des Lincoln mit einer an einer Stange unter der Bank befestigten Messingkette gesichert. Hinter dieser Bank gab es eine weitere Tür, hinter der sich ein größerer, aber auch nicht besser beleuchteter Raum befand, bei dem es sich anscheinend um Jenkes' Werkstatt handelte. Ich meinte, einen Schatten davonhuschen zu sehen, und nahm an, dass dort der Lehrling des Buchbinders arbeitete.

»Und dies ist Signor Filippo Nolano, nicht wahr?«, begrüßte mich Jenkes mit einem katzenhaften Lächeln und hielt mir eine überraschend schmale Hand hin, die ich zögernd ergriff, da ich Florios neugierigen Blick auf mir ruhen fühlte. »Ich habe mich schon gefragt, wann Ihr hier auftauchen würdet, nachdem Ihr mir gestern vom *Catherine Wheel* aus gefolgt seid.«

»Ich ... das ist ...« Ich wusste nicht, wie ich auf diese Anschuldigung reagieren sollte, vor allem deshalb nicht, weil sich Florios Augen in meinen Rücken bohrten.

Jenkes winkte lässig ab.

»Nun, das ist ja auch egal. Aber Signor Nolano, ich kann mich des Eindrucks nicht erwehren, dass unser Freund Signor Florio sich wundert, weil ich Euch so anrede. Vielleicht kennt er Euch unter einem anderen Namen?« Er hob theatralisch eine Braue und legte die Fingerspitzen gegeneinander. Er hatte die Angewohnheit zu sprechen, fast ohne die Lippen zu bewegen, sodass jeder Satz eigenartig verschwörerisch wirkte.

Ich sah ihm in die Augen, wohl wissend, dass ich mich im Nachteil befand – nicht nur, weil ich nass bis auf die Haut in seinem Laden stand, sondern auch, weil er es sich eindeutig zum Ziel gesetzt hatte, so viel wie möglich über mich herauszufinden, während ich gemeint hatte, mich auf seine Spur geheftet zu haben.

»Ich habe viele Jahre lang Gegenden bereist, wo es sich nicht empfahl, seinen wahren Namen zu nennen.« Ich straffte mich in dem vergeblichen Versuch, würdevoll zu wirken. »Das gewöhnt man sich schnell an, wenn man sich unter Fremden aufhält.«

Jenkes lächelte.

»Ein Mann würde vieles auf sich nehmen, um der Inquisition zu entgehen, nicht wahr, Doktor Bruno?«

Ich nickte bedächtig; bemüht, keinerlei Überraschung zu zeigen. Florio musterte mich immer noch verwirrt.

»Ich hoffe, Ihr werdet uns nicht lange als Fremde betrachten. Aber selbst in unserem wundervollen Reich gibt es Orte, wo ein Mann seine Zunge hüten sollte. Was hat Euch eigentlich in das *Catherine Wheel* geführt?«

Ich zuckte die Achseln.

»Ich hatte Hunger, sah das Schild und wollte mir eine warme Mahlzeit bestellen.«

Bei diesen Worten warf Jenkes den Kopf in den Nacken und brach in schallendes Gelächter aus, wobei er schiefe Zähne entblößte.

»Ihr habt Eure Lektion dort sicher schnell gelernt, denke ich, obwohl es ziemlich boshaft war, dem jungen Humphrey zu sagen, Ihr würdet das Essen noch nicht einmal Eurem Hund geben.« Er hörte so abrupt auf zu lachen, wie er begonnen hatte. Schweigen hing im Raum.

»Ihr sprecht Italienisch?«, fragte ich endlich.

»Ich spreche sieben Sprachen, Doktor Bruno, obwohl das niemand glauben würde, der mich ansieht, oder? Ich habe nicht unbedingt das Gesicht eines Gelehrten. Aber Ihr seid nicht so dumm, einen Mann nach seinem Äußeren zu beurteilen, schätze ich, und Ihr scheint mir auch nicht der zu sein, der Ihr zu sein vorgebt. Wisst Ihr, was man in Oxford über mich sagt?«

»Nein«, gab ich kurz angebunden zurück. Er war ganz eindeutig stolz auf seinen schlechten Ruf, und ich wollte seiner Eitelkeit nicht noch mehr schmeicheln. Zufrieden nahm ich zur Kenntnis, dass er enttäuscht wirkte.

»Man nennt mich einen Schüler des Teufels, Bruno«, teilte er mir mit einem Lächeln auf den dünnen Lippen mit. »Es gibt Volkslieder über mich, mit denen man Kinder erschreckt. Es heißt, ich hätte mit einem Fluch dreihundert Menschen getötet. Was sagt Ihr dazu?«

»Ich sage, dass sich Flecktyphus unter bestimmten Umständen sehr rasch ausbreiten kann«, erwiderte ich gleichmütig.

»Ihr habt natürlich recht. Aber warum blieb ich verschont?«

»Weil Ihr anscheinend das Naturell eines Ochsen habt«, konterte ich, dabei betrachtete ich die wulstige, knotige Haut über den Stellen, an denen einst seine Ohren gewesen waren. »Ihr seid genauso wenig ein Hexenmeister wie ich oder Florio hier.«

»Genauso wenig ein Hexenmeister wie Ihr?« Jenkes musterte mich einen Moment lang, dann brach er erneut in eine seiner plötzlichen Lachsalven aus. »Ich mag Euren Freund, Signor Florio, er ist ein richtiger Spaßvogel«, meinte er nachsichtig. Der arme Florio fühlte sich angesichts der unterschwelligen Feindschaft zwischen mir und Jenkes sichtlich unwohl in seiner Haut und sah nervös von einem zum anderen.

»Ist mein Montaigne eingetroffen, Master Jenkes?«, erkundigte er sich dann. »Das will ich doch sehr hoffen, da ich mich eigens deswegen bei diesem tückischen Wetter auf den Weg zu Euch gemacht habe.«

»Tückisch, in der Tat.« Jenkes bedachte mich flüchtig mit seinem rätselhaften Lächeln. »Ich habe letzte Woche zwei Bände erhalten, lieber Florio, und trotz des grässlichen Wetters ist der Karren mit der Ladung am Samstag sicher aus Plymouth angekommen. Ich lasse mir nicht nachsagen, die zu enttäuschen, die Vertrauen in meine Fähigkeiten setzen. Wenn Ihr einen Moment warten wollt, werde ich sie holen.« Er verneigte sich erneut leicht und duckte sich dann unter der Tür hindurch, die zu seiner Werkstatt führte.

Florio wandte sich an mich.

»Ich muss Euch bitten, über etwas Stillschweigen zu bewahren, Bruno«, flüsterte er, legte eine Hand auf meinen Arm und sah mich eindringlich an.

Ich nickte mit angehaltenem Atem, da ich dachte, er würde sich auf seine Nachricht beziehen, wir waren ja vorhin unterbrochen worden.

»Ich habe mir eine große Aufgabe aufgebürdet, dank derer mein Name der Nachwelt ebenso erhalten bleiben wird wie der des großen humanistischen Genies, dem ich diene – ein weit größeres Werk als meine lächerliche Sammlung von Sprichwörtern, muss ich bekennen.« Seine Augen leuchteten auf. »Ich werde den englischen Lesern die Essays Michel de Montaignes nahebringen.«

»Weiß er davon?«, erkundigte ich mich.

Florio senkte beschämt den Blick.

»Ich habe dem großen Mann geschrieben und ihm meine bescheidenen Dienste als Übersetzer angeboten, aber es stimmt, ich habe noch keine Druckerlaubnis von ihm«, bekannte er. »Ich habe Master Jenkes gebeten, mir die französischen Ausgaben zu bestellen; ich wollte Monsieur de Montaigne eine Kostprobe meiner Arbeit senden, ich hoffe, so seine Zustimmung zu erlangen. Aber wie Ihr Euch sicher vorstellen könnt, wird mein Vorhaben viel Zeit und Geld kosten, und daher versteht Ihr vielleicht, warum ich Euch so schreiben musste, wie ich es getan habe …«

»Welches Buch Ihr auch sucht, aus welchem Land es auch stammt – wendet Euch an Rowland Jenkes, und wenn ich es nicht finde, dann existiert es nicht«, verkündete Jenkes, der wieder aus dem Dunkeln hervorkam. In jeder Hand hielt er ein in Kalbsleder gebundenes dünnes Buch. Er bedachte mich mit einem verschwörerischen Blick. »*Jedes* Buch, Doktor Bruno, wenn der Preis stimmt.« Seine Augen wanderten viel sagend zu meinem Gürtel, an dem Walsinghams Börse unter meinem Wams verborgen hing. Ich reagierte mit keiner Bewegung auf diesen Blick, fühlte mich aber plötzlich nackt und bloß; er schien bereits mehr über mich zu wissen, als ich gedacht hatte, und ich fragte mich, ob Bernard seine Quelle war.

Er reichte Florio die beiden Bände, die dieser sich in die Armbeugen klemmte und so liebevoll betrachtete wie neugeborene Zwillinge.

»Ihr bezieht also viele Bücher aus den Niederlanden?«, fragte ich so beiläufig, wie es mir möglich war.

»Aus Frankreich, den Niederlanden – auch aus Spanien und Italien, wenn die Nachfrage danach besteht. Viele Männer in Oxford hegen den Wunsch nach Manuskripten, die nur aus dem Ausland zu beziehen sind. Und manchmal ergibt sich auch die Möglichkeit, den umgekehrten Weg zu nehmen.« Er fixierte mich mit seinem halb vielsagenden, halb spöttischen Blick, als würde er mich insgeheim abschätzen. »Aber ich nehme an, davon habt Ihr bereits gehört, Bruno. Vielleicht erklärt das, warum Ihr mir gefolgt seid.«

Ich gab keine Antwort. Florio hatte begonnen, erregt von einem Fuß auf den anderen zu hüpfen. Sein Gesicht war so verzerrt, als würde er jeden Moment in Tränen ausbrechen.

»Was gibt es denn, mein lieber Florio?«, erkundigte sich Jenkes freundlich.

»Ich … es ist nur so, dass ich nicht mit zwei Bänden zugleich gerechnet habe, Master Jenkes, und ich fürchte, ich kann nicht … Ich meine, kann ich einen für einen oder zwei Monate in Eure Obhut geben, aber ich bitte Euch, ihn nicht anderweitig zu verkaufen, denn ich werde das Geld schon auftreiben, doch …«

Jenkes wischte die Entschuldigung mit einer Geste beiseite.

»Ich habe keinen Platz für bestellte und nicht abgeholte Bücher, Florio. Besser, Ihr nehmt beide mit und bezahlt sie, sobald Ihr könnt.«

Florio strahlte wie ein Kind, das Zuckerwerk geschenkt bekommen hatte.

»Danke, Master Jenkes. Ihr werdet nicht lange auf Euer Geld warten müssen, vor allem dann nicht, wenn sich gewisse Dinge so entwickeln, wie ich hoffe.« An dieser Stelle warf er mir einen auffordernden Blick zu, wie um anzudeuten, dass ich verstehen müsste, was er meinte.

Er irrte sich jedoch, ich tappte nach wie vor völlig im Dunkeln. Wenn dies eine Anspielung auf die rätselhafte Nachricht war, wollte er dann damit sagen, dass er hoffe, von den Todesfällen am Lincoln zu profitieren? Ich konnte ihn nur verständnislos anstarren, während er in seiner Börse nach den mitgebrachten Münzen kramte.

»Nun denn, Bruno – unser Geschäft ist abgewickelt«, sagte er, nachdem er bezahlt und seine Neuerwerbungen zum Schutz vor dem Regen sorgfältig in Ölpapier verpackt hatte. »Sollen wir der Flut erneut trotzen?«

»Einen Moment bitte«, warf Jenkes ein, als ich die Wasserströme betrachtete, die noch immer an den Scheiben herabrannen. Der Himmel schien sich noch mehr verdunkelt zu haben. »Ich möchte Euch nicht aufhalten, Master Florio, aber ich hätte noch etwas Geschäftliches mit Doktor Bruno zu besprechen, wenn er mir ein paar Minuten seiner Zeit opfern kann.« Er hob erneut eine Braue, um anzudeuten, dass er nicht gewillt war, in Florios Gegenwart mehr zu sagen. Dieser zögerte, erinnerte sich dann aber wohl an den großzügigen Kredit, den Jenkes ihm soeben gewährt hatte, und entschied sich, den Wink zu beherzigen.

»Natürlich, aber ich muss zur Universität zurück. Doktor Bruno, wenn wir auf dem Rückweg nicht ertrinken, wollen wir uns dann heute Abend weiter unterhalten?«

Ich nickte. Florio presste sein Päckchen fester gegen die Brust, schlug die Kapuze seines Umhangs hoch und trat mit einem letzten schwer zu deutenden Blick auf mich in den Regen hinaus.

Ich blieb allein mit Jenkes in dem Laden zurück und erschauerte unwillkürlich, als sich die Tür hinter Florio schloss. Durch meine nassen Kleider kroch mir die Kälte in die Knochen, dazu kam der eindringliche Blick des Buchbinders, der mir das Blut in den Adern gefrieren ließ.

»Kommt – wenn Ihr dort stehen bleibt, werdet Ihr Euch das Fieber holen, und die Leute werden behaupten, ich hätte Euch verflucht.« Mit einem leichten Lächeln deutete Jenkes auf die hintere Tür. »Hier können wir ungestört miteinander reden, Doktor Bruno, und Ihr könnt Euch aufwärmen. Ich werde süßen Wein heiß machen.« Er trat zu der Tür, die zur Straße führte, nahm einen Schlüsselring von seinem Gürtel und schloss sie ab. Als er merkte, dass ich zögerte, drehte er sich wieder zu mir. »Ich trinke auch gern als Erster davon, wenn Euch das sicherer erscheint. Aber ich dachte, Ihr glaubt nicht an meine übernatürlichen Fähigkeiten?«

Der wachsame Funke in seinen Augen machte kurz Selbstironie Platz. Unwillkürlich gab ich das Lächeln zurück, als ich ihm in den hinteren Raum folgte. Vielleicht hätte ich vorsichtiger sein sollen, aber ich gab nichts auf oberflächliches Geschwätz, und irgendetwas an Rowland Jenkes faszinierte mich so, dass ich bereit war, mich mit ihm in einem Raum einschließen zu lassen, nur um mehr über ihn in Erfahrung zu bringen. Als ich über die Schwelle trat, sah ich aus den Augenwinkeln einen sich bewegenden Schatten. Am Kamin, in dem ein Feuer prasselte, stand Doktor William Bernard und musterte mich mit vor der Brust verschränkten Armen.

»Meine Werkstatt – Doktor Bernard kennt Ihr ja.« Jenkes fuhr mit der Hand durch die Luft, schenkte Bernard aber nicht mehr Beachtung als einem seiner Möbelstücke. An drei Wänden befanden sich lange, mit Büchern und Manuskripten in verschiedenen Reparaturphasen übersäte Werkbänke. Leder, Kalbshaut und Leinenstücke warteten darauf, zugeschnitten zu werden. Einige Manuskripte schienen sehr alt zu sein und wurden jetzt dank der Buchbinderkunst für spätere Generationen bewahrt. In der Ecke gegenüber dem Kamin standen zwei eisenbeschlagene, mit Vorhängeschlössern versehene Truhen im rechten Winkel zueinander.

»Wie ich sehe, betreibt Ihr mit einigen Fellows des Lincoln Geschäfte?«, bemerkte ich, dabei nickte ich Bernard grüßend zu.

»Ich bin Buchbinder und Buchhändler, Doktor Bruno. Natürlich betreibe ich mit den Doktoren der Universität Geschäfte. Wovon sollte ich denn sonst leben?«

»Zählt Master Godwyn, der Bibliothekar, auch zu Euren Kunden?«

»Selbstverständlich«, erwiderte Jenkes glatt. Seine seltsam leuchtenden Augen wichen nicht von meinem Gesicht. »Er hat mich des Öfteren damit beauftragt, Bücher aus seiner Sammlung zu reparieren.«

»Und James Coverdale?«

Jenkes wechselte einen Blick mit Bernard.

»Ah ja. Der arme Doktor Coverdale. William hat mir gerade berichtet, dass er einem Anschlag zum Opfer gefallen ist. Dass so etwas in Oxford geschehen kann.« Er presste eine Hand gegen seine Brust und schüttelte betrübt den Kopf, aber irgendetwas an seinem Verhalten verriet mir, dass er sich über mich lustig machte. Ich wollte ihn weiter über seine Beziehung zu Godwyn und Coverdale ausfragen, aber Bernards scharfer, finsterer Blick ließ mich zögern.

»Hier ist etwas, bei dessen Anblick Euch das Herz bluten wird, Doktor Bruno.« Jenkes nahm einen kleinen Band von einer der Bänke und reichte ihn mir. Es war ein Stundenbuch im französischen Stil vom Anfang des Jahrhunderts und ganz eindeutig einst ein teures Stück gewesen. Vorsichtig blätterte ich darin herum. Die Seiten waren reich illustriert; in leuchtenden Kobaltblau-, Rot- und Goldtönen, die Ränder wiesen ein kunstvolles Muster aus Blättern, Blumen und Schmetterlingen auf einem schlüsselblumengelben Hintergrund auf.

»Hier.« Jenkes nahm mir das Buch aus der Hand und schlug eine Seite auf, auf der sowohl der Text als auch das zugehörige Bild mit einem scharfen Gegenstand, vermutlich einem Messer oder einem Stein, attackiert worden waren. Das Bild war weitgehend intakt geblieben, es zeigte einen knienden Thomas Beckett, der vor seinem Altar erstochen wurde. Sein Gesicht war allerdings verschwunden, genau wie das Gebet darunter, von dem nur noch schwache Spuren zu erkennen waren.

»Ist das nicht eine Schande?«, bemerkte Jenkes. »Die Ausgabe gehörte einst König Henry, vor fast fünfzig Jahren, aber solche Bücher gelangen oft in meine Hände. Zumeist sind dann alle Heiligenbilder sorgsam herausgeschnitten oder ausradiert worden. Wenn ich es restaurieren kann, wird es in Frankreich einen guten Preis erzielen. Gott, ich hasse es, ein Buch nur um der Laune eines häretischen Prinzen willen so verschandelt zu sehen! Dem Vater eines weiteren häretischen Bastards!« Er zog bei seinen letzten Worten die Lippen zurück, sodass seine braunen Zähne zum Vorschein kamen, und strich mit seinen langen weißen Fingern über die Seite, als wolle er sie trösten. Diese Zurschaustellung seiner Liebe zu seinen Büchern trug allerdings nicht dazu bei, mir Jenkes sympathischer zu machen.

»Werdet Ihr mich jetzt wegen meiner aufrührerischen Worte melden, Doktor Bruno?« Er lächelte sein dünnes Lächeln, ohne den Blick von mir zu wenden. »Ich habe ja keine Ohren mehr, die ich verlieren könnte.«

»Ich pflege keinen Mann wegen seiner Worte zu melden«, erwiderte ich ruhig, dabei hielt ich seinem Blick unverwandt stand, um ihm zu zeigen, dass er mir keine Angst einjagte. »Ich bin in dieses Land gekommen, um frei denken, sprechen und schreiben zu können – und ich nehme an, dass sich jeder Bürger hier dasselbe wünscht.«

»Aber worüber wollt Ihr denn frei schreiben?« Bernard stieß sich von der Wand ab, ließ die Arme sinken und musterte mich mit seinen wässrigen Augen.

»Über alles, worüber es mir beliebt«, gab ich zurück. »Das nennt man Freiheit, nicht wahr?«

Jenkes legte das Stundenbuch behutsam neben die kleinen Messer und Gerätschaften, die er zu seiner Restaurierung brauchte, auf die Bank zurück. Als ich sah, wie er mit seinen Werkzeugen hantierte, kam mir der Gedanke, dass ein Buchbindermesser sicherlich scharf genug war, um einem Mann die Kehle durchzuschneiden.

»Schickt Ihr viele Bücher nach Europa, um sie dort zu verkaufen?« Ich deutete auf das Stundenbuch und bemühte mich dabei, möglichst beiläufig zu klingen. Aber Jenkes entging mein Interesse nicht, er hob den Kopf und wechselte erneut einen Blick mit Bernard.

»Manchmal stoße ich auf ein Buch, dessen Besitz einen Mann in diesem Land ins Gefängnis bringen kann – oder Schlimmeres.« Er rieb mit dem Daumen über seine Unterlippe. »Dann finde ich Käufer in Übersee. Aber ich habe auch in Oxfordshire und London keinen Mangel an Kunden. Es sind zumeist Männer wie Ihr, die es nicht hinnehmen, dass Bücher verboten werden; Männer, die der Überzeugung sind, Gott habe uns genug Verstand und Urteilsvermögen geschenkt, um selbst zu bestimmen, was wir lesen und was nicht, und die bereit sind, für den Erwerb von Wissen Risiken einzugehen.« Er lachte leise und sah wieder zu Bernard hinüber. »Ihr hattet recht, William. Doktor Bernard sagte mir, Ihr würdet Euch besonders für seltene Bücher interessieren, vor allem für solche, die als verloren gelten.«

Bernard hatte seinen Platz am Feuer wieder eingenommen und stand regungslos an der Wand, nur um seine Lippen spielte der Hauch eines Lächelns. Natürlich – er war während der großen Säuberungsaktion, im Rahmen derer die Behörden versucht hatten, sämtliche ketzerischen Texte vor dem Zugriff junger, leicht beeinflussbarer Männer zu bewahren, der Bibliothekar des Lincoln gewesen. Mein Abt in San Domenico hatte damals gleichfalls versucht, all diese Werke zu vernichten.

»Ich spüre, dass Ihr mir eine Frage stellen wollt, Doktor Bruno.« Jenkes legte den Kopf schief.

»Die Bücher, die in den Universitätsbibliotheken beschlagnahmt worden sind – sind sie durch Eure Hände gegangen?«

»Viele davon ja.« Jenkes schielte flüchtig zu Bernard hinüber, dann lehnte er sich gegen seine Werkbank und faltete die Hände. »Einige der übereifrigeren Bibliothekare haben sie verbrannt, um sich bei den Inspektoren einzuschmeicheln, aber die, die den Wert von Büchern zu schätzen wussten, brachten sie zu mir, damit ich sie weiterleite.«

Ich drehte mich zu Bernard um, der keinerlei Regung zeigte.

»Habt Ihr auch Bücher aus der Bibliothek des Lincoln erhalten?«

»Ich erinnere mich an jedes Buch, dass ich je in der Hand gehalten habe, Doktor Bruno. Ihr scheint daran zu zweifeln, aber ich versichere Euch, dass das keine Prahlerei ist. Als ich zu Master Florio sagte, ich könne jedes Buch beschaffen, wenn der Preis stimmt, entsprach das ebenfalls der Wahrheit.« Sein Blick heftete sich wieder auf die Börse an meinem Gürtel, und diesmal bedeckte ich sie instinktiv mit einer Hand, als wäre ich nackt und müsste meine intimsten Körperteile schützen. »Habt Ihr vielleicht ein bestimmtes Buch im Sinn?«

Er spielte mit mir wie eine Katze mit der Maus, und seine wiederholten Anspielungen auf das Geld, das ich bei mir trug, flößten mir Unbehagen ein. Ich verwünschte mich dafür, an der Universität mit Walsinghams Börse nicht diskreter umgegangen zu sein. Nun, ich hatte zugelassen, dass er mich in seinem Laden einschloss; wenn er mich ausrauben wollte, konnte ich nur versuchen, mich so gut wie möglich zu verteidigen. Ich musterte die Werkbank, um zu sehen, wie schnell ich nach einem Messer greifen konnte, falls ich eines benötigte. Als habe er meine Gedanken gelesen, streckte Jenkes eine Hand aus, nahm ein kleines Messer mit silbernem Griff von der Bank und begann sich mit der Spitze die Fingernägel zu säubern.

»Ihr könnt ganz offen sprechen, Bruno, um welches Werk es sich auch handelt und als wie gefährlich die Behörden oder die Kirche es einstufen mögen, Ihr könnt mich nicht schockieren.«

»Ihr glaubt also nicht an Ketzerei?«, fragte ich, das Messer wachsam im Auge behaltend.

»Oh, Ihr missversteht mich.« Jenkes trat so plötzlich auf mich zu, dass ich unwillkürlich zurückwich. Die eigenartigen Augen blitzten bedrohlich auf. »Ich glaube sehr wohl daran. Es gibt eine absolute Wahrheit, und alles andere ist Ketzerei. Es gibt die wahre, vom Sohn Gottes gegründete Kirche, und dann gibt es jene blasphemische Scheußlichkeit, die von einem fetten, verkrüppelten Hurensohn gegründet wurde, der seinen Schwanz nicht in der Hose behalten konnte, und die jetzt von seinem häretischen Bastard regiert wird. Ich glaube nicht, dass man einem Mann verbieten sollte, ein Buch zu lesen, wenn er die Weisheit besitzt, es zu verstehen, aber das heißt nicht, dass ich unsicher bin, wo die Wahrheit zu suchen ist. Die Frage ist, seid Ihr es?«

»Ich verstehe nicht, was Ihr meint«, wich ich aus. Meine Schultern spannten sich an.

»Ich denke, Ihr versteht sehr gut.« Seine Stimme klang freundlich, aber sein Blick war immer noch stahlhart. Langsam schob er sich zwischen mich und die Tür zum Laden. Ich spürte, wie mir trotz meiner klammen Kleider der Schweiß ausbrach. Wieder sah ich zu Bernard hinüber, der noch immer so ungerührt am Feuer stand, als sei er kein Bestandteil der Szene, die sich gerade hier abspielte. In seiner langen schwarzen Robe, mit seinem dünnen Hals und der lockeren Haut wirkte er wie ein großer Raubvogel, der darauf wartet, was er erbeuten kann, sowie sich der von anderen Jägern aufgewirbelte Staub verzogen hat.

»Ich möchte nur wissen, auf welcher Seite Ihr steht, Bruno«, fuhr Jenkes fort.

»Ich war mir nicht bewusst, dass von mir verlangt wird, eine Seite zu wählen«, entgegnete ich. »Vielleicht finde ich die Idee als solche einfach zu grob vereinfachend.«

Jankes brach in schallendes Gelächter aus, das von den Wänden widerhallte.

»Werdet Ihr das dem Engel am Tag des Jüngsten Gerichts sagen? Wenn der Gottessohn zurückkehrt, um die Böcke von den Schafen zu trennen, werdet Ihr dann behaupten, zu keinem von beiden zu gehören, weil Ihr die Idee *viel zu vereinfachend* findet?« Abrupt schleuderte er das Messer von sich. Es landete klirrend zwischen den Gerätschaften auf der Bank. Jenkes trat näher und legte mir sacht eine Hand auf die Schulter. Ich wappnete mich für einen Angriff, rührte mich aber nicht. »Ihr seid mir ein Rätsel, Doktor Bruno, wisst Ihr das?« Sein Blick wanderte über mich hinweg, als könne er dieses Rätsel so lösen. »Ihr seid exkommuniziert, genießt aber die Gunst eines katholischen Monarchen. Ihr beugt Euch der Autorität des Papstes nicht und predigt die ketzerischen Theorien des Polen Kopernikus, aber ich hörte, dass Ihr Euch selbst als Katholiken bezeichnet. Welchem Glauben hängt Ihr nun wirklich an, Bruno?«

Ich sah ihm fest in die Augen. »Ich bin ein Sohn der römischen Kirche, Master Jenkes. Ihr müsst der einzige Mann in Oxford sein, der meine Religion anzweifelt – Eure Mitbürger überqueren eigens die Straße, um mich anspucken zu können.«

»Besucht Ihr die Messe und legt Ihr die Beichte ab?«

»Stehe ich hier vor Gericht? Seid Ihr mein Inquisitor?«

Er musterte mich starr, aber seine Lippen krümmten sich zu einem leisen, verächtlichen Lächeln. Ich seufzte.

»Ja, ich besuche die Messe.«

»Und doch reist Ihr in Gesellschaft von Sir Philip Sidney, einem Schoßhund dieser Hure Elisabeth und einem Hetzer gegen die katholische Sache?«

»Das tut auch Palatin Laski. Stellt Ihr seine Religion auch in Frage?«

»Laski ist ein Prinz«, antwortete Jenkes ungeduldig. »Ihr seid ein entlaufener Mönch und ein Philosoph, dessen Dienste man kaufen kann – allerdings ein anscheinend sehr erfolgreicher, wenn man berücksichtigt, welche Summen Ihr mit Euch herumtragt.« Sein Blick wanderte wieder zu meiner Börse. »Wie seid Ihr in diese Gesellschaft geraten? Sind er oder seine Freunde an Euch herangetreten?«

»Ich habe ihn in Padua kennen gelernt, er ist gleichfalls ein Schriftsteller. Was werft Ihr mir eigentlich vor, Jenkes?« Ich war des Spiels überdrüssig; nur die Möglichkeit, dass Jenkes etwas über Dekan Flemyngs Bücher wusste und vielleicht den verschwundenen letzten Teil der hermetischen Werke gesehen hatte, den Ficino nicht hatte übersetzen wollen, hielt mich davon ab, mich gewaltsam aus dem Laden zu drängen.

»Ich werfe Euch gar nichts vor.« Jenkes klopfte mir beruhigend auf die Schulter. Sein ganzes Verhalten änderte sich mit einem Mal. »Aber ich dachte, gerade Ihr würdet vielleicht verstehen, dass ein Mann wissen muss, mit wem er spricht, bevor er zu offen spricht. Meine Freunde und ich sind es nicht gewohnt, Fremde im *Catherine Wheel* zu sehen, schon gar nicht solche, die mit einer königlichen Abordnung reisen und falsche Namen angeben – das erweckt natürlich Neugier. Daher frage ich Euch noch einmal: Was hat Euch dorthin geführt?«

Ich zögerte. Wenn ich Jenkes von meiner Aufrichtigkeit überzeugen konnte, war es möglich, dass er mich in die geheime Welt der Katholiken von Oxford einführte, deren Kontakte zu den Seminaren in Europa und deren Wissen über die englische Mission für Walsingham wertvoller waren als Gold. Aber ich spürte, dass mich Jenkes, wenn er mich verdächtigte, ihn getäuscht zu haben, auf eine weit weniger kunstvolle Weise beseitigen würde, als es der Mörder vom Lincoln getan hatte.

»Ich hörte, die Schänke sei ein Ort, wo man Gleichgesinnte treffen kann«, erwiderte ich ruhig.

Jenkes nickte ermunternd.

»Gehört habt Ihr das? Von wem?«

»Von einem Kontaktmann.«

»In London oder in Oxford? Oder im Ausland?«

»In Oxford«, gab ich, ohne zu zögern, zurück.

»Und wie lautet sein Name? Oder ihrer?«, fügte er dann hinzu.

»Das möchte ich lieber für mich behalten.«

»Wie soll ich denn dann wissen, dass Ihr mich nicht anlügt, Bruno?« Sein Gesicht war meinem jetzt so nah, dass die Pockennarben doppelt so groß wirkten.

»Ich sagte doch, dass er schnell mit dem jungen Allen Freundschaft geschlossen zu haben scheint. Sie sind heute Morgen zusammen im *Flower de Luce* gesehen worden«, warf Bernard von der anderen Seite des Raumes her ein.

Jenkes' Augen wurden schmal. Ich sah ihm an, dass er nicht wusste, was er von dieser Neuigkeit halten sollte.

»Thomas Allen hat Euch ins Vertrauen gezogen? Ich fürchte, er hat Euch einen schlechten Eindruck von unserer kleinen Gruppe vermittelt, Bruno. Hat er Euch zu uns geschickt?«

Da mir klar war, dass Thomas in Gefahr geriet, wenn Jenkes ihn verdächtigte, mir Edmund Allens Geheimnisse anvertraut zu haben, musste ich seine Beteiligung strikt leugnen, aber ich hatte keine Ahnung, wie die beiden Männer auf meine nächsten Worte reagieren würden.

»Nicht Thomas hat mir vom *Catherine Wheel* erzählt«, sagte ich. »Sondern Roger Mercer.«

Jenkes runzelte die Stirn und gab meine Schulter frei. Er schien überhaupt nicht mehr zu wissen, woran er war.

»Mercer?«

»Ich habe ihn am Abend vor Rogers Tod mit ihm im Hof gesehen, sie schienen sich sehr angeregt zu unterhalten«, bestätigte Bernard. »Ich habe sie von meinem Fenster aus beobachtet.«

»Wie ist das Gespräch auf das *Catherine Wheel* gekommen?« Jenkes fuchtelte mit einem langen Finger vor meinem Gesicht herum.

Ich hob eine Hand und schob seinen Finger behutsam beiseite, ehe ich antwortete.

»Ich habe ihn gefragt, ob er einen Ort in Oxford kennt, wo ich die heilige Messe hören kann.«

»Ihr habt ihn gefragt? Und da hat er Euch einfach so zum *Catherine Wheel* geschickt?« Jenkes sah aus, als wisse er nicht, ob er ungläubig den Kopf schütteln oder wütend werden sollte. Er presste die Hände gegeneinander, bis die Knöchel knackten.

»Er meinte, ich würde dort Freunde finden, sollte aber Diskretion walten lassen«, erklärte ich.

»Diskretion – als ob er die Bedeutung dieses Wortes überhaupt gekannt hätte! Er war ein verdammter Narr. Seine lose Zunge hätte uns noch allen den Tod gebracht. Das einem Fremden zu verraten, noch dazu einem, der mit einer königlichen Abordnung reist – ist es zu glauben, William?« Jenkes wischte sich mit dem Handrücken über die Stirn. »Obwohl es mich natürlich erschüttert hat, von seinem grausamen Tod zu hören.«

»Das zählt jetzt nicht mehr«, meinte Bernard, bevor er fromm hinzufügte: »Möge seine Seele in Frieden ruhen.«

Jenkes musterte mich erneut eindringlich, dann schien er zu meinen Gunsten zu entscheiden.

»Nun denn, Doktor Bruno, der arme Mercer hatte recht, Ihr habt Freunde gefunden. Kommt heute Nacht, eine halbe Stunde nach Mitternacht. Nehmt die Hintertür, nicht die zur Straße. Humphrey wird dort sein. Sagt die Losung, und er wird Euch einlassen. Tragt einen Umhang mit Kapuze, zieht sie Euch tief ins Gesicht und achtet darauf, dass Euch niemand folgt.«

»Stehen denn keine Wachen am Nordtor? Sie werden doch sicher wissen wollen, was ich zu dieser Stunde dort zu suchen habe?«

»Gebt ihnen ein Silberstück, dann interessiert sie das einen feuchten Kehricht.« Jenkes' Blick ruhte erneut auf meiner Börse. »Aber achtet auf Euren Geldbeutel, wenn Ihr so spät unterwegs seid. Habt Ihr eine Waffe?«

Ich erwiderte, ich hätte keine bei mir. Er nahm das kleine Messer mit dem silbernen Griff von der Bank und hielt es mir hin.

»Das wird für heute Abend reichen. Es ist zwar klein, aber es schneidet Leder mühelos, also werdet Ihr Euch damit zur Wehr setzen können, falls Ihr angegriffen werdet. Jedenfalls ist es besser als eine leere Scheide.«

»Danke, aber zu einem solchen Treffen brauche ich ja meine Börse nicht mitzubringen, nicht wahr?«, gab ich zurück.

»Oh, aber natürlich.« Jenkes' Miene wurde plötzlich besorgt. Als er mein Misstrauen bemerkte, beugte er sich mit einem verschlagenen Lächeln vor. »Ich gebe meine Bücher nicht umsonst her, Master Bruno, noch nicht einmal meinen katholischen Brüdern zuliebe.«

Mein Herzschlag beschleunigte sich.

»Bücher?«

»Ihr interessiert Euch doch für ein Buch, oder nicht? Ein griechisches Buch, das Dekan Flemyng vor einem Jahrhundert aus Florenz mitgebracht und der Bibliothek des Lincoln vermacht hat. Während der Säuberungsaktion der Königlichen Kommission 1569 nahm es unser Freund Doktor Bernard hier an sich. Ist das korrekt?«

»Habt Ihr dieses Buch?« Ich wagte kaum zu atmen.

Er bedachte mich mit seinem herablassenden Lächeln, das mich zur Weißglut trieb.

»Ich habe es nicht hier. Aber ich habe es in den Händen gehalten und kann Euch zu ihm führen. Ich bin sicher, wir werden zu einer für uns beide vorteilhaften Übereinkunft gelangen, Doktor Bruno. Also vergesst Eure Börse nicht.«

»Ihr sagtet, das Buch würde nicht existieren«, wandte ich mich beinahe triumphierend an Bernard.

»Das habe ich wegen der Narren gesagt, die an diesem Abend am Tisch des Rektors saßen«, erwiderte er abfällig. »Es hätte zu viele Fragen aufgeworfen. Underhill ist die Marionette des Kanzlers und des Kronrats, er würde den Wert eines solchen Buches gar nicht erkennen, aber ich wollte seine alten Ängste nicht erneut wecken. Wenn es nach ihm ginge, würde er die Bibliothek ausräumen, bis dort nur noch die Bibel und die Werke von Master Foxe zu finden sind.« Einen Moment dachte ich, Bernard würde auf den Boden spucken, so bitter war die Verachtung, mit der er den Namen betonte, doch er bezwang sich. Ich fragte mich, wie Jenkes' Bemerkung, Mercers lose Zunge hätte ihnen allen den Tod bringen können, wohl gemeint gewesen war.

»Aber jetzt dürfen wir Euch nicht länger aufhalten, Doktor Bruno.« Jenkes drehte sich zum Ladenraum um und griff nach den Schlüsseln an seinem Gürtel. »Ihr wollt doch sicher Euren Freund Florio einholen. Übrigens, es versteht sich von selbst, dass unser Gespräch strikt unter uns bleibt. Ich bin der Einzige in der Stadt, dem Ihr bezüglich religiöser Fragen trauen könnt. Ihr kennt die Gefahren ja wohl.«

Ich nickte, als er die Tür zur Straße aufschloss und ich erleichtert registrierte, dass der Regen nachgelassen hatte.

Dann drehte ich mich noch einmal um und sah ihn mit vor der Brust verschränkten Armen vor seinem Geschäft stehen. Er machte einen ausgesprochen zufriedenen Eindruck.

»Und was ist mit dem Buch?«

»Bei unserem nächsten Treffen erzähle ich Euch alles darüber.«

»Ihr habt noch etwas vergessen«, erinnerte ich ihn leise. »Die Losung.«

Jenkes' narbiges Gesicht verzog sich zu einem Lächeln.

»Die hat man Euch doch schon mitgeteilt, Doktor Bruno«, flüsterte er, ehe er mit den Lippen die Worte *Ora pro nobis* formte.

15

Ein kühler Wind trieb die dunklen Regenwolken über den Himmel und gab den Blick auf eine höhere perlgraue Wolkenschicht frei, als der Regen weiter nachließ und endlich ganz aufhörte. Ich schritt die schlammigen Straßen entlang zum Lincoln zurück, so tief in Gedanken versunken, dass ich kaum merkte, wie meine feuchten Kleider auf meiner Haut scheuerten. Als ich das Tor erreichte, hörte ich das melancholische Läuten der Glocke, die zur Abendandacht rief, aber auf den Anblick, der sich mir bot, als ich in den Hof trat, war ich nicht gefasst gewesen. Gruppen von Studenten und Fellows drängten sich am Eingang zum Treppenhaus, das zur Bibliothek und zur Kapelle führte, und starrten zu den Fenstern empor. Eine gespenstische Stille hing über dem Hof; die Männer wechselten nur geflüsterte Worte und starre Blicke. Eine nahezu greifbare Furcht hing in der Luft. Ich verlangsamte meine Schritte und näherte mich der mir am nächsten stehenden Studentengruppe, um herauszufinden, was hier vorging, als sich Richard Godwyn zu mir hindurchkämpfte. Die Erleichterung stand ihm im Gesicht geschrieben.

»Doktor Bruno, der Rektor hat nach Euch gefragt«, sagte er leise. »Kommt bitte mit.«

Er nahm mich am Ellbogen und geleitete mich durch die neugierig gaffende Menge zu dem Eingang, der zur Bibliothek und zur Kapelle führte. Am Fuß der Treppe stand der stämmige Küchendiener, der schon zuvor den Zugang zu Coverdales Räumen bewacht hatte. Er warf uns einen Blick zu und nickte knapp.

Godwyn führte mich zur Kapelle und klopfte behutsam an die Tür, die augenblicklich von Slythurst geöffnet wurde, der mich finster anfunkelte, aber zur Seite trat, um mich einzulassen. Im selben Moment schlug mir der Geruch von Blut entgegen. Rektor Underhill erhob sich von einer der Bänke in der Nähe der Tür, umklammerte meine Handgelenke mit beiden Händen und sah mich mit verzweifelten rot geränderten Augen an.

»Gott straft uns, Bruno«, flüsterte er mit brechender Stimme. »Er häuft glühende Kohlen auf mein sündiges Haupt. Selbst hier, in unserer heiligen Kapelle …« Ohne seinen Griff zu lockern, wich er zur Seite, und ich sah den Grund für seine Qual. Am Fuß des Altars lag ein zusammengesunkener Körper. Ich trat langsam näher. Die Binsen auf dem Boden und das weiße Altartuch waren mit Blut bespritzt, und sogar vom anderen Ende der Kapelle aus konnte ich erkennen, dass der Leichnam einen roten Haarschopf hatte.

»Es ist nichts angerührt worden«, krächzte der Rektor. »Ich wollte, dass Ihr Euch das erst anseht. Kurz vor fünf kam ich in die Kapelle, um die Abendandacht vorzubereiten, und da fand ich …« Seine Stimme versagte, und er sank schwer auf die Bank neben ihm.

Ich kniete mit zusammengebissenen Zähnen neben dem Leichnam nieder. Ned, der Bibeljunge, lag mit Hemd und Hose bekleidet auf dem Rücken. Seine Augen wirkten unnatürlich groß und quollen aus den Höhlen hervor; in festgefrorenem Entsetzen starrten sie blicklos zur Decke. Es dauerte einen Moment, bis ich begriff, warum sein leerer Blick so schrecklich war – seine Lider waren weggeschnitten worden. Ich beugte mich über ihn und hielt ungläubig den Atem an. Dies war nicht die einzige Verstümmelung im Gesicht des Jungen; beide Wangen waren aufgeschlitzt worden, der Mund war blutig und geschwollen, dicke Blutrinnsale bedeckten sein Kinn. Ned war kaum alt genug gewesen, um sich zu rasieren.

»Der Altar«, flüsterte Underhill mit einem Kopfnicken in die betreffende Richtung.

Ich blickte hoch und zuckte zusammen. Ein dunkelroter fleischiger Klumpen lag in der Mitte des Altars. Blut sickerte daraus auf das weiße Tuch und bildete dort einen hässlichen Fleck.

»O Gott«, entfuhr es mir, denn ich wusste sofort, was ich da sah. Vorsichtig drückte ich Neds Unterkiefer nach unten und gab den Blick auf den Zungenstumpf frei. Die Bewegung löste einen neuen Blutstrom aus, und ich wich instinktiv zurück, obwohl mir klar war, dass Ned nicht mehr am Leben sein konnte.

»Er wurde erst vor kurzer Zeit getötet«, stellte ich, an den Rektor gewandt, fest. Dieser nickte und fuhr sich mit den Händen über das Gesicht.

»Ned kam jeden Tag gegen vier Uhr hierher, um die Kapelle für den Gottesdienst um fünf herzurichten«, murmelte er nahezu unhörbar. »Das ist die oberste Pflicht des Bibeljungen. Jeder wusste, wo er ihn um diese Zeit finden konnte. Die Kapelle wird nicht abgeschlossen. Der oder die Mörder müssen sich versteckt und auf ihn gewartet haben. Armer Junge.« Er schüttelte den Kopf. »Aber seht Ihr, was ihm angetan worden ist, Bruno?«

Er sah erwartungsvoll zu mir auf.

»Wieder Foxe?«

Er nickte knapp.

»Ich glaube, diesmal ist Romanus gemeint. Sein Martyrium kommt im ersten Buch gleich nach dem des heiligen Alban, von dem ich gestern in der Kapelle erzählt habe. Romanus' Peiniger verstümmelten ihn, um ihn daran zu hindern, Hymnen zu singen, aber als sie ihm das Gesicht zerschnitten, dankte er ihnen dafür, ihm weitere Münder geöffnet zu haben, mit denen er Gott preisen könne.«

»Diese Heiligen waren auf ihre Art wirklich schlagfertig«, bemerkte ich grimmig.

»Also schnitten sie ihm die Zunge heraus, und am Ende erwürgten sie ihn.« Underhill schluckte vernehmlich und schlug eine Hand vor den Mund.

Ich zog Neds Hemd von seinem Hals fort, und richtig, sein blasses Fleisch wies die dunklen Würgemale kräftiger Finger auf.

»Sie haben ihm die Zunge herausgeschnitten, um ihn zum Schweigen zu bringen«, grübelte ich halblaut. Erst wenige Stunden zuvor hatte Ned mir erzählt, was er am Samstagabend gesehen hatte. War er deswegen gestorben? Ich rief mir unsere Unterhaltung wieder ins Gedächtnis. Wer konnte sie mit angehört haben? Lawrence Weston? Aber der Gang hatte von Studenten und Fellows gewimmelt, die dort Schutz vor dem Regen gesucht hatten, jeder von ihnen hätte sehen können, wie ich Ned den Shilling überreichte, den er nicht mehr hatte ausgeben können. Der Gedanke, dass ich unwissentlich das furchtbare Schicksal des armen Jungen mitbestimmt habe, erfüllte mich einen Moment lang mit Entsetzen, dann riss mich ein Hüsteln aus meiner Versunkenheit.

»Nachdem Doktor Bruno so freundlich war, uns sein fachmännisches Urteil hören zu lassen, sollte ich vielleicht die Constables rufen, Rektor«, sagte Slythurst mit eisiger Stimme. »Wer auch immer das getan hat, er kann noch nicht weit sein. Wenn sie sofort mit der Suche beginnen …«

»Der Täter hält sich höchstwahrscheinlich noch auf dem Universitätsgelände auf«, wandte ich mich an den Rektor. »Wenn dem so ist, dürfte er kaum Zeit gehabt haben, sich das Blut von den Händen zu waschen. Ihr müsst sofort die gesamte Gemeinschaft in der *Hall* zusammenrufen. Irgendjemand muss etwas gesehen haben.«

Der Rektor nickte und drehte sich zu Slythurst um.

»Walter, geht hinunter, verständigt alle Studenten und Fellows und sagt ihnen, sie sollen sich in der *Hall* einfinden, wie es Doktor Bruno vorgeschlagen hat«, ordnete er an. »Sorgt dafür, dass alle anwesend sind, klopft an jede Tür und zerrt sie aus ihren Kammern, wenn es sein muss.«

Slythurst bedachte mich mit einem wutentbrannten Blick, machte aber auf dem Absatz kehrt und verließ die Kapelle.

»Was habt Ihr getan, nachdem Ihr den Leichnam gefunden habt?«, fragte ich den Rektor.

»Ich – ich habe um Hilfe gerufen – ich konnte nicht klar denken«, stammelte Underhill. »Richard war in der Bibliothek und kam sofort herüber. Dann blieb ich bei dem Toten, und er ging auf die Suche nach Walter.«

»Ihr wart die ganze Zeit in der Bibliothek?«, wandte ich mich an Godwyn, der noch immer sichtlich aufgewühlt an der Tür stand.

»Nun ja«, antwortete er mit einem wachsamen Ausdruck in den Augen. »Ich habe den ganzen Nachmittag dort gearbeitet.«

Ich starrte ihn ungläubig an.

»Und Ihr habt nichts gehört? Obwohl direkt gegenüber ein Junge ermordet wurde?«

»Die Türen der Bibliothek und der Kapelle bestehen beide aus massivem Eichenholz, Doktor Bruno«, verteidigte sich Godwyn. »Ich habe etwas früher Schritte auf der Treppe gehört, hielt das aber nicht für ungewöhnlich. Aber ich habe keine Stimme vernommen, bis Rektor Underhill die Kapellentür geöffnet und gerufen hat.«

Erneut musterte ich den Leichnam.

»Wenn ihm jemand aufgelauert und ihn überrumpelt hat, könnte er ihn erwürgt haben, bevor er die Möglichkeit hatte, zu schreien oder sich zu wehren.« Der Gedanke war tröstlich, aber ich betrachtete Godwyn noch immer mit Argwohn. Wusste er, dass Ned ihn mit Jenkes vor der Divinity School gesehen hatte?

»Dann wäre er tot gewesen, bevor all das …« Der Rektor deutete auf das verstümmelte Gesicht des Jungen.

»Das wollen wir hoffen«, murmelte ich, ehe ich mich erhob.

»Aber Ned.« Godwyn blickte mit zusammengezogenen Brauen auf den Leichnam hinab, als ergäbe die Szene für ihn keinen Sinn. »Warum Ned?« Er schüttelte den Kopf.

Mir fiel plötzlich etwas ein, das Ned mir im Laufe unserer verhängnisvollen Unterhaltung erzählt hatte. »Hatte Ned nur Pflichten hier in der Kapelle oder auch in der Bibliothek?«, erkundigte ich mich.

Godwyn drehte sich um und musterte mich scharf. »Er hat mir manchmal ausgeholfen«, bekannte er zögernd. »Hat aufgeräumt und sauber gemacht und dergleichen. Mit den Büchern hatte er nichts zu schaffen. Warum fragt Ihr?«

»Master Godwyn, am Samstagabend, dem Abend, an dem James Coverdale ermordet wurde, waren Leute in der Bibliothek, während sich alle anderen bei der Disputation befanden«, gab ich zurück. »Ned hat sie gehört, wusste aber nicht, wer sie waren.«

Godwyn nagte am Knöchel seines Daumens und betrachtete mich ängstlich.

»Nun, wie ich Euch schon sagte, haben die Fellows alle ihren eigenen Schlüssel. Ich nehme an, es ist möglich, dass jemand früher zurückgekommen ist, aber ich wüsste nicht, wer. Oder …« Er warf dem Rektor einen verstohlenen Blick zu und ließ den Satz unbeendet im Raum verklingen.

Ich erinnerte mich daran, dass er mir erzählt hatte, Sophia könne sich mit dem Schlüssel ihres Vaters Zutritt zur Bibliothek verschaffen. Ned hatte angegeben, eine zornige Männerstimme gehört zu haben, aber mit wem hatte der Mann gesprochen? Godwyn wirkte sichtlich nervös; ich konnte nicht umhin, mich zu fragen, ob Ned im Rahmen seiner Bibliotheksarbeit auf das Versteck illegaler katholischer Bücher des Bibliothekars gestoßen war.

»Und Ihr?« Ich sah ihm fest in die Augen. »Ihr habt niemanden gesehen, als Ihr verfrüht zurückgekommen seid?«

»Ich?« Godwyn wandte den Blick ab. Ein gekränkter Ausdruck trat in seine großen Augen. »Ich war bei der Disputation, Doktor Bruno.« Er scharrte unbehaglich mit den Füßen und verschränkte die Arme vor der Brust.

»Aber ich hörte, Ihr wärt früher gegangen, um jemanden zu treffen?«

Der Rektor blickte auf. Einen Moment wich der verzweifelte Ausdruck auf seinem Gesicht milder Überraschung. Godwyn lief hochrot an und versuchte nicht länger, an seiner Lüge festzuhalten.

»Es stimmt, ich bin gleich zu Anfang gegangen, weil ich etwas Persönliches zu erledigen hatte«, gestand er mit gepresster

Stimme. »Es hatte nichts mit der Universität zu tun. Aber ich bin nicht vor sechs zurückgekommen und habe die Bibliothek leer und verschlossen vorgefunden, so, wie ich sie verlassen hatte. Das ist die Wahrheit, ich schwöre es bei Gott!«

Ich betrachtete Godwyns ineinander verflochtene Hände – breite Hände mit Tintenflecken an den Fingerspitzen. Blutspuren konnte ich keine erkennen. Der Rektor blickte von mir zu Godwyn, als wisse er nicht mehr, was er glauben sollte.

»Wartet, was ist das?« Am Fuß des Altars lag ein dunkler Haufen. Ich bückte mich, um ihn zu untersuchen. Er entpuppte sich als ein Stück zusammengefaltetes Tuch. Ich hob es mit Finger und Daumen behutsam hoch und stellte fest, dass es sich um das Gewand eines Studenten handelte. Die Ärmel waren ausgefranst, an ihnen klebte frisches Blut.

»Dieselbe List wie zuvor.« Ich hielt das Gewand in die Höhe, um es dem Rektor zu zeigen. »Das muss Neds Robe sein. Der Mörder zieht die Gewänder seiner Opfer über seine eigenen, damit er sich hinterher entfernen kann, ohne durch Blutspuren aufzufallen.«

Die Tür knarrte, und wir schraken alle drei zusammen. Slythursts Rattengesicht erschien in dem Spalt.

»Die Universitätsgemeinschaft ist in der *Hall* versammelt, Rektor, allerdings nicht vollständig, fürchte ich.« Er warf mir einen Blick zu. »Ich kann William Bernard nicht finden. Gabriel Norris und Thomas Allen scheinen auch nicht in ihrer Kammer zu sein. Und John Florio wurde seit dem Nachmittag nicht mehr gesehen.«

Der Rektor nickte und erhob sich schwerfällig.

»Geht schon voraus, Walter, und Ihr auch, Richard«, sagte er. »Ich komme gleich nach. Nachdem ich mit den Männern gesprochen habe, werde ich eine Ausgangssperre verhängen. Jeder bleibt heute Abend in seiner Kammer, bis wir alle Räume durchsucht haben.«

»Gäste eingeschlossen, nehme ich an.« Slythurst schlang die Arme um den Oberkörper.

»Jeder«, bestätigte der Rektor mit fester Stimme. »Und jetzt möchte ich mit Doktor Bruno kurz unter vier Augen sprechen.«

Widerstrebend folgte Slythurst Godwyn zur Tür hinaus.

Underhill drehte sich so langsam zu mir um, als koste ihn die Bewegung unendliche Anstrengung. In seinem Gesicht las ich abgrundtiefe Verzweiflung.

»Meine Tochter ist immer noch nicht nach Hause gekommen, Bruno.«

In seiner Stimme schwang eine solche Endgültigkeit mit, dass ich einen Moment lang meinte, selbst unter der Last seines Kummers zusammenzubrechen, doch ich schüttelte den Kopf.

»Sie muss zu einer Freundin gegangen sein. Fällt Euch da denn niemand ein?«

»Sophia hat keine Freunde im üblichen Sinn. Sie lehnt die Gesellschaft junger Frauen ihres Alters ab. Hättet Ihr mich vor ein paar Tagen nach ihren Freunden gefragt, hätte ich geantwortet, ich wüsste niemanden. Aber jetzt …« Er brach ab und drehte sich zum Fenster, als würden ihn unsichtbare Augen durch die Scheibe beobachten.

»Was jetzt? Habt Ihr irgendetwas entdeckt?«

»Ich war blind, Bruno. Ich habe meine Kinder ebenso im Stich gelassen wie die Universität.«

Obwohl ich fürchtete, er könne mit dieser Äußerung den Nagel auf den Kopf getroffen haben, rührte mich die Qual des Mannes. Ich trat zu ihm und legte ihm eine Hand auf die Schulter.

»Ihr dürft Euch nicht die Schuld an den Todesfällen geben. Und Sophia wird gesund und munter gefunden werden, und wenn ich die ganze Nacht reiten muss, um sie zu suchen.«

Ich hatte nicht beabsichtigt, so leidenschaftlich zu sprechen. Underhill blickte fragend zu mir auf, ehe sein Gesicht wieder seinen alten kummervollen Ausdruck annahm.

»Es ist sehr freundlich von Euch, das zu sagen.« Er tätschelte meine Hand, als wolle er mir für die Geste danken. »Aber Ihr irrt Euch. Als sie heute Nachmittag noch nicht zurück war, habe ich ihre Kammer durchsucht. In ihre Matratze war das hier eingenäht.«

Er griff in sein Wams, zog ein kleines Buch mit einem abgenutzten Ledereinband hervor und reichte es mir. Ich blätterte ein paar Seiten um und stellte fest, dass es sich um ein Stundenbuch ähnlich dem handelte, das ich in Jenkes' Werkstatt gesehen hatte. Alter und Handwerkskunst stimmten ungefähr überein, aber dieses hier war kleiner und schlichter. Die Seiten waren in gutem Zustand, die Bilder der Heiligen unversehrt. Mein Herz wurde schwer. Dass Sophia ein so offenkundig katholisches Buch besaß und es auch noch sorgfältig vor ihren Eltern versteckt hatte, konnte nur eines bedeuten.

»Seht Euch das Deckblatt an«, murmelte Underhill.

Ich tat, wie mir geheißen. Auf dem Deckblatt prangte eine handgeschriebene Widmung, ein Vers aus der Bibel: »Denn Weisheit ist besser als Perlen, und alles, was man sich wünschen mag, kann ihr nicht gleichen.« Darunter stand in eleganter, verschnörkelter Schrift: *»Ora pro nobis.* Der Deine in Christus, J.«

Underhill beobachtete mich erwartungsvoll.

»Das ist ein Zitat aus den Sprüchen Salomos, nicht wahr?«

»Begreift Ihr denn nicht?«, versetzte er ungeduldig. »Wie lautet das griechische Wort für Weisheit? *Sophia*! Ein papistisches Gebetbuch mit einer Widmung für sie! Sie haben sie direkt unter meiner Nase bekehrt, während ich mich in Foxes Werken vergraben und versucht habe, hier für Leicester für Ruhe und Ordnung zu sorgen!« Er schüttelte den Kopf und blickte zu Boden.

»Rektor Underhill, *wer* hat sie bekehrt?«, fragte ich scharf. »Und wer ist dieser J., wisst Ihr das? Wen schützt Ihr?«

»Nur mich selbst«, erwiderte er nahezu unhörbar. »Und meine Familie – das dachte ich zumindest. Ich hätte nie geglaubt, dass es so weit kommen könnte.«

Jenkes, dachte ich grimmig. Nur er hatte ein so schönes französisches Stundenbuch auftreiben können, und er hatte sich mit dem Anfangsbuchstaben seines Namens verraten. Meine Hand schloss sich krampfhaft um das Buch, als ich die Widmung noch einmal las. Der Bibelvers war eigentlich unschuldig, klang aber unangenehm anzüglich, wenn man das Wort »Weisheit« durch Sophias Namen ersetzte. Die Vorstellung, dass Jenkes mit seinem pockennarbigen Gesicht und dem vernarbten, ohrlosen Kopf Sophia ein so intimes Geschenk, das überdies bewies, dass sie mit seinem Glauben sympathisierte, gemacht hatte, ließ mich mit den Zähnen knirschen. Dann schoss mir ein anderer Gedanke durch den Kopf: Was, wenn Jenkes die Gefahr war, von der sie gesprochen hatte? Was, wenn sie sich von ihm in irgendetwas hatte verstricken lassen und er sie nun bedrohte? Und hing das alles auf irgendeine Weise mit dem verstümmelten Leichnam am Fuß des Altars zusammen? Meine Hand fuhr an meinen Gürtel, in dem das kleine Messer mit dem silbernen Griff steckte, das mir Jenkes gegeben hatte. Heute Nacht würde ich die Wahrheit aus ihm herauspressen, beschloss ich, selbst wenn das bedeutete, dass er sich am falschen Ende seiner eigenen Waffe wiederfinden würde.

Underhill sah mich traurig an. Er schien darauf zu warten, dass ich ihm sagte, was er nun tun sollte.

»War James Coverdale ein Katholik?«, fragte ich abrupt.

Underhill presste die Hände gegeneinander und nickte.

»Und Ihr wusstet das? Wolltet Ihr deshalb nicht, dass der Coroner das Symbol des *Catherine Wheel* an der Wand sieht?«

Der Rektor stieß einen tiefen Seufzer aus, der seinen Brustkorb zu sprengen drohte, und sah mich resigniert an.

»Ich war immer der Ansicht, dass es eine Sache zwischen ihm und Gott ist, wenn ein Mann seinen Glauben praktiziert, ohne dass es die Politik oder seine Arbeit berührt. Diese Ansicht wird aber von den meisten Mitgliedern des Kronrats nicht geteilt, fürchte ich, doch ich habe die Hoffnung, dass meine Meinung der Ihrer Majestät recht nahe kommt.« Er beugte sich vor und dämpfte seine Stimme. »Aber die Regeln ändern sich. Jeden Tag erlässt Lord Burghley neue Gesetze bezüglich der Katholiken, sodass es jetzt ein Verbrechen ist, Informationen über bekannte

Papisten zurückzuhalten. Ein Mann läuft schon Gefahr, sein Eigentum zu verlieren oder ins Gefängnis zu kommen, wenn er den Behörden verschweigt, was er über seine Nachbarn und Kollegen weiß, und jeder lebt in Angst vor seinen Freunden.« Er erschauerte und schob die Hände zwischen die Knie.

»So«, sagte ich langsam, während ich versuchte, seiner Logik zu folgen. »Ihr wollt die Wahrheit über diese Morde nicht öffentlich machen, weil Ihr fürchtet, jemand hätte es auf die bekannten Katholiken am Lincoln abgesehen, und wenn das herauskommt, könnte Leicester wissen wollen, wie so viele hier unter Eurer Leitung unbehelligt bleiben konnten?« Mein Mitgefühl mit ihm schwand stetig. »Da habt Ihr lieber dem Richter und dem Coroner Geschichten von streunenden Hunden und Räubern erzählt und es dem wahren Mörder so ermöglicht, erneut zuzuschlagen.« Ich deutete auf Neds Leichnam. »Vielleicht hofft Ihr ja insgeheim, dass er sein Werk zu Ende bringt und das Lincoln von seinen halsstarrigen Katholiken befreit, ohne dass Ihr Euer Gesicht verliert?«

»Großer Gott, nein, Bruno, wie könnt Ihr so etwas denken?«, rief er ehrlich bestürzt aus. »Ihr glaubt doch wohl nicht wirklich, dass ich irgendeinem Menschen den Tod wünsche? Dann hätte ich ja die Katholiken an der Universität längst melden können. Natürlich weiß ich, wer sie sind«, zischelte er. »Größtenteils sind es gute Männer, die gute Arbeit leisten und meines Wissens sicherlich nicht planen, Ihre Majestät oder ihre Regierung zu stürzen, und ich weiß, was sie erwarten würde, wenn ich sie anschwärzte. Aber indem ich es nicht getan habe, habe ich riskiert, alles zu verlieren, was ich besitze.«

»Und jetzt tötet sie jemand nacheinander und ahmt dabei die frühen Märtyrertode nach, die Foxe beschrieben hat«, sagte ich mehr zu mir selbst, als ich den Raum durchquerte und zum Feuer trat. »Aber wer – einer ihrer Gegner oder jemand aus ihren eigenen Reihen? Und warum auf eine so auffällige Art, wenn nicht aus dem Grund, alle Augen auf die Universität und ihre unbußfertigen Katholiken zu lenken? Wenn wir die Motive des Täters verstehen würden, könnten wir das Rätsel vielleicht lösen.«

»Ich wollte Eurer Theorie bezüglich Foxe erst nicht zustimmen.« Underhill hob den Kopf. »Ich konnte nicht glauben, dass jemand etwas so Barbarisches und Blasphemisches tut, und ich wollte auch nicht zugeben, dass meine Predigtauszüge aus Foxes Werken den Mörder dazu inspiriert haben könnten. Aber Ihr habt recht, wir dürfen das nicht länger ignorieren.«

»Und dieser arme Junge?« Ich betrachtete Neds entstelltes Gesicht. »War er einer von ihnen?«

»Nicht dass ich wüsste«, wimmerte Underhill, wobei er den Leichnam mit einem flüchtigen Blick streifte und dann rasch den Kopf senkte. »Er stammt aus keiner sehr angesehenen Familie, aber er war einer unserer eifrigsten Studenten. Ich kann mir nicht vorstellen, wer Ned hätte etwas zuleide tun wollen – es ist furchtbar.« Seine Schultern zuckten.

»Ich glaube, Ned hat etwas gesehen oder gehört, das nicht für seine Augen und Ohren bestimmt war«, meinte ich grimmig. »Habt Ihr die Constables informiert, dass Sophia verschwunden ist.«

»Nein«, erwiderte er bedrückt. »Es ist noch nicht dunkel, vermutlich habe ich gehofft, dass sie zum Essen oder zumindest vor Einbruch der Dunkelheit zurückkommt. Meine Frau ist zu Bett gegangen; sie ist natürlich überzeugt, dass Sophia tot ist oder irgendwo im Sterben liegt. Sie weiß noch nichts von Ned. Ich versuche, die Dinge sachlich und logisch zu betrachten, aber das ist nicht leicht.« Er holte tief Atem, wie um zu beweisen, dass er fähig war, seine Schwächen zu unterdrücken.

»Wenn sie morgen früh noch nicht nach Hause gekommen ist, werde ich alles tun, was in meiner Macht steht, um Euch zu helfen, das schwöre ich«, gab ich feierlich zurück. Der Rektor setzte zu einer Antwort an, aber ich hob eine Hand, um ihm das Wort abzuschneiden; ich hatte draußen im Gang ein so leises Geräusch gehört, dass es sich auch lediglich um das Knarren eines Balkens handeln konnte, aber in meinem angespannten

Zustand kam es mir vor wie leichte Schritte auf einer Dielenbohle. Wir warteten ein paar Momente mit angehaltenem Atem, vernahmen jedoch nur das Summen eines Insekts, das gegen die Fensterscheiben prallte.

»Ich muss mich jetzt in die *Hall* begeben und die Gemeinschaft von dieser neuen Tragödie in Kenntnis setzen.« Underhill nahm mir das Stundenbuch aus der Hand und verstaute es wieder in seinem Wams. Dann geleitete er mich zur Tür hinaus und schloss sie hinter uns ab. »Wir kommen jetzt nicht umhin, die Constables zu rufen, denn es scheint wirklich so, dass der Mörder mitten unter uns weilt. Aber wenn Ihr befragt werdet, Doktor Bruno, wäre es vielleicht ratsam, die Foxe-Theorie für Euch zu behalten«, fügte er flüsternd hinzu.

Ich nickte und sah ihm nach, als er die Treppe hinunterstieg, unter einer Last gebeugt, die er, wie ich vermutete, nie wieder würde abschütteln können.

Cobbett hatte die Tür der Pförtnerloge offen gelassen, kehrte ihr den Rücken zu und sortierte Schlüssel in sein kleines Wandschränkchen. Der Raum stank noch immer nach Erbrochenem. Als ich eintrat, spähte er über seine Schulter.

»Schon wieder ein Todesfall, heißt es«, grunzte er. »Diesmal direkt in der Kapelle. Man hat mich angewiesen, die Tore von nun an immer verschlossen zu halten. War ein guter Junge, dieser Ned, hat immer hart gearbeitet. Wer tut denn so etwas? Ich frage mich allmählich, ob dies alles nicht Teufelswerk ist, Doktor Bruno.«

»Sophia Underhill.« Ich zog die Tür hinter mir zu. »Habt Ihr gesehen, wie sie heute Morgen die Universität verlassen hat, Cobbett?«

»Aye«, erwiderte Cobbett unverbindlich, dabei wandte er sich wieder seinen Schlüsseln zu. »Ist in der allgemeinen Verwirrung davongehuscht, direkt nachdem Master Slythurst zum Turm gegangen ist. Als ihre Mutter ein paar Minuten später herunterkam, sagte ich ihr, Mistress Sophia müsse schon vorausgegangen sein.«

»Und habt Ihr sie zurückkommen sehen?«

»Nein. Ist sie noch nicht wieder da?«

»Sie ist den ganzen Tag nicht gesehen worden«, entgegnete ich. »Hat sie Euch gesagt, wo sie hinwollte?«

»Nein«, versetzte er knapp. »Aber sie wird nicht weit gekommen sein.«

»Nicht bei diesem Wetter«, stimmte ich zu.

»Und nicht in ihrem Zustand.«

Er schlurfte zu seinem Stuhl hinter dem Tisch und sah mich erwartungsvoll an. Ich starrte verständnislos zurück. Mir war, als wäre die Zeit fast zum Stillstand gekommen.

»Was für ein Zustand? Ist sie krank?«

Cobbett hob eine Braue, um anzudeuten, was er von meiner Naivität hielt.

»Kommt schon, Doktor Bruno, so lange wart Ihr doch nicht im Kloster.«

»Ihr meint, sie …? Nein.« Ich schüttelte den Kopf. Sicherlich war das bösartiger Klatsch, den der alte Pförtner von den Dienern aufgeschnappt hatte.

»Meine Frau, Gott sei ihrer Seele gnädig, hatte zehn, und das Letzte hat sie mit zu sich in den Himmel genommen. Glaubt Ihr, ich erkenne die Anzeichen nicht? Sie dürfte Mitte des dritten Monats sein, das arme Mädchen.«

Mein Kopf schwirrte angesichts des Ausmaßes dieser Enthüllung. Wenn Sophia tatsächlich ein Kind erwartete, war die Furcht, von der sie mir erzählt hatte, noch ernster zu nehmen. Aber wen fürchtete sie, ihren Vater oder den ihres Kindes? War das die Gefahr, von der sie gesprochen hatte?

»Aber wer – hat sie Euch gesagt, wessen Kind es ist?« Ich hörte selbst, wie Panik in meiner Stimme mitzuschwingen begann.

»Sie hat mir überhaupt nichts gesagt, Doktor Bruno. Im Gegensatz zu allen anderen hier habe ich die Augen gebraucht, die Gott mir geschenkt hat. Ich habe gesehen, dass sie sich Samstagabend, als die ganzen Universitätsangehörigen bei der

Disputation waren, mit jemandem in der Bibliothek getroffen hat. Zumindest habe ich sie dort hochgehen sehen, und kurz darauf folgte irgendein Bursche.«

»Wer?«, drängte ich.

Cobbett zuckte die Achseln. Ein nachdenklicher Ausdruck trat auf sein Gesicht.

»Er trug einen Umhang mit hochgeschlagener Kapuze. Könnte jeder gewesen sein. Ich weiß, dass er nicht durch das Tor gekommen ist, also muss er sich bereits in der Universität aufgehalten haben, wer immer es auch war.«

Ich schwieg und zwickte mich mit Daumen und Zeigefinger in den Nasenrücken, während ich versuchte, diese neueste Information mit der ganzen Geschichte in Verbindung zu bringen. Also war Sophia eine der beiden Personen, die Ned in der Bibliothek gehört hatte. Aber wen hatte sie dort getroffen, während die Universität fast menschenleer gewesen war?

»Weiß ihr Vater Bescheid?«, fragte ich Cobbett.

»Beliebt Ihr zu scherzen? Ihr Vater würde es kaum bemerken, wenn sie das Kind direkt vor seinen Augen zur Welt bringen würde, und Mistress Underhill ist nicht besser. Wenn Ihr mich fragt, sind sie an allem selbst schuld: Beide haben so getan, als wäre die Welt untergegangen, als der junge John starb. Als würde seine Schwester überhaupt nicht zählen. Wisst Ihr«, er beugte sich vertraulich vor, »ich habe mich ja gefragt, wie sie es verbergen will, wenn sie ihr Korsett nicht mehr schließen kann, und dieser Tag ist gar nicht mehr so fern. Vielleicht ist sie deshalb gerade jetzt fortgelaufen.«

»Ich wusste gar nicht, dass Ihr zehn Kinder habt, Cobbett.« Ich blieb an der Tür stehen und sah den alten Mann mit neuem Respekt an.

»Jetzt nicht mehr«, erwiderte er mit philosophischer Ruhe. »Dem Herrn hat es gefallen, die meisten zu sich zurückzurufen. Zwei Töchter sind mir geblieben, eine ist außerhalb von Abingdon mit einem Bauern verheiratet, und die andere arbeitet als Waschfrau.«

»Das tut mir leid«, sagte ich bedauernd.

»Dazu besteht kein Grund, Sir, so ist nun einmal der Lauf des Lebens. Aber über all mein Geschwätz hätte ich es beinahe vergessen – ich habe einen Brief für Euch.« Er zog eine Tischschublade auf und wühlte darin herum, bis er einen gefalteten Papierbogen fand, den er mir reichte.

Fasziniert drehte ich ihn um. Mein Name war in einer eleganten, unbekannten Handschrift auf die Rückseite geschrieben. Ich öffnete den Brief rasch und sah, dass er in fehlerlosem Italienisch verfasst war.

»Er hat ihn heute Morgen bei mir hinterlassen«, erklärte Cobbett. »Aber durch all die Aufregung über den armen Doktor Coverdale und diesen jüngsten Vorfall habe ich vergessen, ihn Euch zu geben. Ich bitte um Entschuldigung.«

Mein Herz wurde schwer, als ich das Geschriebene überflog. In wohl gesetzten Worten wurde ich gebeten, den Unterzeichneten dem französischen Botschafter als Sprachlehrer für seine Kinder zu empfehlen, da er bald heiraten wolle und sein Universitätsposten so schlecht bezahlt sei, dass er keine Frau ernähren könne.

»Dieser Brief ist von Master Florio?«, fragte ich seufzend, dabei betrachtete ich den unteren Rand des Bogens, der mit so verschnörkelten Initialen unterzeichnet war, dass sie alles bedeuten konnten.

»'türlich. Steht das nicht darin?«

Also war das der Brief, den er so verstohlen erwähnt hatte. Florio war demnach nicht der mysteriöse Informant, der mich überhaupt erst auf die Spur des *Catherine Wheel* gebracht hatte. Eine weitere Sackgasse, ich war mit meiner Suche nach der einen Person an der Universität, die vor uns allen von der Verbindung zu Foxe gewusst hatte, keinen Schritt weitergekommen.

»Zur Hölle mit ihm«, knirschte ich, dabei zerknüllte ich den Brief in der Hand, obwohl ich nicht sicher war, ob ich Florio für seine Unschuld oder den anonymen Briefschreiber dafür verwünschte, mir so viele Rätsel aufzugeben. »Cobbett, dürfte ich Euch um einen Gefallen bitten?«

»Ich bin Euch gern zu Diensten, wenn ich kann, Sir.«

»Ich muss die Universität heute Nacht verlassen, ich habe etwas zu erledigen. Würdet Ihr das Tor für mich offen lassen – sagen wir, um eine halbe Stunde vor Mitternacht?«

Der alte Pförtner zog verwirrt die Brauen zusammen.

»Ich würde Euch gerne helfen, Sir, aber nach diesen neuesten Todesfällen hat der Rektor strikt angeordnet, dass die Tore geschlossen bleiben. Niemand darf nach Einbruch der Dunkelheit hinein oder hinaus. Ich wage nicht, mich seinem Befehl zu widersetzen. Wenn es zu einem weiteren Zwischenfall kommt, werde ich auf die Straße gesetzt, weil ich meine Pflichten vernachlässigt habe.«

»Ich verstehe«, versicherte ich ihm rasch. »Vielleicht könnte ich dann klopfen, und Ihr lasst mich hinaus und schließt das Tor hinter mir wieder ab?«

Cobbett blickte zweifelnd drein.

»Das ginge, Sir – müsste ich wach bleiben, bis Ihr zurückkehrt?«

»Ich weiß nicht, wie lange es dauern wird, aber ich könnte an Euer Fenster klopfen, damit Ihr mich wieder einlasst.«

»Wir können es versuchen, wenn Ihr es wünscht, Sir«, erwiderte er immer noch nicht überzeugt. »Aber Ihr müsst mir schwören, dass niemand hier davon erfährt, sonst bekomme ich Schwierigkeiten.«

»Ich schwöre es. Ich werde verschwinden wie ein Dieb in der Nacht.« Ich dankte ihm und trat in den feuchten Hof hinaus. Mein Kopf schmerzte von all diesen neuen Erkenntnissen.

16

Eine klamme Kälte lag über dem Hof, als ich zwanzig Minuten vor Mitternacht aus dem Eingang des Treppenhauses spähte, aber die schwere Wolkendecke, die uns die Regengüsse des heutigen Tages beschert hatte, war endgültig aufgerissen, und ein Mondlichtschimmer fiel auf das glitschige Pflaster. Seit dem Abendessen war ich von innerer Erregung erfüllt in meiner Kammer auf und ab geschritten, und ich war dankbar für das fahle Licht gewesen, denn es hatte es mir ermöglicht, von meinem Fenster aus die Zeiger der Uhr zu erkennen. Aber jetzt hatte ich Angst, gesehen zu werden, wenn ich versuchte, die Universität unbemerkt zu verlassen. Mich immer im Schatten haltend schlich ich an der südlichen Mauer entlang und dann in westlicher Richtung zum Turm hinüber, dabei betete ich, dass Cobbett noch wach war. Zweimal schrak ich zusammen, weil ich ein Geräusch hörte, und presste mich fest gegen den feuchten Stein, überzeugte mich aber schließlich selbst davon, dass ich nur einen Fuchs oder eine Eule auf nächtlichem Streifzug auf der anderen Seite der Mauer gehört hatte; Laute, die nun vom Rauschen meines eigenen Blutes in meinen Ohren übertönt wurden. Alle zum Hof hinausgehenden Fenster waren dunkel, nur im oberen Stock, wo die Wohnung des Rektors lag, flackerte noch ein Licht. Wenn Sophia immer noch nicht nach Hause gekommen war, wunderte ich mich nicht, dass der arme Mann nicht schlafen konnte. Als ich an der westlichen Gebäudekette vorbeikam, fragte ich mich, ob Gabriel Norris und Thomas Allen zurückgekehrt waren, keiner war beim Essen zugegen gewesen, und es kam mir seltsam vor, dass beide nach der Entdeckung von Neds Leiche verschwunden sein sollten. William Bernard fehlte ebenfalls, was umso mehr auffiel, weil keiner seiner Kollegen an der Tafel darauf zu sprechen gekommen war, obwohl sie oft verstohlen zu seinem leeren Platz geschielt hatten.

Unter dem Turmtorbogen klopfte ich sacht an Cobbetts kleines Fenster. Zu meiner Erleichterung brannte dahinter eine Kerze, und erstaunlicherweise wurde die Tür fast im selben Augenblick geöffnet. Der alte Pförtner legte einen schmutzigen Finger an die Lippen und schlurfte mit einer kleinen Laterne in der Hand qualvoll langsam auf das Tor zu, dabei spähte er immer wieder voller Furcht über den schattigen Hof hinweg. Dann reichte er mir die Laterne, und ich sah zu, wie er mit seinen arthritischen Fingern geschickt und geräuschlos die Schlüssel an dem riesigen Bund an seinem Gürtel sortierte, bis er den richtigen gefunden hatte. Das Tor protestierte knarrend, als es geöffnet wurde, es klang, als biege sich ein uralter Baum im Wind. Wir erstarrten beide einen Moment, bis wir sicher waren, dass sich in den Gebäuden hinter uns nichts rührte.

Cobbett bedeutete mir, die Laterne zu behalten.

»Klopft an das Fenster zur Straße, wenn Ihr zurückkommt«, mahnte er mich mit heiserer Stimme. »Keine Angst, ich höre Euch. Und seid in den Straßen auf der Hut, Sir.« Sein Gesicht wirkte im Kerzenschein ungewöhnlich ernst, also nickte ich ebenso feierlich, als ich in die schlammige St. Mildred's Lane hinaustrat. Die Angeln knarrten erneut, als Cobbett das Tor hinter mir schloss, und einen Moment später hörte ich, wie sich der Schlüssel mit bedrohlicher Endgültigkeit im Schloss drehte.

Ich hatte gerade die Mauern des Jesus College passiert und fast die Stelle erreicht, wo sich die St. Mildred's Lane mit der Summer Lane kreuzte, als ich, die Hand an meinem Messer, herumfuhr; überzeugt, irgendwo hinter mir das unverkennbare Geräusch eines Fußes in einer Pfütze gehört zu haben. Ich hielt die Laterne in die Höhe und blinzelte in die Dunkelheit der

Gasse, die ich gerade entlanggegangen war, aber der Lichtschein reichte kaum über die Länge meines Arms hinaus und ließ die Finsternis noch undurchdringlicher erscheinen. Beinahe hätte ich laut gerufen, wer auch immer dort sei, möge sich zeigen, besann mich aber im letzten Augenblick, da ich es für ratsam hielt, keine unnötige Aufmerksamkeit auf mich zu lenken.

Ich trottete die matschige Straße entlang und hielt mich eng im Schutz der Stadtmauer zu meiner Rechten, der ich die Summer Lane hinunter bis zum Nordtor folgte. Wieder ertönte das Platschen von Schritten, ähnlich dem, das meine eigenen Stiefel verursachten; wieder fuhr ich herum, zog diesmal das Messer und zischte nahezu unhörbar: »Wer ist da?« Und diesmal war ich sicher, etwas im Schatten bemerkt zu haben, weniger eine Bewegung als vielmehr einen Luftzug, als würde der feuchte Nebel über der Stelle wabern, wo kurz zuvor noch ein Mann gestanden hatte. Ich hegte jetzt keinen Zweifel mehr daran, dass mir jemand folgte, aber ein kurzes Stück vor mir sah ich die tröstlichen Umrisse von St. Michael und daneben die Lichter des Wachturms über dem Tor. Ich holte tief Atem, schob das Messer in den Gürtel zurück und suchte in meiner Hosentasche nach den wenigen Münzen, die als Bestechungsgeld für die Wachposten gedacht waren. Ich wollte nicht, dass sie sahen, was für eine gut gefüllte Börse ich bei mir trug.

Zwei junge, mit Piken bewaffnete Männer, die stark nach Ale rochen, traten halbherzig vor, als ich mich dem Tor näherte.

»Was ist Euer Begehr?«, fragte der größere so gleichmütig, als würde ihn meine Antwort nicht sonderlich interessieren. Er biss ostentativ auf das Silberstück, das ich ihm reichte, während ich mich ängstlich nach meinem Verfolger umblickte, den ich aber in dem schwachen Laternenschein nicht erkennen konnte. Als mein Geld akzeptiert worden war, wurde ich durch das Tor gewinkt und fand mich allein vor der Stadtmauer wieder.

Der Hof der Schänke lag im Schatten, und es herrschte eine dumpfe, von nahezu greifbarer Spannung erfüllte Stille. Hinter keinem der Fenster brannte Licht, nur meine kleine Laterne beleuchtete die unmittelbare Umgebung. Irgendwo rechts im Dunkel neben mir ertönte das leise Wiehern eines Pferdes, das im Halbschlaf sein Gewicht von einem Huf auf den anderen verlagerte. Ich hob die Laterne, um festzustellen, wohin ich mich wenden musste.

»Löscht das Licht, Ihr Narr. Wollt Ihr uns die Wächter auf den Hals hetzen?«, zischte eine Männerstimme an meinem Ohr, und warmer Atem streifte meine Wange. Mein Herz machte einen Satz, fast hätte ich die Laterne fallen lassen, aber es gelang mir, in das Glasgehäuse zu greifen und die Kerze auszudrücken. Der Mann, der zu mir gesprochen hatte, ging voran und überquerte ohne zu zögern den Hof. Sein Umhang bauschte sich um seine Beine. Ein Mondlichtstrahl fiel zwischen den Wolken hindurch, und in dem schwachen Schimmer sah ich, dass weitere Gestalten in Umhängen mit Kapuze geräuschlos auf die Rückseite der Schänke zuglitten. Einen Moment lang erinnerte mich der Anblick an die Matutin in San Domenico; die kapuzenbewehrten Männer sahen genauso aus wie die Mönche, unter denen ich meine Jugend verbracht hatte. Ich folgte den Schatten zu einer kleinen Tür, die just in dem Moment geschlossen wurde, als ich sie erreichte. Auf Kopfeshöhe befand sich ein Gitter. Ich beugte mich vor und flüsterte leise: »*Ora pro nobis*.« Einen Moment herrschte Stille, dann wurde die Tür einen Spalt breit geöffnet, und eine blasse Hand winkte mich hinein.

Ich schlüpfte durch den Spalt in einen schmalen Gang, der nach schalem Essen roch, also wohl längs der Schänkenküche verlief. Anhand seiner Größe schätzte ich, dass es sich bei dem Mann, der mich eingelassen hatte, um den jungen Schankkellner Humphrey Pritchard handelte; ob er mich erkannt hatte, konnte ich nicht sagen. Er führte mich den Gang entlang, der an einer morschen Treppe endete, die sich zum oberen Stockwerk emporwand. Auf halbem Weg brannte eine Talgkerze in einem Wandhalter und erfüllte das enge Treppenhaus mit ihrem bitteren Rauch. Hinter mir knarrten Schritte auf den Stufen. Ich beschleunigte mein Tempo und gelangte auf einen Treppenabsatz mit niedriger Decke und unebenem Boden. Mir fiel auf, dass die Fenster mit schwarzem Tuch verhängt waren, damit man den Kerzenschein von draußen nicht sah. Da ich noch immer unsicher war, wohin ich mich wenden sollte, überquerte ich den Absatz bis zum Ende, wo eine Tür halb offen stand. Ich stieß sie vorsichtig auf und betrat einen Raum voller vermummter Gestalten, die mit gesenkten Köpfen vor einem provisorischen Altar am Ende der Kammer standen, auf dem drei Wachskerzen in hohen Silberleuchtern vor einem dunklen Holzkreuz mit einer silbernen Figur des gekreuzigten Christus brannten.

Unter unseren Kapuzen verborgen musterten wir, die anderen Gemeindemitglieder und ich, uns verstohlen, obwohl alle Gesichter im dämmrigen, flackernden Kerzenschein maskenhaft wirkten, die Züge schienen verlängert, und die Augen glichen dunklen Teichen. Dann drehte sich plötzlich eine hochgewachsene Gestalt zu mir um, das Licht fiel kurz auf ihr Gesicht, unsere Blicke kreuzten sich, und ich erkannte Master Richard Godwyn, den Bibliothekar des Lincoln. Überraschung und Furcht malten sich auf seinem Gesicht ab, dann senkte er den Kopf und faltete die Hände zum Gebet. Ich fragte mich, wie viele der anderen, könnte ich sie klarer sehen, sich als Männer entpuppen würden, die ich bereits kannte. Sie schlichen im Schutz der Dunkelheit durch die schlafende Stadt, um ihr geheimes verbotenes Leben zu leben. Ich konnte nicht umhin, ihren Mut zu bewundern, obgleich ich ihren Glauben nicht länger teilte – hatte ich nicht selbst einst mein Leben riskiert, indem ich gegen die Regeln aufbegehrte, die die Behörden mir auferlegen wollten? Tat ich das nicht in gewisser Hinsicht immer noch? Als ich den Blick über die kleine Gemeinde von vierzehn Seelen schweifen ließ, überwältigte mich das Ausmaß der Aufgabe, die ich hier übernommen hatte. Ich war der Wolf im Schafspelz; jemand, der dieselbe Tracht trug wie alle anderen und dieselben Worte von sich geben würde, aber unter meinem rechten Arm spürte ich das Gewicht von Walsinghams Börse, Geld, das ich bei mir trug, um diese hartnäckig an ihrem Glauben festhaltenden Menschen dem Gefängnis oder vielleicht gar dem Tod zu überantworten. Es war ja gut und schön für Walsingham, im Abstrakten über die Bedrohungen für das Reich zu sprechen, aber konnte diese kleine Messe wirklich als Verrat betrachtet werden? Es fiel mir schwer zu glauben, dass auch nur einer dieser ganz gewöhnlichen Männer, die sich hier versammelt hatten, um ein Ritual zu zelebrieren, das ihnen bei Todesstrafe verboten war, heimlich plante, die Königin zu ermorden oder französische Truppen ins Land zu schleusen. War ihr Glaube allein Grund genug, überlegte ich, sie der Gerechtigkeit auszuliefern, wie der Kronrat sie definierte, und konnte ich das vor meinem Gewissen verantworten? Ich erinnerte mich an Thomas Allens entsetzliche Furcht vor den Verhörmethoden der Minister der Königin, denen jene unterzogen wurden, die des Verrats gegen die Krone bezichtigt wurden. Plötzlich fühlte ich mich furchtbar verwundbar, so, als stände mir meine verräterische Absicht klar und deutlich auf der Stirn geschrieben. In diesem Moment schloss sich eine Hand fest um mein Handgelenk; ich hob den Kopf und starrte in die leuchtend blauen Augen von Rowland Jenkes. Er bedachte mich mit einem harten Blick, dann nickte er mir einmal zu, was ich als Bestätigung wertete. Ein leises Lächeln spielte um seine Lippen, er gab meinen Arm frei und wandte sich erwartungsvoll zu der Tür, durch die wir den Raum betreten hatten.

Schweigen legte sich über die Menge, lautes Einatmen war zu hören, als sich die Tür langsam öffnete, und zum ersten Mal seit vielen Jahren spürte ich in diesem kleinen Raum wieder jenen Schauer, den mir die alte Magie der Messe über den Rücken jagte. Diese Menschen, zwischen denen ich in meiner Verkleidung stand, glaubten fest daran, sich in Gegenwart eines heiligen Mysteriums zu befinden, glaubten mit einer Überzeugung daran, die mir schon lange abhandengekommen war, und das war es, dachte ich, was ein Mann wie Walsingham nie verstehen würde. Es war der Glaube an dieses Wunder, das sie trotz Androhung schlimmster Strafen immer wieder dazu trieb, diese Flamme am Leben zu erhalten, und ich empfand die Aufrichtigkeit ihres Glaubens fast als ein wenig demütigend.

Der Priester, der den Raum betreten hatte, trug ein weißes, an eine Albe erinnerndes Gewand, das ihm bis zu den Füßen reichte, allerdings war es mit einer Kapuze versehen, die er hochgeschlagen hatte, um sein Gesicht zu verbergen. Um seinen Nacken hing eine grüne Stola. Mit feierlicher Würde, die Augen gesenkt, aber in aufrechter Haltung stieg er die Stufen zum Altar empor, dabei trug er den mit einem Schleier bedeckten Kelch vor sich her. Vor dem Altar verneigte er sich tief, woran ich sah, dass er kein junger Mann mehr war, denn die Geste schien ihn große Anstrengung zu kosten. Doch ich sog unwillkürlich zischend den Atem ein, als er sich aufrichtete und die Kapuze zurückschlug: Bei dem Priester handelte es sich um keinen anderen als um Doktor William Bernard.

Er setzte den Kelch ehrerbietig auf die linke Seite des Altars, hob eine grünsamtene Bursa hoch, nahm mit Daumen und Zeigefinger das zarte Korporale heraus, entfaltete es und legte das weiße Leinenquadrat in die Mitte des Altars. Dann stellte er den Kelch behutsam darauf. Der Ministrant, der ihn begleitete, scharrte nervös mit den Füßen. Er konnte nicht älter als neunzehn sein und blickte sich ständig ängstlich nach allen Seiten um, während er barhäuptig an Bernards Seite stand und sich vermutlich angesichts all dieser verhüllten Köpfe nackt und bloß vorkam.

Bernard blickte auf den Altar und machte mit der rechten Hand das Kreuzzeichen von der Stirn zum Brustbein und von der linken Schulter zur rechten.

»In nomine Patris et Filii et Spiritus Sancti, Amen.«

Die Luft in dem kleinen Raum schien aufgeladen; die Nerven eines jeden von uns waren angespannt, jeder war sich der Gefahr bewusst, in der er schwebte, indem er diesem Ritual beiwohnte, von dem wir alle ein Teil waren – sogar ich, der ich eigentlich außerhalb stand. Jedes plötzliche unvertraute Geräusch, der Schrei einer Eule, das Knarren der alten Balken der Schänke, bewirkte, dass die Gemeinde erstarrte. Eine unsichtbare Welle der Furcht schlug einen Augenblick über uns zusammen, bevor die Anspannung nachließ.

»*Introibo ad altare Dei*«, intonierte Bernard mit ruhiger Autorität in der Stimme.

Der Wind fuhr plötzlich durch die hölzernen Fensterläden, blähte die schwarzen Tücher vor den Fenstern und ließ die Kerzen wild flackern. Der junge Messdiener drehte seinen Kopf panikerfüllt herum, als habe jemand unerlaubt den Raum betreten, doch Bernard fuhr unbeirrt mit der Zeremonie fort, als sei jedes Wort und jede Geste ein untrennbarer Bestandteil seiner selbst.

Es gab keine Musik, und die Antworten der Gemeinde fielen so gedämpft aus, als lausche jemand an der Tür. Wir knieten gemeinsam nieder, als die Messe ihrem vorgeschriebenen Ablauf folgte, und ich erinnerte mich erneut mit einem Anflug von Wehmut daran, wie diese Worte so viele Jahre mein eigenes Leben bestimmt hatten. Doch als ich jetzt die Sätze und Phrasen wiederholte, kam es mir vor, als wohne kein Leben mehr in ihnen. Bernard nahm die Hostie aus einer kleinen Messingpyxis, und nachdem er sie in die Höhe gehalten und aus dem Kelch getrunken hatte, wandte er sich zu der Gemeinde.

»*Ecce Agnus Dei, ecce qui tollit peccata mundi*«, verkündete er. Ich hob den Kopf und stellte fest, dass sich seine wässrigen Augen direkt in die meinen bohrten. Mir stockte der Atem. In diesem Moment schien es mir, als habe er meine Verkleidung durchschaut und blicke direkt in die Abgründe meiner Seele. Für den Fall, dass ich den Blick falsch deutete, legte mir Jenkes warnend eine Hand auf den Arm. Ich verstand, was er meinte. Obwohl ich in dieser Nacht in die Gemeinde der Gläubigen aufgenommen worden war, hatten Jenkes und Bernard nicht vergessen, dass ich exkommuniziert war. Ich durfte nicht daran denken, zusammen mit den anderen die Hostie entgegenzunehmen. Aber sie hätten sich deswegen keine Sorgen machen müssen; seit ich das Kloster verlassen hatte, war ich aus Respekt oder Aberglauben oder beidem nicht mehr zum Abendmahl gegangen. Doch als sich die kleine Gemeinde nach vorn drängte, auf die Knie sank und wie junge Vögel hungrig die Münder aufsperrte, presste ich mich fester gegen die Wand. Ich fürchtete, der Umstand, dass ich an der Zeremonie nicht teilnahm, würde mich als Spion entlarven, denn schließlich war dies das Herzstück des Rituals. Aber vielleicht hatte Jenkes seine Kameraden vorgewarnt, denn es trafen mich zwar einige neugierige Blicke, aber ansonsten schenkte man mir keine Beachtung. Ich mischte mich wieder unter die Gruppe und antwortete mit *»Deo gratias«* auf Bernards *»Benedicamus Domino«*.

Nachdem die Messe beendet war, löste sich die angespannte Atmosphäre, und die Männer wurden ruhelos und hatten es sichtlich eilig, den Raum zu verlassen. Ich blieb an der Tür stehen, als sie an mir vorbeischritten, und spähte so eindringlich wie möglich in jedes unter der Kapuze verborgene Gesicht, schlug aber sofort die Augen nieder, wenn jemand meinen Blick erwiderte. Jenkes' lange Finger schlossen sich um mein Handgelenk, um mir zu bedeuten, dass ich noch bleiben sollte. Einer der Letzten, die auf die Tür zusteuerten, eine kleine, stämmige Gestalt mit nach Mönchsart unter dem Umhang gefalteten Händen, blieb stehen und musterte mich kurz. In diesem Moment flackerten die Kerzen auf, und ich rang nach Atem, als das Licht auf das Gesicht des Mannes fiel. Adam, der Diener des Rektors, starrte mich ebenso ungläubig an wie ich ihn. Er zögerte einen Moment, als wolle er etwas sagen, aber Jenkes warf ihm einen scharfen Blick zu, woraufhin er zur Tür hinauseilte.

Endlich war ich allein mit Jenkes, der seine Kapuze zurückschlug, und Humphrey Pritchard, der begann, Ordnung zu schaffen und die für die Zeremonie benötigten Gerätschaften fortzuräumen. Die Altarkerzen ließ er brennen. Jenkes sah mich auffordernd an.

»Nun zum Geschäft«, sagte er. »Legt Euren Umhang ab, Ihr

seid jetzt unter Freunden. Habt Ihr Eure Börse mitgebracht, Doktor Bruno?«

Ich schlug gleichfalls meine Kapuze zurück und hielt seinem Blick unverwandt stand.

»Habt Ihr das Buch mitgebracht, Master Jenkes?«

Sein entstelltes Gesicht verzog sich zu einem Lächeln.

»Das Buch. Verratet mir doch zuerst, wie viel Ihr für das Manuskript zu zahlen bereit seid.«

»Dazu müsste ich es erst sehen«, erwiderte ich gleichmütig. »Wie viel verlangt Ihr dafür?«

»Das ist eine schwierige Frage, Bruno, denn der Wert eines Gegenstandes, eines jeglichen Gegenstandes, hängt ganz und gar von dem Wunsch eines anderen ab, ihn zu besitzen, nicht wahr? Dieses Buch zum Beispiel. Ich kenne nur einen anderen Mann, der es so begehrt, wie Ihr es anscheinend tut, und er war willens, mir eine große Summe dafür zu zahlen. Mehr wahrscheinlich, als Eure prall gefüllte Börse enthält.« Seine Augen glitzerten vor Gier, als er mein Wams betrachtete.

»Wer?«, fragte ich. Kalte Furcht breitete sich in meiner Magengegend aus. »Ihr habt es doch wohl nicht verkauft?«

In diesem Moment wurde die Tür geöffnet. Ich schrak zusammen, aber es war nur William Bernard, der jetzt wieder seine schäbige Akademikerrobe und einen dünnen Umhang trug. Er faltete die Hände hinter dem Rücken.

»Ich habe Doktor Bruno gerade von dem Mann erzählt, der das griechische Manuskript aus Dekan Flemyngs Sammlung kaufen wollte, das Ihr 1569 gerettet habt«, teilte Jenkes ihm mit. Bernard nickte langsam.

»Ich habe das Manuskript in einer alten Truhe gefunden, als ich das Amt des Bibliothekars des Lincoln übernahm«, erklärte er. »Mein Vorgänger hatte es entweder nicht lesen können oder wusste nicht, um was es sich handelte, aber ich erkannte es sofort und begriff, dass es in den richtigen Händen unendlich wertvoll sein kann – und extrem gefährlich.«

»Also habt Ihr es gestohlen«, bemerkte ich.

Bernard runzelte die Stirn.

»Ich habe nichts dergleichen getan. Jedes Jahr wurde eine Bestandsaufnahme der Bücher der Universität durchgeführt; es wäre sofort aufgefallen, wenn eines gefehlt hätte. Aber der Herr belohnt die, die standfest in ihrem Glauben sind. 1569 wurden die Universitätsbibliotheken von königlichen Beamten einer Säuberungsaktion unterzogen, wie Ihr ja wisst, und sie legten dabei eine solche Hast an den Tag, dass es nicht schwer war, ein paar Manuskripte beiseitezuschaffen. Ich hatte Rowland bereits gesagt, dass ich die verloren geglaubte Schrift von Hermes Trismegistos gefunden hatte, das Buch, das sich Ficino zu übersetzen geweigert hat, weil er nicht für die Konsequenzen für das Christentum verantwortlich sein wollte. Aber ich fürchte, unser guter Master Jenkes hat mir nicht geglaubt, bis ich es in seine Hände legen konnte.«

Jenkes hob eine Hand, wie um sich von jeglicher Schuld freizusprechen. »Sowie ich das Buch gelesen hatte, zweifelte ich nicht mehr an seiner Echtheit«, sagte er. »Es war das Buch, für das Cosimo de Medici ein Vermögen bezahlt hat, damit es aus den Ruinen von Byzanz fortgeschafft wurde, nur kam er nicht mehr dazu, es zu lesen. Und ich kannte einen Mann, von dem ich wusste, dass er zahlen würde, was immer ich verlangte, um es seiner Sammlung einverleiben zu können.«

»Sein Name dürfte Euch nicht ganz unbekannt sein«, warf Bernard verschlagen ein. »Er war nämlich der Lehrer Eures Freundes Philip Sidney. Ich spreche von dem Hexenmeister John Dee, dem Astrologen der häretischen Bastardhure Elisabeth.«

»Dann …« Ich blickte verwirrt von ihm zu Jenkes, während meine Hoffnung weiter schwand. »Dann hat John Dee das Buch? Ihr habt es ihm verkauft?«

»Ja und nein.« Jenkes trat vor und hob die Hände, um seine Hilflosigkeit in dieser Angelegenheit zu demonstrieren. »Ich verkaufte ihm das Buch für eine sehr große Summe; wir hatten Briefe gewechselt, und Dee reiste persönlich nach Oxford, um das Geschäft abzuwickeln. Doch es kam zu einem unglücklichen Zwischenfall: Entweder hatte die göttliche Vorsehung oder irgendeine andere Macht die Hand im Spiel.«

»Wie meint Ihr das?« Ich war dieses Katz-und-Maus-Spiels überdrüssig. Aus dem Augenwinkel heraus sah ich Humphrey Pritchard an der Wand neben dem schwarz verhängten Fenster lehnen und sich Oblatenkrümel aus den Zähnen picken. Ich fragte mich mit einem Anflug von Unbehagen, warum er noch immer hier war und Jenkes und Bernard nichts gegen seine Anwesenheit einzuwenden hatten.

»Auf dem Rückweg nach London wurde Dee von Straßenräubern überfallen und übel zugerichtet. Er konnte sich glücklich schätzen, mit dem Leben davongekommen zu sein, aber all seine Habseligkeiten wurden gestohlen, darunter auch das bewusste Manuskript.«

Jenkes erzählte das alles vollkommen unbeteiligt, zugleich schnippte er nahezu unmerklich mit den Fingern, woraufhin Humphrey langsam auf uns zukam.

»Und das war Euer Werk?« Ich drehte mich um, um Humphrey im Auge behalten zu können. »Habt Ihr Euch das Manuskript zurückgeholt?«

»Ich?« Jenkes tat gekränkt. »Traut Ihr mir eine derart hinterhältige Tat zu, Bruno? Ich versichere Euch, dass ich in geschäftlichen Dingen stets ehrlich und außerdem nicht so dumm bin, mir einen Günstling der Königin zum Feind zu machen.« Bei diesen Worten streifte er mich mit einem eigentümlichen Blick und wechselte einen weiteren mit Bernard. »Nein, wie es aussah, hatte nicht nur Doktor Dee Interesse an dem Manuskript, und diese andere Person war entschlossen, es sich um jeden Preis zu verschaffen.«

»Wo ist es dann jetzt?«, wollte ich wissen. »Wenn Ihr es nicht habt, wozu dann diese ganze Scharade? Wieso sollte ich meine Börse mitbringen?« Aber noch während ich sprach, kam mir eine Erkenntnis, die mir das Blut in den Adern gefrieren ließ. Ich fuhr zu Humphrey herum, aber ich war nicht schnell genug, er packte mich und drehte mir die Arme auf den Rücken, bevor ich mich unter seinem Griff hinwegducken konnte. Im selben Moment stürzte sich Jenkes auf mich und riss mir das Messer mit dem silbernen Griff aus dem Gürtel. Er presste mir die Spitze gegen die Kehle, während er mit der anderen Hand in mein Wams griff, Walsinghams Börse hervorzog und sie in die Luft warf und wieder auffing, um ihr Gewicht zu prüfen. Bernard stand einfach nur dabei und betrachtete uns mit unbeteiligter Miene.

»Wenn Ihr zu schreien versucht, schlitze ich Euch wie einem Schwein die Kehle auf, noch ehe Ihr einen Ton herausbringt«, zischte Jenkes, dabei verstärkte er den Druck des Messers.

»Dann war alles eine Lüge?«, knirschte ich mit zusammengebissenen Zähnen, während ich mich vergeblich in Humphrey Pritchards eisernem Griff zu winden versuchte. »Die Geschichte von dem Buch?«

»Aber nein.« Jenkes wirkte fast verletzt. »Diese Geschichte ist in allen Punkten wahr, Bruno. Das Buch wurde John Dee von jemandem gestohlen, der gewusst haben muss, dass er es bei sich trug. Aber wer auch immer der Angreifer war, er stand nicht in meinen Diensten, und ich bezweifle, dass Dee je herausgefunden hat, wohin das Manuskript geschafft wurde. Aber all das geht mich nichts mehr an. Nein, ich habe Euch nicht belogen, Doktor Bruno. Ich glaube allerdings nicht, dass Ihr dasselbe von Euch behaupten könnt.«

»Ich weiß nicht, was Ihr meint.« Meine Stimme klang schrill vor Panik, als sich die Messerspitze tiefer in meine Haut bohrte. »In welchem Punkt soll ich denn gelogen haben?«

»Woher habt Ihr dieses Geld?« Jenkes hielt die Börse in die Höhe und schüttelte sie. Seine ölige Höflichkeit war gänzlich von ihm abgefallen. »Wieso kommt ein verbannter, umherziehender Philosoph mit einer so prallen Börse nach Oxford, frage ich mich. Wer bezahlt Euch?«

»Ich verfüge über ein Stipendium des Königs von Frankreich«, fauchte ich, dabei versuchte ich immer noch, meine

Arme zu befreien. Humphrey verstärkte seinen Griff, und ich erkannte, dass ich mir nur selbst die Schultern auskugeln würde, also gab ich meine Gegenwehr auf und starrte Jenkes an. »Ich reise unter seinem Schutz, jeder wird Euch das bestätigen.«

»Ihr reist mit Sir Philip Sidney, der unter dem Schutz seines Onkels Robert Dudley steht, des Earls of Leicester und Liebhabers der Hure Elisabeth. Und sowohl Dudleys Interesse als auch das des Kronrats besteht einzig und allein darin, Oxford von denen zu säubern, die dem Papst die Treue halten. Und diese Leute sollt Ihr für ihn aufspüren wie ein Schwein die Trüffeln, nicht wahr?« Er trat näher und hob den Ellbogen, sodass ich den Kopf, so weit es ging, nach hinten biegen musste, sonst hätte sich das Messer in meinen Hals gebohrt.

»Ich weiß nichts von den Interessen des Earls, ich habe den Mann noch nie zu Gesicht bekommen!«, krächzte ich. Ein scharfer Schmerz schoss durch die Anspannung an meinem Hals entlang.

»Ihr verstellt Euch gut, Bruno, aber das hatte ich auch nicht anders erwartet. Nur einem außergewöhnlichen Mann gelingt es, der Inquisition sieben Jahre lang zu entkommen. Aber mich täuscht Ihr nicht. Ihr seid ein Abtrünniger und ein Ketzer, und Ihr wollt Euch an der katholischen Kirche bereichern und rächen, indem Ihr die verratet, die dem Glauben treu bleiben, den Ihr verhöhnt.«

»Ihr habt keine Veranlassung, mir derlei Dinge zu unterstellen«, protestierte ich. Das fanatische Glühen in Jenkes' Augen jagte mir Angst ein. »Warum haltet Ihr mich hier fest und schleudert mir Eure Beschuldigungen entgegen?«

»Warum?« Er stieß ein kurzes, abgehacktes Lachen aus und trat einen Schritt zurück, löste das Messer aber nicht von meinem Hals. »Wegen Eurer Freundschaft mit Sidney und dem Geld, mit dem Ihr Eure Informanten bezahlt. Erklärt mir doch, warum Ihr Euch so für die Todesfälle an der Universität interessiert? Weshalb wollt Ihr unbedingt den Mörder finden – oder für wen?«

»Was für Informanten?« Ich taumelte unabsichtlich nach vorne, woraufhin ein stechender Schmerz durch meine Schultern zuckte, als Humphrey meinen Arm stärker verdrehte. »Die Darstellung der Umstände von Doktor Mercers Tod hat mich nicht überzeugt, das ist alles, und ich dachte, es könnten noch andere in Gefahr schweben, wenn der Mörder nicht gefasst wird. Was dann ja auch der Fall war«, schloss ich spitz.

»Welch rührende Nächstenliebe«, spöttelte Jenkes, fast ohne die Lippen zu öffnen. »Gut, versuchen wir es mit einer anderen Frage. Warum habt Ihr Thomas Allen eingeladen, mit Euch zu essen?«

Mein Gesicht musste meine Überraschung verraten haben, denn er lächelte dünn und legte den Kopf zur Seite.

»Ist Euch nie aufgefallen, Bruno, dass ein Blinder ein Gehör wie ein Hund entwickelt, um den Verlust seines Augenlichtes auszugleichen? Ich, der ich keine Ohren mehr habe, kompensiere das durch viele Augen, die in jede Ecke blicken können.« Er lachte so trocken, als hätte er den Satz zuvor geprobt. Als ich keine Reaktion zeigte, kam er wieder näher und verstärkte den Druck des Messers. »Was habt Ihr Allen gefragt? Was hat er Euch erzählt?«

»Nichts von Bedeutung«, keuchte ich, dabei versuchte ich, den Hals von der Messerklinge wegzudrehen. »Er sprach über sein Studium, über seine Befürchtungen, kein Mädchen zu finden – Belanglosigkeiten, die einen jungen Mann so beschäftigen.«

»Lügt mich nicht schon wieder an«, versetzte Jenkes kalt. »Ihr habt Euch absichtlich an den einen Mann in Oxford gewandt, der uns alle vernichtet sehen möchte.« Dann riss er das Messer mit einer raschen Bewegung zur Seite, einen Moment später schoss ein sengender Schmerz an meinem Hals empor, und Jenkes hielt mir die Klinge vor die Augen. Sie war mit scharlachroten Spritzern übersät. »Seht nur, wie Ihr beim Anblick Eures eigenen Blutes zittert. Es ist nur ein Kratzer«, winkte er dann geringschätzig ab. »Ihr habt Euch beim Rasieren bestimmt schon schlimmer geschnitten. Aber jetzt seht Ihr, wie stark Ihr schon blutet, wenn man Euch nur die Haut aufritzt. Was meint Ihr, was für ein Blutsee entsteht, wenn ich Euch die Kehle durchschneide?«

Ich schloss die Augen, während ich in Gedanken fieberhaft nach einer Fluchtmöglichkeit suchte. Mir fiel keine ein.

»Wenn Thomas Allen Eure Gruppe zersprengen möchte, warum meldet er den Behörden dann nicht einfach, was er weiß?«

»Ah.« Jenkes musterte mich forschend. »Ich sehe, dass Ihr vieles noch nicht wisst, Bruno. So einfach ist das nicht. Er kann es nicht selbst tun. Aber ich darf nicht zulassen, dass Ihr weitergebt, was er Euch über uns erzählt hat.«

»Wenn Ihr entschlossen seid, mich zu töten, dann verratet mir doch vorher, warum Ihr diese Männer am Lincoln umgebracht habt«, bemerkte ich so gleichmütig, wie es mir möglich war. »Nur, damit meine Neugier befriedigt ist.«

Jenkes runzelte die Stirn, dann blickte er zu Bernard hinüber, als suche er dessen Zustimmung.

»Was für eine merkwürdige letzte Bitte, Bruno. Und eine, die ich nicht erfüllen kann, denn ich habe weder Mercer noch Coverdale noch den Jungen getötet, und ich weiß auch nicht mit Sicherheit, wer es war. Die Antwort würde mich genauso interessieren wie Euch.«

»Warum wollt Ihr dann verhindern, dass jemand sie findet? Die Toten sind regelmäßig hierher zur Messe gekommen, nicht wahr? Coverdale und Mercer, sie gehörten zu Eurer Gruppe. Kümmert es Euch denn gar nicht, dass sie auf gewaltsame Weise ums Leben gekommen sind und noch mehr von Euch in Gefahr schweben könnten?« Mein Blick schweifte von einem der Männer zum anderen. Die Schnittwunde an meinem Hals brannte jetzt wie Feuer.

»Ihr Tod hat zu viele Fragen aufgeworfen«, sagte Bernard mit derselben klaren, ernsten Stimme, mit der er die Messe gelesen hatte. »Oxfordmänner wissen, dass man solche Fragen besser nicht beantwortet, aber Ihr seid kein Oxfordmann, und Euer Beharren darauf, die Wahrheit ans Licht zu bringen, würde uns am Ende alle auffliegen lassen. Es tut mir leid, aber Eure Neugier wird nun Euren Untergang herbeiführen.«

Er klang aufrichtig betrübt, als er das sagte. Einen Moment drehte sich der Raum um mich, und mein Herzschlag schien auszusetzen. Ich verlor jegliches Gefühl in Armen und Beinen, als mir klar wurde, dass sie mich wirklich töten wollten und ich mich wahrscheinlich nicht mehr aus dieser misslichen Situation würde herausreden können. Zur gleichen Zeit drohte ich die Gewalt über meinen Darm zu verlieren, aber ich spannte alle Muskeln an und beherrschte mich. Ich wollte mich auf keinen Fall auf diese Weise beschämen.

»Aber«, keuchte ich nach Atem ringend, »dann ist dieser Mörder *Euer* Feind: Er sorgt dafür, dass so viele Fragen gestellt werden! Er hat mit Coverdales Blut das Zeichen des *Catherine Wheel* an die Wand gemalt, um mit dem Finger auf Eure Gruppe zu deuten! Es kann Euch doch nur dienlich sein, wenn ich versuche, ihn zu finden.«

Bei der Erwähnung des Symbols wechselten die beiden Männer einen scharfen Blick. Bernards Züge verhärteten sich, Jenkes schien zum ersten Mal, seit er auf mich losgegangen war, seiner Sache nicht mehr ganz sicher zu sein.

»Sagt das noch einmal«, zischte er, dabei bohrte er das Messer in die Schnittwunde, die er mir zugefügt hatte. Ich sog vor Schmerz vernehmlich den Atem ein und hatte Mühe, einen Aufschrei zu unterdrücken. Bernard trat einen Schritt vor und schüttelte leise den Kopf, woraufhin Jenkes das Messer ein Stück zurückzog. »An die Wand, sagt Ihr? Wie viele Leute haben es gesehen?«

»Abgesehen von mir nur Rektor Underhill und der Quästor Slythurst«, flüsterte ich. »Der Rektor hat es entfernt, bevor der Coroner kam.«

»Gut.« Bernard nickte vor sich hin. »Nun, Rowland, lasst uns diese Sache zu Ende bringen und dann verschwinden, sonst riskieren wir, gesehen zu werden.«

»Nein, wartet!«, rief ich. »Ich kann Euch helfen, den Mörder dingfest zu machen, wenn Ihr mich zur Universität zurückkehren und meine Suche fortsetzen lasst. Wir stehen doch auf derselben Seite!«

Jenkes lachte laut auf.

»Wir stehen nicht auf derselben Seite, Bruno«, gab er zurück. »Seht Ihr das denn nicht? Ihr glaubt, Ihr jagt diesen Mörder, dabei benutzt er Euch die ganze Zeit nur, um uns zu verraten. Er wollte Euch zu uns führen, damit Ihr die Mordfälle mit uns in Verbindung bringen und die Geheimnisse unseres Netzwerks enthüllen und dieses Wissen dann an Sidney und Eure Freunde in London weitergeben und Euch einbilden könnt, es handele sich um Eure eigenen Schlussfolgerungen.«

»Das klingt, als wüsstet Ihr, wer er ist.« Wenn ich ihn dazu brachte, weiter mit mir zu sprechen, könnte ich ihn vielleicht von dem Kurs abbringen, den er eingeschlagen hatte. Aber Jenkes schien nichts mehr sagen zu wollen, er nickte Bernard zu, der endlich die Hände hinter seinem Rücken hervornahm. Darin hielt er einen dünnen Strick.

»Ihr habt zu viel gesehen und gehört, Bruno«, stellte Jenkes sachlich fest. Sein Messer berührte noch immer meine Kehle, als Bernard hinter mich trat und meine Handgelenke fesselte. »Aber ich werde herausbekommen, was Thomas Allen Euch erzählt hat und ob Ihr es weitergeleitet habt, bevor ich Euch zur Hölle schicke. Ihr könnt es mir freiwillig sagen oder mich zwingen, Gewalt anzuwenden – es liegt allein an Euch.«

»Warum fragt Ihr nicht Thomas Allen selbst?«

»Weil er nicht hier ist. Aber keine Sorge, ich glaube, auch Thomas Allen wird den morgigen Sonnenaufgang nicht mehr erleben.«

»Wollt Ihr ihn gleichfalls töten?«, keuchte ich.

»Ich nicht, Bruno.« Jenkes schüttelte den Kopf und bedachte mich mit einem rätselhaften Lächeln. »Ich nicht. Ich habe Thomas um seines Vaters willen verschont, der uns sogar unter der Folter die Treue gehalten hat. Jetzt haben andere vielleicht weniger Skrupel.«

»Ich reise mit einer königlichen Abordnung«, stieß ich hervor, nun nach dem letzten Strohhalm greifend. »Wenn Ihr mich ermordet, löst das einen Skandal aus; er wird die Richter geradewegs hierherführen.«

Jenkes schüttelte bedächtig den Kopf.

»Ihr unterschätzt meine Intelligenz so sehr, dass ich es schon fast als beleidigend empfinde. Auch ein Mitglied einer königlichen Abordnung kann eine Vorliebe dafür haben, des Nachts die Freudenhäuser zu besuchen, schließlich erwartet man das von einem Ausländer und Papisten. Und da er die Straßen der Stadt nicht kennt, die man besser meidet, kann er sehr leicht Räubern zum Opfer fallen, vor allem, wenn er eine so gut gefüllte Börse bei sich trägt. Ein solcher Vorfall wird Eure Reisegefährten in einige Verlegenheit setzen, aber sie werden sich rasch von Euch lossagen. Was meint Ihr, William?« Er hob den Kopf und sah Bernard an, der immer noch damit beschäftigt war, meine Hände zu fesseln, während Humphrey mich festhielt. »Sollen wir dafür sorgen, dass seine Leiche vor einem Knabenbordell gefunden wird, oder treiben wir damit die Demütigung zu weit?«

Als Bernard nicht antwortete, zuckte Jenkes nur die Achseln und fuhr fort: »Ich komme vor dem ersten Tageslicht zurück, wenn ich alle Vorkehrungen getroffen habe. Ich überlasse Euch Humphreys Obhut, während Ihr Euch überlegen könnt, was Ihr mir über Eure Unterredung mit Thomas Allen erzählen wollt.«

»Ihr wollt mich töten, um Euch selbst zu schützen?«, fragte ich, als Humphrey mich überraschend behutsam zu Boden sinken ließ und Bernard sich daran machte, meine Füße mit einem weiteren Strick zu fesseln. Jenkes musterte mich ernst.

»Um den *Glauben* zu schützen, Bruno«, erwiderte er schließlich tadelnd. »Alles, was ich tue, geschieht, um unseren verfolgten Glauben zu erhalten und zu schützen, also ist es in den Augen Gottes keine Sünde.«

»Was ist mit dem sechsten Gebot?« Meine Stimme klang erstickt und unnatürlich hoch. »Du sollst nicht töten?«

»Ich beginne mit dem ersten Gebot. *Du sollst keine anderen Götter haben neben mir. Du sollst dir kein Bildnis noch irgendein Gleichnis machen.*« Seine Augen wurden schmal, und sein Gesicht kam dem meinen so nah, dass ich fast die schwarzen Poren auf seiner Nase zählen konnte. »Dieses Land, Bruno – *mein* Land, denn ich bin als Engländer geboren und bleibe bis zu meinem Tod einer –, *mein* götzendienerisches Land hat dieses Gebot gebrochen. Die häretische Bastardin der Hure Anne Boleyn hat sich zur Rivalin des Heiligen Vaters erklärt, und die Seelen ihrer Untertanen befinden sich nun in Gefahr. Derartige Ketzerei zu bekämpfen ist ein heiliger Krieg, kein Mord. Aber ich will Euch beweisen, dass ich kein Barbar bin, Bruno. Vater William wird Euch die Beichte abnehmen, bevor Ihr sterbt, wenn Ihr den Wunsch hegt, Euch mit der heiligen Mutter Kirche zu versöhnen.«

»Ich werde Euch gegenüber keine Beichte ablegen«, knurrte ich mit zusammengebissenen Zähnen.

Jenkes wirkte nicht gekränkt.

»Wie Ihr wollt, das ist eine Angelegenheit zwischen Eurem Gewissen und Eurem Gott.« Er zuckte die Achseln und löste einen schmutzigen Leinenschal von seinem Hals. Dann nahm er meine Nase zwischen Daumen und Zeigefinger und drückte zu, bis ich gezwungen war, den Mund zu öffnen, um atmen zu können. Sowie ich das tat, stopfte er mir den Schal in den Mund, bis ich zu würgen anfing. Einen grässlichen, panikerfüllten Moment dachte ich, er wollte mich ersticken, und ich begann mich heftig zur Wehr zu setzen, aber er gab meine Nase frei und bedachte mich mit einem verächtlichen Blick.

»Ihr solltet seine Kammer in der Universität durchsuchen«, wies er Bernard brüsk an, der nur stumm nickte. Jenkes tastete erneut in meinem Wams herum, fand den an meinem Gürtel befestigten Schlüssel, riss ihn ab und warf ihn Bernard zu. Es war ein schwacher Trost, aber zumindest hatte ich die Kopie der Geheimschrift aus Mercers Almanach in mein Hemd gesteckt, und in meiner Kammer im Lincoln befand sich nichts, was mich mit Walsingham in Verbindung bringen konnte. Ich verwünschte meine eigene Dummheit: Warum hatte ich Sidney nicht über meine Pläne informiert? Nur Cobbett wusste, dass ich ausgegangen war, aber auch er hatte keine Ahnung, wo ich zu suchen war oder dass ich in Gefahr schwebte, bis mein Leichnam morgen in einer Gasse vor einem Hurenhaus gefunden würde. Ich erschauerte. Der Schmerz in meinem Kiefer wurde stärker, als ich versuchte, meinen Speichel zu schlucken, ohne dabei an dem Schal zu ersticken.

Jenkes warf mir einen letzten forschenden Blick zu, bückte sich, um zu überprüfen, ob meine Fesseln fest genug saßen, dann winkte er Bernard.

»Ich sehe Euch bald wieder, Bruno. Überlegt Euch gut, was Ihr mir erzählt. Mein Gesicht wird im Vergleich zu Eurem wie das eines Engels aussehen, wenn ich Euch die Worte gewaltsam entlocken muss. Aber ich hoffe, das wird nicht nötig sein.«

Bernard blickte auf mich herab. Sein zerfurchtes Gesicht wirkte steinern, aber von Mitleid umwölkt. Dann schlug er die Kapuze seines Umhangs hoch, rauschte aus dem Raum und ließ mich mit Humphrey Pritchard allein zurück.

17

Eine angespannte Stille legte sich über den Raum. Irgendwo unter uns wurde eine Tür zugeschlagen. Die Kerzen auf dem Altar waren jetzt heruntergebrannt, Rauchschwaden stiegen von den Stumpen auf, und das letzte Flackern der ersterbenden Flammen ließ Humphreys Schatten an der Wand hinter ihm übermäßig groß wirken. Er machte keine Anstalten, die Kerzen zu ersetzen, stattdessen erweckte er den Eindruck, als flöße ihm seine neue Verantwortung Unbehagen ein, denn er ließ sich schwer auf den Boden unter dem Fenster sinken und lehnte sich mit dem Rücken gegen die Wand. So blieb er sitzen und beobachtete mich mit einer Mischung aus Besorgnis und Schuldbewusstsein. Es war totenstill im Raum, außer meinen raschen, flachen Atemzügen durch die Nase war kein Laut zu hören. Ich versuchte, angesichts des Knebels in meinem Mund nicht in Panik zu geraten. Mir war nicht entgangen, dass Humphrey ein Messer im Gürtel trug, er tastete ständig danach, aber ich war davon überzeugt, dass der junge Mann trotz seiner Körpergröße einen gutmütigen Charakter hatte und ihm seine Rolle als Jenkes' Handlanger nicht sonderlich gefiel. Ich fragte mich, ob er die Nerven haben würde, sein Messer zu gebrauchen, falls ich einen Fluchtversuch unternehmen sollte, und kam zu dem Schluss, dass das vermutlich der Fall sein würde; seine Furcht vor Jenkes war stärker als sein Mitgefühl mit mir.

Eine Windbö rüttelte an den Fensterläden. Humphrey schrak zusammen, sein Kopf fuhr herum, dann lachte er verlegen, als schäme er sich für seine Nervosität. Ich flehte ihn mit den Augen stumm an, um an sein Gewissen zu appellieren, bevor Jenkes zurückkam, obwohl ich wenig Hoffnung hatte, dass er mir helfen würde. Humphrey wusste besser als jeder andere, wie Jenkes mit jenen verfuhr, die seine Sache gefährdeten.

Meine Schultern hatten wegen der unnatürlichen Position meiner Arme heftig zu schmerzen begonnen. Ich versuchte, die Handgelenke zu bewegen, aber die Stricke waren zu fest gezurrt und schnitten mir tief ins Fleisch. Ich dachte erneut an die Gesichter, die ich während der Messe erkannt hatte. Da war Richard Godwyn, der Jenkes' geheime Bücher verteilte, und Rektor Underhills scharfäugiger Diener Adam, die beide sowohl mit dem *Catherine Wheel* als auch mit der Universität zu tun hatten. Jeder von beiden könnte Gründe gehabt haben, die verstorbenen Fellows zum Schweigen zu bringen, sei es auch nur, um sich selbst zu schützen. Vor allem für Adam wäre es ein Leichtes gewesen, die Schlüssel aus der Wohnung des Rektors zu entwenden – aber wenn sie hier die Messe besuchten, sah ich keinen Grund dafür, warum sie die Aufmerksamkeit auf das *Catherine Wheel* lenken sollten. Ich schloss die Augen und lehnte den Kopf gegen die Wand. Ich musste mich darauf konzentrieren, eine Möglichkeit zur Flucht zu finden; all meine Spekulationen fruchteten nichts, wenn man mich nach Sonnenaufgang mit durchschnittener Kehle in einer Gasse fand. Der Gedanke löste eine neue Panikwelle in mir aus. Ich hatte schon früher um mein Leben gefürchtet, war mir aber noch nie so hilflos vorgekommen.

Ich streckte den Hals, um den Schmerz in meinem Kiefer zu lindern, was aber nur bewirkte, dass die Schnittwunde am unteren Ende meiner Kehle heftig zu brennen begann. Ich rang krampfhaft nach Atem, wobei ich ein Stück des Tuchs einsog, das meinen Mund füllte. Keuchend und würgend warf ich den Kopf von einer Seite zur anderen, um es loszuwerden, gab dabei erstickte Laute von mir und spürte, wie meine Augen aus den Höhlen quollen. Erst als ich zur Seite kippte und mich auf dem Boden zu winden begann, bemerkte Humphrey, was hier vor sich ging, eilte an meine Seite und entfernte den Knebel aus meinem Mund. Sowie dies geschehen war, sank ich schlaff gegen seine Schulter und schnappte mit tränenden Augen nach Luft.

»Ich lege ihn Euch vorerst nicht wieder an, Doktor Bruno, aber Ihr solltet nicht um Hilfe rufen, sonst wäre ich gezwungen, Euch zu schlagen«, flüsterte Humphrey Entschuldigung heischend, dabei richtete er mich wie eine Puppe auf, lehnte mich gegen die Wand und betrachtete mich besorgt.

»Will er mich wirklich töten?«, krächzte ich, als mir meine Stimme wieder gehorchte.

Humphrey musterte mich zweifelnd. Auf seinem breiten, gutmütigen Gesicht kämpften Pflichtbewusstsein und Mitgefühl miteinander.

»Er sagt, Ihr würdet uns den Earl of Leicester und alle Soldaten der Königin auf den Hals hetzen«, murmelte er mit ängstlich geweiteten Augen. »Und dann werden wir in den Tower gebracht und gefoltert, auch die Frauen. Sogar die Witwe Kenney, und das lasse ich nicht zu«, ergänzte er entschlossen.

»Ihr habt die Witwe Kenney gern?«, fragte ich sanft.

Humphrey nickte nachdrücklich.

»Sie hat mich aufgenommen, als ich nach Oxford kam«, erwiderte er ernst. »Vor sechs Jahren. Ich besaß damals keinen Penny. Jetzt habe ich ein Heim, Arbeit und fast so etwas wie eine Familie.«

»Ihr seid ihr sicher eine große Hilfe. War Eure eigene Familie katholisch?«, erkundigte ich mich zwischen schmerzhaften Hustenanfällen.

Wieder schüttelte er so übertrieben den Kopf, wie es ein Kind tun würde, und presste die Lippen fest zusammen.

»Witwe Kenney und Master Jenkes haben mir alles über den wahren Glauben beigebracht. Deswegen weiß ich, dass wir uns vor den Ketzern schützen müssen.«

»Ihr sagtet ›die Frauen‹«, bemerkte ich nach einer Weile. »Kommen denn viele Frauen zu diesen Treffen?«

Humphrey schien mit sich zu ringen.

»Kommt schon, in ein paar Stunden bin ich tot, Humphrey. Was kann es da schaden, wenn Ihr Euch ein wenig mit mir unterhaltet?«, schmeichelte ich. »Ihr würdet mir einen Gefallen tun.«

Das schien ihn zu überzeugen, denn er rückte näher an mich heran und schlug einen verschwörerischen Ton an.

»Es kommen ein paar Frauen aus der Stadt. Aber keine Edelfrauen; die hören die Messe zusammen mit ihresgleichen in den Herrenhäusern. Alle bis auf eine.« Seine Züge wurden weich, und ich spürte, dass ich dem Ziel nah war.

»Sophia?«

Er zwinkerte überrascht. »Kennt Ihr Sophia?« Als ich nickte, strahlte er. »Sie kommt jetzt nicht mehr so oft, aber ich erkenne sie immer, trotz ihrer Kapuze. Sie bewegt sich wie – ein Baum im Wind, versteht Ihr, was ich meine? Wie eine Weide am Fluss.«

»Ich verstehe. Sagt mir, hat Sophia unter den Mitgliedern der Gruppe hier Freunde? Ich meine Freunde, an die sie sich wenden könnte, wenn sie in Schwierigkeiten steckt.«

»Warum sollte sie in Schwierigkeiten stecken, Sir?«, fragte er unschuldig. Ich fand es fast rührend, dass er mich »Sir« nannte, obwohl ich an Händen und Füßen gefesselt war und er mich mit einem Messer bewachte. Als ich keine Antwort gab, runzelte er nur die Stirn und schüttelte den Kopf. »Ich kenne ihre Freunde nicht. Der Einzige, der ihr nahesteht, ist Vater Jerome, aber jeder liebt Vater Jerome. Er hat sie hierhergebracht.«

»Wer ist Vater Jerome?« Ich setzte mich auf, mein Interesse war geweckt. »Ich dachte, Vater William Bernard wäre der hiesige Priester?«

»O nein.« Humphrey war sichtlich stolz, mich an seinem überlegenen Wissen teilhaben lassen zu können. »Seit Vater Jerome da ist, liest Vater William kaum noch die Messe, nur noch, wenn Vater Jerome nicht in der Stadt ist. Er geht ziemlich häufig nach Hazeley Court, wisst Ihr, draußen in Great

Hazeley an der Straße nach London, wo die großen katholischen Familien die Messe hören. Dort ist er vermutlich auch heute Nacht.«

Meine Gedanken überschlugen sich, aber ich bemühte mich, eine unbeteiligte Miene zu wahren, um mich nicht zu verraten.

»Und dieser Vater Jerome – ist er ein Oxfordmann?«

Wieder erfolgte das übertriebene Kopfschütteln.

»Er kommt von der Universität in Frankreich.« Er blickte betreten drein. »Aber das ist ein großes Geheimnis, das ich Euch gar nicht hätte verraten dürfen. Sagt es bitte Master Jenkes nicht, ja?«

»Natürlich nicht. Wie ist Vater Jerome denn?«

Humphreys Gesicht nahm einen träumerischen Ausdruck an.

»Wie – wie ich mir unseren Herrn Jesus vorstelle, wenn er auf der Erde wandeln würde. Er gibt einem das Gefühl – ich kann es nicht erklären –, als ob er einen für einen ganz besonderen Menschen hält, wisst Ihr? Ich verstehe nicht viel von der Messe, ich habe nie etwas aus Büchern gelernt, aber ich liebe es, wenn er sie liest. Ich höre ihn viel lieber als Vater William«, fügte er hinzu. »Wenn Vater Jerome spricht, klingt es wie Musik.« Er seufzte glücklich und spielte mit einer Hand an dem Messer an seinem Gürtel.

»Ist er ein junger Mann?« Ich beugte mich vor und zog mich hoch auf die Knie, um meine verkrampften Beinmuskeln zu lockern. Die Bewegung erschreckte Humphrey, er fuhr zusammen, aber als er sah, dass ich keinen Fluchtversuch unternehmen wollte, sank er wieder gegen die Wand.

»Vater Jerome hat das Gesicht eines Engels«, erwiderte er ehrfurchtsvoll. »Ich habe einmal ein Bild von einem gesehen«, fügte er hinzu, falls ich den Vergleich unberechtigt finden sollte.

»Das Gesicht eines Engels«, wiederholte ich, dabei verhielt ich mich so ruhig wie möglich. Mir war aufgefallen, dass meine Fußfesseln nicht so fest gebunden waren wie die um meine Handgelenke. Wenn ich auf den Fersen kauerte, konnte ich einen Finger in den Knoten schieben. »Erzählt mir doch von

Hazeley Court«, bat ich dann. »Das klingt, als würde es sich um ein großes Haus handeln.«

»Ich habe es nie gesehen, aber es muss sehr schön sein. Sir Francis Tolling, der Besitzer, sitzt in London im Gefängnis, weil er eine private Messe besucht hat, und seine Frau benutzt das Haus, um denen Zuflucht zu gewähren, die derer bedürfen. Mehr weiß ich nicht.«

»Missionarischen Priestern, meint Ihr?«

»Jedem, der den englischen Weinberg beackert und ein sicheres Versteck benötigt.« Er verlagerte nervös sein Gewicht. »Unter den Unsrigen gibt es einen ausgezeichneten Zimmermann, Master Nicholas Owen, er war heute ebenfalls hier, aber Ihr hättet ihn unter seiner Kapuze nicht erkannt. Er hat in allen großen Häusern der Gläubigen zu tun, um geheime Räume einzubauen, heißt es.« Er blickte sich furchtsam nach allen Seiten um, bevor er seine Stimme noch mehr dämpfte. »Auf Dachböden, unter Schornsteinen, in den Abtritten, in Treppenhäusern, sogar in Mauern, damit sich die Streiter Gottes vor ihren Verfolgern verbergen können. Ist das nicht klug ausgedacht?« Er rieb sich die Hände und strahlte vor Freude. »Aber das hätte ich Euch auch nicht sagen dürfen. Ihr werdet es Jenkes nicht verraten, nicht wahr? Ist alles in Ordnung, Sir?«

»Bitte? O ja, es ist nichts. Meine Schultern schmerzen ein wenig.« Mir wurde bewusst, dass ich vor Konzentration das Gesicht verzogen und die Zähne zusammengebissen hatte, während ich versuchte, ein Ende des Knotens mit dem Finger zu lösen. Es war mir beinahe gelungen, ich durfte jetzt keinesfalls Humphreys Argwohn erwecken. Er nickte mitfühlend und schielte verstohlen zur Tür.

»Ob ich wohl Eure Fesseln ein wenig lockern darf, Sir?« Sein Blick wanderte erneut zur Tür, als könne Jenkes jeden Moment in den Raum gestürzt kommen. »Nicht ganz losmachen, nur so weit lockern, dass Ihr keine Schmerzen mehr leidet. Schließlich könnt Ihr mir ja nicht entkommen, Ihr seid so klein, und ich habe außerdem ein Messer.« Er lachte, obwohl ein furchtsamer

Unterton darin mitschwang, und ich stimmte so herzhaft mit ein, als gäbe es nichts Absurderes als die Vorstellung, ihn überwältigen zu wollen. In Wahrheit hatte ich keine Ahnung, wie ich fliehen sollte, selbst wenn es mir gelingen würde, meine Beine zu befreien. Konnte ich meine Arme nicht gebrauchen, so vermochte ich nichts auszurichten, und sogar wenn ich meine Arme zu Hilfe nehmen könnte, wäre ich Humphrey im Kampf vermutlich unterlegen. Während er noch überlegte, ob er meine Fesseln lockern sollte oder nicht, und ich mich bemühte, meine Befreiungsversuche vor ihm zu verbergen, hörten wir draußen im Gang das unverwechselbare Knarren von Bodendielen und erstarrten beide. Mein Magen krampfte sich zusammen. Ich hatte nicht damit gerechnet, dass Jenkes schon so bald zurückkehren würde, und mein Fluchtplan zerplatzte, bevor er richtig Gestalt angenommen hatte. Ich holte tief Atem, obwohl mir das Herz bis zum Hals schlug. Das war es also, dachte ich. Damals in Italien, in San Domenico Maggiore, hatte ich um eines Buches willen die Gefahr der Todesstrafe auf mich genommen. Jetzt, nach so vielen Jahren der Flucht, sah ich dem Tod erneut ins Auge, und das wieder, weil ich nach einem Buch gegiert hatte. Aber ich beschloss, mich nach Kräften zu wehren. Wenn ich schon sterben musste, dann wenigstens nicht wie ein Feigling unter Jenkes' spöttischem Blick.

Humphrey besann sich, als die Schritte näher kamen, griff nach Jenkes' Leinenschal und stopfte ihn mir wieder in den Mund, wenn auch nicht mehr so fest wie vorher. Im selben Moment löste sich der Knoten unter meinen tastenden Fingern, und meine Fußfessel lockerte sich. Die Schritte machten vor der Tür Halt, und ein zaghaftes Klopfen ertönte, gefolgt von einer Frauenstimme.

»Humphrey? Bist du das?«

Humphrey stieß vor Erleichterung hörbar den Atem aus, zog sich auf die Füße hoch und öffnete die Tür. Davor stand die Witwe Kenney in ihrem Nachtgewand, einen Schal um die Schultern gelegt und mit einer Kerze in der Hand. Sie sah erst

Humphrey und dann mich an, registrierte meinen jämmerlichen Zustand und schnalzte missbilligend mit der Zunge.

»Dieser Jenkes«, schnaufte sie, dabei bedachte sie mich mit einem Blick, als wäre Jenkes eine ungezogene Katze und ich eine tote Maus, die er auf ihren sauberen Fußboden hatte fallen lassen. »Wozu hat er dich jetzt wieder angestiftet, Humphrey?«

Der Junge ließ den Kopf hängen, und Witwe Kenney bedeutete ihm, ihr zur Tür zu folgen.

»Ich muss kurz mit dir sprechen.« Sie musterte mich einen Moment lang, als erwäge sie, wie gefährlich es war, mich unbewacht zurückzulassen, dann schien sie zu dem Schluss zu kommen, dass nichts passieren konnte. »Ich habe ihm gesagt, ich dulde nicht, dass in meiner Schänke Blut vergossen wird«, zischte sie, während sie Humphrey in den Gang hinausschob. »Und du solltest es besser wissen, Humphrey Pritchard.« Seine protestierende Antwort verstand ich nicht, aber dass es sich um einen eindringlichen Wortwechsel handelte, war auch durch die geschlossene Tür zu vernehmen.

Jetzt galt es rasch zu handeln. Da ich mein Tun nicht mehr vor Humphrey verbergen musste, befreite ich meine Knöchel rasch von den Fesseln, raffte mich mühsam auf und hinkte durch den Raum auf den provisorischen Altar zu, auf dem die Kerzen fast vollständig heruntergebrannt waren. Ich kehrte dem Altar den Rücken zu und versuchte, den Knoten, der meine Handfesseln zusammenhielt, über die Flamme zu halten, um ihn durchzuschmoren, aber der Strick war widerstandsfähiger, als er aussah, und die Flamme schwach, sodass ich bezweifelte, dass sich der Knoten lösen würde, bevor Humphrey zurückkam und mich ertappte. Draußen im Gang wurden die Stimmen immer lauter. Da ich nicht sehen konnte, was ich tat, versengte ich mir die Hände und war dieses eine Mal dankbar für den Knebel in meinem Mund, der mein Stöhnen dämpfte. Meine größte Furcht war, dass ich die Kerze umstieß und meine Kleider in Brand gerieten – dem Flammentod der Inquisition zu entgehen, nur um dieses Schicksal dann durch mein eigenes Verschulden zu erleiden, wäre wahrlich die größte Ironie, die ich mir vorstellen konnte, dachte ich, während ich den Strick über der Kerze drehte. Er begann plötzlich zu knistern, und ein heißer Schmerz schoss durch meine rechte Hand: Der Knoten hatte Feuer gefangen, und ich schrie leise in den Knebel, als die Flamme meine Hand und meinen Ärmel versengte, aber endlich gelang es mir, mich loszumachen. Die brennenden Überreste des Stricks fielen zu Boden, wo ich sie rasch austrat. Die Stimmen draußen im Gang verstummten abrupt, und ich wusste, dass ich jetzt nur eine einzige Chance hatte. Ohne auf den Schmerz in meiner Hand zu achten, riss ich den schweren silbernen Kerzenleuchter vom Altar, blies die flackernde Flamme aus und schwang ihn just in dem Moment in die Luft, in dem Humphrey die Tür aufriss und den Bruchteil einer Sekunde mit offenem Mund wie erstarrt stehen blieb.

Dieser Moment reichte mir. Ehe er die Arme heben konnte, hieb ich ihm den massiven Fuß des Leuchters gegen die Schläfe. Ich hatte gut gezielt; ein Ekel erregendes Knirschen ertönte, und Humphrey stürzte rücklings zu Boden. Blut schoss aus der Platzwunde und verfärbte sein helles Haar. Er hatte das Bewusstsein verloren. Die Witwe hob voller Angst die Hände und schüttelte heftig den Kopf. Ihre Lippen bewegten sich stumm. Ich drohte ihr mit dem Kerzenleuchter, woraufhin sie sich in eine Ecke kauerte, zerrte das Messer aus Humphreys Gürtel, warf der Witwe einen letzten warnenden Blick zu und stürmte in den Gang hinaus und dann die Stufen hinunter, wobei ich jeden Moment damit rechnete, Jenkes zu begegnen, weshalb ich das Messer auf Brusthöhe vor mich hielt. Dann spähte ich über meine Schulter, um zu sehen, ob sich Humphrey weit genug erholt hatte, um mir zu folgen, aber wie es aussah, war das Glück endlich auf meiner Seite; es gelang mir, unbemerkt den Hof zu überqueren und auf die Straße hinauszulaufen.

Der Himmel war noch immer dunkel, nur ein paar Mondlichtstreifen schimmerten zwischen den Wolken. Ich lehnte mich kurz gegen eine Hauswand, um zu verschnaufen, und merkte erst jetzt, dass ich in meiner Hast vergessen hatte, den Knebel zu entfernen. Ich zog ihn aus dem Mund, hielt ein Ende mit den Zähnen fest und wickelte den Schal behutsam um meine verbrannte Hand. Vor Schmerz wurde mir so schwindelig, dass ich fürchtete, meine Beine würden unter mir nachgeben. Als die Benommenheit verflogen war, wurde mir bewusst, dass meine Börse gestohlen worden war und ich kein Geld mehr besaß, um die Wächter am Tor zu bestechen. Schlimmer noch – was, wenn sie Jenkes gut kannten und von ihm dafür bezahlt worden waren, nach mir Ausschau zu halten? In dieser Stadt konnte man nie wissen, wer ein Freund und wer ein Feind war.

Der quadratische Turm der Kirche St. Michael am Nordtor erhob sich über der Stadtmauer und diente mir als Orientierungspunkt, als ich unter den Dachtraufen der Häuser entlangschlich, bis ich gezwungen war, mich aus meiner Deckung zu lösen und über die breite Straße zu eilen, die parallel zur Stadtmauer verlief. Ich blickte mich wild nach allen Seiten um, während ich sie überquerte; rechnete jeden Moment damit, Jenkes aus dem Schatten auftauchen zu sehen, aber die Straße blieb still und leer. Am Tor machte ich Halt. Mir fiel kein anderer Weg ein, um in die Stadt zurückzugelangen, die Mauer war viel zu hoch, um überwunden zu werden, und alle anderen Tore waren zu dieser Stunde gleichfalls bewacht. Mir blieb nichts anderes übrig, als entweder bis zum ersten Tageslicht zu warten, wenn die Tore für die fahrenden Händler geöffnet wurden, was vermutlich zur Folge hätte, dass Jenkes oder Humphrey mich einholten, oder die Wächter davon zu überzeugen, dass ich sie bereits ausreichend bezahlt hatte, damit sie mich wieder einließen. Mit meiner gesunden Hand hieb ich gegen die kleine, in das hohe Eichenholztor eingelassene Tür, erhielt aber keine Antwort. Erst als ich heftiger klopfte und nach dem Wächter rief, erschien ein schlaftrunkenes Gesicht hinter dem Eisengitter. Der Riegel wurde zurückgeschoben und die Tür geöffnet.

Ich murmelte einen Dank, überzeugte mich noch einmal davon, dass die dunklen Straßen verlassen dalagen, und lief,

Humphreys Messer fest umklammert haltend, zur St. Mildred's Lane hoch. Noch nie war ich so dankbar gewesen, den Turm des Lincoln über mir aufragen zu sehen. Behutsam klopfte ich an das kleine Fenster von Cobbetts Pförtnerhäuschen.

»Cobbett!«, zischte ich so laut, wie ich es wagte. »Ich bin es, Bruno, öffnet das Tor!«

Schweigen schlug mir entgegen. Ich zog mich am Fensterbrett hoch und sah den alten Pförtner in seinem Stuhl schlummern. Das Kinn war ihm auf die Brust gesunken, sein Mund stand offen, und ein Speichelfaden hing an seiner Unterlippe.

»Cobbett!«, rief ich erneut, aber er rührte sich nicht. Mit einer Verwünschung trat ich zurück und blickte an den Gebäudemauern hoch. Alle Fenster waren dunkel, und ich überlegte, ob ich es riskieren durfte, jemand anderen zu wecken, indem ich meine Stimme noch mehr erhob. Ich wollte nicht auf der Straße vor der Universität bleiben, hier würde mich Jenkes zuerst suchen. Doch als ein dünner Strahl fahlen Mondlichts durch die Wolken drang, fiel mir noch eine andere Möglichkeit ein. Das letzte Fenster der westlichen Gebäudekette musste zu Norris' Kammer gehören. Obwohl es geschlossen schien, gelang es mir, einen Finger meiner gesunden Hand zwischen Wand und Rahmen zu schieben, und ich stellte fest, dass es glücklicherweise nicht verriegelt war. Als ich mich mühsam durch den schmalen Spalt zwängte und zusammenzuckte, als ich mit meiner verbrannten Hand gegen die Wand stieß, betete ich, dass keiner der beiden Bewohner des Raums am Abend zurückgekommen war.

Ich kletterte durch das Fenster und landete unsicher auf der darunter stehenden großen Holztruhe. Einen kurzen Augenblick blieb ich stocksteif stehen und lauschte auf Atemzüge oder andere Geräusche in der angrenzenden Schlafkammer, aber alles blieb still. Ein schwaches Licht fiel durch das zum Hof gelegene Fenster und ermöglichte es mir, die Umrisse der Möbelstücke zu erkennen. Der Boden schien mit den verschiedensten Gegenständen übersät zu sein. Nachdem ich vorsichtig darüber hinweggestiegen war und die Oberflächen der Kommode und der Tische abgetastet hatte, fand ich eine Zunderbüchse, die auf dem geschnitzten Tisch unter dem Fenster liegen gelassen worden war. Damit zündete ich einen Kerzenstummel auf dem Schreibtisch an, sah mich um und stellte fest, dass in der Kammer ein ebensolches Chaos herrschte wie in der von Roger Mercer am Morgen seines Todes. Kleider waren aus dem Schrank gerissen, Bücher und Papiere auf dem Boden verstreut und sämtliche Schubladen von Norris' schönem Schreibtisch herausgezogen und geleert worden. Ich ließ mich auf die Bank vor dem kalten Kamin sinken und zwang mich, ruhig und gleichmäßig zu atmen, während ich zum ersten Mal seit einer Zeit, die mir wie eine Ewigkeit vorkam, meine wirren Gedanken ordnete. Meine Schultern schmerzten, und die Wunde an meinem Hals brannte, obwohl sie nicht tief war, aber nun, da ich mich nicht mehr in unmittelbarer Gefahr befand, konnte ich wieder klar denken. Nicht, dass die Gefahr endgültig gebannt war; Jenkes hatte ja schon beschlossen, dass ich zu viel wusste, und sowie er von meiner Flucht erfuhr, würde er alles daransetzen, mich aufzuspüren, bevor ich mich jemandem anvertrauen konnte. Deshalb musste ich Sidney unverzüglich alles mitteilen, was ich wusste. Nach dem Gespräch mit Humphrey hatte eine Theorie über die Morde in meinem Kopf Gestalt anzunehmen begonnen – verschwommen noch, wie hinter einem Nebelschleier verborgen. Wenn meine Vermutungen zutrafen, dann meinte ich zu wissen, wo ich die Antworten auf meine Fragen finden würde. Und wenn ich Jenkes Glauben schenken durfte, musste ich dorthin gelangen, bevor Thomas Allen zum Schweigen gebracht wurde.

Aber erst musste ich Sidney benachrichtigen, damit er wenigstens wusste, wohin ich gegangen war und welcher Verdacht mich dorthin geführt hatte, vielleicht könnte er mir dann folgen, wenn ich nicht zurückkehrte – obwohl ich sehr wohl wusste, dass es dann zu spät sein konnte.

Ohne weitere Zeit zu verschwenden, begann ich in dem Papierwust auf Norris' Schreibtisch nach einer Schreibfeder zu suchen, um meine Schlussfolgerungen kurz für Sidney zusammenzufassen, ehe ich mich auf den Weg machte, aber ich konnte keine Tinte finden. In der obersten offenen Schublade entdeckte ich eine Stange zinnoberrotes Siegelwachs und ein paar Papierbögen. Die Kerze, die ich angezündet hatte, war fast heruntergebrannt. Als ich mich im Raum nach einer anderen umsah, fiel mein Blick auf die Truhe unter dem Fenster. Das Vorhängeschloss war aufgebrochen worden. Ich packte die bald erlöschende Kerze und klappte den schweren Deckel hoch, aber die Truhe schien nur leinene Unterhemden zu enthalten. Unbeirrt wühlte ich darin herum, bis meine Finger den hölzernen Boden berührten, und tastete alle vier Ecken ab, entdeckte aber nichts. Ich fluchte leise, wie es aussah, war alles von Wert bereits entfernt worden. Dennoch nahm ich alle Sachen heraus und warf sie auf den Boden, damit ich die Flamme in die Truhe halten und mich überzeugen konnte, dass sie wirklich leer war.

»*Merda*!« Ich wollte den Deckel gerade wieder zuklappen, als mir auffiel, dass aus dem Boden der Truhe ein winziges Stück Holz herausgeschnitten worden war. Der Ritz war kaum groß genug, um einen Fingernagel dazwischenzuschieben. Ich setzte die Kerze ab, zog Humphreys Küchenmesser aus dem Gürtel, beugte mich in die Truhe, stieß die Klinge in den Ritz und drückte sie nach oben. Ein leises Klicken ertönte, dann ließ sich der falsche Boden herausnehmen und gab den Blick auf ein darunter verborgenes Geheimfach frei. Meine Finger glitten über ein Bündel Papiere, bevor sie auf etwas Scharfes trafen, das in meine Haut stach und mich die Hand rasch zurückziehen ließ, aus Angst, dass es sich um eine Falle handelte. Behutsam griff ich erneut in die Truhe, beförderte den stacheligen Gegenstand ans Licht und pfiff durch die Zähne, als ich sah, worum es sich handelte.

Es war eine Peitsche mit kurzem Griff, an dem vielleicht vierzig oder fünfzig mit eingeflochtenen harten Knoten versehene Schnüre befestigt waren. Durch jeden Knoten war ein zu einem Haken gebogenes Drahtstück gezogen, und an vielen davon klebten getrocknetes Blut und winzige Fleischfetzen. Der Anblick des grausamen Instruments jagte mir einen Schauer über den Rücken, zugleich fiel es mir wie Schuppen von den Augen, und mein nebulöser Verdacht wich glasklarer Überzeugung.

Ich griff erneut in das Geheimfach und entnahm ihm das Papierbündel. Es entpuppte sich als ein Päckchen eselsohriger, schmutziger, von einem zerfransten Band zusammengehaltener Briefe. Ein Blick auf die verblasste Tinte verriet mir, dass sie in einer Kombination von Symbolen und Zahlen verfasst worden waren, aber ich brauchte sie nicht zu entziffern, um zu wissen, dass es sich um die Briefe handelte, nach denen in Roger Mercers und James Coverdales Kammer gesucht worden war. Ferner steckte in dem Bündel noch ein anderes Dokument aus Pergament, das mit Wachs versiegelt war. Das Siegel war intakt, und ich konnte in dem schwachen Licht kein erkennbares Zeichen ausmachen, aber ich zögerte nur einen Moment, bevor ich es erbrach, den Pergamentbogen auseinanderfaltete und ihn neben den Kerzenstummel hielt. Die Flamme war jetzt so schwach, dass sie die kunstvoll verschnörkelte Schrift kaum beleuchtete, aber der erste Satz reichte aus, um mir den Atem stocken zu lassen.

Pius, Bischof, Diener der Diener Gottes, zur bleibenden Erinnerung. Regnans in Excelsis, begann er, und beinahe hätte ich den Bogen fallen lassen, da meine Hände plötzlich heftig zitterten. Ich wusste sofort, auf was ich da gestoßen war. Dies war das vielleicht verhängnisvollste Dokument, das ein Engländer besitzen konnte: eine Kopie der päpstlichen Bulle, die Papst Pius V. vor ungefähr dreizehn Jahren erlassen hatte. Darin erklärte er Königin Elisabeth zur Ketzerin und exkommunizierte sie aus der katholischen Kirche. Die Bulle endete damit, dass er den Untertanen der Königin verbat, sie als ihre Monarchin anzuerkennen oder ihr zu gehorchen. Mit diesen Worten hatte Pius nichts anderes getan, als dazu aufzurufen, sie zu stürzen. Die radikalen Katholiken an den europäischen Seminaren betrachteten diese Bulle als Lizenz, die Königin im Namen Gottes zu töten. Es galt schon als Hochverrat, eine Kopie davon nach England zu bringen, und demjenigen, bei dem sie gefunden wurde, drohte unweigerlich die Todesstrafe. Ich stieß langsam den Atem aus, dann erstarrte ich, weil ich meinte, draußen vor dem Fenster ein Geräusch zu hören. War ich geradewegs in die nächste Falle getappt? Wer auch immer die Kammer durchwühlt hatte, hatte es zweifellos auf diese Papiere abgesehen, aber das Geheimfach nicht entdeckt. Vielleicht beobachtete er den Raum immer noch und hatte meine Kerze gesehen. Ich hielt den Atem an und vernahm erneut eine leise Bewegung draußen. Dann zerriss ein hoher, unnatürlicher Schrei die Luft, gefolgt von einem zweiten, der klang, als kreische ein Kind vor Schmerz. Ich sank zitternd zu Boden und lachte über meine eigene Schreckhaftigkeit – es waren nur zwei Füchse, die in der Gasse miteinander kämpften.

Aber die Störung hatte mich daran erinnert, dass es keine Zeit zu verlieren galt. Ich wickelte die Briefe in eines der Hemden aus der Truhe, in der ich auch einen Reiseumhang fand, den ich mir hastig umwarf, da mein eigener im *Catherine Wheel* zurückgeblieben war. Nach kurzer Suche entdeckte ich in dem Durcheinander unter Norris' Schreibtisch ein Tintenfass, kritzelte hastig eine Nachricht für Sidney, in der ich erklärte, wo ich die Papiere gefunden hatte und wo ich hinwollte. Dann zog ich die Kopie des Codes aus Mercers Almanach aus meinem Hemd, legte sie in den Brief an Sidney und versiegelte alles so gut wie möglich mit dem Wachs aus der Schublade, obwohl ich keinen Ring hatte, den ich hätte hineindrücken können. Dann nahm ich das Päckchen, blies die Kerze aus, hob den Riegel der Tür zum Treppenhaus und fand sie fest verschlossen. Wer auch immer die Kammer in Norris' und Allens Abwesenheit durchsucht hatte, hatte sich demnach mit einem eigenen Schlüssel Zutritt verschafft oder war gleichfalls durch das Fenster geklettert. Mit einer neuerlichen Verwünschung öffnete ich das zum Hof gelegene Fenster über dem Schreibtisch, kämpfte mich, von meiner verbundenen Hand und dem Päckchen behindert, auf das Sims und zwängte mich hindurch. Unglücklicherweise blieb ich mit meinem Umhang an dem Fensterriegel hängen und stürzte mit einem dumpfen Aufprall und einem unterdrückten Schrei in den Hof.

Einen Moment blieb ich in der Hoffnung, nicht gehört worden zu sein, still liegen und blickte zum Himmel über den Dächern empor, der sich von Samtschwarz allmählich zu Tiefblau verfärbte. Wenn es bereits hell wurde, musste ich mich beeilen, um die Stadt vor Tagesanbruch verlassen zu können. Es war zu dunkel, um die Zeiger der Uhr zu erkennen. Der Hof lag verlassen da. Irgendwo in der Ferne jaulte der Fuchs erneut, und ich wollte mich gerade aufrappeln, als ich die Laterne sah. Sie kam von den gegenüberliegenden Gebäuden her auf mich zu und wurde von einer Gestalt in Umhang und Kapuze gehalten, die stehen blieb, sich über mich beugte und mir ins Gesicht leuchtete.

»Sieh an, sieh an, Doktor Bruno. Habt Ihr Euch schon wieder selbst bedient? Das wird langsam zur Gewohnheit bei Euch. Was habt Ihr denn diesmal für eine Erklärung? Ich kann es kaum erwarten, sie zu hören.«

Ich konnte Walter Slythursts Gesicht nicht sehen, aber die in seiner kalten Stimme mitschwingende boshafte Freude war nicht misszuverstehen.

18

Slythurst versuchte, mich grob am Arm in die Höhe zu ziehen, aber ich entwand mich seinem Griff und krümmte mich um das Päckchen, für den Fall, dass er versuchen sollte, es an sich zu bringen.

»Diesmal kommt Ihr mir nicht so einfach davon, Bruno.« Sein üblicher eisiger Sarkasmus wich Zorn, als ich mich gegen ihn zur Wehr setzte und er versuchte, nach dem Päckchen zu greifen. Es konnte kein Zufall sein, dass er zu dieser nächtlichen Stunde wach und angekleidet war; er musste Norris' Kammer beobachtet haben. »Was habt Ihr aus diesem Raum entwendet? Ich muss es sehen. Ich verlange, dass Ihr es mir aushändigt.« Seine Stimme klang hektisch, und ich las echte Angst in seinen Augen, als er das Päckchen in meiner Hand betrachtete. Konnte es sein, dass er wusste, was es enthielt?

»Verlangt, was Ihr wollt«, keuchte ich, dabei holte ich mit meiner verbundenen Hand aus. »Aber das hier kann ich Euch nicht geben.«

»Ich bin einer der ranghöchsten Fellows dieser Universität«, zischelte Slythurst, der Mühe hatte, seine Würde zu wahren. »Ihr müsst meine Autorität respektieren. Wenn Ihr etwas Wertvolles aus der Unterkunft eines Studenten genommen habt, muss ich es dem Rektor zeigen.« Jetzt hörte ich nackte Panik in seinem Tonfall. Wieder versuchte er, mir das Päckchen zu entreißen, wieder zog ich es weg. Er war wild entschlossen, es in seine Hände zu bekommen. Mir war klar, dass er es keinesfalls dem Rektor übergeben durfte, denn sowohl Slythurst als auch Underhill waren imstande, sämtliche Beweise zu vernichten, die dem Ruf der Universität schaden konnten, und wenn bekannt wurde, was ich in Norris' Kammer gefunden hatte, wäre das Underhills Ende. Slythurst musterte mich kurz mit grimmig zusammengepressten Lippen, dann stellte er die Laterne auf den Boden und ging auf mich los. Für einen so hageren Mann verfügte er über eine erstaunliche Kraft, und er hätte mich fast zu Boden gestoßen, als er sich auf das Päckchen stürzte, aber ich trat nach hinten aus, während ich das Bündel mit meinen Armen schützte, und traf ihn hart in den Magen. Er taumelte zurück, und bevor er zum nächsten Angriff übergehen konnte, holte ich mit meiner verbundenen Hand aus und versetzte ihm einen Hieb gegen das Kinn. Ein sengender Schmerz schoss durch meinen Arm. Slythurst torkelte zurück, warf sich dann aber unverhofft gegen meine Beine und schleuderte mich zu Boden. Ich hörte meinen Rücken knirschen, als ich auf dem Pflaster aufschlug, und versuchte, das Päckchen unter mich zu schieben, aber er befand sich jetzt im Vorteil, setzte sich breitbeinig auf mich und presste mich auf den kalten Stein. Sein Gesicht berührte fast das meine, als er nach den Papieren griff. Ich fürchtete, er könne sie bei dem Versuch, sie aus meinen Händen zu zerren, zerreißen. Heiße Wut wallte in mir auf, und ich verdoppelte meine Anstrengung, sie zu schützen.

»Gebt mir das, Bruno! Ihr mischt Euch in Dinge, die Ihr nicht versteht, zischte der Quästor mit zusammengebissenen Zähnen. Sein säuerlicher Atem stieg mir in die Nase.

»Ihr wisst ja noch nicht einmal, was ich hier habe«, spie ich zurück, die Papiere an meine Brust drückend.

»Was Ihr aus der Kammer eines Studenten entwendet habt, ist während der Abwesenheit dieses Studenten Eigentum der Universität«, teilte er mir hochfahrend mit, während er nach meinen Händen griff.

»Warum wollt Ihr es unbedingt haben?«, gab ich zurück. »Weil Ihr es nicht gefunden habt, als Ihr die Kammer selbst durchwühlt habt? Borgt Ihr Euch immer die Schlüssel aus, wenn Cobbett schläft?«

»Die Frage lautet wohl eher, woher *Ihr* wusstet, wo Ihr zu suchen habt, Bruno.« Seine Nasenflügel bebten. »Das kann nur bedeuten, dass Ihr ein Teil der papistischen Verschwörung seid. Aber was sollte man auch anderes von einem Italiener erwarten? Der Rektor ist ein leichtgläubiger Narr, aber ich habe Euch von Anfang an durchschaut.«

»Ihr irrt Euch«, grunzte ich, dabei versuchte ich, ihn abzuwerfen. »Ich bin kein Papist, und die, auf die es ankommt, wissen das.«

»Ihr werdet mir diese Papiere aushändigen, Bruno«, schnaufte er und verlagerte sein Gewicht so, dass er sich über mich beugte. Seine Nase berührte fast die meinige. »Oder ich alarmiere die ganze Universität. Da drei von uns kürzlich getötet wurden, werdet Ihr in den Kerker geworfen werden, bevor Ihr Gelegenheit bekommt, Euch eine neue hanebüchene Geschichte auszudenken.«

Also war Slythurst *gegen* die Papisten, dachte ich, als sich sein Knie in meine Brust bohrte. Warum war er dann so erpicht darauf, Beweise für die Morde zu vertuschen? Was wollte er mit den Papieren anfangen, dass er ihretwegen erst Mercers und dann Norris' Kammer durchsucht hatte? Wo auch immer seine Gründe lagen, ich wusste, dass niemand außer Walsingham die Papiere bekommen durfte und ich sie zu diesem Zweck eigenhändig Sidney überbringen musste. Als ich spürte, dass das Päckchen meiner verletzten Hand zu entgleiten drohte, bot ich meine letzten Kraftreserven auf. Ich biss die Zähne zusammen, setzte mich so weit auf, wie es mir möglich war, brachte mein Gesicht nah an das von Slythurst heran, zog den Kopf leicht zurück und stieß ihn dann in die Höhe, sodass meine Stirn mit einem vernehmlichen Knacken gegen seine Nase prallte. Er heulte auf und schlug beide Hände vor das Gesicht; ich nutzte die Gelegenheit, um ihn abzuwerfen und mich zur Seite zu rollen. Ein dumpfer Schmerz breitete sich in meinem

Kopf aus, und die Welt verschwamm kurz vor meinen Augen, aber ihn schien es schlimmer getroffen zu haben, denn als er die Hand wegzog, sah ich, dass seine Nase heftig blutete. Über mir flammte ein weiteres Licht auf, gefolgt von schlurfenden Schritten.

»Was in Gottes Namen …«, begann Cobbett, hob seine Laterne und hielt mit einem verwirrten Stirnrunzeln inne, als er Slythurst und mich wie ein paar Trunkenbolde auf dem Hof miteinander ringen sah. Mir fiel auf, dass er in der anderen Hand einen dicken Stock hielt. »Doktor Bruno? Himmel, wie seht ihr denn aus? Und wie seid Ihr hier hereingekommen?«

»Das ist eine lange Geschichte, Cobbett.« Ich raffte mich auf. »Ich brauche Eure Hilfe.«

»Ergreift ihn, Cobbett!«, geiferte Slythurst. Die Worte wurden durch die immer noch gegen seine Nase gepresste Hand gedämpft. »Er ist ein Dieb, und als Fellow dieser Universität befehle ich Euch, ihn festzuhalten!«

Cobbetts Blick schweifte besorgt von mir zu Slythurst. Ich packte den alten Pförtner am Ärmel und zog ihn aus der Hörweite des Quästors.

»Ihr müsst mir glauben, Cobbett, die Angelegenheit ist äußerst dringend. Ich denke, ich weiß, wo der Mörder zu finden ist, und wenn ich nichts unternehme, sterben heute vielleicht noch weitere Menschen.« Da er immer noch nicht überzeugt schien, fügte ich flüsternd hinzu: »Sophia ist in Gefahr. Ich muss sofort aufbrechen. Wo finde ich mein Pferd? Ich hörte, es steht im Stall des Rektors.«

»Cobbett, öffnet unter keinen Umständen das Tor! Dieser Mann darf das Universitätsgelände nicht mit diesem Päckchen verlassen, habt Ihr verstanden?« Slythurst klang jetzt geradezu verzweifelt. Er sprang auf und stürmte auf unsicheren Beinen auf mich los, und obwohl ich noch immer benommen war, warf ich mich ihm mit gefletschten Zähnen entgegen.

»*Ne vuoi di più? Fatti sotto*«, schnarrte ich, dabei zückte ich das Küchenmesser, das ich Humphrey Pritchard abgenommen hatte, und streckte es drohend vor. »Kommt nur, wenn Ihr noch nicht genug habt!«

Slythurst mochte die Worte nicht verstanden haben, aber an der Bedeutung des Messers bestand kein Zweifel. Er trat einen Schritt zurück, starrte mich einen Moment lang an und brüllte dann aus vollem Hals: »Mord!« Auf zwei Seiten des Hofes wurden knarrend Fenster geöffnet, und schattenhafte Gestalten lehnten sich alarmiert hinaus.

»Ich muss sofort hier weg«, flüsterte ich Cobbett zu, während ich Slythurst noch immer mit dem Messer in Schach hielt. Der Quästor hatte offensichtlich entschieden, dass es das Beste war, die gesamte Universität zu wecken und die Männer dazu zu bringen, mich zu ergreifen.

»Er wird Euch die Wache auf den Hals hetzen«, murmelte Cobbett, als Slythurst erneut »Mord!« kreischte. »Ihr müsst sehr schnell reiten, um hoffen zu können, die Stadt zu verlassen. Der Stall des Rektors befindet sich uns direkt gegenüber in der Cheney Lane. Kommt mit.« Der alte Pförtner schob mich auf das Haupttor zu. Er bewegte sich so schnell, wie ich es noch nie bei ihm gesehen hatte.

»Ich muss diese Papiere zum Christ Church College bringen«, zischte ich, als er das Tor aufschloss. Slythurst beobachtete uns, rührte sich aber nicht vom Fleck. Er schien sich entschieden zu haben, auf Verstärkung zu warten. »Welches ist der beste Weg?«

Cobbett schüttelte den Kopf.

»Wenn Ihr jetzt zum Christ Church reitet, werden sie Euch festnehmen, bevor Ihr die Stadt verlassen könnt«, flüsterte er nahezu unhörbar. »Gebt mir die Papiere, ich schicke einen Boten, dem ich vertraue.«

Ich sah mich zu Slythurst um, der jetzt irgendetwas zu jemandem hinaufrief, der sich aus einem Fenster im ersten Stock beugte. Cobbett stellte sich so, dass sein breiter Rücken mich vor den Blicken des Quästors schützte, und bedeutete mir, ihm die Papiere auszuhändigen.

»Sie müssen unverzüglich zu Sir Philip Sidney gebracht werden«, wies ich ihn an. »Niemand darf sie zu Gesicht bekommen. Männer mussten wegen dieser Papiere sterben. Könnt Ihr schwören, dass Euer Bote vertrauenswürdig ist?«

»Bei meinem Leben«, grunzte er. »Jetzt sputet Euch, Bruno, und Gott mit Euch. Bringt Sophia zurück.« Weitere Schritte hallten auf dem Pflaster wider. Cobbett öffnete die kleine Tür einen Spalt, und ich gab ihm rasch das in Norris' Hemd gewickelte Päckchen, das in Cobbetts voluminösem altem Mantel verschwand.

»Ist Master Godwyn zurückgekommen?«, zischelte ich, als ich über die Schwelle huschte. Cobbett runzelte die Stirn.

»Außer Euch habe ich heute Nacht niemanden die Universität verlassen sehen. Das Tor war die ganze Zeit verschlossen.«

»Dann muss er einen anderen Weg genommen haben, vielleicht den durch den Hain.« Also war Godwyn wohl ebenfalls immer noch aushäusig, und ich hatte schon eine Ahnung, wo ich ihn finden würde.

Cobbett nickte, schob mich drängend in die Gasse hinaus und schloss rasch die Tür hinter mir.

Ich wagte kaum, über meine Schulter zu spähen, als ich, so schnell ich konnte, in die Cheney Lane rannte, eine schmale Straße, die an der Seite des Jesus College entlang verlief. Zum Glück standen hier nur wenige Gebäude, und der aus Ziegeln erbaute Stall war aufgrund des Geruchs und der leisen Geräusche schlafender Pferde leicht zu finden. Ich hämmerte heftig gegen die Tür, weil ich fürchtete, Slythurst könnte jeden Moment mit einer Schar von Männern des Linoln College auftauchen, um mich wegen Diebstahls festzunehmen, während ich aus der anderen Richtung immer noch mit Jenkes oder einem seiner Handlanger rechnete, die mich töten wollten. Nach einigen Augenblicken öffnete ein Stalljunge mit zerzaustem Haar und einer Kerze in der Hand die Tür einen Spalt breit. Seine Augen blickten schlaftrunken, aber gespannt.

»Sir?«, murmelte er, aber ich drängte mich schon unsanft an ihm vorbei in den Hof des Stalls.

»Ich brauche mein Pferd, Sohn, und zwar sofort. Das, das letzten Freitag gebracht wurde, das graue. Ich bin Doktor Bruno und gehöre zur königlichen Abordnung.«

Die Augen des Jungen wurden noch größer, und er biss sich auf die Lippe.

»Ich darf niemandem ein Pferd geben, Sir, wenn Master Clayton nicht hier ist. Und der Graue ist ein sehr schönes Tier.«

»Das ist er. Er stammt aus den Ställen der Königin. Aber ich schwöre, dass ich ihn nicht stehlen will. Und jetzt bring ihn her.«

»Ich werde Prügel bekommen, Sir«, erwiderte er flehend. Ich konnte ihm seine Vorsicht nicht verübeln; abgesehen von der frühen Stunde sah ich mit meinem zerschundenen Gesicht und dem blutenden Hals auch nicht wie ein hochrangiger Besucher aus. Ich hasste es, zu diesem Mittel greifen zu müssen, aber ich zog erneut das Messer aus meinem Gürtel und ließ ihn einen Blick darauf werfen. Der arme Junge sah sich um, als könne ihm von irgendwoher jemand zu Hilfe kommen.

»Bitte«, fügte ich sanfter hinzu, als könne das die Situation verbessern.

Er zögerte einen Moment, dann entschied er, dass die Aussicht auf Schläge dem Messer vorzuziehen war.

»Es dauert ein paar Minuten, ihn zu satteln.«

»Dann lass es. Ein Geschirr reicht, aber beeil dich bitte, ich habe keine Zeit zu verlieren.«

Ich fuhr zur Tür herum, weil ich gemeint hatte, Schritte zu hören, aber es war nur das Scharren von Pferdehufen gewesen. Doch meine Angst schien sich auf den Jungen zu übertragen; er nickte stumm und eilte davon, um das Halfter des Pferdes zu holen. Ich trat von einem Fuß auf den anderen und biss mir auf die Lippe, während ich das Tor zum Hof im Auge behielt. Auf die Schmerzen in meiner Hand, an den Schultern, am Hals und nach dem Gerangel mit Slythurst auch noch im Rücken achtete ich gar nicht, für mich zählte im Moment nur, dass ich nicht festgenommen wurde. Ich hoffte, es war die richtige Entscheidung gewesen, Cobbett zu vertrauen, aber ich sah ein, dass er recht hatte: Auch wenn ich selbst zum Christ Church geritten wäre, hätte ich Sidney um diese Zeit nicht zu Gesicht bekommen und hätte mein kostbares Päckchen nur beim dortigen Pförtner lassen können, während Slythurst die Constables und die Stadtwächter informiert hätte, dass ein Dieb aus dem Lincoln geflohen war, und man hätte mich nie die Stadttore passieren lassen. Ich konnte nur beten, dass Slythurst die Papiere nicht abfing, bevor Cobbetts Bote sie abgeliefert hatte.

Der Junge kehrte zurück. Er führte mein Pferd an seinem samtenen Geschirr, dessen Messingglöckchen leise in der Stille klingelten. Das Tier wirkte träge und alles andere als erfreut darüber, im Dunkeln gestört worden zu sein. Ich führte es zu einem Holzklotz in der Mitte des Hofes und kletterte dann auf seinen Rücken. Es tänzelte überrascht und schnaubte protestierend, aber ich hielt die Zügel fest, bis es sich fügte. Der Junge hielt mir das Tor auf, ich stieß dem Pferd die Fersen in die Flanken, wendete es und ritt in zum Lincoln College entgegengesetzter Richtung davon.

Am anderen Ende öffnete sich die Cheney Lane in die North Street, und das schwache Licht am Himmel zu meiner Linken leitete mich gen Osten. Jetzt konnte ich genug sehen, um die überdachten Stände des Cornmarket vor mir auszumachen, und ich trieb das Pferd zu einem Trab an, was ihm nicht zu behagen schien, denn der schlammige Untergrund unter seinen Hufen war gefährlich glitschig. An der Kreuzung Carfax lenkte ich es links in die High Street, und kurz darauf sah ich das Osttor vor mir, durch das wir erst fünf Tage zuvor in die Stadt gelangt waren und dessen Vorwerk die Straße nach London schützte. Auf der Brustwehr über dem Turm brannte ein Licht. Ich wusste, dass jetzt alles davon abhing, ob ich ungehindert an den Wächtern vorbeikam. Slythurst dürfte inzwischen die Dienstboten der Universität alarmiert haben, und wer immer mich auch verfolgte, er konnte nicht weit hinter mir sein.

Als ich das Pferd zügelte, trat ein Mann in städtischer Livree, der einen Pikenschaft schwenkte, aus dem Torhaus.

»Wer da?«, bellte er, richtete die Waffe auf mich und trat einen Schritt vor. Das Pferd wieherte erschrocken auf.

»Ein königlicher Bote«, keuchte ich. »Ich habe eine dringende Botschaft von Sir Philip Sidney.«

»Ein Shilling, um vor dem ersten Tageslicht passieren zu dürfen!«

»Ich habe keinen Shilling. Mein Befehl lautet, eine Botschaft ohne jegliche Verzögerung zum Kronrat in London zu bringen.« Ich richtete mich in der Hoffnung, ein gebieterisches Auftreten würde von meiner äußeren Erscheinung ablenken, auf dem Pferd auf. »Und wenn du mich nicht durchlässt, nagelt der Earl of Leicester deine Eier als warnendes Beispiel an dieses Tor, das schwöre ich dir.«

Wieder spähte ich über meine Schulter, weil ich sicher war, weiter oben auf der High Street Geräusche zu hören. Der Wächter zögerte einen Moment, dann begann er das schwere Holztor umständlich zu öffnen, während ich die Zügel des Pferdes anzog. Es spürte meine Ungeduld und Anspannung und wurde unruhig.

Als ich die Stadtgrenze überquerte, vernahm ich hinter mir einen Ruf. »Heda! Haltet diesen Reiter auf!«

Ich trieb mein Pferd an. Obgleich der Boden immer noch weich war, war die Straße jetzt wenigstens breiter, da es sich um die Hauptstraße nach London handelte, und es wurde am östlichen Horizont, auf den ich zuhielt, allmählich heller. Wind fing sich in der Mähne des Pferdes, das gehorsam durch Karrenfurchen und über Schlaglöcher hinwegdonnerte, und brannte in meiner Nase und meinen Augen, als ich mich tief über seinen Hals beugte, all mein Geschick aufbot, um auf seinem sattellosen Rücken nicht den Halt zu verlieren, und mich gelegentlich umdrehte, um mich zu vergewissern, dass mir niemand folgte. Zum Glück war das Pferd ein schnelles Tier, und bald hatte ich den Eindruck, einen ausreichenden Vorsprung gewonnen zu haben. Aber jetzt, wo ich wieder ruhiger atmen konnte, begann ich plötzlich an meinem Plan zu zweifeln. Nach meinem Gespräch mit Humphrey hatte für mich festgestanden, dass ich die Lösung des Rätsels in Hazeley Court finden würde, doch nun, da ich mich außerhalb der Stadt befand und keine Ahnung hatte, wo dieses Herrenhaus zu finden war, fragte ich mich, ob ich nicht nur wilde Vermutungen angestellt hatte, während sich das eigentliche Drama anderswo abspielte.

Ich war vielleicht eine halbe Stunde geritten, der Himmel war zunehmend heller und das Vogelgezwitscher lauter geworden, als ein feuchter Nebel von den Hecken aufstieg, der die Felder in der Ferne hinter einem wabernden Schleier verbarg. Der Geruch nach feuchter Erde stieg mir in die Nase. Nichts deutete darauf hin, dass sich hier in der Nähe eine Ansiedlung befand, und ich begann zu fürchten, einen verhängnisvollen Fehler begangen zu haben: Vielleicht fand ich Thomas und Sophia nicht, bevor es zu spät war, und umkehren konnte ich nun nicht mehr. Wenn Jenkes oder Slythurst mir von der Stadt aus gefolgt waren und mich auf dieser gottverlassenen Straße einholten, würde mir niemand zu Hilfe kommen.

Die Straße beschrieb eine Biegung, hinter der mein Pferd beinahe in eine Schafherde gestürmt wäre, die von einem alten Mann mit einem Hirtenstab in der Hand in Richtung Oxford getrieben wurde.

»Sir, könnt Ihr mir sagen, wo ich das Herrenhaus Hazeley Court finde? Bin ich auf der richtigen Straße?«, rief ich ihm zu.

Der Schäfer blickte argwöhnisch auf.

»Was sagt Ihr?«

Ich holte tief Atem und wiederholte meine Frage in dem klarsten Englisch, das ich zustande brachte.

Der Mann deutete in die Richtung, aus der er gekommen war.

»Ungefähr noch eine halbe Meile. Ihr seht dann zwei Eichen auf der linken Seite und dazwischen einen Feldweg. Dem folgt Ihr bis zum Haus. Was wollt Ihr denn dort?« Er musterte mich neugierig.

»Ich habe dort geschäftlich zu tun«, erwiderte ich.

»Das ist ein Papistennest, müsst Ihr wissen«, brummte er, während sich mein Pferd zwischen den Schafen hindurchdrängte. Ich dankte ihm für die Warnung, und sowie wir die Herde hinter uns gelassen hatten, trieb ich das Pferd zu einem schnelleren Tempo an. Mein Rücken und meine Beine schmerzten nahezu unerträglich, und die Zügel scheuerten meine verbrannte Hand wund, aber ich war zutiefst erleichtert, dass das Haus ganz in der Nähe lag. Vielleicht würde ich dort endlich die Antworten finden, die ich suchte.

19

Der Feldweg neigte sich sanft hügelabwärts und verbreiterte sich schließlich zu einer Kutschenauffahrt, die zur Front des großen Herrenhauses führte. Vom Hügelkamm aus konnte ich trotz des dünnen Nebels, der über den Bäumen hing, hohe rote Ziegelschornsteine, Türmchen und Zinnen erkennen. Das Haus war zu drei Seiten von Waldland umgeben, und hinter ihm erhob sich ein steiler, dicht bewaldeter Hügel. Im Schutz der Bäume würde es möglich sein, sich ihm unbemerkt zu nähern, aber sich Zutritt zu verschaffen war eine andere Sache. Im Moment blieb mir nichts anderes übrig, als alles auf eine Karte zu setzen. Gegen seinen Willen lenkte ich das Pferd vom Weg in den Wald, wo ich auf einer Lichtung abstieg und seine Zügel an einem herabhängenden Ast befestigte, sodass es wenigstens grasen konnte. Nachdem ich ihm den Hals getätschelt und ihm versichert hatte, dass ich bald zurück sein würde, schlich ich so geräuschlos wie möglich auf Hazeley Court zu.

Am Rand des Waldes, hinter dem sich eine Rasenfläche erstreckte, duckte ich mich in den Schatten der Bäume und betrachtete das mir gegenüberliegende Gebäude. Hier war der Nebel lichter, und ich konnte das Haus im Zwielicht deutlich erkennen. Es war ganz offensichtlich zu dem Zweck erbaut worden, Angriffen zu trotzen, obwohl seine Befestigungsanlagen zu seinem Stil passten; sie wirkten eher elegant als bedrohlich. Es war in quadratischer Form um einen zentralen Hof herum errichtet worden, der Eingang wurde von einem mit zwei achteckigen, mindestens hundert Fuß hohen Türmen bewehrten und mit einer Brustwehr versehenen Torhaus bewacht. Doch all diese ausgeklügelten Verteidigungsvorrichtungen hatten seinen Besitzer nicht vor dem Gefängnis bewahrt, dachte ich grimmig. Wenn der Krone das Geld knapp wurde, diente die Beschlagnahmung der Häuser und Ländereien katholischer Familien, die sich den religiösen Gesetzen widersetzten, als einträgliche Einnahmequelle. Sollten innerhalb dieser Mauern missionarische Priester entdeckt werden, würde der Landsitz von der Königin für sich beansprucht und an einen ihrer Günstlinge vergeben werden; Vermögen würden eingezogen und unter dem Vorwand, den Glauben zu verteidigen, an diejenigen verteilt werden, deren Loyalität erkauft werden musste. Erschauernd schlang ich meinen Umhang enger um mich. Ich riskierte hier mein Leben, das war mir klar, und wer würde davon profitieren, wenn ich recht behielt? Ich? Walsingham? Oder irgendein anderer Höfling, dessen Aufstieg von dem Fall der Menschen hinter diesen Mauern abhing? Aber ich war jetzt davon überzeugt, dass sich Sophia dort drinnen befand und dass es sich bei den Leuten, denen sie vertraute und von denen sie sich Hilfe erhoffte, um genau diejenigen handelte, von denen ihr Gefahr drohte.

Mit der Morgendämmerung war es kühler geworden, und ich merkte, dass meine Beine von dem Ritt ohne Sattel immer noch zitterten. Ich richtete mich auf, streckte meine schmerzenden Glieder und kauerte mich wieder neben den dicken Stamm einer alten Eiche. Die Fenster des Hauses waren alle dunkel. Ich würde das Torhaus niemals passieren können; ein Herrenhaus dieser Größe verfügte sicherlich über eine vielköpfige Dienerschaft, selbst wenn der Hausherr im Gefängnis schmachtete, und die Vorderseite war zu leicht einzusehen. Meine einzige Möglichkeit bestand darin, mich am Rand des Waldes zu halten und zur Rückseite zu schleichen, wo ich vielleicht eine Hintertür oder einen Dienstboteneingang fand, durch den ich leichter eindringen konnte. Ich tastete nach Humphreys Messer an meinem Gürtel. Wenn ich es geschickt gebrauchte, konnte ich die Diener vielleicht dazu bewegen, meine Fragen zu beantworten.

Immer noch gebückt begann ich, am Rand der Bäume entlangzuhuschen, dabei behielt ich das Haus wachsam im Auge und hielt nach irgendwelchen Bewegungen oder Licht hinter den Fenstern Ausschau. Plötzlich hörte ich hinter mir einen Zweig knacken. Ich fuhr herum und zog mein Messer, konnte aber in den Tiefen des Waldes keinen verdächtigen Schatten ausmachen, denn die Bäume und das Unterholz waren noch immer in bläulichen Nebel gehüllt. Meine Atemzüge beschleunigten sich, kleine Wölkchen bildeten sich vor meinem Mund, als ich seitlich voranschritt und den Kopf dabei immer noch in die Richtung wandte, aus der das Geräusch gekommen war. Die Notwendigkeit, mich selbst so lautlos wie möglich zu bewegen, erschien mir weniger dringlich, als schnell zu sein; ich spitzte die Ohren, um in den Nebel zu lauschen. Obwohl ich nichts hörte, beschlich mich das unbehagliche Gefühl, im Wald nicht allein zu sein.

Just in diesem Moment vernahm ich das Knirschen von Pferdehufen auf Schotter und blieb im Schatten einer weiteren mächtigen Eiche stehen, um dahinter hervorzuspähen. Unter mir rumpelte ein von einem Pony gezogener Karren die Auffahrt zum Torhaus hoch. Ein stämmiger Mann hielt die Zügel in den Händen. Ich beobachtete, wie der Karren um die Ecke des Hauses bog. In diesem Moment brach eine vermummte Gestalt aus dem Schutz der Bäume und stürmte auf das Gefährt zu. Ohne auf meine eigene Deckung zu achten, rannte ich ebenfalls los, ließ die beiden Männer aber nicht aus den Augen. Die Gestalt in dem Umhang stürzte sich auf den ahnungslosen Kutscher, zerrte ihn von seinem Sitz und rang ihn zu Boden. Das Pony achtete gar nicht auf die Kämpfenden, sondern senkte den Kopf und begann friedlich zu grasen. Ungeachtet meiner schmerzenden Beine jagte ich auf den Karren zu und erreichte ihn just in dem Moment, als der Mann in dem Umhang, der eine Hand auf den Mund seines Gegners presste und auf einem seiner Arme kniete, ein Messer zückte.

Ich warf mich auf ihn, stieß ihn zur Seite und packte die Hand, die die Klinge hielt. Mit einem Wutschrei drehte sich die Gestalt zu mir um, und ich stellte verblüfft fest, dass ich Thomas Allen vor mir hatte. Sein Gesicht spiegelte ebenfalls Verwirrung wider.

»Ihr?«, entfuhr es ihm. »Aber …«

Der zu Boden gerungene Kutscher versuchte, sich von dem Gerangel wegzurollen. Er mochte um die fünfzig sein, hatte ein teigiges Gesicht und war sichtlich verängstigt; er schüttelte unaufhörlich den Kopf und wimmerte, während er mich mit aus den Höhlen quellenden Augen anstarrte.

»Wer ist das?«, flüsterte ich Thomas drängend zu. »Warum geht Ihr mit einem Messer auf ihn los?«

Thomas runzelte die Stirn. Ich musterte seine Hand, die ich immer noch am Gelenk umklammert hielt, und bemerkte, dass er kein gewöhnliches Messer, sondern ein Rasiermesser in der Hand hielt.

»Er kommt wegen Sophia«, knirschte er. »Er ist beauftragt, ihr die Flucht zu ermöglichen. Aber sie darf nicht mit ihm gehen – es ist eine Falle!«

»Demnach ist Sophia hier?« Mein Blick wanderte von Thomas zu dem Kutscher. In mir rangen Erleichterung und Furcht miteinander. Wenn ich das richtig verstanden hatte, war die Gefahr noch nicht vorüber.

Der Kutscher nickte. In seinen Augen flackerte Panik auf.

»Wartet, ich kenne diesen Mann.« Thomas umfasste sein Rasiermesser fester und durchbohrte den verschreckten Kutscher mit einem finsteren Blick. »Er gehört zum Haushalt der Nappers, er darf keinesfalls zu ihnen zurückkehren, er würde sofort Alarm schlagen.«

Der Mann gab einen gurgelnden Laut von sich und schüttelte noch heftiger den Kopf. Ich zog Humphrey Pritchards altes Küchenmesser aus meinem Gürtel und hielt es ihm vor das Gesicht.

»Eure Dienste werden nicht länger benötigt, Freund«, sagte

ich. »Geht nach Hause und erzählt, Ihr wärt von Straßenräubern überfallen worden. Jetzt sofort!«, fügte ich hinzu, dabei versetzte ich ihm einen Stoß, als er sich, vor Angst wie erstarrt, nicht von der Stelle rührte. Er rappelte sich hoch und verschwand zwischen den Bäumen, wobei er immer wieder nervös über seine Schulter spähte. Thomas wandte sich mit blitzenden Augen zu mir.

»Das hättet Ihr nicht tun sollen, Bruno. Jetzt wird er nach Oxford zurück fliehen, und sie werden uns noch mehr Männer auf den Hals hetzen.«

»Nur Ruhe, Thomas, es wird ihn mindestens eine Stunde kosten, in die Stadt zurückzulaufen, und hinter mir sind schon genug Verfolger her. Erzählt mir, was passiert ist.«

Thomas holte tief Atem, nickte dann, erhob sich und zog den Kopf des gelassen grasenden Ponys nach oben.

»Ich bin gekommen, um Sophia zu retten.« Sein knochiges Gesicht drückte äußerste Entschlossenheit aus. Ich registrierte ein seltsames, hektisches Glitzern in seinen Augen, und er bewegte unaufhörlich ruhelos die Hände.

»Vor wem?«

»Vor denen, die sie bedrohen.«

»Wegen des Kindes, das sie trägt?«

Sein Kopf fuhr herum, und er starrte mich an.

»Das wisst Ihr also?

»Ich habe mir einiges zusammengereimt«, erwiderte ich mit zusammengebissenen Zähnen. »Und ich fürchte, auch Euch könnte Gefahr drohen, Thomas.«

Er lachte bitter auf.

»Habe ich Euch das nicht schon gesagt?«

»Ich spreche von unmittelbarer Gefahr. Heute Nacht.«

Er öffnete den Mund, um etwas zu erwidern, aber in diesem Moment wurde eine Hintertür des Hauses geöffnet, und eine Stimme fragte leise: »Wer ist da?«

»Schlagt Eure Kapuze hoch und steckt Eure Waffe weg«, zischte Thomas, der sich seinen eigenen Umhang über den Kopf zog. »Und sprecht möglichst nicht, bis wir im Haus sind.«

Mir blieb keine andere Wahl, und ich folgte ihm, als er nach den Zügeln des Ponys griff und den Karren auf etwas zuführte, das wie ein Dienstboteneingang aussah. Die Tür stand einen Spalt breit offen, und ein hochgewachsener, gebeugter Mann mit schütterem Haar betrachtete uns mit offenkundigem Misstrauen.

»Ich bin gekommen, um im Auftrag von Lady Eleanor einen Passagier zur Küste zu bringen«, erklärte Thomas mit gedämpfter Stimme. Eine lange Pause entstand, als würde jeder der beiden Männer darauf warten, dass der andere zuerst sprach.

»Es gibt ein Zeichen«, zischelte der Mann hinter der Tür endlich.

»Oh. *Ora pro nobis*.« Thomas biss sich auf die Lippe.

»Ich wusste nicht, dass ihr zu zweit kommt«, bemerkte der Diener, der uns noch immer mit unverhohlenem Argwohn musterte. »Nun denn, tretet ein.« Er öffnete die Tür etwas weiter und winkte uns in einen schmalen Gang.

»Wartet hier, ich werde Lady Eleanor melden, dass ihr hier seid.« Er wandte sich abrupt ab und ging mit der Kerze in der Hand den Gang entlang, sodass wir im Halbdunkel zurückblieben. Ich schielte zu Thomas, der nur unbehaglich von einem Fuß auf den anderen trat und nicht wagte, mich anzusehen. Unwillkürlich fragte ich mich, worauf wir uns hier eingelassen hatten, und tastete unter meinem Umhang nach dem tröstlichen Griff von Humphreys Messer.

Kurz darauf kehrte der hochgewachsene Diener zurück. Er schien immer noch auf der Hut zu sein, als habe Thomas' Vorstellung ihn nicht überzeugt.

»Folgt mir«, befahl er knapp, dabei deutete er auf den Gang vor uns. »Sie wünschen euch kurz zu sehen, um die Umstände der Reise zu besprechen.«

Ich war eher der Ansicht, dass diese Lady Eleanor Verdacht geschöpft hatte, als sie hörte, dass zwei Männer vorstellig geworden waren. Ich warf Thomas einen beunruhigten Blick zu; gerieten wir erst einmal in dieses Labyrinth von Gängen, so waren wir verloren. Der Diener hielt die Kerze in die Höhe, führte uns eine schmale Treppenflucht empor und in einen wesentlich größeren, holzgetäfelten Gang, dessen Dielen mit duftenden Binsen bestreut waren. Frühes Morgenlicht flutete durch niedrige Fenster. Wir gingen so lange, dass ich zu dem Schluss kam, der Gang müsse entlang des gesamten Hauses verlaufen, und tatsächlich beschrieb er einen scharfen Knick nach rechts, und wir gelangten zu ein paar Stufen, die vor einer mächtigen Holztür endeten. Der Mann klopfte an, und auf ein leises Murmeln hin stieß er die Tür auf und winkte uns hinein.

Wir betraten einen hohen Raum, der sich zwischen den beiden Türmen des Torhauses erstreckte. An einem Fenster stand eine Frau um die vierzig, die ein elegantes dunkelrotes Satinkleid mit besticktem Mieder und weitem Rock trug und deren Haar unter einer Haube verborgen war. Hinter ihr war eine Tür in die Wand des rechten achteckigen Turms eingelassen, sie war geschlossen, während die Tür zum linken Turm den Blick auf eine Wendeltreppe freigab, die nach oben führte. Der Diener durchquerte den Raum, wobei seine Schuhe auf dem Ziegelfußboden klackten, und flüsterte der Frau etwas zu. Sie nickte und beugte sich vor, um uns mit ruhiger Gelassenheit zu mustern.

»Ihr kommt von William Napper?«, fragte sie. Thomas nickte vertraulich, aber ich stand nahe genug bei ihm, um zu spüren, wie sein Arm unter dem Umhang zitterte.

»Wo ist Simon?« Ihr scharfer Blick wanderte von Thomas zu mir.

»Krank, Mylady«, erwiderte Thomas, fast ohne den Mund zu öffnen.

»Schließt die Tür hinter Euch.« Sie trat einen Schritt vor. »Wir möchten sichergehen, dass Ihr Eure Anweisungen verstanden habt. Barton, du bleibst hier«, ergänzte sie und nickte dem Diener zu, der sich augenblicklich zwischen uns schob.

»Mylady«, murmelte er.

Ich blickte mich um, wohl wissend, dass Lady Eleanor uns eindringlich betrachtete.

»Ich wäre euch dankbar, Freunde, wenn ihr hier drinnen eure Kapuzen zurückschlagen würdet«, sagte sie leise. »Ich weiß, dass wir alle äußerste Vorsicht walten lassen müssen, aber in diesem Haus können wir einander trauen. Sophia!«, rief sie dann über ihre Schulter hinweg.

Die kleine Tür des östlichen Turms wurde geöffnet, und Sophia Underhill trat heraus, gerade als Thomas mir einen Blick zuwarf und seine Kapuze abnahm. Sophia unterdrückte einen erstickten Aufschrei, sah erst Thomas und dann mich an und schlug die Hände vor den Mund. Widerstrebend entledigte auch ich mich meiner Kapuze, woraufhin sich ihr Gesicht ungläubig verzerrte.

»*Bruno*?«, flüsterte sie endlich. Ihre Augen flackerten verwirrt. »Wie kommt Ihr denn hierher? Und du, Thomas?« Ihr Kopf fuhr zu Thomas herum. Mir entging nicht, dass die Lady vorgetreten war und den Diener namens Barton zu sich gewinkt hatte. Sie schien die angespannte Atmosphäre im Raum zu spüren.

Ehe ich antworten konnte, hatte Sophia sich flehend an Thomas gewandt.

»Thomas, ich weiß, was du denkst, aber du irrst dich. Wenn dir etwas an mir liegt, dann lass mich gehen. Bitte«, fügte sie mit brechender Stimme hinzu, als sie seine unnachgiebige Miene bemerkte.

»Wer sind diese Leute, Sophia?«, fragte die ältere Frau in einem spürbar schärferen Ton. »Kennst du sie? Wollen sie dich an deinem Vorhaben hindern?«

Thomas drehte sich zu ihr um und deutete eine knappe Verbeugung an.

»Lady Tolling, wir sind nur gekommen, um Sophia zu ihrer Familie zurückzugeleiten, die sich große Sorgen um sie macht. Wenn sie uns jetzt ohne jegliches Aufhebens begleitet, wird über diese Angelegenheit kein Wort mehr verloren werden.«

»Zu derselben Familie, die wegen ihres Glaubens ihr Leben bedroht?«, entgegnete Lady Tolling von oben herab, dabei musterte sie Thomas von Kopf bis Fuß. »Wir lassen uns nicht so leicht einwickeln, junger Mann.«

»Aber ich fürchte, genau das ist geschehen, Lady Tolling«, antwortete Thomas mit unerschütterlicher Höflichkeit, aber mit einem gefährlichen Glitzern in den Augen. »Ich fürchte nämlich, Mistress Underhill hat Euch bezüglich ihres dringenden Wunsches, England zu verlassen, nicht die ganze Wahrheit gesagt.«

»Thomas, nein!« Sophia trat mit ausgestreckter Hand auf ihn zu. »Du weißt ja nicht, was du da tust! Leg uns keine Steine in den Weg, daraus entsteht nur Unheil. Du wirst nie bekommen, was du willst, aber alles wird verloren sein!«

Der Diener Barton rückte näher an Thomas heran, der ihn kurz anstarrte, bevor er sich wieder an Sophia wandte und mit zurückgeworfenem Kopf lachte; ein wildes, manisches Lachen, das von den hölzernen Deckenbalken widerhallte.

»Sophia, Sophia«, sagte er so nachsichtig, als tadele er ein ungezogenes Kind. »Welche Lügen hast du diesen guten Leuten aufgetischt? Hast du Lady Tolling überredet, dir zur Flucht zu verhelfen, damit du in einen französischen Konvent eintreten kannst, weil deine Familie dir wegen deiner Abkehr vom protestantischen Glauben mit Strafe droht?«

Sophia erbleichte, ihre Züge verhärteten sich, und ich las echte Furcht in ihren Augen. Sie warf Lady Tolling einen verzweifelten Blick zu, dann begannen ihre Beine zu zittern, und sie stolperte nach vorn. Instinktiv machte ich Anstalten, sie zu stützen, doch der Diener Barton stand schon zwischen uns und funkelte mich finster an. Erst jetzt sah ich, dass er eine Art Feuerhaken in seinem Gürtel trug.

»Komm mit uns«, sagte Thomas etwas weicher. »Diese Sache wird nicht so enden, wie du hoffst, Sophia, und tief in deinem Herzen weißt du das selbst. Er beabsichtigt, dich zu töten.«

Sophia schüttelte mit fest zusammengepressten Lippen den Kopf.

»Du bist so blind und halsstarrig, wie du es schon immer warst, Thomas!«, fuhr sie ihn an. »Du hast schon immer übereilt gehandelt, weil du stets felsenfest davon überzeugt warst, recht zu haben! Aber diesmal unterliegst du einem Irrtum, was ich dir ja schon klarzumachen versucht habe.«

Lady Tolling verschränkte ungeduldig die Arme vor der Brust. Ihr Blick wanderte von Sophia zu Thomas, aber ihre Stimme klang fest.

»Was hat das alles zu bedeuten? Wer sind diese Männer, Sophia? Wer will dich töten?«

»Sein Geist ist verwirrt, Mylady, er weiß nicht, was er sagt«, erwiderte Sophia rasch.

Thomas drehte sich unbeirrt zu Lady Tolling um. Ihr Rang schien ihn nicht zu beeindrucken; das unterwürfige Gebaren, das er in Oxford an den Tag gelegt hatte, war von ihm abgefallen.

»Ich spreche von Eurem Gast, dem Priester«, entgegnete er, jedes einzelne Wort betonend. »Von Vater Jerome Gilbert.«

Wenn Lady Tolling die Anschuldigung, sie würde einen Priester beherbergen, der auch noch einen Mord im Sinn hatte, in irgendeiner Weise beunruhigte, ließ sie sich das bis auf ein leises Zucken der Mundwinkel nicht anmerken.

»Dann wollen wir ihn doch einmal selbst fragen«, meinte sie gelassen, durchquerte mit raschelnden Röcken den Raum und trat in die kleine Vorkammer auf der rechten Seite, aus der Sophia gekommen war. Wir hörten einen kurzen Wortwechsel, dann kehrte sie zurück, gefolgt von dem jungen Mann, den ich als Gabriel Norris gekannt hatte.

Er war wie üblich in ein gut geschnittenes Wams und schwarze Hosen aus teurem Tuch gekleidet und trug gute Lederstiefel mit Silberschnallen. Das blonde Haar hatte er sich aus dem Gesicht gestrichen. Er wirkte von Kopf bis Fuß wie der Sohn eines Landedelmannes; niemand, der ihm in der Stadt oder an der Universität begegnet wäre, hätte ihn für einen geheimen Missionar gehalten. Er blickte von Thomas zu Sophia zu mir und nickte dann langsam.

»Also gut.« Er hob beide Hände. »Dann lasst uns sagen, was gesagt werden muss. Lady Eleanor: Bei allem Respekt, aber ich muss Euch bitten, uns allein zu lassen. Es gibt gewisse Dinge, die unter alten Freunden geregelt werden müssen, bevor wir unser Werk fortsetzen können.«

Lady Tolling schien wenig Lust zu verspüren, die Kontrolle über das Drama, das sich unter ihrem Dach abspielte, aus der Hand zu geben.

»Was ist mit Eurer Sicherheit, Vater?«, murmelte sie mit einem viel sagenden Nicken zu Thomas und mir. »Diese Männer sind noch nicht einmal durchsucht worden.«

»Ich kenne sie«, versicherte Norris ihr. »Mir wird nichts geschehen.«

Als sich die Tür hinter ihr geschlossen hatte, wandte sich Norris – oder Jerome, wie ich ihn jetzt wohl nennen musste – zu mir und fixierte mich mit seinen klaren grünen Augen.

»Doktor Bruno«, sagte er mit gerunzelter Stirn. »Ich hatte gedacht …«

»Ihr hattet gedacht, Rowland Jenkes hätte mich heute Nacht getötet?«

»Nun ja. Obwohl es mich nicht überrascht, dass Ihr ihm entkommen seid, ich hatte ihn gewarnt, Euch nicht zu unterschätzen. Immerhin seid Ihr ein Mann, der jahrelang der Inquisition entkommen ist.« Sein Mund verzog sich zu einem Lächeln, das seine weißen Zähne entblößte. »Habt Ihr und Thomas Eure eigene antikatholische Liga gebildet?« Er hielt kurz inne, um über seinen eigenen Scherz zu lachen. Unter den gegebenen Umständen wirkte er erstaunlich entspannt und gelöst, und nun, wo er nicht mehr den prahlerischen Gecken spielte, sprach er ruhiger und gereifter. Als er sich wieder zu mir umwandte, um mir in die Augen zu sehen, erinnerte ich mich an Humphrey Pritchards Worte: dass Vater Jerome einem das Gefühl gab, einen für einen ganz besonderen Menschen zu halten. »Also gut«, fuhr er weich fort. »Ihr kennt nun die Wahrheit. Seid Ihr gekommen, um mich zu verhaften?«

»Ich bin gekommen, weil ich Sophia in Gefahr glaubte.« Ich versuchte, seinen gleichmütigen Blick ebenso gleichmütig zu erwidern, obwohl mir dessen Intensität Unbehagen einflößte. Doch ich war entschlossen, nicht als Erster den Kopf zu senken.

»Vor mir?«, fragte er in einem Ton, als hielte er die bloße Vorstellung für absurd. »Warum sollte ich Sophia etwas zuleide tun, die erst kürzlich dank meiner missionarischen Überzeugungsarbeit Mitglied der katholischen Kirche geworden ist?«

»Dank Eurer missionarischen Überzeugungsarbeit? Nennt Ihr das wirklich so?«, explodierte Thomas.

»Wohl eher, weil sie Euer Kind erwartet«, bemerkte ich sachlich.

»Verleumdung.« Jeromes Augen flammten plötzlich zornig auf, als er einen Schritt auf mich zutrat.

»Hat Euch Thomas das gesagt?« Sophias Wangen leuchteten hochrot. »Ihr wisst doch, dass jedes Wort, das er sagt, eine Lüge ist!«

»Niemand hat mir etwas gesagt.« Jetzt log ich, um Cobbett zu schützen. »Ich mag ja ein Mönch gewesen sein, aber ich bin in einem kleinen Dorf aufgewachsen, ich weiß, woran man derlei Dinge erkennt.«

Sophia sagte nichts, sondern presste nur eine Hand vor den Mund. Thomas feixte, Jerome sog seine Wangen ein und schien angestrengt nachzudenken.

»Ihr werdet besser als jeder andere verstehen können, wie sehr sich ein Mann als Gefangener der Regeln seines Ordens fühlen kann, Bruno«, erklärte er endlich ernst. »Ja, ich habe gesündigt, aber ich werde keine noch größere Sünde begehen, um die erste zu vertuschen. Sophia wird sicher nach Rouen gebracht werden, wo man für sie sorgen wird, bis ich ihr folgen kann.« Beim Sprechen wanderte sein Blick zu Sophia, die dankbar zu ihm aufsah, aber in seinen Augen las ich etwas, das mir verriet, dass er ihr zuliebe log.

»Ich weiß auch aus Erfahrung, dass religiöse Orden ihre Mitglieder nicht so einfach ihrer Wege gehen lassen, Vater«, warf ich ein. »Vor allem die Jesuiten nicht.«

Jerome nickte, als wäre er gegen seinen Willen beeindruckt.

»Sehr gut, Bruno, Ihr habt gründlich gearbeitet. Ja, ich wurde in Rom zum Jesuiten geweiht und bin durch das Seminar in Reims zu der englischen Mission gekommen. Thomas' Vater brachte mich nach Oxford; es war seine Aufgabe, die Ankunft von Priestern in Oxfordshire zu koordinieren, sichere Häuser ausfindig zu machen und für Vorräte und Verkleidungen zu sorgen. Diese Rolle hat Roger Mercer nach Edmunds Verbannung übernommen. Aber ich schätze, das wisst Ihr bereits.«

»Ich habe erst vor kurzem begonnen, die Zusammenhänge zu verstehen«, räumte ich ein. »Eure Maske war ausgezeichnet.«

»*Maske*?« Thomas spie das Wort fast aus. Seine Augen glänzten kalt. »Das war keine Verkleidung. Er hat sich so gegeben, wie er immer war: als Sohn einer reichen Familie, der immer erwartet hat, dass alle nach seiner Pfeife tanzen! Sich den Jesuiten anzuschließen war für ihn nur ein weiteres Abenteuer. Seine *Maske*, wie Ihr es nennt, war so sehr ein natürlicher Teil von ihm, dass er am Ende darüber seine Mission vergessen hat!«

Thomas sandte einen viel sagenden Blick in Sophias Richtung. Jerome hatte zumindest den Anstand, verlegen auszusehen.

»Und er ist der Versuchung erlegen«, murmelte ich, sah zuerst Jerome und dann Sophia an und erinnerte mich an das in Sophias Matratze eingenähte Stundenbuch mit der intimen Widmung, das der Rektor gefunden hatte. »J«. Also nicht Jenkes, sondern Jerome. Demnach musste es auch Jerome gewesen sein, den Roger Mercer am Samstagmorgen im Garten hatte treffen wollen, stattdessen hatte er einen grausamen Tod erlitten.

»Aber Roger Mercer hat Euch entlarvt.« Ich hielt dem Blick des Jesuiten stand, obwohl sich meine Kehle bei dem Gedanken zuschnürte, dass der gesuchte Mörder nur wenige Fuß von mir entfernt stand. »Und ich dachte, er wäre wegen dieser Papiere getötet worden.«

Jeromes Augen weiteten sich, er trat vor, und sein leicht belustigtes Gebaren fiel von ihm ab.

»Wie habt Ihr von den Papieren erfahren?«, wollte er wissen. Zum ersten Mal seit unserer Ankunft wirkte er merklich verunsichert.

»Ich habe sie gesehen«, erwiderte ich ruhiger, als ich mich fühlte.

»Wo?«

»In der Truhe in Eurer Kammer, wo Ihr sie versteckt habt.«

»In *meiner* …« Er wirbelte herum und starrte nun Thomas ungläubig an. »Aber du sagtest doch …«

»Roger Mercer hat die beiden eines Nachts im Hain überrascht«, verkündete Thomas mit Gift in der Stimme. Mir fiel auf, dass er seine rechte Hand unter seinen Umhang geschoben hatte. »Sophia pflegte den Schlüssel aus dem Arbeitszimmer ihres Vaters zu stehlen. Mercer war entsetzt, wie Ihr Euch sicher vorstellen könnt. Am nächsten Tag platzte er in unsere Kammer, er schäumte vor Wut und erinnerte Vater Jerome daran, wie viele Katholiken in Oxford seinetwegen ihr Leben riskierten, und sagte, er werde nicht länger die Sakramente von einem Priester entgegennehmen, der in Todsünde lebe, und er könne auch nicht zulassen, dass die anderen Mitglieder unseres Zirkels dies unwissentlich täten. Also habe er keine andere Wahl, als Jerome dem obersten Jesuiten zu melden.«

»Ich habe gehört, die Jesuiten würden ohne Gnade gegen jene vorgehen, die ihrer Mission im Weg stehen.« Ich trat einen Schritt zurück. Jerome richtete seine grünen Augen auf Thomas. »Sie sind sowohl bereit, für ihren Glauben zu sterben, als auch, für ihn zu töten, wie Ihr ja bewiesen habt.«

»Wie *ich* bewiesen habe?« Jerome funkelte mich an, dann lachte er ungläubig auf. »Ich verstehe, Ihr habt Eure Beweise ausgewertet und seid zu dem Schluss gekommen, dass ich der Lincoln-Mörder sein muss, weil ich am meisten zu verlieren hatte, Bruno. Habe ich recht?«

»Roger Mercer drohte, Euren Verstoß gegen das Keuschheitsgelübde öffentlich bekannt zu machen.« Ich klammerte mich an die Fakten, die mir noch vor einem Moment so offensichtlich erschienen waren und mir jetzt zu entgleiten drohten. »Ihr wolltet ihn zum Schweigen bringen.«

»Das leugne ich nicht. Ich erwähnte gegenüber Jenkes, dass Roger üble Gerüchte über mich verbreite und seine Zweifel meine Sicherheit bedrohen, und ich erwartete, er werde auf seine übliche überzeugende Weise unter vier Augen mit ihm reden. Aber ich machte einen Fehler.« Er hielt inne, um sich eine Haarsträhne aus dem Gesicht zu streichen. »Vielleicht kennt Ihr die Geschichte unseres heiligen Thomas Beckett, Bruno, unseres größten Erzbischofs von Canterbury. Es heißt, König Henry II. hätte in einem frustrierten Moment in Gegenwart seiner Edelleute ausgerufen: ›Wer befreit mich von diesem lästigen Priester?‹ Es war eine rhetorische Frage, aber sie verstanden sie als Befehl, und so wurde Beckett zum Entsetzen des Königs von einem Schwert durchbohrt. Diesen Fehler habe ich gleichfalls begangen, Doktor Bruno. Ich habe bezüglich des armen Roger Mercer etwas Ähnliches gemurmelt, und mein ergebener Diener hier«, ein höhnischer Blick traf Thomas, »beschloss, das auf seine Weise zu interpretieren.«

»Ich habe von Euch keine Einwände gehört, *Vater*«, erwiderte Thomas ruhig. »Damals wart Ihr mir für meine Hilfe dankbar.«

Jerome zuckte unbeeindruckt die Achseln.

»Ich gestehe, dass der Gedanke, mir – und Sophia – die Schande zu ersparen, der Roger Mercer uns aussetzen wollte, sehr verlockend erschien.« Er wandte sich wieder zu mir. »Aber da Ihr Euch in diesem Fall sowohl zum Constable als auch zum Richter aufgeschwungen zu haben scheint, Bruno, solltet Ihr die Beweise genauer untersuchen. Thomas ist ein ebenso guter Schauspieler wie ich. Er hat Euch jedenfalls gründlich eingewickelt, wie es scheint. Er mag ja hasenherzig und nervös wirken, aber er ist so gerissen wie der Satan persönlich.«

Thomas gab seinen Blick mit undurchdringlicher Miene zurück.

»Er schwor, er würde eine Lösung für unsere Probleme finden«, fuhr Jerome fort. »So lauteten seine Worte. Ich nahm sein

Angebot an und sagte, ich wolle nichts mehr davon hören, bis die Angelegenheit erledigt sei. Daher hatte ich keine Ahnung, dass er die Nappers überredet hatte, ihm beim Stehlen eines Hundes behilflich zu sein. Ich war an jenem Abend auf dem Rückweg von der Messe, als ich den Tumult hörte, und rannte los, um meinen Bogen zu holen. Erst da erfuhr ich, was für ein kunstvolles Szenario er sich hatte einfallen lassen.« Er verzog angewidert die Lippen.

»Aber warum?«, fragte ich Thomas, während ich versuchte, alle Schlüsse zu revidieren, zu denen ich gelangt war. »Warum habt Ihr einen Mann auf diese Weise getötet, obwohl Ihr gar nicht sicher sein konntet, dass Euer Plan aufgeht?«

»*Märtyrer*!«, spie Thomas, als würde das bloße Wort ihn abstoßen. »Das ist bei ihnen zu einer Besessenheit geworden. Alle wollen für ihren Glauben zu Märtyrern werden oder behaupten es zumindest. Der höchste Ruhm, sagen sie.« Seine Stimme wurde schrill, und er schüttelte wild den Kopf. »Sogar mein Vater strebt nach der Märtyrerkrone, wie es aussieht. Was für eine Religion ist das, Doktor Bruno, die Männer den Tod dem Leben vorziehen lässt? Wo bleibt denn da die Liebe? Und wo die menschliche Güte?«

Ich war versucht, ihn darauf hinzuweisen, dass ein Mann, der einen ausgehungerten Jagdhund auf den besten Freund seines Vaters losgelassen hatte, nicht unbedingt geeignet war, von menschlicher Güte zu sprechen, aber ich schwieg. Thomas deutete auf Sophia. »Die Liebe einer Frau wie Sophia errungen zu haben, die Aussicht auf neues Leben in ihrem Schoß …«

»Thomas!«, rief Sophia und sprang vor, doch Jerome hielt sie mit erhobener Hand auf.

»Aber diese … diese *Kreatur*«, explodierte Thomas, mit einem Finger vor Jeromes Gesicht herumfuchtelnd, »wirft das alles weg, er bewahrt seine Gefühle für die Klinge des Henkers auf!« Seine Stimme zitterte vor aufgestauter Leidenschaft. »Also dachte ich, gut, geben wir ihnen einen Vorgeschmack vom Märtyrertum. Der Rektor hatte gerade eine Predigt über den Tod des heiligen Ignatius gehalten. Die Zähne von Bestien. Es schien mir ein guter Weg, Roger zu seinem Schöpfer zu senden.« Er stieß ein Lachen aus, das mir das Blut in den Adern gefrieren ließ. »Nach den Qualen, die mein Vater seinetwegen erlitten hat, war es das Mindeste, was er verdiente.«

Auf diesen Ausbruch folgte eine an den Nerven zerrende Stille, während seine Worte im Raum verklangen. Sophia, Jerome und ich starrten Thomas einen Augenblick voller Entsetzen an.

»Und da jeder der Universitätsangehörigen scharf beobachtet wurde, begann ich um meine Sicherheit zu fürchten. Was eine ganze Zeit lang in deiner Absicht lag, nicht wahr, mein Freund?«, fügte Jerome sanft hinzu, hob den Kopf und sah Thomas an, der seinem Blick ohne mit der Wimper zu zucken standhielt. Ich beobachtete beide. Meine Nerven waren zum Zerreißen gespannt; ich wusste nicht, wann Thomas furchteinflößender war: wenn er vor Energie pulsierte oder wenn er sich so still verhielt wie eine Katze vor einem Mauseloch.

»Also gingt Ihr in Mercers Kammer, um die Papiere an Euch zu bringen, bevor Thomas es tun konnte?«, fragte ich Jerome, doch er winkte nur ungeduldig ab.

»Ich hatte keine Ahnung, dass Thomas davon wusste. Nachdem Mercer gedroht hatte, mich auffliegen zu lassen, war mir klar, dass mir diese Briefe immer gefährlich werden konnten: Edmund Allens gesamte Korrespondenz mit Reims bezüglich meiner Mission und die *Regnans in Excelsis*-Bulle befanden sich in seinen Händen. Aber mir blieb kaum Zeit, seinen Raum zu durchsuchen, ehe ich aus dem Fenster schaute und Euch über den Hof auf das Turmtreppenhaus zukommen sah. Ich musste mich auf dem Dach des Turms verbergen. Da wusste ich, worin Eure eigentliche Aufgabe in Oxford bestand.« Er nickte viel sagend und stemmte die Hände in die Hüften.

»Ich hatte keine *Aufgabe*«, entrüstete ich mich, obwohl mir das Herz bis zum Hals schlug. »Ich wollte nur herausfinden, warum ein Mann einen so furchtbaren Tod sterben musste – was all seine Kollegen nicht zu interessieren schien. Ich habe lediglich nach Hinweisen dafür gesucht, wen er treffen wollte und warum er so viel Geld bei sich getragen hatte.«

Jerome senkte den Blick. Zum ersten Mal wirkte er schuldbewusst.

»Thomas bat mich nur, Mercer an diesem Morgen in den Hain zu locken. Ich hatte ihm weisgemacht, ich wäre der Ansicht, unter diesen Umständen nach Frankreich zurückkehren zu müssen, und ihn gebeten, mir etwas von dem Geld zurückzugeben, das er im Namen der Mission für mich aufbewahrte, damit ich die Reise bezahlen konnte.«

»Aber was war mit Coverdale?« Ich blickte von Jerome zu Thomas. »Hat er die Affäre mit Sophia ebenfalls herausgefunden?«

»Über Coverdale solltet Ihr lieber Thomas befragen.« Jerome biss die Zähne zusammen.

»Diese Schlange«, flüsterte Thomas. Der Klang seiner Stimme nach seinem langen Schweigen ließ mich zusammenzucken. »Coverdale verlangte vom Rektor, mich von der Universität zu verweisen. Er fürchtete, ich könnte zu viel wissen und sie aus Rache verraten. Aber der Rektor zeigte zumindest ein wenig Mitgefühl und ließ mich bleiben, aber es war Coverdales Schuld, dass ich mein Stipendium verlor und auf *seine* Mildtätigkeit angewiesen war.« Er nickte zu Jerome hinüber. »Nun, James Coverdale hat erfahren, wie Rache aussieht. Er war schon immer ein Feigling, er kreischte wie ein Mädchen, als ich ihm das Rasiermesser zeigte, und bepisste sich.«

»Also habt Ihr beschlossen, auch ihn wie einen Märtyrer darzustellen, weil Ihr seinen Glauben verabscheut habt?«

Thomas lächelte und blinzelte mir zu wie ein Kind, das bei einem Schabernack ertappt worden war.

»Als Jerome mir auftrug, seinen Bogen und die Pfeile zum Tresorraum zu bringen, kam mir die Idee mit dem heiligen Sebastian. Ich dachte, wenn die Todesfälle ein bestimmtes Muster aufwiesen, würde diese Bande noch mehr Angst bekommen.

Ich fragte Doktor Coverdale, ob ich später noch allein mit ihm sprechen könnte. Er hatte Angst, ich wäre gekommen, um mit ihm zu verhandeln, aber er hat nicht im Entferntesten mit dem gerechnet, was dann geschah.« Thomas schlang die Arme um seinen Oberkörper, wiegte sich hin und her und öffnete den Mund zu einem lautlosen Lachen. »Ich brauchte diese Briefe ebenfalls. Diese Kammer hat einst meinem Vater gehört, erinnert Ihr Euch? Ich wusste, wenn ich die Papiere in die richtigen Hände geben könnte, wäre das sein Ende.« Er deutete auf Jerome.

»Das verstehe ich nicht«, erwiderte ich. »Wenn Ihr Jerome auffliegen lassen wolltet, warum habt Ihr dem Rektor nicht längst alles gesagt, was Ihr wisst? Ihr hättet zwei unschuldige Leben retten können.«

Thomas warf mir einen verächtlichen Blick zu.

»Und mein eigenes verlieren? Ich hätte Euch für klüger gehalten, Doktor Bruno. Versteht Ihr denn nicht, dass ich von ihm abhängig war? Ich konnte nichts unternehmen, bevor ich nicht einen anderen Platz für mich gefunden hatte. Und vielleicht kennt Ihr die Gesetze dieses Landes nicht. Einem Jesuiten zu helfen, ihn zu beherbergen oder sonst wie zu unterstützen ist ein Verbrechen, auf das die Todesstrafe steht. Als sein Diener zu leben, seine Shillinge zu nehmen, seine Rolle glaubhaft wirken zu lassen – was ist das denn, wenn keine Hilfe? Und wenn ich nicht kraft des Gesetzes hingerichtet worden wäre, hätte dieser Hurensohn Jenkes mich getötet, wenn ich Gabriel verraten hätte. *Gabriel*, ha! Er hat sogar den Namen eines Erzengels angenommen – aus purem Hochmut!«

»Das Gesicht eines Engels«, wiederholte ich Humphrey Pritchards Worte. »Aber wenn ein anderer, ein Fremder ihn enttarnt, könnt Ihr damit nicht in Verbindung gebracht werden. Ihr musstet diesen Fremden nur mit Euren Zitaten und Diagrammen in die richtige Richtung stoßen.« Ich ließ die Worte im Raum hängen. »Und was ist mit dem armen Ned? Hat er Euren Vater auch verraten?«

»*Ned*?« Sophia, die bislang Thomas' Geständnissen mit einem

Ausdruck wachsenden Entsetzens gelauscht hatte, umklammerte plötzlich Jeromes Arm. »Der kleine Ned Lacy, der Bibeljunge? Er ist doch nicht etwa auch tot?«

Ich nickte grimmig, dabei beobachtete ich Thomas. Sophia schlug die Hände vor das Gesicht.

»Er hat mich mit Sophia in der Bibliothek gesehen, während alle anderen bei der Disputation waren, bevor ich in Coverdales Kammer ging«, erwiderte Thomas achselzuckend. »Dann sah ich, wie Ihr Ned Geld gabt, und wusste nicht, was ich tun sollte. Wenn er nicht früher zurückgekommen wäre, wäre er jetzt noch am Leben. Es war seine eigene Schuld.«

»Aber Ihr konntet nicht widerstehen, einen weiteren Märtyrertod nachzuahmen.« Meine Abscheu wuchs angesichts seiner gleichgültigen Kälte. Thomas lächelte leicht.

»Ich wollte den Rektor bestrafen. Hast du nicht immer gesagt, er würde Foxes Werke mehr lieben als seine Familie, Sophia? Ich habe geschworen, dafür zu sorgen, dass er diese Bücher hassen lernt. Für dich«, fügte er hinzu. »Es war alles nur für dich, eines Tages wirst du das einsehen.«

»Genug!«, rief Sophia mit vor Erregung zitternder Stimme. »Genug geredet, es ist fast Tag, und die Wächter werden zweifellos bereits nach mir suchen. Wir müssen aufbrechen, Jerome. Was geschehen ist, ist geschehen, und es wird alles umsonst sein, wenn wir nicht fliehen, solange wir noch können.« Sie zupfte ihn drängend am Ärmel.

Thomas erwachte plötzlich zum Leben, als sei ein Feuer unter ihm angezündet worden.

»Du wirst nicht in deinen Tod gehen, Sophia«, keuchte er und fixierte sie mit einem wilden Blick, während seine bebende Hand noch immer auf Jerome deutete. »Glaubst du wirklich, er wird dich sicher nach Frankreich bringen? Er hat seiner Mission eine fünfjährige Ausbildung und den größten Teil seines Erbes gewidmet. Bildest du dir ein, er würde das alles deinetwegen opfern? Nein, er strebt wie alle anderen auch das Märtyrertum an. Er plant, dich auf See einen Unfall erleiden zu lassen.«

»Dein Geist ist verwirrt, Thomas«, begann Jerome, trat einen Schritt vor und hob beschwichtigend eine Hand. Thomas sprang zurück.

»Aber das werde ich nicht zulassen!«, schrie er mit schriller Stimme. »Und wenn du meine Warnung nicht beherzigst …«

Der Rest der Drohung blieb unausgesprochen. Stattdessen zog Thomas das Rasiermesser unter seinem Umhang hervor und stürzte sich auf Jerome. Ich riss Humphreys Messer aus meinem Gürtel, aber der Jesuit hatte in der Tat eine gute Ausbildung genossen; ehe ich mich rühren konnte, hatte er Sophia hinter sich geschoben und trat nach Thomas' ausgestrecktem Arm. Thomas verlor einen Moment das Gleichgewicht, ließ das Messer aber nicht fallen, doch dieser kurze Augenblick gab Jerome die Gelegenheit, gleichfalls ein Messer aus seinem Stiefel zu ziehen. Beide Männer umkreisten einander wachsam mit gezückten Waffen und ließen sich nicht aus den Augen, während Sophia einen Schrei unterdrückte und ich das Duell hilflos verfolgte und dabei überlegte, wie ich am besten eingreifen konnte. Aber dazu kam es nicht mehr, denn im nächsten Moment flog die Tür auf, und der Diener Barton kam mit erhobenem Feuerhaken in den Raum gestürmt. Thomas wirbelte mit glühenden Augen herum und hieb mit dem Rasiermesser auf den Arm des Mannes ein, ehe dieser zuschlagen konnte. Barton heulte auf, ließ den Feuerhaken fallen und presste eine Hand auf die Wunde, woraufhin Thomas wie von Sinnen auf ihn losging und ihm mit der Klinge wieder und wieder die Kehle aufschlitzte. Ich warf mich auf Thomas und packte seinen Arm, aber für einen so mageren jungen Mann war er erstaunlich stark, und seine Wut schien ihm übernatürliche Kräfte zu verleihen. Er versuchte, mich abzuschütteln, doch ich ließ ihn nicht los, und Bartons letztes gutturales Stöhnen wurde von Sophias Schreien übertönt, als sein Blut über den Boden strömte. Seine Atemzüge erstarben, als er die Finger in Thomas' Umhang krallte, dann sank er leblos in sich zusammen.

Ich gab Thomas frei und drehte mich zu Sophia um, die ich angesichts der Szene, die sie soeben erlebt hatte, völlig hysterisch vorzufinden erwartete. Aber Jerome hatte die Verwirrung genutzt, um Sophia von hinten zu packen, und hielt sie nun mit einem Arm fest, während er mit seinem Messer in der anderen Hand auf die weiße Haut ihres Halses zielte.

»Lass das Rasiermesser fallen, Thomas«, befahl er so ruhig und gelassen wie ein Lehrer, der einen ungezogenen Schüler zurechtweist. Thomas starrte ihn nur ausdruckslos an. Sein Gesicht, die Arme und die Hände waren mit dem Blut des Dieners bespritzt. Dann trat er einen Schritt vor, und Jerome brachte das Messer näher an Sophias Hals heran. Sophia unterdrückte einen Schrei, kniff die Augen zusammen und schüttelte leicht den Kopf.

»Lasst sie los«, zischte ich, bemüht, Jeromes autoritären Ton nachzuahmen.

»Sie loslassen? Und was tut Ihr dann, Bruno?« Ohne das Messer sinken zu lassen, musterte er mich, als wäre ich eine lästige Fliege. »Habt Ihr Verstärkung mitgebracht?«

»Niemand weiß, dass ich hier bin«, erwiderte ich, obwohl ich keine Ahnung hatte, ob dies der Wahrheit entsprach. Wenn es Cobbetts Boten gelungen war, die Papiere zu Sidney zu bringen, würde dieser dann ein paar Männer zusammentrommeln und nach Hazeley Court kommen? Wie lange würde es dauern, bis sie hier waren? Aber die Chance, dass Slythurst einen Boten ungehindert die Universität hatte verlassen lassen, war äußerst gering.

Als hätte er meine Gedanken gelesen, schüttelte Jerome ungeduldig den Kopf.

»Egal, sie werden ohnehin zu spät kommen. Ein für alle Mal, werft eure Waffen auf den Boden.« Er hob die Hand, die das Messer hielt, als wolle er zustechen. Thomas warf mir einen flüchtigen Blick zu, dann schleuderte er das Rasiermesser von sich, das klirrend zu Boden fiel, bevor Stille eintrat. Ich schielte zu Sophia, die jetzt die Augen wieder geöffnet hatte und mich mit einer Mischung aus Verzweiflung, Furcht und Verunsicherung ansah, dann ließ auch ich mein Messer fallen.

Jerome nickte.

»Gut. Ihr bleibt jetzt hier und verhaltet euch ruhig, bevor doch noch jemand verletzt wird.« Er schob Sophia auf die Tür zum Westturm zu, hielt ihr dabei aber immer noch das Messer an den Hals. Dann versetzte er ihr einen unsanften Stoß und schloss die Tür mit einem Tritt hinter sich. Thomas stieß einen Wutschrei aus und rannte auf die Schwelle zu.

»Damit kommst du nicht durch!«, brüllte er, ehe er sich anschickte, den beiden zu folgen. Zu meiner Überraschung trieb Jerome Sophia die Treppe hinauf, nicht hinunter. Als Thomas sie erreichte, trat Jerome nach ihm und traf ihn am Kiefer, sodass er mit blutendem Mund zurücktaumelte und gegen mich prallte.

Thomas rappelte sich unbeirrt hoch, stürmte die schmale Treppe hinauf und versuchte, Jeromes Knöchel zu packen. Dieser trat erneut nach ihm, während ich ihnen folgte und nur kurz innehielt, um mein Messer vom Boden aufzuheben. Irgendwo über uns hallte plötzlich Sophias Stimme wider, sie schrie laut auf, als litte sie Schmerzen. Ich versetzte Thomas von unten einen Schlag gegen die Wade.

»Er bedroht sie immer noch mit dem Messer«, zischte ich. »Handelt jetzt in Gottes Namen nicht unüberlegt.«

Es kostete uns viel Kraft, die steile Treppe zu bewältigen. Einmal hörte ich Sophia stöhnen: »Ich kann nicht mehr«, und Jerome antworten: »Vertrau mir«, doch die Stimmen wurden durch den Echohall gedämpft. Meine Beine begannen zu zittern, als wir immer höher kletterten, vorbei an kleinen kreuzförmigen Fenstern, die Ausblicke auf den Park und den Wald des Herrenhauses boten. Jerome trieb Sophia unerbittlich weiter, und Thomas und ich folgen ihnen, bis ein kalter Luftzug mein Gesicht streifte und ich begriff, dass das Ziel des Priesters die Brustwehr war. Mein Magen krampfte sich zusammen, während ich mir vorzustellen versuchte, was er vorhaben mochte, und überlegte, ob wir alle lebend zurückkehren würden.

Ich trat hinter Thomas auf eine vielleicht zwölf Fuß breite, von acht zinnenbewehrten Mauern, die einem Mann bis zur Brust reichten, umgebene Plattform hinaus. Dahinter konnte ich die Kutschenauffahrt und den Feldweg sehen, über den ich mich dem Haus genähert hatte. Der Wald erstreckte sich wie ein grüner Baldachin unter uns, dahinter schimmerten in der Ferne die blauen Hügel im frühen Tageslicht. In dieser Höhe, über hundert Fuß über dem Boden, pfiff der Wind schrill in meinen Ohren und fegte über das Dach des Turms. Auf der anderen Seite der Plattform hielt Jerome Sophia erneut das Messer an die Kehle. Sein Haar peitschte über ihr Gesicht, sein Blick heftete sich auf Thomas.

»Komm schon, Thomas«, forderte er ihn heraus. »Du willst sie doch retten, oder?«

Thomas zögerte einen Moment, dann sah ich, wie sich sein Körper anspannte, während er abschätzte, wie schnell er sich im Vergleich zu Jerome bewegen konnte. Sophia wimmerte leise. Ihre Augen wanderten von Thomas zu mir und dann zu dem Mann, dessen Arme sie umschlangen – nicht zum ersten Mal, aber jetzt mit ganz anderer Absicht. Ihr verwirrter, entsetzter Gesichtsausdruck verriet mir, dass sie nicht wusste, ob Jerome es ernst meinte oder nur schauspielerte, um Thomas in die Falle zu locken. Ich streckte eine Hand aus, um den jungen Mann zurückzuhalten, doch in diesem Moment fasste er einen Entschluss, stürzte sich auf seinen früheren Herrn und warf sich mit voller Wucht gegen ihn. Jerome stieß Sophia zu Boden und stach mit dem Messer nach Thomas, doch dieser wich geschickt aus und packte Jeromes erhobenen Arm. Einen Moment bildeten ihre beiden vor Anstrengung zitternden Arme einen Bogen in der Luft, das Messer blitzte silbern auf, dann rammte Thomas Jerome ein Knie in den Unterleib. Der Priester rang nach Atem und krümmte sich, die Anspannung in seinem Arm ließ einen Augenblick nach, was Thomas dazu nutzte, ihn fest ins Handgelenk zu beißen, sodass er das Messer fallen ließ. Doch ehe Thomas es aufheben konnte, krallte Jerome die Finger in sein Haar, riss seinen Kopf zurück und schlug ihm mit aller Kraft ins Gesicht.

Ein Blutschwall schoss aus Thomas' Nase. Er versuchte zurückzuschlagen, doch Jerome schmetterte ihm erneut die Faust gegen das Kinn, woraufhin Thomas gefährlich nah an die Brustwehr zurückgeschleudert wurde.

Sophia hatte sich an die schützende Mauer gerollt. Ich kauerte mich neben sie und nickte zum Treppenhaus hinüber, aber sie schüttelte nur stumm den Kopf. Ihre Augen waren glasig vor Furcht und doch unverwandt auf den Kampf auf Leben und Tod vor uns gerichtet. Langsam, um keine Aufmerksamkeit zu erregen, zog ich Jeromes Messer zu mir heran, ohne die Kämpfenden aus den Augen zu lassen. Thomas, der jetzt übel zugerichtet war und blutete, bot seine letzte Kraft auf und schloss eine Hand um Jeromes Hals. Das Gesicht des Priesters verzerrte sich vor Wut, er ließ Thomas' Haar los und krallte beide Hände um die Kehle des jungen Mannes. Die beiden Gegner begannen einen seltsamen, intimen Tanz zu vollführen, einer folgte den Schritten des anderen, beide würgten und keuchten mit zusammengebissenen Zähnen, und ihre Gesichter liefen rot an. Endlich gelang es Jerome, der stärker und schwerer war, Thomas in eine Lücke zwischen den Zinnen zu drängen. Thomas spürte die Mauer in seinem Rücken und verstärkte seinen Griff um Jeromes Hals, doch Jerome setzte jetzt sein ganzes Gewicht ein, um Thomas in die Lücke zu stoßen. Einen Moment lang dachte ich, beide würden gemeinsam in den Tod stürzen. Doch plötzlich sprang Sophia auf. Ehe ich begriff, was sie vorhatte, entriss sie mir Jeromes Messer, rannte auf die Kämpfenden zu und stach ein Mal kräftig in Thomas' rechte Hand, mit der er noch immer Jeromes Hals umklammerte.

Thomas schrie auf und lockerte unfreiwillig seinen Griff. Im selben Moment ließ Jerome seinerseits Thomas' Kehle los, stemmte sich gegen die Brüstung und versetzte seinem Gegner einen heftigen Stoß gegen die Brust. Thomas stieß einen gellenden Schrei aus, seine Hände griffen einen Augenblick ins Leere, dann taumelte er zurück und verschwand aus unserem Blickfeld. Sein letzter Schrei verhallte, als er in die Tiefe stürzte und dumpf auf dem Boden aufschlug. Ich hätte mich gern über die Brüstung gebeugt und nach unten gespäht, wahrte aber Abstand zu der Brustwehr, da ich Angst hatte, Jerome den Rücken zuzukehren. Sophia brach schluchzend in seinen Armen zusammen und begann am ganzen Leib zu zittern. Er entwand ihr sanft das Messer, stützte sein Kinn auf ihren Scheitel und atmete hastig und abgehackt. Dann sah er mich an. Die Wut war aus seinem Gesicht gewichen und hatte abgrundtiefer Erschöpfung Platz gemacht. Dann rieb er sich die Kehle und verdrehte den Hals, um die Schmerzen zu lindern.

»Es musste früher oder später so kommen«, krächzte er nahezu unhörbar. »Er hätte irgendwann alles herausgefunden, und dann hätte er mich zusammen mit sich selbst vernichtet.«

»Wir haben ihn umgebracht.« Sophia löste ihr tränenüberströmtes Gesicht von Jeromes Schulter. »O Gott, wir haben ihn getötet! Der arme Thomas, er war einst mein einziger Freund. Wird Gott uns das je vergeben?« Sie blickte zum Himmel empor, der jetzt blaue Streifen aufwies. Der größte Teil der Regenwolken zog Richtung Horizont davon.

»Er hat drei Menschen umgebracht«, gab Jerome, der noch immer seinen Hals rieb, heiser zu bedenken. »Und er hätte auch mich getötet. Wir kämpfen einen heiligen Krieg, vergiss das nicht. Diejenigen zu töten, die sich Gottes Reich entgegenstellen, ist kein Mord.«

»Lernt man das in Reims?«, fragte ich bissig. Ich hatte mich inzwischen wieder etwas erholt und steuerte jetzt auf das Treppenhaus zu. Nun, wo Jerome sein Messer wieder an sich gebracht hatte, wurde mir erneut bewusst, wie verwundbar ich war. Ich wollte um keinen Preis dasselbe Schicksal erleiden wie Thomas, aber es war klar, dass sich Sophia nicht gegen Jerome stellen würde, und ich hegte kaum Hoffnung, dass er mich unbehelligt meiner Wege gehen lassen würde.

»Und was ist mit Sophia?«, fügte ich hinzu. »Wäre es auch kein Mord gewesen, sie zu töten, bevor sie Frankreich erreicht? Steht sie Gottes Reich gleichfalls im Weg?«

Jerome lachte abrupt auf und zuckte dann zusammen, weil seine Kehle schmerzte.

»Ihr habt doch selbst gesehen, wie verwirrt der Geist dieses Jungen war, Doktor Bruno. Nachdem er einmal seine Hände mit Mord besudelt hatte, begann er zu glauben, der Rest der Welt wäre ebenfalls nur auf das Töten aus. Er hatte den Verstand verloren.«

Er trat auf mich zu. Ich wich zurück, prallte aber plötzlich mit einem anderen Körper zusammen, fuhr herum und stellte fest, dass die Tür zur Treppe von zwei stämmigen livrierten Dienern versperrt wurde. Einer von ihnen, der ein gutes Stück größer war als ich, packte meinen Arm und drehte ihn mir auf den Rücken, was einen weiß glühenden Schmerz durch meine Schulter jagte. Diesmal leistete ich keinen Widerstand. Ich hatte begriffen, dass ich nicht entkommen konnte. Wenn der Jesuit kein Erbarmen zeigte, gab es für mich kaum noch Hoffnung.

20

»Ich frage Euch noch einmal, Bruno, wer weiß sonst noch, dass Ihr hier seid?« Jerome umkreiste mich. Seine Augen flackerten vor Ungeduld.

»Niemand«, knirschte ich mit zusammengebissenen Zähnen.

»Wo sind die Papiere, die Ihr aus meiner Kammer genommen habt? Die, die Thomas dort deponiert hat, damit Ihr sie findet?«

Ich schüttelte den Kopf.

»Ich habe sie in meiner eigenen Kammer versteckt. Niemand weiß, dass sie dort sind.«

Jerome runzelte die Stirn.

»Er lügt«, sagte er nach einer Weile zu dem Diener. »Hört zu, wir haben nicht mehr viel Zeit. Du …« Er winkte den zweiten Mann zu sich. »Du gehst zu Lady Eleanor und richtest ihr aus, dass sie sich auf einen Besuch der königlichen Unterherolde vorbereiten soll. Bitte sie, einen schnellen Reiter zu Rowland Jenkes in die Catte Street zu schicken. Jenkes soll so schnell wie möglich herkommen. Ich muss Sophia in Sicherheit bringen; ihr Vater wird inzwischen Leute ausgesandt haben, um sie zu suchen. Dann muss ich nach Oxford zurückkehren. Dieser Mann«, er nickte in meine Richtung, »muss am Leben bleiben, bis Jenkes eintrifft. Er reist mit einer königlichen Abordnung; nichts an seinem Tod darf auf irgendeine Weise auf uns hindeuten. Es muss wie ein Überfall von Straßenräubern oder etwas Ähnliches aussehen. Aber erst muss Jenkes mit ihm sprechen. Er wird froh sein, Euch wiederzusehen, nicht wahr, Doktor Bruno?«

»Sophia, er will Euch töten«, platzte ich heraus, als Jerome den Dienern bedeutete, mich die Stufen hinunterzustoßen. »Ihr glaubt vielleicht, ihm liegt etwas an Euch«, beschwor ich sie verzweifelt, »aber Ihr habt es doch mit eigenen Ohren gehört: Er meint, eine Dispensation von Gott selbst zu haben, die ihm gestattet, alle zu beseitigen, die seiner Mission im Weg stehen. Geht zu Eurer Familie zurück. Sie werden Euch verstehen und vergeben, da bin ich ganz sicher.«

Der Diener zog mich warnend am Arm und zerrte mich zu den Stufen.

»Ich kann nicht, Bruno!«, rief Sophia mit brechender Stimme. »Ich kann nicht mehr zurück, nie wieder. Abgesehen von dem Kind bin ich auch noch zur Kirche Roms übergetreten, ich würde nur in einem stinkenden Gefängnis gefoltert werden, bis ich alle meine Freunde verrate. Das Kind würde höchstwahrscheinlich sterben und ich mich am Ende auch nach dem Tod sehnen.«

»Das wird nicht passieren«, erwiderte ich so laut, dass meine Stimme von den Wänden widerhallte und der Diener mir einen Schlag gegen den Hinterkopf versetzte. »Ich werde Euch helfen, ich habe Freunde …«

»Ihr wollt ihr helfen, Bruno«, flutete Jeromes spöttische Stimme die Stufen hinunter. »O ja, Ihr habt einflussreiche Freunde, daran hege ich keinen Zweifel. Aber sie sind nicht hier, und Ihr könnt Euch nicht mit ihnen in Verbindung setzen, egal wie viel Ihr ihnen bereits erzählt habt.«

Als wir das Stockwerk erreichten, wo sich das Treppenhaus in den großen Torhausraum öffnete, schleiften mich meine Häscher dort hinein und warteten auf Jerome. Sophia folgte ihm. Ihr Kleid war zerknittert und ihr Gesicht blass und verquollen. Sie warf mir einen gequälten Blick zu.

»Fesselt ihn«, befahl Jerome knapp, dann richtete er das Messer auf mich. »Holt Stricke und ein Tuch als Knebel, ich werde ihn so lange bewachen. Selbst wenn er einen Fluchtversuch wagen sollte, wird er nicht weit kommen.«

Der stämmige Diener gab meinen Arm frei, den ich allerdings vor Schmerz kaum bewegen konnte. Als er mit seinem Kameraden verschwunden war, trat Jerome zu mir und winkte mit dem Messer.

»Kommt, Bruno, ich möchte Euch etwas zeigen«, sagte er lächelnd. »Bitte macht alles nicht noch schlimmer, indem Ihr zu fliehen versucht, denn dann müsste ich Euch verletzen, und das möchte ich vermeiden.«

Er bedeutete mir, ihm zu der gegenüberliegenden Tür zum Ostturm zu folgen, wo er und Sophia sich bei unserer Ankunft verborgen gehalten hatten.

Statt zu einem Treppenhaus führte diese Tür in einen Raum, der von einem hohen Fenster in jeder der sechs Außenwände erleuchtet wurde. In ihm befand sich eine weitere schmale Tür, hinter der ein kleiner, niedriger Raum lag, der wohl einst als Kleiderstube oder Abtritt gedient hatte. Jetzt war er fast leer, er war aus Ziegeln gemauert, der Boden war mit irdenen Fliesen ausgelegt, und er wurde von zwei an der Wand befestigten Kerzen erleuchtet. In der hinteren Wand befand sich eine türhohe Nische von einer Größe, die darauf schließen ließ, dass sie einst einen kleinen Altar beherbergt hatte. Jerome lehnte sich gegen die innere Wand der Nische, presste den Absatz fest gegen die hinterste Bodenfliese und trat zurück, als sich die unter den Fliesen verborgene Falltür geräuschlos öffnete. Die Klappe bestand aus zwei zusammengenagelten soliden Eichenholzplatten. War sie geschlossen, war sie unter den Fliesen nicht zu erkennen, und kein Priesterjäger würde, wenn er darauf klopfte, ein hohles Geräusch darunter hören.

»Willkommen in meinem geheimen Heim.« Jerome fuchtelte mit seinem Messer herum. »Noch nicht einmal fünf der Diener wissen von diesem Versteck. Es ist in die Mauern des Hauses eingebaut und von keiner Seite zu entdecken. Ihr werdet es überraschend bequem finden.«

»Master Owens Werk?«, fragte ich.

Jerome warf mir einen Seitenblick zu.

»Sehr gut. Wie ich sehe, habt Ihr viel gelernt, Bruno. Die Frage ist nur: Wie viel habt Ihr davon weitergegeben?«

»Ich verstehe Euch nicht«, erwiderte ich. Jerome schnalzte ungeduldig mit der Zunge, doch ehe er etwas sagen konnte, hörten wir Schritte auf den Stufen, und der stämmige Diener kam mit einem Strick zurück. Mein Magen zog sich schmerzhaft zusammen.

»Fessel seine Hände«, schnarrte Jerome, dabei hob er das Messer zu meinem Gesicht. »Aber so, dass sich der Strick nicht lösen kann. Dieser Mann hier kann durch Mauselöcher schlüpfen. Es wäre besser für Euch, wenn Ihr keinen Widerstand leisten würdet, Bruno.«

Das hatte ich auch nicht vor; nach den Ereignissen dieser Nacht brachte ich nicht mehr die Kraft dazu auf. Meine linke Schulter war so stark verrenkt, dass sie gar kein Teil meines Körpers mehr zu sein schien. Ich streckte die Arme vor, und als meine Handgelenke ein zweites Mal gefesselt wurden, kam mir diese Haltung schon fast vertraut vor.

»Gib mir den Strick, und dann geh und hilf, alle Spuren unserer Anwesenheit zu beseitigen, und bereite alle auf die Ankunft der Unterherolde vor«, befahl Jerome dem Diener. »Ich bringe das hier zu Ende, Sophia, sag Lady Eleanor, dass wir Pferde brauchen. Ich reite mit dir nach Abingdon, ich habe Kontaktmänner dort, die dich zu dem Schiff begleiten werden. Und Ihr …« Er wandte sich an mich und stieß mich auf das Loch im Boden der Nische zu. »Dort hinein.«

Sophia zögerte, als ließe sie mich nur widerstrebend mit ihm allein.

»Jerome, tu ihm nichts zuleide. Er ist freundlich zu mir gewesen.«

»Daran hege ich keinen Zweifel«, entgegnete Jerome mit steinernem Gesicht.

Ich ließ mich unbeholfen auf den Rand des Loches sinken, da es mir mit meinen gefesselten Händen schwerfiel, das Gleichgewicht zu halten, und warf einen letzten Blick auf Sophias aschfahles Gesicht, ehe ich nach den tiefen Furchen in der hölzernen Schwelle tastete, um mich daran festzukrallen. Dann rutschte ich unbeholfen durch das Loch. Jerome half mit einem Stoß nach, der bewirkte, dass ich mit meiner verletzten Schulter hart auf dem Ziegelfußboden des Gewölbes unter mir aufschlug. Er nahm eine der Kerzen von der Wand und folgte mir mit katzenhafter Geschmeidigkeit, dabei schützte er die Kerzenflamme mit seiner rechten Hand. Über seine Schulter hatte er sich einen Strick und ein Stück Tuch geworfen.

Im flackernden Kerzenschein stellte ich fest, dass wir uns in einem überraschend geräumigen Hohlraum befanden, der dort in den Winkel der Mauer eingebaut zu sein schien, wo der Ostflügel des Hauses an den Ostturm des Torhauses grenzte. Er war hoch genug, dass ein Mann darin stehen konnte. In einer Nische am Ende standen eine Holzbank und darunter eine mit Eisenbändern beschlagene kleine Truhe. Ich presste mich mit dem Rücken gegen die Wand und zog mich auf die Füße. Jerome stellte die Kerze auf den Boden und deutete auf die Bank. Ich humpelte darauf zu und setzte mich. Obwohl ich für die kurze Ruhepause dankbar war, spürte ich schon, wie meine alte Angst, auf engstem Raum eingeschlossen zu sein, wieder hochkam. Meine Atemzüge wurden rascher und flacher, und ich wusste, dass ich, wenn Jerome die Falltür schloss und mich hier unten allein ließ, bald ganz vergessen würde, wie man normal atmete. Jerome musterte mich mit einem Ausdruck, der, wie ich hoffte, auf Mitgefühl schließen ließ, und drehte den Strick zwischen den Händen, als überlege er, wie er nun weiter vorgehen sollte.

»Es gefällt Euch hier nicht«, bemerkte er, da ihm nicht entging, wie meine Nasenflügel vor der Anstrengung bebten, Ruhe zu bewahren. »Ich lasse mich auch nicht gerne einschließen, aber ich musste es schon mehrfach ertragen. Einmal habe ich während eines Überfalls vier Stunden hier drinnen verbracht.« Er erschauerte bei der Erinnerung.

»Ich nehme an, man erträgt vieles, wenn die Alternative ein aufgeschlitzter Bauch ist.«

Jerome bestätigte dies mit einem schwachen Lächeln, dann kauerte er sich vor mich und sah mich ernst an.

»Was habt Ihr mit den Briefen gemacht, Bruno? Ich muss es wissen. Und wem habt Ihr noch von mir erzählt?«

»Die Briefe befinden sich in meiner Kammer, das habe ich Euch doch schon gesagt. Und was Euch betrifft, ich bin erst heute Nacht hinter Eure wahre Identität gekommen und habe seither mit niemandem mehr gesprochen.«

»Und ich behaupte, Ihr lügt.« Jerome erhob sich ungeduldig. »Aber das macht nichts, Jenkes wird die Wahrheit schon aus Euch herausbringen. Er ist in dieser grausigen Kunst so bewandert wie die Schergen der Königin. Wusstet Ihr, dass er in seiner Jugend ein Söldner war? Es gibt nicht viel, was er nicht über Schmerzen weiß – darüber, sie zuzufügen, und darüber, sie zu ertragen.« Er maß mich mit einem viel sagenden Blick und wandte sich ab. »Menschen mussten sterben, um mein Geheimnis zu bewahren, Bruno. Wenn Ihr jemanden auf meine Spur gesetzt habt, müssen meine Freunde und ich unbedingt wissen, wann und wo wir auf der Hut sein müssen.«

»In Oxford wurden direkt unter meiner Nase drei Männer getötet. Ich wollte nur herausfinden, was geschehen ist. Nach heimlichen Priestern habe ich nie gesucht.«

»Nicht?« Er sah mich lange an. Das Kerzenlicht fiel von unten auf seine hohen Wangenknochen, sodass sein Gesicht wie eine geschnitzte Maske wirkte, deren Konturen sich im Schein der tanzenden Flamme veränderten. »Die katholische Kirche hat Euer Leben bedroht – strebt Ihr nicht nach Rache? Habt Ihr Euren Hass nicht der protestantischen Sache verkauft, um die Kirche zu bekämpfen, die Euch verfolgt hat?«

»Nein«, erwiderte ich schlicht. »Ich hasse niemanden. Ich möchte nur in Ruhe gelassen werden, um die Mysterien des Universums auf meine Weise verstehen zu lernen.«

»Gott hat uns diese Mysterien bereits dargelegt, oder zumindest so viel davon, wie Er uns zu verstehen erlaubt. Haltet Ihr Euren Weg für besser?«

»Jedenfalls für besser als diese Glaubenskriege, die Männer in Europa seit fünfzig Jahren dazu bringen, einander zu verbrennen oder zu foltern.«

»Woran glaubt Ihr denn nun eigentlich?«

Ich sah ihn an.

»Ich glaube daran, dass am Ende sogar die Teufel Vergebung erlangen.«

»Ah, *Toleranz.*« Jerome betonte das Wort, als habe er soeben eine schlechte Olive verspeist. »Kompromisse. Ja, es gibt in den Seminaren viele, die sich auch dafür aussprechen würden; sie begreifen nicht, dass diese Toleranz mit der These gleichzusetzen ist, dass es kein Recht und kein Unrecht, keine Wahrheit und keine Ketzerei gibt. Gott sei Dank lehnt mein Orden solche Abweichungen vom wahren Glauben strikt ab. Wisst Ihr nicht, dass die Zahl der Unseren umso stetiger wächst, je stärker die Katholiken und Priester in England verfolgt werden? Eure Toleranz würde in zwanzig Tagen zerstören, was in zwanzig leidvollen Jahren aufgebaut wurde.«

»Also geht das heilige Blutvergießen weiter«, stellte ich sachlich fest. »Männer und Frauen stürzen sich kopfüber in die Arme der Henker. Ist das nun Märtyrertum oder Selbstmord?«

Jerome lächelte nur nachsichtig.

»Wisst Ihr, wie wir England im Rahmen unserer Mission nennen?« Er legte eine Kunstpause ein. »›Die Vorkammer des Todes‹. Ich habe nie daran gezweifelt, wie das alles für mich enden wird, aber erst muss eine Ernte an Seelen eingebracht werden. Vielleicht ist ja die Eure auch darunter, Bruno.«

Er griff in sein Hemd und zog eine Silberkette hervor, an der ein kleiner Schlüssel hing, dann kniete er erneut zu meinen Füßen nieder und zerrte die Truhe unter der Bank hervor. Er öffnete das Schloss, entnahm ihr zwei Phiolen mit heiligem Öl, kauerte sich auf seine Fersen und sah mich eindringlich an.

»Ich muss eines klarstellen, Bruno.« Er hob eine der Phiolen hoch, damit ich sie besser sehen konnte. »Ihr werdet sterben.

Ich weiß nicht, was Ihr bereits zu anderen gesagt oder nicht gesagt habt, aber alles, was Ihr in dieser Nacht gesehen habt, macht Euch zu einer Gefahr für Gottes Werk, das hier vollbracht wird. Doch ich will Euch in Euren letzten Momenten Trost spenden.« Er hielt mir eine Hand hin. »Beichtet, bereut Eure Ketzerei und versöhnt Euch mit der Kirche, dann kann ich Euch als Jesuit die Absolution erteilen.«

Er sprach so ernst und überzeugt, dass ich wider Willen lachen musste.

»*Ihr*, Vater Jerome, Ihr wollt mir die Absolution erteilen? Ihr, der Ihr ein Kind gezeugt habt und dessen Mutter ebenso wie zwei andere Männer töten wollt, nur damit Euer Ruf keinen Schaden nimmt? Meine Ketzerei bestand darin, ein paar Bücher über Astronomie und Philosophie gelesen zu haben. Wenn Ihr recht habt und Gott am Tag des Jüngsten Gerichts unsere Seelen auf die Waagschale legt, welche wird dann wohl schwerer wiegen, die Eure oder die meine?«

Jerome schlug einen Moment die Augen nieder, dann gab er meinen Blick fast trotzig zurück.

»Als Luzifer Christus in der Wildnis in Versuchung führte, versuchte er ihn da mit Frauen, mit den Sünden des Fleisches? Nein, er tat es mit der Sünde des Stolzes. Er forderte ihn heraus, sich mit Gott gleichzusetzen. Ich habe gesündigt, aber meine Sünden waren Sünden des Fleisches, für die das Fleisch büßen wird. Ihr hingegen maßt Euch mit der Arroganz Eures Intellekts an, das Universum neu zu gestalten, die Erde aus der Mitte von Gottes Schöpfung herauszureißen, wohin sie Seinem Wort und den Lehren unserer Väter zufolge gehört. Ihr seid der wahre Abkömmling der gefallenen Engel, Bruno.«

»Ich ziehe eine solche Abstammung der von Kain vor«, versetzte ich. »Selbst wenn ich mich mit der Kirche versöhnen wollte, würde ich die Absolution nicht von einem Mann wie Euch entgegennehmen.«

»Wie Ihr wünscht.« Achselzuckend legte er die Phiolen in die Truhe zurück. Nachdem er sie wieder verschlossen hatte, schob er den Schlüssel unter sein Hemd, erhob sich und stellte sich mir mit in die Hüften gestemmten Händen gegenüber. »Es ist seltsam, dass ich ausgerechnet Euch bewundere, Bruno, aber ich empfinde eine eigenartige Seelenverwandtschaft mit Euch. Unter anderen Umständen hätte ich es genossen, mit Euch zu diskutieren, ich bin zunächst und vor allem für theologische Debatten ausgebildet worden, und Ihr wärt ein würdiger Gegner gewesen.« Er lächelte traurig. »Wir sind uns sehr ähnlich, denke ich, obwohl wir auf verschiedenen Seiten der großen Kluft stehen. Trotz Eures Geredes von Toleranz seid Ihr genauso wenig zu Kompromissen bereit wie ich. Ihr habt um Eurer Überzeugungen willen viel auf Euch genommen, genau wie ich, und Ihr werdet gefasst in den Tod gehen, so wie ich es tun werde, wenn meine Zeit kommt. Deswegen kann ich nicht anders, als Euch zu respektieren und zu wünschen, Ihr wärt einer von uns gewesen.«

»Dann lasst mich Euch aufgrund unserer Seelenverwandtschaft an Stelle der Absolution um etwas anderes bitten, Vater«, warf ich rasch ein. Er sah mich fragend an, und ich fuhr fort: »Lasst Sophia nach Hause zurückkehren. Weicht von dem Kurs ab, den Ihr eingeschlagen habt, und rettet wenigstens ein unschuldiges Leben.«

Jerome seufzte. Ein Schauer schien durch seinen Körper zu laufen.

»Ihr habt nichts verstanden, nicht wahr, Bruno? Sie hat kein Heim mehr. In Oxford gibt es keine Zukunft für sie. Sie wird von ihrer Familie verstoßen werden, weil sie zum alten Glauben konvertiert ist, und von den Katholiken als gefallene Frau verachtet werden.«

»Sie ist allein Euretwegen eine Katholikin und eine entehrte Frau«, knirschte ich, dabei versuchte ich auf die Füße zu gelangen, obwohl ich nichts tun konnte, außer mit meinen gefesselten Händen zu gestikulieren. »Ist es recht, sich ihrer zu entledigen, damit Ihr Euer Werk fortsetzen könnt? Ihre Sünden sind Eure Sünden, *Vater*!«

»Glaubt Ihr, das weiß ich nicht?« Plötzlich packte er meine Handgelenke und brachte sein Gesicht nah an das meine heran, und zum ersten Mal bemerkte ich den Gefühlsaufruhr, der hinter seiner gelassenen Fassade tobte.

»Ihr scheint keine große Reue zu empfinden«, bemerkte ich.

»Reue?« Er starrte mich an, dann gab er mit einem erstickten, verzweifelten Lachen meine Hände frei. »Oh, ich kann Euch Reuebeweise zeigen, Bruno.« Er begann sein Wams aufzuknöpfen, während ich auf die Bank zurücksank und zusah, wie er sein kostbares Seidenhemd öffnete und den Blick auf ein Hemd aus rauem schwarzem Tierhaar freigab. Er schnürte es auf und zog es sich stumm zusammenzuckend über den Kopf.

»Hier seht Ihr meine Reue.« Er drehte sich langsam um.

Einen Augenblick betrachtete ich seinen breiten nackten Rücken und die zerfetzte, blutige Haut, die sich darüber spannte. Einige Wunden waren frisch und nässten noch; die Metallhaken der Peitsche hatten große Stücke aus seinem Fleisch gerissen und wulstige Narben hinterlassen. Übelkeit stieg in mir auf. Auf meinen Reisen durch Italien hatte ich schon oft Büßer gesehen und mich immer gewundert, wie sich Menschen selbst solche Qualen zufügen konnten, weil sie meinten, Gott verlange es von ihnen. Ich sog zischend den Atem ein und wandte mich ab, doch er fuhr herum, um mir wieder ins Gesicht sehen zu können. Irgendetwas in ihm war zerbrochen; seine Augen glänzten vor Wut und Tränen.

»Ist das Reue genug für Euch? Habt Ihr geglaubt, ich liebe sie nicht? Wisst Ihr, wie es mich innerlich zerrissen hat, zwischen meinen Gelübden und meinen Gefühlen für sie wählen zu müssen?«

»Wenn Ihr sie liebt, dann opfert sie nicht«, gab ich sanft zurück.

»Um der Liebe Christi willen, Bruno, ich opfere sie doch gar nicht!«, rief er, dabei fuhr er sich mit beiden Händen durch die Haare. »Sie wird sicher nach Frankreich gebracht.«

»Ich denke, Ihr lügt«, gab ich zurück.

Er holte tief Atem, um seine Emotionen unter Kontrolle zu bekommen, dann fixierte er mich erneut mit einem eindringlichen Blick.

»Dann stehen wir uns ja in nichts nach.« Er streifte das härene Hemd wieder über, biss die Zähne zusammen, als es seine wunde Haut berührte, knöpfte sein Seidenhemd zu und schlüpfte in sein Wams, ohne mich dabei aus den Augen zu lassen. Danach bückte er sich, um den Strick aufzuheben, und fesselte meine Fußknöchel – nicht schmerzhaft, aber fest. »Lebt wohl, Bruno«, sagte er, blieb vor mir stehen und betrachtete mich bekümmert, ehe er mit einer brüsken Bewegung die Tränenspuren von seinen Wangen wischte. »Es tut mir aufrichtig leid, dass es so enden musste. Ich werde beten, dass sich Gott Eurer Seele annimmt.«

Er griff nach dem Tuch, das er mitgebracht hatte, und schickte sich an, mich zu knebeln.

»Die Falltür lässt sich von innen nicht öffnen«, bemerkte er. »Und die Wände sind so dick, dass niemand Euch schreien hört, aber vorsichtshalber ...«

»Jerome, wartet«, bat ich, eine Hand hebend.

»Ja?« In seinen Augen leuchtete eine fast rührende Hoffnung auf. Vielleicht glaubte er, ich hätte meine Meinung bezüglich der Absolution geändert.

»Lasst mir das Licht da«, flüsterte ich mit zitternder Stimme.

Er nickte knapp, bevor er mir das Tuch über den Mund band, dann wandte er sich ab und trat zu der Öffnung, die in den kleinen Raum führte. Ich sah zu, wie seine teuren Lederstiefel in dem Lichtquadrat verschwanden, ehe die Luke nahezu unhörbar geschlossen wurde und ich allein zurückblieb, eingemauert in die Wand des Hauses, unfähig, mich zu bewegen oder zu sprechen, und mir vorkam wie lebendig begraben.

Das Letzte, woran ich mich erinnere, ist, dass ich sogar erleichtert gewesen wäre, Jenkes zu sehen, während ich gegen das Gefühl ankämpfte, dass meine Brust bis zum Bersten anschwoll und mein Atem hinter meinen Rippen gefangen war wie ich in dem Priesterloch; das Bild, das die flackernde Kerze zeichnete, wurde immer verschwommener, ich verlor alles Empfinden in Armen und Beinen, und mich überkam eine seltsame, willkommene Leichtigkeit, als befände ich mich unter Wasser, das mich aus dem flackernden Licht in die Dunkelheit trug.

21

Ich kam abrupt wieder zu mir, als ich hart mit der Seite auf dem Ziegelboden aufschlug. Die Kerze war schon lange heruntergebrannt, aber durch die offene Falltür fiel schwaches Licht. Ich blinzelte, konnte aber nur Schatten wahrnehmen. Ein Paar kräftiger Arme zerrte mich zu der Luke hoch, wo mich andere Hände unter den Achseln packten und mich aus dem Loch zogen. Benommen und nur halb bei Bewusstsein, wie ich war, zwinkerte ich und versuchte, die Augen zu öffnen. Ich erwartete, in das triumphierende Gesicht von Rowland Jenkes zu blicken, aber der Mann, der mich aus dem Versteck befreit hatte, trug eine Art Soldatenuniform, die ich nicht kannte. Er stieß mich unsanft die Stufen zu der jetzt von hellem Sonnenlicht erleuchteten Kammer hinunter. Ich stolperte und landete vor den Füßen eines kleinen, hellhaarigen Mannes mit einem Fuchsgesicht und einem sauber gestutzten Bart. Der Mann, der ein grünes Wams trug, strich sich über den Bart, musterte mich einen Moment befriedigt und nickte dann. Sein Kamerad in der Soldatenuniform griff nach seinem Dolch und hob ihn zu meinem Gesicht. Ich versuchte, den Kopf wegzudrehen und durch den Knebel zu schreien, doch der Soldat schob die Klinge nur unter das Tuch, schnitt es durch und entfernte die Überreste von meinem Mund.

»Das ist er, Sir«, erklang eine andere Stimme. Ich blickte auf und erkannte den Mann, der mir das Osttor von Oxford geöffnet hatte. Er trug noch immer seine Wachpostenlivree.

»So«, begann der fuchsgesichtige Mann. »Wo ist dein Komplize?«

Ich starrte ihn verständnislos an.

»Antworte mir, du Papistenhund!« Das Fuchsgesicht trat mir mit voller Wucht in den Magen.

»Ich verstehe nicht«, keuchte ich, verzweifelt nach Atem ringend.

»Was hast du gesagt?« Der Mann trat vor und beugte sich zu mir, bis sein Gesicht dem meinen ganz nah war. »Sprich anständiges Englisch, du stinkendes Stück Scheiße.«

»Ich habe keinen Komplizen«, krächzte ich.

»Was ist das für ein seltsamer Akzent?«

»Ich bin Italiener. Aber …«

»Wie ich dachte. Zweifellos von den Jesuiten in Rom geschickt. Nun, wir haben Euer Versteck ausgehoben, Padre. Ich fürchte, Lady Tollings Diener sind nicht alle so loyal, wie sie dachte. Weißt du, wer ich bin?«

»Nein, aber ich bin kein Jesuit …«, begann ich, doch der Mann hob eine Hand und schlug mir ins Gesicht.

»Schweig! Du bekommst noch genug Gelegenheit, dich zu verteidigen, nachdem du uns gesagt hast, wo wir deinen Freund finden. Ich bin Master John Newell, Grafschaftsunterherold von Oxfordshire. Und jetzt will ich deinen Namen wissen, und verschwende unsere Zeit nicht mit falschen Angaben. Früher oder später bekommen wir die Wahrheit ohnehin aus dir heraus.«

Trotz meines brennenden Gesichts verspürte ich abgrundtiefe Erleichterung. Der Mann war widerlich, aber im Moment hätte ich ihn umarmen und küssen können. Dass er Bewaffnete mitgebracht hatte, konnte nur bedeuten, dass meine Botschaft Sidney erreicht und er die Behörden informiert hatte, doch die Soldaten schienen zu spät gekommen zu sein, um Jerome und Sophia an der Abreise zu hindern.

»Ich bin Doktor Giordano Bruno aus Nola.« Ich versuchte, mich aufzurichten und etwas von meiner Würde zurückzuerlangen. »Ein Gast der Universität von Oxford, ich reise mit der königlichen Abordnung.«

»Du lügst«, gab Newell kalt zurück. »Du bist einer von Lady Tollings Priestern. Aber wo ist der andere? Der Diener, den wir zum Reden gebracht haben, sprach noch von einem hochgewachsenen, hellhaarigen Engländer. Wo versteckt er sich?«

»Er ist geflohen.« Meine Worte überschlugen sich fast. »Er ist mit einer jungen Frau namens Sophia Underhill auf dem Weg zur Küste. Dort wollen sie an Bord eines Schiffes nach Frankreich gehen, und während der Überfahrt soll Mistress Underhill getötet werden. Beeilt Euch, Ihr müsst sie aufhalten!«

Newell lachte böse.

»Es bedarf nicht viel, um dich zum Reden zu bringen, nicht wahr, Jesuit?«, spottete er. »Meine Männer werden ein leichtes Spiel mit dir haben. So viel ist von der berühmten Loyalität zum Papst zu halten«, fügte er hinzu, woraufhin seine Begleiter pflichtschuldig lachten.

»Ich bin kein Jesuit«, beharrte ich. »Wo ist Sidney? Er wird Euch sagen, wer ich bin. Ich will auf der Stelle Sidney sehen.«

»Wer ist Sidney?«, fragte Newell.

»Sir Philip Sidney, der Neffe des Earl of Leicester.« Meine Zuversicht schwand merklich. »Hat er Euch nicht auf meine Anweisung hin hierhergeschickt? Ist er nicht bei Euch?«

»Sir Philip Sidney?« Der Unterherold schien sich köstlich zu amüsieren. »Oho! Müssen wir damit rechnen, dass auch Ihre Majestät jeden Moment hier auftaucht, um sich für dich einzusetzen? Nein, mein römischer Freund, ich bin nicht von Sir Philip Sidney oder einem ähnlich hochrangigen Edelmann gerufen worden, sondern von Master Walter Slythurst dem Quästor des Lincoln College, der Grund zu der Annahme hatte, dass ein berüchtigter Papist und Mörder aus Oxford in Richtung Great Hazeley fliehen würde, um dort Zuflucht zu suchen.«

»O Gott, Slythurst«, stöhnte ich, dabei barg ich das Gesicht in meinen immer noch gefesselten Händen. »Er hat das alles ganz falsch verstanden. Ihr müsst mir glauben, ich bin weder ein

Mörder noch ein Papist. Ich bin Gast des französischen Botschafters in London, um Himmels willen! Ich wollte Sophia retten, aber der echte Priester hat mich in dieses Loch geworfen!«

»Er ist *gefesselt*, Sir«, mischte sich der junge Soldat, der mich aus dem Versteck gezogen hatte, zaghaft ein.

»Was?« Newell fuhr zu ihm herum.

»Er war an Händen und Füßen gefesselt und außerdem geknebelt«, sagte der junge Mann jetzt merklich verunsichert. »Warum sollte er sich selbst so etwas antun?«

»Diese Hunde kennen alle Arten von Listen, von denen du noch nicht einmal träumen würdest, Soldat.« Newell presste die Lippen zu einem schmalen Strich zusammen, dann wandte er sich wieder an mich. »Du kannst dich zu angemessener Zeit vor dem Assisengericht verteidigen. Ein paar Wochen im Kerker werden dir helfen, wieder einen klaren Kopf zu bekommen. Inzwischen kannst du mir verraten, was du über Sophia Underhill weißt. Ihr Vater hat die Stadtwache gestern darüber informiert, dass sie entführt wurde. Sind dafür auch die Papisten verantwortlich?«

»Sie sind auf dem Weg nach Dorset«, keuchte ich. »Aber sie wollen zuerst nach Abingdon, um sich Pferde zu holen. Jeder Moment, den Ihr hier vergeudet, kommt dem Priester zu Hilfe. Ihr müsst den beiden sofort Eure Männer hinterherschicken.«

»Schreib du mir nicht vor, was ich zu tun habe, du elende Ratte«, geiferte Newell, dann nickte er dem Soldaten zu. »Nimm diesen Mann wegen Mordes an zwei allseits respektierten Fellows und einem Studenten des Lincoln und wegen des Verdachts des Mordes an einem jungen Mann fest, der vom Torhausturm gestürzt wurde.« Als ich den Mund öffnete, um zu protestieren, fügte er hinzu: »Und wegen des Verdachts, in der verräterischen Absicht, die Untertanen der Königin zum katholischen Glauben zu verführen und sich in Staatsangelegenheiten zu mischen, in dieses Land gekommen zu sein.«

»Das stimmt nicht! Ich flehe Euch an, schickt nach Sir Philip Sidney am Christ Church College, er wird Euch bestätigen, dass ich unschuldig bin«, rief ich, als der junge Soldat meine Fußfesseln löste, mich beim Ellbogen nahm und in die Höhe zog.

»Ach ja, und ein Pferd hat er auch noch gestohlen«, fügte Newell mit boshafter Freude hinzu. »Wir haben ein edles Reitpferd mit dem Geschirr in den königlichen Farben im Wald neben dem Feldweg gefunden.«

»Das Pferd gehört mir, ich habe es mir aus den königlichen Ställen von Windsor geliehen.«

»Tatsächlich?« Sein Bart zuckte vor grausamer Belustigung. »Ich wundere mich, dass Ihre Majestät dir nicht auch gleich noch ihre beste Kutsche geliehen hat. Aber jetzt habe ich genug von diesem Unsinn.«

Er stapfte durch die geräumige Kammer über dem Torhaus. Bei dem Treppenhaus im westlichen Turm blieb er stehen und drehte sich um.

»Soll doch Sir Philip Sidney für deine Entlassung aus dem Gefängnis bezahlen, wenn ihr wirklich so gute Freunde seid«, schnarrte er, ehe er sich an den Soldaten wandte. »Bring diesen Mann in den Hof, wir nehmen ihn mit nach Oxford zurück. Ein paar der anderen Männer sollen bleiben und die Diener in zwei Gruppen aufteilen: diejenigen, die bereit sind zu reden, und die verstockten.«

Der Soldat nickte und stieß mich auf die Wendeltreppe zu. Während ich mich bemühte, auf den schmalen Stufen nicht auszurutschen, versuchte ich, meine Situation unter den günstigsten Gesichtspunkten zu betrachten. Im Moment sah alles sehr trübe aus, aber sicher würden sich Sidney oder Rektor Underhill für mich verwenden. Dann fiel mir das Briefpäckchen und William Bernards Warnung am Tag meiner Ankunft ein: dass kein Mann in Oxford war, was er zu sein schien. Ich hatte Cobbett vertraut, aber was, wenn er ebenfalls mit den Katholiken sympathisierte? Wenn er die Briefe vernichtet hatte, die Jerome Gilbert und Edmund Allen gewechselt hatten, gab es keine hieb- und stichfesten Beweise mehr gegen Jerome, dann stand mein Wort gegen das seine. Meine Nationalität und meine frühere

Religion sprachen in den Augen vieler gleichfalls gegen mich, das hatte ich seit meiner Ankunft in Oxford oft genug zu spüren bekommen. Und würde es Underhill nicht äußerst gelegen kommen, die ganze Verantwortung auf mich abzuwälzen, statt zugeben zu müssen, dass ein Jesuit über ein Jahr lang unbemerkt an der Universität gelebt hatte? Sidney war meine einzige Hoffnung, aber wenn er meine Nachricht nicht erhalten hatte, würde er mich erst finden, wenn ich schon lange in einem stinkenden Kerker schmachtete. Ein Lichtblick war es allerdings, dachte ich, als ich in den hellen Hof hinausgeschleift wurde, dass ich jetzt mit durchschnittener Kehle in einem Straßengraben liegen würde, wenn Jenkes mich vor dem Unterherold erreicht hätte. So gesehen bestand doch noch Hoffnung.

Die Sonne stand jetzt hoch am Himmel, ab und an zogen Wolken darüber hinweg. Im Hof drängten sich die Gruppen von Dienern zusammen und tuschelten miteinander, während sie die Vorgänge ringsum verfolgten. Jede Gruppe wurde von zwei oder mehr Bewaffneten bewacht. Ich entdeckte den stämmigen Mann, der mich vom Turm heruntergebracht hatte, doch er wandte rasch den Blick ab. Ich fragte mich, ob er Newell wohl das Versteck gezeigt hatte. Wenn irgendein Mitglied des Haushalts wusste, dass Newell den falschen Mann gefasst hatte, so schwieg es jedenfalls. Die Sympathie der Leute gehörte vermutlich eher Jerome, und sie waren froh, dass man mich an seiner Stelle festgenommen hatte.

Ein Soldat schob mir einen Holzblock hin und half mir auf ein Pferd, ohne allerdings meine Hände loszubinden. Der Mangel an Schlaf und Nahrung sowie meine Verletzungen forderten jetzt ihren Tribut, mein Kopf fühlte sich bleischwer an, und ich konnte kaum aufrecht sitzen. John Newell bemerkte, dass ich nach vorne sackte, und stieß mir den Griff seines Schwerts in die Magengrube.

»Soll ich dir ein Schild um den Hals hängen lassen, du italienischer Hurensohn?« Er blinzelte im Sonnenlicht zu mir empor. »Mit der Aufschrift ›Aufrührerischer Jesuit‹, wie es Edmund

Campion getragen hat, als er nach London zurückgebracht wurde? Sorg dafür, dass er sich aufrecht hält«, bellte er den Soldaten an, der die Zügel des Pferdes hielt. »Sonst fällt er herunter, ehe wir das Ende der Auffahrt erreichen, und wir bekommen ihn nie nach Oxford.«

»Er brauchte vielleicht etwas zu trinken, um wieder zu Kräften zu kommen, er wirkt ziemlich durstig«, meinte der Soldat zögernd, und ich nickte ihm dankbar zu. Der Mann bewies offensichtlich mehr Mitgefühl als seine Kameraden.

»Etwas zu *trinken*?« Newell sah den Mann an, als habe er gerade vorgeschlagen, mir Musikanten und Kurtisanen zur Verfügung zu stellen. »Ich verstehe – soll ich für unseren Gast den besten Wein aus dem Keller von Hazeley Court holen lassen? Und sollen wir eine Gans für ihn rösten? Kümmere dich um deine Pflicht, Soldat, und mach mir keine Vorschriften!«

Der Soldat senkte betreten den Kopf und warf mir einen verstohlenen, Entschuldigung heischenden Blick zu. Ich formte mit meinen ausgedörrten Lippen ein stummes »Danke«, als sich Newell abwandte, um auf sein eigenes Pferd zu steigen. Er hatte sich gerade an die Spitze der Truppe gesetzt, die mich triumphierend nach Oxford zurückbringen sollte, als die Stille von Hufgetrommel zerrissen wurde. Ich blickte auf und sah in der Ferne zwei Reiter, die eine Gruppe von vielleicht dreißig Bewaffneten anführten, deren Uniformen sich von denen der im Hof versammelten Soldaten unterschieden. Ich muss gestehen, ich wunderte mich, dass sie meinten, solche Verstärkung zu brauchen, um mit ein paar Priestern fertig zu werden, doch dann bemerkte ich, wie sich Newell sichtlich verwirrt an den Befehlshaber seiner Truppe wandte. Ganz offensichtlich hatte er mit den Neuankömmlingen nicht gerechnet.

Doch erst als der erste Reiter auf Newell zugaloppierte und sein Pferd direkt vor ihm scharf zügelte, begriff ich, was sich hier abspielte, und mein Herz begann schneller zu schlagen.

»Was in Gottes Namen hast du mit meinem Freund gemacht, du Bastard!«, brüllte Sidney, sprang von seinem Pferd und rannte mit gezücktem Schwert zu mir herüber. »Bei Gott, ich peitsche den Mann, der hierfür verantwortlich ist, mit meinen eigenen Händen aus! Binde ihn los, Soldat«, befahl er dem Mann, der mein Pferd hielt. Dieser gehorchte augenblicklich. Ich dachte, Newell würde Einwände erheben, aber als ich ihm einen Blick zuwarf, bemerkte ich, dass er den anderen Reiter, Sidneys Begleiter, mit einer Mischung aus Groll und Ehrfurcht betrachtete.

»Mylord Sheriff«, murmelte er, den Hut ziehend. »Ich habe einen gefährlichen Jesuiten aus Italien festgenommen, der das Geschwür des Papismus verbreiten und die treuen Untertanen Ihrer Majestät zum katholischen Glauben bekehren will.«

»Ich fürchte, das habt Ihr nicht, Master Newell«, erwiderte der andere Mann ruhig. Er trug einen breitkrempigen, mit einer Feder geschmückten Hut und hatte einen ergrauenden Bart. Auf seinem karminroten Wams prangte ein eingesticktes Wappen. Seine Augen blickten freundlich, aber sein Auftreten nötigte Respekt ab. »Dieser Mann ist ein bekannter Philosoph und ein Freund von Sir Philip Sidney hier. Den wahren Priester habt Ihr entkommen lassen.«

»Mylord Sheriff …«, blökte Newell, aber der Sheriff winkte ab.

»Schon gut. Dank Sir Philip und unserem italienischen Freund hier haben meine Männer bereits die Verfolgung aufgenommen. Er wird nicht weit kommen.«

Sidney half mir vom Pferd. Ich rieb meine Handgelenke gegeneinander, stellte aber fest, dass ich die Hände kaum bewegen konnte. Sidney schlang einen meiner Arme um seine Schulter, stützte mich und führte mich zu seinem Gefährten.

»Sir Henry Livesey, der Sheriff von Oxfordshire«, verkündete er, dabei deutete er auf den Mann auf dem Pferd. »Darf ich Euch Doktor Giordano Bruno aus Nola vorstellen. Leider befindet er sich nicht in bester Verfassung.«

Ich unternahm einen ziemlich misslungenen Versuch, mich zu verbeugen, und der Mann lächelte.

»Ich, ich hatte Grund zu der Annahme, dass Lady Tolling einen Jesuitenpriester versteckt«, stammelte Newell, dabei sah er seinen Vorgesetzten ängstlich an. »Ich habe ihn in einem Priesterloch entdeckt – und er ist Italiener«, fügte er entschuldigend hinzu.

»Die Inquisition hasst diesen Mann fast so sehr, wie sie Ihre Majestät hasst.« Sidney maß Newell mit einem vernichtenden Blick. »Nicht wahr, Bruno?« Er klopfte mir freundschaftlich auf meine verletzte Schulter, was bewirkte, dass ich vor Schmerz leise aufschrie.

»Entschuldige.« Er rieb kräftig über die betreffende Stelle, als wolle er mich trösten. »Himmel, du bist ja ein Wrack, Bruno. Jemand muss das untersuchen.« Er führte mich zu seinem Pferd, hob mich in den Sattel, sprang vor mir auf den Rücken des Tieres und griff nach den Zügeln.

»Ich lasse meine Männer zu Eurer Unterstützung hier, Newell«, verkündete der Sheriff, stieg ab und gab dem Kommandanten seiner Truppe einen Wink. »Ich will, dass alle Dienstboten verhört werden. Mit Lady Tolling spreche ich selbst, bringt mich bitte zu ihr.« Er wandte sich mit einer leichten Verbeugung zu uns. »Fünf meiner Männer werden Euch und Doktor Bruno nach Oxford zurückbegleiten. Es tut mir sehr leid, dass Newell so grob mit Euch umgesprungen ist«, sagte er dann zu mir. »Bitte nehmt meine aufrichtige Entschuldigung dafür an. Ich versichere Euch, dass sich der Mann dafür verantworten muss.«

Newell erbleichte. Ich brachte es nur fertig, dem Sheriff zum Dank zuzunicken. Sidney riss das Pferd herum, und ich klammerte mich an seinem Rücken fest, als wir die Auffahrt hinunterritten. Fünf der bewaffneten Reiter des Sheriffs folgten uns in diskretem Abstand.

»Du hast deine Sache gut gemacht, Bruno«, sagte Sidney über seine Schulter hinweg. »Du hast dein Leben riskiert, um einen Mörder und einen Priester zu überführen. Der Sheriff wird zwar den Ruhm für die Festnahme für sich beanspruchen, aber

Walsingham wird erfahren, dass sie nur dank deines Mutes möglich war.«

»Ich hatte die Hoffnung, dich wiederzusehen, schon aufgegeben«, murmelte ich in seinen Rücken, als er das Pferd zu einem schnellen Trab antrieb. Ich spürte, wie mich mit einem Mal eine Welle der Erschöpfung überflutete. »Ich dachte, meine Nachricht hätte dich nicht erreicht.«

»Ein Küchenjunge vom Lincoln brachte dein Päckchen noch vor dem Morgengrauen zu uns«, berichtete er. »Anscheinend hat er an das Tor des Christ Church gehämmert wie gegen das Tor der Hölle. Er sagte dem Pförtner, es sei dringend, und muss mit Zähnen und Klauen darum gekämpft haben, zu mir zu gelangen. Aber der Pförtner wollte den Dekan nicht vor dem ersten Tageslicht wecken, und der Dekan, dieser Narr, wollte mich erst nach der Frühmesse wecken, daher die Verzögerung. Der Junge beharrte aber darauf, mir das Päckchen unbedingt persönlich zu übergeben, obwohl der Dekan versucht hat, ihm das auszureden. Sowie ich sah, was es enthielt, wusste ich, dass du in ernster Gefahr schwebst, und wies den Dekan an, den Sheriff zu holen. Wir ahnten nicht, dass uns Newells Leute zuvorkommen würden.«

»Slythurst hat sie mir auf den Hals gehetzt«, erklärte ich, ohne meine Verbitterung zu verbergen. »Er wollte diese Briefe um jeden Preis an sich bringen.«

»Ich schätze, er ist ein unbedeutender Informant, der sich hervortun wollte«, meinte Sidney. »Walsingham hat überall an der Universität solche Leute sitzen, aber sie wissen nichts voneinander. Er glaubt, dann arbeiten sie effizienter.«

»Wo sind die Briefe jetzt?«, fragte ich mit gedämpfter Stimme.

»Mit einem vertrauenswürdigen Boten auf dem Weg nach London. Dort werden sie entschlüsselt und bei dem Prozess als Beweismittel verwendet werden. Ich habe zwar nur wenig lesen können, aber der Inhalt wird ausreichen, um Jerome Gilbert wegen Verrats an den Galgen zu bringen.« Er hielt inne und lenkte das Pferd von dem Feldweg auf die Straße zur Stadt. »Der Kronanwalt wird dann noch Anklage wegen vierfachen Mordes erheben – eine zusätzliche Warnung für die Bevölkerung vor der Skrupellosigkeit der Jesuiten.«

»Aber Thomas Allen hat die drei Männer am Lincoln getötet«, protestierte ich. »Er hat es gestanden.«

»Nun, jetzt kann er nichts mehr gestehen, und diese Version würde wesentlich weniger Aufsehen erregen als die Verurteilung des katholischen Priesters«, versetzte Sidney. »Jerome Gilbert. Er ist der jüngere Sohn einer wohlhabenden Familie aus Suffolk; sein Bruder George hat alle Mittel für Edmund Campions Mission aufgebracht. Nach Campions Hinrichtung floh er nach Frankreich. Sein Bruder muss ihn begleitet haben.« Er schüttelte ärgerlich den Kopf. »Man hätte sie genauer beobachten sollen.«

»Denkst du, sie werden Jerome verhaften?«

»Die Männer des Sheriffs suchen alle aus Oxford herausführenden Straßen ab. Weit kann er nicht kommen.«

»Und was ist mit Sophia?«, fragte ich besorgt.

»Sie wird zusammen mit ihm verhaftet werden«, entgegnete Sidney über seine Schulter hinweg ungerührt. »Der Rest hängt von ihr ab. Wenn sie sich halsstarrig zeigt, droht ihr die Folter.«

»Die Folter?« Ich richtete mich auf und beugte mich zu seinem Ohr. »Aber sie ist guter Hoffnung.«

Ich spürte, wie er die Achseln zuckte.

»Dann kann sie ihre Schwangerschaft geltend machen, und ihre Familie kann dafür bezahlen, dass sie aus dem Gefängnis entlassen wird, bis das Kind geboren ist. Das gibt ihr Zeit, um zu entscheiden, ob ihre Treue zu Gilbert seine Hinrichtung überlebt. Er wird nach London geschafft; sie wollen aus ihm herausbringen, was er sonst noch weiß. Wo hast du die Briefe eigentlich gefunden?«, erkundigte er sich beiläufig.

Ich zögerte, wohl wissend, dass ich meine Glaubwürdigkeit aufs Spiel setzen und mir vermutlich Walsinghams Gunst verscherzen würde, wenn Sophia darauf bestand, die Wahrheit zu sagen. Aber die Vorstellung, sie könne den Foltern unterzogen werden, die Walsingham mir beschrieben hatte, ließ mir keine andere Wahl, als zu einer Lüge zu greifen.

»Sophia hat sie mir gegeben.« Ich hörte selbst die Falschheit aus meiner Stimme heraus und fragte mich, ob es Sidney ebenso ging, denn ich spürte, wie sich seine Schultermuskeln anspannten.

»Sophia? Wirklich? Dann hat sie ihn aus freien Stücken verraten?«

»Ja. Sie hat herausgefunden, dass er plante, sie auf dem Weg nach Frankreich einen tödlichen Unfall erleiden zu lassen, und hat mich um meine Hilfe gebeten.«

Eine kurze Zeit waren nur der Hufschlag des Pferdes und das Klirren der Rüstungen der Reiter hinter uns zu hören. Sidney schien angestrengt zu überlegen. Nach einer Weile drehte er den Kopf zu mir.

»Ist das die Wahrheit, Bruno?«

»Ja.«

»Dann hat sie sich dadurch vielleicht gerettet. Allerdings würde es nicht gerade gut aussehen, wenn ihre Geschichte von deiner abweicht. Worüber du nachdenken solltest, ehe du sie jemand anderem erzählst.« Er ließ den Satz in der Luft hängen. Der warnende Unterton in seiner Stimme entging mir nicht.

»Was wird mit Lady Tolling geschehen?«, wechselte ich rasch das Thema, bevor er mich weiter bedrängen konnte.

»Ihr Landsitz wird beschlagnahmt, und sie sowie die Katholiken in ihrem Haushalt werden ins Gefängnis gesteckt. Wenn sie bereit ist zu reden, schenkt man ihr vielleicht das Leben.«

Ich dachte an die hochgewachsene, elegante Frau, die uns so gelassen in ihrer großen Torhauskammer empfangen hatte, einem Raum, den ihre Erben meinetwegen nun niemals besitzen werden. Von den Personen, die sich darin aufgehalten hatten, würde ich vielleicht der einzige Überlebende sein, wenn Lady Tolling, Jerome und Sophia verhaftet und verurteilt worden wären. Ich konnte nur hoffen, dass Sophia so viel Verstand besaß, Jerome ihre Hingabe nicht dadurch zu beweisen, dass sie ihm in das Märtyrertum folgte, denn dann hätte ich sie, indem ich versucht hatte, sie zu retten, einem weit grausameren Tod ausgeliefert, und Sidney und Walsingham würden wissen, wie leicht man mein Mitleid wecken konnte und wie leicht ich mich von meinen Gefühlen zu Unwahrheiten verleiten ließ.

»Und was ist mit uns?«, fragte ich, als der Untergrund fester wurde und Sidney das Pferd antrieb, sodass ich zur Seite rutschte und mich krampfhaft an seinen Schultern festhalten musste.

»Sowie du dich ausgeruht hast, kehren wir über den Wasserweg nach London zurück«, erwiderte er. »Der Palatin hat genug von Oxford, aber ich habe ihn überredet, noch einen Tag zu bleiben, weil er dann den Luxus genießen kann, per Boot zurückzureisen. Sobald Gilbert dort im Kerker sitzt, brauchst du dir wegen der Untersuchung von Roger Mercers Tod keine Sorgen mehr zu machen, du musst nicht aussagen. Du solltest ohnehin möglichst wenig Aufmerksamkeit auf dich lenken. Je weniger du öffentlich mit den Umständen von Gilberts Überführung und Verhaftung in Verbindung gebracht wirst, desto leichter kannst du deine Rolle weiterspielen. Aber keine Angst, mein Freund, du wirst großzügig belohnt werden«, fügte er hinzu, als müsse das meine Hauptsorge sein.

Großzügig belohnt, dachte ich, als die ersten Häuser von Oxford in der Ferne in Sicht kamen. Ich war knapp mit dem Leben davongekommen, aber andere würden dieses Glück nicht haben, und ehe wir London erreichten, würde ich entscheiden müssen, wie viel ich Walsingham von dem erzählen sollte, was ich wusste. Ich war immer noch der Überzeugung, dass Jerome Gilbert beabsichtigt hatte, Sophia aus dem Weg zu räumen, obwohl er das so heftig abgestritten und Sophia ihm so unerschütterlich vertraut hatte. Aber es fiel mir schwer zu glauben, dass Gilbert eine Gefahr für den englischen Staat darstellte, genauso wenig wie ich Lady Tolling wegen ihrer Unterstützung missionarischer Priester für eine Landesverräterin hielt. Und während es mir nicht leidtun würde, Jenkes am Galgen baumeln zu sehen, zögerte ich, den gutmütigen, begriffsstutzigen Humphrey Pritchard und den ernsten Bibliothekar Richard Godwyn den Folterknechten auszuliefern. Walsingham hatte mich gewarnt, dass ich derartige Wahlen würde treffen müssen, und ich musste mich des Vertrauens würdig erweisen, das er in mich setzte, wenn ich hoffen wollte, die Gunst der Königin zu erlangen. Mit dem Leben anderer Menschen Politik zu betreiben war ein Teil des Weges nach oben, aber hierin bestand, wie ich allmählich zu begreifen begann, die wahre Ketzerei. Die einzige Belohnung, die ich mir jetzt wünschte, war, dass Sophia die Chance nutzte, die meine Lüge ihr bot, und nicht Märtyrertum als Ersatz für Liebe betrachtete.

22

Am nächsten Tag wurde ich von Sidney geweckt, der ein pflaumenfarbenes Samtwams und kurze Hosen mit Seidenstrümpfen trug; ohne anzuklopfen riss er die Tür meiner Kammer auf und trat mit einem breiten Grinsen zum Fenster, um die Vorhänge zurückzuziehen. Auf sein Beharren hin war ich nicht ins Lincoln zurückgekehrt, sondern mit ihm gekommen und im Christ Church in einer Kammer neben der seinen untergebracht worden, die um einiges luxuriöser war als meine frühere Unterkunft. Hier hatte ich ein weiches Bett, wollene Decken, frisches Waschwasser und einen Krug Bier am Bett, obwohl ich von diesen Annehmlichkeiten kaum Gebrauch gemacht hatte, da ich seit meiner Rückkehr von Hazeley Court am Tag zuvor nur geschlafen hatte.

»Und wie geht es dir an diesem schönen Nachmittag, mein abenteuerlustiger Freund?« Sidney schenkte sich einen Becher Bier ein. Mir fiel auf, dass er jetzt trotz des absoluten Waffenverbots ganz offen ein Schwert an seinem Gürtel trug. Offenbar hatte er beschlossen, dass die Umstände ein Übertreten dieser Regel rechtfertigten.

Ich setzte mich mühsam auf. Meine Schulter begann zu pochen, als ich mich auf meinen Arm stützte.

»Ist es schon Nachmittag? Die Schulter tut immer noch weh, aber zumindest fühle ich mich frisch und ausgeruht.«

»Das solltest du auch, du hast fast einen ganzen Tag geschlafen. Und die ganze Aufregung verpasst.«

»Warum, was ist passiert?«, fragte ich erschrocken und zuckte erneut zusammen, als ich mich mit dem verletzten Arm aufzurichten versuchte.

»Gilbert und Sophia sind kurz nachdem wir dich gestern gefunden haben in einem Haus in Abingdon festgenommen worden.« Er nahm eine Orange aus seiner Tasche und bohrte den Daumen in die Schale. »Und Jenkes ist geflohen. Sein Laden wurde durchsucht, aber es wurde nichts Belastendes gefunden – es ist nicht zu glauben. Sein Lehrling wurde verhört, sagte aber nur, sein Meister hätte geschäftlich verreisen müssen. Diesmal ist uns diese Schlange entwischt, aber wenigstens bist du jetzt vor ihm sicher, solange du dich noch in Oxford aufhältst.« Er löste ein Stück Orangenschale ab und ließ es auf den Tisch neben meinem Bett fallen. Der Geruch brachte mir schlagartig die Erinnerung an jenen ersten Morgen in Roger Mercers Kammer zurück, an die Schalenstreifen unter seinem Schreibtisch und den schwachen Duft, der den Seiten des Almanachs entströmt war. Ich fragte mich, ob es nicht besser für alle gewesen wäre, wenn ich ihn nicht an mich genommen oder den Orangenduft nicht bemerkt hätte.

»Wo sind Sophia und Gilbert jetzt?«, erkundigte ich mich.

»Vater Jerome befindet sich auf dem Weg nach London, wo ihm eine sehr unangenehme Befragung bevorsteht«, antwortete Sidney, offenbar mehr daran interessiert, die Orange behutsam zu zerteilen und mir ein Stück hinzuhalten. Seine Gleichgültigkeit flößte mir Unbehagen ein. »Sophia«, fuhr er fort, nachdem er sich selbst ein Orangenstück in den Mund geschoben hatte, »steht momentan unter der Aufsicht ihres Vaters. Wie es aussieht, hat man sie gegen Hinterlegung einer größeren Geldsumme entlassen.« Er warf mir einen langen Blick zu und zog eine Braue hoch, was ich als Tadel meiner Komplizenschaft wertete, bevor er sich die Finger ableckte und sich zum Fenster wandte. »Ich bin gekommen, um dir auszurichten, dass ein Bote von Rektor Underhill im Pförtnerhaus eingetroffen ist. Der Rektor bittet dich, ihn noch einmal zu besuchen, bevor du Oxford verlässt.«

»Ich gehe gleich zu ihm.« Vorsichtig erhob ich mich aus dem Bett. Ich musste dringend mit Sophia sprechen, um mich zu vergewissern, dass sie meine Geschichte bezüglich der Briefe bestätigt hatte. Da man sie der Obhut ihres Vaters übergeben hatte, schien sie nicht auf ihrer Loyalität gegenüber Jerome zu beharren, aber es konnte auch sein, dass sie sich einfach nur auf ihre Schwangerschaft berufen hatte. Wie wird sie mich gehasst haben, dachte ich, als sie mit ansehen musste, wie man ihn in Ketten abführte. Mehr als alles andere wünschte ich mir, eine Gelegenheit zu bekommen, sie um Verzeihung zu bitten; sie davon zu überzeugen, dass ich nur zu ihrem Besten gehandelt hatte. Wahrscheinlich würde sie mir kein Wort glauben, aber ich wollte Oxford nicht verlassen, ohne diese Dinge angesprochen zu haben.

»Ich komme mit«, sagte Sidney, als ich meine Hose überstreifte und mein Hemd so hastig zuknöpfte, dass ich noch einmal von vorne beginnen musste, weil ich ein heilloses Durcheinander angerichtet hatte. »Jenkes mag sich ja nicht mehr in der Stadt aufhalten, aber er hat Freunde, die er durchaus angewiesen haben kann, dafür zu sorgen, dass du nicht nach London zurückkehrst und redest. Bis wir morgen aufbrechen, gehst du nirgendwo allein und unbewaffnet hin.«

Ich war gerade dabei, meinen Stiefel anzuziehen, und hielt abrupt inne.

»Ich möchte den Rektor aber gern allein sprechen.«

»Keine Sorge, ich werde euren Abschied nicht stören. Ich unterhalte mich mit dem Pförtner, während ich auf dich warte.«

»Cobbett!«, entfuhr es mir, als mir einfiel, dass Sidney ohne Cobbetts mutiges Eingreifen meine Nachricht nie bekommen hätte und ich mit Sicherheit ermordet oder eingekerkert worden wäre – je nachdem, welcher meiner Verfolger mich als Erster erreicht hätte. Ich wandte mich entschuldigend an Sidney. »Ich fürchte, ich muss dich um einen Vorschuss auf die versprochene Belohnung deines Schwiegervaters bitten. Jenkes hat meine Börse gestohlen, und ich möchte Cobbett danken: Er war es, der den Jungen zu dir geschickt und mich dadurch gerettet hat, ohne an etwaige Gefahren für sich selbst zu denken.«

»Nun, dann wollen wir doch einmal sehen, was der Universitätsweinkeller für einen Mann mit einem so tapferen Herzen zu bieten hat.« Sidney öffnete mir grinsend die Tür. »Ich hätte nie gedacht, dass ich das einmal sagen würde, Bruno, aber diesmal bin ich nicht allzu traurig, diese Türme hinter mir zu lassen.«

»Ich auch nicht«, erwiderte ich inbrünstig, dabei erinnerte ich mich mit einem Anflug von Wehmut daran, wie ich einst davon geträumt hatte, mir in Oxford einen Namen zu machen.

Als wir mit einer Flasche spanischem Wein, den Sidney beim Kellermeister des Christ Church erstanden hatte, beim Torhaus des Lincoln eintrafen, war in dem kleinen Pförtnerhäuschen nichts von Cobbett zu sehen. An seinem Platz saß ein scharfgesichtiger Mann mit zottigem braunem Haar, der argwöhnisch zu uns aufsah und dann den Blick senkte, als er die Qualität von Sidneys Kleidern bemerkte.

»Wo ist Cobbett?«, fragte ich barscher als nötig.

Der Mann, dem mein Ton sichtlich missfiel, zuckte die Achseln.

»Ich weiß nur, dass er von seinen Pflichten entbunden wurde. Es heißt, er würde in den Ruhestand gehen. Zu wem wollt Ihr denn?«

»Zu Rektor Underhill. Er erwartet mich. Ich bin Doktor Bruno.«

Sidney klopfte mir ungewöhnlich sanft auf die Schulter.

»Ich werde im *Mitre Inn* an der Ecke der High Street etwas trinken. Komm dorthin, wenn du fertig bist, und denk noch nicht einmal daran, ohne mich weiterzugehen«, fügte er mit einem warnenden Blick hinzu. Der neue Pförtner funkelte mich finster an, dann deutete er zum Hof hinüber.

»Ihr findet ihn in seiner Wohnung«, grunzte er, dabei beäugte er die Weinflasche gierig. Ich klemmte sie mir fest unter den Arm und überquerte den Hof. In der Mitte drehte ich mich kurz um und blickte erschauernd zum Fenster der Turmkammer und der Tür zu der Kammer hinüber, die einst Gabriel Norris und Thomas Allen bewohnt hatten.

Adam, der alte Diener des Rektors, öffnete mir die Tür und wäre fast zurückgetaumelt, als er mich sah. Seine übliche mürrische Miene wich einem Ausdruck echten Entsetzens. Er zog die Tür hinter sich zu, damit ihn niemand hören konnte, und trat in den Gang.

»Ich kann Euch bezahlen, Sir«, zischte er, dabei krallte er eine Hand in das Vorderteil meines Wamses. »Ich habe Geld für mein Alter zurückgelegt, es ist kein Vermögen, aber Ihr habt sicher Verwendung dafür. Wisst Ihr, es war einfach nur ein unglücklicher Zufall, dass Ihr mich in dieser Nacht gesehen habt, denn ich gehe kaum noch dorthin, ich wollte nur einem Freund einen Gefallen tun. Aber wenn Ihr einen Bericht anfertigen oder eine Namensliste erstellen müsst, dann flehe ich Euch an, nehmt mein Geld und sorgt dafür, dass mein Name nicht auftaucht …«

»Nur ruhig, Adam.« Ich löste seine zitternde Hand von meinem Wams. Eigenartigerweise fühlte ich mich gekränkt. »Ich brauche dein Geld nicht, und es hat mich niemand nach Namen gefragt. Aber wenn du schon eine verbotene Religion praktizierst, dann habe wenigstens den Mut, dazu zu stehen, ansonsten hat das alles keinen Sinn.«

Er schenkte mir ein dankbares Lächeln und öffnete mir die Tür.

»Mein Herr ist dort drinnen«, murmelte er mit gesenktem Kopf.

In dem großen Raum, in dem wir an meinem ersten Abend in Oxford so kameradschaftlich zusammen gespeist hatten, stand der Rektor mit hinter dem Rücken gefalteten Händen am Fenster zum Garten. Ich musterte den leeren Esstisch, erinnerte mich daran, wo Roger Mercer und James Coverdale damals gesessen hatten, und meinte, Rogers dröhnendes Lachen zu hören. Vielleicht wurde auch der Rektor von Erinnerungen heimgesucht, während er über den Garten hinwegblickte, in dem Mercer nur Stunden später ein so grausames Ende gefunden hatte. Adam schloss die Tür leise hinter mir und verschwand taktvoll durch die Tür zum Arbeitszimmer seines Herrn. Underhill blieb am Fenster stehen. Als er zu sprechen begann, kehrte er mir noch immer den Rücken zu. Seine Stimme klang unnatürlich gepresst.

»Meine Tochter möchte nebenan mit Euch sprechen, Doktor Bruno.«

Ich wartete, aber da nichts mehr kam, folgte ich Adam durch die Tür zum Arbeitszimmer, in dem Sophia und ich uns einst über Magie unterhalten hatten. Es schien eine Ewigkeit her zu sein.

Jetzt stand sie allein am Kamin und stützte die Hände auf die Rückenlehne eines der Stühle. Ihr langes dunkles Haar war sittsam zurückgebunden, nur ein paar Locken waren dem Band entschlüpft und fielen um ihr Gesicht. Ihre Figur in dem dunkelgrauen Kleid verriet noch nichts von ihrem Zustand, nur ihre Büste war vielleicht etwas voller geworden, aber ihre Züge wirkten hager und verkniffen, und ihre Augen waren vor Erschöpfung und Tränen verquollen.

»Die Soldaten haben uns in einem Haus in Abingdon aufgespürt«, sagte sie ohne Einleitung, und obwohl sie so zerbrechlich aussah, klang ihre Stimme so klar und kräftig wie immer. »Sie fragten Jerome, wer er sei. Er antwortete, er sei ein Gentleman und ein Christ. Dann rissen sie ihm sein Oberhemd vom Leib und sahen das härene Hemd darunter.« Sie zögerte einen Moment, um hart zu schlucken, dann holte sie tief Atem und fuhr fort, ohne mich anzusehen: »Sie verhafteten ihn als Verräter, legten ihn in Ketten und führten ihn ab. Ich bat sie, auch mich mitzunehmen, aber ich wurde nach Oxford zurückgebracht.«

»Etwa auch in Ketten?«, fragte ich entsetzt.

»Nein, sie gingen überraschend behutsam mit mir um. Aber ich habe auch keinen Widerstand geleistet. Sie brachten mich in das Burggefängnis.« Endlich hob sie den Kopf und sah mich fast trotzig an, dann schien sie in sich zusammenzusinken. »Ihr könnt Euch nicht vorstellen, wie es dort ist, Bruno, wenn Ihr es nicht selbst gesehen habt. Kein Tier würde man unter solchen Bedingungen halten. Die armen Frauen sind in einem niedrigen Raum zusammengepfercht. Der Boden ist mit schmutzigem Stroh bedeckt, das nach Urin und Kot stinkt, die Wände sind so feucht, dass Pilze darauf wachsen, und die Kälte dringt einem bis ins Mark. Ich glaube, ich werde diese Kälte bis zum Ende meines Lebens spüren.«

»Sie haben Euch an einem solchen Ort festgehalten? Aber habt Ihr ihnen denn nicht gesagt, dass Ihr …« Ich brach ab und deutete auf meinen Bauch. Sie gab ein kurzes, bitteres Lachen von sich.

»O doch, das habe ich, obwohl ich dadurch meinen Ruf ruiniert habe. Jerome sagte, ich solle nicht sprechen, wenn ich verhaftet werde, sondern nur meinen Namen nennen. Aber ich dachte, sie würden mich dann besser behandeln. Stattdessen wollten sie mir Angst einjagen, denke ich. Zwei Stunden musste ich in diesem Loch ausharren, unter Elenden und Irrsinnigen, die mich bedrängten und an meinen Kleidern und meinem Haar zogen, Frauen, die mit Läusen und Geschwüren übersät waren. Und es stank nach verrottetem Fleisch und menschlichen Exkrementen …« Jetzt brach ihre Stimme doch, und ich trat instinktiv einen Schritt auf sie zu, um den Arm um sie zu legen, aber sie straffte sich augenblicklich und funkelte mich an, und mir wurde schuldbewusst klar, dass ich ihr keinen Trost spenden konnte: Ich war der Feind.

»Was ist dann passiert?«, drängte ich, um meinen Fehler zu überspielen.

»Mein Vater traf ein.« Sie strich ihr Haar zurück. »Sie hatten nach ihm geschickt. Man hatte ihm wohl gesagt, ich wäre in der Gesellschaft eines berüchtigten Jesuiten verhaftet worden, hätte aber heimlich dem Kronrat belastende Dokumente überbringen lassen, was als Beweis dafür gewertet werden könne, dass meine Loyalität doch Ihrer Majestät gilt. Deshalb und dank meines

Zustandes …«, hier klopfte sie sich mit einem sarkastischen Lächeln auf ihren eigenen Bauch, »… durfte er für mich bürgen, und ich wurde entlassen.«

»Also habt Ihr nicht widersprochen?«

»Ich nahm an, dass Ihr es wart, der ihnen die Geschichte mit den Briefen erzählt hat«, erwiderte sie. In ihrem Ton schwang weder Dankbarkeit noch Zorn mit. »Ihr habt mich in der letzten Minute gerettet. Und ich denke jetzt, der Sheriff hat mir einen Gefallen getan, indem er darauf beharrt hatte, mich zuerst ins Gefängnis zu stecken. Hätte ich dieses Loch nicht gesehen, wäre ich vielleicht halsstarrig genug gewesen, um Jeromes willen die Wahrheit zu sagen. Aber zwei Stunden in dieser Hölle …« Sie brach ab, schauderte und strich mit der Hand unbewusst schützend über ihren Bauch. »Ich fürchtete, innerhalb kürzester Zeit krank zu werden, die Luft war so feucht und giftig. Und ich hatte Angst um das Kind«, fügte sie so leise hinzu, dass ich die Worte kaum verstehen konnte. »Wenn sein Vater schon sterben muss, soll es zumindest die Möglichkeit haben zu leben.«

»Das freut mich«, gab ich gerührt zurück.

»Das glaube ich Euch gern«, antwortete sie. »Es wäre nicht gut für Euch gewesen, wenn Eure Auftraggeber herausgefunden hätten, dass Ihr gelogen habt, um eine katholische Hure zu retten, nicht wahr? Ihr habt Eure Rolle hervorragend gespielt, Bruno, ich habe Euch nie verdächtigt. Aber Ihr habt mich auch nie verdächtigt, oder? Also seid Ihr vielleicht doch nicht so klug, wie Ihr meint.«

»Ich erwarte keinen Dank«, flüsterte ich. »Ihr habt allen Grund, mich zu hassen. Aber ich habe immer nur aus Sorge um Euch gehandelt. Er hätte Euch auf der Überfahrt nach Frankreich getötet, Sophia, das weiß ich.«

»Das sagt Ihr nur, weil Thomas es Euch in den Kopf gesetzt hat. Jerome hätte mir nie etwas angetan. Er liebt mich.« Ein Schluchzen würgte sie in der Kehle, und sie wandte den Kopf zur Seite, um es hinunterzuschlucken; entschlossen, mir gegenüber keine Schwäche zu zeigen.

»Er liebte seine Mission mehr«, widersprach ich. »Ein Glück, dass unsere gegensätzlichen Ansichten nicht auf die Probe gestellt worden sind und Ihr lebt.«

»Glück? Ja, ich kann mich in der Tat glücklich schätzen«, versetzte sie bitter. »Meine Familie verstößt mich, der Mann, den ich liebe, wird unter furchtbaren Qualen sterben, und ich werde ihn nie wiedersehen, mein Kind wird mir weggenommen werden, noch ehe ich ihm einen Namen geben kann, und danach werde ich vor Gericht verhört werden. Wenn sie mich nicht einsperren, werde ich zu meiner Tante geschickt und vielleicht mit einem groben, ungebildeten Bauern oder Schankwirt verheiratet, wenn sich einer findet, der bereit ist, über meine Sünden hinwegzusehen. Und wem habe ich dieses ganze Glück zu verdanken, Bruno? Euch allein.« Einen Moment flammte Zorn in ihren schönen bernsteinfarbenen Augen auf, aber sie hatte keine Kraft, ihn zu nähren, und er erlosch rasch wieder.

»Vielleicht hasst Ihr mich weniger, wenn Ihr Euer Kind im Arm haltet, und sei es auch nur für einen Augenblick.« Ich sah sie fest an. Sie strich sich eine Haarsträhne aus dem Gesicht und hielt meinem Blick stand, ohne eine Miene zu verziehen.

»Ich hasse Euch nicht, Bruno«, sagte sie matt. »Ich hasse die Welt. Ich hasse Gott. Ich hasse die Religion und die Art, wie sie Menschen zu der Überzeugung bringt, dass nur sie allein das Richtige tun.«

»Ihr klingt wie Thomas Allen«, erwiderte ich und bereute es sofort, weil es wie ein Versuch klang, die Stimmung zu lockern. Zu meiner Überraschung lächelte sie schwach.

»Und wir haben ja gesehen, wo das hinführen kann. Armer, armer Thomas. Nein, das Leben ist für Hass zu kurz.«

»Dann werdet Ihr Eurem Glauben nach der Befragung wieder abschwören?«

Bei dieser Frage hätte sie fast gelacht, und ihr Gesicht hellte sich kurz auf.

»Mein *Glaube*, wie Ihr es nennt, war immer nur ein Mittel zum Zweck, um ihm zu gefallen. Ich hätte den Mond und die

Sonne angebetet und um Mitternacht dem Teufel einen Hahn geopfert, wenn er mich dann mehr geliebt hätte.«

»Ich erinnere mich … Ihr habt mich deswegen einmal um Rat gefragt«, meinte ich. »Aber ich empfehle Euch, das beim Verhör für Euch zu behalten.«

»Darauf könnt Ihr Euch verlassen, Bruno.« Sie nickte. »Macht Euch deswegen keine Sorgen. Als ich heute dieses Gefängnis sah, wusste ich sofort, dass ich es aus Liebe zum Papst niemals jahrelang an einem solchen Ort aushalten würde. Für Jerome schon, aber er wäre ja nicht da, um mir dafür Bewunderung zu zollen, nicht wahr? Und das Kind muss am Leben bleiben, das ist alles, was jetzt zählt.« Sie verstummte und starrte lange auf ihre gefalteten Hände. Ich wagte nicht, mich zu rühren. Endlich griff sie in die Tasche ihres Kleides und zog ein zusammengefaltetes Stück Papier heraus. Sie trat auf mich zu und nahm meine Hand kurz zwischen ihre Hände, während sie mir aufmerksam in die Augen blickte. Trotz allem machte mein Herz einen Satz, und ich verspürte den Wunsch, sie in die Arme zu schließen. Das grausame Schicksal, das sie beschrieben hatte, erinnerte mich erneut schmerzlich an Morgana. Ich hatte eine junge, schöne und geistreiche Frau dazu verurteilt, unter den Rädern des Anstands und der Schicklichkeit zermalmt zu werden, und die Ungerechtigkeit, die darin lag, schnitt mir ins Herz. Ich klammerte mich noch immer an die Überzeugung, Sophias Leben gerettet zu haben, würde aber immer mit einem leisen Zweifel leben müssen: Was, wenn Jerome Gilbert sie wirklich sicher nach Frankreich hatte bringen wollen? Keiner von uns beiden würde je ganz sicher sein; diese Ungewissheit kettete uns aneinander, und ich verspürte ein überwältigendes Verantwortungsgefühl für sie. Sollte ich jetzt irgendetwas tun können, um ihr zu helfen, würde ich sie nicht im Stich lassen.

»Schreibt mir«, flüsterte sie, dabei blickte sie nervös zur Tür, als fürchte sie, ihr Vater könne lauschen. »Ich muss wissen, wie er gestorben ist, was er noch gesagt hat. Mehr wünsche ich mir nicht mehr. Dies ist die Adresse meiner Tante in Kent. Morgen werde ich zu ihr gebracht und wohl nie wieder nach Oxford zurückkehren.«

»Euer Vater verbannt Euch doch sicher nicht für immer?«

»Ihr kennt meinen Vater nicht. Wenn Ihr das eine für mich tun könntet …« Sie ließ den Satz im Raum verklingen und drückte sanft meine Hand. Ich versuchte, nicht zusammenzuzucken.

»Ich werde es tun.«

»Danke, Bruno.« Sie schien in meinem Gesicht zu forschen. »Wärt Ihr nur zwei Jahre eher nach Oxford gekommen, dann hätte alles anders sein können. Vielleicht hätten wir … Aber es bringt nichts, darüber nachzugrübeln, was hätte sein können. Für mich ist es jetzt zu spät.« Sie beugte sich vor und küsste mich so sacht auf die Wange, als hätte ich mir die Berührung ihrer Lippen nur eingebildet. Dann drückte sie noch einmal meine Hand und ließ sie los.

Als ich mich mit bleischwerem Herzen zur Tür wandte, flüsterte sie: »Schreibt!« Ich drehte mich um und sah, wie sie so tat, als kritzele sie etwas auf ihre Hand. Ich nickte, dann ließ ich sie allein.

Als ich die Tür hinter mir schloss, stand der Rektor immer noch am Fenster, hatte sich aber umgedreht, die Arme vor der Brust verschränkt, und fixierte mich mit seinen kleinen Knopfaugen.

»Doktor Bruno, ich muss Euch dafür danken, dass Ihr die Universität von einem brutalen Mörder und aufwieglerischen Jesuiten befreit habt.« Sein Ton klang seltsam emotionslos, als wäre er zu keinerlei Gefühlen mehr fähig; ich konnte nicht sagen, ob er erleichtert war oder nicht. Aber seine Wortwahl machte mich stutzig.

»Ihr wisst, dass es sich bei beiden nicht um ein und dieselbe Person handelt?«

»Ich weiß, dass Gabriel Norris – ich kann nicht anders an ihn denken – wegen des Mordes an Roger Mercer, James Coverdale, Ned Lacy und Thomas Allen sowie verräterischer Absichten bezüglich der Person Ihrer Majestät angeklagt wird. Ich habe auch erfahren, dass er anderer Verbrechen beschuldigt wird, die vielleicht für den Kronrat von geringerem Interesse sind, nicht jedoch für meine Familie.«

Er sog so tief den Atem ein, dass er zitterte. Unsere Blicke kreuzten sich kurz, und ich las in seinen Augen einen Kummer, der ihn wohl für den Rest seines Lebens nicht mehr loslassen würde. In diesem Moment begriff ich, dass Sophia die Wahrheit gesagt hatte, denn der Rektor strahlte eine Kälte aus, die es ihm tatsächlich erlaubte, sie für immer zu verstoßen, wenn er es für notwendig erachtete. Man sah ihm den Schmerz eines Mannes an, der seine beiden Kinder verloren hatte. Ich hätte gerne ein gutes Wort für Sophia eingelegt, aber ich beschloss, den Mund zu halten. Ich hatte mich schon genug in die Angelegenheiten dieser Universität und vor allem dieser Familie eingemischt.

»Ich glaube nicht, dass wir Euch noch einmal in Oxford begrüßen dürfen, Doktor Bruno«, sagte er steif und streckte mir eine Hand hin, während er auf die Tür zusteuerte. Die Dielen unter seinen Füßen knarrten in der Stille. »Im Licht der jüngsten Ereignisse bedauere ich es, Euch nicht schon früher vertraut zu haben, aber hier in Oxford sind wir es nicht gewöhnt, Ausländer als – nun, ich denke, Ihr versteht meine missliche Lage.« Er hielt mir noch immer beharrlich die Hand hin, und ich ergriff sie, woraufhin er mich mit einem flehenden Blick fixierte. Sophia hatte Glück gehabt, dachte ich, als wir uns ansahen, sie hatte das Aussehen ihrer Mutter geerbt. Oder vielleicht war es doch keine so glückliche Fügung; wäre sie weniger hübsch gewesen, wäre wahrscheinlich alles ganz anders gekommen.

»Zu den vielen Dingen, die ich bereue, Doktor Bruno«, fuhr er fort, meine Hand noch immer umklammernd, »gehört, dass ich Euch ein besserer Gastgeber und Freund hätte sein können. Hätte ich von Euren Verbindungen gewusst… Aber ich habe mir vieles vorzuwerfen, wie Ihr Euch sicher vorstellen könnt. Aber falls Ihr die Gelegenheit bekommt, dem Earl of Leicester zu versichern, dass ich immer nur versucht habe, ihm und der

Universität nach Kräften zu dienen – wäre das zu viel verlangt? Ich erwarte, in dieser Angelegenheit bald von ihm zu hören, und bin mir nicht sicher, wie er die Neuigkeiten aufnehmen wird.« Seine Augen weiteten sich vor Furcht, als er unbewusst an meinem Arm zerrte.

»Ich würde Euch gern helfen, wenn ich könnte, aber ich fürchte, Ihr überschätzt meine Vertrautheit mit dem Earl, ich habe ihn nie persönlich kennen gelernt.« Als sich sein Gesicht vor Enttäuschung verdunkelte, fügte ich rasch hinzu: »Aber wenn ich mit Sir Philip über Euer Problem spreche, legt er bei seinem Onkel sicher ein gutes Wort für Euch ein.«

Der Rektor nickte ernst und gab meine Hand frei.

»Ich danke Euch. Das ist mehr, als ich verdiene. Ihr wart in der Debattierhalle ein würdiger Gegner, Doktor Bruno. Ich wünschte nur, wir hätten eine zweite Gelegenheit bekommen, uns in einer Diskussion miteinander zu messen.«

Du hast ein kurzes Gedächtnis, dachte ich, lächelte aber höflich. Ich war dir in jeder Hinsicht überlegen, aber dir hat es Spaß gemacht, mich vor allen versammelten Universitätsangehörigen lächerlich zu machen. Doch die erlittene Demütigung zählte jetzt nicht mehr.

»Ich muss Euch ebenfalls um einen Gefallen bitten«, sagte ich, als wir uns der Tür näherten. Underhill sah mich mit milder Überraschung an. »Ich habe erfahren, dass Cobbett seinen Dienst als Pförtner nicht mehr versieht.«

»Das ist richtig«, bestätigte der Rektor. »Master Slythurst beschwerte sich massiv darüber, dass er bewusst die Anweisung missachtet hat, ihm wichtige Dokumente auszuhändigen, und es einem Dieb, der sonst wahrscheinlich festgenommen worden wäre, ermöglicht hat, vom Universitätsgelände zu entkommen.«

Ich starrte ihn ungläubig an.

»Aber Ihr wisst doch sicher, dass ich dieser Dieb war, Rektor? Und wenn Cobbett sich nicht über Slythursts Befehle hinweggesetzt und einen Boten zu Sir Philip Sidney geschickt hätte, dann wäre ich jetzt tot, und Eure Tochter ebenfalls.«

»Das ist nicht von Belang«, beharrte der Rektor tonlos und tat so, als ob er sich auf einen losen Faden an seiner Robe konzentrieren würde. »Master Slythurst ist ein ranghoher Fellow dieser Universität, und als Universitätsdiener war es Cobbetts Pflicht, seine Befehle zu befolgen und nicht die eines Besuchers, der dabei ertappt wurde, wie er Gegenstände aus der Unterkunft eines Studenten entfernt hat. Für diese Pflichtverletzung wurde er bestraft.«

»Nur weil diese Papiere in Sir Philips Hände gelangt sind, wurde Eure Tochter gerettet.« Ich dämpfte meine zornig erhobene Stimme. »Wären sie in Slythursts Hände geraten, wäre die Hilfe mit Sicherheit zu spät gekommen. Cobbett hat so gehandelt, wie es ihm sein Gewissen gebot, und dafür sollte er belohnt werden.«

Underhill hörte auf, an seiner Robe herumzuzupfen, und maß mich mit einem schwer zu deutenden Blick.

»Eurer Meinung nach«, erwiderte er, jedes Wort sorgsam betonend.

Ich traute meinen Ohren nicht.

»Sein überlegtes Handeln hat Sophia davor bewahrt, ermordet zu werden«, wiederholte ich etwas langsamer für den Fall, dass er mich beim ersten Mal nicht verstanden hatte. »Und Euer Enkelkind ebenfalls«, fügte ich hinzu, als er immer noch nicht reagierte. »Meint Ihr nicht, das ist eine Belohnung wert?«

Wieder gab er mir keine Antwort, sondern musterte mich weiterhin fast mitleidig.

»Ist es Euch nicht in den Sinn gekommen, dass ich vielleicht lieber den Mann belohnt hätte, der meiner Familie all dies hätte ersparen können?«, fragte er endlich leise.

Es dauerte einen Moment, bis ich begriff, was er meinte, und dann konnte ich es nicht glauben.

»Es wäre Euch lieber gewesen, ich hätte nicht eingegriffen?« Ich schüttelte ungläubig den Kopf. »Euch ist doch klar, dass er vorhatte, sie zu töten? Jerome Gilbert, Gabriel Norris, wie immer Ihr ihn nennen wollt. Er wollte sie auf dem Weg nach

Frankreich ertränken, um zu verhindern, dass er entlarvt wird. Nach einiger Zeit hättet Ihr und Eure Frau einen Brief erhalten, in dem gestanden hätte, dass sie fortgelaufen wäre, um in einen religiösen Orden einzutreten, und Ihr wärt auch nicht klüger gewesen.«

»Meint Ihr nicht, ihre Mutter hätte das leichter ertragen?« Er trat einen Schritt auf mich zu, und jetzt sah ich, dass er am Rand eines Zusammenbruchs stand. Seine Hände zitterten heftig, und er knetete sie, bis die Knöchel weiß hervortraten. »Wir hätten in barmherziger Täuschung alt werden können. Stattdessen wurde meine Tochter in Begleitung eines Jesuitenpriesters verhaftet und von den Männern des Sheriffs nach Oxford zurückgebracht. Ich musste persönlich im Gefängnis vorsprechen, um für ihre Freilassung zu zahlen, und dort habe ich sie in der Gesellschaft von Diebinnen und Huren vorgefunden. Dann musste ich sie vor den Augen der ganzen Stadt zur Universität zurückbringen, musste höhnische Bemerkungen und Getuschel ertragen, was meiner Frau noch bevorsteht, sollte sie je wieder ihre Schlafkammer verlassen, was ich bezweifle. Die Gerüchte verbreiten sich längst wie ein Lauffeuer in allen Straßen. Danach werde ich nur noch als Vater einer Jesuitenhure und Großvater eines Papistenbastards bekannt sein. Mein Ruf an der Universität ist ruiniert, und die Nerven meiner Frau werden dieser neuerlichen Belastung nicht mehr gewachsen sein, fürchte ich.«

Ich musterte ihn voller Verachtung.

»Da wäre es doch besser gewesen, sie wäre unauffällig ermordet worden, dann hätte Euer Ruf nicht gelitten, nicht wahr?«, zischte ich.

»Vermutlich haltet Ihr mich jetzt für ein Ungeheuer, weil ich Euch zustimme«, entgegnete er ohne jegliche Gefühlsregung. »Aber Ihr habt keine Kinder, daher kennt Ihr den Schmerz nicht, sie zu verlieren. Meine Tochter ist für mich so oder so tot, Bruno. Besser, sie wäre auf See geblieben, und ihrer Mutter wäre diese ganze Schande erspart geblieben. Ja, das ist meine Ansicht. Es wäre auch besser für Sophia gewesen, wenn Ihr mich fragt. Nach diesem Skandal gibt es für sie kein normales Leben mehr.«

»Und Ihr hättet lieber auch weiterhin einen Jesuiten an der Universität geduldet und gut von seinen Gebühren gelebt, wenn das ein leichteres Leben für Euch bedeutet hätte? Oder wusstet Ihr vielleicht die ganze Zeit über Norris Bescheid?«

»Nein, das ist eine Lüge!«, entrüstete er sich. »Ich hatte keine Ahnung von Norris' Doppelleben. Vielleicht habe ich allein darin schon versagt, aber ich hätte niemals wissentlich einen aktiven Missionar hier geduldet; allein die Vorstellung ist absurd. Bitte deutet so etwas Eurem Freund Sir Philip nicht an. Norris zahlte seine Gebühren und genoss dafür mehr oder weniger dieselben Privilegien wie die anderen Commoners.«

»Norris wurde Euch von Edmund Allen empfohlen«, gab ich zu bedenken. »Einem Mann, von dem Ihr bereits wusstet, dass er ein heimlicher Katholik war. Und Norris hat nie den Gottesdienst besucht. Ist Euch das nicht merkwürdig vorgekommen?«

»Die Söhne der Edelleute sind nicht daran gewöhnt, früh aufzustehen. Deswegen sind sie von der Teilnahme am Gottesdienst entbunden.«

»Hier kann man sich anscheinend viele Vorrechte erkaufen«, erwiderte ich spöttisch. »Das erinnert mich sehr an Rom. Aber Ihr kanntet die anderen Katholiken, nicht wahr?«

Underhill seufzte.

»Ja, William Bernard zum Beispiel. Aber jeder in Oxford wusste über ihn Bescheid. Es war kein Geheimnis, dass er dem alten Glauben anhing, obwohl er den Eid geleistet hatte. Aber er war nur ein widerspenstiger alter Mann, und ich hielt ihn für harmlos. Er ist übrigens geflohen, aber ich glaube nicht, dass man sich große Mühe geben wird, ihn aufzuspüren. Das Volk sieht es nicht gern, wenn ein weißhaariger Greis wie er in den Kerker geworfen oder zum Galgen geführt wird, was dem Kronrat sehr wohl bekannt ist. Und was die anderen betrifft – von Roger Mercer wusste ich es, aber er war ein guter Mann, ich wollte ihn nicht verlieren. Coverdale war eine Überraschung für mich. Und dann gibt es noch andere; ich nehme an, wenn ich wegen Norris befragt werde, muss ich ihre Namen preisgeben.«

»Ich denke, das wird nicht nötig sein.« Ich fühlte mich wegen seiner kaltherzigen Worte über Sophia noch immer zutiefst abgestoßen. »Die Namen der größten Übeltäter sind bereits bekannt.«

Der Rektor betrachtete mich, während er nach dem Türknauf griff.

»Ihr taugt nicht für dieses Geschäft, Doktor Bruno. Ihr bringt für Eure Mitmenschen zu viel Mitgefühl auf. Ich weiß, dass Ihr gelogen habt, um meiner Tochter einen öffentlichen Prozess zu ersparen. Auch ich hätte die ganzen Katholiken hier schon vor Jahren anzeigen können, aber ich dachte, wir würden schon miteinander auskommen. Jetzt begreife ich, dass man keine Skrupel haben darf, und Skrupellosigkeit liegt nicht im Charakter von Männern wie uns. In dieser Hinsicht seid Ihr wie ich«, fügte er mit einem Anflug von Befriedigung hinzu.

»Nein, Sir«, widersprach ich ruhig, als er mir die Tür aufhielt. »Ich bin ganz und gar nicht wie Ihr. Hätte ich eine Tochter, würde ich ihr niemals den Tod wünschen, nur um meine eigene Ehre zu retten.« Er machte Anstalten, Einwände zu erheben, aber ich schnitt ihm das Wort ab. »Sie ist keine Hure, sondern eine Frau mit Feuer und viel innerer Kraft, und sie verdient Eure Liebe und Euren Schutz, nicht Eure Verachtung.«

Ich ließ ihn auf der Schwelle stehen, wo er mit offenem Mund wie ein Fisch auf dem Trockenen nach Luft schnappte, und überquerte zum letzten Mal den Hof des Lincoln. Am Torhaus drehte ich mich noch einmal um und sah Sophias Silhouette hinter dem Fenster der Wohnung des Rektors. Die Scheibe verzerrte die Konturen ihrer Gestalt, als sie zum Abschied eine Hand hob.

Epilog

London
Juli 1583

Unter einem Himmel, an dem sich kaum die ersten Streifen des neuen Tageslichtes zeigten, ritt ich von der Residenz des Botschafters in Salisbury Court in westlicher Richtung die Fleet Street entlang, fort von der Londoner Innenstadt. Ein feiner Nieselregen benetzte mein Haar und die Mähne meines Pferdes. Zum Schutz vor der Feuchtigkeit hatte ich meinen Umhang eng um mich geschlungen, und meine Brust war so zugeschnürt, als lägen Eisenbänder darum. Ich hätte auf diesen Ritt gerne verzichtet, hatte aber eine Nachricht von Walsingham erhalten, dass er fest mit meiner Anwesenheit rechne, und es für ratsam gehalten, nicht zu widersprechen. Dampfwölkchen stiegen von den Nüstern des Pferdes auf, als ich es am großen Denkmal von Charing Cross vorbei nordwärts auf die aus London heraus in das offene Land führende Straße lenkte. Hier herrschte bereits reges Getümmel; kleine Gruppen von Passanten waren zu Fuß auf dem Weg in dieselbe Richtung, schwatzten angeregt miteinander und tranken aus Lederflaschen, während Pastetenverkäufer zwischen ihnen umherhuschten und lautstark ihre Waren anpriesen. In der Nähe meines Ziels säumte eine aufgeregte Menge die Straße und wartete auf den Beginn des bevorstehenden Schauspiels. Väter hatten ihre Kinder auf die Schultern genommen, damit sie das Geschehen besser verfolgen konnten.

An dem Ort, der Tyburn genannt wurde, war eine mannshohe Plattform errichtet worden, die gewährleistete, dass die gesamte Menge einen freien Blick hatte. Auf diesem Schafott stand der Tisch des Henkers, ein mächtiger Fleischerblock, auf dem verschiedene Messer und andere Instrumente lagen. Daneben hatte man ein Feuer entzündet, um in einem großen Kessel Wasser zu erhitzen. Die vordersten Zuschauer streckten die Hände zu den wärmenden Flammen hin, denn obwohl es Juli war, hatte die Feuchtigkeit die frühe Morgenluft abgekühlt, und die Leute stampften mit den Füßen auf und rieben sich, des Wartens überdrüssig, ungeduldig die Hände. Neben dem Schafott ragte ein Galgen auf, unter dem ein leerer Karren stand. Ich wendete das Pferd und lenkte es um die Menge herum. Ganz am anderen Ende, in der Nähe des Galgens, entdeckte ich eine Gruppe von Reitern, die etwas Abstand zu den Schaulustigen hielt, und nahm an, unter ihnen Sidney zu finden. Stadtwächter mit Piken in den Händen drängten sich durch die vorderen Reihen und machten vor dem Schafott einen Weg frei.

Sidney befand sich tatsächlich bei der Gruppe von jungen Höflingen. Seine Gefährten schienen in Hochstimmung zu sein und unterhielten sich laut miteinander, aber er zügelte sein Pferd so fest, dass es ungeduldig auf der Stelle trat, während er den Blick mit grimmig zusammengepressten Lippen über die Menge schweifen ließ. Als er mich sah, nickte er, ohne zu lächeln.

»Lass uns einen anderen Platz suchen, Bruno«, bat er ruhig. »Ich mische mich nicht gerne unter Leute, die sich aufführen, als wäre dies ein Jahrmarkt.«

»Ich wäre viel lieber überhaupt nicht hier«, bekannte ich, nachdem wir ein Stück von der Gruppe junger Männer abgerückt waren.

»Walsingham bestand darauf, dass du dich hier einfindest. Er hält es für wichtig, jeden Aspekt unserer Arbeit kennen zu lernen. Wer kämpft, dem bleiben grausige Anblicke nicht erspart, und wir sind keine kleinen Jungen, die Soldat spielen. Unser Kampf ist real, und die Folgen sind blutig.« Er drehte sich um und musterte mich ernst. »Diese Hinrichtung ist dein Triumph, Bruno. Walsingham ist sehr zufrieden mit dir.«

»Mein Triumph«, wiederholte ich dumpf, als sich aus den Reihen der Menge ein Schrei erhob und sich alle auf die Zehenspitzen stellten, um die Ankunft des Gefangenen mitzuverfolgen.

Es war schon fast vollständig hell, als zwei schwarze Pferde in der Lücke zwischen dem Schafott und der vordersten Reihe der Schaulustigen auftauchten. Im selben Moment stürmte eine Gruppe von Frauen vor, um Rosen und Lilien, die Blumen des Märtyrertums, in den Weg der Tiere zu streuen. Die Wächter richteten ihre Piken auf alle, die sich zu weit vordrängten und den Fortgang des Spektakels zu behindern drohten. Wie auf ein Stichwort hin zog sich die Menge langsam zurück, das Stimmengewirr verstummte, und nur noch der leise Hufschlag der Pferde war zu hören. Das Holzgestell, das sie hinter sich herzogen, grub tiefe Furchen in den feuchten Boden. Ich stellte mich in den Steigbügeln auf und beugte mich vor. Bei dem Anblick, der sich mir bot, krampfte sich mein Magen zusammen.

Jerome Gilbert war mit den Füßen nach oben und mit über der Brust gekreuzten Armen an dem Gestell festgebunden. Sein Kopf berührte fast den Boden, sodass sein Gesicht und sein Haar mit Schlamm bespritzt wurden. Vor dem Galgen machten die Pferde Halt, und zwei Männer traten vor, um Jerome loszubinden. Er sank schlaff wie die Lumpenpuppe eines Kindes zu Boden, woraufhin ihn die Männer unter den Achseln packten und zwischen sich auf den Karren hievten. Er trug nur sein Unterhemd und seine Hose, aber als er unter dem erwartungsvollen Raunen der Menge in die Höhe gezerrt wurde, griff er in sein Hemd und zog ein Taschentuch heraus, um sich den gröbsten Schmutz vom Gesicht zu wischen. Ich zuckte zusammen, als ich sah, dass sein linkes Auge so blaurot angelaufen und geschwollen war, dass er es nicht öffnen konnte. Mit seinem gesunden Auge jedoch blickte er suchend über die Menge hinweg, bevor er das Taschentuch in die Luft warf, wo es geschickt von einem grauhaarigen Mann mit bekümmerter Miene aufgefangen wurde, der ganz vorne in den Reihen stand.

»Behalte den Burschen dort im Auge«, flüsterte Sidney mir zu. »Höchstwahrscheinlich ist er ebenfalls ein Jesuit oder ein Sympathisant, der gekommen ist, um Gilbert in seiner letzten Stunde Trost zu spenden. Gilbert hat ihm sein Taschentuch absichtlich zugeworfen.«

»Sollen wir ihm folgen?«, fragte ich voller Unbehagen. Sidney schüttelte den Kopf.

»Walsingham hat Männer unter die Menge gemischt, die all die beschatten, die versuchen, hinterher ein Stück seiner Kleider als Reliquie zu ergattern.« Er brach abrupt ab. Jerome wurde in die Höhe gehalten, während der Henker in den Karren kletterte und ihm die Schlinge um den Hals legte, ehe er sie an dem Querbalken befestigte und überprüfte, ob sie fest saß. Ich begriff, dass ihn die beiden Männer auch jetzt noch festhielten, weil er sich aus eigener Kraft nicht aufrecht halten konnte. Ergrimmt biss ich die Zähne zusammen. Sie mussten ihn so grausam gefoltert haben, dass er seine Beine nicht mehr zu gebrauchen vermochte. »Was haben sie mit seinen Händen gemacht?«, fragte ich Sidney leise, dabei deutete ich auf die Masse geronnenen Blutes, als Jerome schwach eine Hand hob, um zu versuchen, sich sein verklebtes Haar aus der Stirn zu streichen.

»Die Fingernägel herausgerissen«, erwiderte Sidney gepresst. Sein Gesicht verriet nicht, was in ihm vorging.

Ein korpulenter, in die königlichen Farben gekleideter Mann trat auf das Schafott und entfaltete einen Pergamentbogen.

»Jerome Gilbert, Jesuit«, deklamierte er mit klarer Stimme, die bis zum hinteren Rand der Menge zu vernehmen war. »Ihr seid für schuldig befunden worden, vier Morde begangen zu haben. Ferner habt Ihr versucht, die Untertanen der Königin zur Abkehr von ihr zu bewegen, und Euch in Reims und Rom mit Gesinnungsgenossen verschworen, um Ihre Majestät zu ermorden, und Ihr wart in Pläne für eine ausländische Invasion eingeweiht. Was habt Ihr dazu zu sagen?«

Mit enormer Anstrengung, den Strick immer noch um seinen Hals, bot Jerome die wenige Kraft auf, die noch in seinem malträtierten Körper war, hob seinen Kopf und antwortete mit einer erstaunlich starken Stimme: »Ich bin nur des Versuches schuldig, verlorene Seelen zu ihrem Schöpfer zurückzuführen. Ich bete, dass Gott allen vergeben möge, die an meinem Tod beteiligt sind. Gott schütze die Königin.« Sein Blick wanderte wieder über die Menge und blieb auf mir ruhen, dann fügte er hinzu: »Eines Tages werdet Ihr stehen, wo ich jetzt stehe.«

»Ruhe!«, donnerte der Beamte, der dies als Drohung gegen die englischen Protestanten auffasste, aber mich überlief ein Schauer; ich wurde das unheimliche Gefühl nicht los, dass Jerome mich persönlich angesprochen hatte.

Ich dachte an seine Worte in dem Versteck in Hazeley Court: »Wir sind uns sehr ähnlich … Ihr werdet gefasst in den Tod gehen, so wie ich es tun werde, wenn die Zeit kommt.« Was ihn betraf, so hatte er recht gehabt, dachte ich, denn obwohl sein attraktives Gesicht von den Folterknechten entstellt worden war und er nicht ohne Hilfe stehen konnte, bewies er in seinen letzten Momenten einen nahezu übermenschlichen Mut.

Der Beamte betrachtete ihn voller Abscheu, während die Menge den Atem anhielt.

»Da Ihr ein verurteilter Verräter seid, steht Euer Urteil fest. Ihr werdet am Halse aufgehängt und lebend wieder heruntergelassen, Eure Männlichkeit wird abgeschnitten, da Ihr unwürdig seid, irgendeine Generation nach Euch zu hinterlassen, Eure Eingeweide werden herausgerissen und vor Euren Augen verbrannt, Euer Kopf, der all das Böse ersonnen hat, wird vom Rumpf getrennt und Euer Körper in vier Teile geteilt, mit denen verfahren wird, wie es Ihrer Majestät beliebt. Möge Gott Eurer Seele gnädig sein.«

Jerome warf den Kopf zurück, sodass der jetzt stetig fallende Sommerregen ihm in Augen und Mund drang, als er zum Himmel emporschrie:

»*In manus tuas, Domine, commendo spiritum meum*!«

Die Pferde erhielten einen Schlag mit der Peitsche, der Karren schoss vorwärts, und er baumelte am Ende des Seils.

Als sie ihn abschnitten und die beiden stämmigen Männer ihn die Stufen zum Schafott hochzerrten, war er kaum noch bei Bewusstsein; wenigstens das war eine Gnade, dachte ich, bis ihm der Henker einen Eimer Wasser ins Gesicht kippte und er hustend und würgend wieder halbwegs zu sich kam und wild um sich schlug, als er auf den Henkertisch gehoben und entkleidet wurde. Wie Sidney vorhergesagt hatte, drängten sich einige Leute in der Menge vor, um zu versuchen, einen Fetzen der Kleidung des Märtyrers an sich zu reißen, und wurden von den Männern mit den Piken zurückgetrieben.

Wie viele andere Männer in der Menge musste auch ich mich abwenden, als der Henker sein Messer hob, um Jeromes Genitalien abzutrennen, aber der markerschütternde Schrei, der die Luft zerriss, trieb mir die Tränen in die Augen, während das Ekel erregende Zischen, das ertönte, als sein abgetrenntes Fleisch in den Kessel geworfen wurde, bewirkte, dass mir der Mageninhalt in die Kehle stieg. Trotzdem dachte ich in diesem Moment der entsetzlichsten Szene, die ich je mit angesehen hatte, an Sophia. »Unwürdig, irgendeine Generation nach Euch zu hinterlassen«, hatte der Beamte gesagt, und doch wartete irgendwo in Kent ein Kind darauf, das Licht der Welt zu erblicken; ein Kind, das nie die Wahrheit über seinen Vater erfahren, aber seine Schönheit der Nachwelt erhalten würde. Zum tausendsten Mal seit meiner Rückkehr nach London fragte ich mich, ob ich recht daran getan hatte, Thomas Allens erbitterten Anschuldigungen Glauben zu schenken. Hätte Jerome Sophia wirklich getötet, oder könnten sich beide heute lebend und unversehrt in Frankreich aufhalten, wenn ich nicht eingegriffen hätte?

»Er hätte dich getötet, Bruno, vergiss das nicht«, raunte Sidney mir ins Ohr, als hätte er meine Gedanken gelesen. »Aber er war ein verdammt guter Kartenspieler«, fügte er nahezu unhörbar hinzu, und ich erkannte, dass ihn trotz seiner professionellen Soldatengelassenheit Jeromes Tod tief berührte. Ich nickte, und als ich den Kopf hob, erblickte ich Walsingham auf einem schwarzen Pferd auf der anderen Seite der Menge. Er verfolgte das Gemetzel auf dem Schafott mit grimmiger Miene. Als der Henker das Messer in Jeromes Brustbein stieß, um ihn aufzuschlitzen, und seine Todesschreie zum Himmel schallten, drehte sich Walsingham um und sah mir über die Köpfe der in furchtbarem, bedrohlichem Schweigen dastehenden Menge hinweg in die Augen. Er nickte ein Mal, wie um Zustimmung zu bekunden, dann richtete er seine Aufmerksamkeit wieder auf das Schafott. Als Jeromes Kopf in die Höhe gehalten wurde, war außer dem leisen Rascheln der Blätter im Wind und dem Plätschern des Regens kein Laut zu hören.

»Trinkt noch einen Schluck, Bruno, Ihr seht aus, als würdet Ihr ihn brauchen.« Walsingham schenkte mir ein Glas Wein ein, aber meine Kehle schnürte sich zu, als ich es an die Lippen hob. Ich meinte, noch immer Blut und brennendes Fleisch zu riechen, und obwohl uns Walsinghams Frau etwas zu essen gebracht hatte, hatte ich keinen Bissen hinuntergebracht.

Jetzt saßen wir in seinem privaten Arbeitszimmer in seinem Landhaus in Barn Elms, einige Meilen westlich von London. Der Himmel war noch immer verhangen, und in dem dunkel getäfelten Raum mit den schmalen Fenstern herrschte Dämmerlicht. Sidney stand mit hinter dem Rücken verschränkten Armen an einem der Fenster und starrte in den Garten hinaus. Seit der Hinrichtung wirkte er ungewöhnlich betrübt. Wir waren, jeder in seine eigenen Gedanken versunken, in fast völligem Schweigen nach Mortlake hinuntergeritten. Jetzt saß mir Walsingham, das Kinn auf die Hände gestützt, gegenüber und musterte mich eindringlich.

»Ihr habt Eure Sache gut gemacht«, sagte er endlich. »Der Königin wurde berichtet, dass Ihr wesentlich dazu beigetragen habt, einem weiteren potenziellen Attentäter das Handwerk zu legen. Wahrscheinlich hält sie es zu gegebener Zeit für angemessen, Euch persönlich ihren Dank auszusprechen.«

»Es wäre mir eine Ehre.« Ich fuhr mir mit der Zunge über meine trockenen Lippen.

»Irgendetwas bedrückt Euch«, stellte er freundlich fest. Ich schielte zu Sidney, der mir jedoch immer noch den Rücken zukehrte. »Ihr könnt hier offen sprechen, Bruno«, drängte Walsingham, als ich nicht antwortete.

»Glaubt Ihr wirklich, dass er an einer Verschwörung zur Ermordung der Königin beteiligt war?«, fragte ich endlich.

Walsingham sah mich lange ernst an, und mir fiel ein, wie er bei unserer ersten Begegnung von der Last seiner Verantwortung für das Königreich gesprochen hatte.

»Nein, das glaube ich nicht«, erwiderte er dann. Sidneys Kopf fuhr herum, er setzte sich auf die Bank unter dem Fenster und beobachtete uns interessiert.

»Die Kopie der *Regnans in Excelsis*-Bulle war alt. Ich glaube nicht, dass Jerome Gilbert sie mitgebracht hat. Außerdem tragen die Missionare auf Befehl des obersten Jesuiten nichts bei sich, das sie verraten könnte, und Gilbert wäre bestimmt nicht so unvorsichtig gewesen. Sie könnte Edmund Allen oder einem anderen der Fellows gehört haben. Das ist jetzt nicht mehr von Belang.«

»Und Ihr wisst, dass er die beiden katholischen Fellows und den Jungen im Lincoln nicht ermordet hat?«

»Auch das ist mir bekannt.«

»Dann …« Ich blickte zu ihm auf, forschte in seinem Gesicht nach einer Bestätigung. »Dann wurde er für Verbrechen hingerichtet, die er nicht begangen hat.«

»Die Regierung Ihrer Majestät verfolgt niemanden allein seines Glaubens wegen«, versetzte Walsingham mit einer Spur von Ungeduld. »Das wird öffentlich betont, und es ist wichtig, dass die Leute oft daran erinnert werden, sonst machen wir noch mehr Männer zu Märtyrern. Wenn sie glauben, dass die Jesuiten bereit sind, für ihren Glauben zu töten, ist das von unschätzbarem Wert für unsere Sache.«

»Dann ist alles nur Propaganda«, stellte ich matt fest.

»In diesem Land herrscht ein Krieg der Loyalitäten. Wir müssen zu allen Mitteln greifen, um die Bevölkerung davon zu überzeugen, dass der beste Platz für sie auf unserer Seite ist. Ihr habt ja gesehen, wie die Leute heute reagiert haben, nicht wahr? Normalerweise wird, wenn der Kopf in die Höhe gehalten wird, lautstark ›Verräter! Verräter!‹ gebrüllt. Aber bei diesem Gilbert hat die Menge alles schweigend mit angesehen, und das dürfte dem Kronrat ernste Sorgen bereiten, es bedeutet, dass die Zuschauer es nicht gutgeheißen hat, was heute geschah, sie fanden es zu barbarisch. Noch so ein Schauspiel, und sie werden sich gegen uns wenden.« Er schüttelte den Kopf. »Ich habe schon oft dazu geraten, sie am Galgen hängen zu lassen, bis sie tot sind, aber ich wurde immer überstimmt. Vielleicht sieht der Rat jetzt ein, dass es so nicht weitergeht.«

»Es ist eine grausame Art zu sterben«, stimmte ich zu.

Walsingham sah mich mit erregtem Gesicht an. »Grausamer als der Tod auf dem Scheiterhaufen, zu dem die Katholiken die Protestanten verurteilen, oder die Massaker, die sie unter ihnen anrichten? Ihr habt mir ja selbst gesagt, dass Ihr mit eigenen Augen gesehen habt, wie Gilbert diesen Jungen, Thomas Allen, kaltblütig getötet hat, und Ihr wart sicher, dass er das Mädchen auch aus dem Weg räumen wollte, obwohl es guter Hoffnung war. Und Philip sagt, er hätte Euch ebenfalls ermordet. Also war er nicht unschuldig, Bruno. Habt kein Mitleid mit ihm.«

»Nein.« Ich bestätigte dies, indem ich den Blick senkte.

»Es ist nicht leicht, derartige Szenen mit anzusehen«, fuhr Walsingham etwas ruhiger fort, dabei legte er kurz eine Hand auf meinen Arm. »Ihr haltet mich zweifellos für einen Barbaren, weil ich auf Eurer Gegenwart bestanden habe. Aber ich habe Euch gewarnt. Wer in den Dienst Ihrer Majestät eintritt, hat einen steinigen Weg gewählt. Das wollte ich Euch begreiflich machen.«

»Er ist würdevoll gestorben«, warf Sidney so abrupt ein, als habe er die ganze Zeit darüber nachgegrübelt.

»Er hat sich auch im Tower tapfer gehalten«, erwiderte Walsingham. Ein Hauch von Respekt schwang in seiner Stimme mit. »Sie haben ihn in Reims hervorragend dazu ausgebildet, Schmerzen zu ertragen. Wir haben keinen einzigen Namen aus ihm herausbekommen, obwohl wir ihn Stunden über Stunden bearbeitet haben.«

Ich krümmte mich innerlich bei der Erinnerung an Jeromes blutige Finger und versuchte, nicht eingehender darüber nachzudenken, was »bearbeiten« bedeuten mochte.

»Was wird mit Sophia geschehen?«, fragte ich zögernd, dabei nippte ich an meinem Glas.

»Underhills Tochter? Sobald sie nach ihrer Niederkunft wieder zu Kräften gekommen ist, wird sie verhört.« Als er meinen Gesichtsausdruck bemerkte, fügte er hinzu: »Ich bin überzeugt, sie wird bereitwillig reden, sie hat ja auch die Briefe aus freien Stücken abgeliefert. Aber sie kennt vielleicht noch andere Namen als die, die wir von Euch und Walter Slythurst haben.«

Er fixierte mich mit einem stechenden Blick, und ich senkte den Kopf. Ich fragte mich, ob Sidney ihm von meiner Lüge bezüglich Sophia und den Briefen erzählt hatte, oder ob er wusste, dass ich bestimmte Namen zurückgehalten hatte als er mich nach meiner Rückkehr aus Oxford befragte. Vielleicht hätte er dieselben Namen – Richard Godwyn, Humphrey Pritchard, die Witwe Kenney – auch von Slythurst oder Underhill erfahren, aber ich bezweifelte es.

»O bitte, dieser Slythurst ist absolut nutzlos«, meinte Sidney verächtlich, erhob sich und durchquerte den Raum, um sich ein Glas Wein einzuschenken. »Er hat den Priester nicht enttarnen können, obwohl er ihn jeden Tag vor der Nase hatte, und er hat versucht, Bruno ans Messer zu liefern. Ich würde vorschlagen, ihm keinen Penny mehr zu geben.«

Walsingham seufzte.

»Er ist nicht gerade der tüchtigste meiner Informanten in Oxford«, gab er zu. »Er hat mir vor ein paar Jahren seine Dienste angeboten, um aus seinen Schulden herauszukommen. Edmund Allen hat er mit äußerst rohen Mitteln auffliegen lassen, was nur dazu geführt hat, dass die restlichen Papisten noch heimlicher zu Werke gingen. Außerdem ist er bei seinen Kollegen zu unbeliebt, um ihr Vertrauen zu gewinnen, sodass all seine Informationen letztendlich nur auf Schänkenklatsch beruhende Vermutungen waren. Tatsächlich habe ich ihn kurz vor eurer Ankunft gewarnt, dass er nicht länger für mich tätig sein könne, wenn er mir nicht brauchbarere Neuigkeiten liefert. Vielleicht war er deshalb so erpicht darauf, mit dem Finger auf irgendeinen Verdächtigen zu zeigen.«

»Es wäre hilfreich gewesen, wenn ich gewusst hätte, dass er Euer Mann ist.« Ich bemühte mich, nicht vorwurfsvoll zu klingen.

Walsingham lächelte, aber ich meinte, einen warnenden Unterton aus seiner Stimme herauszuhören.

»Es ist besser, wenn wir alle unsere Geheimnisse hüten, Bruno. Er hätte sich ja als der Mörder entpuppen können. Ich wollte nicht, dass Euer Urteilsvermögen durch persönliche Sympathien oder Antipathien beeinträchtigt wird.«

»Das wird nicht geschehen, Euer Ehren«, murmelte ich, ohne ihm in die Augen zu sehen.

»Darauf baue ich«, gab er zurück. »Und jetzt brauchen wir Euch in der französischen Botschaft, Bruno. Ich erhalte beunruhigende Berichte aus Paris. Die Verschwörergemeinschaft ist wieder erstarkt und schmiedet Pläne gegen unser Reich. Haltet Euch in der Nähe des Botschafters und seht zu, was Ihr in Erfahrung bringen könnt.«

»Ich werde mein Bestes tun«, versicherte ich ihm.

»Aber nun«, er erhob sich langsam, »hat Philip Neuigkeiten für Euch, über die Ihr Euch hoffentlich freuen werdet.«

Er sah Sidney erwartungsvoll an. Dieser legte einen Arm um meine Schulter.

»Mein alter Lehrer John Dee hat großes Interesse daran geäußert, deine Bekanntschaft zu machen und dir die Schätze seiner Bibliothek zu zeigen. Sein Haus bei Mortlake liegt keine Meile von hier entfernt, und ich soll dich heute Nachmittag zu ihm bringen, wenn dir das recht ist.«

»Wenn mir das recht ist?« Zum ersten Mal seit Tagen fühlte ich wieder Leben in mir. Obgleich Sidney Jerome Gilberts Hinrichtung als meinen Triumph bezeichnete, hatte ich seit meiner Rückkehr aus Oxford nicht das Gefühl gehabt, etwas erreicht zu haben. Tatsächlich hatte ich bei dem Gedanken, dass so viele Leben für so wenig geopfert worden waren, nichts als tiefe Schwermut empfunden. Sogar meine Bücher hatten mich nicht mehr reizen können. Ich hatte oft an Sophia gedacht und mich gefragt, wie ihr Leben wohl weiter verlaufen würde, und ich hatte schon zu fürchten begonnen, dass ich nie wieder fähig sein würde, mich an irgendetwas zu freuen. Doch jetzt weckte die Aussicht, Doktor Dees Bibliothek zu besichtigen, und die Hoffnung darauf, dass er vielleicht doch eine Ahnung hatte, wer ihm vor all diesen Jahren das verloren geglaubte Buch des Hermes Trismegistos gestohlen hatte, meine Neugier aufs Neue.

Sidney griff nach seinem Umhang. Walsingham trat zu mir und nahm meine Hand. Seine unergründlichen Augen bohrten sich in die meinen.

»Ihr habt großen Mut bewiesen, Bruno«, sagte er mit einem Anflug von väterlichem Stolz in der Stimme. »Philip erzählte mir, Ihr hättet Euer eigenes Leben riskiert, um diesen Priester vor Gericht zu bringen, und der Kronrat ist Euch zu Dankbarkeit verpflichtet. Ich hoffe auf eine lange und erfolgreiche Zusammenarbeit mit Euch.«

Ich hielt es für ratsam, ihm zu verschweigen, dass ich mein Leben eigentlich für ein Buch und ein Mädchen riskiert hatte; da ich ohne beides zurückgekehrt war, konnte ich genauso gut behaupten, es sei alles zum Wohle des englischen Staates geschehen, also quittierte ich sein Lob mit einem Nicken, als Sidney mir die Tür aufhielt. Wenn die blutigen Ereignisse in Oxford etwas Gutes gebracht hatten, dann das: Ich war jetzt mehr denn je davon überzeugt, dass das Christentum dringend eine neue Philosophie benötigte; eine, die uns zusammenbringen würde, wenn wir aus dem Schatten religiöser Kriege in das Licht vereinter Menschlichkeit und eines vereinten Glaubens hinaustraten.

Es würde mir, Giordano Bruno aus Nola, zufallen, die Bücher zu schreiben, die dieses Feuer in Europa entzünden würden, und ich beabsichtigte, sie mit Walsinghams Hilfe in die Hände eines Monarchen zu legen, der imstande war, sie zu verstehen. Wenn ich Sophia schrieb, um ihr von Jeromes Tapferkeit zu berichten, würde ich ihr auch einschärfen, dass es noch nicht zu spät war, auf eine bessere Welt zu hoffen.

Danksagung

Ich bedanke mich ganz herzlich bei Professor Paul Langford, dem jetzigen Rektor des Lincoln College, für seine liebenswürdige Gastfreundschaft und den anderen Lincoln-Fellows, die mir großzügig erlaubt haben, mich in ihren wunderbaren Gebäuden umzusehen, und die mir ihre kostbare Zeit gewidmet haben, um meine Fragen zu beantworten.

Außerdem danke ich Gemma Tuxford und Giovanni Tepedino für ihre Hilfe bei den italienischen Ausdrücken. Für alle Fehler, die noch übrig geblieben sein sollten, bin ich verantwortlich.